국역

금선각

金倦覺

한국한문서사번역총서 1

국역
금선각

金倦覺

김준형

보고사

서문

 '부처님의 깨달음'이라는 제목, 금선각(金仙覺). 내가 이 책과 만난 것
은 퍽 오래 전 일이다. 자료를 보기 위해서는 직접 도서관을 찾아다녀
야 했던 때니, 벌써 20여년이 훌쩍 넘었다. 이 책에 대한 첫 느낌은
단지 어느 호사가에 의해 국문본『장풍운전』을 한문본으로 옮겨놓은
텍스트. 그 이상도 이하도 아니었다. 그런데 작품을 오랫동안 꼼꼼하
게 읽으면서, 내 생각도 제법 복잡해졌다.『금선각』이 일 없는 호사가
가『장풍운전』을 번역한 것이 아니라, 한문본『금선각』을 토대로 국문
본『장풍운전』이 나왔다는 결론이 도출되었기 때문이다. 이런 생각은
당시 영웅소설의 형성과정과 관련하여 퍽 생소한 일인지라, 나 역시
쉽게 답을 내릴 수 없었다. 한문소설을 번역하고 변개하는 도정에서
영웅소설이 등장했다는 주장은 당시에는 파격적으로 보일 수도 있었기
때문이었다.
 이런저런 고민을 하던 중, 뜻하지 않게『금선각』의 여러 이본과 만날
수 있었다. 그 중에는 발문이 붙은 것과 작가가 표기된 이본도 있었다.
이들 텍스트는 내 주장이 틀리지 않았음을 방증하는 반가운 정보이기
도 했다. 이를 토대로 생각을 정리하여 학회에 보고하였다. 그 때 이
책을 번역하여 소개하면 좀 더 논쟁적인 이야기를 나눌 수 있겠다는
생각도 했다. 금방이라도 번역을 하마 하고 다짐도 했다. 그러나 마음
과 달리 작업은 거의 진척되지 않았다. 내 게으른 성격 탓에 피일차일

미룬 까닭이다. 그러다가 더 이상 미룰 수 없다는 생각에 결국 번역본과 교감본을 함께 출간하기로 했다. 이 책이 바로 그에 대한 내 고민과 방황의 결과다.

번역과 교감은 조금만 잘못해도 티가 나고 문제가 된다. 그러니 나처럼 천학비재한 자가 번역하고, 교감하는 것은 분외의 일이다. 그럼에도 『금선각』을 처음으로 소개했으니, 이를 처음으로 우리말로 번역하고 교감하는 것도 의미는 있겠다고 자위해 본다. 나름대로 오류를 적게 한다고 노력했지만, 오류가 적지 않을 것이다. 널리 이해해 주시기를 바란다.

한문본 『금선각』 번역본과 교감본을 내자니 남은 과제에 마음이 편치 않다. 애초에는 국문본 『장두영전』과 국문본 『장풍운전』을 모두 포함한 번역본과 교감본을 염두에 두었는데, 이 작업이 뒤로 미루어졌기 때문이다. 이는 번역과 교감을 넘어서서 '영웅소설' 『장풍운전』의 형성 동인과 연결된 문제기 때문에 좀 더 고민하기로 결정한 까닭이다. 이에 대해서는 늦지 않은 때에 보고하겠다고 다짐해 본다.

특정한 자료를 가지고 진지하게 고민하면, 뜻하지 않게 소중한 자료가 그에게 찾아온다는 말을 들은 적이 있다. 『금선각』 역시 그랬다. 처음에 국립중앙도서관본을 보면서 고민할 때에만 해도 14종의 한문본을 구할 것이라고는 생각조차 하지 못했다. 그런데 뜻하지 않게 자료가 나에게 찾아와줬다. 그것은 모두 주변에서 도와준 선생님들이 있었기에 가능할 수 있었다. 여러 방면에서 도와주신 분들께 감사의 말씀을 올린다. 그 중에서 당신이 소장한 두 개의 이본과 발문이 제시된 유재영 복사본을 제공해 주신 정명기 선생님과 세 종의 이본을 직접 복사해서 보내주신 강문종 선생님께는 별도의 감사의 말씀을 올린다. 그 고마움 오랫동안 기억하겠습니다.

그리고 오랜 인연으로 다시금 팔리지 않을 책 작업에 선뜻 나서준 김흥국 사장님과 골치 아픈 작업을 터인데 웃음으로 넘겨준 권송이님 께도 감사의 말씀을 드린다.

책을 내면서 떠오르는 얼굴이 있다. 장효현, 정명기 선생님. 올해 두 분 모두 당신들 인생에서 의미 있는 해를 보낸다. 이 책을 두 은사님께 바친다.

2015년 9월
김 준 형

차 례

금선각 金僊覺

『금선각(金僊覺)』의 발굴과 소설사적 의의[*]

1. 문제제기

　『금선각(金僊覺)』을 간명하게 정의하면『장풍운전』의 한문본이라 할
수 있다. 이 작품은 아직까지 학계에 소개된 적이 없다. 그렇지만 우리
문학사에서 눈여겨보아야 할 자료다.

　1794년에 편찬된『상서기문(象胥記聞)』하권 '조선소설(朝鮮小說)'에
는『장풍운전』이 쓰여 있다.[1] 이미 1794년에는『장풍운전』이 형성되어
향유되고 있었음을 의미한다. 1811년에 찬집된『진담론(陳談論)』에는
〈풍운전(風雲傳)〉이라는 이야기가 실려 있는데,[2] 이 이야기를 통해서

* 이 논문은『고소설연구』18(한국고소설학회, 2004)에 실린 것을 재록한 것이다.
　다만 부분적으로 문장을 수정하고, 이후 필자가 새로 조사한 결과의 일부를 첨가
　하였다.

1) 小田幾五郎,『象胥記聞』下. 천리대본. 여기에는 "張風雲傳, 九雲夢, 崔賢傳, 張朴傳,
　林將軍忠烈傳, 蘇大成傳, 蘇雲傳, 崔忠傳" 외에 "泗氏傳, 淑香傳, 玉嬌梨, 李白慶傳"을
　들고 있다.

2)『陳談論』,〈風雲傳〉. 優倡之方戲也, 男女傾城縱觀. 其中有一人, 特立於高邱上, 而好
　奢衣冠, 容貌如玉, 超出於衆會之中, 眞一世之奇男子也. 衆皆欽慕仰望, 而不敢接語矣.
　其人見衆人之景仰, 偉然自得, 指優倡而言曰: "古亦有此等矣." 就中諸人, 方不勝欽仰之
　際, 聞其說道, 並皆幸喜, 意以爲必將有珠玉之說. 同聲並應曰: "古事可得聞歟!" 其人惟
　离腹搖扇墜曰: "昔者張風雲…." 語未及終, 諸人皆揮而回立曰: "誤矣, 誤矣!"

도『장풍운전』이 당시에 널리 알려져 있었음을 짐작할 수 있다. 또한
홍희복(洪羲福, 1794~1859)이 쓴『제일기언(第一奇諺)』서문에는 "심지어
슉향전 풍운전의 뉘 가항의 천한 말과 하류의 나즌 글시로 판본을 개간
ᄒᆞ야 시상에 미미ᄒᆞ니"라는 기록이 있다.[3]『제일기언』필사 시기가
1835~1845년이란 점을 고려한다면 아무리 늦어도 이 이전에는『장풍
운전』이 판각되어 향유되었음을 알 수 있다. 즉『장풍운전』은 대략적
이나마 형성시기 및 판각시기의 하한점, 그리고 그 향유폭까지 확인할
수 있는 자료인 셈이다. 영웅소설에 대해서는 방증할만한 문헌 기록이
거의 없는 상황에서 소박하나마 몇 가지 기록을 찾을 수 있다는 점만으
로도 영웅소설에서 차지하는『장풍운전』의 위상은 가히 짐작하고도 남
음이 있다. 이러한 가운데『장풍운전』의 한문본이라 할『금선각』이 발
굴되었다고 한다면, 이 작품은『장풍운전』이 널리 향유되는 도정에서
어느 호사가에 의해 한역되었다고 보는 것이 문학사 이해의 일반적인
시각이라 하겠다.

하지만『금선각』과『장풍운전』을 꼼꼼하게 읽어보면 우리의 일반적
생각과 정반대의 결론이 도출된다. 즉『장풍운전』이 향유되는 과정에
서『금선각』이 한역된 것이 아니라, 한문본『금선각』이 소통되는 과정
에서 국문본『장풍운전』이 변형되어 나왔다고 볼 수밖에 없다는 점이
다. 이는 문학사의 일반적인 흐름과도 일정 정도 괴리를 보인다. 따라
서『금선각』의 발굴은 단지 '한문본 영웅소설도 존재한다'는 차원이 아
니라, 영웅소설의 형성과 유전 양상에 대해 다시금 생각해 볼 여지까지
남겨둔다는 점에서 이 작품의 지닌 의의가 자못 크다.

영웅소설의 형성 동인에 대해서는 중국 소설의 영향[외래적인 요인]에

---

3) 홍희복, 정규복·박재연 역,『제일기언』, 국학자료원, 2001, 22쪽.

서 출발하였다는 경우에서부터 신화·민담의 서사구조[내발적인 요인]에서 비롯되었다는 경우는 물론이고, 가문소설(장편소설)이나 전기소설과 같은 갈래가 변모·해체되면서 배태되어 나왔다는 주장까지 실로 다양한 견해가 제시되었다. 근래에는 기존 견해를 복합적으로 활용하면서 전문적인 작가나 유랑지식인에 주목하여 영웅소설의 형성을 이야기하기도 한다. 이 모든 주장은 일정한 타당성을 갖는다. 그러나 모든 주장이 일정한 타당성을 갖는다는 것은, 달리 말하면, 모든 주장에 일정한 한계가 있음을 의미한다. 그것은 영웅소설의 형성에 관한 한 어느 한 견해가 일방적으로 옳을 수 없음을 뜻하는 것이기도 하다. 즉 영웅소설의 형성론에 관한 한 전적으로 어느 한 시각만이 옳고 다른 쪽은 잘못되었다고 이해할 것이 아니라, 다양한 형성 경로를 인정해야 하는 것이다. 실제 초기 영웅소설 중에『장풍운전』,『최현전』,『장백전』,『소대성전』이 각기 다른 형성 동인을 갖는다는 주장도 흥미롭게 제기된 바 있다.[4] 이 글에서 궁극적으로 해결해야 할 문제도 여기에 있다. 비교적 상층 남성이 쓴 한문본『금선각』은 어떻게 만들어졌고, 그것이 어떻게 향유되었으며, 또한『금선각』이 어떻게 가항에서 널리 읽히는『장풍운전』으로 변모하였고, 그 과정에서 소설의 내용과 주제는 어떻게 변모되었는가를 밝히려는 것이다. 이 문제는 곧『장풍운전』의 형성에 대한 문제이기도 하고, 또한 영웅소설의 형성과 관련하여 한문소설의 영향을 고려해야 한다는 또 하나의 흥미로운 가설이 제기될 수도 있다.

---

4) 전성운,『조선후기 장편국문소설의 조망』, 보고사, 2002, 110~114쪽.

2. 『금선각』의 문헌학적 검토

(1) 이본 현황 및 텍스트 확정

『금선각』은 43,500여자로 되어 있는 장편으로, 총 15회 장회체 형식을 취한다. 또한 현재까지 확인된 이본만 해도 17종이나 될 만큼 그 향유의 폭도 넓었다.[5] 확인된 이본을 소개하면 다음과 같다.

① 한문본

1 고려대본: 1권 1책. 21×26.5cm. 80장, 매면 12행, 매행 20자. 庚辰年 (1820년)[6] 孟秋(7월) 필사.

2 고려대 육당문고본: 2권 2책. 21×28cm. 1권 60장, 2권 44장, 매면 9행, 매행 20자. 李明創의 도장이 찍힘. 기존 線裝에 五針綴裝法으로 철한 것을 해체하여 스테이플러로 찍고, 표지도 일제 때의 종이로 다시 씌움.

3 연세대본: 1권 1책. 23.5×20.4cm. 62장, 매면 12행, 매행 24~29자. 庚子(1840년, 1900년?) 2월 21일 필사. 朴○○의 도장이 찍힘. 뒤에 〈帝王玉璽出納記〉가 첨부됨.

4 국립중앙도서관본: 1권 1책. 25.0×21.0cm. 75장, 매면 12행, 매행 20자. 金學相의 도장이 찍힘.

5 정명기A본: 1권 1책. 51장, 매면 16행, 매행 평균 24자. 癸亥年(1863, 1803년?) 필사.

6 정명기B본: 1권 1책. 54장, 매면 12행, 매행 30자, 黑兎南宮上浣[癸卯 (1843년) 8월] 필사. 浣西姜竹○筆.

7 유재영복사본[7]: 1권 1책. 56장, 매면 15행, 매행 24자. 앞에 장회 목차

---

5) 애초 논문으로 발표할 때에는 12종이었지만, 이후 5종이 추가로 발견되었기에 이를 포함한다.

6) 필사연도는 명확하지 않다. 다만 책 상태나 이본간 대비를 통해 그 시기에 가까울 것으로 추정되는 때를 괄호 안에 넣는다. 추정이 모호할 경우에는 '?'를 붙인다. 다만 앞에 제시한 필사년도를 우선적으로 잠정한다.

7) 이 책은 전북 지역민이 소장한 자료를 유재영 교수가 복사한 것이다. 따라서 유재영복

가 있음. 작가의 발문이 있음.

⑧ 김준형A본: 2권 1책. 34.2×21.7cm 72장, 매면 10행, 매행 24자. 癸未年 (1823, 1883년?) 菊秋(9월) 필사. '陰城進士申公景源著'라는 기록이 있음.

⑨ 김준형B본: 1권 1책. 25×20.5cm. 48장, 매면 14행, 매행 29자 내외. 첫 장에 '乙丑(1905) 二月日 終毫'가 쓰여 있음.

⑩ 성균관대본: 1권 1책. 24.8×17.0cm. 110장, 매면 9행, 매행 20자. 丙辰 年(1856년, 1916년?) 3월 필사. 표제는 '張斗英傳', 내제는 '張斗英傳 卷 之單 金仙覺'. 뒤에 〈雜說〉이 첨부됨. 표제 여백에 '冊主忠淸南道保寧郡 帽山面開花里兪福永'이란 기록이 있음.

⑪ 계명대본 : 1권 1책. 58장, 매면 13행, 매행 25자 내외. '大淸 光緖 15年 (1888년) 戊子 孟秋 井邑 內藏山 靈隱寺 圓寂庵 中 沙彌 法眞'이란 기록이 있음.

⑫ 강문종A본 : 2권 2책 중 상권에 해당. 하권은 일실. 25.0×20.5cm. 53 장, 매면 11행, 매행 24자 내외. '甲子(1864년) 臘月 念八日'이란 기록 이 있음.

⑬ 강문종B본: 2권 1책. 2권 1책. 25.0×20.5cm. 67장[이 중 3장 낙장], 매면 12행, 매행 25자 내외. 丁未年(1907년, 1847년?) 十二月 하순(下 浣) 필사. 표제는 '金仙覺 上下'

⑭ 강문종C본: 33×21.5cm. 67장, 매면 10행, 매행 28자. 庚午(1870년) 暮 春(3월) 필사

② 국문본

⑮ 단국대 도서관본: 1권 1책. 23.3×20.7cm. 52장, 매면 17행, 매행 평균 18행. 표제는 張杜靈傳卷之單. 무술월일(1838년, 1898년?) 필사. 뒷표 지에는 甲辰元月譯이란 기록이 있음.

⑯ 박순호본[8]: 1권 1책. 73장, 매면 14행, 매행 평균 23자. 표제는 張斗英 傳. 을묘(1915년) 납월 초일일 필사. 뒷면에서 '大正五年 拾二月 貳拾貳

사본이 타당한 명칭이지만, 편의상 유재영본으로 약칭한다.
8) 이 자료는 한국정신문화연구원에서 발간한 『민족문화대백과사전』에 소개된 바 있다.

日 絕筆閣停'이란 기록과 '振威郡 玄德面 岐山里(지금의 평택)'라는 기록이 있음. 표지는 辛未年(1934년)에 기존 소설을 이면지로 덧씌움.

⑰ 성균관대본: 2권 2책. 1책은 일실. 현존하는 책은 하권에 해당함. 앞부분이 훼손되어 표제·내제는 확인 불가. 도서관에서 임의로 '張元帥傳'이란 표제를 붙임. 23.9×21.5cm. 辛丑(1841, 1901년?) 필사. 후미에 "신튝 십월 초ᄉ일 칠십칠셰 옹이 심ᄵ흥기의 진셔소셜을 번역ᄒᄂ 졍신 업고 눈 어둡고 슈젼증 잇고 필묵 그르니 글시 안되고 오자 낙셔만코 말도 된지 만지 ᄒᄂ 망돌ᄒ고 초ᄒ여씨니 부인닉도 가이 볼만ᄒ니라"라는 후기가 있음.

17종의 이본 중에 어느 한 본이 다른 어느 한 본에 직접 영향을 준 작품은 보이지 않는다. 다만 현존하는 이본을 토대로 향유 과정을 살펴보면 크게 네 갈래로 나뉘어 향유되었다는 점만 확인된다.[9] 이는『금선각』의 향유 폭이 넓었음을 의미하는 것이기도 하다. 이 점에서『금선각』연구 대상으로 삼을 텍스트를 정하는 것이 필요하다.

12종의 이본은 내용상 큰 차이가 없다. 그렇지만 이본들 하나하나를 검토하면 현재까지는 고려대본이 원본에 가장 가깝다. 다른 이본에 누락된 내용이 고려대본에는 대부분 나타나고,[10] 오류 또한 가장 적기 때문이다. 즉 고려대본은 선본(善本)이면서 선본(先本)이라 할 만하다. 그렇지만『금선각』본래의 형태는 오히려 유재영본에 가까웠을 것으로 보인다. 유재영본이『금선각』의 원형을 가장 잘 담지하고 있기 때문이다. 그 이유가 무엇인가? 그것은 유재영본『금선각』은 본문이 시작되기

---

9) 그 대체적인 양상은 김준형의 「장풍운전 이본고 – 한문본 금선각을 중심으로」(『우리어문연구』 45, 우리어문학회, 2013)를 참조할 것. 이 역시 그때까지 확인된 한문본 11종만을 대상으로 한 것이어서 이후의 계통에 대해서는 좀 더 면밀하게 따져야 할 요인이 있다.

10) 이에 대해서는 김준형의 앞의 논문(2013)을 참조할 것. 또한 그 양상은 이 책과 함께 출간되는『교감본 금선각』(보고사, 2015)도 참조할 만하다.

전에 장회 제목을 한 장에 걸쳐 소개한 점 외에, 이야기를 끝맺은 뒤에
작가의 발문을 붙였기 때문이다. 그런데도 유재영본이 선본(善本)이나
선본(先本)은 될 수 없다. 유재영본『금선각』몇 장에 한해 다른『금선
각』의 내용과 다른 서술을 하고 있기 때문이다. 유재영본의 대본이 된
텍스트는 원형에 가까운『금선각』이었지만, 그 책은 당시에 이미 적어
도 석 장 정도가 낙장이 된 상태로 있었다. 그랬기 때문에 유재영본
『금선각』의 필사자는 낙장된 부분을 공란으로 남겨두고 필사한다. 그
러다가 필사자는 뒷날에 자신이 필사한 앞뒤의 내용을 추찰하여 공란
으로 남겨두었던 부분에 새로운 내용을 기워 넣은 것이다. 따라서 애초
에 공란으로 남겨두었다가 새로 쓴 부분은 동일한 사람의 필체지만 글
씨체가 조금 다르고, 그 문체도 일정한 차이를 보였던 것이다. 이 점은
『금선각』의 변모(향유) 양상을 적절하게 보여주는 예지만, 유재영본을
선본으로 선정할 수 없는 이유가 된다. 따라서『금선각』연구의 주 텍
스트는 고려대본으로 삼고, 다른 본은 보조 자료로 활용하는 것이 타당
하다. 그렇다면 이제 본격적인 물음이 던져진다.『금선각』은 언제 형
성되었고, 그 작가는 누구인가?

(2)『금선각』의 형성시기와 작가

『금선각』의 형성시기와 작가 문제를 해결하기 위해서는 우선 작가
의 발문이 쓰인 유재영본에 주목할 필요가 있다. 유재영본은 원『금선
각』이나 그에 가까운 본을 전사한 본이다. 유재영본 필사 대상 본은
발문이 씌어져 있었는데, 유재영본 필사자가 그 본에 쓰인 발문까지
필사해 둔 것이다.

그런데 유재영본에 쓰인 발문에는 공란으로 처리된 곳이 많다. 유재영본의 대본은 이미 발문 부분이 상당히 훼손되어 있었기 때문에 유재영본 필사자는 보이는 부분만 쓰고, 보이지 않는 부분은 공란으로 처리한 까닭이다. 첫 장이나 중간에 낙장이 된 것이야 차후 앞뒤 내용을 추찰해서 기워 넣을 수 있었지만, 발문은 그렇게 할 수 없었기에 보이지 않은 부분은 굳이 공란으로 남겨둔 것이다. 완전한 형태의 발문을 볼 수 없는 점이 아쉽지만, 남겨진 부분을 통해서도 『금선각』 형성과 관련한 중요한 정보를 얻을 수 있다. 발문은 다음과 같다.

임인년 봄, 내가 杏陰草廬에 있을 때에 우연히 무릎과 정강이 부분에 마비 증세가 와서 평상의 거적 위에 널브러진 채 문을 단단히 닫아걸고서 사람들과 더불어 소창하지 못한 것이 한 달이 넘었다. 10여세 된 아들놈은 아비의 적막함을 위로할 양으로 밤마다 베개 옆에 앉아 古談을 傳誦해 주었다. 그것은 모두 여항의 俚諺 가운데서 나온 것인데, 辭氣가 捷給하여 또한 족히 들을 만하였다. 안타까울사! 그 놈의 재주는 이언에는 능하지만 글을 짓는 데에는 능하지 못하니, 만일 말을 구성하는 것이 그 능한 바로 인해 그를 이끌어 그 능하지 못한 곳에 자연히 이르게 하는 것과 같이 한다면 어떠할까? 주변에서 늘 쓰는 문자를 모아서 古談 한 부를 집성하고 그로 하여금 독서하는 겨를에 가끔씩 눈주어 보게 한다면 가히 글을 짓는 문법에 밝아지며 말을 구성하는 방도도 깨칠 수 있고, 세속에 보탬이 있을 것이다. 날마다 일상의 정리를 담은 글을 쓰는 것에서 미루어 擧子의 小藝나 문장가의 人範에까지 이르게 된다면 또한 반드시 글을 짓고 말을 구성하는 것에 먼저 거치게 할 필요는 없는 것이다. 내가 이에 비로소 …공란… 마침 병으로 칩거하는데 …공란… ○藁와 俚諺은 서로 멀지 아니하다. 도리어 스스로 배를 움켜잡게 할 뿐인저! 이로써 …공란… 책 후미에 기록하노라.[11]

---

11) 王寅春, 余在杏陰草廬, 偶得膝脛痿痺之病, 委頓牀簟, 緊閉戶牖, 不與人疏暢者, 月餘矣. 兒子有十餘歲者, 爲乃爺慰寂之策, 夜坐枕邊, 傳誦古談, 皆從閭巷俚諺中出, 辭氣捷給, 亦足可聽. 惜乎! 其才能於俚諺, 不能於綴文組語, 如欲因其所能而導之, 馴致於其所

『금선각』 작가의 말이다.『금선각』 작가는 다리에 마비 증세가 있었
다. 자식은 그런 아비를 위해 밤마다 여항에서 나온 이야기를 들려준
다. 작가는 자식이 여항 이야기에는 능란한데, 문장에는 능란하지 못함
을 탓한다. 그래서 작가는 소설을 지어 아들에게 읽힌다면, 아들이 저
절로 글을 짓는 문법을 익히며 글을 구성하는 방책도 얻을 수 있을 것이
라고 생각한다. 그 이후의 정황은 공란으로 남겨져 있어서 명확치 않지
만, 이러한 이유로 인해 작가는『금선각』을 지어 아들에게 읽힌 것으로
추정할 수 있다. 이 기록은 고전소설의 향유와 관련해서도 매우 흥미롭
다. 자식의 문리를 틔우기 위해 아비가 직접 소설을 지어 읽혔다는 사실
은 소설에 대한 적극적인 긍정일 뿐 아니라, 고전소설 형성의 한 동인으
로 설명할 수도 있기 때문이다. 실제『금선각』은 구성이 치밀할 뿐 아니
라, 그 문체가 미려하며, 문장 구조 및 수사도 매끄럽다. 이러한 점에서
보면, 아비가 자식의 문리를 틔우기 위해 이 작품을 지었다는 것도 과장
된 말이 아니다.『금선각』에는 한시(漢詩), 사안(査案), 제문(祭文), 편지
글, 상소문 등과 같은 문예문이 적절하게 쓰이고 있는 것도 이러한 기록
을 방증한다. 아무튼『금선각』작가의 발문을 통해 소설 향유와 관련한
중요한 한 요인을 읽어낼 수 있겠다. 그렇다면 다시 본래 제기한 물음,
즉 창작연대와 그 작가가 누구인가로 돌아가 보자.

　유재영본의 기록을 보면 이 책은 임인년(壬寅年), 혹은 임인년 바로
직후에 지어졌음을 알 수 있다.[12] 그렇다면 임인년은 어느 해인가? 이

不能處, 將何以哉? 拾取恒茶飯文字, 輯成古談一部, 使之往往寓目於讀書之暇, 則可以
曉綴文之法, 可以解組語之方, 庶幾有補於世俗日用通情之文. 推以至於擧子之小藝, 文
章之大範, 亦未必不先由於綴文組語. 吾於是, 始□최소한 11글자 분량을 공란으로 남겨
둠□, 適値病蟄, □최소한 16글자 분량을 공란을 남겨둠, □藥與俚諺, 不相遠矣. 還自
捧腹也已, 遂以是□2자 공란□, 記于篇尾.

12) 임인년에 지어졌다면 '今春'이라고 썼을 가능성이 높기는 하지만, 그렇다고 임인년을
　 배제할 수도 없다.

시기는 아무리 늦어도 1782년 이전이라 하겠다. 왜냐하면 현전하는 이본 중에는 1842년 이전에 필사되었다고 추정되는 본들이 존재하고 있기 때문이다. 따라서 임인년은 1782년, 1722년으로 압축된다. 이 중 어느 해가 더 타당한가는 좀 더 따져봐야 할 문제다.[13] 이 문제는 이 정도로 결론을 내리고, 우선 작가가 누구인가에 초점을 맞춰보자. 작가만 확인되면 그 창작연대도 자연히 드러나기 때문이다.

유재영본에 쓰인 발문을 보면 작가는 어느 지역인지 몰라도 그 지역에서 어느 정도 기반을 갖춘 인물로 추정된다. 병으로 누워있었지만 특별히 불우했던 인물로 보이지 않는다. 몰락 양반으로 추정되지도 않는다. 그렇다고 아주 현달했던 인물로 보이지도 않는다. 그렇다면 작가는 누구인가? 발문을 통해 작가의 처지가 어느 정도 짐작되지만, 구체적으로 그 실상이 확인되지 않는다. 이에 보다 구체적인 사항을 확인하기 위해서는 김준형A본에 주목할 필요가 있다.

김준형A본은 2권 1책으로 되어 있는데, 내제는 각각 '金仙覺'과 '金仙覺 卷之下'로 되어 있다. 그런데 내제 밑에는 각각 '陰城進士申公景源著'라는 기록이 남겨져 있다. 즉『금선각』의 저자를 '신경원(申景源)'으로 밝힌 것이다. 이 기록을 얼마만큼 신뢰할 것인가는 시각에 따라 다를 수밖에 없다. 필자는 이 기록이 실제 작가를 기록한 것으로 추정한다. 물론 이 기록이 가탁일 가능성도 없지 않다. 하지만 그 가능성은 상대적으로 적어 보인다. 왜냐하면 지금까지 가탁된 소설 작가를 살펴보면 대부분 역사적으로 유명한 인물로 설정되는 것이 일반적이기 때문이다. 예컨대 〈상사동기〉의 작가를 성삼문(成三問)으로, 〈위경천전〉

---

13) 필자가 이후 검증한 결과 임인년은 1782년이 맞다. 왜 그런가? 그는 공문서를 쓰는 문체에서 확인할 수 있다. 예컨대 '謹百拜上言'이나 '省疏具悉'과 같은 말들은 1755년 이후부터 쓰이기 시작했기 때문이다. 이 점에서 여기에서 쓴 임인년은 1782년으로 확정할 수 있다.

을 권필(權韠)로, 〈금산사창업연록〉을 김춘택(金春澤)으로, 『동패락송』
의 찬자를 임제(林悌)로 밝힌 예는 누차 보았던 바다. 그런데 고작 진사
벼슬을 한 사람을 『금선각』의 작가로 가탁할 필요가 있었을까? 실제
이 정도의 벼슬을 한 인물이 어떤 서사 작품에 가탁된 경우는 거의 찾
아볼 수 없다.[14] 이처럼 여러 정황으로 볼 때 김준형A본에 씌어진 '陰
城進士申公景源著'라는 기록은 사실일 개연성이 그렇지 않을 가능성
보다 더 높다. 그렇지만 보다 중요한 것은 신경원을 작가로 인정하든
그렇지 않든 간에 당시 이 작품을 향유한 사람들은 『금선각』의 작가를
진사 신경원, 혹은 이와 유사한 층위에 있었던 부류의 인물로 이해했다
는 점이다. 즉 『금선각』의 작가를 '진사 신경원과 같은 부류'로 보는
시각만큼은 이의를 둘 수 없겠다.

  그렇다면 신경원은 누구인가? 『사마방목』을 보면 신경원은 1763년
에 사마 증광시(司馬增廣試)에 합격하여 진사가 된 인물이다. 또한 그
부친이 신성(申渻)임도 확인된다. 그렇지만 그 외 그의 관향이나 형제
등과 같은 세부적인 내용이 『사마방목』에는 빠져 있다. 족보를 살펴보
면, 평산 신씨 족보에는 신경원(申景源)이란 이름이 보이지 않는다. 반
면 고령 신씨 족보에는 신경원(申景源, 1722~1797)의 이름이 보이는데,
그의 부친의 이름 역시 '성(渻)'이다.[15] 따라서 이가 곧 김준형A본에 씌

14) 김준형본에 씌어진 기록이 작가가 아닌 필사자일 가능성도 있다. 하지만 필사자가 제
  목 밑에 자신의 이름을 쓰고 '著'라는 기록까지 남겼으리란 추정은 오히려 더 낯설다.
15) 고령신씨세보에 그려진 신경원의 가계도는 아래와 같다. 『高靈申氏世譜』, 회상사,
  1989.

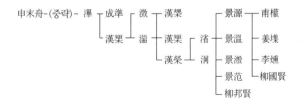

인 '진사(進士) 신경원(申景源)'일 가능성이 높다.

그렇지만 그를 곧바로 『금선각』의 작가로 확정하기에는 다소 주저되는 면이 없지 않다. 그것은 김준형A본에 씌어진 신경원이 '음성(陰城) 진사(進士)'라는 기록 때문이다. 그런데 고령 신씨 족보에 등재된 신경원은 지금의 전라남도 화순 지역에 기반을 두고 있었다. 또한 『동복현읍지(同福縣邑誌)』〈과환(科宦)〉조를[16] 보면 신경원이란 인물이 씌어져 있다. "申景源 英廟癸未增科中司馬文章行誼累登 褒啓"가 그것이다. 영묘 계미년, 즉 1763년에 사마시에 합격한 인물이라는 점에서 이가 바로 고령 신씨 신경원임이 분명하다. 즉 고령 신씨 족보에 오른 신경원은 동복군에 세거했던 인물임이 확인된다.[17] 동복군은 곧 화순의 옛 이름이다. 따라서 고령 신씨 족보에 오른 신경원은 '음성 진사'가 아니라, '화순 진사'인 셈이다. 이 차이는 단순한 실수인가? 단순한 차이로 무시해도 좋을 것이라면 『금선각』의 작가는 고령 신씨 신경원이고, 이 작품이 창작된 시기는 1782년 여름으로 귀결된다. 그렇지만 신경원이 동명이인이라면, 작가는 신경원으로 인정될 수 있지만, 그 창작 시기는 여전히 1722년, 혹은 1782년 전후로 되돌아갈 수밖에 없다. 이 문제에 대해 이 글에서 확정짓기는 어렵다.[18] 지금 상태로는 모든 가능성을 열어두어야 하기 때문이다.

---

16) 『邑誌』 전라도①, 아세아문화사, 1983.

17) 『同福誌』(『조선시대 私撰邑誌』 전라도⑤, 한국인문과학원, 1989.)에는 신경원에 대해 『同福縣邑誌』보다 조금 자세히 서술되어 있다. 이 점에서 신경원은 화순 지역에 세거했던 인물임이 틀림없다.

18) 이 논문을 쓴 이후 필자가 추후 조사를 하였는데, 신경원은 42세의 나이에 생원시에 합격했을 당시 거주지가 음성에서 그리 멀지 않은 청주 홍덕 지방이었다는 사실을 확인하였다. 이 점에서 『금선각』의 작가는 필자가 조사한 신경원일 개연성이 상당히 높아졌다. 이 문제는 별도로 『장풍운전』의 형성 등을 모두 고려한 논문 및 저서의 형태로 제출하기로 한다.

그렇지만 『금선각』의 작가는 신경원(혹은 그와 같은 부류)으로, 최소한 생원·진사과에 합격할 정도의 문식을 갖고 있었고, 또한 서울[近畿]이 아닌 지역에서 어느 정도 경제적인 기반을 갖춘 인물이라는 점만큼은 부인할 수 없다. 또한 『금선각』이 창작된 시기도 아무리 늦어도 『상서기문』에서 『장풍운전』을 언급한 1794년보다 최소한 10여년, 많게는 70여년 앞선다는 점이다. 이는 곧 영웅소설의 형성과 관련한 새로운 가능성을 제시하게끔 한다. 즉 영웅소설의 형성배경이라든가, 그 작가층 등 다양한 문제가 다시금 제기될 수밖에 없게 된다. 그렇다면 이제 궁극적으로 한문본과 『금선각』과 국문본 『금선각』, 그리고 『장풍운전』은 어떤 상관관계가 있는지에 대해 고찰해 보자.

3. 한문본 『금선각』· 국문본 『장두영전』·『장풍운전』의 관련 양상

(1) 『금선각』·『장두영전』·『장풍운전』의 동질적인 면모

『금선각』·『장두영전』·『장풍운전』은[19) 그 서사적인 골격이 동일하다. 물론 그 구성의 정제성에 대한 차이야 있지만, 서사 구조가 동일하다는 점에서 세 작품의 친밀성은 인정된다.

『금선각』·『장두영전』·『장풍운전』은 장두영(장풍운)이라는 일개인의 영웅성을 보여주는 작품이라고 요약할 수 있다. 하지만 그 영웅성은 여타 영웅소설에서 볼 수 있는 것처럼 군담을 통한 입공이 아니라, 붕

---

19) 이하 한문본 『금선각』을 총칭할 때에는 『금선각』, 국문본은 『장두영전』, 그리고 필사본·방각본·활자본 『장풍운전』은 『장풍운전』으로 쓴다. 굳이 이본 간 변별이 필요할 때에는 구체적인 실체를 밝힌다.

괴된 가문을 형성하고 유지하는 역할을 한다는 점에서 다른 영웅소설
과 일정한 차이를 보인다.[20] 그리고 이 점에 주목하여『장풍운전』은
가문의 형성과 창달이라는 두 부분으로 나뉜다는 기존 논의 또한 설득
력이 있다. 그렇다면『금선각』에서도 기존 주장이 동일한 양상으로 나
타나는가? 결론부터 이야기한다면 동일한 양상으로 나타나지만, 기존
논의와 달리 두 부분이 아닌, 세 부분으로 나누는 것이 보다 타당성을
갖는다. 왜냐하면『금선각』에서 가문의 형성과 창달과 함께 그에 따른
'결과' 역시 중요하게 작동하기 때문이다. 이는 영웅소설 전체를 이해
하는 구조로까지 확장할 만도 하다.

즉 이 작품의 첫 부분은 장두영(장풍운)이 가족과 분리되었다가 다시
화합하는 데까지로, 한 가문이 완전히 해체되었다가 재결합되는 양상
을 보여준다. 이는 '가문의 외적 창달'로 이해할 수 있다. 소설에서는
황성에 집을 짓고, 그 집에 새로운 인물들이 주거한다는 점은 가문의
외적 창달의 결과를 보여준 예라 하겠다.[21] 두 번째 부분은 다시 화합
한 가족 내부에서 갈등이 벌어지고, 장두영(장풍운)이 이 갈등을 해결하
는 데까지다. 이는 가문의 번창을 위해 내부를 정비하는 과정으로, '가

---

20) 송성욱,「가문의식을 통해 본 한국고전소설의 구조와 창작의식」, 서울대 석사학위논
문, 1990. 강상순,「영웅소설의 형성과 변모양상 연구」, 고려대 석사학위논문, 1991.
전성운, 앞의 책, 2002. 박일용,『영웅소설의 소설사적 변주』, 월인, 2003. 이창헌,『이
야기ㆍ책ㆍ이야기』, 보고사, 2003.
21)『금선각』에는 이 부분이 상당히 확장되어 있다. 이는 그만큼 외적으로 혁혁한 가문을
형성하였음을 보여주기 위한 장치기 때문이다. 丞相仍至新宮, 各有定居. 東有慶喜宮,
魯王楊夫人, 居焉. 西有慶安宮, 王尙書鄭夫人, 居焉. 慶喜宮之西, 有孝養堂, 李夫人,
居焉. 慶安宮之東, 有孝奉堂, 王夫人, 居焉. 黃花居於鴛鴦閣, 閣前有方塘, 靑蒲綠芷,
搖影澄波中, 有一雙鴛鴦, 飛去飛來. 潤玉居於愛蓮亭, 亭下有小池, 荷花開滿, 秀色天
然, 可與亭上玉人, 較其芳艶. 愛蓮亭之前, 有鳳凰堂, 丞相居焉. 鳳凰堂之前, 有鳴鶴堂,
爲延賓之所. 堂下有琪花瑤草, 滿階成林, 玄鶴白鶴, 雙雙成群, 有客踵門, 則嘹亮一聲,
蹁躚而來報矣. 鳴鶴堂之西, 有攻玉軒, 爲瓊雲讀書之所. 環一宮四方, 繚之以粉墻華堞,
東西二十里, 南北十餘里, 朱門棨戟, 呀然高開下, 皇居少參差矣.

문의 내적 정비'로 이해할 수 있다. 주인공에 의해 집안을 어지럽힌 간악한 인물이 모두 처치되고 선한 인물이 표창되는 것은 가문의 내적 정비의 결과인 셈이다.[22] 그리고 마지막 부분은 '가문의 외적 창달'과 '가정의 내적 정비'를 통해 이루어진 '결과'로, 주인공의 후손이 영화를 누린다는 대목이다. 마지막 대목에 후손이 영원한 부귀영화를 누리는 것은 그를 증명하는 한 예다.[23] 즉 작가가 『금선각』에서 궁극적으로 말하고자 하는 점은 '가문을 창달하고, 가문의 창달이 이루어지면 가정 내부의 질서를 다시 정비하고, 그 결과 후손들은 끝내 영화를 누린다'는 데에 있는 것이다.

그런데 『금선각』·『장두영전』·『장풍운전』에는 이 세 부분에 대한 내용 분배가 거의 동일하게 나타난다. 『금선각』이 43,500여자, 단국대본 『장두영전』이 48,300여자, 경판 29장본 『장풍운전』이 25,900여자, 완판 36장본 『장풍운전』이 40,900여자로 그 분량이 일정한 차이를 보이며, 존재 양상도 한문 필사·국문 번역·상업적 판각으로 각기 달리 나타난다는 점을 고려하면 배분이 달리 나타남직도 하다. 그런데도 이 배분은 변함이 없다. 이를 표로 정리하면 그 양상이 더욱 명료하게 드러난다.

	『금선각』	『장두영전』	경판 『장풍운전』	완판 『장풍운전』
가문의 외적 창달 ①	73% (31,933)	66% (31,791)	72% (18,715)	70% (28,645)
가정의 내적 정비 ②	22% (9,592)	29% (14,017)	26.5% (6,862)	26% (10,645)
①과 ②에 따른 결과	5% (2,076)	5% (2,519)	1.5% (324)	4% (1,630)

22) 『금선각』에는 이 부분도 상당히 길게 서술되어 있다. 장두영이 공초하는 내용, 옆에서 이를 기록하여 국가에 상달하는 내용, 충성을 다한 시비에 대한 포상 등 그 내용도 다양하다. 이에 대한 인용은 생략한다.

23) 이는 이 장회의 마지막 부분에 집중되어 있다. '暮景益享無彊福 闔家同躋極樂界'는 그를 분명히 밝힌 장이다.

세 작품의 내용상 배분은 거의 동일하다. 다만 국문으로 번역되고 상업적 판본으로 이어질 때에 '가문의 외적 창달'보다 '가문의 내적 정비' 비중이 조금 커진다는 차이가 있을 뿐이다. 그리고 경판 29장본은 '가문의 창달과 정비에 따른 결과' 부분이 대폭 축소되었다는 차이를 보인다. 가문의 외적 창달 부분이 다른 부분보다 비중이 큰 것은 그만큼 '가문의 외적 창달'이 어려웠음을 의미하는 것이고, 한문본『금선각』은 이에 유의했지만, 후대의 작품들은 상대적으로 이미 통속화된 처첩 갈등이 가진 흥미소에 더 관심을 보였던 것이 아닌가 한다. 그렇지만 이러한 차이를 고려해도 크게 문제될 정도는 아니다. 이처럼『금선각』·『장두영전』·『장풍운전』은 그 서사 내용을 분배하는 것까지 거의 일치한다는 점만으로도 세 작품 간의 동질적인 면모를 읽어내는 데에는 부족함이 없다.

서사 구조 외에 내용에서도 세 작품의 동질성은 드러난다. 내용상의 동질적인 면을 확인하기 위해서는 가급적 세세하게 서사분절을 제시하고 그에 따른 대비를 하는 것이 효과적이다. 또한 세부적인 서사분절을 제시하면『금선각』·『장두영전』·『장풍운전』의 변별적인 면도 확인할 수 있다. 그렇지만 이 글에서는 이에 대한 세부적인 비교는 줄이고, 다만『금선각』과 대비를 위한『장풍운전』의 텍스트를 무엇으로 택할 것인가에 대해서만 언급해두기로 한다.

『장풍운전』은 방각본, 필사본, 활자본이 모두 존재한다. 현재까지 보고된 이본 수는 필사본 35종, 활자본 12종, 방각본 6종이 존재한다.[24] 그렇지만 조희웅이 조사한 이본 외에 여러 이본이 추가로 확인된

---

24) 조희웅,『고전소설이본목록』, 집문당, 1999. 이후 필자가 조사한 바에 의하면 이 수보다 대폭 확장되어 있다. 이에 대해서는 앞서 각주 18번으로 언급한 내용들을 포함한 별도의 논문이나 저서로 제시하기로 한다. 여기에는 '『장풍운전』이본고'도 포함되는데, 이 문제는『금선각』이『장풍운전』으로 변모되는 양상과 판각화 과정까지 같이 고려

다는 점을 고려한다면 실제『장풍운전』이본 수는 이보다 훨씬 상회할
수밖에 없다. 그렇다면 이 많은 이본들 중에 어느 본이 가장 선본(先本)
인가?『금선각』과『장풍운전』의 관계를 해명하기 위해서는 이 문제가
해결되어야 한다. 특히『금선각』과『장풍운전』의 선후관계를 해결하
기 위해서는 반드시 이 문제가 우선되어야만 한다. 그렇지만 필자가
지금까지 몇 종의 이본을 대상으로『장풍운전』이본을 검토한 결과,
아직까지 어느 본이 선본이라고 확정할 수 없었다. 그렇다면 선행 연구
에 기대어, 절대연도가 확인되는 완판 36장본을 대상으로 주 텍스트로
삼는 것이 그나마 보편성을 얻을 수 있지 않을까 한다.

현전하는 완판 36장본은 1857년에 간행되었다가 1903년 다가서포
(多街書鋪)에서 이를 복각한 것이다.[25] 물론 현존 36장본은 중간에 보각
(補刻)한 흔적도 있지만, 내용상 1857년에 간행된 본과 큰 차이가 없어
보인다. 따라서 선본이 확정되기 이전까지는 완판 36장본을 주 텍스트
로 삼고『금선각』과『장풍운전』을 대비할 수밖에 없다. 다만 경판 계열
은 완판과 내용상 일정한 차이가 있기 때문에 함께 다루기로 한다. 경
판 텍스트는 29장본으로 한다.[26]

(2) 『금선각』·『장두영전』·『장풍운전』의 차별적인 면모

『금선각』·『장두영전』·『장풍운전』의 차별적인 면모를 확인하기 위
해서는 먼저 세부적인 서사분절을 제시하여 그 차이를 확인하는 작업

해야 한다.

25) 류탁일, 『완판 방각소설의 문헌학적 연구』, 학문사, 1981, 203~205쪽.
26) 이창헌은 일실된 〈31장모본〉에서 경판 29장과 경판 31장이 분파되어 나왔다고 보았다.
　　따라서 현전하는 경판본 중에서는 29장본이나 31장본 중 어느 본을 텍스트로 정해도
　　무방하다고 할 수 있다. 이창헌, 『경판방각소설 판본연구』, 태학사, 2000, 275~278쪽.

이 필요하다. 하지만 보다 효과적이고 집약적인 논의를 위해서는 세세한 차이를 대비하기보다 핵심적인 몇 가지 요인에 주목하여 세 작품 간의 차별성을 읽어내는 것이 유의미할 수 있다. 그 중 형식적인 면, 등장인물, 한시(漢詩)·사안(査案)·편지글·표(表)·제문(祭文)·상소문(上疏文) 등과 같은 문예문의 처리문제, 후일담의 문제 등은 세 작품 간의 차별적인 면모를 비교적 잘 보여주는 요인이라 하겠다.

『금선각』·『장두영전』·『장풍운전』의 형식적인 차이는 표제에서 찾을 수 있다. 한문본의 표제는 '부처님의 깨우침'이란 의미를 담은 『금선각(金僊覺)』으로 되어 있고, 『장풍운전』은 주인공의 이름을 표제에 노출한다. 한편 국문본 『금선각』이라고 불릴 수 있는 작품은 현재 세 종이 존재한다. 단국대본 『금선각』, 박순호본 『장두영전』, 성균관대본이 그것이다. 단국대본은 내제만 '금선각'으로 되어 있고, 표제는 '장두령전(張杜靈傳)'으로 되어 있다. 또한 내제에도 '금선각' 아래 '장두영□'이라는 제목도 병기되어 있다는 점에서 국문본 『금선각』은 『장두영전』이란 명칭으로 향유되었음을 짐작할 수 있겠다. 박순호본의 표제는 '장두영(張斗英傳)', 내제는 '장두령젼'으로 되어 있다.[27] 즉 '장두영전'은 한문본 『금선각』이 번역되면서 새로 만들어진 제목이라 하겠다. 이처럼 한문본에서는 작품의 내용 중에 가장 의미 있는 소재가 제목으로 드러나는데, 국문본에서는 주인공의 이름이 제목으로 노출되는 양상은 흥미롭다.

실제 이 시기에 창작된 것으로 추정되는 한문소설에는 주인공의 이름에 '전(傳)'을 붙인 '○○傳' 형태의 표제가 거의 쓰이지 않는다. 예컨

---

[27] 성균관대본은 표제가 떨어져나가 제목을 확인할 수 없다. 또한 내제도 없어 이 책이 무슨 제목으로 향유되었는지 알 수 없다. 다만 정황상 '장두영전'으로 향유되었을 것으로 추정될 뿐이다.

대 국립중앙도서관본 3권 3책『청백운(靑白雲)』, 서강대본 2권 2책『남
가록(南柯錄[南柯奇話])』, 대판부립도서관본 3권 3책『남정팔난기(南征八
難記)』등이 그 대표적인 예다.[28] 또한 1797년에 필사된『김전전(金銓
傳)』도 표제는 '대동소(大同所)'다. 이처럼 이 시기에 씌어진 한문본 대
부분은 주인공을 정면에 내세우지 않고, 작품의 내용 중에 의미 있는
요소를 표제로 삼는 방식이 주류였다고 하겠다.[29] 그런데 주인공의 일
대기에 초점이 놓일 수밖에 없는 '○○전'은 다분히 국문소설 지향적인
제목임을 짐작할 수 있겠다.『장두영전』역시 이러한 당시 소설사의
일반적인 상황을 고려한다면 한문본에서 국문본으로 번역되고, 국문
으로 향유되기 위해 만들어진 제명임을 미루어 짐작할 수 있다.

『장풍운전』역시 '○○전'의 형식을 취한다는 점에서 그 지향가치가
국문소설에 놓여있음을 짐작할 수 있겠다.『장풍운전』이본 중에 제명
이 다른 경우는『풍운전』뿐인데, 이 역시『장풍운전』의 다른 표현일
뿐이다. 이 점은 작품의 선후관계를 암시하는 한 예라 하겠다. 즉 표제
만으로는『금선각』이『장풍운전』보다 선행했을 가능성을 담지하고 있
는 셈이다.

다음으로 등장인물의 차이를 볼 수 있다.『금선각』・『장두영전』・『장
풍운전』에는 많은 인물이 등장한다. 그 중에는 주변 인물도 적지 않다.
그런데 작품 안에서 주변 인물이 차지하는 비중은 '『금선각』>『장두
영전』>『장풍운전』' 순으로 되어 있다. 즉『장풍운전』에는 주변 인물

---

28) 이 양상은 19세기도 마찬가지다. 1866년에 吳錫瑜가 쓴 6권 6책『帷幄龜鑑』이나,『折
花奇談』・『布衣交集』은 물론이고, 19세기 한문장편소설 역시 주인공을 표제로 직접 내
세우지 않는다.

29) 물론『丁香傳』이나『淑香傳』과 같은 경우도 있다. 하지만 이들은 별도의 이칭이 존재
한다. 실제『정향전』은 '西遊錄'으로 널리 향유되었고,『숙향전』도 한문본은 '梨花亭記・
梨花亭奇遇記・再世奇遇記' 등과 같은 이름이 더 널리 쓰였다.

의 역할이 상당 부분 약화되어 있는 반면, 『금선각』에서는 주변 인물의 역할도 적지 않다. 실제 『금선각』에서 양씨의 시비인 옥매, 이씨[경파]의 시비인 자란, 왕씨[부용]의 시비인 옥섬의 역할은 크다. 뒷날 모든 사건이 해결되었을 때 장두영이 이들을 불러 "너희들은 주인을 사랑으로 모시는 데에 아낌이 없었던 것은 常道를 지키려는 본심에서 나온 것이니 내 어찌 너희들을 천한 종으로 그저 두겠는가?"라고 한 후 각기 정사(精舍)를 지어주고 성대하게 자산(資産)을 충당시키고, 또한 무부(武夫) 중에서 미남자를 신중하게 고른 후에 각각 혼례를 시킨 것은[30] 이러한 이유에서 비롯된다. 그렇지만 다른 데에서는 이 부분이 극히 간략하게 처리되거나 아예 없다. 예컨대 단국대본 『장두영전』에서는 "승상니 자란과 옥매와 옥섬을 불너 왈, 너희 상전을 정성으로 셤기니 니엇지 너의 공을 모로리요? 인호여 □□□을 지여 산업을 셰우고 셔방을 갈□여 성혼호니 셰 비즈 두터온 은혜울 감격히 너겨 더옥 정성으로 셤기더라."로 『금선각』에 비해 축소되어 있고, 『장풍운전』에는 이 부분이 아예 없다. 『장풍운전』에서는 주변 인물의 역할이 그리 크지 않기 때문에 이들에 대한 배려도 필요치 않았던 것으로 이해할 수 있다. 또한 이 글에서는 구체적으로 제시하지 못하지만 장두영이 서번을 치러 갈 때의 장수들[段信, 韓襄, 楊晦, 衛瓘, 李弼]의 역할도 『금선각』에서는 중요하지만, 『장풍운전』에서의 장수들은 있어도 그만 없어도 그만인 인물로 그려져 있다.

　『금선각』에 등장하는 주변 인물들은 일정한 역할을 담당했다. 그런데 『장풍운전』에는 주변 인물의 역할이 약화되면서 소설의 중심에는 오로지 장풍운만 존재한다. 심지어 『장풍운전』에서는 경파의 역할도

---

30) 고려대본 『금선각』. "丞相招紫蘭玉梅玉蟾語之曰 爾曹戀主毋忱 出於秉彝之天 吾豈以賤隸畜之乎 遂各建精舍 盛立資産 以爲安居之所 極選武夫中美男子 具禮成婚"

『금선각』에 비해 비교적 약화되어 있다. 오로지 장풍운이라는 한 인물의 영웅성이 강조될 뿐이다. 『금선각』에서 보이는 다양한 인물에 대한 관심이 『장풍운전』에서는 한 인물로 옮겨진 것이다. 한 영웅의 일생이 부각되는 반면, 한 가문을 일으키는 데에 보조적인 역할을 담당했던 인물은 거세되어 있는 셈이다. 이 점에서 장풍운의 영웅성과 장두영의 영웅성은 일정한 차이를 보인다. 장두영의 영웅성은 소위 가문소설에서 보이는 양상과 유사하다면, 장풍운의 영웅성은 그보다 영웅소설에 그려진 영웅성과 일정 정도 맞닿아 있는 셈이다. 이 점 역시 『금선각』이 『장풍운전』보다 선행했고, 『장풍운전』은 이를 수용하면서 주변 인물의 역할을 거세시키는 과정에서 빚어진 결과로 이해할 수 있다.

다음으로 한시(漢詩) 등과 같은 문(文)의 처리에 따른 차이도 흥미롭다. 『금선각』에는 여러 군데에서 문예문이 등장한다. 그 중 한 예를 보자.

① 다음 날 아침, 장생이 대사에게 말하였다. (중략) 마침내 四韻詩를 써서 주었다. 그 시는 이렇다. "풍광을 둘러보며 동천에 들어오니 / 청산과 백일이 진선에게 읍하는 듯 // 가을 경치 서러운 나그네, 발길은 낙엽을 따르고 / 夏安居 시절은 눈앞에서 물거품처럼 지나갔네 // 苦海의 중생은 피안으로 인도하는 배를 근심스레 바라보고 / 미혹한 俗人은 지혜의 등을 밝혀줄 수 있는가를 묻네 // 虎溪를 한 번 지나면 恒河처럼 넓은 세상이 펼쳐지리니 / 어느 날 다시 여산에서 오랜 이연을 이야기할까." 대사가 입에서 반복해서 읊더니 손바닥으로 무릎을 치고 칭찬하여 말하였다. (중략) 그 시는 이렇다. "북두칠성의 밝은 빛이 하늘에서 내려와 / 金沙로 돌아가는 나그네는 玉京의 신선이라 // 前程에 이미 揚鷹의 날을 점지하니 / 궁핍한 길에서도 소년의 나이는 좋기만 하여라 // 객사의 바람과 서리야 때때로 기다리고 있겠지만 / 禪家의 안개와 달, 즐거움은 끝이 없을지라 // 옥으로 만든 패옥 소리가 산과 계곡에 크게 울리니 / 어찌 금은으로써 맺은 불교의 인연과 다투겠는가."

장생이 무릎을 꿇고 사례하며 말하였다. "신선과 같은 풍채에서 흘러나오는 웅장하면서도 호방한 詩文이 속인의 塵襟을 모두 씻어주십니다. 상쾌하여 하늘을 나는 여러 신선들과 더불어 하늘 꼭대기까지 오른 듯한 마음입니다. 다만 시에 쓰인 '揚鷹' 두 글자는 생각건대 한미한 사람을 지나치게 포장함으로써 떠돌아다니는 고단한 신세를 달래려는 것인가 봅니다. 궁지에 빠진 새가 하늘을 세차게 날아오르는 매가 될 희망을 어찌 바랄 수 있겠습니까?" 대사가 말하였다. "6년 후에 상공께서는 반드시 玉節과 金鉞을 가지고 와서 이 山門을 빛내리니, 그 때는 빈도의 말을 기억할 것이외다." 장생이 재삼 사례하였다. (중략) 대사도 함께 절 문 밖에까지 나와 십분 부지런히 말하였다. "길을 떠남에 조심하고, 또 조심하시오!"[31]

② 밤을 지녀고 잇튼날 글을 지여 화답ᄒᆞ고 셔로 써날 시 디ᄉᆞ 일으되 "상공니 육연 후면 졀월을 셰워 산운의 빗ᄂᆞ리라." ᄒᆞ거늘 장ᄉᆡᆼ니 여러 번 ᄉᆞ례ᄒᆞ고 경운의 손을 잡고 니로되 "네 의퇴할 곳즐 ᄋᆞ더 □□□ᄒᆞ니 ᄉᆞ부랄 잘 셤겨 은혜을 잇지 말나. 조만간의 엇지 다시 맛날 긔약니 읍시리요?" 셔로 눈물노 니별하니 디ᄉᆞ 문ᄀᆡ 밧 나 젼송하더라. (단국대본)

③ 이튼날 풍운이 경운ᄃᆞ려 이로되 "이졔 너 유홀 고즐 졍ᄒᆞ엿시나 〃ᄂᆞᆫ 엇지 여긔 잇셔 속졀 업시 셰월을 보ᄂᆞ리요? ᄉᆞ히로 두루 단이다가 육칠연 후의 츠질 거시니 너난 노사을 공경ᄒᆞ야 평안니 잇스라." 경운이 〃 말을 듯고 눈믈을 흘이거날 풍운이 위로ᄒᆞ고 노승게 하직ᄒᆞ고 노승이 산문 밧긔 나와 이별ᄒᆞ여 왈, "상공이 칠연 후면 이 절의 옥졀을 잡고 도라오시리다." 풍운이 노승의 은혜을 치사ᄒᆞ고 셔로 이별ᄒᆞ니라. (완판 36장)

④ 익일의 ᄉᆡᆼ이 경운ᄃᆞ려 왈 "너를 이믜 의지홀 곳을 졍ᄒᆞ여시니 너는 학문을 힘쓰라." 지샹 당부ᄒᆞ고 셔로 작별후 노승긔 하직ᄒᆞ니, 노승이 비별왈

---

31) 고려대본 『금선각』. 張生謂大師曰: (중략) 遂寫四韻詩, 以贈曰: '收拾風烟入洞天, 靑山白日揖眞仙, 跫隨落葉悲秋客, 眼閱泡花結夏年, 苦海愁瞻慈舫外, 迷津欲問慧燈邊, 虎溪一過恒河闊, 何日廬岑講宿緣,' 大師沉吟三復, 擊節讚歎曰: (중략) 其詩曰: '星斗晶光降自天, 金沙歸客玉京仙, 前程已占揚鷹日, 窮道堪憐舞象年, 逆旅風霜時有待, 禪家烟月樂無邊, 瓊琚大放溪山響, 爭似金銀結化緣.' 張生跪謝曰: "仙風逸響, 洗盡俗子塵襟, 爽然有挾飛仙, 登天底意思. 但詩中揚鷹二字, 想是過奬寒微, 使慰漂泊之孤愁也. 安有窮鳥揚鷹之望哉?" 大師曰: "六年後, 相公必以玉節金鉞, 耀此山門, 伊時可記貧道之語矣." 張生再三稱謝, (중략) 大師借出沙門外, 十分謹勉曰: "愼行李愼行李."云.

"칠년 후면 다시 오실지니 그쩌 영화를 구경ᄒ리이다." 싱이 스레코 가니라.
(경판 29장)

장황하게 인용했지만, 이를 통해『금선각』에서 문예문의 역할과 그
외 작품과의 차이가 분명히 드러난다.『금선각』에서 ①부분은 중요한
의미를 담고 있다. 훗날 재회를 암시할 뿐 아니라, 장두영의 미래에 대
한 복선을 깔고 있기 때문이다. 특히 한시로 제시된 부분 중 "전정(前程)
에 이미 양응(揚鷹)의 날을 점지하니"에서 '양응(揚鷹)'은『시경(詩經)』의
"시유양응(時維揚鷹)"에서 따온 말인데, 장두영이 지금의 처지에서 얼마
만큼 그 성취를 높일 것인가를 보여준다. 즉『금선각』에서 한시를 쓴
것은 단순히 문예취향적인 면을 보여줄 뿐 아니라, 사건의 전개에도
중요한 역할을 담당한다고 하겠다. 훗날 장두영이 원수가 되어 다시
대사를 찾아왔을 때, 제일 먼저 그 시의 징험을 이야기하는 것도[32] 이
러한 맥락에서 이해할 수 있다. 그런데『장두영전』에서는 "시를 지어
화답하고 서로 떠"나고,『장풍운전』에서는 그저 이별의 말을 나누고 헤
어질 뿐이다.『금선각』에서 볼 수 있는 미감이『장두영전』이나『장풍
운전』에는 사라져 있다.『장풍운전』은 단지 줄거리만 전달하고 있는
셈이다.

이 외에 이윤정의 유서도『금선각』에는 수수께끼를 푸는 것처럼 여
러 군데서 해석이 필요한 고급 한문이 쓰이는데 반해,『장풍운전』에서
는 곧바로 어디로 가라는 식의 직접적인 언술을 한다. 이러한 점들 또
한 줄거리 전달을 위주로 한 번역 과정에서 배태된 결과라 하겠다.

---

32) 고려대본『금선각』. 遂正襟而言曰: "昔承贈別之時, 窃疑揚鷹之句, 今丁顯達之日, 果
如龜筮之協, 始知西天大佛, 遊戲人間, 指導窮人於昏衢之中也." (중략) 大師謝曰: "相公
崇信吾道, 出於天性, 今日立揚, 安知非報應之理耶?"

　마지막으로 후일담의 처리 문제도 『금선각』·『장두영전』·『장풍운전』
은 서로 다른 양상을 보인다. 앞서 보았듯이, 세 작품이 차지하는 후일
담의 비중은 대부분 비슷하다. 다만 경판본만 그 비중이 확연히 줄어들
뿐이다.

　후일담은 동양적인 세계관을 잘 보여주는 대목이다. 단일한 하나의
세계를 그려내더라도 동양에서는 항상 그 세계를 열어둔다. 이 점은 소
설에도 흔히 쓰이는데, 상당수의 고전소설에는 주인공의 부친이 죽은
후, 주인공이 성장하며, 주인공은 영웅의 일대기를 지내고 죽는다. 이어
서 주인공의 아들이 장성하는 대목까지 그려낸다. 이는 주인공이 죽었
다고 해서 이야기가 끝나는 것이 아니라, 아들에서부터 다시 시작된다
는 열려진 세계관을 보여주고 있는 것이다. 윤회적인 형태로 열린 세계
를 보여주는 동양적 세계관은 완전한 결말을 보여주는 닫힌 세계를 지
향하는 서구와 분명히 다른 양상이다. 따라서 후일담은 소설에서 첨부
된 것이 아니라, 우리 고전소설에 반드시 드러나야 하는 사항인 셈이다.

　『금선각』에는 이 대목이 여실하게 드러난다. 『장두영전』에도 마찬
가지다. 반면 『장풍운전』에는 이 부분이 상당히 축약된다. 이 양상은
완판보다도 경판이 심하다.

　　ᄎ시 경운이 십칠셰라. 좌승상 남ᄌ강의 ᄉ회 되여 농문의 올ᄂ 익쥬ᄌᄉ
　룰 ᄒ여 님쇼로 갈 ᄉ〡 연경ᄉ의 드러가 금븩을 훗터 청원과 졔승을 궤급ᄒ고
　션영의 쇼분ᄒ고 고틱의 ᄎᄌ가니 호시 이믜 쥭엇ᄂ지라. 니부인의 ᄋ들 옥
　윤이 쇼년등과ᄒ여 병부시랑의 니ᄅ럿더니 텬ᄌ〡 승상의 공노로 셔량왕을 봉
　ᄒ시고 승상은 위국공을 봉ᄒ시니 그 부귀 영화 세상의 드므더라. 셔량왕이
　모비룰 뫼셔 셔량으로 갈 ᄉ〡 단원승당의 드러가 청졍의 은공을 ᄉ례ᄒ고 발
　힝ᄒ니 익쥬ᄂ 셔량지경이라. ᄌ시 나와 마ᄌ 반기고 함긔 셔량으로 가 문무
　조하룰 맛고 치국틱평ᄒ여 누빅년 누리더라.(경판 29장)

경판 29장본은 성급하게 이야기를 끝맺고 있다. 경판 27장본에는
더 심한데, 여기에는 고작 176자가 후일담의 전부다.[33] 이처럼 『장풍
운전』에서 후일담은 분량도 적고, 그 내용 역시 심각하지 않다. 그렇
지만 『금선각』에 그려진 후일담은 15회 회장 중에 "모경(暮境)에 더더
욱 무강(無彊)한 복을 누리고, 합가(闔家)가 한가지로 극락세계로 오르
다[暮景益享無彊福 闔家同躋極樂界]"라는 제목의 한 회로 처리할 만큼 그
중요성을 인식하고 있었다. 또한 이 후일담은 단순히 이야기를 끝내기
위한 장치가 아니라, 불교적 응보관의 효험을 말하기 위한 것으로 이
야기가 지닌 긴장감을 여전히 유지시키는 요소이기도 하다.[34] 즉 『금
선각』의 후일담은 가문의 외적 창달과 내적 정비를 통한 결과를 보여
줌과 동시에 불교적 응보의 한 양상을 말해주는 중요한 의미를 담지한
것이다.

이처럼 『금선각』·『장두영전』·『장풍운전』은 서로 여러 측면에서 차
별적인 요소를 보여준다. 이 점을 고려할 때 『금선각』과 『장풍운전』의
관계는 어느 정도 구명되었다고 할 수 있다. 즉 이상의 논의를 통해
볼 때 『장풍운전』은 『금선각』을 차용하는 과정에서 배태된 작품으로
이해할 수 있지 않을까 한다. 이 문제는 절을 달리하여 그 사상적인
기반까지 고려하면 더욱 분명해지리라 본다.

---

33) 경판 27장본. "경운은 승상님ᄌ강의 ᄉ회되여 농문의 올나 익쥬ᄌᄉ을 ᄒ여 연경ᄉ을
ᄒ여 연경ᄉ을 지란시 제승을 즁상ᄒ고 도임ᄒ니라 상이 승상을 셔랑왕을 봉ᄒ시고 니
붕인의 아들 옥슌은 위국공을 봉ᄒ시고 왕부인의 아달 옥슌은 녜부샹셔를 봉ᄒ신니 부
귀영총이 일셰가득ᄒ더라 왕이 셔량의 도임ᄒ여 문무죠희를 ᄇ든후 치국퇴평ᄒ여 누빅
년 누리더라."
34) 다음 절을 참조할 것.

(3) 『금선각』과 『장풍운전』의 선후 문제

이제 앞의 논의를 토대로 『금선각』과 『장풍운전』의 선후 문제를 고찰해 보자. 앞서 『금선각』은 1722년, 혹은 1782년 무렵에 형성되었음은 확인된 바 있다. 그리고 『장풍운전』의 형성 시기는 『상서기문』이 씌어진 1794년 이전이다. 그렇지만 이 점만으로는 두 작품간의 선후관계를 확정지을 수 없다. 『금선각』의 형성시기가 1722년 무렵이라면 아무래도 『장풍운전』이 선행했다고 보기 어렵지만, 1782년 무렵이라면 『장풍운전』과 『금선각』의 선후관계는 좀더 정치하게 따져보아야 하기 때문이다. 실제 『장풍운전』이 향유되는 과정에서 『금선각』으로 번역된 것인지, 아니면 한문본 『금선각』이 향유되는 과정에서 『장풍운전』이 파생되어 나온 것인지는 깊이 있는 고찰이 필요하다. 이 중 필자는 후자의 가능성이 훨씬 높다고 본다. 그 이유는 내용적인 면에서 찾을 수 있다. 그것은 앞서 『금선각』과 『장풍운전』의 차별적인 면모를 고찰하는 자리에서도 『금선각』이 선행할 수밖에 없는 요인이 확인되었지만, 보다 큰 틀에서 두 작품간의 관계를 고찰하면 이 문제는 더욱 분명해진다.

우선 『금선각』은 그 주제의식이 명확하게 드러난다. 『금선각』은 철저하게 불교적 응보관에 기초한다. 기존에 『장풍운전』을 읽으면서 잘 이해되지 않았던 부분이 있다. 그것은 왜 장풍운이 기껏 경파에게 노비(路費)를 얻고 나오다가 그 돈을 전부 중에게 시주하고, 이후로는 전전걸식하며 지냈는가 하는 대목이다. 『장풍운전』에서는 아무런 이유를 찾을 수 없었던 이 대목이 실제로 얼마만큼 중요한 의미를 담지하는가는 『금선각』에서 찾을 수 있다. 그 중 한 대목만 보자.

    "여래대불(如來大佛)은 금은을 좋아한 것이 아니라, 상공께서 시주를 한 그 정성을 사랑한 것입니다. 또한 재(齋)를 지내라고 공양한 것에 감격한 것이 아니라, 부처님을 향한 상공의 마음에 감격을 한 것이죠.[如來大佛, 不必愛金銀, 而愛相公捨施之誠, 不必感齋供, 而感相公向道之心.]"

  인용 부분은 장두영의 꿈에 대사가 나타나서 두영이 부친을 만날 수 있음을 암시하는 대목에 씌인 말이다. 이 말을 한 대사는 장두영의 꿈에 현몽하여 부인 이씨(경파)와 모친 양씨를 만나게 해준 존재이기도 하다. 즉 장두영이 경파와 모친을 만나게 된 것이나, 부친을 만날 수 있었던 것은 모두 장두영이 경파에게서 받은 돈을 전부 불심으로 시주했기 때문에 얻어진 응보였던 셈이다. 또한 이 대사가 누구인가?
  대사는 장두영에게 시주를 받은 중이면서, 연경사에서 경운을 맡아 교육시키고, 두영이 6년 후 성공하여 다시 돌아올 것을 예언하고, 금산사 백운대에서 열반하여 금상대불(金相大佛)이 된 존재이기도 하다. 대사는 『금선각』이라는 제목을 만든 존재이면서, 곧 장두영과 이경운의 삶을 이끈 존재였던 것이다. 즉『금선각』에서 장두영의 시주는 곧 대사와의 첫 만남이면서 마지막까지 끈끈한 연으로 이어질 수 있는 계기가 마련되는 양상을 만들어준 아주 중요한 의미를 담고 있는 행위인 셈이다.
  이러한 불교적 응보관은 이씨(경파)와 양씨부인에게도 적용된다. 경파와 양씨부인은 모두 단원사에 의탁된다. 그리고 그 곳에서 두영과 만남으로써 비로소 완전한 가족이 구성된다. 이후 경파는 고난을 겪지만, 나중에는 경파의 아들 옥윤이 서양국 왕(西洋國王)이 되어 가면서 최고의 영예를 누리는 데에까지 이른다. 그런데 옥윤이 서양국 왕이 되는 계기가『금선각』에서는 단원사 여승들의 재(齋)를 열어 부처님께 발원하여 이들이 서양에 왕생하기를 기원한 데에서 비롯되었음이 확인된다. 즉 경파가 아들을 따라 서양국에 가게된 것은 단원사 승들의 발원도 중요한 요인이었음을 지적한다.

이처럼 『금선각』에서는 불교적인 응보관을 바탕으로 하고, 그 바탕에서 조금도 이탈되지 않는다. 하지만 『장풍운전』에는 이러한 정조마저 무시된다. 따라서 장풍운이 뜬금없이 길에서 만난 중에게 시주를 하며, 장풍운에게 현몽한 도사는 단지 초월적인 세계에서 만들어진 이원적인 존재처럼 등장하는 것은 이야기가 갖는 즐거움만 있을 뿐, 그 이상의 의미를 갖지 못한다. 이 점은 곧 『장풍운전』이 『금선각』을 수용하면서 오류를 범했던 데서 연유했다고 볼 수 있겠다.

이상에서 볼 수 있는 것처럼 『금선각』은 철저하게 불교적인 응보관에 근거하여 이루어진 소설임을 확인할 수 있다. 그런데 이 작품이 번역되고, 또한 주인공의 이름을 바꿔 판각화하는 과정에서 작품의 중심에 있던 불교적 응보관이 변모된 것으로 이해할 수 있겠다. 이러한 큰 틀뿐 아니라, 사소한 부분에서도 『장풍운전』은 『금선각』에 선행할 수가 없다. 예컨대 작품의 배경, 주인공의 이름, 구성의 긴밀도 등에서도 그 양상은 분명히 드러난다.

『금선각』의 시대적 배경은 송(宋)이다. 반면 완판 『장풍운전』의 시대적 배경은 명(明)이다.[35] 그런데 이와 관련하여 이 시기 장편소설의 시대적 배경의 추이를 지적한 지연숙의 논의를 빌리자면[36] 17세기말~18세기초에 씌인 작품의 시대적 배경은 송이 많은데, 18세기 전반부터는 명대로 변모되어간 것과 유사성을 보인다. 즉 『금선각』의 시대적 배경이 송으로 되어 있고, 대부분의 『장풍운전』의 시대적 배경은 명으로 되어 있는 것은 작품의 선후 관계와 관련하여 시사점을 얻을 수 있겠다.

---

35) 다만 경판본은 宋이다.
36) 지연숙, 『장편소설과 여와전』, 보고사, 2003.

　주인공의 이름에서도 작품의 선후관계를 짐작할 수 있다. 『금선각』의
주인공 이름은 '장두영(張斗英)'이고, 『장풍운전』의 주인공은 '장풍운'이
다. 그런데 자(字)는 모두 천뢰(天賚)다. 하늘이 내려준 존재임을 드러
낸 것이다. 그 이유는 모친 양씨가 꾼 꿈에서 비롯된다. 한 선관(仙官)이
학을 타고 내려와 부인에게 북두성(北斗星) 중에 제3성인 녹존성(祿存星)
을 준다. 양씨는 이를 품었고, 그를 계기로 해서 태어난 아들이 바로
장두영이다. 그렇기 때문에 그의 자를 천뢰로 정한 것이다. 이와 같을진
대 두영의 이름 역시 북두성과 관련 맺는 것이 타당하다. 실제 『금선각』
에서 장두영의 이름을 짓는 대목은 다음과 같이 기록되어 있다.

　　부부는 기쁨을 감추지 못해 아이를 어루만지고 서로 축하하며 말하였다.
　"가을 물이 정신이 되고 백옥은 뼈가 되었으니, 상제께서 보내신 바라! 북두
　성의 精英일지니, 우리 문호를 창대케 할 자가 여기에 있을지라!" 그리고 마
　침내 이름을 斗英이라 하고, 字를 天賚라 하였다. [夫妻喜動顏色, 撫兒相賀
　曰: "秋水爲神, 白玉爲骨, 上帝之抱送歟! 斗樞之精英歟! 昌大吾門者, 其在斯
　歟!" 遂名之曰斗英, 字之曰天賚.]

　두영이란 이름은 북두성의 정영이라는 의미를 담고 있다. 북두성의
제3성인 녹존성(祿存星)은 인간의 복(福)·녹(祿)·수(壽)를 담당하는데,
그 별이 두영에게 왔기 때문에 이름이 두영이 되는 것은 타당하다. 반
면 북두성과 '풍운'은 차이가 있다. 이 점에서도 『금선각』에 씌어진 이
름인 두영이 선행했다고 볼 수 있다. 실제 『장풍운전』에서 등장하는
인물 중에 『금선각』과 완전하게 다른 이름은 주인공 이름밖에 없는데,
이는 의도적으로 『금선각』의 '두영'을 통속적인 형태의 이름인 '풍운'으
로 바꾼 것으로 이해할 수 있겠다.
　또한 『금선각』 구성의 긴밀도는 매우 높다. 사소한 부분까지도 『금

선각』에서는 그 원인과 결과가 따른다. 하다못해 단원사에 의탁하고 있던 이씨가 장두영에 의해 환속하고 집으로 돌아갈 때 계모인 호씨를 찾는데, 가마에서 나와 호씨를 만날 때 "이씨는 머리에 칠보 상투를 높이하여 짧은 머리를 감추고, 몸에는 서촉의 비단옷을 입고" 나선다. 즉 단원사에서 머리를 깎고 비구니로 있었기 때문에 그 머리를 감추기 위해 일부러 머리 장식을 한다는 점까지 세심하고 배려있는 서술을 한 것이다. 이러한 대목은 현재까지 확인된 어떤『장풍운전』에서도 확인되지 않는다.

　장두영이 한림학사가 되는 것도 마찬가지다. 보통 과거에 급제하고 바로 한림학사가 되는 일은 영웅소설에서처럼 흔한 일이 아니다. 그런데『금선각』에는 장두영이 한림학사가 되는 이유가 분명히 드러난다. 임금이 직접 장두영의 책문을 읽은 후 그에게는 재도지기(載道之器)의 문장과 출치지본(出治之本)의 도(道)를 한데 얻고 있다는 식의 장황한 평을 하는데, 그러한 이유에서 장두영은 필연코 한림학사가 될 수밖에 없었다. 이처럼『금선각』에는 사소한 사건 하나 하나가 우연히 그러한 것이 아니라, 필연적인 동인을 갖는다. 실제 이런 예는 숱하게 보인다.[37]

　이제 이 글에서 제시한 몇 가지 정황만 놓고 보더라도『장풍운전』은『금선각』보다 선행할 수 없다. 즉『장풍운전』은『금선각』을 수용하되, 그 중에 주인공의 이름을 바꾸면서 만들어진 작품일 수밖에 없음이 명확해진다.

---

37) 실제 광대패에서 장두영과 함께 놀았던 애꾸눈 광대는 윤옥의 부친이었다는 내용이나, 장두영이 다른 부인들보다 경파에게 집착한 이유 등도『금선각』에서는 충분한 해답을 준다. 그런데『장풍운전』에서는『금선각』을 번역하여 향유하는 과정에서 어떤 부분은 빠지고 어떤 부분은 변모되다보니 애초『금선각』이 지녔던 긴밀한 구성이 깨지고, 앞뒤 내용 구성도 긴밀하게 연결되지 못했던 것이다.

4. 『금선각』의 소설사적 위상

앞서 필자는 『금선각』의 문헌적인 검토에서 출발하여 형성시기와 작가층에 대한 고찰, 그리고 『금선각』·『장두영전』·『장풍운전』의 관련 양상을 고찰하고, 그에 따라 『금선각』이 『장풍운전』보다 선행했다는 결론을 얻을 수 있었다. 그렇다면 이제 지금까지 논의 결과를 토대로 『금선각』의 소설사적 위상을 살펴보자.

이 글을 통해 얻을 수 있는 가장 중요한 사실은 『장풍운전』의 형성 배경에 한문본 『금선각』이 있었다는 사실이다. 『장풍운전』은 초기 영웅소설로 평가되는데, 이런 작품이 한문본의 영향에서 생성되었다는 점은 시사하는 바가 크다. 영웅소설의 형성 동인으로 한문소설의 번역 과정을 고려해야 하기 때문이다. 영웅소설의 형성 동인으로 다양한 논의가 있었는데, 그러한 동인 외에 새로운 가능성이 제시된 셈이다. 이는 영웅소설의 형성 동인을 일원적으로 이해할 것이 아니라, 그 형성 동인의 다기함을 고려할 수밖에 없음을 뜻하기도 한다.

또한 『장풍운전』의 직접적인 형성동인인 한문본 『금선각』 작가층이 서울(근기)이 아닌 지방에 기반을 둔 진사층의 작가라는 점은 영웅소설의 작가층에 대한 새로운 가능성을 열어준다. 실제 그 동안 영웅소설의 작가층으로 제시되었던 몰락 양반, 전문적 작가, 유랑지식인 등은 '적어도' 『장풍운전』에서만큼은 적용할 수 없게 된 것이다. 이는 곧 영웅소설은 한문본을 번역하는 과정에서 통속적인 방각본으로 유입되었다는 가설과 함께 방각본의 대본을 마련한 작가는 지방에 기반을 둔 식자층도 포함되어 있었음도 확인케 한다. 이처럼 『금선각』은 영웅소설의 형성 동인과 향유 과정을 설명하는 데에 하나의 해답을 던져준다는 점에서 이 작품의 위상이 드러난다.

『금선각』 발굴이 지닌 두 번째 의의는 그 내용적인 측면에서 찾을
수 있겠다. 18세기 장편국문소설에는 불교의 응보관에 대한 인식이나
남녀 관계에서 자유로운 애정 표출이 금지되는 것이 일반적이다.[38] 이
시기 장편국문소설에는 극단적 예교주의를 실천하는 인물이 그려짐으
로써 그 이전에 보이던 자유롭고 발랄한 인물 형상이 사라진 것이다.
상층에서는 이미 유교적 이데올로기에 따른 교조화 양상이 소설에까지
미쳤던 시기였다고도 하겠다. 그렇다면 18세기 이전 장편국문소설에
서 보였던 그 자유로운 인물은 어디로 가버린 것인가?

이 물음에 대한 해답을 찾기 위해 우선 『금선각』을 주목할 필요가
있다. 즉 17세기말~18세기초 장편국문소설에서 향유되던 소설 향유
방식이 18세기 장편국문소설에서는 사라졌지만, 그 사라진 방식이 18
세기 한문소설인 『금선각』에서는 그대로 드러난다. 실제 『금선각』에
그려진 인물은 남녀의 애정이 비교적 자유롭게 그려지고 있으며, 또한
불교적 응보관에 따른 인식이 적절하게 그려지고 있다. 이는 18세기
후반으로 가면서 장편국문소설은 유교적 이데올로기에 따른 교조화 양
상이 두드러지는 방식으로 옮겨갔고, 그 이전에 향유되던 방식은 지방
에 기반을 둔 식자층으로 옮겨갔음을 유추케 한다. 즉 이 시기에 접어
들면서 장편국문소설은 그 나름대로 유교적인 틀에 맞춰 움직이고 있
었고, 자유분방한 모습을 담아낸 방식은 또다른 소설 향유층으로 옮겨
갔던 것이 아닌가 하는 생각을 갖게 한다. 즉 『금선각』은 17세기말~18
세기초에 장편국문소설과 18세기 후반 이후의 유교적 이데올로기에 따
른 교조화된 장편국문소설의 고리를 잇고 있다는 점에서도 『금선각』의
위상은 충분히 드러난다.

---

38) 지연숙, 앞의 책, 2003.

국역

금선각

金偑覺

양부인이 꿈을 꿔 아들을 낳고,
장도사가 상을 보아 액운을 점치다

楊夫人曆夢生男　蔣道士觀相占厄

송(宋) 건녕(建寧) 연간에[1] 금릉(金陵)[2] 지방에 장해(張楷)라는[3] 명사
(名士)가 있었다. 장해는 도학(道學)이 깊고 넓었으며, 대대로 재상을 배
출한 가문의 후예였다. 어렸을 때부터 타고난 바탕이 밝았고, 지혜와
용기도 겸비하였다. 그는 온갖 책을 두루 섭렵했는데, 그 중에도 특히
〈포상기(苞桑記)〉[4] 읽기를 더욱 좋아하였다.

벼슬길에 처음 나아가서는 사헌부(司憲府)에[5] 뽑혀 들어갔는데, 성
품이 몹시 강직하여 다른 사람들과 투합(投合)되는 것이 적었다. 권력
을 가지고 농간하는 간신을 탄핵하는데, 그 문장이나 발언이 격한 논쟁
을 일으켰다. 그런 까닭에 장해의 명성이 무성하고 날마다 빛을 발해
당시 모든 사람들이 그의 풍채를 사모하며 우러러 보았다.

장해의 관직이 이부시랑(吏部侍郞)에[6] 이르렀을 때였다. 간신 채경
(蔡京)의[7] 무함을 받아 관직을 빼앗긴 채 향리(鄕里)로 돌아와 처 양씨
(楊氏)와 더불어 농업[稼穡]에[8] 힘쓰니, 자못 의식이 풍성하고 넉넉하였
다. 구원(丘園)에서[9] 몸과 마음을 편안히 하고, 임천(林泉)에서[10] 흥을
부치고 지내니 그 즐거움은 삼공(三公)과도 바꾸지 아니할 정도였다.[11]

그러나 나이가 30여 세가[12] 넘었는데도 자식을 두지 못하였다. 부부가 한마음으로 바라도 모두 소용없었다. 해마다 부부가 함께 이름난 산에 올라가서 지성으로 기도를 드릴 뿐이었다.

그러던 어느 날, 양씨가 정신이 피로하여 침상에 엎드려 잠깐 조는데, 학을 탄 선관(仙官)이 흰 구름 같은 옷을 입고 은하수와 같은 띠[帶]를 차고 하늘로부터 내려와 말하였다.

"덕을 쌓은 집안에서 오랫동안 대를 이을 자손[嗣續]이[13] 없어 현사(賢士)와 숙녀(淑女)께서 밤낮으로 상심하시니, 이는 착한 사람이 복을 받고 악한 사람이 화를 받는다는 하늘의 이치에 어긋나옵니다. 그런 까닭에 상제께서 측은히 여기시어 저로 하여금 특별히 은전(恩典)을 내려 어진 자손을 점지토록[14] 하셨습니다."

인하여 소맷자락에서[15] 밝은 구슬 하나를 꺼내 주고 말하였다.

"이것은 곧 북두성의 제3성인 녹존성(祿存星)이오니,[16] 예를 갖춰 옷을 단정히 하고[17] 그것을 품으십시오."

양씨가 꿇어앉아 구슬을 받아서 삼키고는 다시 하늘을 우러러 두 번 절하고 일어섰다. 또한 선관에게도 예를 갖춰 사례하였다. 그러던 중 선학(仙鶴)의[18] 한 소리에 장자(莊子)의 호접몽(蝴蝶夢)에서[19] 깨었다. 부인은 시랑을 찾아 더불어 꿈 이야기를 나누며 마음속으로 적이 기뻐하였다.

임신하고 열 달이[20] 지난 후였다. 양씨는 홀연 몸이 피곤하고 배가 욱신거려 침실에 누워 있었다. 이 때 구름과 안개가 사방을 덮고, 천지가 어두컴컴해지더니,[21] 갑자기 바람이 불고 천둥이 치며 산악이 흔들렸다. 양씨는 정신이 혼미하여 인사를 차리지 못하는데, 전에 왔던 선관이 표연히 하늘에서 내려와 문을 열고 들어오며 말했다.

"부인은 어서 일어나십시오!²²⁾ 선동이 하강하였습니다!"

말을 마치자, 홀연히 선관이 보이지 않았다.

잠시 후, 음산했던 기운이 깨끗이 사라지더니 하늘에는 달과 별이 가득하고, 상서로운 기운이 총총(蔥蔥)하게 방안을 두르고, 기이한 향기는 은은하게 자리에 퍼지더니, 이내 아이의 울음소리가 났다. 시랑은 바야흐로 향로를 마주하여 약을 달이고 있다가 급히 나아가 보니 과연 사내아이를 낳았는데, 빼어난 품격과 기이한 골격이 범상치 아니하였다. 부부가 기쁨을 감추지 못해 아이를 어루만지고 서로 축하하며 말하였다.

"가을 물은 정신이 되고 백옥은 뼈가 되었으니,²³⁾ 상제께서 보내신 바라! 북두성의 정령(精英)일지니,²⁴⁾ 우리 문호를 창대케 할 자가 여기에 있을지라!"

그리고 마침내 이름을 두영(斗英)이라 하고, 자(字)를 천뢰(天賚)라 하였다.

강보(襁褓)에 있을 때부터 두영의 서각(犀角)은²⁵⁾ 풍만하고도 윤기가 있으며, 그 높이 또한 성인들의 모양과 같았다. 3~4세가 되어 놀이를 할 때에도 법도가 있고, 모래에 그림을 그리거나 종이에 낙서를 할 때에도 글자 모양이 만들어졌다. 뽕나무로 만든 활과 쑥대로 만든 화살을 가지고 날마다 사방으로 쏘며 다녔다.²⁶⁾ 부모의 사랑도 몹시 도타웠다.

5~6세가 되매, 심규(心竅)가²⁷⁾ 밝게 열리고 문사(文思)가 저절로 생겨나²⁸⁾ 육예(六藝)의 과목을²⁹⁾ 마치 새가 날갯짓을 배우듯이³⁰⁾ 꾸준히 학습하고, 오언시(五言詩) 짓기를 마치 개미가 흙 나르기를 익히듯이 게을리 하지 않았다.³¹⁾ 서적[簡編]을 보면 눈길이 간 데마다 문득 해석을

해내고, 꽃과 달을 읊으면 입에서 뱉어내는 것이 문장이 되었다. 마을
에서도 놀라며 칭찬하지 않는 사람이 없었다.

일찍이 『사기(史記)』를 읽다가 '항적(項籍)이[32] 만인(萬人)을 대적하는
일을 배우겠다고 청하는 대목'에[33] 이르자, 흔연(欣然)히 책을 덮고 일
어나 동네의 아이들을 불러 모아 대오(隊伍)를 짜고[34] 작은 단위로 군
사를 나누어[35] 지휘하고 조종하는데, 마치 기율(紀律)이[36] 있는 듯하였
다. 시랑은 아이가 너무 빨리 나아감을 꺼려 종종 그가 익히는 바를
금하였다. 그럴 때마다 두영이 말하였다.

"문장은 지략을 넓히기 위함이요, 무예는 환난에 방어하기 위함입니
다. 남아가 세상에 태어나면 마땅히 국가의 간성(干城)이[37] 되어야 할
진대, 어린 시절에 이를 익혀두지 아니하면 다시 어느 날을 기대할 수
있겠습니까?"

시랑이 듣고 더 더욱 두영의 그릇됨이 큰 줄을 알았다.

하루는 양씨가 시랑에게 말하였다.

"아이가 뱃속에 있을 때부터 기이한 징조가 많더니,[38] 태어나 점점
자라면서는 그 성장이[39] 너무 빠르고 큽니다. 제 좁은 소견으로[40] 봐
도 그러한데, 어느 누가 연못 속에 있는 교룡(蛟龍)이[41] 마침내 비구름
을 얻을 날이 있을 것을 헤아리지 못하겠습니까? 다만 알 수 없는 것이
수명이라. 저는 일찍이 절강성(浙江省)에 사는 장 도사(蔣道士)란 사람이
귀신같이 관상을 봄으로써 오늘날의 당거(唐擧)라[42] 불릴 만큼 천하에
이름이 났다는 말을 들었습니다. 만약 그에게서 한 마디를 얻어, '길하
다'는 말을 듣는다면 부모가 기대하던 마음을 놓을 수 있으니[43] 어찌
도움이 되지 않겠습니까?"

시랑이 말하였다.

"부인의 말씀을 들으니, 벌써 내 마음을 읽으셨구려."

그러고는 두영을 데리고 절강을 향해 떠났다.

이 때, 장 도사는 우연히 누대에 올라 별자리의 궤도를 관측하며 산하의 기운을 살피고 있었다. 그 때 갑자기 한 줄기 상서로운 구름이 동남쪽에서 하늘을 가로질러[44] 오기에, 혼자서만 마음속으로 이상히 여기고 있었다.

다음 날, 문동(門僮)이 아뢰었다.

"금릉에 사는 장시랑이 공물을 가지고 와서[45] 뵙기를 청하옵니다."

도사가 나아가 맞이하고는 함께 마루에 올라 예를 갖춘 다음, 손님과 주인의 차례를 갖추고 앉아 다시 물었다.

"대군자께서 누지(陋地)에 욕림(辱臨)하심은 정히 무슨 생각이 있어서인지요?"

시랑이 겸손하고도 공손한 말로[46] 대답하였다.

"제가[47] 해가 지는[48] 나이에 다행히 한 아들을 얻었으니, 문호를 맡길 책임은 다했습니다. 하지만 열 소경의 한 지팡이와 같아[49] 생명의 수요(壽夭)에[50] 관한 한 앞으로의 운세를 알 길이 없습니다. 바라건대 명철하신 도사의 밝은 가르침을[51] 듣고자 합니다."

도사는 두영을 가까이 오게 하여 그의 정수리를 어루만지며 기색을 세심하게 살피더니, 다시 옷을 모두 벗겨 그 생김새[形局]를[52] 상세하게 관찰하였다. 그리 한 후 사주를 묻자, 시랑이 대답하였다.

"이 아이는 무인년(戊寅年) 7월[53] 사일(巳日) 해시(亥時)에[54] 났습니다."

"그랬구나, 그래! 무인년 여름과 가을이 교차할 무렵에 북두칠성 가운데 별 하나가 남방(南方)에 떨어지는 것을 보고 마음으로 천하의 이인

(異人)이 태어났다고 생각하였더니, 비로소 덕문(德門)에서[55] 이런 모양을[56] 낳으셨구려! 그 상(相)을 보오니 봉(鳳)의 눈에[57] 용의 코요,[58] 제비의 턱에 호랑이의 머리니[59] 어린 나이에 용문(龍門)에[60] 올라 호월(虎鉞)을[61] 잡을 상입니다. 복서(伏犀)가 정수리로 쭉 이어졌고,[62] 붉은 솔개 형상이[63] 두 어깨에 솟아 있으니[64] 만년에는 제후의 작위를 받고[65] 후왕(侯王)에[66] 봉(封)해질 격(格)입니다. 귀(貴)하기는 말로 할 수 없을 정도고, 부(富)하기는 헤아릴 수 없을 정도입니다. 그러나 흰 빛이 천정(天庭)에까지[67] 비치고, 울적한 기운이[68] 인당(印堂)에까지[69] 섞여 있으니 멀지 않아 근심이 목전(目前)에 닥치겠습니다. 또한 사주(四柱)는 아이 때가 몹시 나쁩니다. 고신과숙(孤辰寡宿)이[70] 초운(初運)에 조응하고, 충극관살(冲克關煞)이[71] 몇 년에 걸쳐 겹쳐져 있습니다. 그러니 칠세 전에 몸은 떨어진 낙엽과 같고, 자취는 뜬구름과 같을지라. 부모를 이별하여 의지할 데 없는[72] 재앙이 반드시 금년 하반기에 있을 것입니다."

시랑이 말하였다.

"원컨대 재앙을 물리치거나[73] 액막이할[74] 방법을 듣고자 합니다."

도사가 웃으며 말했다.

"세속에서 말하지 않는가요? 하늘이 정한 운명에[75] 들면 피하기 어렵다고…. 영공(令公)께서도 사리에 밝은[76] 선비이신지라, 길흉화복은 오직 순순히 받아들일 수밖에 없습니다. 영윤(令胤)이[77] 만약 약관(弱冠)의 나이만[78] 지나면 현명한 군주를 만나고, 부모를 효양(孝養)하며 즐거움이 집안과 국가에 가득할 것입니다. 또한 수명[79] 역시 한이 없을지니[80] 하례하고, 또 하례합니다. 100세가[81] 지난 뒤에는 영원히 돌아갈 좋은 땅이 마땅히 있을 것입니다. 그에 대해서는 하느님[眞宰]께서[82] 나에게까지 죄를 미칠 수 있기에 미리 누설할 수 없습니다."

시랑이 사례하고 집으로 돌아와 장 도사의 말을 갖추어 양씨에게 말하였다. 양씨는 목전(目前)에 서로 이별할 액(厄)을 깊이 근심하다가, 손수 '장두영 무인생(張斗英戊寅生)'이라는 여섯 글자를 써서 비단 주머니[錦囊]에 싸서 두영의 단삼 옷깃 속에 넣어 함께 꿰매었다.

　필경 액운이 어떠할까? 하회를 분해하여 들을지라.

1) 宋 建寧 연간 : 建寧은 後漢 靈帝(168~171) 때의 연호다. 그런데『金僊覺』에는 '건녕'
   이 宋나라 때의 연호로 밝히고 있다. 이는 작가의 착오로 보인다. 송나라 때에 쓰인
   연호 중에는 '건녕'이 없기 때문이다. '건녕'과 유사한 발음을 갖는 송나라의 연호로는
   太祖 때의 '乾隆(960~962)', 神宗 때의 '熙寧(1068~1077)', 徽宗 때의 '崇寧(1102~1106)',
   欽宗 때의 '建炎(1127~1130)' 등이 있다. 여러 이본들 중 유재영본에는 '熙宗'으로 나온
   다. 뒤에서는 장두영이 활동하던 시기가 '휘종' 때로 나온다. 이런 점을 고려하면 '건녕'
   은 '崇寧'의 오류로 볼 수 있다.

2) 金陵 : 지금의 중국 쨩수성[江蘇省] 난징[南京]. 戰國時代 楚나라가 여기에서 건국한
   이래 東晋·宋·梁·陳나라 등의 수도였다.

3) 張楷 : 소설의 등장인물이다. 참고로『後漢書』에는 실제로 華陰山 기슭에 은거했던
   학자이면서 方術家였던 張楷를 입전한〈張楷傳〉이 있다.

4) 苞桑記 :『周易』「否卦」에 "망하지 않을까 조심하여 뽕나무 그루에 매어둔다.[其亡其
   亡, 繫于苞桑.]"에서 나온 말이다. 이후 '苞桑'은 제왕이 항상 위태함을 생각하여서 국
   가를 견고하게 한다는 의미로 쓰였다. 여기에서 쓴〈포상기〉도 이러한 내용을 담은 글
   로 이해할 수 있다.

5) 霜臺 : 司憲府. 중국의 御史臺에서 유래한 기관으로, 우리나라에서는 御史臺·金吾臺·
   霜臺 등 여러 용어를 쓰다가 고려 恭愍王 18년 이후 사헌부로 굳어졌다. 고려와 조선시
   대에는 언론·사법·감찰의 역할을 맡아보았다.

6) 吏部侍郎 : 중국 吏部의 버금 벼슬. 고려 시대에는 이부의 버금 벼슬로, 정4품에 해당
   한다.

7) 蔡京 : 소설의 등장인물이다. 참고로 宋나라 徽宗 때에는 六賊이 조정을 좌지우지했는
   데, 그 한 사람이 재상 蔡京이었다. 채경은『수호전』에도 등장하는 중국을 대표하는
   간신이기도 하다.

8) 稼穡 : 농사짓는 일. 이 말은『論語』〈憲問〉편에 나온다. "남궁괄이 공자께 물었다.
   예는 활을 잘 쏘았고, 오는 배를 끌 만큼 힘이 세었지만 모두 제 명에 죽지 못했습니다.
   우와 직은 농사를 지었지만 천하를 가졌습니다.[南宮适問於孔子曰: 羿善射, 奡盪舟, 俱
   不得其死然. 禹稷躬稼而有天下.]"가 그러하다.

9) 丘園 : 세상을 피해 은거하는 곳.『周易』「賁卦」에 "구원에서 꾸미고 예물을 적게 하다
   [賁于丘園, 束帛戔戔]"에서 나온 말이다. '구원'은 草木이 자라는 질박한 곳이라는 뜻으
   로, 이후에는 은거하는 곳으로 주로 쓰였다.

10) 林泉 : 山林泉石의 준말. 속세를 벗어나 은거하기 좋은 곳.

11) 不換三公之樂 : 三公의 즐거움과도 바꾸지 아니하겠다. 삼공은 周나라 때는 太師·太
    傅·太保, 진나라 때는 丞相·太尉·御史大夫 등 중국 최고의 관직을 말한다. 不換三公
    之樂은 남송 때의 시인 江湖派의 한 사람인 戴復古(1167~1252)가 쓴 시〈釣臺〉에 나오
    는 구절을 활용하였다. "모든 일은 낚싯대 하나로 무심히 비워지나니, 삼공을 준다한들
    이 강산과 바꿀까?[萬事無心一釣竿, 三公不換此江山.]"

12) 二毛 : 흰 머리털이 나는 나이로 32세를 이른다. 중국 西晉 때의 문인 潘岳(247~300)
　　의 〈秋興賦序〉에 "내 나이 32세에 비로소 두 가지 머리카락 색이 보였다[余春秋三十有
　　二, 始見二毛]"라고 한 데서 유래한 말로, 이후로 二毛는 30여 세를 지칭한다.

13) 嗣續 : 자손. 대를 이을 자식.

14) 錫爾 : 여기서는 '점지하다'로 번역했다. 이 말은 원래 『詩經』「小雅」〈賓之初筵〉에 나
　　온 "신께서 큰 복을 내리시니 자손들이 즐기네[錫爾純嘏 子孫其湛]"를 활용하였다.

15) 정명기A본·육당본·연세대본·성균관대본·계명대본·강문종본에는 '소맷자락[袖]'이
　　아니라, '품속[懷]'에서 명주를 꺼냈다고 쓰여 있다.

16) 祿存星 : 북두칠성의 제3성. 민간에서는 민간신앙의 대상인 북두칠성을 불교와 결합
　　시켜 제1성에서부터 제7성까지 각각 인간의 길흉화복과 연관 짓는데, 그 중 녹존성은
　　그 중 인간이 지은 말·행동·마음 등으로 지은 악업을 없애주는 존재로, 그 이름은 金色
　　成就如來佛이라고 한다.

17) 斂衽 : 삼가 옷가지를 단정히 하여 공경함을 드러냄. 여자들이 예의를 갖춰 절하는
　　것을 말한다.

18) 仙鶴 : 신화나 전설에서 신선이 기르면서 타고 다닌다는 학.

19) 莊蝶 : 莊子의 蝴蝶夢. 장자가 꿈에서 나비가 되어 즐겼는데, 나비가 장자인지, 장자가
　　나비인지 분간하지 못했다는 고사. 『莊子』「齊物論」에 나온다.

20) 彌月 : 달을 채움. 임신하고 10개월이 참.

21) 晦冥 : 음침하고 어두컴컴해짐.

22) 起起 : 사람을 불러 급히 일으키는 소리.

23) 秋水爲神 白玉爲骨 : 가을 물로 정신을 삼고 옥으로 뼈를 삼았다. 이는 정신이 맑아
　　차가운 가을 물 같고, 뼈는 옥으로 만들어져 있다는 의미로, 맑은 정신과 결백한 인품
　　을 지녔다는 상투적인 표현이다. 『古文眞寶』前集에 나오는 杜甫의 시 〈徐卿二子歌〉에
　　"가을 물은 정신이 되고 옥은 뼈가 되었는데, 작은 아이는 다섯 살인데 소를 잡아먹을만
　　한 기개가 있네.[秋水爲神玉爲骨, 少兒五歲氣食牛.]"라고 하여, 두보가 徐卿에 있는 두
　　아들을 칭찬하는 시구로 활용하기도 했다.

24) 精英 : 가장 깨끗하고도 가장 빼어난 것.

25) 犀角 : 이마 위 發際[머리털이 나는 부분]에 튀어나온 뼈. 관상법에서는 서각이 있는
　　형상을 貴相으로 친다.

26) 桑弧蓬矢 日射四方 : 예전에 세자가 태어나면 뽕나무로 만든 활과 쑥대로 만든 살로
　　天地四方에 쏘아 큰 뜻을 이루기를 기원하던 풍속에서 유래한 말이다. 이후에는 남자
　　아이가 태어난 것을 '弧矢'에 비유하여, 아이가 큰 뜻을 세우라는 의미로 썼다. 『禮記』
　　「射義」에 나온다. "남자가 태어나면 뽕나무로 만든 활과 쑥대로 만든 화살 여섯으로
　　천지사방을 쏘았는데, 천지사방은 남자가 해야 할 일이 있는 곳이다.[故男子生, 桑弧蓬
　　矢六, 以射天地四方. 天地四方者, 男子之所有事也.]"

27) 心竅 : 심장 안에 있는 구멍. 예전 사람들은 이 구멍에서 사람의 재능과 생각하는 능력

이 나온다고 믿었다.

28) 天成 : 저절로 생겨남. 이 말은 원래 『書經』 「禹書」 〈大禹謨〉에 "순임금이 말씀하시기를 '아아! 땅이 평정되고 천도가 이루어지도다. 여섯 부서와 세 가지 일이 진실로 다스려져 만세에 길이 힘입게 함은 그대[우임금]의 공력이다.[帝曰: '兪! 地平天成, 六府三事允治, 萬世永賴, 時乃功.']"는 데서 나왔다.

29) 六藝之科 : 『周禮』에서 말하는 여섯 가지 기예로, 예전에 선비들이 갖추어야 할 덕목이었다. 禮[예의], 樂[음악], 射[활쏘기], 御[말타기], 書[서예], 數[산학]가 그것이다.

30) 鳥習 : 새가 날갯짓을 배우듯이 학문에 열심히 함. 『論語』 「學而」에 나온 "배우고 때로 익히면 즐겁지 아니한가[學而時習之, 不亦說乎?]"의 주석에 나온 "익힌다는 것은 어린 새가 반복하여 나는 것이다. 학문 또한 새가 나는 것을 배우는 것처럼 하라.[習, 鳥數飛也. 學之不已, 如鳥數飛也.]"라는 구절에서 나온 말이다.

31) 蛾述 : 개미가 흙 나르기를 연습하듯이 학문에 게을리 하지 않음. 『禮記』 「學記」에 "개미가 흙을 물고 다니는 것처럼 배우기를 게을리 하지 않는다.[蛾子時術之]"에서 나온 말이다.

32) 項籍 : 項羽(기원전 232~기원전 202). 楚나라의 왕으로 霸王이라고 불린다. 項籍이 본명이고, 羽는 그의 字이다. 기원전 206년에 초나라 義帝를 죽이고 帝位를 찬탈하였다. 漢나라 劉邦과 맞서 승승장구하다가, 垓下에서 유방에게 포위되어 달아나다가 끝내 자결하였다.

33) 項籍請學萬人敵 : 항적이 만인을 대적하는 일을 배우겠다고 청하는 대목. 『史記』 「項羽本紀」에 나오는 대목이다. 항우가 어렸을 때에 글을 배웠으나 다 마치지 못하여 포기하고, 검술을 배웠지만 이 또한 다 마치지 못하였다. 그러자 季父인 項梁이 꾸짖자, 항우는 "글은 이름을 쓸 줄 알면 족하고, 검은 한 사람만을 대적할 뿐이니 배울만하지 않습니다. 만인을 대적하는 일을 배우겠습니다."라고 하였다[項籍少時, 學書不成, 去學劍, 又不成. 項梁怒之. 籍曰: "書足以記名姓而已. 劍一人敵, 不足學, 學萬人敵."]는 대목을 활용하였다.

34) 編伍 : 대오를 짜서 만듦.

35) 分隊 : 한 부대를 여러 부대로 나누는 일.

36) 紀律 : 여러 사람에게 표준이 될 만한 질서.

37) 干城 : 방패와 성이란 뜻으로, 나라를 지키는 믿음직한 군대나 인물을 의미한다.

38) 蔚藹 : 무성하고도 온화함.

39) 步驟 : 일이 진행되어 나아가는 정도. 행보.

40) 管見 : 대롱 구멍으로 사물을 본다는 뜻으로, 좁은 소견이나 자신의 소견을 겸손하게 이르는 말이다. 『莊子』 〈秋水〉를 보면 스스로 고명하다고 생각하던 孔孫龍이란 학자가 장자의 학설을 배우고 난 다음에 "세상에 이런 고명한 학자가 있었던가?" 하며 魏牟에게 실토하자, 위모는 우물 안 개구리[井底之蛙]라고 한 후 그것이 "대나무 통으로 하늘을 관측하거나 송곳으로 땅을 살피는 것이다[是直用管窺天, 用錐指地也]"고 말한 데서

나온 말이다.

41) 鮫龍 : 蛟龍. 고대 전설에 등장하는 용으로, 물속에 살면서 비바람을 맡고 홍수를 일으
킨다고 한다. 『荀子』〈勸學篇〉에는 "흙이 모여 산이 되면 비바람이 만들어지고, 물이
모여 못이 되면 교룡이 생겨난다.[積土成山, 風雨興焉, 積水成淵, 蛟龍生焉.]"는 구절
이 있다.

42) 唐擧 : 唐苴로 쓰기도 한다. 戰國時代 梁나라 사람으로, 관상을 잘 본 것으로 유명하
다. 『荀子』〈非相〉에는 "지금 양나라 사람 당거는 사람의 형상이나 안색을 보고 그 길
흉화복을 정확히 아는 것으로 세상에 떠들썩했다. 옛사람들 가운데서도 이런 사람이
없었고, 학자들도 이런 것은 말하지 않았다.[今之世, 梁有唐擧, 相人之形狀顏色, 而知
其吉凶妖祥, 世俗稱之. 古之人無有也, 學者不道也.]"는 말이 있다.

43) 寬㦛 : 敍暢. 마음을 놓음.

44) 經天 : 여기에서는 하늘을 가로질러 왔다고 번역하였지만, 기실 이 내용은 經天緯地를
상징적으로 드러낸 것이다. 『國語』에 "하늘에 여섯 가지 기운과 땅에 다섯 가지 물질이
있는 것은 천지에 변하지 않는 떳떳한 數다. 하늘의 여섯 기운으로 날줄을 삼고 땅의
오행으로 씨줄을 삼아 經과 緯가 어긋나지 않는 것이 文德이 구비된 표상이다.[天六地
五, 數之常也, 經之以天, 緯之以地, 經緯不爽, 文之象也.]"라고 한 데서 나온 말이다.
이 말은 곧 천하를 경영하고 국가를 다스리는 것을 의미하는 것으로, 재주가 탁월하여
평범하지 않은 사람을 형용하는 말로 쓰였다. 『금선각』에 쓰인 이 말은 위대한 인물이
태어날 것임을 함축적으로 담아낸 것으로 해석할 수 있다.

45) 奉幣 : 공물을 갖다 바침. 『漢書』〈孔孫弘傳〉에는 "먼 지방의 임금이 의론을 따지지
않고 공물을 가지고 조정에 왔으니, 이는 화친에 대한 지극한 뜻을 드러낸 것입니다.
[遠方之君莫不說義, 奉幣而來朝, 此和之極也.]"라는 말이 있다.

46) 磬折 : 겸손하며 공손한 모양. 말의 억양이 宛轉한 모양을 형용한다. 이 말은 『禮記』
〈曲禮 下〉에 나온다. "설 때에는 경쇠 모양으로 몸을 구부정하게 굽혀 공손히 패옥을
드리운다. 군주의 패옥이 몸에 의지해 있으면 신하의 패옥은 드리워야 하고, 군주의
패옥이 드리워져 있으면 신하의 패옥은 땅에 닿아야 한다.[立則磬折垂佩, 主佩倚, 則臣
佩垂, 主佩垂, 則臣佩委.]"

47) 鄙人 : 비루한 사람이라는 뜻으로, 남자가 자기를 낮추어 이르는 일인칭 대명사다.
『史記』〈張釋之馮唐列傳〉에 "당사가 말하기를 '저는 기휘할 줄을 모릅니다.[唐謝曰:
'鄙人不知忌諱.']"라는 구절이 있다.

48) 晼晚 : 해가 짐. 『楚辭』〈九辯〉에는 "해는 뉘엿뉘엿 서산을 넘으려 하고, 보름달은
녹아 점점 이지러져 가네.[白日晼晚其將入兮, 明月銷鑠而減毀.]"라는 구절이 있다.

49) 有若十瞽之一相 : 열 소경의 한 지팡이와 같다. 十瞽一相은 매우 긴요한 물건을 의미
하는 것이지만, 여기서는 『禮記』〈仲尼燕居〉에 나온 대목으로 해석해야 한다. "나라를
다스림에 예가 없는 것은, 비유하자면, 소경이 지팡이를 잃고 어쩔 줄 몰라 어디로 갈
까 하며 방황하는 것과 같다.[治國而無禮, 譬猶瞽之無相與, 倀倀乎其何之?]"를 제시한
것이다.

50) 彭殤 : 목숨이 길고 짧음. 彭은 양생을 하여 800살을 살았다는 전설상의 인물 彭祖를 가리키는 말로 장수를 하는 것을 뜻하고, 殤은 성인이 되기 전에 죽는 것을 말한다. 『莊子』〈齊物論〉에는 "일찍 죽은 아이보다 오래 산 것이 없으니 팽조는 요절한 것이 된다.[莫壽於殤子, 而彭祖爲夭.]"라는 말에서 나온 것이다.

51) 水鏡之明敎 : 水鏡의 밝은 가르침. 水鏡은 맑은 물과 밝은 거울이라는 뜻으로, 사사로움이 없어 남의 스승이 될 만한 맑고 깨끗한 인격이나 인물을 비유적으로 이른다.

52) 形局 : 관상이나 風水地理에서 보는 얼굴·집터·묏자리 등의 形殼과 局所의 생김새.

53) 孟秋 : 음력 7월.

54) 亥時 : 오후 9시부터 11시 사이.

55) 德門 : 덕망이 높은 집안.

56) 寧馨 : 晉宋 때의 속어로, '이런' 혹은 '이런 모양의'란 의미다.

57) 鳳眼 : 통상 눈동자가 맑은 작은 눈이 위로 향한 형태의 눈을 말한다.

58) 準 : 코. 『史記』〈高祖本紀〉에는 "高祖의 사람됨은 코가 높고 용의 얼굴에다 아름다운 수염을 가지고 있었다. 왼쪽 허벅지에는 72개의 검은 점이 있었다.[高祖爲人, 隆準而龍顔, 美須髥, 左股有七十二黑子.]"는 구절이 있다.

59) 燕頷虎頭 : 제비의 턱에 호랑이의 머리로, 관상에 드러난 위엄 있고 당당한 모습을 형용한다. 영웅호걸의 형상이다. 『東觀漢記』〈班超傳〉에 "반초가 자기의 형상을 물으니, 相者가 말하기를 '燕頷虎頭로 났으니, 날아다니면서 음식을 먹을 것입니다. 이는 만 리를 다스릴 제후의 형상입니다.'[超問其狀, 相者曰: '生燕頷虎頭, 飛而食肉, 此萬里侯相也.']"라고 한 데서 유래한다. 『後漢書』〈班超傳〉에는 '燕頷虎頸'으로 나오는데, 같은 의미다.

60) 龍門 : 중국 고대 전설에 黃河의 잉어가 용문을 뛰어오르면 용이 된다는 말에서 나온 것으로, 높은 관직에 오름을 비유적으로 쓴다. 특히 과거 시험장의 정문을 '용문'이라고 하는데, 과거시험에 합격하는 것을 '登龍門'이라고 한다.

61) 虎鉞 : 斧鉞. 출정하는 대장에게, 통솔권의 상징으로, 임금이 손수 내려주던 작은 도끼와 큰 도끼를 말한다. 장두영이 이후에 대원수가 됨을 상징적으로 말하고 있다.

62) 伏犀貫頂: 伏犀는 사람의 이마에서 발제[머리털이 나는 부분]까지 골격이 돌출된 것을 말하는데, 옛날에는 이런 관상이 귀하게 되는 형상이라고 했다. 貫頂은 머리에서 정수리까지 쭉 이어진 것을 말하는데, 관상가들은 복서가 정수리까지 쭉 이어져 있는 형상을 귀한 형상으로 보았다. 『舊唐書』〈方伎傳·袁天綱〉에 보면 "馬侍御가 伏犀가 머리까지 쭉 이어지고, 겸하여 뒤통수가 돌출되어 있었고, 또 등에는 사람들의 바람을 짊어진 듯하였으니 그 귀함을 말할 수 없도다.[馬侍御, 伏犀貫腦, 兼有玉枕, 又背如負物, 當貴不可言.]"란 구절이 있다.

63) 朱鳶 : 붉은 빛을 띠면서 위로 솟은 어깨. 솔개 모양처럼 되었다고 해서 鳶을 쓴다. 관상에서는 이런 형상을 두고 곧바로 승진을 하는 상으로 보았다. 唐나라 때 한 관상가가 馬周를 보고 '火色鳶肩'이라고 한 적이 있다.

64) 聳肩: 두 어깨에 나란히 솟아있음.

65) 茅土 : 왕이나 제후의 封爵. 예전에는 천자가 왕이나 제후에게 봉작을 줄 때에는 다섯 방위에 해당하는 색의 흙 단(壇)을 만들고, 제후로 봉해질 땅의 방위에 해당하는 흙을 가져다가 하얀 띠[白茅]와 함께 주었다. 이것이 곧 제후의 표징이 된다. 『文選』 李陵의 〈答蘇武書〉에는 "이릉이 말하기를 '족하는 마땅히 제후의 봉작을 받고 천승의 상을 받을 것입니다.'[陵謂足下當享茅土之薦, 受千乘之賞.]"란 구절이 있다.

66) 侯王 : 제후. 『史記』 〈項羽本紀〉에는 "이에 천하를 나누어서 여러 장수를 세워 侯王으로 삼았다.[乃分天下, 立諸將爲侯王.]"는 구절이 있다. 老子 『道德經』에도 "도는 언제나 아무것도 하지 않지만 하지 않는 것이 없습니다. 후왕이 만약 이것을 지키면 만물이 자연히 그리 될 것입니다.[道常無爲而無不爲, 侯王若能守之, 萬物將自化.]"는 구절이 있다.

67) 天庭 : 관상에서 두 눈썹의 사이, 또는 이마의 복판을 이르는 말이다. 『三國志 魏志』 〈管輅傳〉에는 "이 두 사람의 천정과 입·귀 사이에 동일한 흉기가 있습니다.[此二人天庭及口耳之間, 同有凶氣.]"라는 구절이 있다.

68) 滯氣 : 울적한 기운.

69) 印堂 : 관상에서 이마 부분과 두 눈썹 사이를 이르는 말. 인당의 氣色을 보고 그 사람의 富貴禍福을 판단한다. 예컨대 唐나라 趙蕤의 『長短經』 〈察相〉에는 "이마의 위쪽이 풍성하고 인당이 단정한 자는 육품 제후의 상이다.[天中豊隆, 印堂端正者, 六品之侯也.]"고 한 것도 그러하다.

70) 孤辰寡宿 : 術士들이 사람의 운명을 풀어 말하는 내용의 하나다. 원래는 여성 중 타고난 팔자에 지아비가 없는 상을 말하는데, 여기서는 고단한 운명으로 의미를 넓혀 썼다.

71) 冲克關煞 : 冲克은 冲剋·冲勃으로도 쓴다. 충극은 예전에 占卜이나 星相에서 쓰는 말로, 日辰·五行 등에서 서로 저촉하는 것은 冲, 서로 억제하는 것을 剋이라 한다. 예컨대 子와 午는 相冲, 오행에서 金이 木을 克[金克木]하는 것 등이 그것이다. 關煞은 예전에 術士들이 사람의 운명을 풀어 말할 때 쓰는 용어로, 타고난 운명에 정해진 재앙과 이별 수가 있어 피할 수 없음을 의미한다. 중국소설에는 이 용어가 자주 쓰인다.

72) 失所 : 의지할 곳이 없음. 『左傳』 〈哀公十六年〉에 "심지를 잃으면 어두워지고, 의지할 바를 잃으면 허물이 된다.[失志爲昏, 失所爲愆.]"이란 말이 있다. 또한 몸을 둘 곳이 없다는 의미로도 쓰는데, 『三國志·魏志』 〈何夔傳〉에는 "난리 이래로 백성들은 몸 둘 곳이 없었다.[自喪亂以來, 民人失所.]"는 구절이 있다.

73) 禳災 : 신령이나 귀신에게 빌어서 재앙을 물리침.

74) 度厄: 액막이.

75) 天定大數 : 하늘이 정한 운명. 大數는 하늘이 정한 壽限으로, 宋나라 때 陳亮은 〈祭任怪材文〉에 "어찌하여 백년도 못 살고 이 목숨을 마쳤는고! [胡不百年, 終此大數!]"라는 글을 남기기도 했다.

76) 達識 : 재주와 지식이 풍부하여 사리에 밝음.

77) 令胤 : 令息. 윗사람의 아들을 높여 이른다.

78) 弱冠 : 남자 나이 스무 살. 『禮記』〈曲禮〉에는 남자가 스무 살 성인이 되면 처음으로 관을 쓰는데, 몸은 아직 장성하지 못했기에 약관이라 칭했다는 말이 있다. 이후로는 남자의 나이 스무 살을 약관이라 칭했다.

79) 壽考: 나이가 아주 많을 때까지 오래 삶. 『詩經』〈大雅〉에 "문왕이 장수를 누리셨으니 어찌 인재를 육성하지 않았으리오.[文王壽考, 遐不作人.]"라고 하였는데, 鄭玄은 "문왕 이 이 때 90여 세니 壽考라 하였다.[文王是時九十餘矣, 故云壽考]"고 밝혔다.

80) 無疆 : 자손이 끊임없이 이어져 대를 이어 끊임이 없음. 『書經』〈大浩〉에는 "넓게 생각 해 보아도 이 어린 사람이 끝없이 큰 운명과 일을 계승하였습니다.[洪惟我幼沖人, 嗣無 疆大歷服.]"라는 구절이 있다.

81) 頤期 : 期頤라고도 한다. 100세나 100세에 달한 나이를 말한다. 사람의 수명은 100년 으로써 期를 삼는다. 頤는 養, 곧 늙어서 음식이나 起居가 모두 다른 사람에 맡겨져 보호를 받는다는 뜻이다. 『禮記』〈曲禮 上〉에 나오는 말이다. "백년을 期라 하고, 부양 된다.[百年曰期, 頤.]"

82) 眞宰 : 老莊之學에서 道의 본체인 하늘을 이르는 말이다. 우주의 주재자, 또는 조화의 신을 말한다.

금계산(金笄山)에서 모자(母子)가 서로 이별하고, 단원사(端元寺)에서 이고(尼姑)와 함께 거주하다

金笄山母子相失　端元寺尼姑同居

각설. 이때는 추구월(秋九月)이다. 남만(南蠻)이[1] 변경을 침범하자, 황제가 듣고 크게 놀라 그 날 즉시 장해를 불렀다.[2] 장해는 임금이 보낸 패(牌)를 삼가 받든 다음,[3] 부인을 돌아보고 말하였다.

"임금이 나를 명초(命招)하심은[4] 필시 남만의 변고 때문이라. 이처럼 나라가 어지럽고 임금이 걱정하시는 때를 맞아, 신하의 직분을 가졌다면 마땅히 자신을 버리고 힘을 다해 외환(外患)을 막아야 할 것이오. 어찌 처자식에 이끌려[5] 잠시라도 머물러 있겠소?"[6]

그러고는 즉시 차고 있던 보도(寶刀)를[7] 풀어 두영의 허리띠에[8] 매어 주고 경계하며 말하였다.

"내가 지금 멀리까지 복역을 하러 가야 하니[9] 집안 일이 몹시 창망(蒼茫)하구나. 가는 사람은 언제 돌아올 지 기약하기 어렵고, 머물러 있는 사람도 평안할[10] 수만은 없을 게다. 과연 지난날 도사의 말에 징험이 있구나. 이제 청평검(青萍劍)을[11] 묶어 줌은 그저 네가 가지고 놀 재료로 삼으라는 게 아니다. 묵화(墨花)가[12] 칼집 안에서 은근히 퍼져 나오도록 하는 게 내 깊은 뜻이니라. 너는 그런 정성[誠]으로 그것을 묶고, 믿음[信]으로 그것을 차서 진중하게 지키며, 결코 잃어버리지 않도록 해라."

말을 마치자, 수레를 타서 뒤도 돌아보지 않고 떠났다. 부인은 두영을 안고 문 밖에 나와 눈에서 사라질 때까지[13] 시름없이 바라보다가 돌아왔다.

이 때 사방에서 도적떼가 죽 끓고 벌떼 일어나듯 하니 백성들은 난리를 피해 새가 날아가듯 흩어졌다.[14] 양부인도 평민들의 복장으로 갈아입었다. 그리고 시비 옥매(玉梅)에게 두영을 업게 하고, 모든 노복들에게는 식량을[15] 짊어지게 하여 금계산(金笄山) 가장 궁벽한 곳으로 급히 몸을 숨겼다. 그 때 적병 수천 명이 산 속까지 들어와 양민들을 죽이고[16] 재물을 약탈하느라[17] 산곡을 두루 헤집고 숲속을 샅샅이 뒤지다가[18] 마침 양부인의 무리와 맞닥뜨렸다. 도적의 무리들은 두영의 수려하고 운치 있는 모습을 보고 기특히 여기지 않는 사람이 없었다. 괴수도 매우 기뻐하며 말했다.

"내가 본래 자식이 없던 중에 우연찮게 기이한 아이를 보았구나. 그러니 어찌 이 아이를 양아들로[19] 삼지 않을 수 있겠느냐?"

그러고는 말에 태워 떠나려 했다. 양씨는 바위틈에 숨어서 보다가 황망히 나와 두영을 붙들어 통곡하며 놔두고 갈 것을 애원하였다. 도적들이 나서서 양씨를 죽이려 하자, 한 늙은 창두가 말리며 말했다.

"저 여인은 아이를 잃고 통곡하는 것이니, 그녀가 죽는 것은 또 무슨 죄입니까?"[20]

이에 양씨를 버리고 두영이만 데리고 갔다. 양씨는 두영이가 간 곳을 알지 못한 채 기운이 다해 기절하니, 옥매가 나와 급히 구하여 다시 산 속으로 들어가 몸을 숨겼다.

각설. 장시랑이 이틀 정도의 거리를 하루 만에 도착할 만큼 다급하게 말을 몰아[21] 성에 들어가 궐하(闕下)에 나아가니, 황제께서 명령하였다.

"변방의 추악한 것들이 국경에서 사건을 일으키니 황제의 도끼로 장차 내리칠지라. 너는 한밤중에[22] 미리 나아가서 꾀로 적진을 속여 근교까지[23] 유인해 오라. 그러면 짐이 마땅히 융복(戎服)을[24] 입고 나아가 남쪽 바다의 독한 열기를[25] 영원히 없애리라."

시랑이 배사(拜謝)하고 물러나와 군사를 독촉하여[26] 남쪽으로 향하였다. 그리고 격서(檄書)를 보내 싸움을 돋우었지만, 남만의 추장은 성문을 굳게 닫아 나오지 않고 느긋하게 동정만 살필 뿐이었다. 이에 시랑은 여러 장수를 거느려 높은 언덕에 올라가 남만 추장에게 온갖 욕설을 퍼부었다. 추장이 대로(大怒)하여 북을 울리고 칼을 번득이며 나와 수십여 합을 맞서 싸우자,[27] 시랑은 거짓으로 패한 척하고서는 달아났다.[28] 천천히 쫓아오면 머리를 돌려 욕을 하고, 급하게 쫓아오면 다시 몸을 날려 달아났다. 그러다보니 쫓는 자는 진에서 더욱 멀어지고, 쫓기는 자는 더욱 깊은 곳으로 들어갔다.

그렇게 하여 변교(汴橋)[29] 위까지 이끌고 왔다. 마침내 십만 병사를 직접 거느리고 온 황제와 남만 추장이 진(陣)을 마주하여 섰다. 한 번 북을 치자 황제의 위엄이 천둥 울리듯 진동하고, 다시 북을 치자 도적의 무리들은 새벽하늘의 별처럼 사방으로 뿔뿔이 흩어졌다.[30] 어떤 무리는 높은 산을 넘어 달아나고, 어떤 무리는 큰 내를 건너가는 등 한꺼번에 도망가기에만 급급하여[31] 군막(軍幕)이 모두 빌 정도였다. 금계산에서 도적질하며 두영을 잡아갔던 무리들도 먹을 것이 떨어지고 힘이 빠져 머리를 풀어헤치고 발걸음을 재촉하느라 자기 몸도 살필 겨를이 없던 처지였다. 그러니 어떻게 두영까지 돌아볼 수 있겠는가? 결국 소흥부(紹興府)의[32] 산 아래에다 두영을 버려두고 달아났다.

이 때 양씨는 금계산에 남겨져 있었다. 두영이는 떠난 그림자조차 찾을 수 없고, 노복들도 모두 흩어져 곁에 남은 자가 없었다. 그저 옥매와 함께 옛집으로 돌아왔더니 마을은 이미 폐허로 변하고,[33) 집은 모두 잿더미가 되어 있었다. 양씨는 살 마음이 전혀 없어 스스로 목숨을 끊는 것이 의(義)인 줄 아나, 그래도 요행히 다시 만날 바람이 있기에 마침내 구차히 목숨을 보존하기로 마음을 다잡았다.

여남(汝南)[34) 지방에는 표질(表姪)이[35) 있는데, 평소 양씨와 더불어 화목하게 지냈던 터라 족히 자기 한 몸을 의탁할 만한[36) 사이였다. 이에 옥매와 더불어 여러 고을을 지나 산을 넘고 강을 건너갔다.[37) 음식은 구걸해서 먹고, 잠은 겨우 눈만 붙일 곳을 빌려 자면서 한 달여 만에 겨우겨우 여남 지방에 이르렀다.

그리고 곧바로 표질을 찾아갔다. 하지만 집은 텅 비고 사람은 아무도 없었다. 이웃 사람은 양씨를 보고 "지난 해 전에 해남(海南)으로[38) 이주하였다."고 말해 주었다. 양씨와 옥매는 임시로 몸을 맡길 데조차[39) 없게 되었으니 이른바 진퇴유곡(進退維谷)이라, 간담이 모두 떨어져 서로 붙들어 크게 울 뿐이었다.

그 때 마침 지나가던 한 스님이[40) 물었다.

"낭자께서는 무슨 사연이 있기에 그렇게 애통해 하십니까?"

양씨가 눈물을 닦고서 보니, 그 스님은 이고[尼姑: 비구니]였다.[41) 이에 대답하였다.

"박명한 이 몸이 불행히 난리를 만나 지아비를 이별하고서도 그 생사를 알지 못하고, 자식을 잃고서도 어디에 있는지조차 모릅니다. 질긴 목숨은 끊어지지 않고, 궁핍하여 돌아갈 곳이 없는 까닭에 이렇게 울고만 있답니다. 감히 묻건대 노스님은 어디로 가십니까?"

"빈도(貧道)는[42] 마침 속세에 있는 집에 들렀다가 다시 산방(山房)으로[43] 돌아가는 중입니다. 낭자께서는 어디로 가시려는지요?"

"연약한 풀에 깃든 가벼운 먼지가 날려 다니지만[44] 정해진 곳은 없답니다.[45] 다행히 존사(尊師)를 만나게 된 것도 모두 하늘이 주신 바라. 바라건대 자비를 드리워 중생으로 하여금 제도(濟度)하는 배에 오를 수 있게 해주십시오."[46]

"낭자께서 빈도를 따르고자 하실진대 머리에는 송낙을[47] 쓰고, 입으로는 채소를 드셔야만 가히 함께 지낼 수 있습니다. 이 또한 어렵지 않겠습니까?"

"그야말로 제가 진실로 바라던 바입니다. 존사께서 저를 버리지 않는다면[48] 얼굴을 바꾸고 몸을 변하게 한들 무슨 어려움이 있겠습니까? 속세에서 벗어나 고요한 데로 돌아간다면 그 행복이 더할 데 없겠습니다."

이고가 이에 허락하였다.

마침내 양씨와 옥매는 이고와 더불어 산으로 들어갔다. 동구(洞口)에[49] 이르니 시내와 산세가 빼어난데, 나아가면 나아갈수록 더 더욱 심오하였다.[50] 흐르는 맑은 물을 한 움큼 쥐어 갈증 난 목을 축이고, 산에서 나는 열매를 따서 주린 배를 요기하였는데, 문득 정신이 맑아지면서[51] 인간세상의[52] 맛을 씻어내는 듯했다. 걸음걸이도 가벼워 마치 도솔천(兜率天)에[53] 오르는 것 같았다. 절 안에 있던 모든 비구니들은 죽림(竹林)과 송계(松溪) 밖까지 나와 맞이한 후, 높은 누각이 있는 비구니들의 숙소까지[54] 인도하였다. 사방은 맑고 깨끗하여 먼지 한 점 티끌 한 점 없었다.

다음 날, 양씨와 옥매는 목욕재계(沐浴齋戒)하여 머리를 깎는 체발(剃髮) 의식과 팔뚝을 태우는 연비(燃臂) 의식을[55] 거행한 후, 부처님께 절하고 참선한 뒤에 물러나왔다. 두 사람은 정수리를 어루만지며 눈물을 떨치는

데, 마음이 더욱 서러웠다. 모든 비구니들도 그런 그녀들을 위로하였다.

원래 두 사람을 데리고 온 이고는 여남 지방의 양갓집 여자로, 일찍이 부모를 잃고 출가(出家)하여 수행하는 자인데, 경문(經文)에 널리 통하고 계행(戒行)이 매우 높아 여승이 머무는 절에서는[56] 대중(大衆)의[57] 사표(師表)로 우러렀다. 그 법명은 '청성(淸性)'으로, 이때의 나이가 쉰일곱 살이었다. 양씨의 법명은 '계은(戒訔)'으로 지어 청성의 제자가 되고, 옥매의 법명은 '보정(寶晶)'으로 지어 양씨의 제자로 삼았다.

얼마 지나지 않아 사월 초파일을 당하였는데, 이는 곧 여래대불(如來大佛)의 탄신일이다. 양씨는 옥매에게 예전에 입던 옷가지를 가지고 산문(山門) 밖에 있는 시장에 가서 다과와 지촉(紙燭)과 각종 공양할 물건으로 바꾸어 오게 한 후, 부처님 앞에 정결하게 베풀어 공양하였다. 그리고 직접 발원문(發願文)을[58] 써서 옥매와 함께 불좌(佛座) 아래에 나아가 예를 갖춰 절한 후 향을 살라 그 글을 읽었다. 그 축문은 이렇다.

'제자 계은은 목욕재계하고 머리를 조아려 삼가 나무석가모니부처님께 아룁니다. 가만히 생각하건대, 제자가 지은 전생의 죄악이 지극히 무거워 지금 세상에서도 마장(魔障)이[59] 사라지지 아니하여 지아비는 적진에 나아가 돌아오지 아니하였고, 어린 아들은 난리를 당해 서로 이별하였습니다. 지아비는 만리 떨어진 전쟁터에 나아갔으니[60] 반드시 칼과 화살의[61] 위태로움에서 벗어나기 어렵고, 이제 막 부모 품에서 떨어진 어린아이는[62] 어지러운 세상에서[63] 어떻게 삶을 온전히 할 수 있겠습니까? 불쌍하도다! 짝을 잃고 대를 이을 자식까지 끊어진 이 사람은 홀로 구차하게 목숨을 이어갈 생각이 없습니다. 그러나 모진 목숨인지라[64] 없애려 해도 그렇게 하지 못하였습니다. 평소에 가지고 있던 생각들도 모두 사라져버려[65] 돌아가고자 해도 돌아가 발붙일 데가 없습니다. 마침내 법계(法界)에[66] 들어와 대자대비(大慈大悲)하신 부처님 아래에 의탁하였으니, 몸을 깨끗이 하고, 도를 닦고,[67] 불경을 외고, 다라니(陀羅尼)를 읊조리며[68] 지난날에 저지른 잘못을[69] 없애면서 남은 세월을 마치려는 게 제자의 지극한 바람입니다.

불가(佛家)의 인연에[70] 따라 이왕 영원한 맺음을 가졌으면 속세에서의 연업(緣業)은[71] 다시 생각하지 않는 것이 마땅합니다. 그러나 제자의 사정은 어릴 때에 출가한 다른 스님들과 비교하면 확연히 다릅니다. 부부가 해로(偕老)한 은의(恩義)는[72] 삼생(三生)을[73] 지나도 없어지지 아니하고, 어미가 자식을 사랑으로 기른[74] 윤상(倫常)은 천겁(千劫)에[75] 펼쳐진대도 남는다고 했습니다. 지금은 비록 속세를 버리고 산으로 들어왔다고 하지만 어떻게 전쟁[76] 중에 이별을 당한[77] 사람의 마음까지 사라지겠습니까? 오직 마니주(摩尼珠)의[78] 빛으로 멀리 절역(絶域) 밖에까지 비추어 주신즉, 장해 부자의 안위(安危)와 생사(生死)는 이미 부처님의 굽어 살피심[79] 안에 들게 될 것입니다.

엎드려 바라옵건대 이 고단한 사람의[80] 간절한 기도를 불쌍히 여기시고, 여기저기로 흩어진 저기 두 사람을 가엾게 여겨 주십시오. 임금님의 명령을 받들어 남만에 들어간 사람에게는 승전의 첩(捷)을 올려[81] 돌아오게 하시고, 도적에게 불잡혀간 사람에게는 몸을 보존하고 돌아와 골육이 다시 만나 문호(門戶)를 거듭 일으키게 해주십시오. 또한 즉시 풍도(酆都)에[82] 공문을 보내[83] 저승을 관장하는 명사(冥司)에게[84] 제자의 목숨을 맡김으로써 극락세계에 다시 태어날 수 있도록 해 주시기를 바랍니다.'

읽기를 마치자, 눈물이 흘러 가사(袈裟)를[85] 흥건하게[86] 적셨다. 이후로 새벽과 저녁마다 예배와 축원하기를 그치지 아니하였다.

필경 그 신세가 어찌될까? 또한 하회를 분해하여 들을지라.

1) 南蠻 : 예전에 남방 민족을 지칭하는 말. 주로 소설 속에서 송나라와 대치하였던 遼·金나라를 가리킨다.『宋書』〈荊雍州蠻傳〉을 보면 남만은 槃瓠의 후손으로, 荊州에 위치해 있다고 한다.

2) 牌招 : 임금이 사신을 통해 신하를 부르던 일.

3) 拜受 : 임금이 보낸 가르침에 대해 절을 하고 받드는 의례를 격식 있게 말한 것.

4) 命招 : 임금의 명으로 신하를 부름.

5) 係戀 : 사람이나 일에 마음이 끌려 잊지 못함.

6) 逗遛 : 머물러서 조금도 앞으로 나아가지 못함.

7) 寶刀 : 전쟁에서 쓰는 진귀한 칼.『穀梁傳』〈僖公 元年〉에는 "孟勞는 魯나라의 寶刀다.[孟勞者, 魯之寶刀也.]"라는 말이 있다. 참고로 三國時代 魏나라의 曹植(192~232)은 〈寶刀賦〉를 남기기도 했다.

8) 衣帶 : 옷을 단속하는 띠.

9) 遠役 : 먼 곳으로 복역을 하러 감. 변경에서 수자리를 삶.『後漢書』〈西南夷傳·夜郎〉에는 "조정의 의론이 고을의 변방 바깥에 있어 남쪽 오랑캐가 즐겨 반역하니 군사를 거느리고 복역을 하게 하여 그들을 두려워하게 하는 것만 같지 못하다.[朝議以爲郡在邊外, 南夷喜叛, 勞師遠役, 不如弁之.]"는 말이 있다.

10) 安堵 : 사는 곳에서 평안히 지냄.『史記』〈田單列傳〉에는 "즉묵이 바로 항복한다면, 우리 집안과 처첩은 손대지 말고, 편안하게 살 수 있도록 해 주십시오.[卽墨卽降, 願無虜掠吾族家妻妾, 令安堵.]"라는 구절이 있다.

11) 靑萍劍 : 예전의 명검으로, 寶劍을 대표하는 명칭으로 쓰인다.

12) 墨花 : 벼루에 스며든 먹의 빛깔을 꽃에 비유하여 이르는 말. 唐나라 李賀(790~816)의 시 〈楊生靑花紫石硯歌〉에는 "비단 장막 안은 따뜻하여 먹이 봄꽃처럼 피어나고, 가볍게 떠서 흐르는 거품은 솔과 사향의 향기를 풍기네.[紗帷晝暖墨花春, 輕漚漂沫松麝薰.]"란 구절이 있다.

13) 極目 : 시력이 미치는 데까지 봄.

14) 鳥散 : 새가 날아가듯이 흩어짐.『史記』〈平津侯主父列傳〉에 "무릇 흉노의 성품은 짐승처럼 모였다가 새처럼 흩어지는 것입니다. 그들을 쫓는 것은 그림자를 잡는 것과 같습니다. 지금 폐하의 성덕으로 흉노를 친다는 것에 대해 신은 위태롭게 여깁니다.[夫匈奴之性, 獸聚而鳥散, 從之如搏影. 今以陛下盛德攻匈奴, 臣竊危之.]"에서 나온 말이다.

15) 餱糧 : 乾糧. 가지고 다니기에 편리하도록 만든 마른 식량.

16) 殺越 : 殺人越貨. 사람을 죽이고 재물을 빼앗음. 도적들의 행위를 뜻한다.『書經』〈康誥〉에 "사람을 죽이고 그 재물을 빼앗고도 감히 죽음을 두려워하지 않는다면 모든 백성이 다 미워하며 원망한다.[殺越人于貨, 暋不畏死, 罔弗憝.]"에서 나온 말이다.

17) 剽掠 : 남을 협박하여 빼앗음.

18) 爬櫛 : 꼼꼼하게 다스림. 宋나라 周必大는 〈賀范志能圃堂〉에서 "공이 농막을 짓고

농사도 손수 지었다.[公來開別墅, 草莽手爬櫛]"라는 시구를 남긴 바 있다.

19) 蜾蠃·螟蛉 : 蜾蠃은 蒲盧·細腰蜂·나나니. 몸의 길이가 2cm 정도로, 흑색에 허리가 가는 구멍 벌의 한 종류다. 여름에 모래를 파서 그 속에 살며 벌레를 잡아 애벌레의 먹이로 삼는다. 螟蛉은 빛깔이 푸른 나방과 나비류의 애벌레로, 예전에는 뽕나무 벌레[桑蟲]이라고 했다. 원래 나나니[과영]는 명령을 잡아다가 자신의 유충을 먹인다. 그러나 옛사람들은 나나니가 명령을 마치 자기 자식처럼 키운다고 오인하였다. 이로 인해 후대 사람들은 명령을 양자를 비유하는 말로 대체하여 사용하였다. 『詩經』〈小雅·小旻之什·小宛六章〉에는 "뽕나무 벌레가 새끼를 두거늘 나나니가 엎도다.[螟蛉有子, 蜾蠃負之.]"는 구절이 있다.

20) 奚罪 : 무슨 죄인가? 이 말은 『孟子』〈萬章〉에 나오는 "象이 지극히 어질지 못한데 그를 有庳에 봉하시니, 유비에 사는 사람들은 무슨 죄입니까.[象至不仁, 封之有庳, 有庳之人, 奚罪焉?]"라는 구절을 활용한 것이다.

21) 倍日 : 이틀 정도의 거리를 하루에 감. 『史記』〈孫子吳起列傳〉에는 "보군을 버리고 가벼운 무기들만 가지고 이틀 정도의 거리를 하루 동안에 쫓아갔다.[乃弃其步軍, 與其輕銳倍日并行逐之.]"는 구절이 있다.

22) 星夜 : 별이 총총한 밤.

23) 近坰 : 가까운 교외.

24) 戎衣 : 戎服. 군복. 『書經』〈武成〉에는 "한번 융의를 입으매 천하가 모두 평정되었다.[一戎衣, 天下大定]"이라는 말이 있다.

25) 炎海 : 南海의 뜨거운 지역, 또는 아주 독한 열기를 말함. 南蠻을 이렇게 표현하였다.

26) 催償 : 催趲. 독촉.

27) 김준형A본에는 이 뒤에 "승부를 결정짓지 못하였다[不分勝負]."가 첨가되어 있다.

28) 遁逃 : 도주. 『荀子』〈成相〉에는 "임금에게 재앙이란, 참소하는 소인은 영달하고, 어진 사람과 유능한 사람은 떠나서 이내 나라가 기울게 되는 것이다.[主之孽, 讒人達, 賢能遁逃國乃蹶.]"라는 말이 있다. 『史記』〈樗里子甘茂列傳〉에도 "신은 진나라에서 죄를 짓고 처벌될까 두려워 도망쳐 나오긴 했지만 몸을 안전하게 둘 곳이 없습니다.[臣得罪於秦, 懼而遯逃, 無所容跡.]"라는 구절이 있다.

29) 汴橋 : 지금의 河南省 開封市의 옛 지명인 汴梁에 있던 다리를 범칭한 듯하다. 汴梁은 戰國時代 魏나라의 도읍지인 大梁으로, 隋나라 때에는 汴州로 고쳤는데, 五代의 梁·晉·漢·周나라와 이 소설의 배경인 北宋이 모두 여기에 도읍을 두었다. 金·元 이후부터 汴梁으로 고쳐 불렸다.

30) 星散 : 새벽 하늘의 별처럼 뿔뿔이 헤어짐.

31) 奔竄 : 달아나서 숨음. 『後漢書』〈馮緄傳〉에는 "州郡의 관리와 죽음으로써 직무를 지켜야 할 신하가 서로 달아나 숨고서 돌아보지 아니하였다 하니 가히 부끄러운 말이로다.[州郡將吏, 死職之臣, 相逐奔竄, 曾不反顧, 可愧言也.]"라는 말이 있다.

32) 紹興府 : 중국 남방 浙江省에 있는 도시로, 戰國時代 越나라의 도읍지였다. 魯迅의

출생지이기도 하다.

33) 丘墟 : 폐허.

34) 汝南 : 지금의 중국 河南省 陽都縣.

35) 表侄 : 表兄弟[고모, 혹은 이모의 자식]의 자식.

36) 依庇 : 依芘. 자기 한 몸을 맡겨 지냄. 『後漢書』〈淸河孝王慶〉에는 "혼령이 의지할 곳이 있으니, 죽어도 다시 무슨 한이 있겠습니까?[魂靈有所依庇, 死復何恨?]"라는 말이 있다.

37) 輾轉跋涉 : 輾轉은 여러 지방을 지나는 것을 말하며, 跋涉은 산과 물을 지나는 것을 말한다. 여행길이 몹시 괴로움을 뜻한다. 『詩經』〈鄘風·載馳〉에는 "대부께서 산 넘고 물 건너갔네. 내 마음은 근심뿐이라.[大夫跋涉, 我心則憂]"는 말이 있다.

38) 海南 : 지금의 중국 남방의 海南省. 여러 개의 섬들로 구성되어 있다.

39) 寄寓 : 임시로 남의 집에 몸을 의지하고 지냄.

40) 百衲 : 스님들이 입는 衲衣. 袈裟. 중의 옷은 보통 사람들이 버린 옷이나 헝겊을 하나하나 기워서 만드는 경우가 많았기에 百衲이라 한다.

41) 尼姑 : 出家한 여자 불교 신도.

42) 貧道 : 중이나 道士가 자기를 낮추어 일컫는 말.

43) 山房 : 산속에 있는 절.

44) 飛颺 : 飛揚. 『楚辭』〈九辯〉에는 "어찌 겹겹이 핀 꽃이 열매 없이 비바람을 따라 흩날리는가.[何曾華之無實兮, 從風雨而飛颺.]"라는 구절이 있다.

45) 弱草輕塵 飛颺無定 : 이 말은 人生無常을 비유하는 '輕塵棲弱草'을 활용한 말이다. 『南史』〈魚傳弘〉에는 "장부의 생애는 가벼운 먼지가 연약한 풀에 깃듦 같고, 흰 망아지가 문틈으로 지나가는 것과 같다.[丈夫生如輕塵棲弱草, 白駒之過隙.]"는 말이 있다. 『三國演義』에도 "인간 세상살이가 가벼운 먼지가 연약한 풀에 깃듦과 같으니 어찌 스스로 괴로움이 여기에까지 이르렀단 말인가?[人間世間, 如輕塵棲弱草, 何至自苦如此?]"라는 말이 있다.

46) 普渡 : 普度. 불교용어로 널리 불법을 베풀어 중생을 제도함으로써 해탈에 이르도록 하는 일을 말한다.

47) 송낙 : 송라(松蘿)에서 온 말로, 예전에 소나무겨우살이를 엮어 만든 女僧이 쓰던 모자를 이른다.

48) 遐棄 : 오랫동안 멀리 이별해 있음. 『詩經』〈周南·汝墳〉의 "여수의 큰 제방을 따라 그 곁가지를 베노라. 임의 얼굴을 보니 나를 잊지는 않았네.[遵彼汝墳, 伐其條肄. 旣見君子, 不我遐棄.]"에서 나온 말이다.

49) 洞口 : 절로 들어가는 산문의 입구.

50) 愈進愈深 : 들어가면 들어갈수록 더욱 깊어짐. 이 말은 갈수록 더욱 기이해진다는 '愈出愈奇'를 활용한 것이다. 元나라 麻革이 쓴 〈游龍山記〉에는 "여기에서 돌아가는 길에

… 거듭된 계곡과 높은 산봉우리가 들어가면 들어갈수록 더욱 기이해지더니 저물녘이 되어서야 이내 평지가 나왔다.[從此歸路, …, 重谿峻嶺, 愈出愈奇, 抵暮乃得平地.]"는 구절이 있다.

51) 澄爽 : 맑고 상쾌함.

52) 烟火 : 煙火. 불을 때서 밥을 짓는 것으로, 인간세상을 의미한다. 『史記』〈律書〉에는 "천하가 조금 부유해져 곡식 열 말을 10여 년 전 가격으로 받을 수 있게 되고, 닭의 울음소리와 개 짖는 소리가 들리고, 밥 짓는 연기가 만 리에 펼쳐져 있으니 참으로 평화롭고 즐거운 것이라 이를 만하다.[天下殷富, 粟至十餘錢, 鳴雞吠狗, 煙火萬里, 可謂和樂者乎!]"는 말이 있다.

53) 兜率 : 兜率天. 산스크리트어 tusita의 음역. 불교의 우주관에 따르면 세계의 중심은 須彌山이며, 그 꼭대기에는 12만 由旬[고대 인도의 거리 단위로 소달구지가 하루에 갈 수 있는 거리. 보통 11~15km 정도] 위에 도솔천이 있다고 한다. 이 곳은 內院과 外院으로 구별되어 있다. 석가모니가 보살일 당시에 머물며 지상에 내려갈 때를 기다리던 곳이며, 지금은 미래의 부처인 彌勒菩薩이 설법하면서 지상으로 내려갈 시기를 기다리고 있다고 한다. 이곳이 곧 내원으로, 미륵보살의 淨土다. 한편 외원에는 온갖 천상의 중생들이 五欲을 충족시키며 즐거움을 누리며 사는 곳이다. 도솔천은 하늘을 여러 층위로 나눈 가운데 넷째 하늘에 불과한데도 이상적인 정토로 등장하게 된 것은 미륵보살과 결부되어 있다. 그 곳은 七寶와 光明 등으로 장엄하게 장식되어 있으며, 十善과 四弘誓願을 설하는 음악이 끊임없이 흘러나오기 때문에 천상의 중생들은 그 소리를 듣고 자연히 菩提心이 우러난다고 한다. 끊임없이 정진하여 덕을 많이 쌓은 사람, 깊은 禪定을 닦은 사람, 경전을 독송하는 사람, 지극한 마음으로 미륵보살을 염불하는 사람, 계율을 지키며 사홍서원을 잊지 않은 사람, 널리 福業을 쌓은 사람, 죄를 범하고서 미륵보살 앞에 진심으로 참회하는 사람, 미륵보살의 형상을 만들어 꽃이나 향 등으로 장식하고 예배하는 사람들이 도솔천에 태어날 수 있다고 한다. 『法華經』〈勸發品〉에는 "어떤 사람이 이 경전을 받아 지니고서 읽고 읊조리면서 그 뜻을 잘 이해하면 그 사람이 죽을 때 일천 부처님께서 손을 잡아주어 두렵지 않게 해주시고 나쁜 곳에 떨어지지 않게 해주십니다. 곧 도솔천 미륵보살이 계신 곳입니다. 32상을 갖춘 미륵보살이 대보살에게 둘러싸여 있고 백천억 天女들과 그 권속들이 있는 곳에 태어날 것입니다.[若有人受持讀誦, 解其義趣, 是人命終, 爲千佛授手, 令不恐怖, 不墮惡趣, 卽往兜率天上, 彌勒菩薩所. 彌勒菩薩, 有三十二相, 大菩薩衆, 有百千萬億天女眷屬, 而於中生.]"라는 말이 있다.

54) 雲榻 : 出家한 사람이 머무는 곳. 唐나라 사람 戴叔倫(732~789)이 쓴 시 〈贈行脚僧〉에는 "이르는 곳마다 운탑에 깃드니, 어느 해에 설봉에 누우리오.[到處棲雲榻, 何年臥雪峰.]"란 구절이 있다.

55) 剃髮燃臂 : 체발은 머리를 깎는 것이고, 연비는 팔뚝을 태우는 것으로, 둘 다 불교 수행자가 되는 절차다. 불교에서는 머리카락을 세속적인 허영이나 번뇌의 소산인 일체의 장식으로 여겨 이를 無名草라 한다. 따라서 이를 버림으로써 세속에서의 번뇌와 인연, 그리고 나쁜 습관을 버려 수행자의 길에 들어선다는 의미를 갖는다. 계를 받는 마음의 굳은 징표로 향불로 자신의 팔을 태우는 의식을 연비의식이라 하는데, 억겁 세월

동안 지은 악업과 죄업을 三寶殿에 참회하는 의식을 거행한 다음에 이루어진다.

56) 尼院 : 여승들이 거주하는 절. 唐나라 白居易(772~846)의 〈兩朱閣〉이란 시에는 "절문에는 하사받은 문방에 금자로 글씨를 써 붙이니, 여승들이 거주하는 절 마당은 넓고 한가하여라.[寺門粉牓金字書, 尼院佛庭寬有餘.]"란 구가 있다.

57) 大衆 : 산스크리트 마하삼가(Mahasamgha)를 번역한 불교 용어. 대중은 출가 여부에 관계없이 부처에게 귀의한 신도들을 통칭하여 이르는 말이다. 석가모니 열반 후의 部派佛敎 시대에는 전통과 형식적 계율을 중시하는 부류를 上座部라 하고, 모든 중생이 평등하고 누구나 부처가 될 수 있다는 진보적인 생각을 하는 부류를 大衆部라 하였다. 대승불교는 대중부를 중심으로 하여 이루어졌다. 오늘날 우리가 쓰는 대중과는 조금 다른 의미다. 여기서는 범범하게 스님과 신도를 통틀어 말한다고 봐도 무방하다.

58) 發願文 : 불교에서 수행자가 정진할 때 세운 誓願이나 施主의 소원을 적은 글.

59) 魔障 : 魔障. 魔戱. 불교용어로 魔의 장애를 말한다. 마는 온갖 방법으로 불도를 닦는 수행자의 노력을 방해한다. 그래서 마음 공부, 깨달음의 공부를 할 때 나타나는 각종 장애나 혜살을 일러 마장이라고 한다.

60) 負羽 : 화살을 등에 지고 다닌다는 뜻으로, 군대에 가서 전쟁에 나아감을 의미한다.

61) 鋒鏑 : 칼과 화살로, 병기나 전쟁을 지칭한다. 『史記』〈秦楚之際月表〉에는 "이름난 성을 무너뜨리고 칼과 화살을 녹이고, 호걸들을 제거하여 만세의 안녕을 바랐다.[墮壞名城, 銷鋒鏑, 鉏豪桀, 維萬世之安.]"는 말이 있다. 『宋史』〈王繼濤傳〉에도 "왕계도는 수로의 나이[70세]에 전쟁에서 죽었다.[王繼濤, 垂老之年, 殞身鋒鏑.]"는 구절이 있다.

62) 免懷孤孩 : 세 살 된 고아. 免懷는 '免懷之歲'로, 세 살을 가리킨다. 『論語』〈陽貨〉에 "아이가 나서 삼년이 지난 연후에 부모의 품에서 떨어진다.[子生三年, 然後免於父母之懷.]"라는 말이 있는데, 이후로 세 살을 가리켜 '免懷之歲'라 한다. 『금선각』 앞부분에는 이미 두영이가 5~6세로 나오는 것으로 보아, 이 말은 세 살을 지칭한 것이라기보다는 '이제 막 부모의 품에서 떨어진' 정도로 해석하는 것이 옳다.

63) 腥塵 : 비린내가 나는 먼지라는 뜻으로, 어지러운 세상을 이른다. 南怡(1441~1468)의 시조에도 "장검을 빠혀들고 백두산에 올라보니 / 대명천지에 성진이 잠겨셰라 / 언제나 남북풍진을 헤쳐보고 하노라."는 작품에 나오는 '성진'도 같은 의미다.

64) 頑然 : 완고하여 변통하지 못하는 모양.

65) 萬念俱灰 : 가지고 있는 생각이나 계획이 모두 사라짐. 극단적으로 실망스러운 마음을 형용한다. 『剪燈餘話』〈賈雲華還魂記〉에는 "위붕이 빙빙을 보고난 후 모든 생각이 사라져 공명도 구하지 않았다.[生覩娉後, 萬念俱灰, 不求聞達.]"라는 구절이 있다.

66) 法界 : 산스크리트어 dharma-dhatu의 번역. 보통 각종 사물의 현상과 본질을 범칭한다. 『華嚴經』〈十通品〉에는 "진법계에 들어가나 실은 또한 들어간 바가 없다.[入於眞法界, 實亦無所入.]"고 했다.

67) 修行 : 출가하여 불교를 학습하거나 도를 닦는 일.

68) 誦呪 : 誦咒. 불경이나 다라니(陀羅尼)를 읊음.

69) 愆尤 : 愆過. 그릇되게 저지른 실수.

70) 因果 : 불교어. 윤회설에 근거한 인연과 결과.『涅槃經』〈遺教品一〉에는 "선과 악에 대한 보답은 마치 그림자가 형체를 따르는 것과 같아 삼세의 인연은 돌고 돌아서 없어지지 않는다.[善惡之報, 如影隨形, 三世因緣, 循環不失.]"고 했다.

71) 緣業 : 불교어. 선업을 쌓으면 즐거운 결과의 인연이 오고, 악업을 쌓으면 고통스러운 결과의 인연이 오는 것. 모든 중생은 이 연업에 따라 태어난다. 후대에는 흔히 남녀 간의 인연으로도 쓰였는데, 여기에서는 이들을 아울러 속세에서 지냈던 모든 인연을 가리킨다.

72) 恩義 : 道義. 恩情.

73) 三生 : 불교에서 말하는 前生·現生·後生을 아울러 이른다.

74) 慈育 : 사랑으로 어루만지면 기름. 南朝시대 梁簡文帝가 쓴 〈唱異文〉에는 "백성을 덮고 받들고, 백성을 어루만지고 기른다.[覆戴蒼生, 慈育黎首.]"는 말이 있다.

75) 千劫 : 불교어로, 아득한 시간과 무수한 생명이 생기고 사라지는 오랜 시간. 劫은 산스크리트어 kalpa를 음역한 것이다. 천지가 한 번 개벽한 때부터 다음 개벽할 때까지로, 보통 43억 2천만년 정도가 1겁이 된다.

76) 干戈 : 창과 방패는 고대 전쟁에서 통상적으로 쓰던 물건인데, 이로 인해 干戈는 곧 병기를 통칭한다. 전쟁을 지칭하기도 한다.『詩經』〈周頌·淸廟之什·時邁〉에는 "창과 방패를 모두 거두며 활과 화살을 자루에 넣었다.[載戢干戈, 載櫜弓矢.]"는 말이 있는데, 여기에서는 창과 방패의 의미로 쓰였다. 반면『史記』〈儒林列傳〉에 나오는 "그러나 아직도 전쟁으로 천하를 평정하기에 庠序[고대의 학교]의 일을 정비할 겨를이 없다.[然尙有干戈, 平定四海, 亦未暇遑庠序之事也.]"에서의 干戈는 전쟁의 의미로 쓰였다.

77) 仳離 : 離散. 헤어져 흩어짐. 보통 여인이 버려지는 것을 가리킨다.『詩經』〈王風·中谷有蓷〉에는 "이별한 여인이 있어 깊은 시름에 한숨만 쉬네.[有女仳離, 嘅其嘆矣.]"라고 하였다.

78) 摩尼珠 : 寶珠. 불가에서는 여의주나 불길이 타오르는 것처럼 위가 뾰족하게 생긴 구슬로, 이것이 불행과 재난을 없애 주고 더러운 물을 깨끗하게 하며, 물을 변하게 하는 등의 덕을 가지고 있다고 본다.『금선각』의 이 대목은 唐나라 杜甫(712~770)의 시 〈贈蜀僧閭丘師兄〉에 "오직 마니주가 있어서 탁한 물의 근원을 밝힌다.[惟有摩尼珠, 可照濁水源.]"는 구절을 활용한 것이다.

79) 俯燭 : 아랫사람의 형편을 두루 굽어 살핌. 밝게 살핌.

80) 孤生 : 외롭고 보잘 것 없는 사람이란 뜻으로, 자신을 낮추어 이르는 말이다.

81) 獻捷 : 고대에 승리한 일을 임금에게 보고하여 올리는 일. 보통 잡은 포로와 전리품을 올리는 일을 의미한다.『春秋穀梁傳』〈僖公二十一年〉에는 "겨울, 공이 주를 쳤는데, 초나라 사람이 의신으로 하여금 와서 捷을 드리도록 하였다. 첩은 군사에게 얻은 것이다.[冬, 公伐邾, 楚人使宜申來獻捷. 捷, 軍得也.]"라는 말이 있다.『陳書』〈周迪傳〉에도 "(周迪이) 거두어들인 병기와 포로로 잡은 사민을 모두 개인 재산이라 하며 일찍이 捷

을 드린 것이 없었다.[收獲器械, 俘虜士民, 竝曰私財, 曾無獻捷.]"란 말이 있다.

82) 酆都 : 저승. 唐나라 段成式(803~863)의 『酉陽雜俎』〈玉格〉에는 "羅酆山 북방 계지는 주위가 3만리고, 높이가 2천 6백리인데 6천 귀신들의 궁이다. 사람이 죽으면 모두 그곳에 이른다.[有羅酆山, 在北方癸地, 周回三萬里, 高二千六百里, 洞天六宮, 周一萬里, 高二千六百里, 是爲六天鬼神之宮……人死皆至其中]"고 하였다. 李白의 시에 "남쪽 두성은 인간의 이승 호적을 주관하고, 북쪽 풍도는 죽은 사람의 성명을 조사한다.[南斗主生籍, 北酆比死名.]"고 하였다.

83) 移牒 : 받은 공문이나 통첩을 다른 부서로 다시 보내어 알림. 또는 그 공문이나 통첩.

84) 冥司 : 저승, 혹은 저승을 관장하는 사람. 『敦煌變文集』〈妙法蓮華經變文〉에는 "생전에 도를 닦고 나아감이 조금도 없더니 죽어서 아비지옥에 떨어져 영원히 명사에 맡겨져 오랫동안 고통을 받는다.[生前不曾修移, 死墮阿毗地獄, 永屬冥司, 長受苦毒.]"고 했다.

85) 袈裟 : 산스크리트어 kasaya의 음역. 사람이 버린 옷이나 죽은 사람의 옷 등 낡은 옷을 조각조각 잘라낸 후, 그 조각 108개를 꿰매어 만든다. 108 조각은 百八煩惱의 의미를 갖는다.

86) 龍鐘 : 흥건하게 젖은 모양. 漢나라 蔡邕의 『琴操』〈信立退怨歌〉에는 "자색이 주색을 어지럽히고, 분과 묵이 한가지로 되었도다. 빈산이 흐느껴 우니 눈물이 흥건하도다.[紫之亂朱, 粉墨同兮. 空山歔欷, 涕龍鐘兮.]"라는 말이 있다.

신옹(神翁)은 궁핍한 자를 구제해 숙녀의 배필로 삼고, 교객(僑客)은 화를 피해 어진 아내와 이별하다

神翁濟窮配淑女 僑客避禍別賢妻

각설. 황제가 전쟁에서 크게 승리하자, 수레를 되돌려[1] 남궁(南宮)에 어좌(御坐)한[2] 후, 술을 갖춰 그 공적을 의논하였다. 장해에게는 부남(扶南)[3] 지방 수령[伯]으로[4] 삼아 특별히 옥새(玉璽)를 찍은 문서를[5] 내렸다. 그 글은 이렇다.

'접때 남쪽 지방을[6] 온전히 평정할 수 있었던 것은 그대가 변교(汴橋)로 적을 유인한 큰 공로에 힘입은 바라. 신하는 황제를 분노케 한 적을 보면 그와 함께 하지 않겠다는 충성심을 가지고 있어야 하고,[7] 나라는 신하의 그런 수고에 대해 재물로 보답하는[8] 은전을 내린다고 했다. 생각하건대 부남 지방은 서울에서[9] 만 리나 떨어진 절역(絶域)으로, 남만 한 귀퉁이에 있는 요충지라. 제후를 두지 않으면 그들을 진압할 수 없고, 사람을 가려 보내지 않으면 위엄의 중함도 없어질 게다. 그러니[10] 그대에게 먼 지방을 제압할 위엄을 부여하며, 또한 그대에게 공로를 세울 땅도 내리노라. 그대는 봉토(封土)를 받고난[11] 뒤로부터 십년에 한 번씩만 조공을 바치고, 대신 바깥 오랑캐를 막는 울타리가 되도록 하라.[12] 그리고 그 지역은 백세(百世)

동안 마음대로 다스리되[13] 조정에 사신을 보내는 일만큼은[14] 게을리 하지 말라.'

장해가 절을 하고 옥새가 찍힌 문서를 받들어 사은숙배한 후, 그 날로 길을 떠났다. 곧바로 금릉에 이르렀지만, 마을은 이미 텅 비고, 아내와 아들은 형적조차 찾을 수 없었다.[15] 예전에 살았던 터에는[16] 다만 여우와 살쾡이가 지나다닌 흔적만 남아 있었다. 실성통곡하던 장해는 거의 스스로를 보존할 수 없을 지경이었다. 따라온 관예(官隷)들이 붙들어 일으켜서야 겨우 슬픔을 참으며 말에 올라타 남방으로[17] 향할 수 있었다.

1년이 채 못 되어 부남 지방에 도착하였더니 기름진 땅이[18] 천리에 펼쳐 있고, 창고에는 물건이 넘쳐났다. 높이 솟은 건물들은[19] 웅장하면서도 아름답고, 백성들과 물산도 몹시 번성하여 황제가 거주하는 곳과 다르지 않을 정도였다. 그러나 황성(皇城)이 아득하여 마치 하늘 끝에 있는 듯하고, 집안 소식을 물어볼 길도 없었다. 그저 외로이 변방에[20] 붙여 지내며 소쩍새 소리만 들을 뿐이었다. 낮에는 백성을 다스리며[21] 교화하고,[22] 밤이면 아내와 아이 생각에 잠을 이루지 못해 침상에는 눈물 흔적이 마를 때가 없었다.

각설. 소흥부 산 아래에 홀로 남겨진 두영은 슬피 울며 아비와 어미를 부르면서 어디로 가야할 지 몰라 서성거리고[23] 있었다. 그 때 높은 관을 쓰고, 띠로 넓은 옷을 묶고,[24] 베옷에 짚신을 신고, 얼굴은 옥을 다듬은 듯이 아름답고, 눈은 별처럼 밝은 한 노인이 나귀를 타고 지나다가 마침 울고 있는 두영을 보았다. 노인은 그가 도적을 만나 부모를 잃은 아이임을 짐작하고, 곧바로 나귀에서 내렸다. 그리고 두영이와 나란히 앉아[25] 등을 어루만지며 말했다.

"너는 필시 추위와 배고픔에 몹시 지쳐 있겠지."

그러고는 소매에서 진귀한 과일 몇 개를 꺼내 주었다. 두영이가 받아먹으니, 문득 배가 부르고 정신이 맑아졌다. 노인은 두영에게 그의 성명, 나이, 아비의 이름, 그리고 사는 곳을 물었다. 두영은 목매인 소리로 대답했다.

"소자의 이름은 두영이옵고, 나이는 여섯 살입니다. 부친의 이름은 알지 못하지만, 사람들이 장시랑이라고 불렀습니다. 거주하는 곳 또한 알지 못합니다. 며칠 전, 어머니를 따라 산속으로 들어갔었는데, 괴상한 형상에 이상한 옷까지 입은 어떤 사람이 저를 말에 태우고 가더니만 중도에서 한길 가에다[26] 저를 버렸답니다. 그러니 제가 어떻게 어머니와 헤어진 곳을 찾아갈 수 있겠습니까?"

인하여 목을 놓아 울었다. 노인이 말하였다.

"네가 어딜 가고자 해도 갈 곳이 없고, 간다 해도 의탁할 곳이 없으니, 나를 따라 함께 가는 것이 좋겠구나."

"종일토록 길거리에 있으면서 지나가는 사람들을 적잖이 보았습니다. 그런데 유독 대군자만이 저를 궁핍한 길에서 구제해 주시니, 참으로 석상(石上)의 살아있는 부처님이십니다.[27] 저는 비록 뿔송곳을 차고 다녀야 할 정도로 어린아이지만[28] 족히 휘하(麾下)에서[29] 말을 부리는 일이라도 하겠습니다."

노인은 두영을 붙들어 나귀에 태우고는 함께 집으로 돌아갔다.

무릇 이 노인의 성명은 이윤정(李允楨)으로, 천품(天稟)이 맑고 높아 먼지와 때가 묻은 이 세상에서 홀로 우뚝 솟아난 듯하고,[30] 박학함이 이치에 통달하여 그 지혜가 마치 귀신과 같았다. 일찍이 천거(薦擧)로[31]

소주 통판(蘇州通判)이[32] 되었지만, 겨우 몇 달 만에 벼슬살이에[33] 아주 염증이 나서 관직을[34] 버리고 양주(凉州)에[35] 있는 농촌으로 돌아가 세상에 나오지 않은 채 일민(逸民)으로[36] 지내고 있었다.

그는 처음에 학사 최영(崔瑛)의 딸과 결혼하여 딸 경파(瓊葩)와 아들 경운(瓊雲)을 낳았다. 하지만 자식이 모두 어릴 때에 최씨가 기세한 까닭에 호씨(胡氏)의 딸과 재취하여 다시 일남일녀를 낳았다. 호씨는 사람됨이 퍽 사납고[37] 교만 방자하여 항상 경파와 경운을 해(害)하려 했지만, 통판이 몹시 사랑하는 까닭에 감히 손을 대지 못하고 있었다. 그러한 사실은 통판도 이미 알고 있었다.

통판은 조감(藻鑑)이 매우 높아, 귀한 형상이나 권세 있는 골격을 가진 사람을 알아보지 못한 적이 없었다. 두영을 보고서도 그의 용모가 곱고 운치 있으며, 풍채[神釆] 또한 준열(峻烈)한 것을 보고, 통판은 그가 뛰어난 재주를 가진[38] 그릇임을 알아챘다. 마음속으로 몹시 기쁘고 사랑스러워, 마치 귀중한 보배를 얻은 것 같았다. 두영을 데리고 집으로 돌아와서 그를 외당(外堂)에다 머물게 한 후, 내실로 들어가 호씨에게 말하였다.

"어린아이가 우물에 빠지려 하면 어진 사람은 반드시 그를 구하고,[39] 아름다운 옥이 진흙 속에 묻혀 있어도 좋은 기술자는 반드시 그것을 캐낸다 했소.[40] 외당에 머물게 한 아이는 우물에 빠지려던 어린아이이며, 진흙 속에 묻힌 아름다운 옥이라 할 만하오. 바라건대 부인은 마음속에 잊지 말고 새겨두어[41] 사랑으로 길러 주시구려.[42] 그리고 경파가 성장할 때까지 기다렸다가 사위로 맞이하면 다행이겠소."

그러고는 곧바로 두영을 불러 호씨에게 보여 인사를 드리게 했다.

아! 봉황과 기린은 아낙이나 어린아이들도 그 상서로운 기운을 안다고 했다. 저 호씨는 비록 어리석은 아낙이지만 오히려 소경이 아닌 한 어찌 두영의 빼어난 의표(儀表)를 알지 못하겠는가? 보고 생각하건대[43] 경파와 짝이 되어 뒷날 현달하게 되면 반드시 자기가 낳은 자식은 낮은 처지에[44] 놓이게 될 듯했다. 강샘이[45] 크게 일어나 분연(忿然)히 얼굴색을 바꾸어 말하였다.

"통판은 국가 원훈(元勳)[46] 가문에 속한 원로이십니다. 유한정정(有閑貞靜)한[47] 딸을 두었으니 명문 귀족 중에 뉘 아니 흠모하고, 뉘 아니 꿈꾸겠습니까?[48] 그런데 망령되게 보잘 것 없는[49] 떠돌이 아이를 취하여 아름답고도 아름다운[50] 규방을 더럽히고자 하시니, 가문의 욕됨과 향리(鄕里)의 비웃음을 어찌 족히 말할 수 있겠습니까? 일찍이 그와의 관계를 끊어버림이 좋을 듯하옵니다."

"이 아이는 스무 살이 되기 전에 입상출장(入相出將)함을 볼 것이고, 부귀를 취함이 마치 턱 밑에 난 수염을 쓰다듬는 것과[51] 같을 것이오. 그러니 혼인을 맺은 집에도 더불어 영화가 있을 게요. 부인은 모름지기 고집을 부리지 마시구려."

호씨는 통판의 생각이 이미 확고함을 짐작하고 다시 말을 내지 못하였다. 이후, 겉으로는 거짓으로 아끼고 사랑하는 척하지만, 속으로는 반드시 관계를 끊으리라[52] 다짐하며 훗날을 도모하였다. 통판은 마치 아무 것도 살피고 있지 않은 듯이 무심히 지냈지만, 은연중에 하나의 근심이 항상 마음속에 자리하고 있었다.

이후 두영과 경운은 외당에 함께 머물며 한 이불을 덮고 자고, 한 상을 마주하고 밥을 먹게 하였다. 가을과 겨울이면 자사경전(子史經傳)을[53] 가르치고, 봄과 여름이면 과거의 문체를 익히게 하였다. 무릇 두영은 말을 배울 때부터 문리에 밝았던[54] 아이였다. 현명한 스승을 만나 가르침을 받들어 깊이 탐구하며 여러 방면의 지식을 두루 살피니 글을 짓고 쓰는 것이 신기할 정도였다. 문장을 구사함이[55] 호방하여 퍽 크고 웅장

한 재주와 기운이 있었고,[56) 붓을 휘두름이[57) 몹시 빨라[58) 순식간에 문
장을 만들어내는[59) 재주도 보였다. 이를 본 통판은 항상 말하였다.

"나라에서 만약 아이들에게도 과거 시험장에 가는 것을 허락해 준다
면 천하에 이 아이의 적수가 될 사람은 없으리라."

세월이 급히 흐르고 월하노인(月下老人)이[60) 기약을 재촉하여, 두영
은 15세의 아름다운 청년이 되고, 경파는 16세의 꽃다운 나이가 되었
다. 통판은 중춘(仲春: 음력 2월) 좋은 날을[61) 가려서 정침전(正寢殿)[62) 앞
벽도화(碧桃花)[63) 아래에 나아가 비단으로 만든 금인(錦茵)을[64) 펴고,
화촉(華燭)을[65) 밝히고, 전안(奠雁)의 의식을[66) 마련하여 합근(合巹)의
예를[67) 행하였다. 예를 갖춘 차림새가[68) 단정하면서도 엄숙하고, 온화
한 기운이 무성하여[69) 예법을 명백히 따지는 집안의[70) 모범 그 자체였
다. 그것을 본 종족(宗族)과 빈객(賓客)들은 모두 칭찬하기를 마지아니
하였다. 다만 호씨만 화난 얼굴이 딱딱하게 굳어져[71) 말도 않고 웃지도
않은 채, 무단히 큰 소리로[72) 비복들만 꾸짖을 뿐이었다. 종일토록 술
잔이 오가는 자리에서도[73) 기뻐하는 얼굴색이 전혀 없었다.

이후로는 집안이 시끄러워 평안한 날이 거의 없었다. 통판이 마음속
으로 생각했다.

'사람의 목숨이 그리 길지 않으니,[74) 내 삶도 오래지 못할지라. 바야
흐로 새의 둥지가 헐려[75) 알이 깨지는[76) 재앙이 닥치리니 누가 그것을
제어할꼬?'

그렇게 밤낮으로 걱정하다가 울화로 병이 들더니, 몇 달 동안 쇠약
해지면서 백약(百藥)을 써도 효험을 얻지 못하였다. 마침내 역책(易簀)
의 날이[77) 되었다. 통판은 호씨를 불러 말하였다.

"삶이란 이 세상에 잠깐 머무는 것이고, 죽음이란 원래의 집으로 돌

아간다는[78] 말이 이치에 당연하오. 내가 지금 자연의 조화에 따라 돌아가니[79] 하늘의 이치를 따를 뿐 다른 서운함은 없소. 다만 장랑(張郎)이 아직 장성하지 못하고, 딸아이도 아직 청춘이어서 눈앞에서 성공하는 것을 보지 못하니, 죽더라도 이것이 한으로 남는구려. 이제부터 저들을 보호하고[80] 기를 책임은 오직 부인에게 달렸소. 부인은 그에 힘써 주겠소?"

호씨가 울며 대답했다.

"즐겨 가르침을 따르겠습니다."[81]

"임종(臨終)할 때의 약속은 귀신이 곁에서 듣는다 했으니, 죽는 자가 마음에 담아둔 것을 산 자가 어떻게 잊겠소? 뒷날 죽어서 하늘의 영혼이[82] 되더라도 때때로 바람을 타고 내려와 부인이 나의 진솔한 마음을 기망하지 않은 것에 대해 사례하리다. 『예기(禮記)』에 이르기를 '남자가 죽어갈 때에는 여자의 손으로 숨이 있는지 끊어졌는지를 갈음해서는 안 된다[男子不絕於夫人之手]'고[83] 하였소. 그러니 부인은 나가 기다려주시구려."

이에 호씨는 안방으로[84] 물러나왔다. 통판은 다시 장랑 부부를 불러 손을 잡고 눈물을 흘리며 말했다.

"병마(病魔)가[85] 깊어 한 가닥의 목숨이[86] 곧 끊어지려 하는구나. 남쪽 하늘의 노인성(老人星)도[87] 무정한데, 서산에 지는 해는 자꾸 기울어만 가는구나. 사위[東床]의[88] 영광을 보지 못하고 갑작스레 북망산(北邙山)의[89] 해골이 될지라. 육체는 지하 깊은 곳으로[90] 돌아가지만, 슬픔은 천년만년 이어지도다. 내 어진 사위는 젊은[91] 나이에 제후의 지위에 올라 이름을 죽백(竹帛)에[92] 드리울 것이네. 그러니 초반 운수가 곤궁하다고[93] 해서 소년의 지기(志氣)를 꺾지 말게. 또한 딸아이의 영욕(榮辱)과 고락(苦樂)은 오로지 장부에게 매여 있으니, 내가 관여할 바가 아니네. 그러나 경운을 생각하면 그를 홀로 남겨 두는 게 몹시 걱정스럽네. 아비가 없으니 누구를 믿으며, 어미 또한 없으니 무엇에 의지하겠는가? 그저 바라는 것이 있다면 어진 사위가 그를 친동생처럼 사랑하고, 젖먹이 아기처럼 보살펴 한 점 남은 내 살덩이를 보존케 해주는 것일세. 그리하여 천리구(千里駒)를[94] 만들어주면 내가 지하에 가서도 마땅히 눈을 감을 수 있을 듯하네."

장생이 눈물을 뿌리며 대답하였다.

"악장(岳丈)께서[95] 이 사위를 자식처럼 보아주시고, 이 사위 또한 악장을 아버지처럼 섬겼습니다. 보살펴주신[96] 큰 은혜, 뼈가 가루 되고 살이 문드러진대도 보답하기 어렵습니다. 지금 영결하는 때를 당하여 그저 놓아야만 하는 고통은 차마 견딜 수 없습니다. 더구나 아드님의 외롭고 궁핍함은 이 사위와 다를 게 없습니다. 설령 분부가 없다 해도 어찌 감히 잊겠습니까?"

통판은 봉해둔 유서 두 장을 꺼내 장랑 부부에게 각각 나누어 주었다. 봉투에는 다음과 같이 쓰여 있었다.

'조만간에 집안에 위난(危難)한 변고가 있으리니, 그 때 이것을 열어보라.'

말을 마치고 통판은 숨을 거두었다.

경파와 경운이 가슴을 치며 울부짖는데, 그 광경은 참혹하고도 가련했다. 장생도 통곡하며 애통해 하는데, 그 모습은 마치 부모를 잃은 것과 같았다. 고을 사람들 가운데서도 눈물을 흘리지 않는 사람이 없었다. 심지어 절구질을 해야 하는 사람들은 소리가 날까봐 절굿공이를 놀리지 아니하였고,[97] 시장 사람들 역시 장사를 하지 않았다. 마침내 기일이 되자, 녹림원(綠林原)[98] 위에 안장하였다.

호씨는 한 집안의 가장이 되어 권력을[99] 마음대로 휘두르면서 경운을 핍박하고, 장생도 죽이려 하였다. 이에 몰래 자객과 결탁하여 음흉한 생각을 꾀하고 있었다.[100] 장생은 총명한[101] 지혜를 가진 자로 어찌 그것을 모르겠는가? 두렵고도 놀라워하며 마음속으로 생각하였다.

'남아의 큰 운명이 아녀자의 손안에 붙여 있으니, 스스로 내 신세를 돌아보면 비분(悲憤)함을 금하지 못할지라. 못 속의 봉(鳳)이 오랫동안 웅크리고 있다가는 스스로 그 화를 입고,[102] 높이 나는 큰 기러기는 그 물에서 벗어날 기미를 살피나니[103] 어찌 때를 놓치리요? 그러나 부부의 의리가 중한지라, 죽어서도 또한 같은 구덩이에 묻혀야 하거늘,[104] 어찌 차마 승냥이나 호랑이의 아가리 앞에 어리고 연약한 싹을 방치하여 내던져버리듯이 오직 내 한 몸만을 위한 계책을 낸단 말이냐? 떠나기도, 머물기도 모두 어렵구나.'

마음이 괴로워 힘없이 창에 기대고서 멍하니[105] 앉아 근심스러운 듯 조는 듯이 있더니, 악장이 살아 있을 때처럼 침대에 누워 신음 소리를 내며 말하였다.

"어진 사위는 내 말을 잊으셨나?"

장생이 홀연 깨달아 유서를 꺼내 읽었다. 그 글에는 이렇게 쓰여 있었다.

'신빈(晨牝)이[106] 입아귀를 다시고, 독역(毒蜮)이 모래를 머금고 있다가 사람의 그림자를 보고 뱉을 기미를 엿보고 있도다.[107] 뽕나무에 의탁한 오랜 손님은[108] 마치 창을 낀 채 쌀 씻고, 칼을 쥔 채 밥 짓는[109] 것처럼 조심스럽고, 갈대꽃을 넣은 겨울옷을 입은 아들이[110] 마치 연못에 떨어질까, 얇은 얼음이 깨져 빠질까 하는 것처럼 근심스럽도다.[111] 어서 아내[中閨]를[112] 이별하여 천금과 같은 두 몸을 보존하라. 급히 위험한 곳을[113] 버리고, 경운과 한가지로 이로운 곳을 좇아 떠나라.[114] 아이가 절에[115] 오르면 의탁할 스님이 있을 것이니, 자네는 선문(禪門)에서 나와 과거에 합격하시게.[116] 어서 빨리 떠나라.[117] 삼가고 힘쓸지어다.'

보기를 마치매, 눈물이 비 내리 듯하여, 이씨에게 말하였다.

"악장께서 두영을 사랑하시는 은혜가 지금에 이르러서도 없어지지 아니하였소. 뒷날에 있을 환란까지 경계하는 지혜 또한 심히 밝고 분명하오. 어린 딸과의[118] 석별도 생각지 아니하고 이처럼 이익에 따라 떠나라는 유훈(遺訓)을 드리웠으니, 이는 시인이 이른바 '채찍을 휘두르며 만 리 먼 길 떠나가니, 어찌 아내를 생각하랴[揮鞭萬里去 安得念香閨]'라는[119] 의미와 완전히 들어맞는구려. 지금이 마땅히 덕음(德音)을[120] 공손히 받들어[121] 급히 길을 떠날 때로되, 여비가 없으니 장차 어찌 하리오?"

이 말을 들은 이씨는 넋이 빠지고 간담이 떨어져서 아무 말 없이 눈이 휘둥그레지며 물끄러미 장생을 쳐다보았다.[122] 그러다가 한참 후에 말하였다.

"낭군이시여, 이 무슨 말씀이십니까? 멀리 떠나시면 모름지기 위태로운 화살에서 벗어날 수 있겠지요. 그럼 첩은 어찌하고, 경운은 어찌합니까?"

"꽃다운 인연을 한 번 맺으니 조물의 시기가 많구려. 재앙은 집안에 숨어들고,[123] 별은 삼성(參星)과 상성(商星)처럼 나뉘어져 있고….[124] 그만 둡시다! 하늘이 참으로 그렇게 한 것이니 말해 무엇 하겠소?[125] 어

진 아우는[126] 곧 나와 함께[127] 다니면서 화(禍)와 복(福)을 함께 할 것이
오. 내가 만약 신하로서 임금님을 섬기는 온전한 예를 얻는다면,[128] 저
가 어찌 홀로 근심하겠소? 오직 바라는 것은 귀체(貴體)를 보중하는 것
뿐이오."

이씨는 크고 작은 상자에 담긴 비단과 패물을 모두 꺼내 유모에게
주며 말했다.

"유모, 이것을 가지고 저잣거리에 나가 적은 이익을 두고 다투지 말
고 그저 가벼우면서도 값있는 재화로[129] 바꾸어 오세요."

이에 유모가 나가 금 10정과 은 200냥으로 바꾸고 돌아와 이씨에게
바쳤다. 이씨는 또 두 사람이 입을 가볍고도 따뜻한 옷을 지어 봇짐에
함께 넣어 봉하고는 유모에게 은밀히 말하였다.

"이것을 가지고 문 밖에서 기다렸다가 낭군께 전해 주세요."[130]

유모는 '예예' 하고 물러갔다.

장생은 호씨의 거처로 가서 이별을 고하였다.

"이 사위가 여러 해 동안 은혜를 입었사오니 그 은혜는 죽어도 잊을
수 없습니다. 지금 멀리 길을 떠나[131] 악모의 곁을 영원히 이별코자 하
옵니다."

호씨가 듣고 마음속으로는 매우 기뻐하나, 거짓으로 놀라며 섭섭한
듯한 표정을 짓고 말했다.

"가장이 세상을 떠난 후로는 온 집안이 고적하여 어진 사위만 의탁하
고 지냈네. 뿐 아니라 친자식처럼 생각하였는데, 뜻밖에 이별을 고하
니 몹시[132] 섭섭하고도 서운하네. 다만 아들과 딸이 결혼할[133] 때가 되
었지만, 원근 사대부들이 자네의 근본 없음을 두고 우리 집안의 하자
(瑕疵)로 여겨 구혼하는 자가 없었네. 이 또한 생각하지 않을 수 없으니,

자네가 떠나겠다는 것을 능히 만류할 수가 없네. 오직 바라는 것은 여행에 몸조심하였다가 우리 집안의 혼사가 모두 이루어지거든 그 때 돌아오는 것이 좋을 듯하네.”

장생은 분하고 한스러워 하며 물러 나왔다.

한편 이씨는 경운을 어루만지며 말했다.

“슬프다, 우리 막내여! 너는 장차 어디로 가려느냐? 외로운 우리 둘이 서로 의지하고 지내더니 하루아침에 갑자기 헤어지게 되었구나. 살아생전에 만약 다시 보지 못한다면 죽은 후에라도 다시 남매가 되어서 아버님 어머님을[134] 모시고 영원히 이별하지 말고, 아가위나무[常棣]의 즐거움을 누리는 것,[135] 이것이 내 바람이란다.”

경운은 이씨의 무릎에 엎드려 통곡하며 말하였다.

“누나, 누나! 나로 하여금 어디로 가라 하오?”

인하여 울부짖기를 그치지 않았다. 이씨가 다시 위로하며 말했다.

“네가 집 안에 있으면 죽을 것이고, 집 밖으로 나가면 살 것이라. 살아서 구걸하며 다니는 게 오히려 죽는 것보다는 나으니, 모름지기 낭군과 함께 사이좋게[136] 함께 다니도록 해라. 가는 길에 조심하고….”

또 장생에게도 말하였다.

“낭군께서는 만 리를 떠돌아다닐 터니 어디에 머무를지도 알 수 없습니다. 첩은 한 올의 실과 같은 연약한 몸으로 몇 날이나 지탱할 수 있을지 모르겠습니다. 설령 어진 하늘이 무고한 이 몸을 가련히 여겨 혹시라도 다시 만날 기회를 주더라도 이미 내 용모는 초췌해져서 예전 모습을 다시 보기 어려울 것입니다. 그러한즉 그 아내도 알아보지 못하는데,[137] 지아비가 어찌 분변할 수 있겠습니까? 반드시 좌계(左契)의[138] 물건을 보인 다음에서야 가히 서로가 서로를 믿을 수 있을 것입니다.”

그리고는 옥지환 한 쌍을 꺼내 한 짝은 자신의 손가락에 끼고, 다른 한 짝은 벗어 낭군에게 주며 말하였다.

"첩이 어렸을 때에 남전산(藍田山)[139] 옥공(玉工)이 이 지환을 팔러 왔기에 돌아가신 아버님께서는 높은 가격으로 사서 제게 남겨주신 것이랍니다. 두 짝에는 각각 글자의 흔적이 있는데, 매우 가늘고도 미세하여서 햇빛을 향해 비춰보아야만 살필 수 있습니다. 천하에서 이것을 구하려 해도 다시 얻을 수 없는 지환이랍니다. 비록 아주 오랜 이별[140] 끝에 해후한다 하더라도 이것으로 비춰본다면 다른 의심이 없을 것입니다. 또한 지환의 환(環)은 '돌아온다'의 환(還)의 의미도 있어서 떠나는 사람은 이것을 지닌다고 하니, 점괘 정길(貞吉)의[141] 상서로운 징조로도 삼을 수 있겠습니다."

장생은 그것을 받아 주머니에 넣어 단속한 후, 품속에서 단삼 하나를 꺼내어 말했다.

"이는 두영이 어렸을 때에 입던 것으로, 모친께서 손수 지은[142] 것이오. 평생 사랑하고 귀중히 여겨 잠시도 몸에서 떨어뜨려본 적이 없소. 오직 바라건대 낭자께서는 두영을 보듯이 이것을 귀중히[143] 보관해 주시구려."

말을 마치고 떠났다. 세 사람이 서로 떠나고 머무는 마음은 백일(白日)까지도 참담케 하였다. 유모는 우두커니 문 밖에서 기다리다가 봉한 물건을 전해 주었다. 장생은 그것을 짊어지고 경운을 데리고 길을 떠났다.

필경 어느 곳에 머물까? 또한 하회를 분해하여 들을지라.

1) 還蹕 : 황제가 타던 御駕를 돌려 궁으로 되돌아옴.

2) 御坐 : 玉座. 寶座. 황제가 앉는 자리.

3) 扶南 : 1~7세기에 걸쳐 메콩강 하류 지역에 발흥했던 앙코르 와트 왕조 이전의 고대 왕국으로, 지금의 캄보디아와 베트남 남부 지역이 이에 해당한다.

4) 伯 : 중국의 다섯 작위[公·侯·伯·子·男]의 하나. 伯은 황제를 섬기는 方國 수령으로서의 역할을 주로 했다. 정기적으로 황제에게 공납의 의무를 가졌고, 전시에는 전쟁에 참여하였다. 나중에는 제후로 통용해서 쓰기도 했지만, 본디 그 성격은 다르다.

5) 璽書 : 황제의 옥새가 찍혀 있는 문서.

6) 炎荒 : 남쪽의 덥고 먼 변경 지방. 晉나라 傅玄의 〈述夏賦〉에는 "거문고에 슬픈 음악을 띄우니 남방에 붉은 새가 느껴워한다.[淸徵泛於琴瑟, 朱鳥感於炎荒.]"고 했다. 여기서는 남만을 가리킨다.

7) 敵愾之忠 : 황제를 분노케 하는 적과는 같은 땅에서 함께 있지 못할 만큼의 분개하는 충성심.『詩經』〈秦風·無衣〉에는 "왕께서 군사를 일으키면 내 무기를 가지고서 그대와 함께 원수를 갚으리라.[王于興師, 脩我戈矛, 與子同仇.]"라고 하여 원수와 함께 할 수 없을 만큼 강한 적개심을 드러냈다.『左傳』〈文公四年〉에는 "제후가 왕을 분개하는 적과 맞서 그 공을 바쳤다.[諸侯敵王所愾, 而獻其功.]"는 구절이 있다.

8) 酬勞 : 재물을 보내 은혜에 보답함.『周書』〈武帝紀上〉에는 "나이가 들어 존경을 받고 여러 대를 이어 큰 가르침을 받으며, 차례로 재물을 보내 은혜에 보답하니 명철한 왕이요 밝은 규범이다.[尊年尙齒, 列代弘規, 序舊酬勞, 哲王明範.]"이라 했다.

9) 畿甸 : 畿內. 서울, 혹은 서울 교외 지방. 지금은 나라의 수도를 중심으로 하여 사방으로 뻗어 나간 가까운 행정 구역의 안으로 사용한다.『周書』〈蕭詧傳〉에는 "예전에는 사방 천리를 기전이라 했고, 지금은 칠리로 주위를 두른다.[昔方千而畿甸, 今七里而磐縈.]"고 하여 기전을 수도에 한정한 의미로 썼고,『舊唐書』〈郭子儀傳〉에는 "또한 적이 위수를 건너 남하할까 한다는 마린의 첩이 이르렀사오니, 신이 성만 굳건히 지키고 있으면 오히려 기전을 침범할까 두렵습니다.[又得馬璘牒, 賊擬涉渭而南, 臣若堅壁, 恐犯畿甸.]"라고 하여 서울 교외 지방까지 의미를 확장하여 썼다. 여기서는 전자, 즉 수도의 의미로 쓰였다.

10) 玆庸 : 玆用. 連詞로 '이로 인하여'라는 의미다.

11) 就封 : 封土를 받음.

12) 藩屛 : 왕실이나 나라를 수호하기 위해 국경에서 먼 곳에 설치한 중요한 감영이나 병영. 이 말은『詩經』〈大雅·生民之什·板〉"큰 덕을 가진 사람은 나라의 울타리고, 많은 무리는 나라의 담장이네. 제후는 나라의 병풍이며, 친척은 나라의 기둥이며 덕으로 하면 나라가 편안하고, 아들은 성벽이 되네.[价人維藩, 大師維垣, 大邦維屛, 大宗維翰, 懷德維寧, 宗子維城.]"에서 나온 말이다.『漢書』〈敍傳下〉에는 "변경의 병영을 세워 마구를 굳건히 지킨다.[建設藩屛, 以强守圉.]"는 말이 있다.

13) 獨擅 : 혼자서 마음대로 처리함.『後漢書』〈班超傳〉에는 "반초가 그 뜻을 알고 손을

들어 올리며 말하기를 '종사[掾]께서 비록 가지는 못했지만, 반초가 어찌 혼자서 마음대로 처리했겠습니까?[超知其意, 擧手曰: 掾雖不行, 班超何心獨擅之乎?]'라는 말이 있다.

14) 朝聘 : 고대에 제후가 정기적으로 직접 임금을 찾아뵙거나 사신을 보내 천자를 알현하는 일. 『禮記』〈王制〉에는 "제후가 천자를 찾아뵙는데, 매년 보내는 것을 小聘, 삼년마다 보내는 것을 大聘, 오년마다 보내는 것을 朝라 한다.[諸侯之於天子也, 比年一小聘, 三年一大聘, 五年一朝.]"라고 하였다. 鄭玄은 이 말에 대해 小聘에는 大夫를 보내고, 大聘에는 卿을 보내고, 朝에는 제후가 직접 가는데, '대빙'과 '조'는 戰國時代 晉나라 文公이 패권을 잡았을 때부터 시작되었다고 하였다.

15) 永絶 : 소식이나 관계, 또는 생명이나 혈통 따위가 영원히 끊어져 아주 없어짐.

16) 遺墟 : 오랜 세월에 쓸쓸하게 남아 있는 옛터.

17) 重三譯 : 重譯. 남방의 황량하고도 먼 지역을 의미한다. 唐나라 張說가 쓴 시 〈南中送北使〉에는 "처벌을 기다리며 남방에서 지내는데, 저녁 비 내리는 가을에 근심이 깊어라.[待罪居重譯, 窮愁暮雨秋.]"라는 구가 있다.

18) 沃壤 : 沃土. 기름진 땅.

19) 樓觀 : 누각이나 집과 같은 건축물들이 높고 웅장함. 『禮記』〈月令〉에는 "(仲夏의 달이) 高明에 걸려 있다.[可以居高明]"이란 말이 있는데, 鄭玄은 '高明'이 곧 '樓觀'이라고 주석을 단 바 있다. 『後漢書』〈宦者傳·單超〉에는 "그 후 네 제후가 전횡하였다. …, 모두 다투어 집을 짓는데, 건물이 몹시 웅장하면서도 아름답고 지극한 기교를 부렸다.[其後四侯轉橫, …, 皆競起第宅, 樓觀壯麗, 窮極伎巧.]"는 구절이 있다.

20) 殊方 : 遠方. 異域. 漢나라 班固의 〈西都賦〉에는 "곤륜산을 넘고 거해를 건너 존재하는 먼 지역에는 기이한 종류의 것들이 삼만 리나 펼쳐져 있다.[踰崑崙, 越巨海, 殊方異類, 至於三萬里.]"고 했다.

21) 臨民 : 백성을 다스림. 『國語』〈楚語下〉에는 "무릇 신은 정명으로 백성을 다스리는 자다.[夫神以精明臨民者也.]"라는 구절이 있다.

22) 宣化 : 임금님의 명령을 전달하고 백성을 교화함.

23) 盤桓 : 어정어정·머뭇거리면서 그 자리에서 멀리 떠나지 못하고 서성이는 일.

24) 峨冠博帶 : 높은 관과 넓은 옷을 묶은 띠로, 예전 유생이나 사대부의 차림새를 의미한다. 『三國志演義』37회에는 "문 밖에 높은 관과 넓은 띠를 착용한 어떤 선생이 왔는데, 풍기는 분위기와 용모가 비범한데 특별히 와서 뵙고자 합니다.[門外有一先生, 峨冠博帶, 道貌非常, 特來相探.]"는 구절이 있다.

25) 班荊 : 친구들과 함께 앉아 이야기를 나누는 것. 晉나라 陶潛이 쓴 〈飮酒〉에는 "소나무 아래서 친구들과 마주 앉아, 몇 곡의 술에 다시 취했어라.[班荊坐松下, 數斛已復醉.]"라는 시구가 있다.

26) 中逵 : 한길 가운데

27) 石上活佛 : 바위 위의 살아있는 부처. 어디에 연원을 둔 말인지 알 수 없다. 석가모니

가 입적하기 전에 바위 위에 남긴 卍자 모양의 足跡과 연관시켜, 석가모니 부처가 다시 살아왔다는 의미로 쓴 것인지?

28) 佩觿之童 : 뿔송곳을 찬 아이. 觿는 상아로 차고 다닐 수 있도록 만든 뿔로, 장식품으로 사용되었다. 뿔송곳을 품으로써 성인임을 표지하였다. 이 말은『詩經』〈衛風·芄蘭〉에 "새박덩굴가지여, 아이가 뿔송곳을 찼네. 비록 뿔송곳을 찼지만 나는 알 수 없네.[芄蘭之支, 童子佩觿, 雖則佩觿, 能不我知.]"라는 말에서 나왔다.

29) 鞭鐙 : 말 채찍과 말 등자. 보통은 말을 가리키거나, 그 휘하를 지칭함.

30) 逈出 : 높이 솟은 모양. 돌출한 모양.

31) 剡薦 : 인재를 추천하여 올림.『舊唐書』〈韋雲起〉에는 "지금 조정에는 산동 사람이 많은데, 스스로 문호를 만들어 서로 천거한다. 아래로 붙고 위로 얽어 모두 붕당을 만들었습니다.[今朝廷之內多山東人, 而自作文戶, 更相剡薦, 附下罔上, 共爲朋黨.]"이란 말이 있다.

32) 蘇州 : 중국 장쑤성[江蘇省]에 있는 도시.

33) 宦情 : 벼슬을 하고 싶어 하는 마음.『晉書』〈劉元海載記〉에는 "내 본디 벼슬을 하고 싶어 하는 마음이 없사오니 족하께옵서는 밝히 살피소서. [吾本無宦情, 惟足下明之.]"이란 말이 있다.

34) 簪笏 : 관을 고정하기 위해 상투 위에 꽂는 비녀와 손에 잡는 홀로, 예전 벼슬살이를 할 때에 사용하였다. 官員이나 官職을 비유하는 말을 쓰였다. 南朝 梁 簡文帝의 〈馬寶頌〉 서문에는 "잠홀이 유행하고, 담비로 만든 갓끈이 자리에 놓여 있다.[簪笏成行, 貂纓在席.]"는 말이 있다.

35) 凉州 : 중국 간쑤성[甘肅省]에 있는 고을. 王之渙의 〈凉州詞〉가 있어 유명한 곳이다.

36) 逸民 : 덕이 있으나 세상에 나오지 않고 파묻혀 지내는 사람.『論語』〈微子〉에는 "일민으로는 백이, 숙제, 우중, 이일, 주장, 유하혜, 소련이 있다.[逸民, 伯夷叔齊虞仲夷逸朱張柳下惠少連]"고 했다.

37) 鷙悍 : 사나움.

38) 宏材 : 거대한 木材로, 뛰어난 재주를 가진 사람을 지칭함.

39) 孺子入井 仁人必救 : 어린아이가 우물에 빠지려 하면 어진 사람은 반드시 구한다. 이는『孟子』에 〈公孫丑下〉 "지금 사람들이 문득 어린아이가 우물에 들어가려는 것을 보면 누구나 다 놀랍고 두려운 마음이 들어 저도 모르게 급히 달려가 어린이를 구한다.[今人乍見孺子將入於井, 皆有怵惕惻隱之心.]"는 말을 활용하였다.

40) 美玉埋塵 良工必採 : 아름다운 옥이 진흙 속에 묻혀 있어도 좋은 기술자는 반드시 그것을 캐낸다. 이 말은『韓非子』〈和氏〉에 나온 고사를 말한 것이다. "楚나라 사람 和氏가 楚山에서 옥을 주어 그것을 厲王에게 바쳤다. 왕은 옥을 다루는 사람에게 그것을 살피도록 했더니, 옥인은 '돌입니다.'라고 말했다. 왕 또한 화씨가 자신을 속였다고 하여 그의 왼쪽 발을 잘랐다. 려왕이 죽고 무왕이 즉위하자, 화씨는 또 그 옥을 무왕에게 바쳤다. 무왕은 옥을 다루는 사람에게 그것을 살피게 했는데, 옥인은 '돌입니다.'라

고 했다. 무왕 역시 화씨가 자신을 속였다고 여겨 그의 오른쪽 발을 잘랐다. 무왕이
죽고 문왕이 즉위하자, 화씨는 그 옥을 껴안고 초산 아래에서 삼일 밤낮을 통곡하였다.
울음이 그치자 이어서 피를 쏟아냈다. 왕이 그 말을 듣고 사람을 시켜 그 까닭을 물었
다. '천하에 다리를 잘린 형벌을 받은 사람이 많은데, 너는 어찌하여 그리 슬피 통곡하
느냐?' 그러자 화씨가 '나는 다리를 잘리는 형벌을 받은 것 때문에 슬퍼하는 것이 아닙
니다. 보옥을 돌이라 하고, 바른 마음을 가진 선비를 미치광이라 하였으니, 이것이 나
를 슬프게 한 것입니다.' 왕은 이에 옥을 다루는 사람에게 그 옥을 정밀하게 살펴보게
해서 보옥을 얻었다. 마침내 그 옥을 '화씨의 옥'이라고 이름하였다. [楚人和氏得玉璞楚
山中, 奉而獻之厲王. 厲王使玉人相之. 玉人曰: '石也.' 王以和爲誑, 而刖其左足. 及厲
王薨, 武王卽位, 和又奉其璞而獻之武王. 武王使玉人相之. 又曰: '石也.' 王又以和爲誑,
而刖其右足. 武王薨, 文王卽位. 和乃抱其璞而哭於楚山之下, 三日三夜, 泣盡而繼之以
血. 王聞之, 使人問其故. 曰: '天下之刖者多矣, 子奚哭之悲也?' 和曰: '吾非悲刖也, 悲
夫寶玉而題之以石, 貞士而名之以誑, 此吾所以悲也.' 王乃使玉人理其璞而得寶焉, 遂命
曰: '和氏之璧.']

41) 着意: 잊지 않도록 마음에 새겨 둠.

42) 字育 : 사랑하여 양육함. 『列子』〈黃帝〉에는 "날씨가 항상 조화롭고 사랑하여 기름이
항상 때에 맞아 해마다 곡식은 풍년이었지만 대지는 조금도 재해가 없었다.[風雨常均,
字育常時, 年穀常豐, 而土無札傷.]"는 구절이 있다.

43) 看來 : 살핀 것을 보고 판단을 내림. 唐나라 項斯의 시 〈蒼梧雲氣〉에는 "또한 돌아갈
것을 생각하는 나그네, 이것저것 살피다 어느새 백발이 되었네.[亦有思歸客, 看來盡白
頭.]"라는 구절이 있다.

44) 下風 : 낮은 지위에 놓인 것을 비유. 주로 겸사의 의미로 쓰이기도 하지만, 여기서는
그런 의미가 아니다. 실제 낮은 지위로 해석하면 된다. 『左傳』〈僖公十五年〉에는 "진나
라의 대부들은 세 번 절하고 머리를 땅에 조아려 말하였다. '군주께서는 대지를 밟으시
고 하늘을 머리 위에 이고 계십니다. 하늘과 땅이 실로 군주께서 이제 하신 말씀을 똑똑
히 들었고, 모든 신하들도 감히 낮은 자리에서 들었습니다.[晉大夫三拜稽首曰: '君履后
土而戴皇天, 皇天后土實聞君之言, 羣臣敢在下風.']"는 구절이 있다.

45) 媚嫉 : 강샘.

46) 元勳 : 首勳. 최고의 공훈.

47) 幽閑貞靜 : 유순하고도 閑靜함. 보통 품위 있고 정숙한 여성들을 지칭할 때 씀. 『詩經』
〈周南·關雎〉에 나온 "窈窕淑女"의 '窈窕'가 곧 '幽閑'이라고 하였다.

48) 希覬 : 妄想. 『晉書』〈劉曜載記〉에는 "어찌 감히 분수에 맞지 않게 망상하겠는가?[安
敢欲希覬非分]"란 구절이 있다.

49) 瑣瑣 : 인품이 낮고 보잘 것 없는 자를 형용함. 『詩經』〈小雅·節南山之什·節南山〉에
는 "평탄하게 하고 그른 것을 중지하며, 소인으로 위태하게 하지 말라. 보잘 것 없는
인척들에게 후한 벼슬을 주어서는 안 된다.[式夷式己, 無小人殆. 瑣瑣姻亞, 則無膴
仕.]"는 말이 있다.

50) 穆穆 : 용모나 말이 아름다움. 『詩經』〈大雅·文王之什·文王〉의 "아름답고 아름다운 문왕이시여! 아, 끊임없이 힘써 공경하였네.[穆穆文王, 於緝熙敬止.]"라는 말에서 나왔다.

51) 摘髭 : 가볍고도 쉬운 일. 이 말은 唐나라 韓愈가 쓴 시〈寄崔二十六立之〉"해마다 과거에 합격함이 마치 턱 밑에 난 수염을 쓰다듬는 것과 같다.[連年收科第, 若摘頷底髭]"에서 나온 말이다.

52) 疎絶 : 소원하여 관계를 끊음. 漢나라 王充의『論衡』〈非韓〉에는 "자신을 다스릴 때 은혜와 덕 있는 행동이 적고 남을 해치는 행동이 많다면 친구와 친척과의 관계가 소원해지고 치욕이 자신에게 이른다.[治一身, 省恩德之行, 多傷害之操, 則交黨疎絶, 恥辱至身.]"는 말이 있다.

53) 子史經傳 : 제자백가와 역사서와 경서와 해설서 등.

54) 了了 : 총명하여 사리에 밝음. 晉나라 袁宏의『後漢書』〈獻帝紀〉에는 "어렸을 때부터 총명하고 사리에 밝았고, 커서도 또한 기이하지 않은 것이 없었다.[小時了了者, 至大亦未能奇也.]"는 구절이 있다.

55) 騁藻 : 언어와 문장을 운영함이 지극함.

56) 掣鯨 : 재주가 크고 기운이 웅장함. 唐나라 杜甫가 쓴〈戲爲六絶句〉네 번째 시에는 "간혹 비취새가 난초 꽃 위에 앉은 걸 보지만, 아직 고래를 푸른 바다 속에서 끌어내지 못하네.[或看翡翠蘭苕上, 未掣鯨魚碧海中.]"라는 시구가 있다.

57) 揮毫 : 붓을 휘두른다는 뜻으로, 글씨를 쓰거나 그림을 이름.

58) 捷疾 : 민첩하고 빠름.『六韜』〈武騎士〉에는 "騎士를 뽑는 법은 나이는 40세 이하, 키는 7척 5촌 이상, 건강하고 민첩하며, 동년배보다 뛰어나야 한다.[選騎士之法: 取年四十已下, 長七十五寸已上, 壯健捷疾, 超絶倫等.]"는 구절이 있다.

59) 倚馬 : 재주가 민첩하여 순식간에 문장을 이루어내는 것. 南朝시대 宋나라 劉義慶 (403~444)의『世說新語』〈文學〉에 나오는 "桓宣武가 북정에 나섰을 때 袁虎도 종군하였다. 그러나 견책을 받아 파직되었다. 마침 布文을 지을 필요가 있어서 원호를 다시 불러 지으라 했는데, 원호는 말 앞에 기댄 채로 금방 지었다. 손에서 붓을 놓지 않고 금방 7장을 썼는데, 매우 훌륭하여 볼 만했다.[桓宣武北征, 袁虎時從, 被責免官. 會須露布文, 喚袁倚馬前令作. 手不輟筆, 俄得七紙, 絶可觀.]"는 고사에서 나온 말이다. 이후로 이 전고에 의거하여 '倚馬'는 재주가 민첩한 것을 형용하는 말로 쓰인다.

60) 月老 : 신화와 전설에서 혼인을 주관하는 신 月下老人. 唐나라 李復言(775~833)의 『續玄怪錄』〈定婚店〉에서 그 출전을 찾을 수 있다. "杜陵의 韋固가 元和 2년에 여행을 하던 중에 한 노인을 만났는데, 노인은 보따리에 기대고 앉아 달빛을 받으며 책을 읽고 있었다. 위고가 그가 보고 읽는 책이 어떠한 책인가를 묻자, 노인은 '세상의 짝을 기록한 문서'라고 대답했다. 위고가 다시 '그 보따리에는 무엇이 있는가?'를 묻자, 노인은 '붉은 밧줄인데, 이 밧줄로 부부의 발에 묶지요. 그들이 세상에 태어나면 암암리에 서로 묶인 것이 작동하지요. 비록 원수 집안이거나, 귀천의 차이가 현격하거나, 하늘 끝에서 벼슬살이를 하거나, 오나라와 초나라처럼 다른 나라에 떨어져 있어도 이 줄로 한번 묶이게 되면 평생 벗어날 수 없답니다.'[杜陵韋固, 元和二年, 旅次遇一老人倚布囊, 坐于

階上, 向月檢書. 固問其尋何書, 答曰: ‘天下之婚牘耳.’ 又問囊中何物, 答曰: ‘赤繩子耳.
以繫夫婦之足, 及其生, 則潛用相繫, 雖讎敵之家, 貴賤懸隔, 天涯從宦, 吳楚異鄕, 此繩
一繫, 終不可逃.’]라고 말했다. 이후로 월하노인은 매파를 지칭하는 용어로 쓰였다.
이 내용은『太平廣記』159권에 첫 번째 이야기로도 실려 있다.

61) 涓吉 : 경사로운 날을 가려 뽑음. 晉나라 左思의『文選』〈魏都賦〉에는 “시간을 헤아려
경사로운 날을 가려 뽑고, 중단에 올라 황제가 즉위하다.[量寸旬, 涓吉日, 陟中壇, 卽帝
位.]”는 말이 있다.

62) 正寢殿 : 정침은 가옥 정 가운데에 있던 집을 말한다.『紅樓夢』110회에는 “좋은 날과
장례를 치르는 날에는 혼령이 정침에 머문다.[擇了吉時成殮, 停靈正寢.]”는 말이 있다.
보통 사람이 늙어 죽을 때에는 집안 편안한 곳에 머물게 되는데, 그곳이 집 중앙일 경우
가 많았기 때문이다. 이 작품에 나온 말을 굳이 우리말로 의역하면 사당 정도로 봐도
큰 무리는 없다.

63) 碧桃花 : 이는『詩經』〈國風·周南·桃夭〉의 “잘 자란 복숭아나무, 붉은 그 꽃 화사하
네. 이 아가씨 시집 가니, 그 집안이 화목하리라.[桃之夭夭, 灼灼其華, 之子于歸, 宜其
室家.]”를 연상시킨다.

64) 錦茵 : 비단으로 만든 요. 唐나라 杜甫의 시 〈麗人行〉에는 “느지막이 말을 타고 와서는
어찌 그리 거들먹거릴까, 처마 밑에서 말을 내려 비단 요 위에 앉는구나.[後來鞍馬何逡
巡, 當軒下馬入錦茵.]”라는 시구가 있다.

65) 華燭 : 예전에 혼례 때에 켜던 화려하게 장식한 밀랍초. 이후 혼례를 지칭하는 말로
쓰였다.

66) 奠雁 : 예전 혼인 때에 신랑이 기러기를 가지고 신부의 집에 가서, 상 위에 놓고 절하
는 예.『儀禮』〈士昏禮〉에는 “주인이 서면에 오르면 손님은 북면에 올라 기러기를 상
위에 놓는 전안 의례를 한 후, 두 번 절하고 머리를 조아린다.[主人升西面, 賓升北面,
奠雁, 再拜稽首.]”고 하였다.

67) 合巹 : 예전에 혼례 때에 행하던 의식 절차의 하나. 표주박 하나를 둘로 갈라 신랑과
신부가 각각 하나씩 가지고서 술을 따라 마시던 일. 이후로 합근은 성혼이 되었음을
의미하였다.『禮記』〈昏義〉에는 “신부가 도착하면 사위는 신부를 맞이하여 들어와 함
께 희생[牢]을 맛보고 표주박에 합환주를 나누어 마신다. 이것이 몸을 서로 합해졌고
尊卑도 한 가지가 되었다는 것으로, 친하게 되었음을 뜻하는 까닭이다.[婦至, 壻揖婦以
入, 共牢而食, 合巹而酳, 所以合體同尊卑, 以親之也.]”라고 하였다.

68) 禮容 : 예절 바른 차림새나 태도.『史記』〈孔子世家〉에 “공자께서 어릴 때 장난을 할
때에도 항상 제기를 갖춰 예를 베푸는 형용을 지었다.[孔子爲兒嬉戲, 常陳俎豆, 設禮
容.]”는 구절에서 나온 말이다.

69) 氤氳 : 예전에 음양 두 기운이 서로 만나 화합하는 형상.『易』에는 “천지가 인온하여
만물이 화순하다.[天地氤氳, 萬物化淳.]”란 말이 있다.

70) 法家 : 법도를 지키는 世祿之臣.『孟子』〈告子下〉에는 “안에서는 법도를 잘 지켜 온
世家와 보필하는 현명한 신하가 없고, 밖에서는 적국과 외환이 없으면 그런 나라는 항

상 망한다. 그런 뒤에야 우환 속에서도 살 수 있고, 안락한 가운데서도 죽는다는 것을 알게 된다.[入則無法家拂士, 出則無敵國外患者, 國恒亡. 然後, 知生於憂患, 而死於安樂也.]"라는 말이 있는데, 朱熹는 集註에서 "법가는 법도를 지키는 신하[法家, 法度之世臣也.]"라고 풀이하였다. 이후 法家는 법도를 지키며 살아온 世家를 의미한다.

71) 色莊 : 얼굴색이 엄숙해짐. 이는 『論語』〈先進〉에 "논설이 돈독하다고 하는 자가, 과연 군자이겠는가? 외모만 엄숙한 사람이겠는가?[論篤是與, 君子者乎? 色莊者乎?]"라는 데서 나온 말이다.

72) 呵叱 : 큰소리로 꾸짖음.

73) 壺觴 : 술잔. 晉나라 陶潛의 〈歸去來辭〉에는 "술 항아리 끌어당겨 스스로 잔에 따라 마시며, 뜰 앞의 나뭇가지를 바라보며 웃음 짓는다.[引壺觴以自酌, 眄庭柯以怡顔.]"는 구절이 있다.

74) 無幾 : 많지 않음. 오래지 않음. 『詩經』〈小雅 · 甫田之什 · 頍弁〉에는 "죽고 사는 것에 정해진 날이 없고 서로 만날 날도 많지 않으니, 술을 베풀어 이 밤을 즐기려 군자들이 잔치를 열었네.[死喪無日, 無幾相見. 樂酒今夕, 君子維宴.]"라는 말이 있다.

75) 覆巢 : 새의 둥지가 헐림. 『禮記』〈月令〉에 봄에는 "벌목을 금지하여 새의 둥지가 헐리지 않도록 하고, 어린 벌레들을 죽이지 마라. 이제 막 태어났거나 태어나지 않은 새들을 자유롭게 날도록 하라.[禁止伐木, 無覆巢, 無殺孩蟲, 胎夭飛鳥.]"에서 나온 말이다.

76) 破卵 : 알이 깨짐. 이 말은 둥지가 헐린다는 '覆巢'에 연결된 말이기도 하지만, 이와 달리 위태로운 지경을 말하는 '累卵之危'를 활용한 말이기도 하다. 누란지위는 『韓非子』〈十過〉에 나오는 말로, "조나라는 작은 나라입니다. 진나라와 초나라 사이에서 부딪히고 있으니, 그 군주의 형세는 계란을 겹쳐놓았다고 할 만합니다.[曹小國也, 而迫於晉楚之間, 其君之危猶累卵也.]"란 데서 그 근원을 두고 있다.

77) 易簀 : 사람이 죽음에 임박했을 때 눕고 있는 자리를 바꾸는 것. 『禮記』〈檀弓 上〉에는 "증자가 병으로 누웠는데 위독하였다. 樂正子春은 병상 아래에 앉았고, 曾元과 曾申은 발치에 앉았으며, 童子는 촛불을 잡고 구석에 앉아 있었다. 동자가 말하기를 '아름답고 광채가 납니다. 대부의 자리로군요.'라고 하였다. 그러자 자춘이 '그만 두라!'고 하였다. 증자가 듣고 놀라며 '아!'라고 하였다. 그리고 말하기를 '아름답고도 곱구나, 대부의 자리여!'라고 말했다. 증자가 말하기를 '이것은 季孫이 내게 준 것이다. 내가 미처 바꾸지 못하였구나. 증원아! 일어나서 이 자리를 바꾸도록 해라.'[曾子寢疾, 病, 樂正子春坐於牀下, 曾元曾申坐於足, 童子隅坐而執燭, 童子曰: '華而睆, 大夫之簀與?' 子春曰: '止!' 曾子聞之, 瞿然曰: '呼!' 曰: '華而睆, 大夫之簀與?' 曾子曰: '然. 斯季孫之賜也, 我未之能易也. 元起易簀!']"라는 고사에서 나온 말이다. 고대의 예법에 따르면 당시 자리[簀]는 大夫만이 사용할 수 있었다. 曾參은 아직 대부가 되지 않았으므로 그것을 쓸 수가 없었다. 그런데도 증삼의 임종이 급했기 때문에 증원이 그것을 준비한 것이다. 그런데 증삼은 죽음에 임박해서도 그것을 깨닫고는 자리를 바꾸도록 한 것이다. 이로 인해, 후대에는 사람이 병들어 장차 죽음에 임박했을 때를 가리켜 '易簀'이라는 표현을 썼다.

78) 生寄死歸 : 삶은 잠깐 머무는 것이고, 죽음은 원래의 집으로 돌아간다는 뜻. 『淮南子』

〈精神訓〉에 "우임금이 남방을 순찰하다가 강을 건널 때, 황룡이 배를 뒤집으려 하였다. 배 안에 있던 사람들은 두려워 낯빛을 잃었다. 그러나 우임금은 즐겁게 웃으며 말하였다. '나는 천명을 받아서 온 힘을 다해 만백성을 위했다. 그러니 삶이란 것은 잠깐 머무는 것이고, 죽는 것은 원래의 집으로 돌아가는 것에 불과할 뿐이다. 무엇이 족히 어지럽게 하겠는가?'[禹南省方, 濟于江, 黃龍負舟. 舟中之人, 五色無主. 禹乃熙笑而稱曰: '我受命於天, 竭力而勞萬民, 生寄也, 死歸也. 何足以滑和?]"에서 나온 말이다.

79) 乘化歸盡 : 乘化는 자연을 좇는다는 것이고, 歸盡은 죽음을 이른다. 이 말은 晉나라 陶潛의 〈歸去來辭〉를 활용한 것이다. "애오라지 자연의 조화에 따라 돌아가니, 무릇 천명을 즐길 뿐 다시 무엇을 생각하리오.[聊乘化以歸盡, 樂夫天命復奚疑.]"

80) 庇覆 : 보호.

81) 願安承敎矣 : 즐겨 가르침을 따르겠습니다. 이 말은『孟子』〈梁惠王上〉에 "과인은 즐겨 가르침을 따르겠습니다.[寡人願安承敎.]"를 그대로 썼다.

82) 在天之魂 : 在天之靈. 사람이 죽은 후 天上界에 오른 영혼. 宋나라 朱牟의『曲洧舊聞』에는 "瓘이 종묘에 죄를 얻었습니다. 폐하께서 비록 그를 쓰시고자 해도 하늘에 있는 영혼과 같이 되었으니 어찌하오리까?[瓘得罪宗廟, 陛下雖欲用之, 如其在天之魂何?]"라는 구절이 있다.

83) 男子不絶於夫人之手 : 남자가 죽어갈 때에는 여자의 손으로 숨이 있는지 끊겨졌는지를 갈음해서는 안 된다는 뜻.『禮記』〈喪大記〉에 나온 말이다. "남자가 죽어갈 때에는 여자의 손으로 숨이 있는지 끊겨졌는지를 갈음해서는 안 되고, 여자가 죽어갈 때에는 남자의 손으로 숨이 있는지 끊겨졌는지를 갈음해서는 안 된다.[男子不死於婦人之手, 婦人不死於男子之手.]" '婦人不死於男子之手' 구절은 김준형A본에만 나온다. 김준형A본에는 '夫人不絶於男子之手'라고 하여,『예기』와 두 글자가 다르게 표기되었다.

84) 私室 : 안방.『禮記』〈內則〉에는 "무릇 여인은 사실로 돌아가라는 부모의 명령이 없으면 감히 물러가지 못한다.[凡婦不命適私室, 不敢退.]"이란 대목이 있는데, 孫希旦은 私室을 '부인이 거처하는 방[私室, 婦所居室也.]'이라고 주석을 붙였다.

85) 二竪 : 고칠 수 없는 病魔.『左傳』〈成公 10年〉에서 유래한 말이다. "공이 꿈에서 병이 두 명의 동자로 변신하여 서로 이와 같은 말을 나누는 것을 들었다. '저 사람[名醫緩]은 명의라. 우리를 해칠 것이 두려우니 장차 어디로 도망쳐야 하지?' '명치끝[肓]의 위쪽과 심장[膏]의 아래쪽에 있으면 그인들 우리를 어찌하겠나?' 의원이 이르러 말하였다. '이 병은 치료할 수 없습니다. 병의 근원이 명치끝의 위쪽과 심장의 아래쪽에 있으니 침으로 다스릴 수가 없습니다. 침이 닿지 않고 약도 이르지 않으므로 할 수가 없습니다.' 공이 말하였다. '그대가 진정 명의로군.' 그리고는 후하게 예물을 주어 돌려보냈다.[公夢疾爲二竪子, 曰: '彼, 良醫也, 懼傷我, 焉逃之?' 其一曰: '居肓之上, 膏之下, 若我何?' 醫至, 曰: '疾不可爲也, 在肓之上, 膏之下, 攻之不可, 達之不及, 藥不至焉, 不可爲也.' 公曰: '良醫也.' 厚爲之禮而歸之.]" 이후로 二竪는 病魔를 지칭하는 용어로 쓰였다.

86) 一縷 : 한 올의 실이라는 뜻으로, 몹시 미약하거나 불확실하게 유지되는 상태.

87) 南天之極輝 : 남쪽 하늘의 지극히 빛나는 별로, 곧 南極老人星을 말한다.『史記』〈天

官書〉에는 "지평선 가까이에 큰 별이 있는데, 이 별을 '남극노인'이라 한다.[狼比地有大
星, 曰南極老人.]"이라 하였다. 唐나라 張守節은 〈史記正義〉에서 "노인성은 弧南을 말
함인데, 다른 말로 남극이라고 한다. 사람의 목숨을 늘이는 역할은 한다.[老人一星, 在
弧南, 一曰南極, 爲人主占壽命延長之應.]"고 풀이하였다.

88) 東床 : 東廂. 사위. 예전에는 廟堂 동쪽에 있던 행랑방을 뜻하는 말이었으나, 南朝시대
宋나라 劉義慶이 『世說新語』〈雅量〉에 "치태부[郗鑒]가 경구에 있을 때, 문객을 보내
왕승상[王導]에게 사윗감을 구한다는 서찰을 전했다. 승상이 치태부의 서신을 보고 '당
신이 동쪽 행랑채에 가서 마음대로 고르시오.'라고 대답했다. 문객이 돌아와 치태부에
게 보고하기를 '왕가에 있는 도령들은 모두가 훌륭했습니다. 운운'[郗太傅在京口, 見門
生與王丞相書, 求女婿. 丞相語郗信: '君往東廂, 任意選之.' 門生歸白郗曰: '王家諸郎,
亦皆可嘉(云云)']"라는 말에서부터 동상은 사위를 뜻하는 의미로 쓰였다.

89) 北邙 : 산 이름. 邙山인데, 洛陽의 북쪽에 있다고 해서 北邙山이라고 한다. 東漢·魏·
晉나라 王侯卿相들이 여기에 장례를 치렀다. 이후 墓地와 墳墓를 가리키는 말로 쓰였
다. 晉나라 陶潛의 시 〈擬古〉에는 "하루 아침에 백세를 마치고 서로 더불어 북망산에
가는구나.[一旦百歲後, 相與還北邙.]"라는 구절이 있다.

90) 三泉 : 三重泉. 곧 지하 깊은 곳으로, 주로 사람의 죽은 후 장지를 가리키는 말로 쓰인
다. 『史記』〈秦始皇本紀〉에는 "시황이 처음에 즉위하여서 酈山을 파기 시작하였는데,
천하를 통일한 후에는 전국에서 이송되어온 70여만 명을 시켜 지하로 깊이 파게 하였
다. 그리고 구리를 녹인 물을 부어 틈새를 매워 관을 설치하였다. 그리고 모형으로 만
든 궁궐과 온갖 신하, 그리고 기이한 그릇과 진귀한 물건들을 운반해 와서 그 안에 가득
채웠다.[始皇初卽位, 穿治酈山, 及幷天下, 天下徒送詣七十餘萬人, 穿三泉, 下銅而致
槨, 宮觀百官奇器珍怪徙臧滿之.]"는 말이 있다.

91) 靑陽 : 청춘의 젊은 얼굴.

92) 竹帛 : 역사서. 『史記』〈孝文本紀〉에는 "연후에 조종의 공덕을 역사책에 기록하여 만
세에 전하게 함으로써 영원히 끊이지 않게 한다면 짐은 매우 기쁘겠다.[然后祖宗之功
德著於竹帛, 施于萬世, 永永無窮, 朕甚嘉之.]"는 구절이 있다.

93) 蹇滯 : 곤궁함.

94) 千里駒 : 천리마. 아주 빼어난 자손을 비유적으로 이르는 말이다.

95) 岳丈 : 岳父. 장인. 元나라 黃潛의 『日損齋筆記』〈染辨〉에는 "세속에서는 아내의 아버
지를 가리켜 '악장'이라고도 하고 '태산'이라고도 한다.[俗呼人之婦翁曰岳丈, 曰泰山]"
라는 말이 있다.

96) 幷幪 : 본래는 帳幕을 가리키는데, 후대에는 덮개의 의미로 쓰였다. 漢나라 揚雄의
『法語』〈吾子〉에는 "광풍과 폭우가 내린 연후에 큰집의 덮개의 필요성을 알게 된다.[震
風陵雨, 然後知屋之爲幷幪也.]"는 구절이 있다.

97) 舂者不相杵 : 절구질을 하지 않음. 이는 『史記』〈商君列傳〉에 나오는 말로, "오고대부
가 죽었을 때 진나라 사람들이 눈물을 흘렸고, 아이들은 노래를 부르지 않고, 방아를
찧는 사람들도 방아 노래를 부르지 않았습니다. 이는 모두 오고대부의 덕 때문입니다.

[五羖大夫死, 秦國男女流涕, 童子不歌謠, 春者不相杵. 此五羖大夫之德也.]"에 근원을 둔다.

98) 綠林原 : 숲이 우거진 原 위. 原은 넓고 평탄한 곳을 가리킨다. 『詩經』〈大雅·文王之什·緜〉에는 "주나라의 들판은 기름져서 제비꽃과 씀바귀도 엿처럼 달다네.[周原膴膴, 菫荼如飴.]"라는 말이 있다. 이에 대해 鄭玄은 '넓고 평평한 곳이 原이다.[廣平曰原]'라고 설명하였다.

99) 威柄 : 권력. 『後漢書』〈丁鴻傳〉에는 "무릇 권력은 아래에 내려놓지 아니하고, 날카로운 무기는 다른 사람에게 빌려주지 않는다.[夫威柄不以放下, 利器不可假人.]"이란 말이 있는데, 李賢은 이에 대해 "威柄이란 것은 주례의 여덟 가지 자루니, 즉 爵·祿·生·置·予·奪·廢·誅다.[威柄, 謂周禮之八柄, 卽爵祿生置予奪廢誅也.]"라고 풀이하였다.

100) 機關 : 계략과 같은 의미로, 어떤 일을 어떻게 해보려는 마음. 宋나라 黃庭堅이 7세 때 지은 〈牧童〉에 "소를 타고 멀리 멀리서 앞마을 지나나니, 젓대 소리 바람에 비껴 언덕 저편에서 들려라. 다소의 장안에 명리를 좇는 사람들은, 기관을 다 쓰는 것이 그대만 못하여라.[騎牛遠遠過前村, 吹笛風斜隔岸聞. 多少長安名利客, 機關用盡不如君.]"에서 온 말이다.

101) 靈透 : 총명.

102) 池鳳久蹲 : 못 속의 봉이 오랫동안 웅크리고 있음. 南公轍의 『金陵集』 8卷〈辭吏曹判書疏〉에는 "신이 오랫동안 판서의 직임에 있으면서 마땅히 교체가 되었어야 하는데도 그렇지 못했습니다. 들보에 오랫동안 갇힌 사다새가 기롱을 받고, 못 속의 봉이 오랫동안 웅크리고 있습니다. 그러는 사이에 儲窠해야 할 달이 임박하였습니다.[伏以臣久據銓任, 宜遞不遞. 梁鵜貽譏, 池鳳久蹲. 於焉之頃, 儲窠之月又迫矣.]"라는 말이 있다.

103) 冥鴻色擧 : 큰 기러기가 기미를 살핌. 冥鴻은 큰 기러기를 뜻한다. 申翼相의 『醒齋遺稿』에 실린 시 〈奉次蘿溪〉에는 "바다제비는 높이 날고 큰매는 아득한데, 큰 기러기는 기미를 살펴 그물에서 벗어난다.[海燕高飛鷹隼遠, 冥鴻色擧網羅疏.]"는 구절이 있다. 본문은 이 구절을 활용한 것이다.

104) 死亦同穴 : 죽어서도 같이 묻힘. 계명대본에는 이 앞에 "살아서는 한 방에서 지내고[生則同室]"가 첨가되어 있다.

105) 嗒然 : 몸과 마음이 모두 떠나 정신을 모두 빼놓은 상태.

106) 晨牝 : 새벽을 알리는 암탉이라는 뜻으로, 집안일을 제멋대로 하는 부녀자를 비유한다. 『書經』〈牧誓篇〉에 나온다. 周 武王이 殷 紂王을 정벌할 때 옛 사람의 말을 빌어서 쓴 말이다. "옛 사람이 말하기를 암탉은 새벽에 울지 않는다. 암탉이 울면 집안이 망하는 법이다.[古人有言曰: '牝鷄無晨, 牝鷄之晨, 惟家之索.']"

107) 毒蜮 : 독을 가진 蜮. 蜮은 含沙蜮이라고 한다. 고대 전설에 나오는 일종의 괴물이다. 물속에서 모래를 머금고 있다가 그것을 사람의 그림자에 쏘면, 그 사람이 병이 들어 죽는다고 한다. 『說文解字』에 보면 이 괴물은 자라의 모습인데, 다리가 셋이고 입김을 쏘아 사람을 해친다고 하였다. 음험한 수단으로 남을 해친다는 의미로 쓰인다. 晉나라 干寶의 『搜神記』에는 "한나라 광무 중평에 강에 사는 괴물이 있는데, 그 이름을 역이라

부른다. 일명 短狐라고도 하는데, 모래를 머금고 있다가 사람에게 쏠 수도 있다. 맞은
사람은 근육이 마비되고, 두통이 생기며, 열이 나고, 심하면 죽기도 한다.[漢光武中平
中, 有物處於江水, 其名曰蜮, 一日短狐, 能含沙射人. 所中者則身體筋急, 頭痛, 發熱,
劇者至死.]고 하였다.

108) 桑寄舊客 : 뽕나무에 의탁한 오래된 손님. 즉 사위 두영을 말한다. 이 말이 사위를
뜻하는 정확한 근거는 찾지 못했다. 혹 악장 이윤정이 桑楡年[노년]에 얻은 손님이란
의미에서 붙인 것인지?

109) 淅矛炊釖 : 창을 낀 채 쌀을 씻고, 칼을 낀 채 밥을 지음. 晉나라 때 名士들이 가장
위태로운 때가 언제인가를 두고 시를 짓는데, 어떤 한 사람이 '창을 끼고 쌀 씻고 칼을
끼고 밥 짓네[矛頭淅米劍頭炊.]'라고 한데서 나온 말이다.

110) 蘆衣 : 솜을 대신하여 갈대꽃을 넣은 겨울옷. 예전에 孔子의 24제자 중의 한 사람인
閔子騫이 어렸을 때에 솜 대신 갈을 넣은 옷을 입은 데서부터 유래한 말이다. 劉向의
『說苑』을 보면 이에 대한 고사가 자세하게 나온다. 일찍이 민자건의 모친이 죽자, 부친
은 재취를 맞이해 두 아들을 낳는다. 그러던 어느 날, 민자건이 아버지를 모시고 수레
를 몰다가 고삐를 놓치는데, 아비가 보니 민자건이 얇은 옷을 입었던 탓에 손이 얼어
그렇게 되었음을 안다. 집에 가서 보니, 후처 소생의 아들 둘은 모두 두툼한 옷을 입고
있었다. 이에 아비는 재취한 부인을 내치려 하자, 민자건은 '어머니가 계시면 한 아들만
홑옷을 입으나, 어머니가 떠나시면 세 아들이 모두 추위에 떤다.'며 만류한다. 이 말을
들은 아비는 감동하여 부인을 내치지 않았다는 고사에서 나온 말이다. 이후 蘆衣는 효
자를 지칭하는 용어로 쓰였다. 여기서는 경운을 우회적으로 말한 것이다.

111) 臨淵履氷 : 못에 떨어질까 얇은 얼음이 깨져 빠질까를 두려워 함. 『論語』〈泰伯〉에는
"증자가 병이 들었을 때 문하의 제자들을 불러 말하기를 '내 발을 보이고 내 손을 보이
라. 『시경』에 '두렵고 삼가기를 깊은 연못에 임하는 것처럼 하고 얇은 얼음을 밟는 것처
럼 한다.'고 했으니, 이제야 나는 면했다는 것을 알겠구나. 제자들아.'[曾子有疾, 召門
弟子曰 : 啓予足, 啓予手. 詩云, 戰戰兢兢, 如臨深淵, 如履薄氷, 而今而後, 吾知免夫,
小子!]'라고 하였는데, 여기에 대해 "臨淵'은 떨어질까 두려워하는 것이요, '履氷'은 빠
질까 두려워하는 것이다. 증자는 온전하게 보전한 것을 가지고 문인들에게 보여주고,
보존하기 어려움이 이와 같아서 장차 죽음에 이른 뒤에야 훼손하고 상하지 않았다는
것을 알았다고 말한 것이다.[臨淵, 恐墜. 履氷, 恐陷也. 曾子以其所保之全, 示門人, 而
言其所以保之之難如此, 至於將死而後, 知其得免於毀傷也.]라고 주석이 붙어 있다.

112) 中閨 : 규방, 혹은 부녀자를 지칭함.

113) 危方 : 위험한 곳. 군자가 갖추어야 할 덕목으로 이야기된 '군자는 위험한 데에 가지
않는다.[君子不入危方.]'에 도 危方이 쓰였다. 이 말은 본래 『論語』〈泰伯〉에 나오는
말로 "위태로운 나라에는 들어가지 말고, 어지러운 나라에는 거하지 말라. 세상에 도가
있으면 드러내고, 도가 있지 않으면 숨어라.[危邦不入, 亂邦不居, 天下有道則現, 無道
則隱.]"에서 그 근원이 있다.

114) 利往 : 이익에 따라 떠남. 『史記』〈貨殖列傳〉에는 "오랑캐에게 이런 경향은 더욱 심
하다. 세속에서 '천금을 가진 사람은 저자에서 죽지 않는다.'고 하였는데, 이 말은 빈말

이 아니다. 그러므로 '천하는 즐겨 이익을 좇아 모여들고, 천하가 무너지면 모두 이익을 좇아 떠난다.'고 했다.[夷狄益甚. 諺曰: '千金之子, 不死於市.' 此非空言也. 故曰: '天下熙熙, 皆爲利來. 天下壤壤, 皆爲利往.']"는 구절을 활용하였다.

115) 祇園 : 신앙심이 깊은 불교 신도의 施主로 세워진 사찰을 의미한다. 晉나라 法顯의 〈佛國記〉에 보면, 인도의 給孤獨 長者가 석가모니에게 사찰을 지어 기증하려고 祇陀太子에게 찾아가 그 정원을 팔도록 종용한다. 태자는 농담으로 '그 땅을 황금으로 덮어 놓아야만 팔 수 있다.[金遍乃賣]'고 하였다. 그러자 급고독 장자는 그 말에 따라 자신이 가진 전 재산을 내놓아서 그 곳에 황금을 깔아 놓는다.[卽出藏金, 隨言布之] 이에 감동을 받은 태자는 결국 그 곳에 절을 짓도록 한다. 이 절이 바로 祇園精舍로, 지타태자의 수목과 급고독 장자의 땅이란 뜻을 취하여 祇樹給孤獨園이라고 부른다.

116) 大闡之士 : 과거에 합격한 선비. 大闡은 크게 드러냈다는 뜻으로, 과거에 급제하는 것을 말한다. 특히 문과에 급제하는 것을 가리킨다.

117) 旣亟只且 : 어서 빨리 떠나라. 只且는 모두 助詞다. 이는『詩經』〈邶風·北風〉에 "북녘 바람 싸늘하고 눈이 펑펑 내리는데, 사랑하고 좋아하는 그와 손잡고 함께 가리리라. 어찌 주저하며 머뭇거리랴. 어서 빨리 떠나자.[北風其涼, 雨雪其雱. 惠而好我, 攜手同行. 其虛其邪, 旣亟只且.]"에서 나온 말이다.

118) 所嬌 : 어린 딸. 이 말은 杜甫의 시 〈北征〉에 나온다. "평생 사랑받는 아이들도 얼굴빛 창백하여 눈보다도 희다.[平生所嬌兒, 顏色白勝雪]"에서 나왔다.

119) 揮鞭萬里去 安得念香閨' : 채찍을 휘두르며 만 리 먼 길 떠나가니, 어찌 아내를 생각하랴. 이는 李白의 시 〈紫騮馬〉의 한 구절이다. 〈자류마〉는 다음과 같다. "자색의 붉은 말 떠나며 울부짖고, 벽옥 같은 말발굽 번갈아가며 달린다. 물가에 이르러 건너려 하지 않으니, 비단으로 만든 가리개가 아까워서라네. 흰 눈 덮인 관산은 멀리 보이고, 누런 구름 가득한 변방의 바다는 아득하여라. 채찍을 휘두르며 만 리 먼 길 떠나가니, 어찌 아내를 생각하랴. [紫騮行且嘶, 雙翻碧玉蹄. 臨流不肯渡, 似惜錦障泥. 白雪關山遠, 黃雲海戍迷. 揮鞭萬里去, 安得念春閨.]" 이 구절은 신재효의 〈토별가〉에도 나올 만큼 조선 사회에서 널리 회자되었다.

120) 德音 : 도리에 맞는 말. 상대방의 말에 대한 존칭의 의미로 쓴다.『詩經』〈邶風·谷風〉에는 "좋은 말씀 변치 않으실진대 그대와 죽음도 함께 하리라.[德音莫違, 及爾同死.]"에서 나온 말이다.

121) 敬佩 : 공경하여 삼가 받듦.

122) 瞠視 : 놀라거나 괴이쩍게 여겨 눈을 휘둥그레 뜨고 물끄러미 쳐다봄.

123) 禍隱蕭墻 : 화가 집안에 숨어 있다. 蕭墻은 대궐의 담장을 말한다. 원래 이 말은『論語』〈季氏〉에 나온 것으로, "나는 계손씨의 근심이 전유에 있지 않고, 그의 집안에 있다고 생각한다.[吾恐季孫之憂, 不在顓臾, 而在蕭墻之內也.]"라는 말에서 나온 말이다. 보통 '화는 집안에서 일어난다.[禍隱蕭墻]'는 고사의 형태로 쓰지만, 여기서는 이를 변용하여 '화가 집에 숨어 있다.'로 바꾸어 썼다.

124) 參商 : 參星과 商星. 參星은 서쪽에 있고, 商星[辰星이라고도 함]은 동쪽에 있다. 둘

중 어느 하나가 나타나면 다른 하나는 사라지는 까닭에 두 별은 영원히 만날 수 없다. 때문에 서로 대립하여 화목하지 못한 경우를 뜻한다. 『左傳』〈昭公元年〉에는 다음과 같은 기록이 있다. "예전에 高辛氏에게 두 아들이 있었는데, 장자는 閼伯, 차자는 實沈 이었다. 둘은 曠林에 거주하였는데, 서로 화목하지 못하였다. 날마다 창과 방패를 찾으며 서로 정벌하려고 하였다. 이에 后帝는 좋지 않게 여겨, 알백은 商丘로 이주시켜 辰[예사를 맡은 관직]을 주관케 하였다. 商나라 사람들이 이를 따랐기에 辰을 商星이라 하였다. 실침은 大夏로 이주시켜 參[삼성의 제사를 맡은 관직]을 주관케 하였다. 唐나라 사람들이 이를 따랐다.[昔高辛氏有二子, 伯曰閼伯, 季曰實沈. 居于曠林, 不相能也. 日尋干戈, 以相征討. 后帝不臧, 遷閼伯於商丘, 主辰, 商人是因, 故辰爲商星. 遷實沈於大夏, 主參, 唐人是因.]" 參商은 친구 간에 멀리 떨어져 서로 만나지 못하는 의미도 있다.

125) 已焉哉! 天實爲之 謂之何哉 : 그만두어라! 하늘이 참으로 그렇게 한 것이니 말해 무엇 하리오. 이 말은 『詩經』〈邶風·北門〉에 나온 말이다. "그만두어라! 하늘이 참으로 그렇게 한 것이니 말해 무엇 하리오?[已焉哉! 天實爲之, 謂之何哉?]"

126) 令弟 : 예전에 자신의 아우에 대한 겸칭, 혹은 다른 사람의 아우에 대한 존칭. 말. 여기서는 후자의 의미로, 경운을 가리킨다.

127) 聯袂 : 連袂. 소매가 서로 붙어 있음. 곧 손을 잡고 함께 다니는 것을 뜻한다. 唐나라 杜甫의 시 〈暮秋遣興呈蘇渙侍御〉 "저자 북쪽에서는 매양 나란히 견여를 타고, 성곽 남쪽에서는 물 긷고 또 안석에 기대어 있네.[市北肩輿每聯袂, 郭南抱甕亦隱几.]"라는 구절이 있다.

128) 吾若得全 : 내가 만약 온전함을 얻는다면. 得全은 신하로서 임금을 섬기는 예를 잃지 않는 것을 의미한다. 『史記』〈田敬仲完世家〉의 "일을 꾀하는데 만전지책을 쓰면 번성하고, 그렇지 않으면 모두 실패하여 망한다.[得全全昌, 失全全亡.]"라는 말에 대해, 司馬貞은 "得全은 신하가 임금을 섬기는 예를 모두 갖추고 조금도 잃지 않는 것이다. 그런 까닭에 得全이라고 했다.[得全, 謂人臣事君之禮全具無失, 故云得全也.]"라고 했다.

129) 輕貨 : 작으면서도 귀중한 재화. 『韓非子』〈六反〉에는 "무릇 아주 하찮은 물건이라도 남몰래 숨겨두면 曾參이나 史魚와 같은 청렴한 인물도 의심을 받는다. 백금을 시장에 드러내면 비록 큰 도둑이라도 그것을 훔치지 않는다.[夫陳輕貨於幽隱, 雖曾史可疑也. 懸百金於市, 雖大盜不取也.]"라는 말이 있다.

130) 遞進 : 이어서 나아감.

131) 遠遊 : ①멀리 가서 놂. ②수학(修學)이나 수업을 위하여 먼 곳에 감. 이 말은 『論語』〈里仁〉에 나오는 말이다. "공자가 말하기를 '부모가 계실 때에는 멀리 떠나지 않으며, 떠나면 반드시 가는 곳을 말하여야 한다.'[子曰: '父母在, 不遠遊, 遊必有方.']"

132) 殊極 : 매우 몹시.

133) 嫁娶 : 嫁取. 남녀가 성혼하는 일. 北齊 顔之推(531~591)의 『顔氏家訓』〈治家〉에는 "近世의 결혼이 마침내 여자를 팔아 재물을 바치고, 며느리를 사기 위해 비단을 바치고, 조상을 따져보고 돈으로 비교하여 계산하며, 빚지는 것은 많고 돌려주는 것은 적어 시정의 무리와 다름이 없다.[近世嫁娶, 遂有賣女納財, 買婦輸絹, 比量父祖, 計較錙銖,

責多還少, 市井無異.」는 말이 있다.

134) 萱堂 : 어머니. 『詩經』〈衛風·伯兮〉에는 "어디서 원추리를 얻어 뒤꼍에나 심어볼까?[焉得諼草, 言樹之背.]"라고 하였는데, 毛傳에는 "원추리는 사람으로 하여금 근심을 잊게 하고, 뒤꼍은 북당을 말한다.[諼草令人忘憂, 背, 北堂也.]"라고 하였다. 陸德明은 이 글을 "諼은 본래 萱으로 쓴다.[諼, 本又作萱.]"고 해석하였다. 북당에는 원추리를 심어 사람으로 하여금 근심을 잊게 했다. 옛 제도에 북당은 주부들이 거주하는 곳이었다. 이로 인해 나중에는 '萱堂'이 어머니가 거주하는 곳, 더 나아가 어머니를 지칭하는 말로 쓰였다.

135) 常棣 : 아가위나무. 산사나무라고도 한다. 이 말은 『詩經』〈小雅·常棣〉에 나온 말이다. 이 편 序에는 "상체는 형제가 잔치하는 것으로, 관숙과 채숙이 도를 잃은 까닭에 이 시를 지었다.[常棣, 燕兄弟也, 閔管蔡之失道, 故作常棣焉.]"라고 하였다. "아가위 꽃이여, 그 모습이 화려하구나. 지금 사람들에게 형제만한 이가 없도다.[常棣之華, 鄂不韡韡. 凡今之人, 莫如兄弟.]"라고 하였다. 이후로 常棣는 형제를 비유하는 말로 쓰였다. 『新唐書』〈吳兢傳〉에도 "엎드려 바라옵건대 폐하는 형제의 은혜를 온전히 하여 망극한 마음을 위로하소서.[伏願陛下全常棣之恩, 慰罔極之心.]라는 말이 있다.

136) 惠好 : 사이좋음. 『詩經』〈邶風·北風〉에 "사랑하고 나를 좋아하는 사람과 손 잡고 함께 떠나리라.[惠而好我, 攜手同行.]"라는 말에 근원을 둔다.

137) 其妻不識 : 그 아내도 알아보지 못함. 이는 『史記』〈刺客列傳〉 중 豫讓의 고사에서 나온 말이다. 전국시대 晉나라 예양은 趙나라 襄子가 자신이 섬기던 智伯을 죽이자, 그 원수를 갚기 위해 몸에 옻칠을 하여 문둥이처럼 보이게 하고, 숯을 삼켜 벙어리가 된 후 밥을 구걸하며 저잣거리를 다니니 그 아내도 그를 알아보지 못했다는 데서 나온 말이다.

138) 左契 : 둘로 나눈 符信 가운데 왼쪽의 것. 고대 漢나라 제도에서 나온 것이다. 한나라의 태수가 출사하면 왼쪽 符節을 잡고 州郡에 이르러 오른쪽 부절과 합쳐봄으로써 인정을 받았다는 데서 나온 말이다.

139) 藍田山 : 藍田縣 동쪽에 있는 산 이름. 곱고 아름다운 옥이 많이 나는 곳으로 유명한 산이다.

140) 闊別 : 오랜 이별.

141) 貞吉 : 占卜 問卦로, '需'卦를 만나 길하고 행복하다고 한다. 『周易』〈需〉에는 "정길은 큰 강을 건너는 것이 이롭다.[貞吉, 利涉大川.]"고 했는데, 尚秉和는 "정길은 문복한 즉 길하다는 것이다.[貞吉者, 卜問則吉也.]"라고 주석을 붙였고, 高亨은 "정길은 점이 길하다는 것이다. 점괘를 물었는데 이 괘를 얻으면 길하다.[貞吉, 猶占吉也. 有所占問, 筮遇此卦則吉.]"고 했다.

142) 手澤 : 손이 자주 닿았던 물건에 손때가 묻어서 생기는 윤기. 보통 돌아가신 부모님이나 선배들의 遺墨이나 遺物을 가리킨다. 『禮記』〈玉藻〉에는 "아버지가 죽었는데 아버지가 쓴 글을 읽지 못하는 것은 아버지의 손때가 남아 있기 때문이다.[父沒而不能讀父之書, 手澤存焉爾.]"라는 말이 있다.

143) 十襲 : 물건을 열 번이나 싸야 할 만큼 진귀하게 여김.

금산사(金山寺) 중을 만나 시주하여 인연을 맺고, 연경사(延瓊寺)에 들어가 머물고 떠남을 나누다

遇金山僧捨施結緣 入延瓊寺去留分袂

두 사람은 곧바로 녹림원에 있는 통판의 묘 아래로 가서 종일토록 통곡한 후 소흥(紹興)을 향해 떠났다. 발은 거듭해서 부르트고[1] 몸[筋力]은 피곤하여[2] 잠시 길가 점사(店舍)에서 쉬었다. 그 때 한 노승이 여섯 개의 고리가 달린 지팡이를 끌고, 팔척 장삼(長衫)을[3] 날리면서 서방으로부터 와서는 공손히 몸을 굽혀 절하고[4] 두 손을 가슴 위까지 올려 합장[叉手]하여[5] 말하였다.

"빈도(貧道)는 금산사(金山寺) 대웅전(大雄殿)[6] 중창(重創)을 맡은 화주(化主)이옵니다.[7] 이 권축(勸軸)을[8] 가지고 다니며 두루 보시(普施)할 집을[9] 찾아다니다가 마침 군자를 만나게 되었습니다. 이것도 부처님께서 이끄신 바이오니, 힘이 닿는 만큼 보시하여 결연(結緣)에[10] 동참해 주지 않으시겠습니까?"

장생이 절하고 대답하였다.

"노스님의 신심(信心)과[11] 덕화(德化)가 높고도 고고하여 이런 중생도 돌아봐 주시는데, 저는 참으로 힘이 얇고도 얇습니다. 겨우 보잘 것 없는 물건을 봉한 게 하나 있으니, 이것으로써 한 때의 공양(供養) 재료로 삼고자 합니다."

그러고는 주머니에서 금과 은을 꺼내 봉한 것도 풀지 않은 채 그대로
건넸다. 노승은 일어서서 절하고 사례하였다.

"금과 은 삼백 냥은 인간 세상에서 귀중한 보배이온데, 어찌 보잘 것
없다고 하겠습니까? 크게 시주하시었으니 공덕(功德)이 무량(無量)하옵
니다."

장생 또한 사례하며 말하였다.

"적은 물건을 시주하고 도리어 성대한 은혜를 입으니 감격스러우면
서도 부끄러운 마음을[12] 이길 수 없습니다."

노승이 절을 하니, 장생 또한 절을 하였다. 이윽고 노승은 표연히
석장(錫杖)을 날려[13] 가는데, 그 향하는 곳을 알 수 없었다.

두 사람은 길을 떠난 지 한 달 남짓 만에 소흥부에 이르렀다. 멀리
한 곳을 바라보니, 구름 사이로 보이는 봉우리가 아득한 가운데서도
우뚝하여, 그 곳에는 분명코 수행하는 중들이 모여 있는[14] 유명한 절이
있음을 알 듯했다.

걸어서 좁은 골짜기[峽口]에 이르러 실처럼 길게 이어진 돌길을 따라
나아가는데, 산봉우리가 시원스레 트여있고, 계곡으로 흐르는 시내가
푸르도록 맑은 것이 분명한 별세계였다. 천천히 구경하면서 가는데,
산굽이를 돌아 길이 다함을[15] 깨닫지 못하였다. 위를 쳐다보니 가장
높은 층벽(層壁) 사이에 채색을 한 누각이 살짝 비취고, 청아한 풍경(風
磬) 소리가 바람을 실려 들려왔다. 이에 등 넝쿨을 더위잡아 언덕을 기
어올라[16] 절문 밖에 이르렀더니, 절 문액(門額)에는[17] '연경사(延瓊寺)
송두문(送斗門)'이 크게 쓰여 있었다. 장생이 보고, 그것이 공교롭게 경
운과 두영 두 사람의 이름자와 합치되는 것을 알고 경운을 돌아보며
말하였다.

"너를 맞이하여 들이고, 나를 배웅하여 보낸다고 하였으니, 남아의 떠나고 머묾도 이미 부처님의 하나의 조짐에 매여 있구나. 참으로 부처님께서 미리 정하심이니, 인간의 힘으로야 능히 어찌 하겠느냐?"

행랑을 따라 천천히 들어가 아름다운 전당(殿堂)들을[18] 바라보며 섬돌을 밟고 올라섰더니, 한 대사가 불탁(佛卓) 아래에 부들방석을[19] 깔고 결가부좌(結跏趺坐)한 채 앉아 있었다. 검은색과 흰색이 반씩 섞인 눈썹은 얼굴에 드리웠고, 골격은 예스러우면서도 기이했다. 몸에는 비단 가사를 둘렀고, 손에는 백팔염주를 굴리며, 눈은 감고 턱을 괸 채[20] 부처님께 염불을 드리고 있었다. 대사는 두 사람이 이른 것을 보고 몸을 일으켜 예를 갖춰 말하였다.

"귀하신 손님께서 절 문에 이르렀음을 미처 살피지 못해 급히 나아가[21] 맞이하지 못하였사오니 스스로 흐린 눈동자를[22] 송구해 하옵니다. 너그러이 용서해 주시옵소서."

장생이 사례하며 말하였다.

"구걸하며 다니는 속객(俗客)이 선경(仙境)을 더럽혀서 오히려 두려움에 어찌할 바를 모르겠거늘, 어찌 감히 예모(禮貌)까지[23] 바라겠습니까?"

대사는 그들을 이끌어 상좌에 앉히고 물었다.

"귀댁은 어디에 있으며, 고귀한 존함[華啣]은 뉘시라 하옵니까? 또 지금은 무슨 일로 여기까지 욕림하시었는지요?"

"학생(學生)은[24] 타고난 운명이[25] 기구하여, 간난(艱難)한 때를 만나[26] 어려서는 부모님과 이별하여 살던 마을도 기억하지 못하고, 장성해서는 아내와 이별하여 기댈 곳도 없습니다. 신세가 고단하여[27] 정처 없이 떠돌다가[28] 우연히 총림(叢林)[29] 맑은 곳에 이르러 대승(大乘)의[30] 법석(法席)에까지[31] 올랐습니다. 생각건대 세존(世尊)의 신령께서 이 궁핍한 사람을 열길 어지러운 속세에서[32] 구제코자 함인가 하오니, 존사

(尊師)의 불교적 가르침을[33] 받들어 앞날의 부침(浮沈)을 듣자고 하옵니다. 감히 묻건대 존사의 법호(法號)는[34] 무엇이라 하옵니까? 이 산에서는 얼마나 머무르셨는지요?"[35]

"당(唐)나라 천보(天寶)[36] 말년에 서역(西域)에서부터 중국으로 들어왔습니다. 이름도 없고, 법호도 없으며, 또한 정해진 거처도 없지요. 푸른 산 붉은 언덕[青山丹崖], 이르는 곳마다 내 머물러 자는 곳이요,[37] 흰 구름 붉게 물든 나무[白雲紅樹], 닿는 곳마다 내 집 마당이죠. 꽃이 피면 봄인 줄 알고 낙엽 지면 가을인 줄 알 따름이고, 몇 갑자(甲子)가[38] 지났는지는 모른답니다. 뜻하지 않게 오늘 어진 선비를 만나 객지의 숙소[逆旅]에[39] 함께 있으면서 주인과 손님의 구분 없이 하룻밤 책상을 마주하고 있으니, 이는 이른바 전생의 인연이 무거운 까닭이라. 모름지기 선방(禪房)에서 편히 머무시며 행로의 고단함을 달래십시오."

그러고는 다시 물었다.

"상공께서 여기를 떠나면 어디로 가시려 합니까?"

"정처 없이 떠도는 자취가[40] 구름과 같아, 아침에는 동(東)으로 가고, 저녁에는 서(西)로 다닙니다.[41] 이른바 지팡이 하나뿐인 행장으로, 팔방[八風]을[42] 집으로 삼은 격이라 하겠습니다."

"저기 작은 공자(公子)는[43] 뉘신지요?"

"아내의 동기입니다. 나이가 어리고 근력이 약해 먼 길을 가기가 어려워[44] 도중에 절뚝거리고[45] 거꾸러지는 환을 면할 수 없는 처지입니다. 한 사람이 혹 비틀거리기라도[46] 하면 두 사람 모두 어떻게 할 수 없으니,[47] 분주히 다니는 도정에서[48] 기구한 자취를 자주 겪을 것입니다. 이 때문에 더욱 근심합니다. 만약 존사께서 너그러이 감싸 보호해[49] 주시는 은혜를 입게 된즉, 스님과 맺어진 인연의[50] 역(役)을 영원히 받들겠습니다."

"저 공자의 기상이 단아하니 어찌 이 산림에서 평생을 보내겠습니까? 반드시 부귀를 모두 갖춘 사람이 될 것입니다. 제게 맡겨주시면 그 거주하는 바를 편안히 하고 학문도 권하지요. 빈도가 어제 우연히 이 절을 들러 그저 하룻밤만 머물고 가려 하였는데, 지금 성대한 부탁을 받드니 여러 산을 떠돌지 못하게 되었습니다. 어린 아이를 보호하여 길러내는[51] 데에 방해가 되기 때문이죠. 공자를 위하여 진실로 여기에 머물면서 상공께서 다시 오실 때를 기다리겠습니다."

장생이 매우 기뻐하며 일어나 절하고 말하였다.

"지나가는 나그네가 저 부담스러운[52] 아이를 노스님께 맡겼는데도 노스님께옵서 수고롭게 여기지 아니하시고 흔연히 수락해 주시니, 덕은 파미르[蔥海] 고원(高原)보다도[53] 높고, 은혜는 조계(曹溪)의 물보다도[54] 깊습니다."

대사가 웃으며 말했다.

"아, 그 무슨 말씀이십니까? 빈도(貧道)가 객지에 머무는 것도[55] 모두 시주로 인해 건축한 것이고, 빈도가 먹고 입는 것 역시 시주로 인해 농사짓고 길쌈한 것입니다. 지금 공자께서 여기에 머물며, 여기에서 먹고 자게 되는 일이 어찌 빈도의 덕으로 돌릴 수 있겠습니까? 상공께서는 금과 은을 크게 시주하고서도 오히려 화주승의 사례를 받는 일조차 즐겨하지 않았으면서 빈도에게는 하염없이 사례하시니 어찌 부끄럽지 않겠습니까?"

장생이 놀라 물었다.

"시주한 일을 노스님께서는 어떻게 아셨는지요?"

"금산사에서 들었습니다."

장생은 깨닫지 못하고 멍하니 있다가, 다시 대사를 보니 조금은 안면이 있는 듯도 하였다. 그러나 다시 생각하였다.

'내가 본래 낯선 나그네로 절에 들어왔는데, 저 스님과 어찌 안면이 있겠는가? 그저 의심스럽고 괴이할 따름이군.'

이윽고 작은 스님[闍利]이[56] 석반을 들이거늘, 밥과[57] 향긋한 채소가 정결한 것이 모두 입에 맞았다.

저녁 종소리가 울린 후, 촛불을 켜고 세 사람은 솥발처럼 나란히 앉았다.[58] 그리고 불경을 강론하기도 하고, 게송(偈頌)을[59] 주고받기도 하며 마음을 열고 담담히 이야기를 나누었다. 그러는 동안에 북두칠성이[60] 돌고, 은하수가 기우는 것도 깨닫지 못하였다.

다음 날 아침, 장생이 대사에게 말하였다.

"어리고 고단한 처지여서[61] 본디 문장은 짧지만 글을 지어 사례코자 합니다.[62] 시가를 읊조리는 데는 서툴지만 하룻밤 관곡함을 입었사오니 마땅히 노스님의 두터운 은혜를 기록하여 천리 이별하는 뜻을 아뢰오니, 요컨대 뒷날 다시 뵙기를 바랍니다."

마침내 사운시(四韻詩)를[63] 써서 주었다. 그 시는 이렇다.

풍광을 들러보며 동천에 들어오니
청산과 백일이 진선에게 읍하는 듯.
가을 경치 서러운 나그네, 발길은 낙엽을 따르고
하안거(夏安居) 시절은 눈앞에서 물거품처럼 지나갔네.
고해(苦海)의 중생은 피안으로 인도하는 배를 근심스레 바라보고
미혹한 속인(俗人)은 지혜의 등을 밝혀줄 수 있는가를 묻네.
호계(虎溪)를 한 번 지나면 항하(恒河)처럼 넓은 세상이 펼쳐지리니
어느 날 다시 여산에서 오랜 이연을 이야기할까.

收拾風烟[64]入洞天[65]　　青山白日揖眞仙

$$愛隨落葉悲秋^{66)}客 \qquad 眼閱泡花^{67)}結夏^{68)}年$$
$$苦海^{69)}愁瞻慈舫^{70)}外 \qquad 迷津^{71)}欲問慧燈^{72)}邊$$
$$虎溪一過^{73)}恒河^{74)}潤 \qquad 何日盧岑講宿^{75)}緣$$

대사가 입에서 반복해서[76] 읊더니 손바닥으로 무릎을 치고 칭찬하여 말하였다.

"상공께서 일찍이 부친의 가르침을[77] 떠나 오랫동안 다른 집안에 의탁하셨다더니 어느 겨를에 능히 시 공부를 하여 이런 청고(淸高)한 경지에까지 이르셨습니까? 이백(李白)의[78] '맑은 물에서 연꽃이 피어나는[淸水芙蓉]'시와[79] 두보(杜甫)의[80] '난초 핀 곳에 비취새를 보는[翡翠蘭苕]'시와[81] 비교해 보아도 백중(伯仲)을 다투겠습니다. 대개 시구를 꾸미는 일은 부처님께서 깊이 경계하신 바인지라, 이에 빈도는 일찍이 붓을 들지 않았습니다. 그러하오나 이미 새로운 인연을 맺었고, 또한 맑은 선물을 주신 것을 어길 수 없군요. 삼가 청운(淸韻)으로 화답하리니, 삼가 세상 사람들의 귀에 들리게도 눈에 보이게도 하지 마십시오."

그 시는 이렇다.

> 북두칠성 밝은 빛이 하늘에서 내려와
> 금사(金沙)로 돌아가는 나그네는 옥경(玉京)의 신선이라.
> 전정(前程)에 이미 양응(揚鷹)의 날을 점지하니
> 궁핍한 길에서도 소년의 나이는 좋기만 하여라.
> 객사의 바람과 서리야 때때로 기다리고 있겠지만
> 선가(禪家)의 안개와 달, 즐거움은 끝이 없을지라.
> 옥으로 만든 패옥 소리가 산과 계곡에 크게 울리니
> 어찌 금은으로써 맺은 불교의 인연과 다투겠는가.

星斗晶光[82]降自天　金沙[83]歸客玉京仙
前程已占揚鷹[84]日　窮道堪憐舞象年[85]
逆旅[86]風霜時有待　禪家[87]烟月樂無邊
瓊琚[88]大放溪山響　爭似金銀結化緣[89]

장생이 무릎을 꿇고 사례하며 말하였다.

"신선과 같은 풍채에서 흘러나오는 웅장하면서도 호방한 시문(詩文)이[90] 속인의 진금(塵襟)을[91] 모두 씻어주십니다. 상쾌하여 하늘을 나는 여러 신선[飛仙]들과[92] 더불어 하늘 꼭대기까지 오른 듯한 마음입니다. 다만 시에 쓰인 '양응(揚鷹)' 두 글자는 생각건대 한미한 사람을 지나치게 포장함으로써 떠돌아다니는 고단한 신세를 달래려는 것인가 봅니다. 궁지에 빠진 새가 하늘을 세차게 날아오르는 매가 될 희망을 어찌 바랄 수 있겠습니까?"

대사가 말하였다.

"6년 후에 상공께서는 반드시 옥절(玉節)과[93] 금월(金鉞)을[94] 가지고 와서 이 산문(山門)을 빛내리니, 그 때는 빈도의 말을 기억할 것이외다."

장생이 재삼 사례하였다. 그리고 경운의 손을 잡고 말하였다.

"네가 편히 머물 곳을 얻었으니 천만 다행이로구나! 너는 모름지기 사부(師傅)를 잘 섬기며 그 두터운 은혜를 저버리지 않도록 해라. 나는 장차 세상을 오유(遨遊)하며 세월을 보내다가 조만간에 되돌아올 것이니, 어찌 다시 만날 날이 없겠느냐?"

그러고는 더불어 눈물을 뿌리고 서로 잘 지낼 것을 당부하며 이별하였다. 대사도 함께 절 문 밖에까지 나와 십분 부지런히 말하였다.

"길을 떠남에 조심하고, 또 조심하시오!"

　각설. 이씨는 장랑과 경운이 떠난 후로 홀로 빈 규방에 거처하며 밤
낮으로 슬피 울며 지냈다. 그러는 사이 머리는 나부끼는 쑥대[首如飛蓬]
와 같고[95] 형용은 마른 나무[枯木]와 같아졌다. 늘 장랑의 단삼만 부여
잡아 말하였다.

　"어진 낭군과 연약한 동생이 떠난 후로 아득하게 길이 막혔으니, 이
몸은 단지 이 옷과 더불어서 시종을 한가지로 하리다."

　호씨는 낭독(狼毒)[96] 같은 성품과 사자후(獅子吼)[97] 같은 위세가 전에
비해 배나 더해져서 조금도 거리끼는 게 없었다. 그녀의 자녀들과 함께
서로 깔깔대고 웃으며 말하였다.

　"두영과 경운이 만약 예상(翳桑)에서 굶어 죽은 귀신이 되지 않았다
면[98] 반드시 흘간산(紇干山)에서 얼어 죽은 참새 꼴을 면치 못하였을
게다.[99] 우리와 다른 종자를 단 한 번의 호미질로 뿌리까지 모두 없앴
으니 어찌 즐겁지 아니한가! 저 경파는 형세가 고단하고 힘이 적어 의
지할 곳이 없는지라. 만약에 미소년에게 개가를 하라고 하면, 저는 꽃
다운 나이의 젊은 여인으로서 사양하며 피할 리가 없을 게다. 그렇게
되면 설령 뒷날에 두영이가 살아서 돌아온다고 해도, 그것은 거북이
등껍데기에 독침을[100] 놓는 것일 뿐 아니라, 어찌 감히 비둘기가 까치
둥지에 머물기를 바랄 수 있겠느냐?[101] 꾀를 써서 두 사람을 모두 내보
낸 것은 모두 다 내 공적인지라. 이제는 가택(家宅)도 내 아들의 것이요,
전원(田園)도 내 아들이 것이요, 노복(奴僕)도 내 아들의 것이요, 거마(車
馬)도 다 내 아들의 것이 되었도다! 심지어 비단[錦繡]과 보배[珠玉]도
모두 내 딸의 손 안으로 들어갔도다! 생각이 여기에까지 미치니 기쁨은
더할 수가 없구나!"

　말을 마치고 크게 웃었다. 의기양양하여 꼬리를 치는 형상과 날개를
떨치는 모습은 요망하기가 비할 데 없어, 보는 사람들까지도 자못 부끄

러울 정도였다. 그 후 흉악한 마음은 더욱 커져, 다시 낭자에게 재앙을 만들려고 몰래 심복(心腹)으로 삼아둔 놈팡이와 결탁하더라.

그 계교가 어떠할까? 또한 하회를 분해하여 들을지라.

1) 重繭 : 발이 자꾸 부르틈. 먼 길을 고생하며 걷는 것을 말한다.

2) 疲薾 : 疲茶. 피곤. 唐나라 杜甫의 시 〈八哀詩〉에는 "피곤한 그 어떤 사람인지, 巴 지방 동쪽 골짜기에서 눈물을 흩뿌리네.[疲茶竟何人, 灑涕巴東峽.]"란 구절이 있다.

3) 長衫 : 검은 베로 길이가 길고 소매를 넓게 만든 중의 웃옷.

4) 鞠躬 : 공경하며 근신하는 모양. 『儀禮』〈聘禮〉에는 "圭를 잡고 문으로 들어와 鞠躬을 하는데, 조금이라도 실수를 할까 걱정하는 것처럼 한다.[執圭入門鞠躬焉, 如恐失之.]"고 하였다.

5) 叉手 : 拱手. 두 손을 가슴 위까지 올려 어긋매껴 마주 잡음.

6) 大雄殿 : 석가모니불을 本尊 불상으로 모신 법당. 대웅전은 '아미타불'을 본존으로 하는 '極樂殿', '비로자나불'을 奉安하는 '大寂光殿'과 함께 삼대 佛殿의 하나다.

7) 化主 : 불교에서 化緣을 관장하는 승려. 化緣은 불교 용어로, 부처나 보살이 중생을 교화하기 위해 인간 세상에 왔다가 인연이 다하면 돌아가는 것을 말한다.

8) 勸軸 : 勸善文. 불교에서 시주하기를 청하는 글.

9) 善門 : 善을 행하는 집. 여기서는 시주를 하는 집안.

10) 結緣 : 불교어로 부처 및 보살이 세상을 구제하기 위하여 먼저 중생과 관계를 맺는 것, 또는 중생이 불도를 닦기 위하여 먼저 불·법·승 三寶에 인연을 맺는 일.

11) 信心 : 경건하게 믿고 우러르는 종교심.

12) 感愧 : 감격하면서도 부끄러움. 감격하여 감사의 말을 할 때 주로 쓴다.

13) 飛錫 : 불교어. 중이 錫杖을 공중에 날림. 석장은 중이 가지고 다니는 지팡이다. 지팡이 머리에는 쇠로 만든 둥근 고리가 있고, 중간은 나무, 아랫부분은 쇠를 붙여 움직일 때마다 소리가 나게 한다. 梵語로는 隙棄羅(Khakkhara)라 하는데, 움직일 때마다 나는 소리[錫錫]를 따서 석장이라 하였다. 飛錫이란 『釋氏要覽』下卷에서 나온 말이다. "지금 중들이 떠돌아다니는 것을 '석장을 날린다[飛錫]'고 곱게 표현한다.[今僧遊行, 嘉稱飛錫.]"

14) 招提 : 불교어. 사방에서 모여드는 수행승들이 머무는 절, 혹은 官府에서 賜額한 절을 가리킨다. '拓鬥提奢'를 풀이한 것으로, 줄여서 '拓提'라고도 한다. 그 뜻은 四方이라는 의미다. 사방의 중을 招提僧이라 하고, 사방의 중이 잠시 쉬어가도록 마련한 절을 招提僧房이라 한다. 北魏 太武帝 2년(425)에 절을 지었는데, 그 절 이름을 招提寺라 이름한 뒤부터 절의 별칭으로 썼다. 『舊唐書』〈武宗紀〉에는 "절의 규모가 그 끝을 알 수 없어서, 모두가 구름으로 집을 꾸며 마치 궁중에 머물러 있는 것만 같았다.[寺宇招提, 莫知紀極, 皆雲構藻飾, 僭擬宮居.]"는 구절이 있다. 또한 중국 後漢 때 지은 洛陽의 白馬寺가 招提寺였다고도 한다.

15) 山回而路窮 : 산굽이를 돌아 길이 다함. 이는 岑參이 쓴 〈白雲歌送武判官歸京〉에 나온 시 구절을 활용한 것이다. "산굽이를 돌아 길 꺾이면 그대 모습 보이지 않고, 눈 위에는 부질없이 말 발자국만 남아 있겠지.[山回路轉不見君, 雪上空留馬行處.]"

16) 緣岸 : 언덕을 따라감. 이 말은 『世說新語』〈黜免〉에 나온다. "환공이 촉으로 들어가 삼협에 이르렀을 때였다. 부대 안에 원숭이 새끼를 잡은 자가 있었는데, 어미 원숭이는 언덕을 따라가며 슬피 울며 백여 리를 가도록 떠나지 않았다. 마침내 배 위로 뛰어오르더니 그 자리에서 죽고 말았다. 그 배를 갈라 보았더니, 창자는 마디마디 모두 끊어져 있었다. 그 이야기를 들은 환공은 격노하여 그 사람을 파면하라고 명했다.[桓公入蜀, 至三峽中. 部伍中有得猿子者, 其母緣岸哀號, 行百餘里不去. 遂跳上船, 至便卽絶. 破視其腹中, 腸皆寸寸斷. 公聞之, 怒, 令黜其人.]"

17) 門額 : 門楣(문 위에 가로 댄 나무) 윗부분. 唐나라 李復彦의 『續玄怪錄』〈張盾〉에는 "정북쪽에 큰 관청의 문이 있는데, 문액에는 '地府'라 쓰여 있었다.[直北有大府門, 門額題曰地府.]"라는 말이 있다.

18) 琳宮 : 도를 닦는 道觀이나 殿堂을 아름답게 표현한 말.

19) 蒲團 : 부들방석

20) 支頤 : 턱을 굄. 唐나라 白居易의 시 〈除夜〉에는 "해질녘에는 턱을 괴고 앉고, 한밤중에는 팔베개를 하고 잠을 자네.[薄晚支頤坐, 中宵枕臂眠.]"이란 구절이 있다.

21) 倒屣 : 신발을 쥐고 넘어지면서까지 해가며 급히 나아가 맞이함. 『三國志』〈魏志·王粲傳〉에는 "이 때 채옹은 재주와 학문이 뛰어나 조정에서 귀중하게 여겼는데, 항상 수레나 말이 거리를 메우고 손님들이 자리에 가득했다. 그런데 왕찬이 문에 이르렀다는 말을 듣자 신을 거꾸로 신고 넘어지면서까지 내달아 그를 맞이하였다. 왕찬이 이른 것을 보니 나이는 어리고 용모 또한 작고 보잘 것 없었다. 모든 사람들이 모두 놀라워하자, 채옹이 말하였다. '이 사람은 왕공의 손자로, 빼어난 재주가 있어서 내가 따르지 못한답니다.'[時邕才學顯著, 貴重朝廷, 常車騎塡巷, 賓客盈坐. 聞粲在門, 倒屣迎之. 粲至, 年旣幼弱, 容狀短小, 一坐盡驚. 邕曰: '此王公孫也, 有異才, 吾不如也.]"라는 말이 있는데, 이로 인해 이후에는 열정적으로 손님을 맞이하는 뜻으로 쓰였다.

22) 昏瞶 : 눈동자가 흐릿한 것을 말함. 淸나라 李漁의 『凰求鳳』〈先醋〉에는 "내 나이 칠십이 이미 지났고 벼슬에서 물러날 때도 되었는지라. 두 눈동자는 흐릿하여 병풍에 있는 형상도 판별하지 못하는지라.[我七旬已過, 適當謝事之年, 昏瞶雙眸, 不辨屛間省影.]"이란 말이 있다. 여기서는 사람을 보는 눈이 없음을 뜻한다.

23) 禮貌 : 언어나 행동에서 공경하는 자세에 대한 겸사.

24) 學生 : 명·청(明淸) 시대에 독서하는 사람들이 자신을 겸손하게 부르는 말.

25) 賦命 : 타고난 운명. 晉나라 陶潛의 〈與子儼等疏〉에는 "천지가 생명을 줌에 나면 반드시 죽는지라.[天地賦命, 生必有死.]"라는 말이 있다.

26) 遭時艱難 : 몹시 어렵고 힘든 때를 만남. 唐나라 韓愈의 〈祭鄭夫人文〉에 나온 말로, "반장을 마치자 간난한 때를 만나 모든 식구가 강변으로 옮겨야 했지요.[旣克反葬, 遭時艱難, 百口偕行, 避地江濆.]"를 활용했다.

27) 形影相弔 : 신세가 고단하여 의탁할 데가 없음. 『文選』에 실린 三國시대 魏나라 曹植의 〈上責窮應詔詩表〉에는 "신세가 고단하여 의탁할 곳이 없으니, 마음에 부끄럽습니다.[形影相弔, 五情愧赧.]"란 말이 있다.

28) 行邁靡靡 : 가기를 멈추지 않고 멀리 떠남. 혹은 가는 것이 더디고 힘이 없음. 『詩經』〈王風·黍離〉에 "저 기장의 이삭이 늘어지고 저 피의 싹도 자랐구나. 힘없이 가는 걸음 마음에 정한 곳 없네.[彼黍離離, 彼稷之苗. 行邁靡靡, 中心搖搖.]"에서 나온 말이다. 여기서는 '정처 없이 떠돌다가'로 번역하였다.

29) 叢林 : 불교에서 다수의 중들이 모여서 사는 곳. 『大智度論』에는 "승가는 중국말로 衆이라 한다. 많은 비구가 한 곳에 화합하여 머무는데, 이것을 승가라 명명한 것이다. 이를 비유하자면 마치 큰 나무들이 한데 모여 있는 것[叢]을 숲[林]이라 명명하는 것과 같다. 한 그루 한 그루의 나무를 숲이라 명명하지 않지만, 그 하나하나가 없이는 숲이 될 수 없다. 이와 마찬가지로 한 명 한 명의 비구를 僧이라 명명하지 않지만, 그 하나하나가 없이는 또한 승이 될 수 없다. 모든 비구들이 화합해 있을 때 고승이라는 이름도 생겨나는 것과 같은 것이다.[僧伽秦言衆, 多比丘一處和合, 是名僧伽; 譬如大樹叢聚是名爲林. 一一樹不名爲林, 除樹一一亦無林, 如是一一比丘不名爲僧, 除一一比丘亦無僧, 諸比丘和合高僧名生]"라고 하였는데, 이후로는 중이 모여 있는 寺院을 叢林이라 하였다.

30) 大乘 : 梵文 마하야나(Mahayana, 摩訶衍那) 즉 위대한 수레라는 뜻을 번역한 것이다. 수레란 가르침을 비유적으로 나타낸 것으로서 가르침에 의해 사람들을 미혹의 세계로부터 깨달음의 세계로 실어간다는 의미다. 즉 小乘이 자기완성[自利]을 목표로 한 수레임에 대해, 대승은 자기완성보다 오히려 많은 사람들의 구제[利他]를 목적으로 하는 큰 수레라는 것을 스스로 주장했다. 소승을 비판하면서 일어난 유파로 한국, 중국, 일본의 불교가 이에 속한다.

31) 法席 : 法筵. 불교어로, 佛法을 강의하는 좌석. 불법을 강의하는 장소를 범칭하기도 한다.

32) 狂塵 : 어지러운 속세. 唐나라 溫庭筠은 〈曉仙謠〉에서 "안개 덮인 어지러운 속세의 수많은 집들, 세상 사람들 오히려 이끌린 애틋한 꿈에 이끌렸다 한다네[霧蓋狂塵億兆家, 世人猶作牽情夢.]"라 했다.

33) 玄敎 : 불교.

34) 法號 : 불교도가 戒를 받을 때에 祖師에게서 받는 이름. 法名.

35) 卓錫 : 중이 가지고 다니는 錫杖을 세운다는 뜻으로, 돌아다니던 중이 한 절에 오래 머무름을 의미한다.

36) 天寶 : 唐나라 玄宗의 年號(742~756).

37) 蓬廬 : 역참에서 공문을 전달하던 사람이 쉬던 방, 혹은 旅館. 또한 쑥으로 지붕으로 인 집이라는 뜻으로, 가난한 집을 의미한다.

38) 甲子 : 세월. 唐나라 杜甫의 시 〈春歸〉에는 "이별하여 빈번히 세월을 보냈건만, 시간이 홀로 돌아오니 또한 봄빛이 화려해라.[別來頻甲子, 倏忽又春華.]"라는 구가 있다.

39) 逆旅 : 旅館. 客舍. 『左傳』〈僖公二年〉에는 "지금 괵나라가 무도하여 역려를 견고하게 하여, 그를 거점으로 하여 우리나라 남쪽을 침략하고 있습니다. [今虢爲不道, 保於逆旅, 以侵敝邑之南鄙.]"라는 말이 있는데, 杜預는 "역려는 곧 객사를 말한다[逆旅, 客舍也]"고 풀이하였다.

40) 浪跡 : 정처 없이 떠돌아다닌 자취.

41) 朝暮東西 : 아침에는 동쪽, 저녁에는 서쪽이라는 뜻으로, 일정한 주소가 없이 이리저리 옮겨 다니는 생활을 이른다.

42) 八風 : 八方의 바람. 『呂氏春秋』〈有始〉에는 "무엇을 팔풍이라 하는가? 동북을 염풍, 동방을 도풍, 동남을 훈풍, 남방을 거풍, 서남을 처풍, 서방을 요풍, 서북을 여풍, 북방을 한풍이라 한다.[何謂八風? 東北曰炎風, 東方曰滔風, 東南曰熏風, 南方曰巨風, 西南曰淒風, 西方曰飂風, 西北曰厲風, 北方曰寒風.]"고 했고, 『淮南子』〈墜形訓〉에는 "무엇을 팔풍이라 하는가? 동북을 염풍, 동방을 조풍, 동남을 경풍, 남방을 거풍, 서남을 양풍, 서방을 요풍, 북방을 한풍이라 한다.[何謂八風? 東北曰炎風, 東方曰條風, 東南曰景風, 南方曰巨風, 西南曰凉風, 西方曰飂風, 西北曰麗風, 北方曰寒風.]"고 했다.

43) 公子 : 부귀한 사람의 집 자제를 존칭해서 부르는 말. 『史記』〈貨殖列傳〉에는 "유한공자[游閑公子, 飾冠劍, 連車騎, 亦爲富貴容也.]"라는 말이 있다.

44) 窘步 : 걷기가 어려움. 三國시대 魏나라 曹丕의 〈陌上詩〉에 "가시나무에 긁혀 논두렁을 지나나니, 조심조심 걷기도 어려워라.[被荊棘, 求阡陌, 側足獨窘步.]"라는 말이 있다.

45) 蹒跚 : 절뚝거리며 가는 모양.

46) 狼跋 : 『詩經』〈豳風〉의 편명. 『시경』에는 "狼跋편은 주공을 찬미한 것이다. 주공이 섭정할 때 멀리서는 네 제후국에서 유언비어를 만들고, 가까이서는 왕이 그를 알아주지 않는데도 주대부는 그 성스러움을 잃지 않음을 찬미한 것이다.[狼跋, 美周公也. 周公攝政, 遠則四國流言, 近則王不知, 周大夫美其不失其聖也.]"라고 했다. 여기서는 "늙은 이리 늘어진 턱살을 밟고 비틀비틀. 제 꼬리에 걸려 넘어지려 하네.[狼跋其胡, 載疐其尾.]"를 활용하였다.

47) 羝觸 : 羝羊觸藩. 양의 뿔이 울타리에 얽혀 있는 것으로, 나아갈 수도 물러날 수도 없는 상황을 비유적으로 말함. 『易經』〈大壯〉에는 "숫양이 울타리에 걸려 물러날 수도 나아갈 수도 없다.[羝羊觸藩, 不能退, 不能遂.]"라는 말이 있다.

48) 織路 : 織絡. 북을 오가며 베를 짜는 것처럼 분주하게 왕래하는 것.

49) 容庇 : 容芘. 너그럽게 감싸 보호함.

50) 餠鉢 : 甁鉢. 중이 가지고 다니는 식기. 甁은 물을 채우고, 鉢은 밥을 채운다. 또는 중과의 인연을 뜻하기도 한다.

51) 頤養 : 보호하며 기름. 『漢書』〈殖貨志下〉에는 "술은 하늘이 내린 아름다운 복록이라. 제왕이 이것으로 천하의 백성을 보호하며 기르고 제사를 올려 복을 기원하며, 쇠약한 자를 돕고 병든 자를 돌본다. 그러니 예를 행하는 모든 모임에 술이 없으면 안 된다.[酒者, 天之美祿, 帝王所以頤養天下, 享祀祈福, 扶衰養疾, 百禮之會, 非酒不行.]"란 구절이 있다.

52) 擔子 : 멜대. 물건을 양쪽 끝에 달아서 어깨에 메는데 쓰는 긴 나무나 대. 책임을 지기에 부담스러운 존재를 비유적으로 말한다.

53) 蔥海 : 고대 전설에는 蔥嶺에 있는 물이 동서로 나뉘어, 서쪽의 물은 큰 바다로 들어가

고, 동쪽에 있는 물은 黃河의 근원이 되었다고 한다. 이후로 총해는 총령 일대의 호수나 지역을 말한다. 여기서는 총령 그 자체를 의미한다. 총령은 중앙아시아 파미르(Pamir) 高原을 말한다. 이 곳에는 西域으로 통하는 길이 있어 前漢 때부터 역사적으로 유명했다. 이 산에서 나는 파[蔥]에서 유래하였다.

54) 曹溪 : 물 이름. 廣東省 曲江縣 동남에 있는 雙峰山 아래에 있다. 宋나라 文天祥의 시 〈南華山〉에는 "웃으며 조계의 물을 바라보고, 문 앞에서는 솔바람을 앉혔네.[笑看曹溪水, 門前坐松風]"이란 구절이 있다.

55) 盤旋 : 객지에서 머묾. 唐나라 韓愈의 〈送李愿歸盤谷序〉에는 "이 계곡은 대지가 한적하고 기세가 험해 은자들이 머물만한 곳이다.[是谷也, 宅幽而勢阻, 隱者之所盤旋.]"라는 구절이 있다.

56) 闍利 : 阿闍利. 승려의 별칭.

57) 玉粒 : 쌀, 혹은 조.

58) 鼎坐 : 솥발처럼 세 사람이 간격을 벌려 앉음.

59) 禪偈 : 불교의 偈頌. 불교에서는 시구 형식으로 불교의 이치를 드러내는데, 보통 4言을 취한다.

60) 斗杓 : 斗柄. 국자 모양의 북두칠성에서 자루 부분에 해당하는 다섯 번째 별에서부터 일곱 번째 별까지에 해당하는 세 별. 즉 5~7星으로, 衡, 開泰, 搖光을 가리킴. 『鶡冠子』에는 "두병이 동쪽을 가리키면 봄인 줄 안다.[斗柄指東而天下知春.]"이란 말이 있고, 杜甫의 〈哭王彭州掄〉에는 "무협에는 비구름이 오래고, 진성은 북두칠성에 가깝구나.[巫峽長雲雨, 秦城近斗柄.]"라는 구절이 있다.

61) 孤露 : 고단하여 보호를 받지 못함. 부모 중 한 분이 돌아가셨거나, 혹은 두 분 모두 돌아가신 것을 뜻함.

62) 鉛槧 : 옛 사람들이 문자를 쓰던 工具. 혹은 글을 짓는 것을 뜻한다. 唐나라 韓愈의 시 〈送無本師歸范陽〉에 "늙고 게을러 싸울 마음도 없고, 오랫동안 글을 짓지 못하였네.[老懶無鬪心, 久不謝鉛槧.]"를 활용한 말이다.

63) 四韻詩 : 네 句의 끝에 韻을 맞추어 지은 한시. 近體詩의 일종으로, 보통 오언율시나 칠언율시를 말한다.

64) 육당본과 김준형B본 및 성균관대본에는 '雲'으로 되어 있다.

65) 洞天 : 도교에서 신선이 거주하는 곳. 풍광이 아름다운 곳을 범칭한다.

66) 悲秋 : 쓸쓸한 가을 경치를 보고 마음을 상함. 이 말은 『楚辭』〈九辯〉에서 나온 것이다. "슬프다, 가을 기운이여! 싸늘한 바람 불어옴이여, 우수수 낙엽이 떨어지더니 앙상한 모습으로 바뀌었네.[悲哉! 秋之爲氣也, 蕭瑟兮, 草木搖落而變衰.]"에서 나왔다.

67) 泡花 : 꽃 이름. 宋나라 范成大의 『桂海虞衡志』〈志花〉에는 "포화를 남쪽 사람들은 유화라고도 한다. 늦은 봄에 피고, 꽃술이 둥글고 흰 것이 마치 큰 구슬과 같다. 꺾으면 茶花와 비슷한데, 기운이 아주 맑고도 향기롭다. 茉莉와 서로 가까운 데서 자란다. 番人들은 캐 쪄서 먹는데, 맛이 매우 훌륭하다.[泡花, 南人或名柚花. 春末開, 蕊圓白如大

珠. 旣折, 則似茶花, 氣極淸芳. 與茉莉, 素響相逼. 番人采而烝香, 風味超勝.]"고 하였
다. 여기서는 단순히 물거품으로 해석하는 것이 옳다.

68) 국도본·정명기B본에는 '夏'가 '草'로, 김준형A본은 '友'로 되어 있음. 結夏는 梵語 '바
르샤'를 번역한 것으로, 인도에서 비가 많이 오는 여름 석 달 동안 수행자들이 한 곳에
머물면서 좌선 수행에 전념하던 것을 말한다. 인도의 승려들은 우기인 4월 15일 또는
5월 15일부터 3개월간 초목이나 작은 곤충을 밟아 죽일 위험이 있다고 하여 외출하지
않고 동굴이나 사원에 침거하면서 수행에 전념하였다. 이것을 安居라고 한다. 원래 인
도에서 불교 이외의 종교 교단에서 거행했던 것을 불교에서 받아들인 것이다. 우리나
라 불교에서는 음력 10월 보름부터 정월 보름까지와 4월 보름부터 7월 보름까지 일
년에 두 차례를 각각 冬安居와 夏安居를 실시한다. 스님들이 산문 출입을 자제하고 수
행에만 정진하는 기간으로 삼고 있지만, 이와 같은 안거 제도는 보내 석가모니 부처
당시에서부터 유래된 것이었다. 李奎報의 시 〈杜門〉에는 "처음에는 마음 설레는 봄 처
녀 같더니, 조금씩 고요해져서 여름에 참선하는 중이 되네.[初如蕩蕩懷春女, 漸作寥寥
結夏僧.]"라는 구절이 있다.

69) 苦海 : 불교에서 속세의 번뇌와 고난을 지칭하는 말.

70) 慈航 : 불교어. 迷妄의 세계에서 깨달음의 세계인 彼岸으로 건네주는 자비의 배로,
부처나 보살이 자비로운 마음으로 중생을 제도하는 일. 唐나라 杜甫의 시 〈上兜率寺〉
에는 "흰 소가 끄는 수레(곧 大乘의 법)가 먼 데와 가까운 데에 있으니, 또 자항에 오르
고자 하노라.[白牛車遠近, 欲且上慈航.]"란 구절이 있다.

71) 迷津 : 불교어. 깨달음의 세계인 彼岸에 對하는 세계로 迷妄의 세계. 곧 이 세상을
말함. 迷津에서 벗어나려면 앞 주에서 설명한 慈航을 타야 한다. 唐나라 敬播의 〈大唐
西域記序〉에는 "성해에서 의혹을 몰아내고 미진에서 깨달음을 얻는다[廓群疑於性海,
啓妙覺於迷津.]"란 말이 있다.

72) 慧燈 : 불교어. 지혜의 횃불. 지혜로 무명 암흑의 세계를 비춰서 깨달음을 깨치도록
한 것이 등불이 어둠을 비춰 밝게 하는 것과 같다는 의미로 쓴 것이다. 唐나라 錢起의
시 〈歸義寺題雪上人壁〉에는 "시냇가의 새들은 지혜의 등불로 모이고, 산 매미는 감로
수를 배불리 마신다네.[溪鳥投慧燈, 山蟬飽甘露.]"라는 구절이 있다.

73) 虎溪 : 廬山 동쪽에 있는 東林寺 앞을 흐르는 계곡 이름. 이 말은 불교 전설 '虎溪三笑'
에서 비롯된 것이다. 晉나라 때에 여산 東林寺에는 慧遠이라는 고승이 살았다. 그는
'그림자가 산을 나서지 않고, 발자취는 속세에 들이지 않는다.[影不出山, 跡不出俗]'는
말, 즉 손님을 배웅할 때에는 절 아래 개울인 호계를 넘지 않겠다는 원칙을 지키며 수행
하였다. 그러던 어느 날, 옛 친구인 陶潛과 陸修靜가 그를 방문하였다. 세 사람은 즐겁
게 노닐다가 서로 이별을 하게 되었고, 혜원은 이들을 전송하기 위해 나섰다. 그런데
이야기가 즐거워 혜원은 자신도 모르는 사이에 호계의 다리를 지나치고 말았다. 혜원
은 이에 자신의 사연을 두 벗에게 말하고, 세 사람이 모두 손뼉을 치며 크게 웃었다.
이후, 후대 사람들은 그 자리에 三笑亭를 세웠다. 세상에 전하는 〈虎溪三笑圖〉 역시
모두 이러한 전설을 그림으로 그린 것이다.

74) 항하(恒河) : 인도 북부를 가로질러 벵골 만(灣)으로 흘러들어 가는 인도 최대의 강.

길이는 2,510킬로미터이고, 유역 면적은 약 1,730,000제곱킬로미터이다. 힌두교도들은 성스러운 강으로 숭앙하고 있다. '갠지스 강(Ganges江)'의 한자식 이름이다.

75) 연세대본에는 '講宿'이 '復講'으로 되어 있다.

76) 三復 : 반복해서 읊음. 晉나라 陶潛의 〈答厖參軍〉 詩序에는 "세 번 반복해서 읊어 선물을 주고자 하였으나 그렇게 하지 못했다.[三復來貺, 欲罷不能.]"라는 구가 있다.

77) 庭訓 : 『論語』〈季氏〉에 공자가 뜰에 있을 때 그 아들 伯魚가 지나가자, 공자가 불러 시경과 예기를 공부하도록 했다는 고사에서 나온 말. 후에 아버지의 가르침을 뜻하는 말로 쓰였다. "진항이 백어에게 물었다. '당신은 또한 달리 들은 것이 있겠지요?' 대답하기를 '없습니다. 일찍이 홀로 계실 때에 제가 정원을 바삐 지나갈 때 묻기를 새를 배웠느냐고 하자 없다고 대답하였습니다. 그러자 시를 배우지 않으면 말할 것이 없다고 하였지요. 저는 물러나 시를 공부하였습니다. 다른 날 또 묻기를 예를 배웠느냐고 하자 없다고 하였습니다. 그러자 예를 배우지 않으면 설 수가 없다고 하였지요. 저는 물러나 예를 공부하였습니다. 들은 것은 이 두 가지입니다.' 진항이 물러나 기뻐하며 말하였다. '하나를 듣고 세 가지를 얻었다. 시를 듣고, 예를 듣고, 군자가 그 자식을 멀리하는 것을 들었다.'[陳亢問於伯魚曰: '子亦有異聞乎?' 對曰: '未也.' 嘗獨立, 鯉趨而過庭. 曰: '學詩乎?' 對曰: '未也.' '不學詩, 無以言.' 鯉退而學詩. 他日, 又獨立, 鯉趨而過庭. 曰: '學禮乎?' 對曰: '未也.' '不學禮, 無以立.' 鯉退而學禮. 聞斯二者.' 陳亢退而喜曰: '問一得三, 聞詩聞禮, 又聞君子之遠其子也.']"

78) 靑蓮居士 : 唐나라 시인 李白(701~762)의 별호.

79) 淸水芙蓉 : 이백의 시 "맑은 물에서 연꽃을 피어나듯, 자연스러워 꾸밈이 없구나.[淸水出芙蓉, 天然去彫飾.]"를 활용한 것이다. 이 구절은 이태백의 시풍을 말하는 대표적인 관용구다.

80) 杜工部 : 唐나라 시인 杜甫(712~770)의 별호.

81) 翡翠蘭苕 : 『文選』에 실린 郭璞의 〈遊仙詩〉에는 "[翡翠戲蘭苕, 容色更相鮮.]"라고 하였는데, 李善은 "蘭苕는 蘭秀다.[蘭苕, 蘭秀也.]"라고 했다. 淸水芙蓉과 翡翠蘭苕는 이백과 두보의 시풍을 이야기하는 데에 자주 쓰이는 구절이다. 즉 이백의 시구 '淸水出芙蓉, 天然去雕飾'와 杜甫의 시구 '或看翡翠蘭苕上, 未掣鯨魚碧海中.'를 말한 것이다. 이 말에 대해 일찍이 王安石은 『茗溪漁隱叢話前集』에서 "시인에게는 각기 체득한 바가 있으니 '맑은 물에서 연꽃이 피어나듯 자연스러워 꾸밈이 없구나'라는 것은 이백이 터득한 바고, '난초 핀 곳에 문득 비취새를 보다가 푸른 바다 가운데 큰 고래를 낚아채지 못했네'는 두보가 체득한 바다.[詩人各有所得, '淸水出芙蓉, 天然去雕飾', 此李白所得也; '或看翡翠蘭茗上, 未. 鯨魚碧海中', 此老杜所得也.]라고 하여 그 시풍이 다름을 말한 바 있다.

82) 晶光 : 밝은 빛.

83) 金沙 : 중국 양쯔강 상류의 금사현. 모래로 덮인 몽고 부근에 위치해 있다.

84) 揚鷹 : 매가 공중으로 세차게 날아오르는 모양. 이 말은 『詩經』의 〈大雅·文王之什·大明〉에 "오로지 태사인 태공망은 매가 공중으로 세차가 날아오르듯 진심으로 무왕을 도

와 군사를 이끌어 거대한 상나라를 쳤으니, 하늘은 아침부터 청명했다네.[維師尙父, 時維鷹揚, 涼彼武王. 肆伐大商, 會朝淸明.]"에서 나온 말이다.

85) 舞象年 : 15세 이상.『禮記』〈內則〉에는 "13세에는 음악을 배우고, 시를 읊고, 작에 맞춰 춤을 춘다. 아동이 되면 상에 맞춰 춤을 추며 활쏘기와 수레 모는 기술을 익힌다. [十有三年, 學樂, 誦詩, 舞勺. 成童, 舞象, 學射御.]"고 한데서 유래하였다. 鄭玄의 주석 에는 "먼저 작에 맞춰 춤을 추고, 나중에 상에 맞춰 춤을 춘다는 것이 문무의 절차다. 아동이 되었다는 것은 15세 이상을 말한다.[先學勺, 後學象, 文武之次也. 成童, 十五以 上.]"이라고 했다.

86) 逆旅 : 旅居. 떠돌아다니면서 지냄. 보통 인생이 짧음을 비유적으로 쓰지만, 여기서는 의미 그대로 쓰였다.

87) 禪家 : 불교 수행자를 뜻하지만, 佛家 전체를 범칭하기도 함.

88) 瓊琚 : 아름다운 시문을 비유적으로 이르는 말. 이 말은 본래『詩經』의〈鄭風·有女同 車〉에 "여인이 수레를 함께 타니 얼굴이 무궁화 꽃 같아라. 날고 나는 듯이 가니 몸에 단 패옥이 아름다워라. 有女同車, 顏如舜華, 將翶將翔, 佩玉瓊琚.]"에서 나온 말이다.

89) 化緣 : 불교의 인연. 불교에서는 부처나 보살이 이 세상에 나타나는 것은 교화할 인연 이 있기 때문이며, 이 인연이 다하면 열반에 든다고 하였다.『大唐西域記』〈摩揭陀國 下〉를 보면 "여래가 화연하여 이것을 마치면 드리워 열반에 든다.[如來化緣斯畢, 垂將 涅槃.]"

90) 逸響 : 雄渾하면서도 奔放한 詩文.

91) 塵襟 : 속세 사람들이 가진 생각.

92) 飛仙 : 무리지어 하늘을 나는 신선.『海內十洲記』〈方丈洲〉를 보면 "봉래산은 주위가 5천리이고, 그 밖에는 圓海가 산으로 둘러싸여 있는데, 원해의 물은 정히 검은빛이다. 그것을 이름하여 명해라 한다. 바람이 없어도 큰물이 백장이나 일어나서 왕래할 수가 없다. 오직 비선만이 오직 그 곳에 이를 수 있을 뿐이다.[(蓬萊山)周廻五千里外別有圓 海繞山, 圓海水正黑, 而謂之冥海也. 無風而洪波百丈, 不可得往來. (中略) 惟飛仙有能 到其處耳]"라고 하였다.

93) 玉節 : 임금이 관직을 제수하면서 신표로 주던 옥으로 만든 패.

94) 金鉞 : 나무로 도끼처럼 만들고 겉에는 금칠을 하여 긴 장대에 꽂은 것으로 의장용(儀 仗用)으로 쓴다. 임금이 거동할 때 御駕 뒤에 금월 두 개가 따라간다.

95) 首如飛蓬 : 머리는 나부끼는 쑥대와 같다. 이는『詩經』〈衛風·伯兮〉의 "그 님이 동쪽으 로 가신 뒤, 내 머리카락은 나부끼는 쑥대와 같네.[自伯之東, 首如飛蓬.]"에서 나온 말 이다.

96) 狼毒 : 독을 가지고 있는 약초 이름.『抱朴子』〈雜應〉에는 "[或以狼毒冶葛, 或以附子 蔥涕, 合內耳中.]"라는 말이 있다. 보통 도적의 흉악한 마음을 비유한다.

97) 獅吼 : 獅子吼. 원래 사자후는 부처의 한 번 설법에 뭇 악마가 굴복하여 귀의하는 것을 말하는데, 여기서는 사나운 여인이 시시콜콜 꾸짖는 소리를 말한다.

98) 翳桑 : 古地名. 『左傳』〈宣公 二年〉에 보면 다음과 같은 이야기가 있다. 春秋시대에 晉나라 靈輒이 예상에서 굶주려 있을 때, 趙盾이 보고 그에게 음식을 주었다. 나중에 영첩이 진나라 靈公의 甲士가 되었는데, 마침 영공이 조순을 죽이려고 하였다. 그러자 영첩이 죽기로써 조순을 보호하여, 결국 조순은 죽음을 면할 수 있었다. 杜預는 예상에 대한 주석으로 "뽕나무가 우거진 곳을 예상이라 한다[桑之多蔭翳者.]"라고 했고, 王引은 "예상은 당시 지명이다[翳桑當是地名.]"이다고 하여, 두 가지 설이 존재한다. 이러한 고사가 생긴 이후 예상은 곡식이 떨어져서 굶주렸다는 의미로 쓰인다.

99) 紇干之凍雀 : 紇干山에서 얼어 죽은 참새. 『資治通鑑』〈唐昭宗 天佑元年〉에는 다음과 같은 이야기가 있다. 당나라 昭宗이 華州에 이르렀을 때 '흘간산 꼭대기에서 얼어 죽은 참새들, 어찌하여 좋은 곳에 날아가서 살지를 않나[紇干山頭凍殺雀, 何不飛去生樂處]'라는 항간에 떠도는 말을 꺼내며 눈물을 흘렸다는 데서 나온 고사다.

100) 辛螫 : 독충이 사람에게 독침을 놓는 일. 이 말은 『詩經』〈周頌・閔予小子之什・小毖〉에서 나온 말이다. "그대는 나는 벌을 부리지 마라. 스스로 독침을 구하는 것이다.[莫予荓蜂, 自求辛螫]"라는 말이 있다.

101) 鵲巢之鳩居 : 까치둥지에 비둘기가 삶. 이 말은 『詩經』〈召南・鵲巢〉에서 나온 말이다. "저 까치가 집을 지으면 비둘기가 날아와 사네.[維鵲有巢, 維鳩居之.]" 이 말로 후대에는 다른 사람의 집을 강제로 점유하여 사는 것을 '비둘기가 까치의 둥지에 산다.[鳩居鵲巢]'고 하였다.

아비의 글을 보고 노주(奴主)는 남쪽으로 가고, 낭군의 옷을 매개로 고부(姑婦)가 기이하게 만나다

覽父書奴主南征　證郎衣姑婦奇遇

하루는 호씨가 그의 서조카[庶姪] 호천(胡阡)을 불러 은밀하게 말하였다.

"나는 네가 아내를 잃고 홀아비로 지냄을 불쌍히 여겼는데, 이제 너를 위해 한 가지 묘책(妙策)을 내마. 두영이가 나간 이후로 경파는 홀로 되었단다. 그러니 나의 위세로 그 절개를 빼앗아 너와 인연을 맺도록 하는 게 무에 그리 어렵겠느냐?"

호천은 몹시 기뻐하였다. 그리고 이내 외당(外堂)에 머물렀다.

호씨는 몸을 돌려 이씨의 침실에 들어가 크게 한숨짓고 탄식하며 말하였다.

"너는 청춘 옥용(靑春玉容)인데도 근심으로 긴 세월을 헛되이 보내고 있으니, 어미 된 심정으로 비통하고 가련함을 참을 수가 없구나. 장랑(張郎)이 한 번 떠난 후로는 이미 남이 되었으니, 그를 생각하는 것도 가소로운 일이다. 혼자 사는 아녀자가 고통스럽게 절개를 지키며 사는 것이 어려우니, 그것 때문에 가슴 아파하는 것도 무익한 일이지. 내가 지극히 아름다운 낭군을 가려 외당에 맞이해 두었는데, 그 풍채와 도량이 장랑보다 뛰어나더구나. 네가 그를 배필로 맞이한다면 이른바 일그러진 달이 다시 차오르고, 말라버린 버드나무에 다시 꽃이 핀다고[1] 할 수 있을 게다. 어찌 아름답지 않으냐?"

이씨가 이 말을 들으니 뼈가 울리고 심장이 서늘해져 몸이 떨리는 것도 깨닫지 못하였다. 그러다 잠깐 동안 마음속으로 생각했다.

'흉계(凶計)는 헤아릴 수 없고, 음기(陰機)는 이미 다급해진지라. 지금 만약 이치에 맞는 말로 쉽게 거절해버리면 욕됨과 재앙이 바로 눈앞에서 벌어질 것이니, 일단은 고식지계(姑息之計)로 속여 위기에서 벗어날 계책을 천천히 도모하는 것만 같지 못하리라.'

이에 얼굴색을 온화하게 하고, 목소리를 부드럽게 하여 대답하였다.

"어머니는 하늘이신지라![2] 양육하신 은혜가 깊습니다. 아버지를 잃고 의지할 데 없는 고단한 여생을[3] 오직 어머니께 의지하였사온데, 어떤 일인들 듣지 않으며, 어떤 명령인들 좇지 않겠습니까? 다만 먹고 마시는 일을 그만두고 있었던 터라 병이 많고, 얼굴 씻고 머리 빗는 일을[4] 오랫동안 폐하고 있었던 터라 모양새가 추합니다. 이제부터 정신을 다잡고, 며칠 동안 용모를 다스린 후에 좋은 상태로 화촉(花燭)을 밝히는 예를[5] 갖추어도 또한 늦지 않을 듯합니다."

호씨는 매우 기뻐하며 말하였다.

"그리 하자꾸나!"

그리고 나와서 호천에게 말하니, 호천도 몹시 기뻐하였다. 이로부터 두 호씨는 의심치 않고 마음을 놓은 상태로 희희낙락하며 서로 축하하며 때가 오기만을 기다렸다.

이씨는 만방으로 생각해도 다른 계책이 없었다. 오로지 스스로 목숨을 끊고자 다짐하였다. 그러던 중 문득 부친께서 주신 유서를 생각해내고는 곧바로 그것을 뜯어보았다. 그 글은 다음과 같았다.

　　'옛 달[古月]에[6] 축축한 달무리가 보이거든 진나라 거울[秦鏡]로 간담을 비춰보라.[7] 줄을 메운 활[張弧]이[8] 문을 나서니, 들에 사는 노루[野麕]가[9] 당(堂)을 엿보는구나. 주옥(珠玉)이[10] 밤에 달아나니 누런 수레를 끄는 사람[黃車]이[11] 길을 지시하리라.'

　경파가 보기를 마치자, 눈물을 머금고 가만히 읊조려 말했다.
　"부친께서 남기신 가르침은 도참서(圖讖書)에[12] 실린 오묘한 비법과 같구나. 시작 부분은 호씨의 음흉한 계교를 부친께서 미리 엿보아 그것을 간파했음을 이름이라. 장호(張弧)는 곧 장랑을 이름이라. 야균(野麕)은 억세고 사나움[强暴]을 지칭해서 말함이라. 마지막에는 나로 하여금 남방으로 달아남을 가르치심이라. 가르친 말씀이 밝고도 분명하여 마치 얼굴을 마주하고 귀로 듣는 듯하구나. 지금 이후로 나는 부모님께서 주신 몸에 상처를 내는 불효를 면할 수 있게 되었도다!"[13]
　이에 몰래 시비 자란(紫蘭)을 불러 남방으로 달아날 생각을 갖추어 이야기하니, 자란이 말하였다.
　"쇤네는 반드시 낭자와 더불어 생사를 함께 하려 했습니다. 오늘 최선의 방책은 과연 달아날 주(走)자 한 글자뿐이지만, 그래도 여자의 복장으로 길을 떠나는 것은 마땅치 않습니다."
　이씨는 즉시 베와 비단을 재단하여 순식간에 옷을 만들었다. 그리고 두 사람이 각각 그 옷을 입고 서니, 의연한 모습이 마치 고운 석사(碩士)가[14] 서동(書童)을[15] 데리고 있는 것과 같았다. 그리고 이 날 밤 삼경(三更)에 둘은 가볍게 행장을 수습하여 남쪽을 향해 달아났다.

다음 날, 호씨가 이씨의 침소에 가서 보니, 적막한 게 그림자와 소리조차 없었다. 화장대와 옷장은 그대로 놓여 있는데, 오로지 자란만이 경파와 함께 나란히 보이지 않았다. 비로소 그들이 달아났음을 알고, 몹시 모욕당한 것처럼 원망스러워 처마 밑에 우두커니 선 채 멍하니 창공만 바라볼 뿐이었다. 호천 또한 창망해하며 무료히 돌아갔다.

밤새도록 발섭(跋涉)한[16] 이씨는 날이 밝을 무렵이 되어서야 산림 숲에 몸을 숨길 수 있었다. 비로소 자란으로 하여금 마을에 가서 밥을 빌어 오게 해서 둘이 나눠 먹었더니, 심신이 피곤하여 능히 떨쳐 일어설 수가 없었다. 이에 잠깐 소나무 뿌리에 기대어 잠깐 눈을 부칠 즈음, 부친이 지팡이에 의지한 채[17] 앞으로 나아와 말하였다.

"여기에서 여남(汝南)이 멀지 않으니, 급히 단원사 이암(尼庵)으로[18] 가거라!"

홀연 놀라 깨어 일어나니, 얼굴빛과 목소리가 아득히 눈으로 보고 귀로 들은 듯하여 사모하는 회포를 더 더욱 억제하기 어려웠다.

마침내 천천히 걸어 백여 리를 나아가 간신히 절 문 밖에 이르렀다. 둘이 다시 여자의 옷으로 바꿔 입고 들어가니, 모든 비구니들은 마치 예전부터 알고 지내던 사람처럼 반갑게 맞이한 후, 예를 갖춰 물었다.

"두 낭자는 어느 곳에 머물러 계시며, 무슨 일로 여기까지 오셨습니까?"

이씨가 대답하였다.

"첩등은 본디 위부인(衛夫人)처럼[19] 도를 이야기하는 즐거움이 없으나, 또한 자연에서 진리를 구하는 것을[20] 사양하지도 않는 무리입니다. 의지할 데 없는 사람이 돌아갈 곳이 없어[21] 외람되이 자비로운 하늘[慈天]에[22] 오르게 되었습니다. 엎드려 바라옵건대 모든 스님께옵서

는 아주 조그마한 자리를[23] 아끼지 마시고, 제 한 치 마음속의[24] 회포
를 주의 깊게 들어주십시오.[25] 박명한 신세가 말을 꺼내려고 하니 먼저
눈물이 앞섭니다. 예전, 저는 어렸을 때에 어머님을 여의었고, 겨우 혼
인을 맺었더니 또 아버님까지 곡(哭)해야 했습니다. 천지(天地)를 모두
여의었으니, 이제는 단지 부부 간에 화목하기만을[26] 바랐습니다. 그러
나 남은 재앙이 사라지지 않아 앞길은 갈수록 더욱 더 고통스러웠습니
다.[27] 계모가 집에 계시지만, 새끼에게 먹이를 물어다주는 어미새의
은혜를[28] 입지 못했습니다. 제가 모든 정성을 다했지만, 순(舜) 임금처
럼 부모를 섬기는 마음을 두텁게 하는 데까지 이르지는 못했습니다.[29]
또한 지아비는 화가 미칠까 두려워하여 먼저 몸을 피하였고, 강포(强暴)
한 사람은 위세만 믿고 두루 기회만 엿보았습니다. 불쌍할사, 이 박명
한 사람은 집에 있으면 재앙에서 벗어날 수 없고, 문 밖을 나서면 의탁
할 곳이 없었습니다. 마침내 『시경』 백주(柏舟)의 '죽을지언정 다른 곳
에 시집가지 않으리라[矢死]'를[30] 읊조리며, 감히 절[蘭若]에서[31] 구제
되는 중생이 되기만을 바랐습니다. 그윽이 생각하건대, 모든 스님께서
석문(釋門)에[32] 의탁하심은 전세의 연업(緣業)이[33] 있고, 속가에서는 금
생(今生)의 고행이 있는 까닭일 것입니다. 『주역(周易)』에는 '비슷한 처
지에 있는 것들은 서로 구한다.[同類相求]'라고[34] 하였는데, 박명한 이
사람도 스님들과 같은 무리이옵니다. 옛말에는 또한 '궁한 새가 숲으로
들어간다[窮鳥投林]'라고[35] 하였으니, 모든 스님들은 박명한 이 사람에
게는 숲과 같은 존재입니다. 엎드려 바라옵건대 대자대비(大慈大悲)께
서는 저를 구하고, 저를 살리시옵소서."

　거기에 있던 비구니들이 모두 눈물을 흘리며 이야기를 듣고, 낭자를
불쌍히 여기며 호씨를 욕하지 않는 자가 없었다.

　비구니 청성(淸性)이 모든 스님들을 둘러보고 말하였다.

"저 낭자의 의표(儀表)는 단아하면서도 정결하고, 말씨는 온화하면서도 조용하구나. 여기 모인 청중(淸衆=僧徒)들[36] 중 어느 누가 서로 공경하며 사귀려[37] 하지 않겠는가. 그러나 출가하여 선문(禪門)에 의탁하는 법도에 따르면 반드시 의발(衣鉢)을[38] 전하는 스승이 있나니, 지금 이 낭자는 누구에게 부치는 게 좋겠는가?"

양씨 부인이 그 말에 응하여 대답하였다.

"빈도의 생활이 청빈하여 능히 많은 사람을 둘 수 없기에, 보정 한 사람만 데리고 있어도 만족스러웠습니다. 그러나 지금 낭자를 만나 잠깐 동안에 맑은 의표를 접하니 이미 마음은 요동치며 두근거리고, 갑자기 간담은 환히 비취는 것만 같았습니다. 기쁘고 사랑스러운 한 덩어리의 정이 부지불식간에 은근이 발동하였습니다. 멀리서 오신 새로운 얼굴인데도 마치 한 집에서 오랫동안 보고 지내면서 좋게 지냈던 것 같습니다. 혹여라도 빈도에게 맡겨 사제의 관계를 맺도록 해주신다면 다행이겠습니다. 낭자는 즐겨 허락하시겠는지요?"

이씨가 엎드려 대답하였다.

"떠돌아다니는 천한 이 몸은 스스로 용렬하고 고루함을 아옵니다. 그래서 의지할 데 없는 사람이 될까 두려워하였습니다. 다행히 널리 구제하오는[39] 덕을 입어 물 뿌리고 마당 쓰는[40] 역할이라도 맡겨주신다면, 비록 어린아이가 자애로운 어미와 만난다한들 이보다 더하지는 않을 것입니다."

양씨와 모든 비구니들이 한 목소리로 이씨를 칭찬하였다.

이씨와 자란은 곧바로 향탕(香湯)에[41] 목욕하고, 머리 깎는 의식과 팔뚝 태우는 의식을 거행한 후,[42] 부처님께 예불하고 계(戒)를 받았다.[43] 이씨는 영혜(穎惠)로, 자란은 묘진(妙眞)으로 이름하였다.

이씨가 머리를 어루만지더니, 크게 울부짖으며 말하였다.

"구름같이 푸른 머리가 홀연히 어디로 가버렸는가? 바가지 같은 둥근 가죽이 돌연히 무슨 모습인가? 청규(靑閨)에서[44] 지내던 사대부의 딸이 백년 보살 되고, 어진 낭군의 아내가 되려던 맹세도 일장춘몽이 되어버렸구나! 하늘이 무너지고 땅이 갈라진들 이 슬픔을 어찌 다 감당하리오?"[45]

말을 마치자, 정신을 잃고 쓰러진 채 일어서지 못하니, 모든 비구니들이 위로하더라.

하루는 이씨가 홀로 작은 방에[46] 있으면서 낭군의 단삼을 꺼내 어루만지다가 눈물을 떨어뜨리며 말하였다.

"이 옷은 지금도 여기에 있는데, 이 사람은 어디에나 있는지?"

목 메여 우는 그 소리가 문 밖에까지 들린다는 것을 깨닫지 못하였다. 그 때 마침 양씨가 문을 열고 들어오며 말하였다.

"나도 원래 마음에 상처를 입은[47] 사람이라. 다른 사람이 슬퍼하는 것을 보면 나 또한 슬퍼지고, 다른 사람이 우는 소리를 들으면 나 또한 울음이 나오려 한다. 그런데 너는 어찌하여 슬픈 얼굴을 드러내어서 내 썩어 문드러진[衰朽] 마음을 요란케 하느냐?"

이씨가 옷을 말아 품에 품으니, 양씨가 보고 급히 물었다.

"그 옷은 무슨 옷이냐? 또한 어찌하여 울었더냐?"

이씨는 감히 다른 말로 미봉책을 내지 못하고, 바로 사실대로 대답하였다.

"이 옷은 제자가 집에 있었을 때, 낭군의 단삼입니다. 이별에 임하여서 쥐어준 것인데,[48] 훗날 이것으로써 신물(信物)을 삼기로 했습니다."

양씨가 주의 깊게[49] 그것을 살펴보니, 그것은 두영이가 어렸을 때 입던 옷이었다. 깜짝 놀라 얼굴이 창백해지며 말했다.

"그것은 내 아이가 입던 옷이다! 내 손으로 직접 만든 것인데, 오래
되도록 변하지 않았구나. 바늘 한 땀, 실 한 줄이 분명히 새것과 같은
데, 어찌 알아보지 못할 리가 있겠는가? 네 집 낭군의 성명은 뉘라 하
며, 사는 곳은 어디며, 어느 집 자제며, 그 나이는 몇이더냐?"

"낭군은 평소 부모님과 일찍 이별함을 아파하고, 관향(貫鄉)을 전혀
알지 못함을 한탄하였습니다. 다만 장시랑의 아들이라는 것은 알고 있
었습니다. 낭군의 이름은 두영이고, 나이는 열다섯이옵니다."

양씨가 매우 놀라 말하였다.

"장시랑은 곧 내 가장이라. 그리고 두영은 내 아들이란다!"

이씨는 그 말을 듣고 대성통곡하였다. 모든 비구니들도 듣고 놀라고
괴이해 하지 않는 자가 없어서 한꺼번에 거기로 모여들었다.[50] 양씨가
말하였다.

"두영이가 여섯 살 때였죠. 한 진인(眞人)이 '아이일 때에 부모와 이
별할 액운이 있다'고 하기에, 제가 손수 두영이의 성명과 생년을 써서
비단 주머니[錦囊]에 싸고, 그것을 옷깃에 합쳐 재봉해 두었답니다. 만
약 이 증거물이 있다면 분명하여 의심할 여지가 없을 것입니다."

마침내 재봉한 부분을 뜯어서 비단 주머니를 열어보니, 정말로 작은
표지가 있었다. 양씨가 놀라 크게 울부짖으며 말했다.

"이것이야말로 내 아이의 옷이 아니더냐! 기이하고도 이상하도다!
꿈이더냐, 생시더냐? 내가 바로 두영이 어미 양씨란다!"

"제가 시어머니를 받드니, 마치 지아비를 마주 대한 듯합니다."

"네가 며느리라는 것을 알고 나니, 마치 내 아이를 본 듯하구나!"

두 사람은 소리 내어 울기도 하고, 말없이 눈물만 흘리기도 했다.
혹은 자빠지기도 하고, 엎어지기도 했다. 옥매와 자란도 곁에서 슬피
울며 진정하지 못했다. 곁에 있던 모든 비구니들이 위로하며 말했다.

"부인은 아이를 잃었으나 오히려 어진 며느리를 보았고 낭자는 지아비를 잃었으나 다행히 시어머니를 만났으니, 우리들 같은 신세와 비교해 보면 같은 날 같은 처지라고 말할 수 없겠습니다.[51] 바라건대 훌훌 털어버리고,[52] 지나치게 마음을 상하지 않게 하옵소서."

양씨가 말하였다.

"우리 두 사람은 살아온 곳이 남북으로 멀리 떨어져 있고, 출가한 시기의 선후도 현저하게 다릅니다. 그런데도 우연히 이 절에서 만났으니, 만약 천지신명의 감응이 아니거나 부처님의 가르침이 아니라면 어찌 이럴 수 있겠습니까?"

이후부터 겉으로는 사제의 명분으로[53] 묶여 있었지만, 안으로는 고부의 천륜을 두터이 하며 서로 의지하며[54] 효도와 자애를 다했다. 옥매와 자란 또한 성심성의껏 받들어 모시면서 고적하게 지내는 회포를 달랬다.

각설. 장생이 연경사에서 나온 이후로 사방으로 방황하고 다니나 딱히 정해진 곳이[55] 없었다. 들판에서 이슬을 맞으며 잠을 자고,[56] 마을에 들어가 밥을 빌어먹고 다니면서[57] 항상 부모님의 소식이 아득히 끊어진 것에 가슴 아파 하였다. 또한 낭자가 반드시 호씨의 온갖 해독에 빠져있을 것을 헤아리니, 생각날 때마다 마음이 쿵하니 짓눌려[58] 자신의 긴 행역도 수고롭다고 여길 수 없었다.

가다가 한 곳에 다다르니 창우(倡優)[59] 10여 명이 놀이판을 크게 벌였는데, 모여든 구경꾼이 담장을 두른 듯했다. 구경꾼 중 어떤 자는 돈을 던지고, 어떤 자는 곡식이나 비단을 내주었다. 모두 기이한 놀이와 오묘한 기술이라며 후하게 재물을 내놓지 않은 사람이 없었다. 장생이 우두커니 서서 그것을 바라보다가 가만히 생각하였다.

'이 재주는 비록 천박하지만, 오히려 구학(溝壑)에서[60] 굶어죽는 것
보다[61] 낫지. 내 마땅히 그들과 짝을 맺어[62] 몸을 보존하는 계책으로
삼으리라.'

이에 창우들 앞에 나아가 예를 갖춰 말하였다.

"모임에 있는 여러분을 보오니[63] 모두가 일대 호걸이구려. 나 또한
놀이의 대강은[64] 아오. 부평초(浮萍草)처럼 여기저기 떠돌던[65] 내가 이
렇게 서로 만나게 된 것도 진실로 우연은 아닐 게오. 남아가 세상에
나서 늦은 때에 사귄 벗은 가리지 않는다고 하였소. 그러니 새로 찾아
온 손을 기꺼이 맞이하여[66] 어깨에 짐을 이고, 등에 짐을 져서 그대들
의 뒤를 따르도록 해줄 수 있겠소?"

창우 무리들은 기뻐하며 두영의 손을 잡고 말하였다.

"석사(碩士)는[67] 어디에 계셨었기에, 우리의 만남이 이리 더디었소?
옥과 같은 모습과 맑은 풍채는 생각건대 지금 세상의 큰 그릇이라. 위
로 밝은 천자가 계시니 가히 나아가 출사할 만하다 하겠소.[68] 그런데
어찌하여 세상에서 버려져 거리낌 없이 행동하고 괴기한 일을 일삼는
무리를 쫓으려 하시오? 만약 당신이 연(燕)·조(趙) 저잣거리에서 슬픈
노래를 부르는 선비가[69] 아니라면, 동방삭(東方朔)처럼[70] 골계를 하는
무리임이 분명하도다. 하늘이 기이한 만남을 주선하시었고, 벗이 멀리
서부터 찾아왔으니[71] 한 번 보고서도 옛 친구를 만난 듯하여 늦은 때에
사귀었다 한들 무슨 방해가 되겠소? 청컨대 기술을 한 번 보여줌으로
써 모든 무리의 눈을 상쾌하게 해주시구려."

장생은 원래 귀신의 재주[神功]와 나란히 하고, 조화옹(造化)의 솜씨
를 빼앗을 만한 능력을 가지고 있었다. 보잘 것 없는 잡희(雜戲)를 함에
어찌 그저 효빈(效嚬)하는[72] 데서 그치겠는가? 이에 옷을 떨치고[73] 나
아가 부채를 잡고 서서 장대 위에 높이 솟아오르니[74] 모인 모든 사람들

가운데서도 빼어났다.[75] 몇 마디 빼어난 소리를 하는데, 그 신기한 변
화와 특이한 기교는 비록 스스로 칠면(七面) 곽랑(郭郞)이라[76] 하는 자
들도 능히 그 끝을[77] 엿볼 수 없을 정도였다. 창우들은 몹시 감복하여
즐겨 복종하더니, 두영을 추대하여 모임의 우두머리로 삼았다. 인하여
그와 더불어 동행하니, 먹고 입는 절조가 풍족하여 부족함이 없었다.

　필경 어느 집에 의탁할까? 또한 하회를 분해하여 들을지라.

1) 枯楊再花 : 枯楊生華. 시든 버드나무에 다시 꽃이 핌. 이 말은『周易』〈大過〉에 "시든 버드나무에 꽃이 피었으니, 늙은 아낙이 젊은 사부를 얻을지라. 허물이 없지만 명예로울 것도 없다. 상왈, 시든 버드나무에 꽃이 피었다한들 어찌 가히 오래갈 것이며, 늙은 아낙과 젊은 사부 또한 추한 것이로다[九五, 枯楊生華, 老婦得其士夫, 無咎, 無譽. 象曰: '枯楊生華, 何可久也. 老婦士夫, 亦可醜也.]'에서 나온 것이다.

2) 母也天只 : 어머니는 하늘이다. 이 말은『詩經』〈鄘風·柏舟〉에 나온 말이다. "어머니는 하늘이시라! 어이 나를 몰라주시나요.[母也天只, 不諒人只.]"

3) 孤露 : 부모가 모두 돌아가셨거나 둘 중 한 분이 돌아간 외로운 처지.

4) 盥櫛 : 낯을 씻고 머리를 빗음.

5) 花燭之禮 : 예전에, 新房에서는 윗면에 용과 봉의 도안이 그려진 색깔 있는 초를 주로 사용하였다. 이로써 화촉지례는 곧 결혼을 지칭하는 말로 쓰였다.

6) 古月 : '胡'字의 은어. 여기서는 호씨 부인을 지칭한 것이다. 당나라 李白의 시 〈司馬將軍歌〉에 "미친 바람이 옛 달에 불어 그윽히 장화대를 희롱하네.[狂風吹古月, 竊弄章華臺.]"라는 구절이 있는데, 高炎武는 '古月은 胡다.[此所謂古月, 則明是胡字.]'라고 하였다. 이백이 말한 '胡'는 '胡人', 즉 만주 지역의 야만을 지칭한다.

7) 秦鏡 : 秦鑒. 전설에 따르면 秦始皇은 네모난 거울 하나가 있었는데, 그것을 비추면 사람의 선악을 알 수 있었다고 한다. 특히 사악한 여성에게 비추면 담이 부풀고 심장이 뛴다고 했다. 이 이야기는『西京雜記』3권에 나온다. "고조가 처음 함양궁에 들어가 창고에 보관하고 있는 것을 두루 살펴보았는데, 금옥과 진귀한 보배가 이룰 말할 수 없을 정도였다. (중략) 네모난 거울이 있었는데, 폭이 4척이고, 높이가 5척 9촌이었다. 안팎으로 투명했는데, 사람이 정면에서 비추면 거울에는 그 모습이 거꾸로 나타났다. 손으로 가슴을 어루만지면서 비추면 장과 위와 오장이 적나라하게 드러났다. 내부에 질병을 가진 사람이 심장을 가리고 비추면 병의 소재를 알 수 있다. 또한 사악한 마음을 가진 여자에게 비추면 담이 부풀고 심장이 요동친다.[高祖初入咸陽宮, 周行庫府, 金玉珍寶, 不可稱言. (중략) 有方鏡, 廣四尺, 高五尺九寸. 表里有明, 人直來照之, 影則倒見. 以手捫心而來, 則見腸胃五臟, 曆然無礙. 人有疾病在內, 掩心而照之, 則知病之所在. 又女子有邪心, 則膽張心動.]"

8) 張弧 : 활줄을 메우는 것, 혹은 줄을 메운 활. 여기서는 장두영을 의미한다. 장호는『易經』〈睽〉에 나온 말이다. "돼지가 진흙을 메고 귀신을 한 수레 실은 것을 보아 먼저 활을 쏘려다 나중에는 활을 풀음이라.[見豕負塗, 載鬼一車, 先張之弧, 後說之弧.]" 王弼은 "먼저 활을 쏘려고 한다는 것[先張之弧]은 공격해서 해치려는 것이다.[先張之弧, 將攻害也.]"라고 주석을 붙였다. 여기서는 장두영이 큰 일을 하기 위해 집을 나선 것을 비유적으로 이른 것이다.

9) 野麕 : 들 노루. 여기서는 무례한 사나이, 즉 호천을 의미한다. 이 말은 본래『詩經』〈召南·野有死麕〉에 나온 말이다. "들에 죽은 노루 있으니 흰 띠풀로 싸주었네. 아가씨가 춘정을 품으니, 멋진 사내가 유혹하네.[野有死麕, 白茅包之. 有女懷春, 吉士誘之.]"라는 말이 그것이다. 이 시는 사냥하는 남자가 춘정을 품었던 여자를 유혹하자, 여자가

남자를 자신의 집으로 데리고 가면서 부른 노래다.

10) 珠玉 : 여기서는 경파를 의미한다.

11) 黃車 : 黃車使者의 줄임말. 황거사자는『漢書』〈藝文志〉에는 "虞初는 河南 지방 사람
이다. 武帝 때에 方士侍郎으로, 황거사자라 불렸다.[(虞初)河南人, 武帝時以方士侍郎
號黃車使者號黃車使者.]"는 주석이 있다. 후대에는 소설을 꾸미는 사람을 황거사자라
고 불렀다. 이 말은 그 뒤의 줄거리는 소설가가 이어서 말해줄 것이라는 뜻이다.

12) 圖讖 : 내용이나 형식을 불문하고 장래에 일어날 사실, 특히 인간 생활의 길흉화복이
나 盛衰得失에 대한 예언 또는 징조를 나타나는 책. 중국에서는 秦나라에서부터 쓰이
기 시작하여, 東漢 때에 크게 유행하였다. 우리나라에서도 삼국시대에 특히 도참설이
유행하였다.

13) 今而後, 吾知免夫 : 이 말은『論語』〈泰伯〉에 나온 말이다. "지금으로부터 나는 부모님
께서 주신 몸에 상처를 내는 불효를 면하게 되었도다.[而今而後, 吾知免夫.]"

14) 碩士 : 품행에 품위가 있고, 학문이 깊은 선비. 唐나라 韓愈의 〈祭馬僕射文〉에 보면
"추관에 올랐더니 아침에 석사가 되었네.[擢亞秋官, 朝得碩士.]"라는 말이 있다.

15) 書童 : 書僮. 예전에 부유한 집안에서 주인집 자제를 모셔 글 읽는 것을 보필하고,
잡박한 일을 봐주던 아이 종.

16) 跋涉 : 산을 넘고 물을 건넘.

17) 植杖 : 지팡이에 의지함. 이는『論語』〈微子〉에 나온 말이다. "자로가 공자를 수행하다
가 뒤쳐졌는데, 지팡이를 짚고 삼태기를 메고 가는 노인을 만났다. 자로가 물었다. '노
인께서는 우리 스승을 보았습니까?' 지팡이를 짚은 노인이 대답했다. '사지를 부지런히
하지 않고 오곡도 분별하지 못하는데 누구를 스승이라고 하는가?' 그러고는 그 지팡이
를 땅에 꽂고 김을 맸다.[子路從而後, 遇丈人, 以杖荷蓧, 子路問曰: '子見夫子乎?' 丈人
曰: '四體不勤, 五穀不分, 孰爲夫子?' 植其杖而芸.]"

18) 尼庵 : 비구니들이 거처하는 절.

19) 衛夫人 : 晉나라 任城 사람. 魏舒의 딸로, 이름은 華存, 자는 賢安. 어려서부터 道家
학설을 깊이 탐구하여 신선술에 탐닉하였다. 이후 24세에 시집을 가서 아들 둘을 두었
어도 신선술에 계속 빠져 있다가, 아이들이 스스로 움직일 정도가 되자, 조용한 방에서
홀로 계를 지키며 생활하였다. 그렇게 석 달 정도가 지나자, 홀연 한 무리의 신선[太極
眞人 安度明, 東華大神, 方諸靑童, 夫桑碧阿陽谷神王, 景林眞人, 小有仙女, 靑虛眞人]
들이 위부인을 찾아와 도를 논한다. 그 후 위부인은 83세까지 살다 죽었는데, 관 속에
는 시체가 없고 보검 한 자루만 남아 있었다고 한다. 이 이야기는『太平廣記』58권 〈衛
夫人〉에 실려 있다.

20) 尋眞 : 仙道를 구함. 혹은 사물의 본질이나 진리를 탐구함.

21) 窮人無歸 : 의지할 곳 없는 사람이 돌아갈 데가 없음. 이 말은『孟子』〈萬章 上〉에
나온다. "요임금께서 장차 천하를 순임금에게 물려주려 하셨다. 하지만 부모에게 인정
을 받지 못하였기 때문에 마치 궁핍한 사람이 돌아갈 곳이 없어 어찌할 수 없는 것처럼

하였다.[帝將胥天下而遷之焉., 爲不順於父母, 如窮人無所歸.]"

22) 慈天 : 불교 용어로, 미륵보살이 있는 서쪽 하늘을 이름. 자비로운 하늘이라는 뜻. 여기서는 단원사 이암을 말한다.

23) 盈尺 : 한 자 미만의 넓이라는 뜻으로, 매우 좁음을 이름.

24) 方寸 : 사람의 마음은 가슴속의 한 치 사방의 넓이에 깃들어 있다는 뜻으로, '마음'을 달리 이름. 晉나라 葛洪의 『抱朴子』〈嘉遯〉에는 "한 치의 마음, 제어함도 내게 있네. 잘못된 곳으로 놓아둠은 불가하지.[方寸之心, 制之在我, 不可放之於流遁也.]"라는 말이 있다.

25) 俯聽 : 공손한 태도로 주의 깊게 들음.

26) 宜家 : 가정의 화목함. 『詩經』〈周南·桃夭〉에는 "시집가는 그 아가씨, 그 집안을 화목케 하라.[之子于歸, 宜其室家.]"라는 말에서 나왔다. 朱熹集傳에는 "宜라는 것은 화순하다는 것이고, 室이라는 것은 부부가 거주하는 곳이다. 家는 한 집안을 이른다.[宜者, 和順之意. 室者, 夫婦所居. 家, 謂一門之內.]"라고 했다. 『左傳』〈襄公三十一年〉에는 "신에게[臣有臣之威儀, 其下畏而愛之, 故能守其官職, 保族宜家.]"라고 했다.

27) 集蓼 : 조난을 만남. 이 말은 『詩經』〈周頌·小毖〉에 나온 말이다. "집안의 어려움을 감당하지 못하기에 나 또한 여뀌풀에 모일까.[未堪家多難, 予又集于蓼.]." 毛傳에는 "나 또한 여뀌풀에 모일까는 고통스러움을 말한 것이다.[我又集于蓼, 言辛苦也.]"라고 하였다.

28) 呴呴之恩 : 呴呴는 새가 우는 소리로, 呴呴之恩은 우는 새에게 먹이를 물어다 주는 어미 새의 은혜를 말한다. 『自治通鑑』〈周赧王 56年〉에는 "제비와 참새가 대청에 살며 새끼와 어미가 서로 먹이니 구구거리며 서로 즐거워한다.[燕雀處堂, 子母相哺, 呴呴焉相樂也.]"이란 말이 있다.

29) 烝烝 : 부모를 섬기는 마음이 두터운 모양. 『書經』〈堯典〉에는 "아버지는 완고하고 어머니는 모질었지만, 상[舜임금]은 괘념치 않고 효를 두터이 하여 화합하고, 악한 일을 하지 않게 하였다.[父頑, 母嚚, 象傲, 克諧, 以孝烝烝, 乂不格姦.]"라는 말이 나온다.

30) 柏舟之矢死 : 『詩經』 柏舟篇에 나오는 '죽을지언정[矢死].' 柏舟는 『詩經』〈鄘風〉의 篇名.〈鄘風·柏舟序〉에는 "백주편은 共姜이 스스로 맹세한 것이다. 위나라 세자 共伯이 일찍 죽자, 그의 아내인 공강은 수절을 하려고 하였다. 하지만 부모가 그 뜻을 빼앗아 재가를 시키려하니, 공강은 맹세코 허락하지 않고 이 시를 지었다.[柏舟, 共姜自誓也. 衛世子共伯蚤死, 其妻守義, 父母欲奪而嫁之, 誓而弗許, 故作是詩以絶之.]"고 하였다. 이로 말미암아 이후로 '백주'는 남편을 잃었거나, 남편이 죽고서도 뜻을 꺾지 않고 재가하지 않는 것을 의미한다. 矢死는 백주편에 나온 "죽을지언정 다른 곳에 시집가지 않으리라[之死, 矢靡他.]"를 말한 것이다.

31) 蘭若 : 절. 불교어 '阿蘭若'의 줄임말. 고요하여 번뇌가 없는 곳을 의미한다. 唐나라 杜甫의 시〈謁眞諦寺禪師〉에는 "절은 산 높은 곳에 있으니, 아지랑이와 노을 낀 봉우리 그 몇 겹이던가.[蘭若山高處, 煙霞嶂幾重.]"이란 구절이 있다.

32) 釋門 : 佛門. 佛家.

33) 緣業 : 불교어로, 業緣이라고 한다. 善業을 쌓으면 좋은 결과를 가져오는 인연, 惡業을 쌓으면 나쁜 결과를 가져온다는 인연으로, 일체의 중생은 모두 업연에 의해 생긴다고 한다. 나중에는 남녀 간의 인연을 뜻하는 말로 쓰였다.

34) 同類相求 : 비슷한 무리는 서로 구한다. 본문에는 이 말의 출처를 『주역』으로 밝히고 있지만, 기실 『주역』〈乾卦第一〉에는 "같은 소리는 서로 응하고, 같은 기운은 서로 구한다. 물은 젖은 데로 흐르며 불은 마른 데로 나아가며, 구름은 용을 좇으며 바람은 범을 따른다.[同聲相應, 同氣相求, 水流濕, 火就燥, 雲從龍, 風從虎.]"로 되어 있다. '同類相求'의 원 출처는 『史記』〈伯夷列傳〉이다. "같은 종류의 빛은 서로를 비추고, 같은 종류의 무리는 서로 구한다.[同明相照, 同類相求.]"는 것이 그것이다.

35) 窮鳥投林 : 궁한 새가 숲으로 들어간다. 이 말은 '궁한 사람은 부모의 품으로 들고, 궁한 새는 숲은 든다'는 민간의 말을 드러낸 것이다. 이 말과 유사한 의미를 갖는 '궁한 새가 사람의 품으로 달려든다.[窮鳥入懷]'는 『顔氏家訓』에 나온다.

36) 淸衆 : 僧徒. 淸나라 梁章鉅의 『稱謂錄』〈僧〉에 "불경에서 중들을 일러 '청중'이라 한다.[佛經呼僧曰淸衆.]"고 했다.

37) 相接 : 공경하고 사양하며 서로 사귐. 『禮記』〈聘儀〉에는 "공경과 사양은 군자가 서로 만나보기 위한 것이다. 그런 까닭에 제후가 공경과 사양으로 만나면 서로 침범하거나 업신여기지 않게 된다.[敬讓也者, 君子之所以相接也. 故諸侯相接以敬讓, 則不相侵陵.]에서 나온 말이다.

38) 衣鉢 : 袈裟와 바리때. 불법을 전수함. 불교 선종에서는 初祖에서부터 5祖까지 의발을 전수함으로써 자신의 종법을 이어받은 증거로 삼았다. 6祖 慧能(638~713) 이후로는 의발이 전해지지 않았다. 그렇지만 이후로는 스승이 불법을 전수하는 것을 의발을 전한다고 썼다.

39) 弘濟 : 세상 사람들을 널리 구제함.

40) 灑掃 : 먼저 땅 위에 물을 뿌려 먼지가 날리지 않게 한 다음, 앞뒤를 청소하는 일. 이 말은 『詩經』〈大雅·蕩〉에 나온 말로, "아침 일찍 일어나고 밤에 늦게 자며, 집 안에 물을 뿌리고 뜰을 쓰네.[凤興夜寐, 灑掃庭內.]"에서 나왔다.

41) 香湯 : 향을 넣어 달인 물. 음력 4월 8일 부처님 탄신일에 불교도들은 향료의 물을 뿌리면서 불상을 씻는데, 그 물을 浴佛水라고 한다. 여기서는 부처님의 제자가 되기 위해 몸을 씻는 것을 의미한다.

42) 剃髮燃臂 : 체발은 머리를 깎는 것이고, 연비는 팔뚝을 태우는 것. 둘 다 불교 수행자가 되는 절차다. 불교에서는 머리카락을 세속적인 허영이나 번뇌의 소산인 일체의 장식으로 여겨 이를 無名草라 한다. 따라서 이를 버림으로써 세속에서의 번뇌와 인연, 그리고 나쁜 습관을 버려 수행자의 길에 들어선다는 의미를 갖는다. 계를 받는 마음의 굳은 징표로 향불로 자신의 팔을 태우는 의식을 연비의식이라 하는데, 억겁 세월 동안 지은 악업과 죄업을 三寶殿에 참회하는 의식을 거행한 다음에 이루어진다.

43) 受戒 : 불교 신도가 출가하여 계율을 받아 중이 되는 일.

44) 靑閨 : 푸른 칠을 한 규방. 호화로운 집을 의미한다.

45) 정명기A본·육당본·김준형B본·연세대본·성균관대·계명대본·강문종본에는 '極' 다음에 '바위가 모래가 되고 바다가 마른다 한들 이 한을 어떻게 씻을 수 있겠는가?[石老海枯 此恨何洗]'가 덧붙어 있다.

46) 子舍 : 작은 방. 동떨어진 방. 一說에는 여러 사람들이 집단으로 거주하는 방이라고도 한다. 『史記』〈萬石張叔列傳〉에는 "석건은 낭중령이 되었어도 닷새마다 휴가를 얻어 집으로 돌아와 부친을 뵈었다. 그러고는 작은 방으로 들어가 몰래 시종에게 물어 부친의 속옷과 요강을 꺼내 직접 깨끗하게 씻은 후에 다시 시종에게 주었는데, 감히 이것을 만석군이 알지 못하도록 했다. 석건은 늘상 이와 같았다.[建爲郎中令, 每五日洗沐歸謁親, 入子舍, 竊問侍者, 取親中君厠牏, 身自浣滌, 復與侍者, 不敢令萬石君知, 以爲常.]" 라는 내용이 나온다.

47) 傷懷 : 마음에 상처를 입음. 이 말은 『詩經』〈小雅·魚藻之什·白華〉 "휘파람 불고 마음 아파하며 그 임을 생각하노라.[嘯歌傷懷, 念彼碩人.]"에서 나온 말이다.

48) 把贈 : 쥐어줌. 이는 '어진 사람을 만나 쥐어주다.[逢賢把贈]'에서 나온 말로, 원래는 漢나라 劉向이 쓴 『新序』〈節士〉에 나온다. "연릉계자가 초빙을 받아 서쪽 진나라에 가는데, 보검을 찬 채로 서나라를 지나게 되었다. 서나라 임금이 그 칼을 보더니, 말은 하지 않았지만 가지고 싶은 기색이 있었다. 그러나 연릉계자는 상국에 사신으로 가고 있었기에 드리지 않았다. 마음속으로 이미 주려고 생각하고 있었다. 진나라에서 사신 임무를 마치고 서나라로 돌아왔지만, 서임금은 이미 초나라에서 죽은 상태였다. 이에 그는 칼을 벗어 뒤를 이은 그의 아들에게 주었다. 그러자 시종이 만류하며 말했다. '이 칼은 오나라의 보검으로, 다른 사람에게 줄 수 없습니다.' 그러자 연릉계자가 말했다. '나는 물건을 주는 것이 아니다. 지난날 내가 여기에 왔을 때에 서나라 임금이 내 칼을 보고 말은 하지 않았지만, 가지고 싶은 기색이 있었다. 내가 마침 상국 사신으로 가는 터라, 드리지 못했다. 비록 그렇지만 내 마음은 이미 그것을 주려고 했다. 그런데 지금 죽었다고 해서 드리지 않는 것은 내 마음을 속이는 것이다. 칼이 아깝다고 해서 마음을 속이는 것은 청렴한 사람이 할 짓이 아니다.' 그러고는 마침내 칼을 벗어 그 임금에게 주었다. 그 임금이 말했다. '저의 아버님께서는 아무 말씀도 없었습니다. 그러니 저는 감히 받을 수 없습니다.' 이에 연릉계자는 차고 있던 칼을 풀어 서임금의 묘 옆 나무에 걸어두고 떠났다. 서나라 사람들이 그를 아름답게 여겨 노래하였다. '연릉계자여! 옛 마음을 잊지 않고, 천금의 칼을 풀어 무덤 옆에 놓았네.'[延陵季子將西聘晉, 帶寶劍以過徐君. 徐君觀劍, 不言而色欲之. 延陵季子爲有上國之使, 未獻也, 然其心許之矣. 致使於晉, 故反則徐君死於楚. 於是脫劍致之嗣君, 從者止之曰: '此吳國之寶, 非所以贈也.' 延陵季子曰: '吾非贈之也. 先日吾來, 徐君觀吾劍, 不言而其色欲之. 吾爲有上國之使, 未獻也. 雖然, 吾心許之矣. 今死而不進, 是欺心也. 愛劍僞心, 廉者不爲也.' 遂脫劍致之嗣君. 嗣君曰: '先君無命, 孤不敢受劍.' 於是季子以劍帶徐君墓樹而去. 徐人嘉而歌之曰: '延陵季子兮不忘故, 脫千金之劍兮帶丘墓.']"

49) 定睛 : 집중하여 바라봄. 주시함.

50) 坌集 : 모여듦.

51) 同日語 : 같은 날에 같은 모양으로 함께 말함. 같은 날에 같이 논함[同日而論]과 같은

의미. 『史記』〈蘇秦列傳〉에는 다음과 같은 말이 있다. "무릇 다른 사람을 격파하는 것과 다른 사람에게 격파 당하는 것, 다른 사람에게 신하라고 하는 것과 다른 사람이 자기에게 신하라고 하는 것을 어찌 같은 날에 논할 수 있겠습니까?[夫破人之與破於人也, 臣人之與臣於人也, 豈可同日而論哉!]" 또한 『漢書』〈息夫躬傳〉에는 "신과 公孫祿은 다른 생각이 있어, 가히 같이 말할 수 없습니다.[臣與祿異議, 未可同日語也.]"라는 말이 있다.

52) 排遣 : 털어 없앰. 쫓아냄. 唐나라 杜牧〈上宰相求湖州第三啓〉에 "근래에 여러 차례 다른 나라에서 곤핍하게 지냄을 아뢰는 편지를 받았습니다. 다른 사람에게 들어도 콧날이 시큰할 정도인데, 하물며 아무개의 마음에서야 어찌 쉽게 털어낼 수 있겠습니까? [近者累得書, 告以覊旅困乏, 聞於他人, 可謂酸鼻, 況於某心, 豈易排遣.]"란 말이 있다.

53) 名義 : 명분.

54) 相須 : 相需. 서로 의지함. 『詩經』〈小雅·谷風之什·谷風〉에는 "산들산들 부는 동녘바람 비바람 되어 함께 하네.[習習谷風, 維風及雨.]"라고 하였는데, 『毛傳』에는 "비와 바람이 서로 감응하듯 붕우가 서로 의지한다.[風雨相感, 朋友相須.]"고 하였다. 漢나라 王充의 『論衡』에는 "사람이 하늘에서 기를 받아서 그 기에 따라 형체가 정해지면, 형체와 命이 상호 의존하면서 죽음에까지 이른다. 형체가 변할 수 없다면 수명 또한 늘일 수 없다.[人稟氣於天, 氣成而形立, 形命相須, 以至終死, 形不可變化, 年亦不可增加.]" 라고 하였다. 『文心雕龍』〈麗辭〉에는 "무릇 마음에서 우러난 문사도 여러 가지 생각이 정리되면서 위아래가 서로 상관되어 자연스레 대우를 이룬다.[夫心生文辭, 運裁百慮, 高下相須, 自然成對.]"라고 하였다.

55) 定向 : 정해진 한 방향. 목표. 明나라 王守仁의 〈大學問〉에는 "지선이 내 마음에 있음을 알아서 마음 밖에서 지선을 찾지 않는다면 뜻에 定向이 생겨 지루하여 파탄이 나거나 뒤엉켜 어수선한 탈이 없을지라.[今焉旣知至善之在吾心, 而不假於外求, 則志有定向, 而無支離決裂錯雜紛紜之雜矣.]"라는 구절이 있다.

56) 草行露宿 : 초야를 다니면서 이슬 내린 곳에서 머물며 잠. 여행이 매우 힘들고 혹독함을 비유함. 『晉書』〈謝玄傳〉에는 "남은 군사들은 갑옷을 벗어던지고 밤을 새워 달아나며 바람소리나 학 울음소리만 들어도 모두 왕의 군대가 이미 이르렀다고 생각하여 이슬 내린 풀 위에서 잠을 자야만 했다. 거기에다가 추위와 기한까지 겹쳐 죽은 사람이 열에 일고여덟은 되었다. [苻堅餘衆棄甲宵遁, 聞風聲鶴唳, 皆以爲王師已至, 草行露宿, 重以飢凍, 死者十七八.]"라고 하였다.

57) 村村乞飯 : 마을마다 돌아다니며 빌어먹음.

58) 摧抑 : 마음을 억누름. 또는 마음이 슬퍼져 눌림.

59) 倡優 : 광대. 예전에 음악과 가무를 하거나 잡기와 재담으로 사람들을 즐겁게 하는 예술인.

60) 溝壑 : 구렁. 들판에서 굶어죽거나 곤궁한 지경을 비유하여 말함. 이 말은 『孟子』〈藤文公下〉의 "지사는 구학에 빠질 것을 잊지 않고, 용사는 그 머리를 잃음을 잊지 않는다.[志士不忘在溝壑, 勇士不忘喪其元.]"라는 데서 나온 말이다.

61) 餓莩 : 굶어 죽음. 이 말은『孟子』〈梁惠王上〉의 "푸줏간에는 살찐 고기가 있고, 마구간에는 살찐 말이 있는데 백성의 얼굴에는 주린 빛이 있고 들에 굶어 죽는 시체가 있다면 이것은 짐승을 몰아다가 사람을 잡아먹게 하는 것입니다.[庖有肥肉, 廐有肥馬, 民有飢色, 野有餓莩, 此率獸而食人也.]"에서 나온 말이다.

62) 結伴 : 짝이 됨.

63) 看來 : 관찰 결과 어떤 사실을 이해한 후 판단함.

64) 糟粕 : 술찌끼. 나쁜 음식, 혹은 사물에 열등하거나 무용한 것을 비유함. 漢나라 劉向이 쓴『新序』〈雜事二〉에는 "흉년이 들어 굶주리는 때에 선비는 술찌끼 역시 싫어하지 않는다.[凶年飢歲, 士糟粕不厭]"는 구절이 있고, 『韓詩外傳』에도 "이것은 참으로 성왕의 찌꺼기에 불과합니다. 훌륭한 것이 못되지요.[此眞先聖王之糟粕耳, 非美者也.]"라는 말이 있다.

65) 萍水 : 물 위에 뜬 개구리밥이라는 뜻으로, 이리저리 떠돌아다니는 신세를 비유적으로 이른다.

66) 容接 : 찾아온 손님을 만나 봄. 또는 가까이하여 사귐.

67) 碩士 : 성품이 고상하며 학문이 깊고 넓은 선비.

68) 明天子在上 可以出而仕矣 : 지금 밝으신 천자께서 조정에 계시니, 가히 나아가 벼슬할 만합니다. 이 말은 唐나라 韓愈의 〈送董邵南序〉에 나온 말이다. 구체적인 내용은 아래의 주석을 참조할 것.

69) 燕趙市悲歌之士 : 燕·趙 저잣거리에서 슬픈 노래를 부르는 선비. 이 글은 唐나라 韓愈의 〈送董邵南序〉에 나온 말이다. "연·조 지방에는 예부터 뜻을 얻지 못한 선비들이 많다고 합니다. 동 선생이 진사 시험에 응시하였는데, 계속해서 시험관에게 인정을 받지 못하였습니다. 마음에 쓸 만한 그릇을 품고서 울적하게 이곳에 왔습니다. 나는 반드시 합당한 데가 있다는 것을 압니다. 동 선생, 힘내십시오. 무릇 당신이 때를 만나지 못했을 때, 참으로 정의를 사랑하고 힘써 인을 행한다면 모두가 당신을 사랑할 것입니다. 하물며 연·조 지방의 선비는 인의의 성품을 타고나지 않았습니까? 그런데 내가 일찍이 들은건대 '풍속은 교화에 의해 변화하는 것이다'라고 하더군요. 제가 어찌 그 곳의 지금 풍속이 옛사람이 말한 것에서 다르지 않음을 알 수 있겠습니까? 애오라지 제가 그것을 유추해 볼 뿐입니다. 동선생 힘내십시오. 저는 당신으로 인해 감명 받은 바가 많습니다. 당신께서 저를 위해 망제군의 묘에 조문하시고, 그 저자에서 다시 예전에 개를 잡던 자가 있는지를 살펴보시기 바랍니다. 있으면 저를 대신해서 말씀해 주십시오. '지금 밝으신 천자께서 조정에 계시니, 가히 나아가 벼슬할 만합니다.'고.[燕趙古稱多感慨悲歌之士, 董生擧進士, 連不得志於有司, 懷抱利器, 鬱鬱適玆土, 吾知其必有合也. 董生勉乎哉! 夫以子之不遇時, 苟慕義彊仁者, 皆愛惜焉, 矧燕趙之士, 出乎其性者哉! 然吾嘗聞, 風俗與化移易, 吾惡知其今不異於古所云邪? 聊以吾子之行卜之也. 董生勉乎哉! 吾因子有所感矣, 爲我弔望諸君之墓, 而觀於其市, 復有昔時屠狗者乎. 爲我謝曰: '明天子在上, 可以出而仕矣.']

70) 東方朔 : 漢나라 武帝 때의 사람. 자는 만청. 벼슬이 金馬門 侍中에 이름. 해학과 변설로

이름이 났음. 俗說에, 西王母의 복숭아를 훔쳐 먹어 죽지 아니하고 長壽하였으므로 '三千甲子 東方朔'이라 일컫는다. 골계와 관련된 내용은 『史記』〈滑稽列傳〉에 실려 있다.

71) 有朋自遠 : 벗이 있어서 멀리서 옴. 이 말은 『論語』〈學而篇〉에 나온 말이다. "배우고 때로 익히면 즐겁지 아니한가? 벗이 있어 멀리서부터 찾아오면 또한 즐겁지 아니한가? 사람이 알아주지 않아도 화내지 아니하면 또한 군자가 아니겠는가?[學而時習之, 不亦說乎? 有朋自遠方來, 不亦樂乎? 人不知而不慍, 不亦君子乎?]"

72) 效顰 : 눈썹을 찡그리는 것을 따라함. 이 말은 『莊子』〈天運〉에 나오는 내용이다. "예전에 서시가 가슴을 앓아 이맛살을 찌푸리고 있었다. 그 마을의 추녀가 그것을 보고 아름답게 여겨 집으로 돌아와 역시 가슴에 손을 얹고 이맛살을 찌푸렸다. (그 모습이 얼마나 흉측했던지) 그 마을의 부자는 그것을 보고 문을 굳게 닫은 채 밖에 나가지 않았고, 가난한 사람은 그것을 보고 처자식을 데리고 그 마을을 달아나 버렸다. [故西施病心而矉, 其里之醜人見而美之, 歸亦捧心而矉, 其里之富人見之, 堅閉門而不出. 貧人見之, 挈妻子而去之走.] 이 말은 자신의 신체 조건을 돌아보지 않고 남을 따라하는 것을 말한다.

73) 振衣 : 옷을 떨침. 이 말은 『楚辭』〈漁父〉에 나온다. "새로 머리를 감은 사람은 반드시 갓을 털고, 새로 몸을 씻을 사람은 반드시 옷을 턴다.[新沐者必彈冠, 新浴者必振衣.]"

74) 偃蹇 : 높이 솟은 모양. 이 말은 『楚辭』〈离騷〉에 나온다. "요대 높은 곳에서 바라보니, 유융씨의 미녀가 보이네.[望瑤臺之偃蹇兮, 見有娀之佚女.]"

75) 卓拔 : 군중에서도 탁월함. 『世說新語』〈政事〉에 "우존의 아우 건이 군의 주부가 되었다.[虞存弟謇, 作郡主簿.]"라는 말에, 劉孝標의 注에 "虞存은 어려서부터 탁월하여 풍정이 높고도 빼어났다.[存幼而卓拔, 風情高逸.]"이라고 했다.

76) 七面郭郎 : 郭郎은 옛날 광대의 이름이다. 이 이야기에 대해서는 唐나라 때 만들어진 『樂府雜錄』에 곽랑과 鮑老人의 이야기가 실려 있다. 곽랑이 춤을 추는 것을 보고 鮑老人이 웃었지만, 포 노인으로 하여금 춤을 추게 하니 오히려 그 춤이 곽랑만 못했다는 내용이 그것이다. 金時習이 쓴 시 〈無題三首〉에도 "어지러운 세상살이에는 도리어 곽랑의 재주가 나으니, 세상사 모두 호접몽처럼 덧없어.[塵紛却是郭郎巧, 世事盡隨胡蝶空.]"라는 구절이 있다. 그런데 앞이 七面은 곽랑과 견줄만한 광대를 이름인지, 아니면 일곱 가지 모습을 지닌 인형을 말함인지는 불분명하다.

77) 涯涘 : 끝. 다해 없어짐.

귀문(貴門)에 들어간 창우는 머물 곳을 얻고, 화원에 잠든 용과 호랑이가 꿈속에 들다

入貴門倡優得所　睡花園龍虎入夢

장생이 광대 무리를 따라 서주(徐州)[1] 구계촌(九溪村)에 이르렀는데, 이곳은 벼슬에서 치사한 재상들이 많이 거주하는 곳이었다. 민가[閭閻]가 즐비하고 인물이 번성하며, 몇 층으로 쌓아올린 난간과 화려하게 채색한 누각이 구름 위에 솟아 있고, 갖가지 색으로 꾸민 담과 붉은 대문은 큰 길 가에 높게 세워져 있어서 마치 장안의 도시에 들어선 듯하였다.

모든 창우들이 길거리에 놀이판을 배설한 후, 징과 북을 번갈아가며 치며 꼭두각시극을 공연하니 사람들이 다투어 모여들었다. 나이가 지긋한 한 상서도 누각 위에 앉아 난간에 기댄 채 그것을 보고 있었다.

그 때 갑자기 한 석사가 나와 우두커니 섰는데, 다른 여러 사람들 중에서도 특히 빼어나 훤칠하였다.[2] 기상이 높고, 행동거지도 당당하였다. 왼손에는 피리[篪]를[3] 쥐고, 오른손에는 무적(舞翟)을[4] 잡았으니[5] 만무(萬舞)가[6] 하늘하늘하고,[7] 온갖 기교가 드러났다.[8] 잠시 후『시경(詩經)』에 실린 기호(岠岵)의 시를[9] 노래하고,『시경』진령(榛苓)의 장(章)을[10] 읊었다. 그 한탄하며 슬퍼하는 것이 마치 마음속에 품은 사람을 그리워하는 듯하며, 원통하며 슬퍼하는 것은 마치 미인을 그리워하는 생각이[11] 있는 듯하였다. 상서가 가만히 생각하였다.

'예로부터 어진 사람이 실의에 빠져[12] 은거하게 되면[13] 음악에[14] 기대어 세상을 가볍게 여기면서 자기 뜻대로 사는[15] 무리도 있다던데, 이 사람도 그런 사람이 아닐까?'

이에 장생을 앞으로 불러 물었다.

"네 모습을 보고, 네 노래를 들으니 참으로 창우의 무리가 아닐지라. 모름지기 숨기지 말고 내력을 말하거라."

"천인은 장두영입니다. 먼 지역의 궁핍한 사람이온데,[16] 우연히 놀이패에 들어가 어울리게 된 것은 단지 먹고 살 계책이옵니다.[17] 결단코 이 외에 다른 재주가 없었습니다."[18]

"네가 비록 종적을 감추나, 내가 육안(肉眼)이[19] 아닌 한, 차마 너를 한갓 광대로 길러지게 할 수 없구나. 오늘부터 우리 집에 머물면 형박(荊璞)이[20] 변화(卞和)를[21] 얻음과 같고, 기마(冀馬)가[22] 백락(伯樂)을[23] 만남과 같을 것이네."

장생은 백번 절하고 상서의 덕을 칭송하였다. 그리고 물러나와 여러 창우들에게 이별을 말하니, 그들은 모두 심상하게 대답할 뿐이었다. 그 중 애꾸눈을 한 사람이 홀로 슬퍼하며 장생의 손을 잡으며 말하였다.

"서로의 사귐이 담장에 귀를 대면 금방 들리는 것[24] 같더니, 헤어짐도[25] 잠깐 사이에 지나가는구려. 다른 날에 다시 만남도 쉽게 기약할 수 없으니, 그저 가끔씩 서로를 기억하면 다행이겠죠."

그러고는 얻어두었던 돈을 주어 정을 표시하고서 떠나갔다.

장생은 곧바로 상서의 문하에 들어가 겸종(傔從)들의 반열에 나란히 하였다. 무릇 이 상서의 성명은 왕굉렬(王宏烈)로, 일찍이 추천으로[26]

이부상서(吏部尙書)가 되고, 청백리로 이름이 나서[27] 그 시대에 추대를
받았다. 하지만 간당(奸黨)이 그의 굳고 곧음을 미워하여 참소하는 말
을 크게 만들어 남만(南蠻)과[28] 교통하였다고 하니, 황제께서 몹시 노
하여 거의 죽일 지경에까지[29] 이르게 되었다. 하지만 좌승상 유간(劉
侃)이 극력이 풀어줄 것을[30] 간하였기에, 벼슬을 버리고[31] 고향으로 돌
아왔던 것이다.

상서는 임천(林泉)에[32] 뜻을 두고 애써 농사짓기에[33] 힘을 쓰니 재물
이 거의 거만(鉅萬)에[34] 이르렀다. 나이는 육순에 이르렀는데, 다만 딸
하나만 두었다. 이름은 부용(芙蓉)이다. 정정(貞靜)하고도 식견이 높
고,[35] 용모 또한 절세미인이어서 부모의 사랑이 마치 손바닥에 둔 주옥
(珠玉)처럼 여길 정도였다.

상서와 부인 정씨(鄭氏)가 일찍이 사위를 고를 것을 의논하는데, 소
저가 곁에 있다가 나지막하게 아뢰었다.

"남녀의 혼인은 인간의 대사입니다. 하늘이 정한 인연에 있는 것으
로, 사람의 힘으로는 할 수 있는 게 아닙니다. 그러니 양친께옵서는 과
도히 근심하지 마시고, 그저 때를 기다리는 것이 마땅하옵니다. 소녀
의 배필은 다른 데 있지 않습니다. 나가서는 상장군(上將軍)의[36] 절월
(節鉞)을[37] 세우고, 들어와서는 대승상(大丞相)의[38] 인수(印綬)를[39] 찬
사람이라야 가히 결혼할 것입니다. 그렇지 않다면 비록 심규(深閨)에서
늙어 죽는다 하더라도 맹세코 초라한 오두막[蓬蓽]에[40] 사는 가난한 선
비[窮措大]의[41] 아내가 되지는 않겠습니다."

상서가 웃으며 말하였다.

"출장입상(出將入相)하는 것은 세상에 드문 영준(英儁)이라야[42] 마땅
할지라. 내 어진 딸과 더불어 한 세상에 나오기가 어렵도다. 네가 기대
하는 게 너무 과하지 않으냐?"

소저는 부끄러움을 머금은 채 대답도 하지 않고 물러났다.

　장생은 상서의 곁에 있으면서 물 뿌리며 청소하고 손님을 응대하는 제도와[43] 빈객을 맞이하고 배웅하는 예절과 다른 사람에게 보내는 편지를[44] 대신 쓰는 수고로움까지 도맡아 하였다. 그런 일을 처리함에 물 흐르듯이 하니, 상서가 그를 총애함도 마치 손으로 머리와 눈을 가리 듯하였다.[45] 그러자 노예들은 총애가 사라지는 것을 시기하여, 장생을 질투하는 게 마치 원수를 대하듯이 하였다. 매번 상서가 출타한 틈을 타 욕보이기는 비할 데 없고, 천한 일들은 모두 장생에게 맡겼다. 심지어 마구간[46] 청소나 측간 수리와 같은 일들도 모두 장생에서 전가시키는 등 책임 지우지 않는 게 없었다.

　하루는 상서의 생일이[47] 되자, 술을 마련해 놓고 크게 잔치를 베풀고 음악도 성대하게 하였다. 장생은 당에 올랐지만, 앉을 자리가 남아 있지 않았다. 마당에 내려와 있자니, 무리들에게 욕을 먹는지라. 이에 발길 닿는 대로 이르러, 후원 꽃 숲 속에 몸을 숨겼다.
　이 때 소저가 창에 의지하고 앉아 수(繡)를 놓다가 지루해 하던 중, 봄 햇살에 피곤하여 잠깐 침상에 기대어 있었다. 그런데 홀연 황룡이 후원 모란꽃 사이에서 서린 채로 꿈틀거리더니[48] 잠깐 동안에 맹호로 변하였다. 그 이마 위에는 얼룩무늬가[49] 있는데, 완연한 글자 모양이었다. 그 글자는 '남북원훈대장군(南北元勳大將軍)'이었다. 소저가 깨어 가만히 생각하였다.
　'이는 심상한 몽조(夢兆)가 아니라. 직접 가서 봐야겠다.'
　소저는 옷을 단정히 하고 신발을 끌고 나가 꽃 숲을 천천히 걸었다. 마침내 모란꽃 아래에 이르렀는데, 거기에 한 젊은 남자가 엎드려 누운 채 깊이 잠들어 있었다. 푸른 안개와 기이한 기운은[50] 미우(眉宇)에[51] 은은하게 비춰고, 달게 낮잠을 자는데도[52] 정신은 두우(斗牛) 사이에 뻗쳐 있었다.[53] 참으로 용이 넓은 바다에 깃들인 형상이고, 호랑이가 숲속에 웅크린 격이었다. 한 시대의 걸출한 인물임을 알 수 있었다. 소저는 마음이 요동치고 넋이 빠져나가는 것도 깨닫지 못한 채, 마음속으로 생각하였다.

'어진 임금이 좋은 재상을 얻는 것과 숙녀가 아름다운 짝을 만나는 데에는[54] 먼저 징험이 나타난다고 하던데, 하늘의 이치가 참으로 무고하지 않구나.'

이에 즉시 두 봉황이 새겨진 비단 저고리를 벗어 남자의 머리 윗부분을 덮어주었다. 그리고 몸을 돌려 돌아설 즈음, 장생은 수마(睡魔)에서[55] 비로소 깨어 눈을 번쩍 떴다. 그랬더니 어떤 소저가 꽃을 헤치며 나무 사이로 가고 있었다. 걸음걸이가 편안하고[56] 태도는 단정하며 정숙하였다.[57] 그 빼어난 아름다움은[58] 설부화용(雪膚花容)이고,[59] 그 존귀한 몸가짐은 산과 같고 강과 같았다.[60] 바로 대야(大爺)의[61] 따님임을 알겠더라. 장생은 놀랍고 두려움을 이기지 못해 급히 자세를 고쳐[62] 일어나 앉는데, 뜻밖에 비단 옷이 머리 위에서부터 아래로 떨어졌다. 스스로 생각해보니[63] 소저의 마음이 자신에게 있음을 알겠는지라,[64] 마음속으로 홀로 기뻐하며 스스로 뿌듯해 하였다. 마침내 품에 안아[65] 속에 입고, 그것을 평상시에 입는 옷처럼 늘 착용하였다. 그리고 길 사이로 흐느적거리며 나오니, 모든 중들이 미워하며 질시하는 눈으로[66] 장생을 노려보았다.

하루는 상서가 장생에게 말하였다.

"내가 일찍이 벼슬을 할 때에, 서울에서 크게 장사를 하는 원철(元喆)

이란 자에게 금은 수십 정을 빌려준[67] 게 있네. 그런데 갚을 날짜가 이
미 오래 지났는데도 아직도 갚지를 않고 있구나. 사람에게 귀중한 재물
인지라, 쉽게 포기할 수는 없지 않겠느냐? 네가 내 편지를 가지고 가서
그것을 수습하여 오면 내 마땅히 그 돈의 절반을 네게 나눠 줄 것이니,
너도 그것으로써 산업을 일으키는 자본으로 삼을 수 있을 게다."

인하여 말 한 마리와 아이 하나를 그에게 붙여 보냈다.

장생이 길을 떠난 지 며칠 만에 서울에 이르러 원철을 찾아가 승상의
편지를 전하였다. 원철이 편지를 받들어 보고 용서를 구하며 말하였다.

"연전에 서촉(西蜀)에서[68] 무역하고 돌아오는 길에 강도를 만나 겁탈
을 당하는 바람에 주머니가 모두 비고 말았습니다. 이 때문에 갚을 기한
을 어겼사오니 지은 죄가 참으로 많을 뿐더러, 부끄럽고 두려워 할 말이
없습니다. 배에는 무역하다가 남은 물건이[69] 있어서 가지고 올 터이니,
그 물건이면 족히 수납할 수 있을 겝니다. 바라건대 잠시 머물러 계심
을[70] 혐의치 말고 이곳에서 조금 더 기다리심이 어떠하십니까?"

장생은 허락한 후, 인마(人馬)를 정돈하여 외당에 머물렀다.

원철은 늘그막에 딸 하나를 두었는데, 이름은 황화(黃花)라 하였다.
모습은 옥을 깎아놓은 것과 같고, 얼굴은 무궁화[舜華]와[71] 같아 이른바
경국지색(傾國之色)이라 할 만했다. 황화는 비록 시장바닥의 장사치 집
에서 나고 자랐지만, 행동거지와 언어는 모두 규구(規矩)를[72] 좇았기에
재상가에서 자란 현숙한 규수보다[73] 아래에 놓이지 않았다. 심지어 여
공(女工)과[74] 글 짓는 것까지 모두 정묘하였다. 하지만 이미 비녀 꽂을
나이를[75] 넘기자, 원철은 그의 아내를 마주하여 사위 맞을 일 때문에
걱정스레 말하였다.

"문벌이 높지 못하니 혼삿길이 매우 좁은데다, 지금은 매화 열매가

떨어질 만큼 나이도 들었구려.[76] 그런데 아직까지 짝을 맞아[77] 성례를 행하지도 못하였소. 부모의 걱정 가운데 그 무엇이 이보다 더하겠소?"

그럴 즈음에 황화가 문을 열고 들어와 말하였다.

"아버님! 이 무슨 말씀이십니까? 단지 때를 잃었다는[78] 것만 근심하시고 사람을 가려 택하신다는 말씀이 전혀 없으니, 두려워하건대 사랑하는 딸의 지극한 뜻을 잃을까 하옵니다. 만약 우리와 같은 부류의 집안에서 남자를 구해 시집보내려고 하신다면 어느 곳 어느 집안에선들 그만한 사람을 못 찾겠습니까? 그러나 소녀의 바람은 아버님의 생각과 크게 다릅니다. 제가 바라는 사람은 이 시대의 남자 중에서 손자(孫子)나 오자(吳子)와[79] 같은 신비한 책략을 가지고 있고, 겸하여 방현령(房玄齡)과 두여회(杜如晦)의[80] 명망[令望]을[81] 갖추면서, 곤외(閫外)에[82] 나가면 삼군을 다스리고, 조정[朝端]에[83] 들어오면 백관[百揆]을[84] 총솔(總率)하는 사람입니다. 이미 아내를 맞이했다면, 소녀가 그의 희첩(姬妾)이 된다 한들 어찌 족히 사양하겠습니까? 발자취를[85] 따른다 해도 도리어 영광이 될 것입니다. 그렇지 아니한즉 비록 이백(李白)과 두보(杜甫)의 문장이라든가 왕도(王導)와 사안(謝安)의[86] 풍채라 하더라도 족히 한 번도 돌아볼 게 없습니다. 차라리 저 월전(月殿)에[87] 올라 항아(嫦娥)와[88] 더불어 영원히 짝 없는 혼[孀魂]으로 사는 것만 못하겠죠."

"내 딸의 생각과 기대치가 몹시 높은 것은 가상하지만, 그런 인걸을 어디에서 얻을 수 있겠느냐?"

그러고는 한바탕 웃고 그쳤다.

장생이 금계산에서 겪은 이별의 고통은 세월이 갈수록 깊어지고, 옥지환을 나누며 이별하던 장면은 어디에서든 불현듯이 떠올랐다. 그런데 이곳에 이른 이후로 한 곳에 몸을 맡겨 머물면서 자못 편안히[89] 밥

을 먹으며 지내자니, 떠돌며 밥을 빌어먹던 때나 왕승상 댁[貴門]에서
일을 하던 날보다 훨씬 좋았다. 그런 까닭에 기운이 화평하고 용모도
고와져서, 희기가 마치 옥수(玉樹)[90] 한 가지와 같았다. 봄바람 고운 햇
살 속에서[91] 더욱 두드러지니, 보는 사람이 누가 그를 가리키며 칭찬하
고 부러워하지 않겠는가?

　이때는 곧 7월 기망(旣望)이었다. 황화가 누각에 올라 달이 뜨기를
기다리는데,[92] 마침 장생과 두 눈이 마주치더니, 정면으로 얼굴을 마
주 보게 되었다. 장생은 홀로 붉은 난간에 기대어 미인에게 그윽이 추
파를 보내고, 황화는 텅 빈 창에 우두커니 서서 고운 남자[吉士]의[93]
춘심(春心)을 묵묵히 보내며 서로 아름다운 얼굴을[94] 흠모하였다. 그렇
게 서로 물끄러미 바라보며 정을 보내고서 물러났다.
　필경 두 사람의 만남이 어떻게 될까? 또한 하회를 분해하여 들을지라.

1) 徐州 : 지금의 江蘇省 徐州市. 장쑤성 서북쪽에 있으며, 철도 군사상의 요지다.

2) 俣俣 : 당당하고 훤칠함. 이 말은『詩經』〈邶風·簡兮〉에 나온다. "대장부 당당하게 궁정에서 만무를 추네.[碩人俣俣, 公庭萬舞.]"

3) 籥 : 피리. 문묘제례악에 쓰이는 아악기. 중국에서는 주나라 때부터 사용되었으나 우리나라에서는 고려 예종 11년(1116)년 佾舞에서 처음으로 도입되었다. 이때 들여온 약은 크기와 굵기가 笛과 비슷했다. 피리의 위쪽 끝 앞면을 도려내고 단소처럼 구멍을 만들어 아랫입술을 대고 불어 소리를 낸다. 3개의 구멍은 왼손 식지, 오른손 식지, 오른손 무명지로 막는다. 3개의 구멍에서 12율을 내기 때문에 구멍을 반만 막는 반공으로 연주해야 하는 어려움이 있다. 황죽이나 오죽으로 만든다.『文獻通考』에는 "籥에 '제사 때에는 羽籥의 춤을 장단에 맞게 한다.'고 하였고, 詩經에서는 '왼손에는 籥을 쥐고, 오른손에는 꿩의 깃[翟]을 잡는다.'고 하였다. 대개 籥은 소리이고, 꿩의 깃[翟]은 형용이기 때문이다.[籥師: '祭祀鼓羽籥之舞,' 詩曰: '左手執籥, 右手秉翟.' 盖籥所以爲聲翟所以爲容也.]"라는 말이 있다. 장두영이 왼손에 籥을 쥐고, 오른손에 翟을 잡은 것도『詩經』에 근거해 있다.

4) 舞翟 : 궁중 제무에서, 文舞를 추는 사람이 왼손에 잡고 춤을 추던 기구. 나무로 만든 용머리에 자루를 맞추고, 용머리의 입에는 다섯 층의 꿩의 꽁지를 달았다.

5) 左手執籥 右手秉翟 : 왼손에는 피리 잡고 오른손에는 무적을 잡다. 이 말은『詩經』〈邶風·簡兮〉에 나온 "왼손에는 피리 잡고 오른손에는 무적을 잡아 붉게 상기된 그 얼굴 임금께서 술잔을 내리시네.[左手執籥, 右手秉翟, 赫如渥赭, 公言錫爵.]"를 그대로 가져왔다.

6) 萬舞 : 고대 중국 조정에서 제사를 지낼 때에 쓰는 三代 樂舞[周나라 때의 萬舞·夷舞·翟舞]의 하나. 먼저 武舞를 추는데, 춤을 추는 사람은 손에 兵器를 잡는다. 나중에는 文舞를 추는데, 춤을 추는 사람은 손에 새의 깃털[舞翟]과 악기를 잡는다. 이 말은『詩經』〈邶風·簡兮〉에 나온다. "거칠고 불손한 자가 만무를 추네.[簡兮簡兮, 方將萬舞.]"

7) 傲傲 : 술에 취해 비틀거림. 하늘하늘함. 이 말은『詩經』〈小雅·甫田之什·賓之初筵〉에 나온다. "내 대나무 그릇을 어지럽히고 자주 비틀거리면서 흐느적거리네.[亂我籩豆, 屢舞傲傲.]"

8) 翩翩 : 여기저기 왔다 갔다 하며 나는 모양. 이 말은『詩經』〈小雅·鹿鳴之什·四牡〉에 나온다. "펄펄 나는 저 비둘기는 높게 낮게 날다가 상수리나무 숲에 모여 앉았네.[翩翩者鵻, 載飛載下, 集于苞栩.]"

9) 岵岵 : 민둥산이란 의미로,『詩經』〈魏風〉에 속한 제목 이름이다. "저 민둥산에 올라 아버지 계신 곳을 바라보노라. 아버지 말씀 '슬프다, 내 아들아. 전장에서 밤낮을 쉬지도 못하겠지. 부디 몸조심하고 머뭇거리지 말고 전쟁이 끝나면 빨리 돌아오너라.' 저 푸른 산에 올라 어머니 계신 곳을 바라보노라. 어머니 말씀 '슬프다, 내 막내야. 전장에서 밤낮 잠을 이루지 못하겠지. 부디 몸조심하고 머뭇거리지 말고 전쟁이 끝나면 빨리 돌아와 떨어지지 않도록 해라.' 저 산등성이에 올라 형님 계신 곳을 바라보누나. 형님 말씀 '슬프다, 내 동생아. 전장에서 밤낮으로 고생하겠지. 부디 몸조심하고 죽지 말고 빨리 돌아오너라.'[陟彼岵兮, 瞻望父兮. 父曰嗟予子行役, 夙夜無已, 上愼旃哉, 猶來無

止. 陟彼屺兮, 瞻望母兮. 母曰嗟予季行役, 夙夜無寐. 上愼旃哉, 猶來無棄. 陟彼岡兮, 瞻望兄兮, 兄曰嗟予弟行役, 夙夜必偕. 上愼旃哉, 猶來無死.]"가 그것이다. 『詩經』〈序〉에서는 "行役을 떠난 사람이 부모를 그리워하면서 지은 것으로, 이후로 '屺岵'는 부모를 지칭하는 말로 쓰였다.[謂爲行役者思念父母之作, 后因以屺岵代指父母.]"라고 하였다. 장두영이 屺岵之詩를 노래한 것은 부모를 그리워하는 마음을 드러낸 것이다.

10) 榛苓 : 개암나무와 도꼬마리. 이 말은 『詩經』〈邶風·簡兮〉에 나온다. 산에는 개암나무 습지에는 도꼬마리. 어느 누구를 사모하나 서방에서 온 미인이네. 저 미인이여, 서방에서 온 사람이네.[山有榛, 隰有苓. 云誰之思, 西方美人, 彼美人兮, 西方之人兮.] 이 대목은 장두영이 아내를 그리워하는 마음을 드러낸 것이다.

11) 望美之思 : 미인을 바라보는 생각. 이는 蘇東坡의 〈前赤壁賦〉에 있는 내용을 말한 것이다. "노래에 이르기를 계수나무 노와 木蘭 삿대로 물에 비친 달을 쳐서 흐르는 달빛을 거슬러 오르네. 아득한 내 생각이여, 아름다운 사람을 하늘가에 바라보도다.[歌曰: 桂棹兮蘭漿, 擊空明兮泝流光. 渺渺兮予懷, 望美人兮天一方.]"

12) 落拓 : 곤궁하여 실의에 빠짐. 唐나라 李郢의 시 〈卽目〉에는 "낙척하여 살아갈 길 없으니 술집을 그리워하도록 하네.[落拓無生計, 伶俜戀酒鄕.]"란 구절이 있다.

13) 隱淪 : 은거.

14) 伶官 : 악관. 『詩經』〈邶風·簡兮序〉에 보면 "위나라의 어진 사람들이 영관에 나아간다.[衛之賢者, 仕於伶官.]"이라 하였다. 鄭玄의 箋을 보면 "영관은 악관이다. 영씨가 세상에서 음악을 주장하였기에 후세 사람들이 악관을 영관이라 불렀다.[伶官, 樂官也. 伶氏世掌樂而善焉, 故後世多號樂官爲伶官.]"는 말이 있다. 여기에서는 이 말을 차용한 것이다.

15) 輕世肆志 : 세상을 가볍게 뜻대로 삶. 세상을 아득히 보며, 뜻을 방탕하게 함. 이는 『史記』〈魯仲連鄒陽列傳〉에 "나는 부귀하면서 남에게 눌려 사느니, 차라리 빈천한 대로 세상을 가볍게 내 맘대로 살겠노라.[吾與富貴而詘於人, 寧貧賤而輕世肆志焉.]"라는 말에서 나온 것이다.

16) 寒乞兒 : 궁핍한 사람. 淸나라 沈起鳳의 『諧鐸』에는 "궁핍한 아이가 시를 지었는데, 어찌 이리 오묘한 이치가 있는고?[寒乞兒作詩, 哪有妙處]"라는 말이 있다.

17) 口腹之計 : 먹고살 계책이나 방법.

18) 斷無他技 : 다른 재능이 없음. 이 말은 『書經』〈秦誓〉에 "만일 한 신하가 정성스럽고 다른 재능은 없으나, 그 마음이 착하여 포용함이 있는 듯하여, 남이 지닌 재능을 마치 자기가 지닌 것처럼 여기고, 남의 성스러움을 마음속으로 좋아하기를 마치 자기 입에서 나온 것처럼 여길 뿐만이 아니라면 그는 진실로 남을 능히 포용하는 것이어서 우리 자손과 백성을 보전할 수 있으리니, 오히려 또한 유리할 것이다.[若有一个臣, 斷斷兮無他技, 其心休休焉, 其如有容焉, 人之有技, 若己有之, 人之彦聖, 其心好之, 不啻若自其口出, 寔能容之, 以能保我子孫黎民, 尚亦有利哉.]"라는 데서 나온 말이다.

19) 肉眼 : 불경에서 말하는 다섯 눈 가운데 하나로, 육신에 있는 눈을 말한다. 육안은 가까운 데는 보지만 먼 데를 보지 못하고, 앞은 보나 뒤를 보지 못하고, 밝은 것은 보나

어두운 것을 보지 못한다. 『維摩經』〈不二法門品〉에는 "참을 보는 자는 오히려 참을 보지 못하거든, 하물며 참이 아닌 것이야! 그 까닭이 무엇인가? 육간으로 보는 것이 아니고 혜안으로 보는 것이니라. 이 혜안은 보이는 것도 없고 보이지 않는 것도 없음이라. 이것이 불이법문에 들어가는 것이니라.[實見者尙不見實, 何況非實! 所以者何? 非肉眼所見, 慧眼乃能見. 以此慧眼, 無見無不見. 是爲入不二法門.]"이라 하였다.

20) 荊璞 : 荊山의 璞玉. 楚나라 사람 卞和가 형산에서 캔 옥으로, 조탁되지 않은 박옥.

21) 卞和 : 春秋시대 楚나라 사람. 荊山에서 璞玉을 얻어 초나라 厲王에게 드리니, 왕은 자신을 속인다 하며 그의 왼발을 잘랐다. 이후 武王이 즉위하자, 변화는 다시 그 옥을 바쳤다. 하지만 무왕도 자신을 속인다 하여 그의 오른발을 잘랐다. 그리고 훗날 文王이 즉위하자, 변화는 박옥을 안고 형산 아래서 울거늘, 왕이 사람을 보내 그 이유를 물었다. 변화는 이에 "신이 발을 잘린 것을 서러워하는 게 아닙니다. 보옥을 돌이라 일컫고, 곧은 선비를 사기꾼이라 하니 그것을 서러워 합니다."라고 하였다. 왕이 사신을 보내 그 박옥을 쪼개니 과연 그 속에는 보옥이 있었다. 그 옥을 이름하여 '和氏璧'이라 하였다. 이 이야기는 『韓非子』〈和氏〉에 나온다.

22) 冀馬 : 예전 冀州 지방의 북쪽에서 생산되던 말.

23) 백락(伯樂) : 春秋시대 周나라 때 말을 잘 보기로 유명한 사람으로, 본명은 孫陽이다. 『戰國策』에는 그의 말을 보는 안목과 관련한 이야기가 실려 있다. 어느 날 길을 가던 백락은 소금을 잔뜩 실은 수레를 힘겹게 끄는 말을 보았다. 그 말은 勇將을 태우고 다니면서 천하를 누벼야 할 천리마인데, 일개 필부의 수레를 끌고 있었다. 또한 늙어 무릎은 꺾이고, 꼬리는 축 늘어졌으며, 소금은 땀에 젖어 땅으로 흘러내리고 있었다. 그것을 본 백락은 무슨 사연으로 천리마가 이런 꼴이 되었는가를 통탄해 하였다. 그러자 천리마도 백락을 보고 울었다. 천리마 역시 명마로 태어나서 천한 일을 하는 것이 서러웠나 보다. 이에 백락은 자신이 입던 비단옷을 벗어 말에 덮어주었다. 여기에 쓰인 내용은 이 고사를 언급한 것이다.

24) 屬耳 : 귀를 대고 주의 깊게 들음. 이 말은 『詩經』〈小雅·小弁〉에 나온다. "군자는 한 번 한 말을 바꾸지 말라. 담장에도 귀가 있다네.[君子無易由言, 耳屬于垣.]" 본래 이 말은 담장에 귀를 대고 몰래 듣는 형상을 말한 것인데, 여기서는 빠르다는 의미로 쓰였다.

25) 分張 : 이별. 헤어짐. 당나라 李白의 〈白頭吟〉에 "차라리 함께 만 번을 죽어 깃과 날개가 부서질지라도, 구름 사이에 헤어지는 것은 차마 못하리라.[寧同萬死碎綺翼, 不忍雲間兩分張.]"라는 구절이 있다.

26) 剡薦 : 추천. 중국 剡溪 지방에서 생산한 종이에 추천을 쓴 데서 유래함.

27) 淸望 : 淸白吏로 명망이 있는 인물이나 그 가문.

28) 南蠻 : 중국 남서부에 사는 토착 민족. 기원전 3세기의 南苗族과 관련이 있다. 즉 먀오족·킨족·타이족과 바이족과 같은 티베트-버마 어족을 포함한 복합 민족.

29) 重辟 : 극형. 죽을 죄. 『史記』〈殷本紀〉에는 "주가 이내 중한 죄로, 포락이라는 형벌이 있었다.[紂乃重辟刑, 有炮烙之法.]"는 말이 있다. 炮烙은 기름을 칠한 기둥 아래 불을

피워놓고 죄인에게 기둥 위를 걷게 하여, 거기에서 떨어지면 불에 타죽게 하는 형벌이다.

30) 蒙宥 : 蒙放. 죄인을 풀어줌.

31) 鐫職 : 降職. 벼슬과 직위를 버림.

32) 林泉 : 숲과 샘. 세상을 버리고 은둔하기 알맞은 곳을 비유적으로 이름.

33) 畎畝 : 밭과 들. 농민을 이름.

34) 鉅萬 : 수가 매우 많음을 형용한 말.

35) 塞淵 : 돈후하고 성실하며 식견이 높음. 이 말은 『詩經』〈邶風·燕燕〉에 "중씨는 믿음 직하고 그 마음 진실로 깊어 따뜻하고 부드러우며 그의 몸가짐이 아름답네.[仲氏任只, 其心塞淵. 終溫且惠, 淑愼其身.]"데서 나왔다.

36) 上將軍 : 전쟁 시 軍中의 최고 통수권자. 『老子』에는 "군자는 평소에 왼쪽을 중히 여기 지만, 용병할 때에는 오른쪽을 소중히 여긴다. …… 편장군(군대에서의 부장)은 왼쪽에 자리 잡고, 상장군은 오른쪽에 자리 잡는다.[君子居則貴左, 用兵則貴右, … 偏將軍居 左, 上將軍居右.]"고 하였다.

37) 節鉞 : 符節과 斧鉞. 예전에 임금이 장수에게 수여하던 것으로, 막중한 권력을 부여한 다는 표지를 뜻한다.

38) 大丞相 : 예전에 임금을 보좌하던 최고의 행정장관.

39) 印綬 : 병권을 가진 벼슬아치가 兵符 주머니를 매달아 차던 길고 넓적한 녹비 끈.

40) 蓬蓽 : 蓬門蓽戶. 풀이나 나뭇가지와 같은 것으로 만든 문으로, 궁핍하고 곤궁한 사람 이 거주하는 초라한 집.

41) 窮措大 : 궁핍하면서도 실의에 빠져 글을 읽는 선비.

42) 英儁 : 英俊. 지혜와 재주가 출중한 사람.

43) 灑掃應對之節 : 물 뿌리고 청소하며 손님을 응대하는 제도. 이 말은 『論語』〈子張〉의 "자하의 문인 제자들은 물 뿌리고 청소하며 손님을 응대하고 어른 앞에 나아가고 물러 날 때에 있어서는 잘한다. 그러나 그것은 지엽적인 일이다.[子夏之門人小子, 當洒掃應 對進退, 則可矣, 抑末也.]"에서 나온다.

44) 華翰 : 다른 사람의 편지를 높여 이르는 말.

45) 若手足之捍頭目 : 마치 손발로 머리를 막는 것처럼 하다. 이 말은 『荀子』〈議兵〉에 나온 말이다. "어진 사람의 병법은 많은 장수가 마음을 하나로 하고 모든 군인이 힘을 합해 신하가 군주를 대하고 아래가 위를 대하기를 마치 자식이 부모를 섬기고 아우가 형을 섬기 듯하고 손과 팔이 머리와 눈을 가리고 가슴과 배를 덮는 것과 같은 것입니다. [仁人之兵, 百將一心, 三軍同力, 臣之於君也, 下之於上也, 若子之事父, 弟之事兄, 若手 臂之扞頭目, 而覆胸腹也.]" 여기서는 서로 사랑하여 정해진 이치에 따라 조금도 어긋남 이 없는 것을 말한다.

46) 皂櫪 : 마구간. 唐나라 元結의 시 〈漫酬賈沔州〉에는 "어찌 마구간에서 보리싸라기와 짚을 두고 먹이 다툼하기를 바라겠는가?[豈欲皂櫪中, 爭食麩與藾.]"이란 구절이 있다.

47) 晬宴 : 생일잔치.

48) 蟠屈 : 둥글게 서려서 꿈틀거림.

49) 斑紋 : 얼룩무늬 모양. 보통 얼굴에 드러난다.

50) 靑霞 : 높고 원대함을 비유적으로 이름. 『文選』수재 江淹의 〈恨賦〉에는 "청하의 기이
한 뜻이 무성하고, 긴긴 밤은 새지 않네.[鬱靑霞之奇意, 入脩夜之不暘.]"이란 말이 있
다. 李善은 여기에 주석을 붙이기를 "靑霞奇意는 생각이 높은 것을 말한다.[靑霞奇意,
志意高也.]"라고 하였다.

51) 眉宇 : 이마와 눈썹 언저리

52) 黑甛 : 달게 즐기는 낮잠. 宋나라 蘇軾의 〈發廣州〉에는 "석 잔을 잇달아 마신 뒤, 한
번 달게 잠을 자고 남은 후[三杯連飽後, 一枕黑甛餘.]"라는 구절이 있는데, 이 시에 소
식은 스스로 "세속에서는 잠을 흑첨이라 한다.[俗謂睡爲黑甛.]"이라 하였다.

53) 斗牛之間 : 북두성과 직녀성 사이. 이 내용은 『晉書』〈張華傳〉에 나오는 고사를 말한
것으로 보인다. 예전에 牛宿와 斗宿 사이에 항상 보랏빛 기운이 감돌았다. 이에 晉나라
張華가 당시 점성가였던 雷煥을 豊城縣令으로 삼아 보검을 찾게 하였는데, 뇌환은 거
기에서 太阿劍과 龍泉劍을 얻게 된다. 이 중 용천검을 장화에게 바치고 태아검은 자신
이 차고 다니는데, 그 이후로는 보랏빛 기운도 사라졌다고 한다. 여기에서는 이 고사를
활용하여 장두영에게 무사로서의 기운이 뻗쳐 있음을 말한 것으로 보인다.

54) 淑女之遇好逑 : 숙녀가 좋은 짝을 만남. 이 말은 『詩經』〈關雎〉에 나오는 "꽉꽉 우는
저 물수리, 모래톱에 있구나. 요조숙녀는 군자의 좋은 짝이로다.[關關雎鳩, 在河之洲,
窈窕淑女, 君子好逑.]"를 활용하였다.

55) 睡魔 : 깊은 잠. 견딜 수 없는 잠.

56) 安重 : 편안하게 감. 『荀子』〈王霸〉에는 "몸은 편안하기를 좋아하지만 편안하고 한가
함이 왕자보다 즐거울 수는 없으며, 마음은 이득을 좋아하지만 곡록이 왕자보다 더 후
할 수는 없다.[形體好佚, 而安重閑靜莫愉焉, 心好利, 而穀祿莫厚焉.]"라는 말이 있다.

57) 端肅 : 단정하고 엄숙함. 『宋書』〈范泰傳〉에는 "침이 술을 좋아하여 취하면 문득 몇
십일 동안 계속되었다. 술에서 깨면 의젓하게 단정하면서도 엄숙하였다.[忱嗜酒, 醉輒
累旬, 乃醒, 則儼然端肅.]"라는 말이 있다.

58) 絶艶 : 비할 데 없이 고운 미인을 비유함. 唐나라 李白의 시 〈西施〉에는 "구천이 절세
가인을 부르자, 눈썹을 치켜들고 오나라로 들어갔네.[勾踐徵絶艶, 揚眉入吳關.]"라는
구절이 있다.

59) 雪膚花容 : 눈같이 흰 살결과 아름다운 얼굴. 雪膚는 하얀 색의 피부를 말한다. 唐나라
白居易의 〈長恨歌〉에는 "그 중에 태진이라는 한 사람이 있는데, 눈같이 흰 살결과 꽃
같은 얼굴은 그에 차이가 없지요.[中有一人字太眞, 雪膚花貌參差是.]"라는 구절이 있
다. 花容은 아름다운 용모를 가진 여자를 말한다.

60) 如山如河 : 산과 같고 강과 같음. 이 말은 『詩經』〈鄘風·君子偕老〉에 나온다. "의젓한
걸음에 거동이 산처럼 강처럼.[委委佗佗, 如山如河.]" 기풍이 있는 걸음걸이를 뜻한다.

61) 大爺 : 예전에 큰 집에서 일을 하던 사람들이 그 집의 주인을 두고 이르는 말. 통상적으로 남성을 존칭하여 이르는 말이기도 하다.

62) 幡然 : 갑자기 바꾸는 모양. 『孟子』〈萬章上〉에는 "탕 임금이 세 번이나 사람을 보내 초빙하였는데, 번연이 고쳐 말하기를[湯三使往聘之, 旣而幡然改曰.]"이란 구절이 있다. 『荀子』〈大略〉에도 "군자가 학문을 하는 것은 매미가 허물을 벗는 것과 같아서 번연이 변화하여 그것을 옮기는 것이다.[君子之學如蛻, 幡然遷之.]"라는 말이 있다.

63) 默揣 : 스스로 몰래 생각함.

64) 一點靈犀 : 한 점 무소의 뿔. 영검 있는 무소의 뿔은 하나의 구멍이 있어서 뿌리에서 끝까지 통한다는 말로, 서로의 마음과 마음이 암묵 중에 통함을 뜻한다. 이 말은 唐나라 시인 李商隱의 시 〈無題〉에 "몸엔 비록 채색 봉황의 쌍 날개가 없어도, 마음은 무소의 뿔처럼 하나로 통했었지.[身無彩鳳雙飛翼, 心有靈犀一點通.]"라는 데서 나왔다. 몸은 비록 떨어져 있으나, 마음만은 서로 그리워하는 모습을 그린 것으로, 이 말은 서로 마음속으로 그리워함을 의미한다.

65) 貼身 : 몸 가까이에 둠. 몸에 붙이고 다님.

66) 反目嫉視 : 서로 미워하고 질투하는 눈으로 봄

67) 假貸 : 빌려줌. 『晏子春秋』〈問下二三〉에는 "재물의 많고 적음을 헤아려 그것을 절도 있게 쓰라. 부유하다고 해서 저장해두지 말고, 가난하다고 해서 빌려 쓰지도 않으려는 것, 이것을 두고 嗇이라 한다.[稱財多寡而節用之. 富無金藏, 貧不假貸, 謂之嗇.]"라는 말이 있다.

68) 西蜀 : 지금의 四川省. 예전에 蜀나라 땅인데, 서쪽 지방에 있었다고 해서 서촉이라 한다. 唐나라 杜甫의 시 〈諸將〉에는 "서촉의 지형이 천하의 험준하니, 나라의 안위는 모름지기 뛰어난 인재에 있도다.[西蜀地形天下險, 安危須仗出群材.]"라는 말이 있다.

69) 零餘 : 쓰고 남은 물건.

70) 濡滯 : 잠시 머묾.

71) 顏如舜華 : 얼굴은 활짝 핀 무궁화와 같다. 이 말은 『詩經』〈鄭風·有女同車〉에 나왔다. "수레를 함께 탄 여인, 얼굴은 마치 아름다운 무궁화와 같구나.[有女同車, 顏如舜華.]"

72) 規矩 : 그림쇠. 지름이나 선의 거리를 재는 기구. 『禮記』〈經解〉에는 "예가 나라를 바르게 하는 것은 저울로 가볍고 무거운 것을 재고, 먹줄로 굽고 곧은 것을 만들고, 그림쇠로 각지고 둥근 것을 그리는 것과 같다.[禮之於正國也, 猶衡之於輕重也, 繩墨之於曲直也, 規矩之於方圓也.]"라는 말이 있다.

73) 閨英闈秀 : 재주와 아름다움을 갖춘 큰 집에서 자란 여성. 『紅樓夢』에는 "무릇 먼 친척 가까운 친구들 집안의 여러 규수들과 비교해 보아도 모두 대옥에게 미치는 사람이 없었다.[凡遠親近友之家, 所見的那些閨英闈秀, 皆未有稍及黛玉者.]"라는 말이 있다.

74) 女工 : 紡織과 裁縫과 刺繡와 같이 부녀자들이 하는 일.

75) 笄 : 笄年. 비녀를 꽂을 나이. 여자의 성년을 이름.

76) 摽梅 : 매화가 떨어진다는 말로, 여자가 이미 혼인할 나이에 이름. 標梅는 摽梅와 같다.

이 말은『詩經』〈召南·摽有梅〉에 "매화 열매 떨어지니 그 열매는 일곱. 나를 찾는 그 임은 좋은 날을 놓치지 마시오.[摽有梅, 其實七兮, 求我庶士, 迨其吉兮.]"에서 나온다.

77) 桃夭 : 무성한 복숭아나무. 이는『詩經』〈周南〉에 속한 〈桃夭〉篇을 이른다. 〈도요〉편은 남녀가 혼인하여 가족을 이루는 것이 좋음을 찬미한 것으로, 이후로 '도요'는 혼인하는 것을 가리키는 말로 쓰였다. "싱싱한 복숭아나무! 그 꽃이 활짝 피었네. 시집가는 새아씨! 그 집안을 화목케 하라.[桃之夭夭, 灼灼其華. 之子于歸, 宜其室家.]"

78) 失時 : 시기를 놓침.『論語』〈陽貨〉에는 "일에 종사하기를 좋아하면서 자주 기회를 잃는 것이 지혜롭다 할 수 있습니까?[好從事而亟失時, 可謂知乎?]"라는 말이 있다.

79) 孫吳 : 春秋시대 孫武와 戰國시대 吳起를 함께 이름. 손무가 지은『兵法』13편과 오기가 지은『吳子』48편이 있다. 손무는 춘추시대 齊나라 山東省 사람으로, 그가 지은『孫子兵法』13편은 최고의 군사 지침서로, 국가 경영의 요지, 승패 기미와 인사 성패 등을 다루고 있다. 오기는 전국시대 衛나라 사람으로, 曾子에게 배웠는데, 용병에 능했다. 저서로『吳起』가 있었지만, 지금 남은『오자』는 후세 사람이 편집한 것으로 본다.

80) 房杜 : 唐나라 이름난 재상 房玄齡(579~648)과 杜如晦(585~630)를 함께 이름. 방현령은 齊州 臨淄人으로, 자는 喬. 房彦謙의 아들로, 방언겸이 죽자 隰城尉가 되었다. 당나라 군사가 關中에 들어오자 李世民에게 귀순하여 秦王府 記室을 역임하였다. 후대 杜如晦와 함께 조정의 정치를 주장하였다. 재상으로도 15년간 있었다. 두여회는 당나라 초 京兆 杜陵人으로, 자는 克明이다. 처음에 秦王府 병조참판으로 있다가 陝州 總管府 長史로 탁용되었다. 이후 방현령과 함께 조정을 주장하여 당나라의 制度 등은 모두 두 사람에게서 제정되었다. 당시 어진 재상을 일컬을 때면 반드시 '房杜'라고 지칭하였다.

81) 令望 : 좋은 평판. 이 말은『詩經』〈大雅·生民之什·卷阿〉에 "존엄하고 위엄 있으며 구슬 같고 규옥 같으며 아름다운 이름 자자하네.[顒顒卬卬, 如圭如璋, 令聞令望.]"에서 나온 것이다.

82) 閫外 : 도성에서 벗어난 곳으로, 외방을 의미함. 임금이 도성 밖으로 장수를 떠나보낼 때 수레바퀴를 밀어 주면서 "도성 안은 과인이 처리할 터이니, 그 바깥은 장군이 알아서 다스려라.[閫以內者, 寡人制之, 閫以外者, 將軍制之.]"라고 당부하며 전권을 위임했던 고사에서 비롯된 말이다.『史記』〈馮唐列傳〉에 그 내용이 나온다.

83) 朝端 : 본래는 조정에 늘어선 신하 중 가장 높은 자리를 의미하지만, 여기서는 좀 더 포괄적인 의미로 쓰였다.

84) 百揆 : 百官. 여러 가지 정사를 헤아리는 관원.

85) 履綦 : 足跡.

86) 王謝 : 晉나라 때 세도가 당당했던 王氏와 謝氏 가문. 여기서는 王導와 謝安을 말한다. 杜甫의 시 〈壯遊〉에는 "왕씨 사씨 자제는 특별히 높은 풍격이 있고, 최씨 노씨 가문은 갑족이라 부르네.[王謝子弟殊爲高風, 崔盧門庭號爲甲族.]"이라는 구절이 있다.

87) 月殿 : 월궁에 있는 궁전. 姮娥가 사는 궁전이라고 한다.

88) 嫦娥 : 중국 신화에서 달에 산다는 여신으로, 姮娥라고도 한다. 항아는 신화의 인물로

해와 달을 쏜 궁수 羿의 아내였다가, 예가 해와 달을 쏜 죄로 인간세계에 쫓겨난다. 다시 신이 되기를 원하는 항아를 위해 예는 崑崙山 西王母를 찾아가 3천년에 한 번 꽃을 피우고, 3천년에 한 번 열매를 맺는 불사나무의 열매로 3천년 걸려 만든 불사약을 받아온다. 이 불사약은 두 사람이 나누어 먹으면 불로장생할 수 있고, 한 사람이 홀로 먹으면 신선이 되어 하늘로 올라갈 수 있는 약이었다. 예는 이 약을 먹지 않지만, 항아는 예가 없는 틈을 타서 이 불사약을 가지고 달로 도망간다. 아름다운 항아는 이후 두꺼비로 변했다는 말이 있다. 그래서 달에는 지금까지 이 항아가 살고 있다고 한다. 이 고사는 『淮南子』〈覽冥訓〉에 나온다.

89) 安舒 : 편안하고 태평함.

90) 玉樹 : 진귀한 보배로 만든 나무. 자태가 준수하고 재간이 넉넉한 귀한 집 자제를 비유적으로 이른다.

91) 東風麗日 : 和風麗日. 날씨가 따뜻하고 맑음.

92) 待月 : 달이 뜨기를 기다림. 이 말은 唐나라 元稹이 지은 〈鶯鶯傳〉에 실린 내용을 적은 것이다. 그 분위기다 〈앵앵전〉과 유사하다. 〈앵앵전〉에는 장생이 〈月明三五夜〉라는 시 한 수를 지어 紅娘에게 보내는데, 그 시에는 다음과 같다. '달이 뜨기를 기다려 서쪽 행랑으로 나서서, 바람을 맞으며 문을 열어 놓았네. 담 벽에 흔들리는 꽃 그림자, 행여나 임이 오신 게 아닐까 의심한다네.[待月西廂下, 迎風戶半開. 拂牆花影動, 疑是玉人來.]' 이 시를 토대로 후대에는 사랑하는 남녀가 몰래 만나는 것을 '待月西廂'이라고 했다.

93) 吉士 : 남자의 미칭. 이 말은 『詩經』〈召南·野有死麕〉에 나온 "아가씨 봄을 그리워하기에 고운 사내가 유혹하네.[有女懷春, 吉士誘之.]"에서 나온 것이다.

94) 容華 : 용모. 아름다운 얼굴. 삼국시대 魏나라 曹植의 시 〈雜詩〉에는 "남국에 아름다운 사람 얼굴이 마치 도리화와 같네.[南國有佳人, 容華若桃李.]"라는 구절이 있다.

금방(金榜)에[1] 올라 옥서관(玉署官)이[2] 되고,
비단옷을 꺼내 붉은 줄로[3] 얽힌 인연을 맺다

登金榜擢玉署官　出錦衣結紅繩緣

이 때 천문을 관장하는 태사(太史)가[4] 아뢰었다.

"규성(奎星)과 벽성(壁星)이[5] 빛을 발산하고 오색구름[慶雲]이[6] 항상 일어나니, 이는 나라의 운수가 좋고도 밝아[7] 아름다운 선비들이[8] 무리 지어 모여들 징조입니다."

이에 황제께서 천하의 어진 인재를 모으고자 하여 9월에[9] 대비과(大比科)를[10] 열고 길일을 정해 학문의 깊고 넓음을[11] 살피라 하였다. 그러자 문무에 빼어난 천하의 선비들이 사방에서 모여들어[12] 서울[都下]에 가득하였다.[13] 이들은 모두 자신이 쉽게 일등할 것이라 자부하며[14] 용기를 북돋지[15] 않는 자가 없었다.

하루는 황화가 꿈을 꾸었다. 오색 빛깔을 띤 상서로운 구름이 방 위에 높게 펼쳐지더니,[16] 홀연 황룡이 외당(外堂)에서 나와 공중으로 높이 날아올랐다. 그러더니 우뚝 솟은 머리에 난 뿔이 변하여 절월(節鉞)로[17] 바뀌더니, 황룡은 서쪽으로 날아가 하늘을 가린 침침한 구름을[18] 모두 쓸어낸 후, 다시 북쪽으로 가서 먼지를[19] 깨끗하게 털어냈다.[20]

황화는 바람 소리와 우레 소리에 떨다가[21] 놀라 깨어났다. 새벽부터
일어나 당에 올라가 부모님께 자신이 꾼 꿈 이야기를 말하니, 원철은
그것을 몹시 이상히 여기면서 그 꿈을 기록해 두었다.

얼마 지나지 않아 과거 날짜가 임박해지자, 장생이 원철에게 말하
였다.

"먼 데서 온 사람이 우연히 황제께서 머무시는 서울에[22] 들어왔는
데, 요행히 영재를 발탁하는 좋은 기회까지 만났습니다. 학식이 얕다
고[23] 해서 스스로 뒤로 빠지는 것도 불가합니다. 황제의 수레 아래에
[신하가 황제께 문서를 받드는 곳을 말한다.[24]][25] 나아가 제 보잘 것 없는 생
각을[26] 펼쳐놓고자 하오니, 시험에 응할 제반 도구를 주공께서 능히
헤아려서 마련해 주실 수 있겠습니까?"

원철은 몹시 기뻐하며 즉시 설화지(雪花紙)[27] 조관필(彫管筆)[28] 용뇌
묵(龍腦墨)[29] 섬서연(蟾蜍硯)을[30] 비단에 싸고 주었다. 또한 황화로 하여
금 시험장에서[31] 먹고 마실 음식을 갖추어 보내도록 했다.

황제께서 연영전(延英殿)에[32] 엄숙하게 임하시니,[33] 시험관인 명관
(命官)과[34] 문형(文衡),[35] 한림(翰林)과 주서(注書)[36] 등 조정의 모든 신
하들이 일제히[37] 황제를 시위하였다. 그리고 황제께 나아가[38] 명령을
대초(代草)한 후, 해가 떠오르자 조정의[39] 계단 옥기둥 서까래에[40] 높
이 매달았다. 문제는 곧 경세치도(經世治道)의 책문(策問)[41] 수십 조항이
었다.

장생은 여러 선비들을 따라 국궁(鞠躬)하고[42] 나아가 우러러 그것을
읽고서 물러나왔다. 입으로 웅얼거리면서 반나절 동안 생각하다가 설
화지를 펼쳐 자유롭게 붓을 놀리니[43] 예악지문(禮樂之文)이 종횡(縱橫)

을 이루고, 치평지장(治平之章)이 경위(經緯)를 이뤘다. 종이 위에는 구름이 날리는데, 모두 반룡(攀龍)의[44] 기운이 서려 있었다. 붓 아래에는 바람이 이는데, 마치 호랑이가 따르는 기세와[45] 다르지 없었다. 모든 글자에는 나라를 다스리는 좋은 규범이 담겨 있었다.[46] 원만하게 매듭지은 글을 한 번에 깨끗이 정리한[47] 다음, 무릎을 꿇고 나아가 머리가 땅에 닿게 절을 한 후[48] 시험지를 제출하고 나오니 해 그림자는 아직도 서쪽으로 넘어가지 않았다.[49] 원철은 장생의 웅장한 글재주와 기운찬 붓놀림을[50] 헤아리고는 얼굴에 자못 기뻐하는 빛이[51] 있었다.

다음날 평명(平明)에[52] 원철은 궁궐 아래에 나아가 오랫동안 방이 나기만을 기다렸다. 이윽고 과거합격 소식을 알리는 소리가[53] 궁궐 문 앞에[54] 진동하는데, '장원 장두영'이란 이름이 여러 사람의 입에 회자하였다. 원철은 황급히[55] 돌아와 급히 장생을 불러 말하였다.

"상공, 상공! 용방(龍榜)[56] 장원이오! 신래(新來)를[57] 부르는 소리가 이어져 끊이지 않으니 조금도 지체할 수 없습니다. 어서 나오시오, 어서 나오시오!"

장생은 소리를 듣고 즉시 일어나서 가마도 기다리지 않고 급히 궁궐에 들어가 땅에 엎드렸다. 황제는 옥색(玉色)을[58] 온화하게 하고[59] 다정하게[60] 유시(諭示)를 내렸다.

"네가 쓴 대책(對策)을[61] 보니 문장은 여사(餘事)일[62] 뿐이더구나. 경제(經濟)의 높은 재주와 정간(楨幹)의[63] 큰 줄기[大略]를[64] 평소 마음속에 쌓아두었다가 분명하게[65] 오늘 문장[章奏]에[66] 드러냈구나. 그물을 잡아끌고 갖옷을 들어 올리는 것처럼 핵심을 정확히 짚어서[67] 임금을 밝은 곳으로 이끄는[68] 격언이 제시되지 않음이 없고, 옛것을 받아 오늘날을 이야기하는 것 모두는 덕에 힘쓰게 하고[69] 재앙을 막는[70] 아름다운 계책이더구나.[71] 무릇 문(文)이라는 것은 도(道)를 싣는 그릇이요,[72] 도(道)라는 것은 국가를 다스리는 근본이라.[73] 네 문장이 이러할진대 도(道)와 치(治)는 모두 갖추어졌다고 말할 수 있겠구나. 상천(上天)께서[74] 짐[朕躬]을[75] 충실히 도우시어[76] 이런 어질고 충성스러운 신하를[77] 주셨으니, 이는 단지 짐에게만 다행일 뿐 아니라 또한 천하의 복일지라. 너를 어찌 공경하지 않겠느냐?[78] 특별히 한림학사(翰林學士)를[79] 제수하노라."

장생이 즉시 엎드려 대답하였다.

"신은 후미진 지방에 있사와 보고들은 바가 구차하고,[80] 일찍이 부모를 이별하여 수양한[81] 바가 졸렬하옵니다. 심지어 나라를 다스리고 백성을 윤택하게 만드는 방도에 이르러서는 귀머거리나 장님이 음악[鍾鼓]을[82] 듣고 보불(黼黻)을[83] 보는 것과 다름이 없사옵니다. 그런데도 우연히 호리병박을 단순히 모방해 그린다는 것이[84] 외람되게도 주옥같은 영재들이[85] 모인 자리에까지 오르게 되었습니다. 천은(天恩)에 감축하여 눈물이 흘러내림도 깨닫지 못하겠나이다. 폐하께옵서 초야(草野) 변방의[86] 종자를 버리지 않으시고 특별히 경연(經筵)[87] 가장 가까운 반열에 두시니, 부끄럽고도 두려워 어찌할 바를 모르겠고 어떻게 보답해야 할 지 모르겠사옵니다. 신은 삼가 견마(犬馬)의 정성을[88] 다하고,[89] 광대하면서도 두터운[90] 덕화를 깊이 받들어 국가의 즐거움과 근심을[91] 한가지로 하고자 할 뿐입니다."

황제는 더욱 가상히 여겨 온주(醞酒) 석 잔을 주고, 말 한 필을 하사하였다.

숙배를 마친 한림은 천문(天門)에서 조심히 물러나와[92] 원철의 집으로 향하였다. 황금으로 장식한 안장[金鞍] 위에 높이 올라앉아 사통팔

달(四通八達)한 큰 도로의[93) 중앙으로 천천히 지나갔다. 머리에는 계화(桂花)를 꽂고, 손에는 옥으로 만든 홀(笏)을 잡고, 몸에는 붉은 비단 도포를 입고, 허리에는 황금 띠를 둘렀다. 화개(華蓋)는[94) 구름을 가리며 가볍게 흔들리고,[95) 천악(天樂)은[96) 길을 좇아오며 크게 쿵쾅거렸다.[97)

한림의 표연한 모습은 마치 천상선관(天上仙官)이 푸른 구름을 밟고 큰 바람을 거느리고 오는 듯하였다. 성 안 가득히 모여 구경하는 사람들은 모두 떠들썩하게 칭찬하며 말하였다.

"어질다, 장 한림이여! 윤택하면서도 하얀 피부를[98) 가진 청춘이 어찌 저리도 아름다울꼬? 과거에 급제한 한림학사가 어찌 저리도 씩씩할꼬? 큰 복을 가진 어떤 부인이 저런 천하 영재를 낳아서 세상에 드문 영광을 보이는고?"

그런 소리를 들은 한림은 도리어 마음에 큰 상처가 될 뿐이었다.

각설. 왕상서가 정부인에게 말하였다.

"내가 지금은 기력이 약해지고,[99) 지위 또한 아득히 멀어졌소.[100) 그런데도 여아의 혼처를 아직까지 정하지 못하였소. 밤낮으로 신경이 쓰여 잠을 자고 음식을 먹어도 달지가 않구려. 이제 들으니 나라에서 예(禮)의 그물을 넓게 펼쳐[101) 영준(英俊)한 인재를[102) 구한다 하는구려. 무릇 경사(京師)는 인재가 모인 곳집[府庫]이요,[103) 과거는 선택받는[104) 사람을 고르는 척도[權衡]라.[105) 지금 세상의 홍유(鴻儒)나 석사(碩士)들이라면 반드시 이번 과거 합격자 명단에서 빠지지 않았을 것이오. 여아의 아름다운 짝도 마땅히 여기에 있을 것이니, 어찌 가서 보지 않을 수 있겠소?"

그러고는 그날로 행장을 꾸려 길을 떠났다.

열흘이 지나 경사에 득달하니, 그날은 이번 과거에 합격한 신은(新

恩)이 사은숙배하는 날이었다. 성 안에 들어가 예부(禮部) 문 밖에 이르자, 왕상서는 어린 종에게 명하여 조용한[106] 여관을 정하도록 한 후 편히 쉬며 식사를 하고 있었다. 그 때 함께 길을 나섰던 늙은 창두(蒼頭)가 밖에 나갔다가, 잠시 후 돌아와서는 무릎을 꿇고 아뢰었다.

"세상에 혹 얼굴 생김새가 완전히 닮은 사람도 있는지…. 이 놈이 아까 매우 이상한 것을 보았사옵니다. 방(榜)에 이름을 올린[107] 모든 신은들이 대궐에서 꼬리를 물고 나오는데, 그 중 신은 한 사람이 장두영과 아주 닮았더군요. 그러나 의복은 사치스러우리만치 화려하고, 말에 얹은 안장은 빛이 나서 그 무리들 중에서도 단연 돋보였습니다. 만약 재상 댁 자제가 아니라면 종친 댁 자제일지니, 어찌 장두영일 수 있겠습니까? 또한 나졸을 거느린 광경을 봐도 분명히 임금님을 모시는 신하의 위의가 분명하온데, 그 얼굴이나 형체는 장두영과 비교해 털끝만치도 어그러짐이 없었습니다."

상서가 따져 묻기도 전에, 여관 주인이 마구간에서 나와 절하고 말하였다.

"어르신께서는 먼 곳으로부터 이제 막 성 안에 들어온 탓에 과방(科榜) 소식을 전혀 듣지 못하셨나 봅니다. 서주(徐州) 왕상서께서 장두영을 보내셨는데, 그가 오랫동안 원철의 집에 머물다가 이번 과거에서 장원을 하였습지요. 성상께옵서는 그의 문장을 가상히 여기시어 특별히 한림학사를 제수하셨답니다. 아까 지나간 신은은 과연 장두영입죠. 그러니 저 창두가 이른바 '이상하다'고 말한 그게 도리어 이상한 일입지요."

상서가 듣고 몹시 놀랍고도 기뻐 말하였다.

"과연 그러할진대 방(榜)에서 사람을 얻었도다!"

그러고는 즉시 주인을 앞세워 원철의 집으로 찾아갔다. 그리고 문

밖에 말을 세운 후, 큰 소리로 신은을 불렀다. 한림은 상서가 이르렀음을 알고 놀라움과 기쁨이 서로 겹쳐 급히 나와 뵈었다. 상서는 말에서 내려 한림의 손을 잡고 들어가 당에 올라 자리를 정해 앉았다. 그 기뻐하고 축하하는 마음은 가히 글로 기록하지 못할 정도였다.

원철이 뵙고 당 아래에서 절하니, 상서가 말하였다.

"장한림이 과거에 급제한 경사가 네 집에서 나왔으니, 네 정성이 미쁜지라. 감사함이 많아 말로는 뭐라고 할 수가 없구나."

그리고 곧바로 당에 올라오도록 한 후, 정을 기울여 이야기하는데, 다정하게 말하며[108] 조금도 싫어함이 없었다.

며칠 동안 머무르던 상서가 한림에게 조용히 말하였다.

"늙은이가 경사에 이름은 다름이 아닐세. 어진 선비를 널리 구해 여아의 아름다운 신랑을 구하려 함이네. 그래서 성 안에 있는 사람들의 이런저런 논평을[109] 탐문했더니,[110] 지금 세상에서는 한림의 명망이 으뜸이었네. 우리 집에서 사위를 고름에 한림을 버리고 다시 어디에서 구하겠는가? 바라건대 늙은이를 촌스럽다고[111] 여기지 말고 가약을 맺음이 어떠한가?"

한림이 물러서며 말하였다.

"오랫동안 돌보아주신[112] 은택은 낳고 길러주신 은혜와 다름이 없습니다. 하물며 지금 나라의 크고 훌륭한 덕을 보고,[113] 황제의 총애를 입게 된[114] 것도 모두 어르신의 도움에서 비롯된 것이옵니다. 천박하고 용렬한[115] 제 자신을 돌아보면 오직 어르신께 보답할 길이 없음을 두려워만 하였지, 어찌 오늘 이런 천만 의외의 가르침이 있을 것을 뜻하였겠습니까? 한미하고 외로운 자에게 우러러 보는 높은 집안은 마치 하늘과 땅처럼 멀고 다가설 수 없는 데라고 여겼을 뿐이옵니다. 말씀처럼 하온즉 비록 더할 수 없이 큰 덕이 됨을 알지만, 어찌 감히 분수에서 벗어난 융숭한 은총을 감당할 수 있겠습니까? 또한 소자는 일찍이 양주 이 통판의 사위가 되었다가, 난리 통에 짝을 잃어 지금까지 생사조차 알지 못하옵니다. 소자는 차마 두 마음을 가진 사람[貳心之人]이 될 수가 없습니다. 또한 덕망이 높은 집안에서 어찌 재취하는 사위를 맞고자 하겠습니까? 백번을 생각해도 감히 가르침을 따를 수 없습니다."

"그럼, 잠시 놓아두게.[116] 내가 이미 한림이 과거에 급제한 사실을 부인에게 급히 알렸으니, 부인은 필시 이 늙은이가 한림과 함께 돌아오기를 고대하고 있을 것이네. 모름지기 같이 내려가[117] 늘그막의 한바탕 즐거움을 보임이 어떠한가?"

"그것은 참으로 소자의 바람입니다."

마침내 떠날[118] 날이 정해지자, 원철은 황화의 꿈을 기록해둔 글을 가지고 상서와 한림의 좌하(座下)에 나아와 무릎을 꿇고 아뢰었다.

"이 놈은 집안도 한미하고 복조(福祚=福)도 없어 늙도록 아들 없이 그저 딸 하나만을 두었을 뿐입니다. 천식(賤息)이 비록 여항의 가난하고 미천한 데서[119] 나고 자랐지만, 덕성과 자질은[120] 다른 사람보다 뛰어나답니다. 만약 한미한 집안의 평범한 남자에게 시집을 보내면, 이는 더러운 물구덩이에다 구슬을 던져버리거나 가시 수풀에 난초를 심는 것과 다름이 없으니 어찌 애석하지 않겠습니까? 하물며 천식은 평소에 준걸(俊傑)이나 높은 벼슬아치[達官]의 첩이 되기를 바랐지, 맹세코 자신과 동등한[121] 집안의 아내나 며느리가 되려고 하지 않았습니다. 지금 상공은 천식이 바라던 바에 정히 합당하옵니다. 아무 날 밤에 꾼 꿈 또한 하늘이 먼저 인연을 정했음을 보여준 것이옵니다. 행여 보잘 것 없다고[122] 여기지 마시고 지금 서로 인연을 맺어서 수건과 주전자를 받들어[123] 따르게만 해주시면, 이 놈은 살아서는 채찍을 잡는 수고로움을[124] 사양치 않을 것이고, 죽어서는 결초보은(結草報恩)하는[125] 은혜를 잊지 않겠습니다."

한림은 이미 황화의 아름다운 얼굴을 보았던지라. 그 말을 듣고 마음속으로 크게 기뻐하였다. 하지만 결정을 내리지 못해 멈칫멈칫하다[126] 자리를 피하며 대답하였다.

"주공(主公)은[127] 이 무슨 가르침이신지요? 학생이[128] 오랫동안 존가(尊家)에 머문 지도 여러 날 여러 달이 되었습니다. 그러나 내외가 엄격하게 나뉘고 남녀가 유별한지라, 영애의 규범(閨範)에 대해서는 비록 눈과 귀로 대체적인 정황조차 보고 듣지 못했지만, 그 맑은 덕[淑德]과 정숙한 태도[令儀]는[129] 가히 고귀한 문벌을 가진 높은 선비에 짝이 될 것입니다.[130] 먼 시골의 용렬한 사람에게[131] 몸을 낮춰 좇게 하면[132] 존가를 부끄럽게 하고, 영애를 욕되게 하는 것과 같습니다. 그러니 어찌하겠습니까? 말씀을 들으니 부끄럽고 두려워 무엇이라 대답해야 할지 모르겠습니다."

"이 놈의 간절한 마음은 아까 이미 모두 말씀을 드려 남은 게 없습니다. 상공께서 만약 집안이 낮고 한미하다고 여기시거나 천식이 추악하다고 여겨서 막고 받아들이지 않으시면 그만입니다. 만약 그렇지 않으시다면 깊이 헤아려 결정하시면 심히 다행이겠습니다."

상서 또한 곁에서 찬조하였다. 한림은 비로소 몸을 일으켜 사례하고 허심탄회하게[133] 허락하였다.

원철이 한림을 이끌고 황화의 침실로 들어가니 화려하게 장식한[134] 지게문과 창문은 오색 빛깔이 영롱하고, 비단 휘장과 꽃무늬 이불에서 나오는 짙은 향기는[135] 사람을 자극하였다. 벌려 놓은 갖가지 집물들은 먼 곳에서 가져온 진귀하고 기이한 보배가 아닌 게 없었다. 한림이 가만히 생각하였다.

'주공은 참으로 번화한 사람이로군. 밖에 꾸민 아름다움도 이러할진대, 그 규방에서 길러낸 아름다움이야 족히 말할 것도 없겠구나.'

이윽고 황화가 비단[鮫綃]¹³⁶⁾ 치맛자락을 끌며, 머리에는 완주(宛珠)¹³⁷⁾ 비녀를 꽂고, 옥패를 울리며, 향진(香塵)을¹³⁸⁾ 밟으면서 언연(嫣然)히¹³⁹⁾ 부끄러움을 머금고 나아왔다. 그러고는 한림에게 예를 갖춰 절을 한 다음, 단아하게 채색 병풍 아래에 가서 앉았다. 한림도 손을 들어 읍(揖)하고, 눈길을 주어¹⁴⁰⁾ 바라보니 교교(皎皎)함은¹⁴¹⁾ 마치 흰 달이 동쪽 언덕으로 막 떠오르는 것 같고, 연연(娟娟)함은¹⁴²⁾ 홍란(紅蘭)이¹⁴³⁾ 서당(西塘)에¹⁴⁴⁾ 흐드러지게 핀 것과 같았다. 마음속으로 그리던 정을 은근히 보내며¹⁴⁵⁾ 서로 마주하고 있자니, 지난 7월 누상에서 눈이 마주쳤던 일이 떠올랐다.

깊은 밤이 되어 촛불을 끄고 두 사람이 더불어 잠자리에 드니, 푸른 물에서 원앙이 서로 목을 비비며¹⁴⁶⁾ 잠겼다가 떠오르기를 반복하는 듯하고, 푸른 나무에서 난새[鸞]와 봉(鳳)이 서로 지저귀며¹⁴⁷⁾ 위 아래로 오르락내리락하는¹⁴⁸⁾ 것과 같았다. 만남[交會]의 즐거움과¹⁴⁹⁾ 사랑의¹⁵⁰⁾ 욕망은 밤새도록 무르녹아¹⁵¹⁾ 가히 기록할 수 없을 정도였다.

다음 날, 한림이 조정에 나아가 엎드려 아뢰었다.

"신은 여섯 살 때에 난리를 만나 부모를 이별한 후 길에서 구걸하며 다녔습니다. 의지할 데 없는¹⁵²⁾ 신세에 떠돌아다니는¹⁵³⁾ 처지였습니다. 장성해서는 요행히 전임 상서 왕굉렬의 집에서 기식(寄食)할 수 있었습니다. 소신은 그들을 마치 친아비와 어미처럼 우러렀고, 굉렬은 소신을 친자식처럼 사랑하였습니다. 정히 아비가 없으나 아비가 있고,

아들이 없으나 아들이 있게 된 것입니다. 지금 소신은 성상(聖上)의 커다란 은혜를 입었사옵니다. 이에 돌아가서 갑자기 높은 벼슬에 오르게 된 특별한 영광을 뽐낸다면, 떠돌이와 같았던 종적에게는 광채가 지극할 것이옵니다. 소신을 양육해준 집안에도 위안과 기쁨이 많을 것입니다. 엎드려 바라옵건대 폐하께서는 천지(天地)와 같은 어짊을 드리우시어 특별히 얼마 동안의 휴가를 허락해 주시옵소서."

황제가 명령을 내려 말하였다.

"과인이 직접 심복(心腹)을 얻고 난 후, 그대의 집 골육(骨肉)이 서로 이별함을 애석히 여겼네. 매번 하루에 세 번씩 만나 볼 때마다[154] 외로운 그림자의[155] 슬픔을 깊이 걱정하였지. 그런데 지금 왕굉렬이 거두어 길렀다는 말을 들으니, 그렇다면 거기가 바로 본집[本第]이라. 새로 고관으로 등용된[156] 초기에 어찌 돌아가 뵙고자 하는 마음이 없겠는가? 다녀오라! 2삭(朔) 말미를 주나니, 모름지기 올라올 때에는 곧바로 역마를 타고[157] 와서 강연(講筵)을[158] 오랫동안 비우지 않도록 하라."

한림이 사례하고 물러나와 거마를 재촉해서 출발하려 했다.

상서가 원철에게 말하였다.

"네 딸이 한림의 총첩이 되었으니 자네와 나의 정의는 예전에 비해 배나 더한지라. 빌려주었던 은냥은 모두 청산해 줄 테니, 자네는 더욱더 정성을 다해 한림을 받들게."

원철과 황화는 감격해 하며[159] 사례하고 또 사례하였다. 그리고 멀리 떠나는 행차를[160] 물끄러미 바라보며 애처로이 전송하였다.

한림과 상서는 서주를 향해 갔다. 본부(本府) 태수는 이들이 도착하기에 앞서 변경까지 나와 기다리고, 사방의 백성들도 분주히 나와 길가에 둘러서서 구경하였다. 이윽고 채색한 수레 휘장과 쌍으로 세운 깃발

[雙旌]이[161) 보이면서 벽제(辟除)하는[162) 자가 먼저 길을 여니, 흰말과 푸른 나귀가 술에 취한 듯한 흥취를 타며 천천히 나아왔다. 십리 밖에서 불어오는 향기로운 바람은 살구꽃과 복숭아꽃의 봄빛을 실어오고, 한 무리가 연주하는 선악(仙樂)은 진(秦)나라 쟁과 조(趙)나라 비파의[163) 맑은 소리를 한데 모은 듯했다. 원근의 남녀들은 서로 돌아보고 혀를 내두르며 말하였다.

"사방팔방에[164) 집도 없던[165) 나그네가 한달음에 과거에 올라 돌아올 줄 어느 누가 알았으랴? 해진 담비 갖옷[弊貂] 같은[166) 외로운 종적은 애초 어디에서부터 비롯하여 여기에까지 이르렀는고? 금의환향하는[167) 영광은[168) 홀연 어디에서부터 말미암아 저와 같은고?"

모든 사람들이 칭찬하며 서로가 앞을 다투어[169) 구경하였다. 노복들 중에 반목하고 질시했던 자들은 조심스럽게 다가와[170) 절하면서 감히 우러러 보지 못하였다. 하늘의 구름과 땅의 진흙이 갑자기 바뀌는 것과[171) 덥고 추움이 빨리 변하는 것이 이와 같더라.

이 때 소저가 여러 계집종을 거느리고 능하각(凌霞閣)에 올라 주렴 사이로 한림의 풍채와 기상을 바라보니, 정히 바람을 일으키는 맹호와 구름을 탄 신룡(神龍)으로,[172) 지난 번 화원에서 몸을 굽혀 잠을 자던 때에 비하면 배나 빼어났다. 그 모습을 보고 흔연히 미소를 머금고 내려왔다. 상서는 빈객을 불러 잔치를 베풀고, 물과 땅에서 나는 음식을 모두 갖추어 내어 생(笙)과 황(簧)을 일제히 연주하며 삼일 동안 크게 즐기도록 했다.

안방으로 들어간 상서가 부인에게 말하였다.

"딸아이의 배필로 장 한림보다 나은 자가 없소. 그런데 한림에게서 일찍이 이 통판의 사위가 되었다가 불행히 헤어졌다고 들었소. 세속에서는 간혹 재취를 부끄럽게 여긴다 하오. 그러나 어진 인재를 잃는 것, 이것이야 말로 내가 비웃음거리가[173] 되는 게 아니겠소. 아지 못게라! 부인의 의견은 어떠하오?"

부인은 아무 말도 않고 가만히 생각하는데, 소저가 곁에 있다가 아뢰었다.

"어느 때인지, 소녀는 꿈에서 꽃밭에 있는 용과 호랑이를 보았습니다. 꿈에서 깨어 시초(蓍草)를 가지고 그것을 세며 점을 쳐보니[174] 건 (乾)괘가 변하여 혁(革)이 되니, 용이 밭에 나타난 괘요,[175] 호랑이가 변하여 그 무늬를 빛내는 상(象)이었습니다.[176] 마음에 기뻐 그 곳을 찾았지요. 그랬더니 과연 기이한 남자가 꽃 수풀 사이에 누워 잠들어 있는데, 가만히 보니 용의 자태와 호랑이의 기질이 있었습니다. 무릇 큰 꿈을 얻으면 반드시 신물을 남겨두어야만 그에 상응할 이치가 있을 것이라고 여겨, 소녀는 곧바로 비단옷을 벗어 그의 머리 위에 두고 돌아왔습니다. 지금 장 한림이 혹시라도 비단옷을 징표로 가지고 있다면, 이는 분명코 붉은 실의[177] 인연을 맺으라고 하늘이 미리 정해주신 것일 터이니, 사람의 힘으로는 가히 어기지 못할 것입니다. 그런 것이라면 소녀는 그의 부실이 된다 해도 혐의치 않겠습니다. 아버님은 깊이 살피시옵소서."

상서가 즉시 외당에 나아가 비단옷 이야기를 하자, 한림은 그 자초지종을 모두 이야기하고 가슴 속에 품고 있던 옷을 풀어서 바쳤다. 상서는 매우 기뻐 "하하"[178] 하고 크게 웃고는 몸을 돌려 내당으로 들어갔다. 그리고 부인과 소저에게 그 옷을 보이니, 옷은 지난날에 입던 것과 분명히 들어맞았다. 이에 서로가 돌려보며 하례하였다.

마침내 결혼하는 날이 되어 합근(合졸)의[179] 예를 행하니, 한림의 단

숙(端肅)한 용모와 소저의 유한(幽閑)한 태도는 이른바 두 아름다움의
합해짐[兩美之合]이요,[180] 만복의 근원[萬福之源]이었다.[181] 그 예모(禮
貌)와[182] 의식[儀文]이 찬란하여 가히 볼만하였다.

다음날, 상서와 부인이 중당(中堂)에 앉아 한림을 맞이하여 예를 베
풀어 말하였다.

"돌아보건대 이 두 늙은이에게는 대를 이을 아들이 없어서 오직 딸
하나만을 사랑하였네. 일찍이 실띠를 매도록 하는 가르침[鑿絲之訓]에
소홀하다가[183] 이제 옷고름 매어주는 의례[結褵之儀]를[184] 행하였으니,
스스로 분수에 지나치다는 것을 아네. 참으로 부끄러운 마음이 긴절하
네. 그러나 어진 사위는 본디 노인을 공경하는[185] 높은 풍격이 있고,
여아도 사랑 받기에 큰 허물은 없네. 지금 이후로 우리 늙은 부부가
눈앞의 즐거움과 신후(身後)의 일을[186] 모두 어진 사위에게 맡기려 하
니, 어진 사위는 이 늙은이를 내치지 않겠는가?"

한림이 엎드렸다가 물러서며 말하였다.

"예전에 보살피며 사랑해주신 은혜를 가슴 깊숙한 곳에[187] 새겨두었
습니다. 지금 장인과 사위의 정리에 미쳐서는 골육과 한가지이니, 비
록 제가 몹시 불민하지만 어찌 감히 은덕을 저버리겠습니까?"

상서와 부인이 낭자를 돌아보고 몹시 기뻐하였다.

때가 되어 조정으로 돌아갈 날짜도 홀연 열흘 남짓이 되었다. 한림이
사람을 시켜 가마를 준비하여 길을 떠나게 되니, 부인과 낭자는 중문
밖에 나와 송별하고, 상서는 야외의 숲속 정자까지 나아가 전별하였다.

한림이 말을 몰아 경사에 이르자, 입궐하여 공손하고 엄숙하게[188]
예를 갖추었다. 인하여 아내를 맞은 일을 주달하니, 황제께서 위로하
며 기뻐하였다. 한림이 낮이면 조정에 나아가 입시하여 각종 정사를[189]

돌보고,[190] 밤이면 돌아와 황화와 함께 외로운 회포를 달랬다. 황화는 한림이 왕씨와 결혼했다는 말을 듣고 또한 진심으로 칭하하였다.

한림은 어느새 스무 살이 되었다. 꽃다운 이름이 장안에 자자하고, 황제의 총애는 조정 신하들 가운데서도 탁출하였다.

각설. 명현왕(明顯王)은 황제의 아우다. 딸 하나가 있는데, 이름은 경화(慶和)고 나이는 16세였다. 자색이 몹시 빼어나 왕이 사랑함이 매우 극진하여 부마를 고르는 데에도 지극하였다. 장 한림이 어질다는 말을 질리도록 듣던 왕은 종실 춘원군(春原君)으로 하여금 한림이 있는 곳을 찾아가 구혼하는 뜻을 갖추어 얘기토록 하니, 한림이 부복하고 물러서며 말하였다.

"먼 시골 천한 사람이 천은을 거듭 입어, 분수에 넘치는 높은 관직[華省]에까지[191] 발탁되었습니다. 그러다보니 오히려 복이 지나쳐 화가 생길까 두려워했습니다. 제왕의 사위에[192] 관한 뜻밖의 말씀에 참으로 뼈가 시리고 심장이 떨림을 이길 수가 없습니다. 그러나 지난 번 서주에 갔을 때, 이미 왕굉렬의 딸과 사슴 가죽[儷皮]을 주고받으며[193] 혼례를 행하였사오니, 비록 존귀하신 명령이 하늘에서부터 내려진 것이라 해도 가히 의논할 처지가 못 되옵니다. 바라옵건대 이 말로써 주달해 주시옵소서."

춘원군이 돌아가 한림의 말을 아뢰자, 왕은 놀라 낙담하는데 마치 무엇인가를 잃어버린 것과 같았다.

필경 그 좋고 나쁨이 어떻게 될까? 하회를 분해하여 들을지라.

1) 金榜 : 과거시험 가운데 殿試에 합격한 사람의 이름을 새벽에 걸어놓은 榜.

2) 玉署官 : 玉堂. 翰林院의 별칭.

3) 紅繩 : 붉은 색의 줄. 남녀가 인연을 맺음을 의미한다. 唐나라 太宗 때에 韋固가 宋城을 여행할 때에 어떤 노인[月下老]이 달빛 아래에서 붉은 색 노끈을 들고 조용히 책장을 넘기고 있었다. 위고가 "무슨 책을 읽고 계십니까?" 하고 묻자, 그 노인이 "이 세상의 혼사에 관한 책이네. 이 책에 적혀 있는 남녀를 이 붉은 끈으로 한 번 매어 놓으면 어떤 원수지간이라도 반드시 맺어진다네."라고 한데서 연유한 고사다. 이 고사는 『續玄怪錄』〈定婚店〉에 나온다.

4) 太史 : 관직명. 중국에서는 기록을 맡아보는 관리로, 史官에 해당한다. 西周와 春秋時代에는 역사적인 일을 기록하고, 역사서를 편찬하고, 문서를 기초하고, 국가의 전적과 천문역법을 관장하였다. 秦漢 때에는 太史令이라고 하였고, 하늘의 星曆을 다루었다. 魏晉 이후에는 역사와 역법을 주관하였다. 隋나라 때에는 太史監이라고 고쳤고, 唐나라 때에는 太史局으로 고쳤고, 宋나라 때에는 太史局·司天監·天文院 등과 같은 이름으로 쓰였다. 元나라 때에는 太史院으로, 明나라와 淸나라 때에는 欽天監으로 바꾸었다. 그리고 역사를 고치고 주관하는 일은 翰林院에 돌렸다.

5) 奎壁 : 28宿 가운데 奎宿와 壁宿를 함께 이름. 예전에 이 두 별은 文運을 주관하기에 통상적으로 文苑을 비유한다.

6) 慶雲 : 오색구름. 옛사람들은 즐겁거나 좋은 징조로 여겼다. 『列子』〈湯問〉에는 "오색구름이 뜨고, 감로가 내렸다.[慶雲浮, 甘露降.]"는 말이 있다.

7) 休明 : 좋고 밝음. 임금이 밝은 것이나 태평성대를 찬양하는 말로 보통 쓰인다. 『左傳』〈宣公三年〉에는 "초자가 정의 크기와 무게를 물었다. 대답하기를 '그것은 그 사람의 덕에 달렸지, 솥 자체에 달린 것이 아니오. … 덕이 아름답고 밝으면 솥이 비록 작을지라도 무겁고, 그 덕이 굽고 어지러우면 솥이 비록 크더라도 가벼울 것입니다.[楚子問鼎之大小輕重焉. 對曰: '在德不在鼎. …. 德之休明, 雖小, 重也; 其姦回昏亂, 雖大, 輕也.]"라는 구절이 있다.

8) 吉士 : 남자의 미칭. 이 말은 『詩經』〈召南·野有死麕〉에 나온 "아가씨 봄을 그리워하기에 고운 사내가 유혹하네.[有女懷春, 吉士誘之.]"에서 나온 것이다.

9) 季秋 : 음력 9월.

10) 大比 : 주나라 때에는 3년마다 鄕吏를 대상으로 시험으로 치러 그 성품과 능력을 가렸던 일을 말하는데, 수나라와 당나라 이후부터는 과거시험을 지칭하는 말로 쓰였다. 唐나라 白行簡의 〈李娃傳〉에는 "그 해에 마침 대비과에 열려 천자의 명에 따라 모여들었는데, 생은 직언극간과에 응시하여 일등을 차지하였다.[其年遇大比, 詔應直言極諫科, 策名第一.]"는 말이 있다.

11) 多方 : 학식의 깊고 넓음. 『莊子』〈天下〉에는 "혜시의 학설은 깊고 넓어 그 저서는 다섯 대의 수레를 쌓을 정도이며, 그 도는 이것저것 뒤섞여 정리되지 않고, 그의 말은 사리에 맞지 않다.[惠施多方, 其書五車, 其道舛駁, 其言也不中.]"라는 말이 있다.

12) 輻湊 : 輻輳幷臻. 수레의 바퀴통에 바퀴살이 모이듯 한다는 뜻으로, 사람들이 한곳으로 많이 몰려듦을 이름.

13) 彌滿 : 충만. 포만.

14) 唾手 : 손바닥에 침을 뱉는다는 것으로, 매우 쉬움을 비유적으로 이름. 『後漢書』〈公孫瓚傳注〉에 보면 "공손찬이 말하기를 '처음에 천하의 병사를 일으킬 때, 나는 손바닥에 침을 뱉듯 쉽게 결정할 수 있다고 말하였지.'라고 했다.[瓚曰: 始天下兵起, 我謂唾手可決.]"라는 구절이 있다.

15) 鼓勇 : 북을 치며 용기를 북돋움.

16) 籠罩 : 위에 높이 있음. 南朝시대 梁나라 劉勰의 『文心雕龍』〈時序〉에는 "굴평은 일월과도 필적할 만한 작품을 지었고, 송옥은 그 광채를 바람과 구름에게까지 미치게 했다. 그들의 아름다움 말을 보면 아송보다 훨씬 높이 있음을 알 수 있다.[屈平聯藻於日月, 宋玉交彩於風雲, 觀其艶說, 則籠罩雅頌.]"는 구절이 있다.

17) 節鉞 : 符節과 斧鉞. 예전에 임금이 장수에게 수여하던 것으로, 막중한 권력을 부여한다는 표지를 뜻한다.

18) 陰曀 : 하늘을 덮은 침침한 구름. 『淮南子』〈泰族訓〉에는 "그것[하늘]이 비를 내리고자 할 때에는 음습한 구름이 아직 보이지 않았는데도 물고기들은 이미 입을 뻐끔거린다.[其且雨也, 陰曀未集而魚已噞矣.]"라는 말이 있다.

19) 塵埃 : 날리는 灰土. 『禮記』〈曲禮上〉에는 "앞에 물이 있으면 청작을 그린 깃발을 내걸고, 앞에 진애가 있으면 울음을 우는 솔개를 그린 깃발을 내건다.[前有水, 則載靑旌. 前有塵埃, 則載鳴鳶.]"라는 말이 있다.

20) 廓淸 : 쓸어내서 맑게 함.

21) 虩虩 : 두려워하는 모양.

22) 帝圻 : 황성. 京都.

23) 寡陋 : 보고들은 것이 좁고, 학식이 얕음.

24) 원문에 '受章奏處'라는 주가 붙어 있다.

25) 公車 : 君主의 兵車를 의미함. 漢나라 때에는 임금을 보필하던 기구로, 上事와 征召 등과 같은 일은 여기를 경유했다. 또한 사람을 추천하여 시험을 보게 하는 것을 의미하기도 했다.

26) 芻蕘 : 꼴과 땔나무. 자신의 글이나 작품을 낮추어 이름. 『孟子』〈梁惠王〉 "문왕의 동산은 사방 칠십리지만, 나무꾼들이 오가고 꿩과 토끼가 오가니, 백성과 더불어 한가지로 한지라.[文王之囿方七十里, 芻蕘者往焉, 雉兔者往焉, 與民同之.]"라고 하였는데, 이 말에 대해 趙岐는 "추요라는 것은 꼴과 땔나무를 구하는 천인을 말한다.[芻蕘者, 取芻薪之賤人也.]"라고 하였다. 또한 『詩經』〈大雅·生民之什·板〉에는 "옛사람들이 말하기를 나무꾼에게 물으라고 하였다.[先民有言, 詢于芻蕘.]"라 하였다.

27) 雪花紙 : 16세기에서부터 19세기까지 초조된 종이로, 아름다우면서도 하얀 우리나라 전통 종이다. 원산지는 강원도 平康이고, 17세기 이후에는 남원·순창·진주 등지에서

도 초조되었다. 원료는 뽕나무로 겨울철에 내린 눈을 이용하여 표백하고 초조하였다. 궁중이나 사신의 예물로 주로 쓰였다.

28) 彤管筆 : 붉은 색의 珥筆. 이필은 고대 史官이나 諫官이 임금을 뵐 때 항상 冠 옆에 항상 꽂고 다니면서 기록하던 붓을 말한다.

29) 龍腦墨 : 龍腦香樹라는 열대목에서 채취한 향로를 써서 만든 먹을 말한다.

30) 蟾蜍硯 : 두꺼비 모양의 벼루. 물속에 두면 두꺼비가 물을 머금었다가 뿜어내는 것처럼 한다.

31) 場屋 : 과거시험을 치르는 장소.

32) 延英殿 : 唐나라 때의 궁전 이름. 延英門 안에 있다. 『唐六典』〈尙書·工部〉에는 "宣政殿 왼쪽의 것은 동상각, 오른쪽의 것은 서상각이라 한다. 그 다음 서쪽으로 있는 것은 연영문이며, 그 안 왼쪽에 있는 것을 연영전이라 한다.[宣政之左曰東上閣, 右曰西上閣, 次西曰延英門, 其內之左曰延英殿.]"고 하였다. 당나라 肅宗 때에는 재상 중에 연로하여 행동이 불편한 신하가 있으면, 천자께서 특별히 연영전으로 초대하여 예를 보였다. 우리나라 고려시대에도 연영전이 있었다. 고려 인종 때에 당나라 제도를 모방한 것인데, 그 곳에는 서적을 비치하여 임금이 신화들과 학문에 대해 토론하였다. 인종 14년(1136)에는 集賢殿으로 이름을 바꾸었다.

33) 端拱 : 제왕이 엄숙하게 조정에 임해 정치를 함. 『魏書』〈辛雄傳〉에는 "제왕이 예로써 정치를 하여 사방을 편안히 하고, 형벌로써 정치를 하여 백성을 다스렸다.[端拱而四方安, 刑拱而兆民治.]"는 말이 있다.

34) 命官 : 조정의 관리. 조선 시대에는 임금이 직접 臨席하여 고거를 주재하던, 임금이 임명한 시험관을 지칭했다.

35) 文衡 : 문장의 고하를 판정하여 선비를 취하던 권력. 문장 평가를 저울에 놓고 다루는 것처럼 공평하게 한다는 의미로 이런 이름이 붙었다.

36) 翰注 : 조선시대 관직인 翰林과 注書를 함께 이르는 말.

37) 蹐蹐蹌蹌 : 인물이 많이 모인 모양.

38) 登筵 : 대신이 직무상 임금에게 나아가 뵘.

39) 彤墀 : 丹墀 . 궁전의 붉은 색 계단 혹은 붉은 땅. 조정을 범칭하기도 한다.

40) 璇題 : 옥으로 꾸민 서까래. 『文選』〈揚雄(甘泉賦)〉에는 "珍臺閒館, 璇題玉英."이란 말이 있다. 李善은 여기에 대해 "제는 머리다. 서까래의 머리에 모두 옥으로 장식하여 화려하게 서로 비치고 있는 것을 말한다.[題, 頭也. 榱椽之頭, 皆以玉飾, 言其英華相燭也.]"라 하였다.

41) 策問 : 정치에 관한 계책을 물어서 답하게 하던 과거의 한 과목.

42) 鞠躬 : 윗사람이나 위패 앞에서 존경의 뜻으로 몸을 굽힘.

43) 揮灑 : 붓을 휘두르고 먹을 뿌림. 붓을 놀림이 자유로움을 형용함. 唐나라 杜甫의 시〈寄薛三郎中璩〉에는 "빈객들 사이에서 시를 지으니 붓을 휘두르면 쓴 글씨 팔방을 움

직이더라.[賦詩賓客間, 揮灑動八垠.]"라는 구절이 있다.

44) 攀龍 : 攀髯. 이 말에 대한 고사는 『史記』〈封禪書〉에 나온다. 전설에 黃帝가 荊山 아래에서 鼎을 주조하였는데, 鼎이 완성되자 용이 내려와 黃帝를 맞이하고, 황제는 용을 타고 하늘에 오른다. 그때 신하 및 뒤를 따르던 사람들이 70여인이나 되었다. 나머지 신하들은 용의 위에 타지 못해 용의 수염을 잡았는데, 용의 수염이 떨어지면서 그들과 함께 황제의 활도 떨어진다. 백성들은 그 활과 용의 수염을 붙잡고 눈물을 흘렸다고 한다. 이로써 반룡은 황제나 황제의 죽음을 애도하는 전거로 쓰인다. 여기서는 이런 본래의 의미가 아니라, 황제를 모시고 하늘로 승천하던 힘찬 기운을 뜻한다.

45) 從虎之勢 : 호랑이가 따르는 기세. 이 말은 『周易』〈乾〉에 나오는 말이다. "구름이 용을 좇고, 바람이 호랑이를 좇는 것이니, 성인이 일어나심에 만물을 바라본다.[雲從龍, 風從虎, 聖人作而萬物睹.]"가 그것이다. 예전에는 용은 임금의 형상으로 그려졌는데, 이로 인해 황제를 좇는 것을 '雲龍風虎'라 했다.

46) 嘉猷 : 나라를 다스리는 좋은 規划. 『書經』〈君陳〉에는 "그대에게 좋은 계략이나 방법이 있거든 곧 들어가 그대의 임금에게 아뢰고, 그대는 이내 밖으로 나와 그것을 따르면서 말하기를 '그 계략과 방법은 오직 우리 임금의 덕에서 비롯된 것이다.'라고 해야 하네.[爾有嘉謀嘉猷, 則入告爾后于內, 爾乃順之于外, 曰: '斯謀斯猷, 惟我后之德.']"라는 말이 있다.

47) 一掃 : 一掃而空. 한번에 쓸어내어 모든 것을 깨끗하게 함.

48) 拜稽 : 예전에 무릎을 꿇고 나아가 절을 하던 의례. 무릎을 꿇은 채로 나아가 머리가 땅에 닿게 절을 하는 것으로, 극도의 존경심을 드러낼 때 하는 의례다.

49) 高舂 : 해의 그림자가 황혼으로 넘어갈 무렵. 『淮南子』〈天文訓〉에는 "연우의 땅에 이르면 이를 일러 고용이라 하고, 연석의 땅에 이르면 이것을 일러 하용이라 한다.[至于淵虞, 是謂高舂, 至于連石, 是謂下舂.]"는 말이 있는데, 高誘는 "高舂은 때로 따지면 戌時로, 사람들이 방아질할 때다.[高舂, 時可戌, 民碓舂時也.]"라고 해석하였다.

50) 雄詞健筆 : 雄詞와 健筆. 웅사는 기세가 웅장한 詞句를 말한다. 健筆은 웅건한 붓놀림으로, 필적이 매우 좋음을 말한다. 당나라 岑參의 시〈送魏升卿〉에는 "그대와 같은 형제는 천하에 드무니, 웅장한 문장과 필적은 마치 날아오르는 듯하네.[如君兄弟天下稀, 雄詞健筆皆若飛.]"라는 구절이 있는데, 이 말은 여기에 나온 시구를 쓴 것이다.

51) 欣企 : 기뻐하며 눈을 흘김. 唐나라 呂溫의〈代李侍郎與徐州張尙書書〉에는 "간절한 성의에 밤새도록 기뻐하였습니다.[拳拳寸誠, 夙夜欣企.]"라는 구절이 있다.

52) 平明 : 아침 해가 뜨는 시각.

53) 臚唱 : 과거시험을 보고난 뒤에 황제께서 직접 보고 일등으로 합격한 사람의 이름을 부르는 것. 이 제도는 宋나라 때부터 시작되었다.

54) 天門 : 皇宮의 문. 唐나라 杜甫의 시〈宣政殿退朝晩出左掖〉에는 "황궁의 문 햇빛은 황금 편액을 비치고, 선정전 어둑어둑해지는 빛은 적우기를 쏘이네.[天門日射黃金牓, 春殿晴曛赤羽旗.']"라는 구절이 있다. 『杜詩詳註』에는 "천문은 천자의 문을 말한다[天門, 天子之門.]"이라는 주석이 붙어 있다.

55) 疾足顚倒 : 발에 힘이 있는 최대한 달릴 수 있을 만큼 빠르게 달림.

56) 龍榜 : 龍虎榜. 唐나라 貞元 8년(792)에 歐陽詹·韓愈·李絳 등 23명이 陸贄의 榜에
합격하였는데, 이들은 모두 뛰어난 인재들이었으므로 용호방이라 하였다. 용호방이라
는 말은 조선시대에 문과·무과에 합격한 사람의 이름을 게시하던 나무판을 지칭하기
도 했다. 나중에는 나무판 대신 종이를 써서 합격자를 공시했다.

57) 新來 : 과거에 새로 급제한 후, 임관되어 처음 관아에 출사한 사람. 新恩.

58) 玉色 : 황제의 얼굴색을 존칭해서 이르는 말. 宋나라 蘇軾의 시 〈贈寫御容妙善師〉에는
"황제의 얼굴과 그 빛을 어느 누가 그릴까? 옛 절 노스님께서 방문을 닫아걸고 그렸네.
[天容玉色誰取畵, 老師古寺畵閉房.]"라는 구절이 있다.

59) 春溫 봄날의 따뜻함.『史記』〈田敬仲完世家〉에는 "무릇 大弦은 탁하면서도 봄과 같이
온화하여 임금에 비유되며, 小弦은 청렴하고 맑으니 재상에 비유됩니다.[夫大弦濁以春
溫者, 君也 ; 小弦廉折以淸者, 相也.]"

60) 諄諄 : 자세하고 다정한 모양. 이 말은『詩經』〈大雅·蕩之什·抑〉에 나온다. "그대에게
자세하게 말해도 내 말을 건성으로 듣네요.[誨爾諄諄, 聽我藐藐.]"

61) 對策 : 時政의 문제를 제시하고 그 대책을 논의하게 한 과거 시험 과목의 한 가지.

62) 餘事 : 그다지 중요하게 여지지 않는 일.

63) 楨幹 : 楨榦. 담장을 쌓을 때 쓰이는 나무 기둥.『書經』〈費誓〉에는 "치는 곧 정간이
다.[峙乃楨幹.]"라고 하였는데, 孔穎達은 "기둥을 정이라 하는데, 담장의 양 끝단에 세
우는 것이다. 그 곁에 있는 것을 간이라 하는데, 담장 양 가에 있는 것을 말한다.[題曰
楨, 旁曰幹.]"고 했다.

64) 大略 : 大槪. 큰 줄기.『孟子』〈藤文公上〉에는 "이것은 그 대략이니, 그것을 윤택하게
하는 것은 선생과 왕에게 달려 있습니다. 此其大略也, 若夫潤澤之, 則在君與子矣.]"라
고 하였는데, 趙起는 "略은 요지다.[略, 要也.]"라고 하였다.

65) 煥然 : 분명하게 드러난 모양.

66) 章奏 : 신하가 황제에게 보고하는 문서.『論衡』〈效力〉에는 "황제에게 여러 차례 글을
올렸는데도 필력이 남아돌아 거리낌 없이 하고 싶은 말을 다하고서도 문장은 부족하지
않았다.[章奏百上, 筆有餘力, 極言不諱, 文不折乏.]"란 말이 있다.

67) 提綱挈維 : 提綱挈領. 魚網의 밧줄을 잡아끌고, 갖옷의 깃을 들어 올림. 이 말은『韓非
子』〈外儲說右下〉에 나온 "그물을 잘 치는 사람은 그 밧줄을 잡아끈다. 만약 그 많은
눈을 하나하나 흔들어서 그런 다음에 펴려고 하면 힘만 들고 하기 어렵다.[善張網者引
其綱, 若一一攝萬目而後得, 則是勞而難.]"라는 말과『荀子』〈勸學〉에 나온 "마치 갖옷
깃을 손으로 들 때에 다섯 손가락을 구부려서 들면 모든 털이 가지런해지는 것과 같다.
[若挈裘領, 詘五指而頓之, 順者不可勝數也.]"라는 말을 함께 언급한 것이다. 이 이후로
提綱挈領는 사물의 핵심을 찾고, 어떤 문제의 요지를 파악하여 제시하는 것을 뜻하는
말을 비유하여 쓰였다.

68) 納牖 :『周易』〈坎〉에는 "육사는 동이에 담은 술과 대그릇에 담은 음식 둘을 질그릇에

쓰고, 간략하게 들이되 남쪽으로 난 창문으로부터 하면 마침내 허물이 없으리라.[六四,
樽酒簋貳, 用缶, 納約自牖, 終無咎.]"라고 하였는데, 程頤는 "納約은 나아가 임금의 도
에 맺는 것이고, 남쪽으로 난 창은 개통하는 의미를 갖는다. 방안은 어둡기 때문에 남
쪽으로 창으로 내서 밝게 하는 까닭이다. 自牖는 밝음을 통하게 하는 것을 말함으로,
임금의 마음을 밝은 데로 이끄는 것을 말한다. … 신하가 충성과 도로써 임금의 마음을
묶는다면 반드시 밝은 곳으로 능히 들어갈 수 있도록 할 것이다. [納約, 謂進結於君之
道 ; 牖, 開通之義. 室之暗也, 故設牖, 所以通明. 自牖, 言自通明之處, 以況君心所明處
… 人臣以忠信善道結於君心, 必自其所明處乃能入也.]" 나중에는 '納牖'가 사람을 좋은
곳으로 이끄는 말로 쓰였다.

69) 懋德 : 큰 덕에 힘씀. 『書經』〈畢命〉에는 "공계서는 오직 덕에 힘써 조그만 사물에도
부지런하며 사대를 돕고 빛나게 해주십시오.[惟公懋德, 克勤小物, 弼亮四世.]"라는 말
이 있다. 孔穎達은 이 말에 注를 붙였는데, "힘써 덕을 행하고, 작은 일에 근면한다.[勉
力行德, 能勤小事.]"라고 하였다.

70) 弭災 : 재앙을 없앰. 『西遊記』16회에는 "재앙을 없애지 못하고 도리어 사나움을 돕
다.[不去弭災, 反行助虐.]"고 했다. 卞季良의 『春亭集』에는 본문에 나온 내용과 비슷한
말이 있다. "나라를 다스리는 도리는 덕을 닦는 것보다 더 절실한 것이 없고, 재앙을
막는 요점은 백성을 구제하는 것이 더욱 절실하다.[爲治之道, 莫切於修德, 弭災之要,
尤切於恤民.]"

71) 嘉謨 : 나라 일에 관해 임금게 권하거나 아뢰는 좋은 의견. 나라를 다스리는 좋은 계책.

72) 文者載道之器 : 文은 道를 싣는 그릇이라는 뜻. 문장과 도의 관계를 설명한 것으로,
유가사상을 설명하는 다양한 논의 중의 하나다. 宋나라 周敦頤의 『通書』〈文辭〉에 "문
이라는 것은 도를 싣는 것이다.[文所以載道也.]"라고 했다.

73) 出治之本 : 국가를 다스리는 근본. 出治는 국가를 다스리는 것을 말한다.

74) 上天 : 하늘. 옛날 사람들의 관념 속에 만물을 주재하는 존재를 상천으로 보았다. 『詩
經』〈大雅·文王之什·文王〉에는 "하늘이 하시는 일은 소리도 없고 냄새도 없어라.[上天
之載, 無聲無臭.]"란 말이 있다.

75) 朕躬 : 천자가 자신을 지칭할 때 하는 말. 『書經』〈湯誥〉에는 "그대에게 아름다움이
있을 때 짐은 감히 숨기지 않으며, 만약 죄가 짐의 몸에 미치면 감히 스스로 죄를 사면
하지 않을지라. 오직 상제의 마음을 살피리라.[爾有善, 朕弗敢蔽, 罪當朕躬, 弗敢自赦,
惟簡在上帝之心.]"에서 나온 말이다.

76) 篤棐 : 충성스럽게 보좌함. 『書經』〈君奭〉에는 "아아, 충성스레 보좌함은 이 두 사람이
니, 나는 공경하여 능히 오늘날의 아름다움에 이르게 하였도다.[嗚呼, 篤棐時二人, 我
式克至于今日休.]"란 말이 있다.

77) 碩輔 : 어질고 충성스레 보좌하는 신하.

78) 欽哉 : 공경하다. 이 말은 『書經』〈堯典〉에는 "공경스럽고 공경스러울사, 오로지 형벌
을 긍휼히 여길진저![欽哉欽哉, 惟刑之恤哉!]"라는 구절을 활용한 것이다.

79) 翰林學士 : 관직 명칭. 唐나라 玄宗 開元 初에는 集賢院 學士와 함께 황제의 詔勅을

기초하는 일을 맡았다. 德宗 이후에는 皇帝 가까이에서 긴밀한 문서를 작성하였다. 항상 궁궐에서 숙직을 했다. 당나라 이후, 한림학사는 中書省이나 中樞院의 집정으로 승진하기도 했다.

80) 鹵莽 : 구차함. 宋나라 蘇軾의 〈應製擧上兩制書〉에는 "심지어 백성들의 일에 이르러서는 모두 가관이어서, 지금의 경솔하고 거친 것만도 못합니다.[至于百工小民之事, 皆有可觀, 不若今世之因循鹵莽.]"는 구절이 있다.

81) 蒙養 : 마음을 가라앉히고 수양함. 『周易』〈蒙〉에는 "어리석음으로써 바르게 기름이 성인이 되는 공이니라.[蒙以養正, 聖功也.]"는 구절이 있다. 또는 아이들을 가르친다는 의미도 있다. 宋나라 蘇轍의 시 〈題長安道樂全堂〉에는 "늘그막에 아이들을 가르치는 데에 일삼고자, 물러나 이 집에 머물렀네.[晚歲事蒙養, 斂退就此堂.]"라는 구절이 있다.

82) 鍾鼓 : 종과 북으로, 고대 禮樂에 쓰이던 악기. 음악을 지칭한다. 『詩經』〈周南·關雎〉에는 "요조숙녀와 음악을 베풀고 즐거워하네.[窈窕淑女, 鍾鼓樂之.]"라는 말이 있다.

83) 黼黻 : 예복 위에 치마처럼 만든 비단 자락에 화려하게 수를 놓은 도끼와 '亞'자 모양의 문양.

84) 依樣畫葫 : 본래는 '依樣畫葫蘆'라고 쓴다. 본래의 모습을 창의성도 없이 단순하게 모방하여 그려내는 것을 비유적으로 표현한 말이다. 宋나라 魏泰의 『東軒筆錄』에 나온 말이다. "(송나라 학자) 도곡이 평안하지 않았다. 이내 그와 뜻을 같이 한 무리로 하여금 끌어들여 천거를 하도록 하여 '오랫동안 한림원에 있으면서 힘을 다함이 실로 많을지라.'라고 생각하며, 또한 마음속으로 임금의 뜻도 그러하리라고 여겼다. 태조가 웃으며 말하였다. '듣건대 한림의 글을 짓는 초안이 모두 이전 사람들의 옛글을 살펴서 말만 바꾼 것이라. 이는 이른바 외양만 따라서 호리병박을 그린 것일 뿐일지라. 어찌 한림원에 둘 수 있겠는가?[穀不能平, 乃俾其黨與, 引事薦引, 以爲'久在詞禁, 宣力實多.' 亦以微伺上旨. 太祖笑曰: '頗聞翰林草制, 皆檢前人舊本, 皆換詞語, 此乃俗所謂依樣畫葫葫耳, 何宣力之有?']"라는 고사에서 만들어진 성어다.

85) 珠玉 : 英才나 俊傑을 비유적으로 이름.

86) 疏逖 : 변경의 머나먼 곳.

87) 經幄 : 經筵. 韓唐 이래 제왕이 경서나 역사서를 강론하기 위해 御前에 특별히 마련한 좌석. 宋나라에서는 이를 經筵이라 칭하고, 翰林學士를 講官으로 두었다. 明나라 때에서는 이를 더욱 중시하여 제왕뿐 아니라, 太子도 강연에 참석하였다. 고려와 조선에서도 왕이 어전에서 경서를 강론하였다.

88) 犬馬之誠 : 예전에 신하가 임금에게 자기의 정성을 겸손하게 낮추어 일컫는 말.

89) 殫竭 : 다해 없어짐.

90) 鴻厖 : 광대하면서도 厚重함. 宋나라 歐陽修의 시 〈廬山高贈同年劉中允歸南康〉에는 "위로는 침침한 안개로 푸른 하늘을 어루만지고, 아래로는 후토의 광대하고 중후함으로 짓누르네.[上摩靑蒼以晻靄, 下壓后土之鴻厖.]"라는 구절이 있다.

91) 休戚 : 즐거움과 근심. 이익과 손해.

92) 趨出 : 공경의 뜻으로 보폭을 좁게 하며 빨리 물러나옴.

93) 通街 : 通衢. 四通八達로 된 도로.

94) 華蓋 : 제왕이나 귀족이 타는 수레 위에 만든 양산.

95) 披拂 : 가볍게 흔들림.『莊子』〈天運〉에는 "바람은 북쪽에서 일어 서쪽으로 불었다 동쪽으로 불기도 하며 위쪽으로 올라 빙빙 돌기도 한다. 누가 바람을 불고, 누가 바람을 끌어당기는가? 누가 일없이 흔들고 있는가? 감히 묻건대, 왜 그러한가?[風起北方, 一西一東, 在上彷徨. 孰噓吸是? 孰居无事而披拂是? 敢問何故?]"라는 말이 있다.

96) 天樂 : 천도를 좇는 음악. 아름다운 음악을 비유적으로 이름.『莊子』〈天道〉에는 "사람과 조화를 이루는 것을 이름하여 인악이라 한다. 하늘과 조화를 이루는 것을 이름하여 천악이라 한다.[與人和者, 謂之人樂. 與天和者, 謂之天樂.]"고 하였다.

97) 鏗鏘 : 악기의 소리가 크고 밝음.

98) 白晳 : 피부가 희고 살이 두툼하게 잘 생긴 것을 의미함.『左傳』〈昭公26年〉에는 "염수가 말하기를 '얼굴이 하얀 군주가 있습니다.'[冉堅曰: '有君子白晳.']"라는 말이 있다.

99) 衰謝 : 기력이 약해짐.『宋書』〈顧凱之傳〉에는 "개지가 말하기를 '예기에 나이 60에 오랑캐를 복종시키지 못하면 그 근력이 약해져 다시 군사를 일으키지 못하리라.'[曰: '禮, 年六十不服戎, 以其筋力衰謝, 非復軍旅之日.']"라는 말이 있다.

100) 僻遠 : 편벽되고 멂.『楚辭』〈九章·涉江〉에는 "진실로 나의 마음이 바르고 곧으니, 비록 멀고 동떨어진 곳이라 해도 무슨 근심이 있겠는가![苟余心其端直兮, 雖僻遠之何傷!]"라는 말이 있다.

101) 禮羅 : 그물로 새나 물고기를 잡듯이, 禮로써 인재를 구하여 등용하는 것을 이름. 唐나라 戴叔倫의 시 〈寄禪師寺華上人〉에는 "예라에다 벽옥을 더해, 인재를 천거해 구름과 나란히 올린다.[禮羅加璧至, 薦鶚與雲連.]"라는 데서 나온 말이다.

102) 髦士 : 英俊한 선비. 이 말은『詩經』〈小雅·甫田之什·甫田〉에 "일하는 곳과 쉬는 곳에 빼어난 선비를 보내네.[攸介攸止, 烝我髦士.]"에서 나왔다.

103) 府庫 : 예전에 국가에서 재물을 보관해 두던 곳집.『孟子』〈梁惠王下〉에는 "맹자께서 대답하였다. '흉년 굶주린 해에 임금의 백성들로 노약자들은 죽어 구렁텅이와 골짜기에 구르고, 건장한 자들은 흩어져 사방으로 간 자가 몇 천 명이나 됩니다. 그런데도 군주의 창고는 가득차고 관청의 창고는 가득 차 있습니다. 유사는 그것으로써 고하지 않으니 이는 윗사람이 태만하여 아랫사람을 잔혹하게 한 것입니다.'[孟子對曰: '凶年饑歲, 君之民老弱轉乎溝壑, 壯者散而之四方者, 幾千人矣, 而君之倉廩實, 府庫充, 有司莫以告, 是上慢而殘下也.']"라는 말에서 나왔다.

104) 簡拔 : 여러 사람 가운데 골라 뽑힘. 選擇.

105) 權衡 : 사물의 경중을 재는 척도나 기준.『禮記』〈深衣〉에는 "예전에 심의는 정해진 제도가 있어서 그림쇠, 곱자, 먹줄, 저울추, 저울대에 응하였다.[古者深衣, 蓋有制度, 以應規矩繩權衡.]"라는 말이 있다.

106) 僻靜 : 후미지고 깨끗함.

107) 一榜 : 과거에 합격한 사람의 이름을 모두 적은 명단.

108) 亹亹 : 부지런한 모양. 和順한 모양. 『詩經』〈大雅·文王〉에 "화순하신 문왕의 어진 소문이 그치지 않아[亹亹文王, 令聞不已.]"라는 구절이 있다.

109) 物議 : 어떤 사람에 대해 많은 사람이 이러쿵저러쿵 논평하는 상태.

110) 打聽 : 探問.

111) 鄙夷 : 輕視. 唐나라 韓愈의 〈柳州夢池廟碑〉에는 "유종원이 유주자사가 되어 그 곳 백성들을 촌스럽다 여기지 않고 예법으로 감동시켰다.[柳侯爲州, 不鄙夷其民, 動以禮 治.]"는 말이 있다.

112) 庇庥 : 몰래 돌보아줌. 宋나라 蘇軾의 편지 〈賀歐陽少師致仕啓〉에 "무릇 은혜를 입고 있으면서 함께 즐거움과 위문을 더하고 있네.[凡在庇庥, 共增慶慰.]"라는 말이 있다.

113) 觀國之光 : 나라의 영광을 봄. 觀光은 나라의 크고 훌륭한 빛을 보게 되는 것을 말하는데, 『周易』〈觀卦〉에 나온다. "나라의 광휘를 살피는 것은 왕의 손님으로 초대를 받은 이에게 이로운 바 있다.[觀國之光, 利用賓于王.]", 즉 후한 예우를 받는 신하가 되어 국왕이 만들어 놓은 예악 문물의 제도를 살피는 것을 뜻하는 말이다.

114) 荷天之寵 : 임금님의 총애를 입음. 이 말은 『詩經』〈商頌·長發〉에 나온 "작은 공물 큰 공물을 받으시고, 온 나라의 울타리가 되었으니, 하늘의 은총을 받았네.[受小共大 共, 爲下國駿厖, 荷天之龍.]"를 차용하였다. '荷天之寵.'의 '龍'에는 '寵'의 의미가 있다.

115) 譾劣 : 천박하고 저열함. 明나라 張居正의 〈考滿謝恩命疏〉에는 "가만히 신을 돌아보면 학술이 거칠고 성글며, 행동은 천박하고 저열하였다.[竊念臣, 學術迂疏, 行能譾 劣.]"는 말이 있다.

116) 姑捨是 : 잠시 놓아두다. 이 말은 『孟子』〈公孫丑 上〉에 나온다.

117) 聯鑣 : 나란히 고삐를 잡음. 서로가 함께 나아가는 것을 말한다.

118) 啓行 : 출발함. 이 말은 『詩經』〈大雅·公劉〉에 나온 "활과 화살 펼쳐놓고, 창과 방패 와 도끼도 갖춘 후 비로소 길을 떠났도다.[弓矢斯張, 幹戈戚揚, 爰方啓行.]"에서 나왔 다. 이 말은 『孟子』〈梁惠王 下〉에도 나온다.

119) 蓽圭 : 蓽門圭竇의 준말. 蓽門閨竇로도 쓴다. 대나무를 엮어 문을 만들고, 담장을 뚫어 창을 짓는 것. 가난한 사람이 거처하는 곳을 말한다. 이 말은 『左傳』〈襄公十年〉 에 "대나무를 엮어 문을 만들고 담장을 뚫어 창을 만든 사람이 윗사람을 능멸하니 난처하기 그지없습니다.[蓽門圭竇之人, 而皆陵其上, 其難爲上矣.]"라는 데서 나왔다. 가난하고 미천한 출신을 뜻한다.

120) 麗質 : 아름다운 자질. 품성과 용모를 지칭함.

121) 等夷 : 동등한 사람. 『韓詩外傳』에는 "장로를 만난 즉 제자의 의로 수행하고, 등이를 만난 즉 붕우의 의로 수행한다.[遇長老則修弟子之義, 遇等夷則修朋友之義.]"라는 말이 있다.

122) 菲薄 : 보잘 것 없음. 『楚辭』〈遠遊〉에는 "타고난 성품이 보잘 것 없어 어쩔 수 없으니 어디에 의탁하여 하늘 위로 올라 가리요?[質菲薄而無因兮, 焉託乘而上浮?]"라는 말

이 있다.

123) 巾匜 : 한 낭군을 모심.

124) 執鞭 : 수레의 채찍을 잡는다는 뜻으로, 비천한 일을 하는 의미로 많이 쓰인다. 『論語』 〈述而〉에 "부라는 것이 옳게 구할 수 있는 것이라면 비록 채찍을 잡는 선비라도 나 또한 할 것이다. 만약 옳게 구할 수 없는 것이라면 내가 좋아하는 것을 따르겠다.[富而可求也, 雖執鞭之士, 吾亦爲之. 如不可求, 從吾所好.]"에서 나온 말이다.

125) 結草報恩 : 풀을 엮어서 은혜를 갚음. 『左傳』 〈宣公 15年〉에는 다음과 같은 고사가 있다. "위 무자에게는 사랑하는 첩이 있었지만 자식이 없었다. 무자가 병이 들자 그의 아들 과에게 말하였다. '내가 죽거든 반드시 그녀를 개가시켜라.' 이후 병이 더욱 깊어지자 다시 말하였다. '내가 죽으면 반드시 그녀를 순장시키도록 해라.' 그러고는 죽었다. 과는 그녀를 개가시키도록 하고, 말하였다. '병이 위중하면 정신이 혼란스러워지는 법이니, 나는 정신이 맑았을 때의 말씀을 따른다.' 과가 보씨의 땅에서 진나라 군사와 싸울 때, 한 노인이 풀을 묶어 두회의 군사가 전진하는 것을 저지했다. 두회가 묶인 풀에 걸려 넘어지자, 과는 그들을 생포하였다. 이 날 밤, 과의 꿈에 그 노인이 나와 말했다. '나는 그대가 개가시킨 여자의 아비요. 그대가 돌아가신 아버지가 맑은 정신일 때 내린 분부를 좇았기에 내가 이로써 그대에게 보답한 것이오.'[魏武子有嬖妾, 無子. 武子疾, 命顆曰: '必嫁是.' 疾病, 則曰: '必以爲殉.' 及卒, 顆嫁之, 曰: '疾病則亂, 吾從其治也.' 及輔氏之役, 顆見老人結草以亢杜回, 杜回躓而顛, 故獲之. 夜夢之曰: '余, 而所嫁婦人之父也. 爾用先人之治命, 余是以報.']"

126) 逡巡 : 어떤 일을 단행하지 못하고 우물쭈물함. 또는 뒤로 멈칫멈칫 물러남.

127) 主公 : 주인을 높여 이르는 말.

128) 學生 : 다른 사람의 집에 있으면서 모종의 지식과 경험과 기술 등을 가지고 있는 사람.

129) 令儀 : 정숙하고 위엄 있는 태도.

130) 擬議 : 일이 일어나기 전에 여러모로 헤아려 그 可否를 결정함. 『周易』 〈繫辭上〉에는 "형상으로 구체화한 후에 말하고, 자세히 따진 후에 말을 한다. 이렇게 헤아려 결정함으로써 그 변화를 완성했다.[擬之而後言, 議之而後動, 擬議以成其變化.]"라고 하였고, 南朝시대 梁나라 劉勰의 『文心雕龍』에는 "무릇 실행에 앞서서 헤아려 따져야 하고, 머물러 있는 의심을 명백히 밝혀야 한다.[夫動先擬議, 明用稽疑.]"라고 하였다.

131) 闒茸 : 용렬한 사람이나 말. 『楚辭』 〈憂苦〉에는 "同駑羸與乘駔兮, 雜班駁與闒茸."라고 하였다. 王逸은 이에 대해 "탑용은 노둔하다는 뜻이다.[闒茸, 駑屯也]"고 주석을 붙였고, 洪興祖는 "탑용은 용렬하다는 뜻이다.[闒茸, 劣也.]"고 주석을 붙였다.

132) 降屈 : 몸을 낮춰 좇게 함.

133) 虛襟 : 마음속에 있는 회포를 터놓음.

134) 繡戶 : 화려하게 새기거나 그려놓은 지게문으로, 부귀한 여인들이 거처하는 방을 비유적으로 말한다.

135) 芬馥 : 향기가 진함. 唐나라 李白의 시 〈感時留別從兄徐王延年從弟延陵〉에 "맑은 꽃
봉오리는 신선의 골격이요, 짙은 향기는 지란에 드리웠네.[淸英神仙骨, 芬馥芷蘭葵.]"
란 구절이 있다.

136) 鮫綃 : 인어가 짰다는 비단으로, 가늘고도 가벼움. 南朝시대 梁나라 任昉이 지은『述
異記』에는 "남해에서 인어가 짠 비단실이 나왔는데, 수궁에서 짠 것이다. 용사라고도
한다. 그 값은 백여금인데, 그것으로 옷을 지으면 물에 들어가도 젖지 않았다.[南海出
鮫綃紗, 泉室潛織, 一名龍紗. 其價百餘金, 以爲服, 入水不濡.]"는 이야기가 있다.

137) 宛珠 : 宛이라는 땅에서 나는 寶珠. 宛은 지금의 河南省 南陽市다.『史記』〈李斯列
傳〉에는 다음과 같은 말이 있다. "후궁을 장식하고 희첩들을 꾸미며 마음을 기쁘게 하
고 귀와 눈을 즐겁게 하는 것도 반드시 진나라에서 난 것이라야 한다면 완주 비녀, 부기
귀고리, 야호로 지은 옷, 금수 장식들도 왕의 앞에 드러낼 수 없을 것입니다.[所以飾後
宮充下陳娛心意說耳目者, 必出於秦然後可, 則是宛珠之簪, 傅璣之珥, 阿縞之衣, 錦繡
之飾不進於前.]" 이로써 보면 완주로 만든 비녀는 유명했음을 알 수 있다.

138) 香塵 : 향기를 내는 먼지로, 여지의 걸음을 걸을 때 이는 자그마한 움직임을 비유적
으로 이른다. 이 말은 晉나라 王嘉의『拾遺記』〈晉時事〉에 나온다. "(石崇이) 또 먼지
가루 같은 침향을 상아로 만든 평상 위에 뿌린 다음, 사랑하는 사랑으로 하여금 그것을
밟도록 했다.[又屑沉水之香如塵末, 布象床上, 使所愛者踐之]"는 것이 그것인데, 미인
이 지나가는 동안 향기로운 침향 냄새가 번졌다.

139) 嫣然 : 교태롭게 웃는 모양.

140) 縱目 : 눈을 뜨고 멀리 바라봄.

141) 皎皎 : 순수하게 하얀 모양. 이 말은『詩經』〈小雅·白駒〉에 "희디흰 망아지가 우리
밭 곡식을 먹었다 하네.[皎皎白駒, 食我場苗.]"라는 구절에서 나온 것이다.

142) 娟娟 : 자태가 아름답고 우아한 모양. 唐나라 杜甫의 시 〈寄韓諫議注〉에는 "미인의
아름다운 모습 가을물 저 편에 있어, 동정호에 발 씻으며 사방을 바라보네.[美人娟娟隔
秋水, 濯足洞庭望八荒.]"라는 구절이 있다.

143) 紅蘭 : 난초의 일종.

144) 西塘 : 지금의 浙江省 嘉興市 水善縣에 위치해 있다. 예전부터 吳나라와 越나라의
국경에 위치해 있어서 역사적으로 유래가 깊은 곳이다.

145) 脈脈 : 눈길로 은근히 바라보며 마음속에 있는 감정이나 생각을 묵묵히 보냄.

146) 交頸 : 목과 목을 서로 기대어 비비는 것으로, 주로 암컷과 수컷이 서로 사랑하는
것을 뜻함.『莊子』〈馬蹄〉에는 "말이란 육지에서는 있으면 풀을 뜯고 물을 마시며, 기
쁘면 목을 기대어 비벼대고 성나면 서로 등을 돌린 채 발길질을 한다. 말의 지혜란 이
정도뿐이다.[夫馬, 陸居則食草飮水, 喜則交頸相靡, 怒則分背相踶. 馬知已此矣.]"라는
말이 있다. 남녀간에 서로 사랑하는 것을 비유한다.

147) 和鳴 : 새들이 지저귐. 이 말은『詩經』〈周頌·臣工之什·有瞽〉에 있는 "둥둥거리는
그 소리, 엄숙하게 어울려 울리네.[喤喤厥聲, 肅雝和鳴.]"에서 나왔다.

148) 頡頏 : 새가 서로 위 아래로 날아다니는 모양. 이 말은『詩經』〈邶風·燕燕〉에 있는 "나는 제비, 위 아래로 오르락내리락하네.[燕燕于飛, 頡之頏之.]"에서 나왔다.

149) 交會 : 남녀 간에 성행위.

150) 燕昵 : 사랑 행위.

151) 陶陶 : 和樂한 모양. 이 말은『詩經』〈王風·君子陽陽〉에 있는 "임께서 흥에 겨워 왼손으로 새 깃을 잡고, 오른손으로 나를 불러 춤을 추네.[君子陶陶, 左執翿, 右招我由 敖.]"에서 나왔다.

152) 零丁 : 고독하여 의지할 곳이 없는 모양.

153) 飄轉 : 정해진 곳 없이 떠돌아다님. 唐나라 杜甫의 시 〈茅屋爲秋風所破歌〉에는 "띠 풀이 날려 강을 건너 강둑에 쌓이는데, 위로 날아간 것은 나뭇가지 끝에 걸리고, 아래 로 날아간 것은 떠돌아다니다 웅덩이를 메우네.[茅飛渡江灑江郊, 高者掛罥長林梢, 下 者飄轉沉塘坳.]"라는 구절이 있다.

154) 三接 : 하루에 세 번씩 황제를 알현함. 〈晉〉에는 "晉卦는 康侯가 말을 여러 번 바치게 하여, 낮에도 세 번씩 황제를 알현하는 상이다.[晉, 康侯用錫馬蕃庶, 晝日三接.]"란 말 에서 나온 것이다. 孔穎達은 疏를 붙였는데, "낮에도 세 번씩 황제를 알현한다는 것은 임금님의 은혜가 지나치고, 또한 황제의 은총이 빈번하게 입어 하루 낮 동안에도 세 번씩이나 친견하는 것을 말한다.[晝日三接者, 言非惟蒙賜蕃多, 又被親寵頻數, 一晝之 間, 三度接見也.]"라고 하였다. 나중에는 '三接' 그 자체만으로도 황제의 은총이 매우 융숭한 것을 뜻하였다.

155) 隻影 : 고독하고 짝이 없음. 宋나라 蘇軾의 시 〈送金山鄕僧歸蜀開堂〉에는 "옷을 떨치 고 홀연 돌아가니 외로운 그림자만 천산 속에 있어라.[振衣忽歸去, 隻影千山裏.]"란 구 절이 있다.

156) 新貴 : 새로 고관이 된 사람.

157) 乘駟 : 역마를 탐.

158) 講筵 : 임금 앞에서 경서를 進講하는 일. 朝講, 晝講, 夕講이 있었다.

159) 感篆 : 은혜에 감격하여 잊지 않음. 마음에 새겨둠.

160) 行塵 : 길을 떠나면서 먼지를 일으킨다는 뜻으로, 멀리 떠나는 것을 형용한다.

161) 雙旌 : 원래는 唐나라 때에 節度領刺史가 출행할 때 내걸었던 儀仗으로, 高官의 의장 을 범칭한다. 우리나라에서는『舊唐書』〈百官志〉에 절도사나 관찰사에게는 조정을 하 직하는 날 雙旌과 雙節을 하사하였던 고사에 근거하여, 보통 관찰사가 부임하는 것을 뜻하는 경우가 많다.

162) 辟除 : 지위 높은 사람의 행차에 別陪가 여러 사람의 통행을 금하여 길을 치우던 일.

163) 秦箏趙瑟 : 秦나라의 箏과 趙나라의 瑟로, 이름나고 귀중한 악기를 지칭함.

164) 八荒 : 八紘, 여덟 방위의 멀고 너른 범위라는 뜻으로, 온 세상을 이름.『漢書』〈陳勝 項籍傳〉에는 "진나라 효공이 효관과 함곡관 견고한 요새에 웅거하고 옹주의 땅을 차지

하여 임금과 신하가 굳게 지키며 주나라 왕실을 엿보았다. 천하를 석권하고 온 세상을 싸들고 사해를 주머니에 넣고, 팔방을 병합하려는 마음이 있었다.[秦孝公據殽函之固, 擁雍州之地, 君臣固守而窺周室, 有席卷天下, 包擧宇內, 囊括四海, 幷呑八荒之心.]"는 구절이 있다. 『古文眞寶』에는 賈誼가 지은 〈過秦論〉에도 해당 부분이 실려 있다.

165) 無家 : 가정을 꾸리지 못함. 이 말은 『詩經』〈召南·行露〉의 "누가 당신에게 집이 없다고 했나요? 어찌 하여 나를 송사에 부쳤나요?[誰謂女無家, 何以速我獄.]"에서 나왔다.

166) 弊貂 : 弊貂裘. 弊裘. 해진 담비 갖옷. 이 말은 『戰國策』〈秦策〉에 나온다. "소진은 검은 담비 갖옷도 낡고, 황금 백 근을 모두 소진하였다. 재물이 모두 떨어지자 진나라를 버리고 갔다.[蘇秦, 黑貂之裘弊, 黃金百斤盡, 資用乏絶, 去秦而歸.]"에서 나왔다. 보통 功名이 흩어진 것을 비유적으로 이르는데, 여기서는 어의 그대로 해석하는 것이 낫다.

167) 晝錦 : 이 말은 『漢書』〈項籍傳〉에서 유래한 말이다. "진나라 말에 항우가 관중에 들어가 함양을 도륙하였다. 혹자가 관중에 그대로 머물 것을 권유하자, 항우는 진나라 궁실이 모두 파괴된 것을 보고 고향 강동으로 돌아갈 생각을 하고 말하였다. '부귀하여 고향에 돌아가지 않는 것은 마치 비단옷을 입고 밤길을 걷는 것과 같은 것이네.'[秦末項羽入關, 屠咸陽, 或勸其留居關中, 羽見秦宮已毁, 思歸江東, 曰: 『富貴不歸故鄕, 如衣錦夜行.』]"라고 한데서 유래했다. 『史記』〈項羽本紀〉에는 '비단 옷을 입고 밤에 가다[衣繡夜行.]'고 하였다. 나중에서는 부귀를 가지고서 고향에 돌아가는 것을 두고, 비단옷을 입고 낮에 거닐다.[衣錦晝行]이라 하였고, 이를 줄여 '晝錦'이라 하였다.

168) 新榮 : 새로 번영함을 얻음.

169) 聳觀 : 발 다투어서 봄.

170) 蹌蹌 : 조심스럽고 단정히 옴. 이 말은 『詩經』〈小雅·谷風之什·楚茨〉에 나온다. "조심스럽고 단정히 하여 소고기와 양고기를 깨끗이 하고, 제사를 올리네.[濟濟蹌蹌, 絜爾牛羊, 以往烝嘗.]"

171) 雲泥 : 하늘의 구름과 땅 위의 진흙으로, 차이가 그만큼 현저함을 말한다. 이 말은 『後漢書』〈逸民傳·矯愼〉에 나온다. "吳蒼이 글을 보내 그 뜻을 보이며 말하기를 '중언[교신의 字] 족하께서 살뜰히 숨어 지내시니, 비록 구름을 타고 진흙을 밟는 게 그 깃듦이 같지 아니하나, 매번 가을바람이 불면 어찌 일찍이 감탄함이 없었겠습니까?[遺書以觀其志曰: 『仲彦足下, 勤處隱約, 雖乘雲行泥, 棲宿不同, 每有西風, 何嘗不嘆!』]"에서 유래했다.

172) 神龍 : 용. 용은 변화가 변화무쌍한 까닭에 이렇게 말한다. 『韓詩外傳』에는 "신룡의 변화처럼 빛나는 문장이 위대하도다.[如神龍變化, 斐斐文章, 大哉!]"라는 말이 있다.

173) 竊笑 : 뒤에서 비웃음.

174) 揲蓍 : 蓍草를 세는 것으로, 고대에 점을 치는 한 방법이다. 시초는 점을 치는 풀이다.

175) 見龍在田 : 나타난 용이 밭이 있음. 이는 『周易』〈重天乾〉에 "구이는 용이 밭에 있으니, 대인을 봄이 이롭다.[九二, 見龍在田, 利見大人.]"이라는 말에서 나온 것이다. 밭[田]은 지상으로, 용의 덕이 밖으로 나왔다는 괘다. 즉 학덕을 쌓고 능력을 갖춘 대인이 세상에 나와 경륜과 덕을 펴려면 그러한 능력을 알아주는 훌륭한 대인을 만나야 이롭다

는 뜻이다.

176) 虎變炳文 : 호랑이가 변해 무늬를 빛냄. 이는 『周易』〈澤火革〉에 "대인은 호랑이처럼
변혁한다. 점으로 결단하지 않아도 천하가 반드시 믿는다.[大人虎變, 未占有孚.]"에서
나온 말이다. 이 말에 대해 "대인은 호랑이처럼 변혁한다[大人虎變]이라는 것은 그 무
늬를 빛내는 것이다.[大人虎變, 其文炳也.]"라는 설명이 있는데, 『금선각』은 이 말을
취하였다. 사리가 명백하게 드러나는 것이 마치 호랑이 털의 무늬가 밝게 빛나는 것과
같아 천하가 모두 믿고 따른다는 의미다.

177) 紅繩 : 붉은 실. 혼인을 맺는 것을 의미함. 이는 『晉書』〈藝術傳〉에 나온 고사에서 비롯
된 말이다. 당나라 貞觀 2년에 韋固라는 자가 여러 곳을 여행하다가 宋城에서 달빛 아래에
서 책을 읽고 있는 노인[月下老人]을 만났다. 위고가 그 책이 무슨 책인가를 묻자, 노인이
말하기를 "이는 세상 혼사에 관한 책인데, 여기에 적힌 남녀를 자루 안에 있는 붉은 실[赤
繩]로 묶어놓으면 아무리 원수지간이라도 반드시 맺어진다."고 한 데서 유래한다.

178) 荷荷 : 웃음소리를 형상화한 것.

179) 合巹 : 고대 혼례 중에 행해지던 의식 중의 하나. 표주박 하나를 갈라 두 개로 만든
다음, 신랑과 신부가 각각 하나씩 잡고 술을 따라 마시는 것이다. 이후로는 '合巹'만으
로도 혼례를 지칭하는 의미가 되었다. 이는 『禮記』〈昏義〉에 "신부가 이르면 신랑은
신부에게 읍을 하고 들어가 함께 뇌를 먹고 표주박의 합환주를 바꾸어서 마신다. 이것
은 몸을 합하고 높고 낮음을 같게 함으로써 친하게 하려는 까닭이다.[婦至, 壻揖婦以
入, 共牢而食, 合巹而酳, 所以合體同尊卑, 以親之也.]"에서 나온 말이다.

180) 兩美之合 : 두 아름다움이 합해짐. 원래 이 말은 충신과 현군을 가리키는데, 여기서
는 흠잡을 데 없는 신랑과 신부의 만남을 의미한다. 원래 이 말은 『楚辭』〈離騷〉에 나온
다. "말하기를, 아름다운 두 사람은 반드시 합쳐지니 누가 진심으로 아름다운 이를 생
각하지 않겠는가. 천하의 넓고 광대함을 생각해보면 어찌 바로 이곳에만 미녀가 있겠
는가?[曰兩美其必合兮, 孰信修而慕之. 思九州之博大兮, 豈有是其有女.]"

181) 萬福 : 고대에, 여인이 서로 보며 예를 행할 때에 입으로 '만복'을 자꾸 이야기하게
되는데, 이로 인해 후대에는 여인들이 존경의 예를 행하는 것을 가리키게 되었다. 또한
축사의 의미로 복이 많음을 의미하기도 한다. 『詩經』〈小雅·南有嘉魚之什·蓼蕭〉에는
"제후의 수레를 장식한 방울소리 딸랑딸랑하니 만복이 함께 하리라.[和鸞雝雝, 萬福攸
同.]"라는 말이 있다.

182) 禮貌 : 존경하는 마음을 드러내는 장숙하고 온화한 儀容. 『孟子』〈告子下〉에는 "예모
가 쇠하지 않았다 해도 자기 말처럼 실행되지 않는다면 벼슬을 그만두고 물러나라.[禮
貌未衰, 言弗行也, 則去之.]"는 말이 있고, 같은 책 〈離婁下〉에는 "공도자가 말하기를
'광장이라는 자는 온나라가 다 불효한 사람이라 일컫는데, 부자께서는 그와 더불어 노
닐고, 또 뒤따라 예모로 대우하시니 감히 묻건대 왜 그러시는지요?'[公都子曰, 匡章,
通國皆稱不孝焉, 夫子與之遊, 又從而禮貌之, 敢問何也?]"라는 말이 있다.

183) 繫絲 : 실띠로, 여자아이를 가리킨다. 이는 『禮記』〈內則〉에는 "아들이 밥을 먹기
시작하면 오른손으로 먹도록 가르치라. 말을 시작하거든 남자아이는 조금 빠르게 唯라

고 대답하고, 여자아이는 조금 느리게 兪라고 대답하도록 하라. 남자아이는 가죽띠를 매고, 여자아이는 실띠를 매도록 하라.[子能食食, 教以右手. 能言, 男唯, 女兪. 男鞶革, 女鞶絲.]"에서 나온 말이다.

184) 結褵 : 고대에 시집가는 여자가 행하는 의례의 하나. 여자가 시집에 가면 시어머니가 직접 옷고름을 매어주는 일. 남편의 집에서 시부모를 받들고 집안일에 힘쓰라는 의미를 담고 있다. 이는 『詩經』〈豳風·東山〉에 "친히 옷고름을 매어주고 온갖 법도를 갖추었네. 신혼 때에는 몹시 즐거웠는데, 지금은 어떠한가?[親結其褵, 九十其儀. 其新孔嘉, 其舊如之何.]"에서 나온 말이다.

185) 待老 : 아이를 길러 노년에 의탁할 곳을 기대함.

186) 眼前之樂, 身後之事 : 현재의 즐거움과 죽은 뒤의 일.

187) 肺肝 : 內心. 『禮記』〈大學〉에는 "다른 사람들이 나를 보기를 마치 폐와 간을 보는 것처럼 한다면 무슨 이익이 있겠는가?[人之視己, 如見其肺肝然, 則何益矣?]"라는 말이 있다.

188) 祗肅 : 공근하면서도 엄숙함. 『書經』〈太甲上〉에 "종묘사직은 모두 저숙하지 않으면 안 된다.[社稷宗廟, 罔不祗肅.]"는 말이 있다.

189) 庶政 : 각종 政務. 『周易』〈賁卦〉에 "상전에 이르기를 산 아래 불이 있는 게 賁이니, 군자가 각종 정사를 밝히 하고 함부로 옥을 행해서는 안된다.[象曰, 山下有火, 賁, 君子以明庶政, 无敢折獄.]"는 말이 있다.

190) 贊襄 : 보조, 혹은 협조함. 이 말은 본래 『書經』〈皐陶謨〉에서 유래한 것이다. "고도가 이르기를 나는 지혜가 없으니, 돕고 도와 업적을 이루도록 할 생각입니다.[皐陶曰: '予未有知思, 曰贊贊襄哉.']"

191) 華省 : 淸職이면서도 높은 官署.

192) 禁臠 : 천자의 고기. 제왕의 사위가 됨을 이름. 이 말은 南朝시대 宋나라 劉義慶의 『世說新語』〈排調〉에 나오는 일화에서 비롯된 말이다. "효무제가 왕순에게 사윗감을 찾아달라고 부탁하며 말하였다. '왕돈이나 환온 같이 돌무더기를 쌓듯이 학문을 쌓은 무리는 이미 다시 얻기 어렵소. 또한 약간이라도 생각이 있다 해도 다른 사람의 집안일에 관여하길 좋아한다면 더욱 필요한 바가 아니오. 정히 진장과 자경에 비유할 수 있는 사람이라면 가장 좋겠소.' 그러자 왕순이 사혼을 추천하였다. 나중에 원산송이 사혼과 혼인관계를 맺으려 하자, 왕순이 말했다. '경은 제왕의 고기에 가까이하지 마오.' [孝武帝屬王珣求女婿, 曰: '王敦桓溫, 磊砢之流, 旣不可不得. 且小如意, 亦好豫人家事, 酷非所須. 正如眞長子敬, 比最佳.' 珣擧謝混, 後袁山松欲嫁女與混, 珣曰: '卿莫近禁臠.']"

193) 儷皮 : 儷皮 : 암수 한 쌍의 사슴 가죽. 고대에는 冠禮의 선물이나 혼례의 폐백으로 썼다. 『儀禮』〈士冠禮〉에는 "이에 일헌의 예로써 빈에게 예를 한다. 주인이 빈에게 드리는 것으로는 속백과 여피로, 찬자는 모두 참여하여 술을 마신다. 찬자자가 介(손님을 돕는 사람)가 된다.[乃醴賓以壹獻之禮. 主人酬賓, 束帛·儷皮, 贊者皆與, 贊冠者爲介.]" 라고 했다.

원수가 서쪽 오랑캐를 크게 물리치고,
노승이 남쪽 길을 가도록 미리 인도하다
討西羌元帥大捷　取南路老僧先導

이 때 서평관(西平關)을[1] 지키던 장수가 장계를 올려 매우 급함을 알렸다. 장계는 이렇다.

'서번(西蕃)이[2] 감히 황제의 교화를 짓밟고, 서천(西川) 삼십육도(三十六道)의 군장(君長)들과[3] 더불어 서로 순치(脣齒)라고[4] 하며 각각 대병을 거느려 변경을 침범하였습니다. 적의 기세가 십분 긴급하오니, 이로 말미암아 치문(馳聞)하옵니다.[5] 운운(云云)'

황제가 열어보고 몹시 놀라 곧바로 기로(耆老)와[6] 원임(原任),[7] 그리고 삼정승[三台]와[8] 백관을 불러 대책을 상의하였다. 조정에 모인 모든 신하들이 한 목소리로 주달하였다.

"한림 장두영은 마음엔 육도(六韜)를[9] 통달하고 흉중(胸中)엔 만갑(萬甲)을[10] 감추고 있어서 천지조화의 이치[天地造化之理]와 일월성신의 운수[日月星辰之運]를 때와 기회에 따라[11] 정확하게 변통하옵니다. 그리고 전술의 원칙과 변칙을[12] 적절히 바꾸는 술법 및 성문을 열고 닫으며[13]

적을 농락하는 분별력으로 지혜를 쓰는 게 황홀하옵니다. 참으로 한
(漢) 나라 때의 신하 장량(張良)과[14] 제갈량(諸葛亮)[15] 이후 유일한 사람
이라 하겠습니다. 폐하께옵서는 단(壇)을 설치하여 대장의 벼슬을 내리
시고,[16] 절월(節鉞)을 하사하시며, 민첩하면서도 예리한 군사를[17] 선발
하셔서 변방 장수로서의[18] 책임을 전담케 하십시오. 그렇게 하온즉 필
연코 한 달 새에 세 번 승리한 후,[19] 폐하께 승전 소식을 아뢸 뿐 아니
라 전쟁도 끝내서[20] 돌아올 것입니다.”

　황제는 몹시 기뻐하며 그 날 즉시 장수로 임명할 단(壇)을 쌓고[21] 의식
을 갖춰[22] 신명[神祇]에게 고축(告祝)한[23] 후, 특별히 장두영을 대사마대
장군(大司馬大將軍)으로 삼고, 80만 정병을 거느리게 하였다. 그리고 황
제가 직접 기(旗) 위에 ‘대사마대장군 장두영이 서쪽을 정벌하러 가니
모든 군사는 명령을 따르라.[大司馬大將軍張斗英征西諸軍司命]’고 썼다.

　황제는 성 서쪽 10리 밖까지 나와 전별하고 친히 수레를[24] 밀며 명령
하였다.

　“서쪽 오랑캐가 하늘의 이치를 거슬러 변방에서 함부로 날뛰니,[25]
이는 참으로 사직(社稷)의 걱정이고 백성의 근심이네. 장군이 깨끗이
쓸어 훈업을 세우고 돌아오면 천하의 반을 나누어 전쟁에서 분주했
던[26] 노고에 보답하겠네. 가서 조심하게.”[27]

　원수가 땅에 엎드려 아뢰었다.

　“신은 신진(新進) 유신(儒臣)으로, 군사를 부리는 데에 어둡고 적을 방
어하는 계책에 생소합니다. 참으로 거듭되는 성은을 이길 수 없을까
두렵기만 하옵니다. 그러나 신은 가슴속에 가득히 품고 있는[28] 충성[丹
忠]을 다하겠습니다. 오직 시퍼런 칼날을 밟고 끓는 물에 들어간다 하
더라도 흔들리거나 위축되지 않겠다는 것만 생각할 뿐입니다. 삼가 진
충갈력(盡忠竭力)하여 한 무리의 소굴을 깨끗하게 쓸어내고,[29] 세 번의

대승을 이뤄 위엄을 떨침으로써[30] 성은의 만분지일(萬分之一)이나마 갚고자 합니다."

황제는 그 뜻을 장히 여겨 기쁜 표정으로[31] 말없이 바라보며[32] 보냈다.

원수가 황제를 사직한 후, 기독(旗纛)을[33] 올리고, 연무대(鍊武臺)에 올라 병마(兵馬)를 하나씩 점검하였다. 그리고 모든 장수를 분발(分撥)하여 좌선봉으로 단신(段信), 우선봉은 한양(韓襄), 중군장으로 양회(楊晦), 후군장으로 위관(衛瓘), 양초수운장(粮草輪運將)으로 이필(李弼)을 정하고, 그 남은 장수들은 차차로 직분을 제수하였다.

때는 곧 정유(丁酉)년 겨울 10월 갑자일(甲子日)이다. 원수는 은으로 만든 투구와 쇠로 만든 갑옷을 입고 백모(白旄)와 황월(黃鉞)을[34] 세운 채, 높은 삼층 수레에 당당히 앉아 왼손에는 우선(羽扇)을[35] 잡고 오른손에는 홀기(笏旗)를 잡아 모든 장수에게 명령을 내리며 삼군을 지휘하였다. 그 위풍이 늠름하니, 어느 누가 두려워 떨지 않겠는가?

이틀 동안에 갈 거기를 하루 만에 갈 만큼 말을 급히 몰아 서평관에 이르니, 관을 지키던 장군이 급히 나와 원수를 맞이하였다. 원수가 영채(營寨)에 안주한 후, 사방에 나무와 쇠로 만든 장애물을[36] 설치하고, 재치 있는 소교(小校)를[37] 시켜 적진의 형세를 탐지하도록 하고 급히 격서(檄書)를 놓았다.[38]

이 날, 서번(西蕃)은 격서를 보고 군사들에게 음식을 주어 위로하고[39] 성채(城砦)를 마주하게 대치시킨 후에 뒷날 아침의[40] 전쟁을 기약하였다. 원수도 장대(將臺)에[41] 올라 모든 장수를 불러 각각 분부하였다. 좌우 선봉장(左右先鋒將)에게 말하였다.

"너희들은 각각 일만의 병사를 이끌고 좌우 산곡에 매복하였다가 장대 위에서 포(砲)를 놓는 소리가 들리거든 여차여차하도록 해라."

중군장(中軍將)과 후군장(後軍將)을 불러 말하였다.

"너희들은 각각 일만의 병사를 이끌고 전면에 매복하였다가 여차여차해라."

"나머지 장수들도 각각 일만의 병사를 이끌고 장대에서의 지휘를 기다렸다가 여차여차해라. 만약 태만하여 명령을 어기는 자가 있으면 군법의 의거하여 처참(處斬)할[42] 것이다."

모든 장수들은 각각 명령을 받들고 물러났다.

다음날 아침. 원수는 깃발을 내리고 북을 치지도 않은 채,[43] 그저 늙고 약한 군사 수천 명만 거느리고 나와 전쟁을 독촉하였다. 서번의 장군 합연적(哈延赤)과 달마청(韃麼靑), 두 사람은 대국(大國)의 군사가 적고 약한 것을 보고 마음속으로 무시하여 몸을 날려 내닫는데, 그 교만한 태도가 등등하였다. 단신(段信)과 한양(韓襄)은 적을 맞아[44] 수십여 합을 싸우다가 갑옷을 버리고 무기를 끌며[45] 달아났다. 합연적은 승승장구하여 성채에 있던 모든 병사를 거느리고[46] 온 힘을 다해 좇았다. 그러자 달마청이 급히 합연적을 말리며 말했다.

"저 두 장군은 필시 거짓으로 패해 달아나는 것 같으니 경솔하게 좇다가는 그들의 함정에 빠질까 두렵소."

말을 마치기도 전에 장대 위에서 포성이 한 번 울렸다. 그러자 홀연 수만 명의 정예병들이 좌우 산곡에서 벌떼처럼 일어나 달려들었다. 여러 군사들이 한꺼번에 질러대는 소리가[47] 마치 천둥이 치는 듯했다. 북소리도 끊이지 않았다. 병사들은 앞뒤로 둘러싸서 수미가 서로 유기적으로 대응하였다.[48] 화살은 마치 집단으로 이주하는 메뚜기 떼와[49]

같고, 칼날은 마치 하늘에서 떨어지는 하얀 눈송이와 같았다. 적진은
몹시 혼란스러워[50] 하며 서로에게 밟혀 죽는 자가 태반이었다.

서번 장수가 계략에 들었음을 알고 자신도 반드시 죽을 것이라 생각
하며 좌충우돌하다가 간신히 틈을 찾아 막 도망가려고 했다. 그런데
미리 준비하고 있던 양회가 지름길로 복병[奇兵]을[51] 내보내 세 겹으로
둘러쌌다. 합연적과 달마청, 두 사람의 목숨은 이미 솥에는 노는 물고
기 신세였다. 그 순간, 위관(衛瓘)이 말을 몰고 창을 휘두르며 큰소리를
지르며 달려오는데, 창끝이 섬뜩하며 지나치더니 합연적과 달마청 두
사람의 머리가 차례로 땅 위로 떨어졌다. 양회와 위관은 긴 창에 각각
머리 하나씩 꽂고 말 위에서 휘두르며 의기양양하게[52] 돌아왔다.

원수는 대희하여 그 머리를 깃대에 달았다. 그리고 장대에 올라 군
악기(軍樂器)를 크게 울리고,[53] 군중악(軍中樂)을 지어 태평승전지곡(太
平勝戰之曲)을 연주하도록 하였다. 모든 장수들은 춤을 추고, 삼군은 좋
아서 날뛰었다. 다시 영채로 돌아온 원수는 병사와 군사를 쉬게 하고,
술과 고기를 내어 군사를 위로하였다.

번왕은 옥으로 만든 상자에 항서(降書)를 담아 등에 지고, 손으로는
검은 색[玄] 누런 색[黃]의[54] 두 광주리를 받들고, 무릎걸음으로 앞으로
나아와 머리를 조아리고 죄를 청하였다. 서천(西川) 36도 군장들도 모
두 예물을 보내 신하[臣妾][55] 되기를 청하였다. 원수는 번국에 들어가
백성들을 어루만지며, 병사들에게는 조금 백성들을 침탈함이 없도록
명령하였다. 서방 사람들 가운데 감동하지 않는 자가 없었다.

원수가 서천관(西川關)에 이르러 급히 첩서(捷書)를 주달하니, 황제가
매우 기뻐하여 말하였다.

"장원수의 지략은 참으로 천고의 으뜸이로다. 짐의 고굉(股肱)이며[56]
간성(干城)일지라.[57] 이미 이 사람이 있으니 천하가 태평스럽게 다스려

질 것이니, 족히 근심할 게 없도다."

조정에 있는 모든 신하들도 일시에 하례를 드렸고, 도성 안에서는 공덕을 기리는 남녀의 노래가 넘쳐났다.

서천관에서 출발한 원수는 서평관에 이르러 잠시 진을 머물렀다. 그러던 중 갑옷을 입은 채로 잠이 들었다. 그 때 홀연 흰 구름 한 조각이 날려 와 군영을 가득히 채우더니, 검은 옷을 입은 노승이 지팡이를 끌며 앞으로 나아와 빙그레 웃고 말하였다.

"원수가 어버이를 생각하고 아내를 그리워하는 정리가 두터운데, 혹 나랏일[王事]에[58] 바빠서[59] 그 마음이 다소 느슨해지지 않았는지요? 그렇지 않다면 황제가 계신 도읍으로 직접 가는 길을 택하지 말고, 남방을 향해 가다가 여남(汝南) 지방으로 찾아가십시오. 반드시 부인과 낭자를 해후하는 기쁨이 있을 것입니다."

말을 마치기도 전에 놀라서 눈을 뜨니, 노승은 이미 보이지 않았다.

필경 부처님의 도움이 어떻게 될까? 또한 하회를 분해하여 들을지라.

1) 西平關 : 중국 서북부에 위치한 깐수성[甘肅省]에 위치해 있음. 당 말기부터 吐藩 티벳 세력이 있었던 곳이다. 『삼국지연의』에서 諸葛孔明이 羌族의 공격을 막기 위해 馬超에게 방어를 맡긴 곳이기도 하다.

2) 西蕃 : 632년 羌人들의 부족을 통합하여 지금의 라싸(拉薩) 지역에 세운 국가로, 842년 왕의 암살로 와해되기까지 모두 9대 200여 년 간 존재했다. 吐藩이라고도 하며, 오늘날의 西藏 티베트 지구를 말한다. 당시에는 서역 일대 및 서부 변경 지역을 총칭하였다.

3) 西川 : 지금의 四川省 일대. 『삼국지연의』에는 서천 54주로 나오는데, 우리나라에서는 서천을 36도로 이해했던 듯하다. 『유충렬전』에도 서천 36도 군장들이 침략하는 것으로 나온다.

4) 脣齒 : 입술과 이. 입술이 없으면 이가 시린다는 말로, 두 나라가 서로 의존하면서 이해를 같이함을 뜻한다. 이 말은 본래 『左傳』〈僖公 5年〉에서 나온다. "진헌공이 다시 우나라에게 괵나라를 칠 것이니 길을 빌리라고 했다. 궁을 지키던 사람이 우공에게 간하였다. '괵나라는 우나라의 바람막이입니다. 괵나라가 망하면 우나라도 반드시 그 뒤를 따를 수밖에 없습니다. 지난번에 괵나라를 칠 때 길을 한번 빌려준 것도 이미 과분한데 어찌 두 번씩이나 빌려줄 수 있겠습니까? 세속에서 말하는 '볼과 잇몸이 상호 의지하고, 입술이 없으면 이가 시리다'는 것이 바로 우나라와 괵나라의 관계를 두고 하는 말입니다.'[晉侯復假道於虞以伐虢. 宮之奇諫曰: 虢虞之表也. 虢亡, 虞必從之. 晉不可啓, 寇不可翫. 一之謂甚, 其可再乎? 諺所謂'輔車相依, 脣亡齒寒'者, 其虞虢之謂也.]"라고 한데서 유래하였다.

5) 馳聞 : 급하게 아룀.

6) 耆老 : 나이가 많고 덕이 높은 사람.

7) 原任 : 이미 조정을 떠난 이전의 벼슬아치.

8) 三台 : 三公. 세 명의 정승.

9) 六韜 : 병서 이름. 周나라 때 呂望이 편찬하였다. 文韜, 武韜, 龍韜, 虎韜, 豹韜, 犬韜 등 6卷으로 분류하였다.

10) 萬甲 : 만 가지 지략. 『宋史』〈范仲淹傳〉을 보면, 范仲淹이 몇 년 동안 변방을 지킬 때 西夏 땅 사람들이 감히 국경을 넘보지 못하고 서로 경계하며 "연주에 뜻을 두지 마라. 범중엄의 흉중에는 수만 갑병이 들어있다.[毋以延州爲意, 小范老子胸中, 自有數萬甲兵.]"라고 말한 데서 유래하였다.

11) 應機 : 때와 기회를 보고 변통함.

12) 奇正 : 병법 용어. 예전 작전에는 陣을 마주하고 서로 맞서는 것을 正이라고 하고, 매복이나 엄습과 같은 것을 奇라고 하였다. 『孫子兵法』〈勢篇〉에는 "무릇 적은 병력을 다스리듯이 대규모의 병력을 통치하려면 병사의 수를 나누는 것이 옳다. 적은 군사와 싸우는 것을 대규모의 군사와 싸우는 것처럼 하려면 진을 의사소통을 하는 것이 옳다. 삼군의 무리가 가히 적의 공격을 받더라고 패하지 않으려면 변칙과 정석을 함께 운영하는 것이 옳다. 군대를 공격할 때는 돌로 계란을 치듯이 적의 허실을 정확하고 알고 있어

야 한다.[凡治衆如治寡, 分數是也. 鬪衆如鬪寡, 形名是也. 三軍之衆, 可使必受敵而無敗者, 奇正是也. 兵之所加, 如以碬投卵者, 虛實是也.]"라고 하였다. 같은 곳에서는 "전쟁의 기세는 원칙과 변칙 두 가지에 불과하지만, 원칙과 변칙은 변화하기에 모든 것을 알 수가 없다. 변칙과 원칙은 상생하는데, 마치 순환하며 끝을 알 수 없는 것과 같다. 어느 누구도 능히 그 모든 것을 알 수 있겠는가?[戰勢不過奇正, 奇正之變, 不可勝窮也. 奇正相生, 如循環之無端, 孰能窮之.]"라고 했다.

13) 闔闢 : 문을 닫고 엶.

14) 張良 : ?~기원전 189. 漢나라 때의 정치가이며 건국공신. 자는 子房, 시호는 文成이다.

15) 諸葛亮 : 181~234. 삼국시대 蜀漢의 謀臣. 자는 孔明, 별호는 臥龍先生이다.

16) 設壇拜大將 : 壇을 설치해서 대장으로 임명함. 이 말은 본래 『通鑑節要』 2권에 나오는 것으로, 劉邦이 韓信을 대장으로 임명하던 고사에서 비롯되었다. 해당 부분을 요약하면, 항우가 유방을 巴蜀 漢中의 왕으로 삼은 후 司馬欣으로 하여금 유방이 나올 길을 막자, 유방은 蕭何를 승상으로 삼는다. 그해 여름 승상 蕭何가 韓信을 대장으로 천거한다. 그리고 유방에게 좋은 날을 택해 沐浴齋戒한 후 한신이 올라갈 壇을 설치하고 禮를 갖추라고 한다. 유방은 그렇게 한신을 대장으로 임명하였고, 여러 장수들이 모두 기뻐하였다는 내용을 활용하였다.

17) 輕銳 : 민첩한 정예병.

18) 閫外 : 조정이나 서울이 아닌 변방에서 군사를 주둔시키면서 다스리는 장수.

19) 一月三捷 : 한 달 안에 세 번 승리함. 이 말은 『詩經』 〈小雅·采薇〉에 나온다. "병거에다 멍에 이미 매었거니와 네 필의 말이 모두 건장하구나. 어찌 감히 편안히 거처하리오. 한 달에 세 번 승리를 거두도다.[戎車旣駕, 四牡業業. 豈敢定居? 一月三捷.]"

20) 振旅 : 전쟁을 끝내고 군사를 거두는 것. 이 말은 『詩經』 〈小雅·南有嘉魚之什·采芑〉에 나온다. "북을 둥둥 울리네. 전쟁을 끝내는 북소리라네.[伐鼓淵淵, 振旅闐闐.]"

21) 築壇 : 단을 쌓아 장수로 제수함. 앞의 각주 16번을 참조할 것. 이 말은 『漢書』 〈高帝紀上〉에도 나온다. "한나라 왕이 제계하고 단장을 마련하여 韓信을 대장으로 삼고, 계책을 물었다.[漢王齊戒設壇場, 拜信爲大將軍, 問以計策.]" 壇은 토대이고, 場은 광장을 의미한다.

22) 具禮 : 예를 갖춤. 의식을 갖춤. 이 말은 흔히 앞에 나온 '단을 마련한다[設壇, 築壇]'라는 말과 함께 쓰인다. 『史記』 〈淮陰侯列傳〉을 보면 "소하가 말하기를 '왕께서는 평소 오만하고 무례하여 지금 대장을 제수함이 마치 어린아이를 부르듯이 합니다. 이로 인해 한신이 떠난 것입니다. 왕께서 반드시 그를 대장으로 제수하시려면 좋은 날을 가려 재계하시고 단장을 마련하고 의식을 갖추어야만 가능할 것입니다.' 그러자 왕이 허락하였다.[何曰: '王素慢無禮, 今拜大將如呼小兒耳. 此乃信所以去也. 王必欲拜之, 擇良日, 齋戒, 設壇場, 具禮, 乃可耳.' 王許之.]"라는 말이 나온다.

23) 告祝 : 천지신명에게 告하여 빎.

24) 推轂 : 수레를 앞으로 밂. 고대에는 제왕이 장수를 임명하거나 출정시킬 때에 아주

융숭하게 예의를 갖추는 것을 이렇게 표현하였다. 『史記』〈張釋之馮唐列傳〉에는 "馮唐이 대답하기를 '저는 상고시대 때에 군왕이 장수를 출정시킬 때에는, 떠날 때에 군왕이 직접 무릎을 꿇고 앉아 수레를 밀면서 國門 안의 일은 군왕이 결정하고, 국문 밖의 일은 장군이 결정하라고 말했다고 들었습니다.[唐對曰: 臣聞上古王者之遣將也. 跪而推轂, 曰闔以內者, 寡人制之, 闔以外者, 將軍制之.]"

25) 跳梁 : 거리낌 없이 함부로 날뛰고 다님. 『莊子』〈逍遙遊〉에 "당신은 너구리나 살쾡이를 보지 못하였소? 몸을 낮게 웅크리고 나다니는 동물들을 기다리죠. 동서로 이리저리 날뛰고, 높고 낮은 데를 가리지 않다가 결국은 덫이나 그물에 걸려서 죽고 말지요.[子獨不見狸狌乎? 卑身而伏, 以候敖者., 東西跳梁, 不避高下. 中於機辟, 死於罔罟.]"라는 말에서 나온 것이다.

26) 汗馬 : 전쟁에 나간 말이 분주하게 다니면서 땀을 흘리는 것으로, 전쟁에 대한 노고를 비유적으로 가리킴. 唐나라 杜甫의 시 〈收京〉에는 "한마로 궁궐을 수복하니 봄날 성에서는 적들의 해자를 메우네.[汗馬收宮闕, 春城鏟賊壕.]"라는 구절이 있다.

27) 往欽哉 : 가서 공경히 일하라, 혹은 가서 조심하라. 이는 『書經』〈堯傳〉에는 "요임금이 말하기를 알았네. 가서 공경히 일하게.[帝曰: '兪. 往欽哉.]"에서 나온 말이다.

28) 一腔 : 뱃속에 가득함. 가슴속에 가득 품음.

29) 蕩滌 : 더러운 것을 없애고 깨끗하게 함.

30) 丕揚 : 큰 힘을 선양함.

31) 欣欣然 : 흥취가 지극히 높은 모양. 이 말은 『孟子』〈梁惠王下〉에 "백성이 왕의 종과 북 소리와 피리 소리를 듣고 모두 즐거운 표정으로 기뻐하는 얼굴빛으로 서로 말하기를 '우리 왕께서는 질병이 없으시리라. 어찌 저리 음악을 잘할까?'[百姓聞王鐘鼓之聲, 管籥之音, 擧欣欣然有喜色而相告曰, '吾王庶幾無疾病與, 何以能鼓樂也?']"라는 구절에서 나왔다.

32) 目送 : 떠나는 사람을 말없이 바라보며 보냄. 『史記』〈留侯世家〉에는 "네 사람이 헌수를 이미 마치고 가는데, 군왕이 말없이 바라보며 보냈다.[四人爲壽已畢, 趨去, 上目送之.]"라는 구절이 있다.

33) 旗纛 : 새의 깃털로 장식한 큰 기. 당나라 韓愈의 〈南海神廟碑〉에는 "커다란 깃발이 펄럭이며 해를 가리네.[旗纛旍麾, 飛揚晻藹.]"라는 구절이 있다.

34) 白旄黃鉞 : 白旄와 黃鉞. 백모는 군대를 지휘하는 하얀 깃발을 말하고, 황월은 금으로 장식한 도끼로, 軍權을 가리킨다. 『書經』〈牧誓〉에는 "왼쪽에 황월을 짚고, 오른쪽에는 백모를 잡고 휘두른다.[左杖黃鉞, 右秉白旄以麾.]"고 하였다. 蔡沈은 "鉞은 도끼로, 황금으로 장식한 것이다. 旄는 군중을 지휘하는 기로, 하얀색을 써서 멀리서도 볼 수 있게 했다.[鉞, 斧也, 以黃金爲飾. … 旄, 軍中指麾, 白則見遠.]"라는 주석을 붙였다.

35) 羽扇 : 긴 깃털로 만든 부채. 여기서는 『晉書』〈顧榮傳〉에 실린 내용, 즉 우선을 잡고 군사를 지휘한다는 내용을 활용한 것이다. "광릉상 진민이 반란을 일으켜 남하하여 강을 건너 마을에 웅거하니, 고영 등이 몰래 병사를 일으켜 진민을 공격하려고 꾀를 냈다. 고영이 다리를 부수고 배를 남쪽 언덕으로 가져다 놓으니, 진민이 만여 명의 사람을

데리고 출정하였지만 강을 건널 수가 없었다. 고영은 긴 깃털로 만든 부채를 흔들며 지휘하니, 많은 적병들이 뿔뿔이 흩어졌다.[廣陵相陳敏反, 渡江據州, 榮等潛謀起兵攻 敏. 榮廢橋斂舟于南岸, 敏率萬餘人出, 不獲濟, 榮麾以羽扇, 其衆潰散.]"는 고사를 활용 했다. 이 말로 인해 후대에는 "우선을 잡고 병사를 지휘한다.[羽扇揮兵]는 단어 자체가 조용히 지휘하면서도 적을 제압하여 승리한다는 의미로 쓰였다.

36) 蒺藜 : 본래는 일년생 식물을 이르지만, 여기에서는 나무나 쇠로 만든 장애물을 의미 한다. 땅 위에 놓아두고서 적이 전진하는 것을 막는 것인데, 이 모양이 마치 蒺藜의 열매와 비슷하게 생겼다고 해서 붙여진 이름이다.

37) 小校 : 직급이 낮은 무관.

38) 飛傳 : 다급한 일을 맡아 처리하는 파발.

39) 犒軍 : 犒饋. 군사들에게 음식을 주어 위로함.

40) 詰朝 : 詰旦. 다음날 아침.

41) 將臺 : 장수가 올라서서 명령·지휘하던 대. 城, 堡 따위의 동서 양쪽에 돌로 쌓아 만들 었다.

42) 處斬 : 목을 베어 죽임.

43) 偃旗息鼓 : 전쟁터에서 軍旗를 누이고 북을 쉰다는 뜻으로, 군대의 전술을 은폐하거나 휴전하는 것을 의미함. 『三國志』를 비롯한 연의소설에서 빈번하게 나오는 용어다.

44) 迎擊 : 공격하여 오는 적을 나아가 맞받아침.

45) 棄甲曳兵 : 갑옷을 털고 무기를 끈다는 의미로, 전쟁에서 패배하여 달아나는 모양을 말함.

46) 空壁 : 병사를 거느리고 모두가 성채에서 나감.

47) 吶喊 : 여러 사람이 다 함께 지르는 큰 소리.

48) 首尾相接 : 머리와 꼬리가 서로 접해있다는 말로, 병법 용어다. 『孫子兵法』〈九地篇〉 에는 중국 常山에 산다는 率然이 나오는데, 이 동물의 공격과 수비법에서 나온 것이다. 즉 솔연의 머리를 치면 꼬리가 재빠르게 반격하고, 꼬리를 치면 머리가 반격한다. 몸통 을 공격하면 머리와 꼬리가 함께 공격함으로써 상대의 공격을 저지한다는 말로, 군대 의 각 부분이 유기적으로 협조하는 것을 말한다. 首尾相應이라고 한다.

49) 飛蝗 : 집단 이동을 하는 메뚜기 떼. 예전 중국에 분포하는 풀무치의 일종으로, 농작물 에 침입하면 막대한 피해를 준다.

50) 七斷八截 : 七斷八續. 몹시 散亂하고 서로 조응하지 못하는 것을 형용한 말.

51) 奇兵 : 적이 예측할 수 없는 기묘한 전술로 기습하는 부대. 『史記』〈劉敬叔孫通列傳〉 에는 "지금 신이 흉노에 갔더니, 여위고 지친 노약자들만 보였습니다. 이는 반드시 자 신들의 단점을 보여주고 복병을 숨겨두었다가 승리를 얻으려는 것입니다.[今臣往, 徒 見羸瘠老弱, 此必欲見短, 伏奇兵以爭利.]"라는 말이 있다.

52) 得得 : 매우 흡족한 모양. 이 말은 본래 『莊子』〈騈拇〉에 나온다. "무릇 자연스럽게

보지 않고 남에게 얽매여 보고, 스스로 만족하지 못하고 남에게 사로잡혀 만족하는 자는 남의 만족으로 흡족해 하고 스스로의 참된 만족을 얻지 못한 자이며, 또 남의 즐거움으로 즐거워하고 스스로의 참된 즐거움이 없는 자이다.[夫不自見而見彼, 不自得而得彼者, 是得人之得, 而不自得其得者也. 適人之適, 而不自適其適者也.]"

53) 吹打 : 軍中에서 나발·소라·대각·태평소 등을 불고, 징·북·鑼·바라 등을 치는 군악.

54) 玄黃 : 검은색과 누런색. 玄은 하늘의 색을, 黃은 땅의 색을 의미한다.

55) 臣妾 : 노예. 후대에는 통치자가 부리는 백성이나 오랑캐 족속들을 범칭하여 썼다. 본래 이 말은 『史記』〈越王勾踐世家〉에 나온다. "이내 대부 문종으로 하여금 오나라에서 강화를 청하게 하였다. 문종이 무릎걸음을 하고 머리를 조아려 말하기를 '임금의 신하의 구천이 저 문종으로 하여금 '구천은 신하가 되고 처는 첩이 되기를 청합니다'라고 하기에 감히 고합니다.'"[乃令大夫種, 行成於吳, 膝行頓首曰 : "君王亡臣勾踐, 使陪臣種, 敢告下執事 : 勾踐請爲臣, 妻爲妾.]의 "請爲臣, 妻爲妾'을 그대로 쓴 것이다.

56) 股肱 : 좌우에서 보좌하는 신하. 『書經』〈益稷〉에는 [帝曰: 臣作朕股肱耳目, 予欲左右有民.]라는 말이 있다.

57) 干城 : 성을 지키는 방패. 이 말은 『詩經』〈周南·兔罝〉의 "저 씩씩한 무부여, 한 나라의 방패로구나.[赳赳武夫, 公侯干城.]"에서 나온 것이다.

58) 王事 : 王命에 의해 파견되어 행하는 공적인 일. 그 중에서도 특별히 조정의 일이나 會盟, 혹은 전쟁에 의한 정벌 등 왕조의 중요한 일들에 주로 한정하여 쓴다. 이 말은 『詩經』〈小雅·鹿鳴之什·四牡〉에 있는 내용을 변형한 것이다. "왕사를 소홀히 할 수 없기에, 아버지 봉양할 겨를이 없노라. (중략) 왕사를 소홀히 할 수 없기에, 어머니 봉양할 겨를이 없노라.[王事靡盬, 不遑將父. …… 王事靡盬, 不遑將母.]"라는 내용을 활용한 것이다. 조정의 일 때문에 부모를 봉양할 수 없는 상황을 노래한 내용을 『금선각』에서는 이렇게 쓴 것이다.

59) 鞅掌 : 일로 인해 바쁘고 번거로움. 이 말은 『詩經』〈小雅·谷風之什·北山〉에 "어떤 사람은 부르짖음도 모르고, 어떤 사람은 처참하게 일하고, 어떤 사람은 편안히 뒹굴며 살고, 어떤 사람은 나랏일로 바쁘게 일하네.[或不知叫號, 或慘慘劬勞. 或棲遲偃仰, 或王事鞅掌.]"에서 나온 것이다.

이원(尼院)에 들어가 어머니와 아내의 손을 잡고,[1]
옛집을 지나가니 호씨는 간담이 서늘해지다

入尼院母妻握手　歷舊舘胡氏喪膽

원수가 마침내 노문(路文)을[2] 고쳐 남방 지방으로 보냈다.[3] 그 곳 자사(剌史)와 수령(守令)들은 놀랍고도 두려워 분주히 움직였다. 일시에 도로를 정비하고, 산을 깎아 골짜기를 메우고,[4] 다리를 놓아 육지로 만들기도 했다.

원수가 여남(汝南) 지방에 들어가 객사에서 잠을 자다가 문득 꿈을 꾸었는데, 노승이 다시 와서는 '마음에 품고 있던 그 사람이 멀지 않은 곳에 있다.'고 말해주었다. 원수가 일어나 절하고 말하였다.

"중생의 바탕이 어두우니, 부처님의 덕으로써 정히 깨우치게 해주십시오. 부처님의 가르침이 아니면 단지 긴 하룻밤만 있을 뿐입니다. 아! 일찍이 부모를 잃은 어린아이와 같은 내 어리석음이여![5] 일찍이 속세의 그물에[6] 얽혀 있으면서 어머니와 아내의 소식에 어둡기가 마치 잠을 자고 있는 것과 같습니다. 다행히 존사께서 의지할 곳 없는 사람에게[7] 큰 자비를 베푸시어 길을 잃고 있던 제게 순간의 일깨움을[8] 주시었으니, 이는 이른바 누런 나뭇잎[黃葉]으로 우는 아이의 울음을 그치게 하는 것이라 하겠습니다.[9] 지금 우리 성천자(聖天子[徽宗])께옵서는[10] 부처님을 존경하사, 다시 이름을 지어 '대각금선(大覺金仙)'이라고[11] 하시었으니, 존사께서 참으로 그리 하신 것입니까? 엎드려 바라옵건대 부처님께옵서 큰 깨우침의 덕음(德音)을[12] 더욱 드리우시어 어머님과 아내가 의탁하고 있는 곳을 쾌히 보여주시옵소서."

인하여 백 번 절하며 간절히 빌었다. 노승이 말하였다.

"금산사(金山寺) 화주승(化主僧)에[13] 불과한 빈도가 어찌 감히 성대한 칭찬을 감당하겠습니까? 우연히 부인과 낭자가 의탁한 곳을 알았을 뿐입니다. 그러나 사람의 삶에서 이별과 만남은 천운(天運)과 관계되지 않는 게 없습니다. 천운은 깊고도 깊어 가벼이 누설할 수 없지요. 다만 정성을 다하면 금석(金石)도 뚫는지라, 지금 원수께서 지성으로 구하려고만 한다면 어찌 다시 만나봄을 근심하겠습니까?"

원수가 바야흐로 다시 묻고자 할 즈음, 갑자기 울린 북과 나팔 소리에 놀라 깨어났다. 원수는 크게 깨달아 말했다.

"전후 꿈에서 보았던 스님은 과연 소흥(紹興) 길에서 만났던 스님이라. 그가 이른 바 금산(金山)은 금선(金仙)이라는 글자와 서로 부합하니, 이상하구나! 그 때는 스스로 화주승이라 하기에 나도 또한 그저 한 노스님으로만 인식했을 뿐이지. 그런데 오늘은 누워 자는 동안에 두세 번이나 와서 보였으니, 이는 지팡이로 땅을 짚고서 길을 찾아다니는 맹인의[14] 고단한 인생을 불쌍히 여기시어 방온거사(龐蘊居士)의 딸 영조(靈照)로 하여금 길을 찾아갈 수 있도록[15] 깨우쳐 주심이라. 그러나 그 말씀이 분명하지 않고,[16] 의탁하고 있는 곳을 명확히 지시하지 않은 까닭은 내 정성의 깊고 얕음을 시험하기 위함이리라. 대개 불가에서의 정성은 부처님께 공양을 드려 축원함[供佛祝願]을 이름이라. 내 마땅히 산속에 들어가 진경을 찾아 재(齋)를 베풀고 부처님께 기원을 드리리라."

원수는 즉시 여남 태수를 붙들고 물었다.

"이 곳은 본래 산수(山水)의 고향이라 불리지요. 그 중, 모든 산 가운데서도 법계(法界)의 으뜸이라고 할 만한 데는 어디에 있는가요?"

태수가 대답하였다.

"단원사(端元寺) 이암(尼庵)은[17] 여기에서 칠십 리나 되는데, 고요[靜僻]하고도 깨끗[淸灑]하여 작은 먼지 하나도 물들지 아니한 곳이랍니다."

이에 원수는 모든 장수들에게 전령을 내려 병사와 말을 쉬게 하고, 그들로 하여금 며칠 동안 머물도록 하였다. 그러고는 융복(戎服)을 벗고 목욕재계한 후, 유학자의 옷으로 갈아입고 짚신을 신었다. 그리고 말 한 필과 아이 하나만 데리고 단원사를 향해 갔다.

산봉우리와 골짜기는 깊고도 아득하고, 풍경은 화려하면서도 아름다웠다. 배회하며 주위를 두루 구경하는데, 참으로 맑고도 깨끗한 하나의 법계(法界)였다. 기암(奇巖)과 촉석(矗石)은[18] 관세음보살이 아님이 없고, 끊이지 않는 폭포 소리와 흐르는 냇물 소리는 마치 범패(梵唄)를[19] 듣는 듯하였다. 마음에 스스로 기뻐 말하였다.

"만약에 부처께서 영혼이 있다면 반드시 이 산에 머물겠구나. 사람이 여기서 참으로 기도한다면 반드시 신명의 도움이 있으리라."

마침내 객실에다 종과 말을 머물게 한 후 산문(山門)으로 들어가 올려다보니, 늙은 비구니가 나와 맞이하며 물었다.

"어느 곳에 계신 존귀한 나그네가 여기에는 어떻게 오셨습니까?"

원수가 말하였다.

"학생은 본래 근본이 없는 부평초와 같은 자로, 머리를 기른 채 불도를 닦는 행각승[頭陀]이올시다.[20] 아름다운 산과 고운 물을 두루 찾아다니다가 우연히 천불 도량(道場)에 들었나이다. 장차 몇 종의 다과를 가지고 일심(一心)으로 공양함으로써 시방세계(十方世界)의[21] 삶[苦行]

을[22] 참회(懺悔)하고,[23] 불교[三寶]의[24] 맑은 무리가[25] 되어 한가지로 참배하기를 바랍니다."

"유교와 불교가 비록 다르지만 부처를 신봉한다는 점에서는 같습니다. 상공께서는 이른바 우리들의 도[吾道]를 한가지로 하는 사람이라[26] 하겠습니다. 즐거이 찾아와 주시었으니,[27] 마치 많은 보화[百朋]를[28] 얻은 듯하옵니다."

인하여 즉시 부엌으로 가서 저녁밥을 준비하였다. 원수는 산보를 하며 돌아다니다가 보리수 아래에 홀로 우두커니 섰다. 그러고 있자니 자연스레[29] 품고 있던 회포가 저절로 발동하여 홀연히 절구 한 편을 완성하였다. 그 시는 이렇다.

서쪽 봉우리 달그림자는 남쪽 나뭇가지 위로 오르고
돌아가는 나그네는 아득히 집안 소식을 묻네.
그늘에서 우는 학과 짝 잃은 난새는 소식이 끊겼는데
온 산에는 꽃비 날리는데 석양만 기우네.

西峰月影上南柯　　　歸客蒼茫問室家
陰鶴[30]孤鸞消息斷　　滿山花雨夕陽斜

읊기를 마치니, 그 소리가 맑게 울리면서 동서로 흩어졌다. 방에 있던 많은 비구니들이 놀라 한꺼번에 일어나서 난간 사이로 훔쳐보니, 선풍도골(仙風道骨)이 능히 사람으로 하여금 몸을 솟구치며 뛰어오르게 할 만큼[31] 감탄스러웠다.

원수가 몸을 돌려 당에 오를 즈음이었다. '흑흑' 하며[32] 슬피 우는 소리가 서쪽 행랑에서 바람을 타고 들려왔다. 그 소리는 마치 원망하는 듯도 하고 사모하는 듯도 한데, 실처럼 가늘게 이어지며 끊이지 않았다. 원수가 그 소리를 듣고 있자니, 눈물이 줄줄 흘러 옷깃을 적시는 것도 깨닫지 못하였다.

잠시 후, 비구니가 밥을 들고 와서 대접한 후에 물었다.

"소문에 대원수께서 크게 승리하여[33] 군대를 이끌고 돌아오니,[34] 공훈이 세상에 빛나고, 위엄과 명성은 천지를 울린다고 들었습니다. 어제는 이 고을 관아에 머무르니,[35] 어린 아이에서부터[36] 노인들까지[37] 수레를 잡고 길을 막아서라도 한 번이라도 보지 않으면 장쾌한 일이 아니라고 하더군요. 빈도는 산문에 흔적을 감춘지라, 거의 수십 년 동안 가까운 데도 아득한 곳에[38] 있는 것처럼 떨어져 있었으니 황제께서 보낸 사신의[39] 성대한 의식조차 보지 못하였습니다. 공문(空門)에서 머리를 들어 바라보며,[40] 그저 선(禪)과 속(俗)의 다른 처지만 한탄할 뿐입니다. 상공께서는 오시면서 혹 그 거마(車馬)의 성대함과 깃발[羽旄]의[41] 아름다움을 보셨는지요?"

"학생 또한 보지 못하였소. 그런데 선(禪)과 속(俗)의 처지가 다르다고 하셨지요. 과연 존사의 말씀과 같을진대, 아까부터 슬피 우는 소리가 서쪽 행랑에서 들려오더군요, 애원(哀怨)을 지닌 속세의 무리가 어떻게 극락의 선경에 이를 수 있을까 싶소만…."

"이 암자는 곧 많은 비구니들이 모인 곳입니다. 무릇 여자로서 비구니가 된 자들 중에 어떤 사람은 일찍이 부모를 이별하였고, 어떤 사람은 지아비를 영결한 자입니다. 슬프고 원통한 감정이 항상 가슴에 가득차 있어서 잊으려 해도 잊히지 않아 수시로 드러나 금할 수가 없지요. 아까 들었던 것도 무에 그리 이상한 일이겠습니까?"

원수가 비구니의 말을 들으매, 마음이 아파 얼굴에는 슬픔이 드리우고, 눈동자에는 눈물이 그렁그렁하여 은은히 자신의 처지를 돌아보며 스스로 애처로워하는 뜻이 있는 듯했다. 비구니가 말하였다.

"상공은 나이가 청춘이고,[42] 용모 또한 빼어나니[43] 분명코 뜻을 얻어 높이 드날릴[44] 손님이라. 필시 떠돌며 몸조차 의탁할 데 없는[45] 사람은 아닐 것입니다. 그런데 어찌하여 빈도의 한 말씀 끝에 길게 한숨을 내쉬고 짧게 탄식을 하시는지요?"

원수가 길게 한숨을 내쉬며 대답하였다.

"학생은 전세(前世)의 죄가 중하여 금세(今世)의 운명이 박약(薄弱)한가 봅니다. 일찍이 부모를 이별하더니, 나중에는 아내와도 이별하였소. 지금 이 암자에 부모와 헤어진 자가 없지 않다는 말씀을 들으니, 그 울음은 곧 내 울음일지라. 이런 까닭에 말씀을 듣고 슬퍼합니다."

"상공의 양친께서는 혹 이미 기세(棄世)하였는지요?"

"한 번 죽고 사는 것은 사람의 당연한 이치라. 과연[46] 부모님을 모시다가 천명을 마치고 저승[泉壤]으로 돌아가셨다면, 고금의 인간 어느 누구에겐들 이런 비통함이 없겠소. 그러나 난리를 만나 서로 헤어진 후 생사조차 모르니, 호천망극[昊天罔極]함은 시간이 지나면 지날수록 더욱 더 깊어만 진답니다."

"이 암자의 많은 비구니들은 대부분이 사대부가의 부녀자들로, 계미(癸未)년의 난리에 홀로 되어 돌아갈 곳이 없어 부처님께 발원하여 후생(後生)에 올바른 깨달음의 열매[正果]를[47] 얻기 위해 수행하는 사람들입니다. 상공께서 시를 읊조리실 때에 자식을 생각하는 노파는 상공을 보매 슬픔이 더욱 깊어지고, 남편을 생각하는 젊은 비구니는 상공을 보매 비창함이 더욱 더 많아졌을 것입니다. 아지못게라. 상공께서는 어느 해에 난리를 만났고, 어느 곳에서 부모를 이별하였으며, 나이는 얼마나 되었는지요?"

"여섯 살에 난리를 만났으며, 부모님의 존함도 알지 못하오. 그러니 어떻게 거주했던 고향과 이별했던 장소를 알 수 있겠소? 견마(犬馬)처럼[48] 보잘 것 없는 내 나이는 바야흐로 스물 살입니다."

"상공의 장인[岳丈]은 뉘신지요?"

"양주(涼州) 이통판입니다."

"통판 어르신께서는 처음에 최씨 집안과 결혼하고, 두 번째에는 호씨 집안과 결혼하시었죠. 상공의 부인[49] 아씨는 최부인의 따님이신가요, 아니면 호부인께서 낳으셨는가요?"

"존사께서는 통판 집안의 일을 어찌 그리 잘 아십니까? 최부인께서 내 아내를 낳았소이다."

"낭자가 살아있나요, 죽었나요?"

"호씨의 태도가 박하고 쌀쌀하기에 내가 집을 떠나 흩어진지도 이미 오래되었으니, 생사를 어떻게 알 수 있겠소?"

"헤어질 때 혹시 서로 신물(信物)을 나눈 것이 있는지요?"

원수가 탄식하며 말하였다.

"진실로 있었습니다. 학생이 어렸을 때의 옷인데, 이는 어머님이 손수 바느질을 한 것이라오. 이별할 때 신물로 줌으로써, 뒷날을 기대했던 것이지요."

"경운 공자는 어디에 머물러 있나요?"

원수가 몹시 놀라 급히 일어나 절하고 말하였다.

"아내의 흔적이 정히 존사의 마음속에 있습니다. 경운이 거주하는 곳은 내 마땅히 천천히 말할 것이오. 오직 바라는 것은 존사께서 자세히 알고 있는 아내의 소식을, 나를 위해 먼저 기꺼이 말씀해 주십시오."

인하여 눈물을 흘리며 목을 메는데, 그 모습은 사람들로 하여금 참담케 하였다.

비구니가 문을 열고 나가더니, 잠시 후에 돌아와 단삼(短衫)을 펼쳐 보이며 말했다.

"이것이 이별할 때 주었던 것인지요?"

원수가 그것을 보니 두렵고 떨려 머리발이 쭈뼛하였다. 급히 옷을 붙들고 울며 말하였다.

"과연 그렇습니다. 옷이 어디에서 왔고, 사람은 어디에 있나요?"

"비록 부부 간이라도 아득히 헤어졌다가 우연히 만난즉, 갑자기[50] 얼굴을 마주하는 것이 불가합니다. 십분 적확함에 힘쓰고 도리에 맞도록 이른 연후에라야 시러금 맞이할 수 있을 것입니다. 상공께서 낭자에게 준 것은 옷이지요. 다행히 지금 그것을 확인함으로써 상공의 마음을 풀었습니다. 그렇다면 낭자가 상공께 주신 것은 또한 어떤 물건인가요? 어찌하여 깨내 보여줌으로써 낭자의 미혹함을 깨트리려 하지 않나요?"

"존사의 고명하신 견해와 신중하신 의론은 속인이 미칠 바가 아닙니다."

이내 주머니 속에서 옥지환을 꺼내 비구니에게 주었다. 비구니가 받아들고 다시 가서 낭자에게 전해 주었다. 낭자가 그 옥지환을 가져다가 자신의 손가락에 끼고 있던 다른 한 짝의 옥지환과 비교해 보니, 옥지환의 색과 고리의 형상이 조금도 차이가 없었다. 태양에 비춰보니 글자의 흔적도 분명하였다. 이에 한편으로는 놀랍고 한편으로는 기뻐서 날뛰며 크게 울부짖다가[51] 양씨 부인과 함께 일시에 뛰어나가, 곧바로 원수가 앉아 있는 데로 달려들었다.

양씨 부인이 원수의 손을 잡고 통곡하며 말하였다.

"내 아들, 두영아! 이게 꿈이냐, 생시냐?"

낭자는 무릎이 닿을 정도로 가까이 다가가 부르짖었다.

"우리 집 낭군이시여! 이게 하늘의 도움인가, 신명의 도움인가?"

원수가 이씨 쪽을 바라보니, 분명한 이씨 부인이었다. 또 모친 쪽을 바라보니, 심신이 황홀하여 마치 어리석은 것 같기도 하고 미친 것 같기도 했다. 대개 처음에 비구니와 더불어 문답할 때에는 모든 것이 이씨와 관련된 이야기여서 모친이 갑자기 이를 것은 생각지도 못하고 있었기 때문이다. 머리를 들어 우러러보니 놀라움과 의아함을 진정할 수 없었다. 눈을 씻고 자주 대면하니 슬픔과 기쁨이 서로 뒤섞였다. 이윽고 원수는 소리 내어 통곡하며 말하였다.

"소자가 슬하를 떠난 지가 오래되어, 지금이 십오 년째이옵니다. 노모께서는 이미 황구(黃耉)가[52] 되시었으니, 옛날의 얼굴을 기억하기 어렵습니다. 소자도 갑자기 헌걸찬 남자로 장성하였으니[53] 마치 다른 사람의 모습처럼 보였을 터입니다. 예전부터 소자가 어머님을[54] 오랫동안 모시면서 아픈 곳과 가려운 곳을 만지고 긁었다 해도[55] 오히려 마음을 놓고 활개치고 다닐 수 없습니다.[56] 하물며 전쟁으로 어수선한[57] 즈음에 기거하는 바도 알지 못했고, 덥고 추운 계절도 깨닫지 못하였습니다.[58] 초조하고 초라한[59] 마음은 잠을 자고 밥을 먹는 잠깐 동안이라 해서 조금인들 완화되었겠습니까? 감히 여쭙습니다. 그 때 산 속에서 적들의 칼날에서 어떻게 벗어났고, 길에서 무단히 떠돌면서 몇 곳에서 당혹한 일을 만났고, 어느 해에 비구니를 만나 여기에 이르렀으며, 어느 때에 낭자를 만나 서로 의탁하게 되시었는지요?"

부인이 눈물을 닦으면서 대답하였다.

"아이가 오랑캐의 말에 태워진 채 모습이 점점 멀어져갈 때,[60] 어미는 금계산에서 그저 우는데 간장이 마디마디 끊어지더구나. 금릉의 집은 무너지고 담장만 소슬하기에, 이에 여남 지방을 찾아 갔지만 거기에도 사람이 없더구나. 사방을 둘러보며 창황해 하던 중, 스님[白衲]이 길을 인도하여 석문(釋門)에 들어와 깃들게 되었단다. 비단 주머니가 신물이 되어 우연히 어진 며느리를 만나 고생도 함께 하며 지냈긴 했지만, 어떻게 오늘 내 아이를 다시 보게 될 것을 생각이나 했겠느냐? 네 장인께서는 죽을 지경에 있던[61] 고단한 아이를 거두어 마치 자기 자식처럼 사랑하고, 자기 딸을 아내로 삼게 하였다지. 네가 생명을 보존하고 장성할 수 있었던 까닭은 모두 네 장인의 은혜에서 비롯된 것이고, 내가 목숨을 지탱할 수 있었던 것 또한 어진 며느리의 효성에 힘입은 바라. 성덕(盛德)한 군자의 집안이 아니었던들, 우리 모자에게 어찌 오늘과 같은 날이 있었겠는가? 너는 아내를 떠나 의탁할 곳을 잃은 이후로 어느 곳에 머물러 있었고, 지금 신세는 어떠하냐?"

원수가 먼저 연경사에서 경운과 이별했던 말을 아뢰고, 이어서 구계촌에서 창우(倡優)들을 따라다녔던 일을 말하였다. 부인과 낭자는 이야기의 주제가 바뀔 때마다[62] 눈물을 흘렸다. 원수가 이내 과거에 일등[甲科]으로 급제하여 한림원[翰苑]에 들어간 경사스러운 말을 아뢰니, 부인이 몸을 떨며 주의 깊게 듣고는[63] 기뻐 손으로 무릎을 치며 말하였다.

"이 말이 참이냐? 나는 진실이라 믿지 못하겠구나! 이 경사스러움이 거짓이냐? 너는 허무맹랑한 말을 하지 마라!"

낭자는 너무 기뻐 눈물이 흘러내렸다. 울려고 하는 듯도 하고, 웃으려고 하는 듯한 표정으로 그저 혼잣말로 중얼거렸다.

"참으로 장부로다!"

원수는 이어서 아내를 얻고 첩을 둔 사연과 서번을 평정하고 남쪽으로 내려온 전후사연의 대강을 차례로 아뢰었다. 부인은 원수의 손을 잡고 등을 어루만지며 말하였다.

"예전에 이별할 때는 더벅머리 아이였는데, 지금은 칼을 찬 영웅이 되었구나! 처음에는 교지(交趾)의[64] 포로로 잡혀감을 통곡하였지만, 지금은 오랑캐를 물리치는 원수가 되어 왔구나! 참으로 이른바, 전화위복(轉

禍爲福)이고, 처음에는 울부짖다가 뒤에는 크게 웃는 격[先咷而後笑]이로
구나.⁶⁵⁾ 네 부친은 바야흐로 어느 곳에 계시기에, 이렇게 빼어나고 아름
다운 네 모습과 굉장하고 위대한 업적을 세운 것도 보지 못하시는가?"

그러고는 이내 탄식하며 한탄하기를 마지아니하였다. 원수가 추연
히 옷깃을 여미며 아뢰었다.

"소자는 어렸을 때부터 부친의 존함을 듣지 못하였습니다. 한번 헤
어지고 난 뒤로 사방에 친지조차 없어서 무엇이든 묻고자 해도 의거할
데가 없고, 찾고자 해도 길이 없었습니다. 아아! 금수는 비록 미물이나
그 태어난 바를 알건만, 소자는 어리석어 홀로 조상이 누구이고 부친이
뉘신 줄 모릅니다. 천하에 어찌 뿌리 없는 나무가 있으며, 근원 없는
물이 있겠습니까? 지금 어머님의 가르침을 받들어 처음으로 부친의 휘
(諱)를 알게 되면 조금이라도 아버님을 찾아 절할 수 있는 길을 찾을
수 있지 않을까 합니다."

부인이 위로하며 말하였다.

"네 부친이 만약 전쟁 중에 화를 입지 않았다면 반드시 공훈[勳庸]을
세운 반열에 놓여 이름을 날리고 있을 테니, 조정의 벼슬아치들과 백성
들이 누가 전 시랑(前侍郎) 장 아무개의 이름을 모르겠느냐? 하물며 비조
(鼻祖) 아무개는 사문(師門)에 덕행과 경술로 이름이 높고, 중업(中業)⁶⁶⁾
아무개 상국은 높은 공훈과 특이한 행적[異蹟]으로 이름이 높아 모두 역
사서[國乘]에 실려 사람들의 이목을 비추고 있단다. 이제 경사(京師)에
이르면 일이 진행되어 가는 양상을⁶⁷⁾ 들어 알게 될 것이니, 무슨 어려움
이 있겠느냐? 너는 마음을 편안히 하고, 마음을 상하게 하지 마라."

원수가 무릎을 꿇고 말하였다.

"삼가 받들어 가르침을 듣겠습니다."

또한 이씨를 돌아보고 말하였다.

"화염이 크게 일어나서[68] 꽃다운 숲이[69] 모두 불길에 사라진지라. 이미 낭자가 죽지 않았으면 달아났으리라 생각은 하고 있었소. 무슨 이유로 집을 나왔고, 어떻게 하여 산속으로 들어왔는지 묻고 싶구려."

이씨가 슬픔을 머금고 오열하며 먼저 호씨가 호천을 맞이한 일을 말하였다. 원수는 얼굴을 붉히며 목소리를 높여 말하였다.

"간사하면서도 음흉하도다! 호씨의 흉계가 마침내 이 지경에까지 이르렀구나!"[70]

이어서 이씨는 유서에 따라 남쪽으로 도주한 일을 말하였다. 원수는 서글피 한숨을 내쉬고 길게 탄식하며 말하였다.

"높고도 높도다! 장인의 선견지감(先見知鑑)이 십분 분명하구나!"[71]

이씨는 또한 꿈속에서 산속으로 들어가라는 가르침을 따른 일도 말하였다. 원수는 부채를 세게 치고 칭찬해 말하였다.

"신령스럽고도 밝도다! 장인의 정령(精靈)이 어둡지 않도다!"

마지막으로 이씨는 고부가 우연히 만나 같은 방에서 지내며 동고동락하던 수말을 이야기하였다. 원수는 비통해 눈물을 흘리며 말했다.

"기이하고도 이상하구나! 하늘의 이치[天理]와 사람의 정리[人情]가 서로 화합하고[72] 감응하여서 기약함이 없었는데도 자연스레 그리 되었도다! 여러 해 동안 한적한 암자에서 지성으로 효양하여 마침내 늙으신 어머님을[73] 무양케 하였고, 까마귀가 반포(反哺)하는 지경을[74] 보이셨구려. 비록 내 이가 빠지고[75] 내 쓸개가 떨어진다[76] 해도 어찌 이 은혜의 만분의 일이라도 갚을 수 있겠소? 당신의 어진 아우는[77] 명산 고요한 곳에 편안하게 머물도록 학식이 높은 고승께 부탁해 두었소. 따뜻하게 입고 배불리 먹을 절목이 넉넉할 것이고, 예학(隸學)의[78] 방도에도 정교함을 얻을 것이오. 낭자는 마음을 너그럽게 가지십시오."

"돌아가신 아버님께옵서 일찍이 상공을 두고 용이 머리를 들고 호랑이가 달리는 듯한 재질이[79] 있다고 여기셨습니다. 이로써 첩은 비록 한 때의 헤어짐을 원망하기도 했으나 백년의 영화와 기쁨을 짊어진다고 자부했지요. 그래도 어떻게 육년 동안에 갑자기 옥서(玉署)의[80] 맑고 높은 지위에 오르고, 철벽(鐵壁)과 같은 큰 공을[81] 세울 것을 생각이나 했겠습니까? 또한 새로 좋은 짝과[82] 혼인을 맺어 함께 금실(琴瑟) 타는 벗을 만들고,[83] 맵시 있고 아름다운 여인과도[84] 짝을 이뤄 별빛을 더욱 밝게 하시었으니,[85] 이는 장부의 쾌활한 즐거움이 아닐 수 없습니다. 재앙을 입었던 집안[禍家]을 다시 일으키신 경사를 그윽이 축하드립니다. 내 아우 경운을 이별해 보낸 후로 상공께 지극한 수고로움을 끼쳤습니다. 안고 엎은 채 높은 곳에 오르고, 손을 잡아 이끌면서 험난한 곳을 건넜을 터이니, 마음 쓰는[86] 그 괴로움을 어찌 능히 감당하셨습니까? 흐느껴 우는 그 소리는 또 어찌 참아 들으셨습니까? 첩의 몸은 비록 공방[空閨]에 있으나, 마음속으로는 가만히 떠올리면 눈으로 보는 것과 조금도 다르지 않습니다. 애초에는 여관[逆旅]에 머물면서 고초를 겪으리라 생각하였는데, 지금 좋은 곳에 의탁하였다는 말씀을 들으니 제대로 갈 길을 간 듯하여 마음이 흡족하고도 흡족합니다."[87]

많은 비구니들은 비로소 이 나그네가 진짜 대원수임을 알고 놀라 분주하게 다니면서 풍채가 빼어남을 우러러보고, 또한 천고에 짝이 없는 기이한 만남을 다투어가며 축하하였다.

늙은 비구니는 곧 청성(淸性)이다. 옥지환을 청해 보고, 손으로 문지르며 자세히 살펴보고 찬탄하기를 마지않다가 잠시 후에 말하였다.

"이 가락지는 특별하고 기이한 보배인데, 또한 이상한 일도 있네요. 어르신의 주머니에 있던 가락지에는 백련광(百鍊光)이란[88] 세 글자가 있군요. 그것은 곧 어르신께서 온갖 가지 어려움을 모두 겪으며 단련된

뒤에 빛을 발한다는 징험입니다. 낭자가 손가락에 꼈던 가락지에는 타
산공(他山攻)이란 세 글자가 있더군요. 이는 『시경(詩經)』에서 '다른 산
의 돌맹이도 가히 옥을 갈 수 있네.[他山之石, 可以攻玉.]'를[89] 말한 것입
니다. 아아! 낭자는 재상가의 재모(才貌)를 갖춘 여인으로[90] 여기저기
유리하다가 산속에 들어와 몇 년 동안 고통스럽게 지냈지요. 참으로
하늘이 정한 액운이 아니라면 어떻게 여기에까지 이르렀겠습니까? 생
각건대 조화옹(造化翁)께서 글자가 새겨진 저 한 쌍 가락지를 주조하여
두 사람의 운수[조태(肇泰)]의[91] 아득한 비결을 보여줌인가 합니다."
　원수와 부인과 낭자가 비로소 자의(字義)의 영험함을 깨닫고, 사리에
정확한 비구니의 식견을 극찬하였다.

　다음 날, 원수는 여남태수에게 전령을 내려 부인과 낭자의 가마를
꾸며 암자에 와서 대기하도록 했다. 전령을 들은 태수는 경탄스러워
거마와 시중을 드는 하인 등을 성대하게 갖춘 후, 급히 말을 몰아 절
문[沙門][92] 밖에 이르렀다. 모든 장수들과 군졸들도 또한 앞다투어 일
시에 도착하였다.
　원수가 중당에 나와 앉자, 태수와 모든 장수들은 예물이 담긴 바구니를
공손히 바치며 각각 예를 갖춰 축하드렸다. 병장기의 광채는 겹겹이 싸인
산봉우리에 밝게 비추고, 피리 소리와 북 소리는 깊은 골짜기에 울려 퍼졌
다. 원수가 화려한 비단 옷을 부인과 낭자에게 드려 입게 하고, 또한 옥매
와 자란에게도 화려하고 붉은 화장품을 주어 선명하게 꾸며 장식하게 했
다. 깊은 산 속 작은 암자가 순식간에 엄연한 궁궐의 모습이 되었다.
　원수가 비구니를 향해 말하였다.
　"늙으신 어머니와 연약한 아내가 궁핍한 처지에 있으면서 돌아갈 곳
이 없다가, 다행히 선경에 의탁하여 평온하게 세월을 보낼 수 있었던

것은 노스님의 은혜가 아님이 없습니다. 마음에 새겨 감사드리며,[93)]
이 몸이 사라진대도 잊기 않겠습니다.[94)] 삼가 박약한 물건이나마 우러
러 작디작은[區區] 정을 드러낼까 합니다."

인하여 서번에서 바친 금은 천여 냥과 비단 백여 필을 비구니에게
주어 부처님께 공양하고[95)] 가사를 짓는 재료로 삼도록 했다. 또한 금은
백여 냥과 비단 수십 필을 내어 모든 비구니들에게 나누어 주었다.

부인과 낭자 및 옥매와 자란은 불전에 이르러 절을 올리고[96)] 돌아갈
것을 아뢰었다. 이윽고 물러나와 노스님과 여러 비구니들과 더불어 한
사람씩 마주보며 이별하였다. 모든 비구니들은 합장[叉手]하고[97)] 울며
말하였다.

"부인과 낭자는 갑자기 등룡(登龍)하여[98)] 다시금 인간세상에서 천륜
의 지극한 즐거움을 보게 되었습니다. 처음에야 누가 알았겠습니까?
문벌[門楣]이 이렇게 높고 고귀하며,[99)] 복록(福祿)이 저렇게 크고 무거
울 줄을…. 절 안에 있는 모든 사람들이 축하할 뿐만 아니라, 마치 큰
거북이가 손뼉을 치고,[100)] 참새가 날아오르는 것처럼[101)] 껑충껑충 뛸
일입니다. 그러나 몇 해[102)] 동안 서로 의지하다가 하루아침에 이별하
니, 빈도들의 슬픈 회포는 저 산을 굽이쳐 흐르는 계곡물과 비교해 어
느 것이 길고 어느 것이 짧은지를 알 수 없을 정도입니다."

또한 옥매와 자란의 손을 잡고 이별하는데도 낙심하여 넋이 빠진 듯
하였다.

부인과 낭자가 각각 황금과 벽옥으로 장식한 가마를 타고 나가니,
붉은 깃발과 푸른 덮개가 구름 사이에서 보였다 사라지기를 반복하였
다. 원수는 삼층 수레[輪車]를 타고 그 뒤를 따랐다. 옥매와 자란은 각
각 채색한 교자[彩轎]를 타고 앞장섰다. 여남 지방의 관기(官妓)와 수백

명의 여동(女童)들은 각각 준마 위에 얹은 채색한 안장에 앉아 가마 좌
우에서 시위해 가면서 거문고와 생황을 조화롭게 연주하였다. 단신과
한양은 대병을 거느려 전대(前隊)가 되고, 양회와 위관은 대병을 거느
려 후대(後隊)가 되었다. 한 방향을 향해 가는 길 위의 펼쳐진 위엄 있는
의례는 백리나 이어져서, 전대는 이미 양주 지경까지 들었지만, 후대
는 아직도 단원사 동구에 머물러 있었다.

　남방(南方)의 자사(刺史)와[103] 각 고을의 수령들은 각각 의막(依幕)
을[104] 마련하여 잇따라 영접하였다. 거마는 북적거리고,[105] 군대의 위
용[軍容]은 절도가 있어서 도로에서 보는 자들 가운데 두려워 떨지 않는
사람이 없었다.

　원수가 이씨에게 말하였다.
　"노모를 모시고 길을 가는 터라 피로하여 몸을 상할까 두려우니, 정
해진 날짜에[106] 맞게 재촉하며 나아갈 수 없소. 또한 장인의 무덤이 여
기에서 매우 가까우니, 마땅히 술 한 잔이라도 올림으로써 작으나마
정리와 예의를 드러내야 할게요. 그리고 몸을 돌려 연경사로 가 당신의
아우도 만나 함께 출발해야 하고요. 하지만 천천히 나아가다 보면 시일
이 지체될 것이오. 황제께 복명(復命)하는 일까지도 늦어질까 봐 두렵
소. 신하된 자라면 관리의 의장[職事]을[107] 분주하게 할 의리를 지켜야
하니, 하나하나가 모두 황송[惶懍]하구려. 지금 가는 길에 먼저 황제께
척소(尺疏)를[108] 올려 그 동안의 사정을 모두 주달한즉, 우리 성상께옵
서는 깊은 은혜와 두터운 덕을 지녀 역대 제왕 중에서도 가장 빼어나신
분이니, 어쩌면 널리 용서해주시는 은택을 내려 주실 듯도 하오."
　이씨가 말하였다.
　"그렇게만 된다면 공적 의리와 사적 정리가 모두 행해져서 서로 어그

러짐이 없을 것입니다. 상공께서는 이치를 헤아리시어 올바르게 처리하십시오."[109)

원수가 모든 장수에게 분부하여 길가에 군대를 머무르게 하고, 진심[私忱]을 모두 적어 친히 옥으로 만든 함에 넣어 중랑장에서 부쳐 경사로 떠나게 했다. 그 글은 이러하다.

'한림학사 겸 대사마대장군 신 장두영은 참으로 황공하여 머리를 조아리고 또 조아리옵니다.[110) 삼가 백 번 절하여 황제 폐하께 아룁니다.

복(伏)은[111) 신하로서 요행히 폐하께 신임을 얻었습니다.[112) 신은 전략을 세우는 지혜가[113) 조금도 없는데, 때를 지은 무리가[114) 황제가 계신 곳까지 어지럽히는[115) 때를 당해, 삼군을 이끌고 가서 오랑캐를 막으라는[116) 명령을 받들었습니다. 그러나 참으로 모기나 등에가 산을 짊어지는 것과 같아[117) 살아서 제 부모를 잡아먹는다는 짐승[梟獍]의[118) 소굴을 쓸어버릴 수 있을 것은 기대하지 못했습니다. 다행히 하늘이 충성으로[119) 돌아보시고,[120) 황제 폐하의[121) 기상이 널리 통하시니[122) 흉악한 도적놈들이 풍문으로 듣고서 무기 거두기를 도모하였습니다. 짧은 기간에[123) 변방에서[124) 전쟁의 먼지를 쓸어내는 데에[125) 신[微臣]은 실로 털끝만큼도 보탠 것이 없습니다. 오직 종묘와 종실[磐石]의[126) 큰 복을[127) 하례할 뿐입니다.

또한 신에게는 뜻밖에 세상에서 보기 드문 개인적인 경사가 있었습니다. 마침 황제 폐하께서 마음에[128) 기뻐하시는[129) 즈음에 나온 것입니다. 이로써 성대(聖代)가 태평하고 사해(四海)가 영원히 맑은 즉,[130) 태화(太和)의[131) 원기가 충만하여 사방으로 흘러넘치고, 심산궁곡(深山窮谷)의 사물 하나까지도 그 기운이 미치지 않은 게 없음을 알겠습니다. 이제 전쟁에서 승리하여 얻은 포로와 전리품을 바친 후,[132) 신에게 온축된 속내를[133) 품달하려 하옵니다. 엎드려 바라옵건대 마음에 두시고 밝게 살펴 주시옵소서.[134)

예전에 주(周)나라 왕실이[135] 성했을 때에는 정역(征役)이 끝나면 장수와 군졸이 함께 경사스러움을 축하하였습니다. 그런 까닭에 '건장한 네 필의 수말을 타고[136] 노모를 모시고 와서 아뢴다[四牡騤騤, 將老母而來諗]'는[137] 효자가 부모 봉양하는[138] 시가 있었고, '풀벌레 요란히 울고[139] 군자를 보면 내 마음 곧 편안해지네[草蟲喓喓, 見君子而卽夷]'라는[140] 전쟁에 나갔다가 아내와[141] 서로 만남을 노래한 시도 있었습니다. 지금 신은 한 방울의 이슬과 같은 인생에다 홀아비의 처지와 같은 고단한 운명이온데, 멀리 떨어진 지역[絶域]에서 군대를 이끌고 돌아오는 날에 우연히 깊은 산속에 있는 비구니 절에서 노모와 아내를[142] 만났습니다. 아! 노모를 모시는 노래가 어찌 예전 정벌에서만 있었고, 남편을 만나는 즐거움 또한 예전 신하의 아내에게서만 보았겠습니까? 사사로이 마음에 경사를 얻었으니, 천지신명께 감사를 드립니다.

대개 신의 어미 양씨와는 오랑캐의 난리로 이별하였고, 아내 이씨와는 규방의[143] 재앙으로 헤어졌습니다.[144] 정해진 곳이 없이 떠돌아다닐 즈음에, 시어머니와 며느리가 뜻하지 않게 서로 만나 함께 절[叢林]에[145] 머물며 맵고 신 맛을 두루 맛보면서 아들을 부르고 남편을 부르며 몇 해를 지냈습니다. 만약 폐하의 보살핌이 없었다면 신에게 주어진 큰 은혜와 무성한 은택이 있었겠습니까? 하늘과 땅의 신령에게 미치지 않았다면[146] 어찌 오늘의 기이한 만남을 얻었겠습니까? 신은 이에 더욱 태평성대의 화락한 기운을 믿사오며, 모든 신하들에게도[147] 상서로움이[148] 모여 있음을 알겠습니다. 기뻐 춤을 추며 은혜를 송축함에, 그 어떠한 말로 꾸며도 남음이 없습니다.

바야흐로 노모를 모시고 아내를 이끌어서 함께 도성으로 들어가려고 생각합니다. 그러나 신의 어미는 객지에 부쳐 슬피 지내다보니 오랫동안 고질병이 낫지 않고,[149] 산속에서[150] 야채만 먹고 지내다보니 원기가[151] 모두 사라졌습니다.[152] 모름지기 규방에서만[153] 지내다 보니 움직이는 것도 몇 발자국 이내인데다가, 꼭 필요한 음식임에 한정되었을 뿐입니다. 하물며 이런 만리 장정(萬里長程)의 행역에 어찌 날을 헤아려가며 급히 나아감을[154] 바랄 수 있겠습니까? 경사와 기쁨의 여지가 초조함과 급박함으로 이어졌습니다. 지금 변방의 삼변(三邊)을[155] 돌아보니, 문치(文治)의 덕[舞干]에[156] 의한 교화가 바르게 다스려짐을[157] 송축하옵고, 군대와 관련한 일[戎務]이[158] 한가롭고,[159] 궁궐에서도 북소리를 듣는 근심이 사라졌으니, 필시 군대의 행렬을 급히 재촉할 필요가 없을 듯도 합니다.

엎드려 바라옵건대 인(仁)이 뒤덮인[160] 천하에 특별히 며칠 동안의 휴가를 내려주시어 신으로 하여금 노모를 모시고 올라가되, 기일을 늦춰 경성에 도착할 수 있도록 해주십시오. 신은 삼가[161] 황공해하며[162] 간절히 바라옵니다.'

그날로 경상(境上)에 나아가 절하고, 중랑장을 보냈다.

이 때 이웃 고을의 남녀노소가 길거리로 구름처럼 모여들어 그 장관을 다투어 보았다. 사대부 집안의 부녀자들도 각자 의막(依幕)을 마련하여 빽빽하게 늘어섰다.[163] 이윽고 말을 몰며 따르는 추종(騶從)들이[164] 구름처럼 모여들고,[165] 징과 북소리가 우레처럼 울렸다. 그리고 두 개의 가마가[166] 흔들리며 지나갔다. 한 무리의 기생들은 좌우에 벌여 있고, 팔만 명의 용감한 군사들은[167] 앞뒤로 옹위하였다. 호씨도 의막을 헤치고 바라보면서 눈이 휘둥그레지고 입이 저절로 벌어지는 것도 깨닫지 못한 채 혼잣말을 하였다.

"어느 집 여자가 대원수의 어미와 처가 되어, 예나 지금에서나 볼 수 없는 저런 부귀영화를 누릴까? 장하고도 장하도다! 모두가 똑같은 여자이건만 저는 마치 천상의 신선과 같은데, 나와 같은 것은 한갓 측간에 있는 보잘것없는 버러지와 같을 뿐이구나!"

잠시 후, 옥절(玉節)과[168] 금월(金鉞)이[169] 햇빛에 빛나고, 기치(旗幟)

와 화개(華蓋)는[170] 나풀거리며 하늘을 가렸다. 뒤에는 대원수가 수레 위에 높이 앉아 있었는데, 그 모습은 마치 반공 위에 앉아 있는 듯하였다. 왼손에는 봉미선(鳳尾扇)을 잡아 날리는 먼지를[171] 막고, 오른손에는 산호편(珊瑚鞭)을 잡아 모든 군사를 지휘하였다. 호씨가 보고 한결같이 칭찬하며 말하였다.

"어느 집 남자가 덕이 있는 집안에서[172] 났기에 용모와 풍채가 어찌 저리 아름다우며, 지위와 인망은 어찌 저리 높을까? 위엄은 변방에까지 진동하고, 명망은 하늘에까지 이르렀구나. 명성과 위세는 물과 육지도 두려워 떨게 하고,[173] 위엄과 권위는 산을 진동케 하고 바다를 일렁이게 하는구나. 어찌 장하고 위엄스럽지 아니한가?"

이 때, 이부인이 가마 안에 있다가 휘장을 잠깐 들어 올려서 언뜻 보니, 아무 물과 아무 산이 고향임을 알려주고, 북쪽의 마을과 남쪽의 거리 하나하나가 기억에 새로웠다. 풍토(風土)가 예와 같음은 감격스러웠지만, 인사(人事)가 예와 다름이 슬펐다. 마음속에 품은 회포가 요란스러워[174] 능히 진정할 수 없었다. 또한 호씨의 평소 성품을 생각하니, 호씨는 본래 다른 사람의 부귀영화를 부러워하고 몸가짐을 가볍고 천박하게 하였기에, 반드시 분주하게 구경하러 나와 늙은이와 어린이들이 모여 있는 틈에 섞여 있을 듯했다. 이에 자란으로 하여금 길거리를 탐문하여 호씨가 있는 곳을 탐문하도록 했다.

자란은 호씨의 의막 앞에 이르러 채교(彩轎)에서 내려 비단 치마를 끌고 나아가 얼굴을 부드럽게 한 후 절하였다. 그리고 공경한 말투로 근래의 생활을 물었다. 호씨는 누군지 능히 알지 못하고 황망하게 절하며 대답했다.

"감히 여쭙건대 어느 곳의 귀한 낭자께서 시골의 미천한 사람에게 왕림하시어 이렇게 예로써 대우하십니까? 본디 소식[聲息]이[175] 서로 미치지 않았는데, 갑자기 아름다운 사람께서[176) 욕림하심을 받드니, 영광이 지극하면서도 한편으로는 의혹이 깊습니다."

자란이 미소를 지으며 대답했다.

"마님은 예를 갖추지 마십시오. 쇤네는 자란입니다. 낭자라는 말을 듣는 게 어찌 가당키나 합니까?"

호씨가 눈을 비비고 다시 쳐다보니, 과연 자란이었다. 이에 물었다.

"너는 어디에서 왔고, 또한 뉘 댁 수레를 빌려 탔느냐?"

"쇤네는 대원수의 부인을 뫼시고 지금 경도(京都)로 향하던 중입니다. 바야흐로 통판 어르신의 묘를 찾아 소분하고, 겸하여 부인 마님께 문후를 드린다 합니다. 이에 쇤네로 하여금 먼저 문안의 말씀을 전달토록 하였습니다."

"대원수는 어느 가문의 재상이며, 그 부인은 어느 집안의 낭자라더냐? 또한 어르신 묘를 찾아 소분한다는 말은 무슨 말이냐?"

자란이 웃으며 말하였다.

"다른 사람이 아닙니다. 대원수는 곧 지난 날 이 댁 사위[177) 장 상공이옵고, 부인은 곧 우리 이씨 낭자지요."

호씨가 그 말을 듣더니, 정신이 막막하여 곧바로 구름과 안개가 짙게 쌓인 곳에 들어가 있는 듯하였다. 마치 귀먹은 사람이 아무 소리도 들리지 않는 것처럼, 눈먼 사람이 보이지 않는 것과 같았다. 한참 후에 다시 물었다.

"그렇다면 그리 된 대강을 들려줄 수 있겠느냐?"

"이렇게 잠깐 동안 서서 말하기에는[178) 그 사연을 모두 아뢸 수 없습니다."

그러고는 몸을 돌려서 갔다. 호씨는 얼굴이 흙빛이 되어 어찌할 바를 몰랐다.

원수와 이씨는 녹림원 위에 군사를 잠깐 쉬게 한 후,[179) 묘 앞에 전(奠)을 베풀고 제문을 써서 읽었다. 그 제문은 이렇다.

'사위 한림학사 겸 정서대원수(征西大元帥) 장두영은 감히 장인 이통판의 묘에 고합니다.

생각건대 공께서는 이치에 통달한 군자로서 향촌에 은거하여[180) 도를 즐기시니, 축적된 역량은 상자 안에 아름다운 옥을 담아둔 것과[181) 같고, 밝기는 수경(水鏡)과[182) 같았습니다. 예전 저는 다박머리 어린아이인데다가[183) 아울러 부모까지 잃어 남은 목숨이 마치 맺힌 이슬과 같았었지요. 그렇지만 우물에 드는 어린아이는[184) 공께서 이끌어주신 데 힘입어, 그 고단한 몸을[185) 온전히 보존할 수 있었습니다. 일찍이 예원(藝園)에서 노닐게 해주시고, 마침내 사위로[186) 삼아 9년 동안 길러주셨으니, 이는 저를 두 번이나 살려주신 크고 큰 은혜이옵니다. 의리는 비록 장인과 사위 간이지만, 정리는 아비와 아들과 같았습니다.

그러나 황천[皇穹]이[187) 한결같지 않아 갑자기 유명(幽明)이 막혀 버렸습니다. 한(恨)은 가을 산에 맺히고, 화(禍)는 규방에[188) 숨어 있었습니다. 그러나 그것까지 미리 내다 보시어[189) 글을 남겨 가야 할 길을 가르치셨습니다. 사위는 해내(海內)를 바쁜 듯이 불안하게[190) 돌아다니다가 분에 넘치는 영화로움을 입었습니다. 서쪽 오랑캐를[191) 평정하는 공로를 세워 군대를 이끌고 남쪽으로 지나던 길에 어머니를 만나고 어진 아내와도 다시 만날 수 있었습니다. 이는 모두 공의 영혼이 도운 바로, 제 마음은 더욱 느껍습니다. 만리(萬里)를 돌아와서 절을 해도 돌아가신 분은 다시 살릴 수 없습니다.[192) 말을 해도 들어줄 사람이 없으니 눈물이 샘 솟 듯합니다.

한 잔의 술[淸酌]을[193) 올려 천고의 깊은 정을 드러냅니다. 아아, 슬픕니다!'

읽기를 마치고 이씨와 더불어 방성통곡하니, 보는 사람 가운데 눈물
을 떨어뜨리지 않는 자가 없었다. 그리고 모든 장수에서 분부하여 들판
에 진을 머무르게 하고, 원수는 종[騶卒]194) 몇 명만 데리고 호씨의 집
으로 들어갔다.

호씨는 의막[幕次]에195) 있다가 급히 돌아와 중당(中堂)으로 원수를
맞이했다. 이씨는 머리에 칠보로 꾸민 다리를 높게 올려 짧은 머리를
감추고, 몸에는 서촉에서 생산한 비단옷을 입어 빛남을 드러내며 원수
와 함께 앞으로 나아가 무릎을 꿇고 절하였다. 원수가 말하였다.

"9년 동안 의지하였으니196) 마음에 감사하여 영원히 잊지 못하옵니
다.197) 삼가 서쪽에서 얻은 보배 몇 종으로나마 사위[東床]의 옛 정을
표합니다. 그런데 대군(大軍)을 오랫동안 머물게 할 수 없고, 행색이 바
빠 총총히 돌아가기를 아뢰자니 마음이 슬픕니다. 부디 귀체를 보중하
십시오."

그러고는 일어나 절하고 물러섰다. 이씨도 따뜻한 목소리와 온화한
얼굴로 곡진한 정화(情話)를 나누고 물러 나와 여러 아우들과도 더불어
은근히 작별을 말하였다. 호씨는 얼굴도 들지 못한 채 함구무언(緘口無
言)이었다. 얼굴은 절로 잿빛이 되고, 등에서는 식은땀만 흘릴 뿐이었
다. 노복들과 마을 사람들은 모두 원수와 낭자의 넓은 도량에 깊이 감
복하였다.

소흥부에 이르자, 산 아래의 여관에 가마 두 대를 머무르게 하고,
원수는 교자를198) 타고 골짜기를 끼고 나아가 점점 깊숙한 곳으로 향해
갔다.

또한 하회를 나누어 들어볼지라.

1) 握手 : 손을 잡음. 예전에는 이별할 때나 다시 만날 때, 모두 손을 잡고서 친근함이나 신뢰감을 드러냈다. 여기서는 재회의 만남을 의미한다.

2) 路文 : 벼슬아치가 공무로 지방을 여행할 때, 관리가 이를 곳에다가 도착할 날짜를 미리 알리던 공문.

3) 遞傳 : 여러 곳을 거쳐서 전하여 보냄.

4) 塹山堙谷 : 산을 깎아 골짜기를 메움. 이는 『史記』〈秦始皇本紀〉에 "도로를 정비하여 구원을 지나서 운양까지 산을 깎고 골짜기를 메워 곧바로 통하게 했다.[除道, 道九原抵雲陽, 塹山堙谷, 直通之.]"는 말에서 나왔다.

5) 孤蒙 : 부모를 잃은 아이로, 외롭고 우매한 자기 자신을 겸사하여 이르는 말.

6) 塵網 : 속세. 예전에는 세상살이가 마치 물고기가 그물 속에 든 것과 같다고 생각한 데서 나온 말이다. 漢나라 東方朔의 〈與友人書〉에는 "속세에서 명리의 굴레와 이록의 쇠사슬이 가당치 않으니 이연히 크게 웃고 신선이 사는 십주 삼도로 벗어나리라.[不可使塵網名韁拘鎖, 怡然長笑, 脫去十洲三島.]"라는 구절이 있다.

7) 惸獨 : 의지할 곳이 없는 사람.

8) 喚醒 : 사람으로 하여금 깨닫게 하려고 내는 소리 등을 이름.

9) 黃葉止兒啼者 : 누런 나뭇잎으로 우는 아이를 그치게 하는 것. 黃葉은 누런 나뭇잎으로, 부처님의 말씀을 달리 이르는 말이다. 누런 나뭇잎으로 우는 아이를 그치게 한다는 것은 『禪門拈頌』에 나오는 大洪 스님의 설화와 관계가 있다. 즉 대홍 스님이 "49년 동안 부처님의 설법을 알지 못하는 것이 공연히 낙엽을 가리키며 돈이라고 하는 것[四十九年人不識, 共拈黃葉金錢]"이라고 한데서 나온 것이다. 즉 49년 동안 공부가 기껏 우는 아이들을 달래려고 누런 나뭇잎을 금으로 만든 돈이라고 하면서 울음을 그치게 하는 일을 말한다. 부처님의 말씀조차도 모두가 하나의 방편에 불과함을 가리킨다. 본문과는 의미상 다소 차이가 있다.

10) 徽宗 : 1082~1135. 중국 북송 시대의 제 8대 황제(재위 1100~1125). 정치를 멀리하고 문학과 예술에 탐닉한 황제로, 화가 및 서예가로도 유명하다. 瘦金體로 알려진 우아한 서체를 주로 즐겨 썼고, 『宣和畵譜』를 편찬하도록 명하기도 했다. 그가 재위했던 기간은 북송이 급격하게 쇠퇴하던 시기였다. 휘종은 이에 황실에 도교를 장려하기도 했다. 북쪽 遼나라가 세력을 뻗치며 위협하자, 휘종은 만주의 여진족과 동맹을 맺어 요를 물리쳤다. 하지만 여진족의 세력이 점점 커지자, 1125년에 그는 아들 欽宗에게 황제의 위를 물려주었다. 그러나 흠종이 황제의 자리에 오른 지 2년이 지난 1127년, 여진족은 開封을 점령하고 북송을 멸망시켰다. 휘종과 흠종은 만주에서 비참한 귀양살이 끝에 죽었다.

11) 大覺金仙 : 송나라 휘종 때에 부처님을 부르던 호칭. 『宋史』에 보면, "선화 원년 봄 정월 (중략) 을묘일에 조서를 내려, 부처님을 대각금선이라 하였다.[宣和元年春正月, …(중략)…, 乙卯, 詔: 佛改號大覺金仙.]"는 내용이 있다. 이외, 보살은 仙人이나 大士라고 하였고, 승려는 德士라고 하였다.

12) 德音 : 좋은 말. 혹은 제왕이 내리는 글. 이는 『詩經』〈邶風·谷風〉에 "좋은 말 변하지 않을진대 죽음을 그대와 함께 하리라.[德音莫違, 及爾同死.]"라는 말에서 나왔다.

13) 化主僧 : 시주하는 물건을 얻어 절의 양식을 대는 중.

14) 冥擿 : 冥擿. 맹인이 지팡이로 땅을 짚으면서 길을 찾는 것. 사람의 도리를 알지 못하고 억측으로 생각하며 행동함을 비유한다. 이 말은 揚雄의 『法言』〈修身篇〉에 "맹인이 지팡이로 땅을 짚으면서 길을 찾아다니는 것과 같을 뿐이다.[素擿埴索塗, 冥行而已.]"에서 나온 것이다.

15) 靈照 : 襄州居士 龐蘊의 딸. 방온은 인도의 維摩居士, 한국의 浮雪居士와 함께 세계 3대 거사로 추앙 받는 인물이다. 방온거사의 딸 영조는 아버지를 능가한다는 찬사를 받을 정도로 禪에 탁월한 안목을 가진 것으로 이름이 났다. 이와 관련한 이야기는 『景德傳燈錄』〈襄州居士龐蘊〉에 실려 있다. "거사가 장차 죽으려 할 때, 딸 영조에게 나가서 해의 움직임을 보다가 한낮이 되거든 와서 알려달라고 하였다. 영조가 급히 아뢰었다. '해가 이미 한 가운데에 있지만, 일식이 있습니다.' 거사가 볼 생각으로 문을 열고 나가자, 영조는 곧바로 아버지가 앉았던 자리에 올라 합장을 하고 죽었다. 그러자 거사가 웃으며 '내 딸이 이겼도다!'라고 하였다.[居士將入滅, 令女靈照出視日早晚, 及午以報. 女遽報曰: '日已中矣, 而有蝕也.' 居士出戶觀次, 靈照卽登父座, 合掌坐已. 居士笑曰: '我女鋒捷矣!']" 나중에는 영조라는 단어만으로도 아버지의 뜻을 잘 이해하는 어린 딸을 가리키게 되었다. 여기서는 장두영이 부모를 그리워하는 마음을 노스님이 미리 알고 그를 찾을 수 있는 힌트를 주었음을 뜻한다.

16) 含糊 : 말이 청초하지도 분명하지도 않음.

17) 尼庵 : 비구니들이 거처하는 절.

18) 矗石 : 삐죽삐죽 높이 솟은 돌.

19) 梵唄 : 석가여래의 공덕을 찬미하는 노래.

20) 頭陀 : 번뇌의 티끌을 떨쳐 없애 의식주에 탐착하지 않으며 청정하게 불도를 닦는 일. 혹은, 산과 들로 다니면서 온갖 괴로움을 무릅쓰고 불도를 닦는 중. 행각승.

21) 十方 : 十方世界. 온 세계.

22) 苦行 : 불교에서는 삶 자체를 고행으로 보기도 한다.

23) 懺悔 : 불교용어. 과거의 죄를 뉘우치고 부처, 보살, 師長, 대중 앞에 고백하여 용서를 구하는 일.

24) 三寶 : 불교에서 부처[佛寶]·부처님의 가르침[法寶]·그 가르침에 따르는 수행자의 집단인 승가[僧寶]를 가리킨다. 『釋氏要覽』〈三寶〉에는 "삼보는 佛·法·僧을 이른다.[三寶, 謂佛法僧.]"이라 하였다. 이후로는 불교를 통칭하여 쓰기도 한다.

25) 淸衆 : 大衆인데, 절에 들어오면 맑은 마음을 갖기에 절에 모인 대중을 청중이라 통칭한다.

26) 吾道 : 우리들의 학설이나 주장과 한가지로 하는 사람. 이 말은 본래 『論語』〈里仁〉에 "공자께서 말씀하시기를 '삼아! 나의 도는 한 줄기로 관철되어 있느니라.'[子曰: 參乎!

吾道一以貫之.]"라는 데서 나왔다.

27) 惠然其來 : 순순히 찾아옴. 이 말은 본래 『詩經』 〈邶風·終風〉의 "순순히 즐겨 찾아왔으니[惠然肯來]"에서 나온 것이다. "종일 바람 불고 흙비 내리는데, 즐거이 찾아주었도다.[終風且霾, 惠然肯來.]" 이후로 '惠然肯來'는 손님이 찾아왔을 때 환영의 뜻을 드러내는 말로 주로 쓰였다.

28) 百朋 : 많은 재화. 이 말은 본래 『詩經』 〈小雅·菁菁者莪〉에서 나왔다. "그 임을 보니 많은 보화를 받은 듯하네.[旣見君子, 錫我百朋.]"

29) 油然 : 자연스레 그렇게 됨. 『莊子』 〈知北遊〉에는 "근본적인 것은 흐릿하여 없는 듯하지만 엄연히 존재하고, 자연스레 생겨나서 그 형체가 보이지 않지만 작용은 귀신처럼 행한다. 만물이 이 작용에 의해 자라는데도 그것을 알지 못한다.[惛然若亡而存, 油然不形而神, 萬物畜而不知.]"라는 말이 있다.

30) 陰鶴 : 그늘에서 우는 새. 이 말은 『周易』 〈中孚〉에 "학이 그늘에서 우니, 그 새끼가 화답한다.[鳴鶴在陰, 其子和之.]"에서 나왔다.

31) 聳動 : 두렵거나 놀라서 몸을 솟구쳐 뛰듯 움직임.

32) 嗚嗚咽咽 : 슬피 우는 소리.

33) 奏凱 : 전쟁에서 승리한 것을 축하하는 음악. 『周禮』 〈春官·大司樂〉에는 "천자의 군대가 크게 승리를 바치면 개선의 음악을 연주하게 한다.[王師大獻, 則令奏愷樂.]"라고 하였다. 이에 대해 鄭玄은 "대헌은 조상에게 크게 승리했음을 보고하는 것이고, 개악을 공로를 보고하는 음악이다.[大獻, 獻捷於祖. 愷樂, 獻功之樂.]"라고 주를 붙이고, 전쟁에서 승리한 것을 축하하는 음악이라고 해석하였다. 이후 주개는 승리를 범칭한다.

34) 班師 : 군사를 이끌고 돌아옴.

35) 住節 : 駐節. 군대를 통수하는 장군이 도중에 군대를 잠시 머물게 함. '住節'의 '節'은 황제가 내린 '節杖'을 말한다.

36) 垂髫 : 垂齠. 어린 아이. 髫은 어린 아이가 드리운 머리카락을 말한다.

37) 戴白 : 머리에 백발을 이었다는 말로, 노인을 말한다.

38) 莽蒼 : 끝없이 펼쳐진 교외나 평야. 보통 세 끼 정도 밥을 먹어야 도착할 만한 거리의 평야를 가리킨다. 『莊子』 〈逍遙遊〉에는 "교외의 평야에 나가는 사람은 세 끼니 식사만으로 돌아와도 아직 배가 부르지만, 백릿길을 가는 사람은 하룻밤 걸려 곡식을 찧어야 하고, 천릿길을 가는 사람은 석 달 동안의 식량을 모아야 한다.[適莽蒼者, 三飡而反, 腹猶果然. 適百里者, 宿舂糧. 適千里者, 三月聚糧.]"는 말이 있다.

39) 皇華 : 임금의 명을 받들어 나가는 사신. 『詩經』 〈小雅·皇皇者華〉에는 "환하게 피어 만발한 꽃이여, 저 진펄에 피어 있구나.[皇皇者華, 于彼原隰.]"라는 구절이 있다. 또한 '皇皇者華'는 『시경』 〈小雅〉의 篇名이기도 하다.

40) 矯首 : 머리를 들어 봄. 唐나라 杜甫의 시 〈又上後園山脚〉에 "9월에 지는 해를 보고 극락정토를 생각하는 관법을 세워, 머리 들어 온 세상을 바라보네.[窮秋立日觀, 矯首望八荒.]"라는 구절이 있다.

41) 羽旄 : 旌旗를 대신 이르는 말. 예전에는 새의 깃털과 소꼬리의 털로 깃발을 장식하였기 때문이다.

42) 靑陽 : 청춘의 젊은 용모. 唐나라 李賀의 시 〈贈陳商〉에는 "황혼에 나를 찾아 오셨으니, 굳은 절개에 청년들도 혀를 차리라.[黃昏訪我來, 苦節靑陽皴.]"라는 구절이 있다.

43) 淸奇 : 淸秀하여 평범하지 않음.

44) 騰揚 : 날아서 높이 오름.

45) 失所 : 몸을 의탁할 곳이 없음.

46) 倘使 : 가령. 과연.

47) 正果 : 불교어로, 수도하여 올바른 깨달음의 열매를 얻는 것.

48) 犬馬 : 개나 말과 같이 천하고 보잘것없다는 뜻으로, 자신을 낮추어 이르는 말.

49) 賢閤 : 다른 사람의 부인을 존칭하여 이르는 말. 唐나라 牛僧孺의 『玄怪錄』〈齊餞州〉에는 "부인께서는 단지 문 앞에 계시면 다시 한가지로 가심이 옳을까 합니다.[賢閤只在門前, 便可同去.]"는 말이 있다.

50) 率爾 : 갑작스러운 모양. 『論語』〈先進〉에는 "자로가 갑자기 대답하여 말하였다.[子路率爾而對曰]"라는 말이 있다.

51) 喧呼 : 시끄럽게 떠들며 부르짖음.

52) 黃耈 : 머리가 희어졌다가 다시 누렇게 되고, 얼굴에 검버섯이 생기는 것. 『朱子家禮』〈冠禮〉에는 "황구가 되어도 무강하여 하늘이 주신 경사를 받아라.[黃耈無疆, 受天之慶.]"라는 말이 있다.

53) 頎長 : 장성함.

54) 庭闈 : 안채. 부모님, 특히 어머니가 거주하는 곳을 지칭함.

55) 疾癢抑搔 : 아픈 곳과 가려운 곳을 만지고 긁음. 이 말은 『小學』〈內篇·明倫·明父子之親〉에 "부모가 아프거나 가려워하면 공손히 만져드리고 긁어드린다.[疾痛苛癢, 而敬抑搔之.]"에서 나온 것이다.

56) 翔翅 : 부모가 병이 있으면 자식은 걱정이 되어 걸음을 걸을 때에도 활개를 치지 않고, 웃어도 이를 드러내지 않는 것. 이 말은 『小學』〈內篇·明倫·明父子之親〉에 "부모에게 병환이 있으면 관을 쓴 자는 머리를 빗지 않으며, 다닐 때에는 활개를 치지 않고, 말함에 게을리 하지 않는다.[父母有疾, 冠者不櫛, 行不翔, 言不惰.]"에서 온 것이다.

57) 搶攘 : 몹시 혼란하고 어수선함.

58) 不識起居之所 未諳燠寒之節 : 기거하는 바도 알지 못하고, 덥고 추운 계절도 깨닫지 못하였다. 이 말은 일상생활에서 잠을 자고 밥을 먹는 것들을 보살피지 못하고, 날씨가 덥고 추움에 따라 부모가 입으실 옷을 가려서 드리는 것을 하지 못했다는 자책의 의미로 쓰였다.

59) 焦煎 : 초조하고 困窘한 모습을 형용함.

60) 遙遙 : 거리가 점점 멀어져 가는 것을 형용함. 『左傳』〈昭公 25年〉에는 "구관조의 둥지

가 아득히도 멀어라.[鵬鴿之巢, 遠哉遙遙.]"라는 말이 있다.

61) 阽死 : 죽음에 임박함. 보통 병이 몹시 위중한 것을 형용하는데, 여기서는 병과는 무관하게 죽음에 임박한 양상을 의미한다.

62) 更端 : 하나의 사건의 화두를 바꿈. 글을 쓸 때 문단을 바꾸는 것도 更端이라 한다. 『禮記』〈曲禮〉에는 "군자께서 다른 말로 물으면 일어서서 대답하라.[君子問更端, 則起而對.]"는 말이 있다.

63) 聳聽 : 공경하며 들음.

64) 交趾 : 지금의 베트남 북부의 통킹·하노이 지방의 옛 이름. 交趾 지방에 포로로 잡혀 갔다는 고사는 분명치 않다. 다만 後漢 시대 馬援(B.C.14~A.D.49)이 교지 지방을 진압한 것을 말하는 것인지도 모르겠다.

65) 先咷而後笑 : 앞서 울다가 뒤에 웃는다는 것. 이 말은 『周易』〈天火同人〉에는 "九五는 동인이 먼저 부르짖어 울고 뒤에서 웃으니, 큰 군사로 이겨야 서로 만나도다.[九五, 同人, 先號咷而後笑, 大師克相遇.]"라는 데서 나온 것이다. 처음에는 맞지 않는 것 같으나 끝에는 합한다는 뜻이다.

66) 中業 : 中祖. 시조 이하 系代에서 가문을 중흥시킨 선조를 종중의 공론에 의하여 추존하여 부르는 선조.

67) 寅緣 : 사물이나 일이 순차적으로 진행되어 가는 것.

68) 孔熾 : 세게 일어남. 이 말은 『詩經』〈小雅·南有嘉魚之什·六月〉에는 "험윤의 기세 불꽃이 세게 일어나는 것 같아 내 이를 막기 위해 서두르네.[玁狁孔熾, 我是用急.]"라는 데서 나왔다.

69) 芳林 : 봄날의 수목.

70) 一至此 : 一至於此. 마침내 이런 지경에까지 이름.

71) 孔昭 : 십분 분명히 드러남. 『詩經』〈小雅·鹿鳴之什·鹿鳴〉에는 "내게 반가운 손님이 오시니 덕음을 분명히 드러냈네.[我有嘉賓, 德音孔昭.]"라는 말이 있다.

72) 絪縕 : 氤氳. 예전에 음양 두 기운이 서로 만나 화합하는 형상. 보통 氤氳으로 쓰지만, 『周易』〈繫辭〉에서는 '絪縕'이라고 썼다.

73) 鶴髮 : 두루미 깃털처럼 머리가 하얗게 된 노인.

74) 反哺 : 까마귀의 새끼가 자라면 먹이를 물어다가 어미 새에게 물어다준다는 것으로, 부모님의 은혜에 보답하는 것을 말함.

75) 沒齒 : 이가 빠짐. 생을 마칠 때까지. 이 말은 『論語』〈憲問〉에 "(어떤 사람이) 관중에 대해 묻자, 공자가 말하기를 '인물이다. 백씨의 변읍 삼백 호를 빼앗아 백씨가 거친 음식을 먹게 되었지만 종신토록 원망하지 않았다.'[問管仲, 曰: '人也. 奪伯氏駢邑三百, 飯疏食, 沒齒無怨言.']"라는 데서 나왔다.

76) 瀝膽 : 이 말은 충성을 다하는 것을 뜻하는데, 여기서는 글자 그대로 해석하는 것이 타당하다.

77) 令弟 : 자기의 아우를 지칭하거나, 혹은 다른 사람의 아우를 존칭해 이르는 말. 여기서
　　 는 경운을 말한다.

78) 隷學 : 隷書를 배우는 학문을 이름.

79) 龍驤虎逸之資 : 용이 머리를 들고 호랑이가 달리는 재질. 龍驤는 머리를 들어 뛰어오
　　 르는 모양으로, 무용이 뛰어난 군사 및 군대를 지칭한다.

80) 玉署 : 玉堂. 翰林院의 別稱.

81) 膚功 : 膚功. 큰 功. 이 말은『詩經』〈小雅·南有嘉魚之什·六月〉에 "네 필의 수말 훤칠
　　 하고 그 덩치 크기도 하네. 험윤을 무찔러 큰 공을 세우리라.[四牡騤騤, 載是常服. 薄伐
　　 玁狁, 以奏膚公.]"라는 말이 있는데, 毛傳에는 "膚는 大요, 公은 功이다.[膚, 大. 公,
　　 功.]"라고 하였다.

82) 好逑 : 좋은 짝. 이 말은『詩經』〈國風·周南·關雎〉에 "요조숙녀는 군자의 좋은 짝이
　　 네.[窈窕淑女, 君子好逑.]"에서 나온 말이다.

83) 琴瑟之友 : 부부 간에 화목하여 친구처럼 살아가는 것. 이 말 역시『詩經』〈國風·周南·
　　 關雎〉에 "요조숙녀는 금슬을 타며 벗하였네.[窈窕淑女, 琴瑟友之.]"에서 나온 말이다.

84) 婉孌 : 맵시 있고 예쁨. 이 말은『詩經』〈國風·齊風·甫田〉의 "어리고 예쁜 더벅머리
　　 총각. 얼마 지나지 않아 만나니 어느새 관을 쓴 어른.[婉兮孌兮, 總角丱兮, 未幾見兮,
　　 突而弁兮.]를 활용한 것으로 보인다.

85) 嘒星之明 : 별이 밝음. 이 말은『詩經』〈大雅·蕩·雲漢〉의 "넓은 하늘 우러러보니,
　　 별들이 반짝이누나. 대부와 군자 정성을 다해 제사를 지내네.[瞻卬昊天, 有嘒其星. 大
　　 夫君子, 昭假無贏.]"에서 나왔다.

86) 蹩躠 : 心力을 기울이는 모양.

87) 得其所哉 : 자신의 처지가 자신의 생각이나 뜻에 부합하여 만족스러운 상태에 놓여
　　 있는 것. 이 말은『孟子』〈萬章上〉에 나온다. "예전에 어떤 사람이 정자산에게 산 물고
　　 기를 선사하였다. 자산은 교인에게 그것을 연못에서 기르라고 하였다. 교인은 그것을
　　 삶아 먹고 돌아와 복명하였다. '처음에 놓아주니까 빌빌하더니, 조금 있다가는 자유롭
　　 게 가더군요.' 자산이 말하였다. '제 살 곳으로 갔구나. 만족스럽네.' 교인은 물러나와
　　 말하였다. '누가 자산이 지혜롭다 하였는가? 내가 삶아 먹어버렸는데도, 제 살 곳으로
　　 갔구나. 만족스럽네.'라고 하니,'[昔者, 有饋生魚於鄭子産, 子産使校人畜之池. 校人烹
　　 之, 反命曰: '始舍之, 圉圉焉, 少則洋洋焉, 攸然而逝.' 子産曰: '得其所哉! 得其所哉!.'
　　 校人出曰: '孰謂子産智? 予旣烹而食之, 曰, 得其所哉, 得其所哉.']"

88) 百鍊光 : 百鍊은 백번 단련하여 더욱 견고해진 것을 배유한다. 이 말은『晉書』〈劉琨列
　　 傳〉에 나온다. 晉나라 劉琨이 段匹磾에게 잡혀 죽게 되었을 때에, 그의 부하 盧諶에게
　　 지어준 五言詩를 가운데 "어찌 뜻했으랴 백번이나 달군 강철이, 손가락으로 구부릴 정
　　 도로 유약해질 줄.[何意百鍊剛, 化爲繞指柔]"이라고 하며 유약해진 자신의 심경을 드러
　　 냈다는 내용이 그러하다.

89) 이 말은『시경』〈小雅·鴻鴈之什·鶴鳴〉에 나온다.

90) 閨英 : 閨英閨秀. 규모가 큰 집안의 사람 중에 才貌를 모두 갖춘 여자.

91) 丕泰 : 막힌 운수와 터진 운수. 즉 불행과 행복. 『抱朴子』〈外篇·博喩〉에는 "잘되고 못되는 것은 시운에 달린 것이니, 궁달은 말한 것이 못된다.[丕泰系乎運, 窮達不足論.]" 이라는 말이 있고, 같은 책〈外篇·知止〉에는 "비태는 시운에 달린 것이고, 궁통은 운명에 달린 것이다.[丕泰時, 窮塞命也.]"라는 말이 있다.

92) 沙門 : 梵語를 번역한 것으로, 머리를 깎고 불문에 들어 도를 닦는 사람, 곧 출가한 중이 머무는 곳.

93) 感荷 : 감사.

94) 難諼 : 잊기 어려움. 이 말은 『시경』〈衛風·淇奧〉에 "문채가 빛나는 군자여, 마침내 잊을 수가 없구나.[有匪君子, 終不可諼兮.]"를 활용한 것이다.

95) 齋供 : 부처님께 음식을 바치는 일.

96) 羅拜 : 여러 사람이 늘어서서 절을 함.

97) 叉手 : 불교에서 예를 갖추는 방식의 하나. 가슴 앞에 두 손을 모으는 합장의 방식이다.

98) 登龍 : 높은 자리에 올라가는 것. 이 말은 본래 용문에 오른다[登龍門]는 말에서 나온 것이다. 龍門은 黃河에 있는 물살이 매우 센 폭포로, 잉어가 이 폭포를 뛰어오르면 용이 된다는 전설이 있다. 따라서 등용문은 과거에 급제하여 높은 벼슬에 오르는 것을 뜻한다. 여기서는 그런 의미도 있지만, 오히려 『後漢書』〈黨錮列傳·李膺〉조에 나오는 고사와도 상통한다. 後漢 때의 李膺으로부터 인정을 받으면 선비들의 명성이 높아지므로, 그의 접대를 받는 것을 등용문(登龍門)이라 했다는 고사가 그러하다. 명망이 높은 인사의 대접을 받는 것을 뜻하는데, 이 내용 역시 그와 일맥상통한다.

99) 淸華 : 문벌이나 지위가 높고도 귀함. 北齊의 顏之推의 『顏氏家訓』〈雜藝〉에는 "왕포의 지위와 혈통이 높고도 귀하다.[王褒地冑淸華.]"는 말이 있다.

100) 鰲抃 : 이 말은 『楚辭』〈天問〉에 "큰 거북은 산을 이고 손뼉을 치는데, 어떻게 그것을 편안히 안돈케 하리오?[鰲戴山抃, 何以安之?]"라는 데서 나왔다. 이후 오변은 기뻐서 춤을 추고 노래하는 것을 의미한다.

101) 雀躍 : 참새가 뛰어 오른다는 말로, 기쁨이 지극한 것을 비유적으로 이름. 작약은 『莊子』〈外篇·在宥〉에 "홍몽은 마침 넓적다리를 두드리며 참새가 뛰어오르듯이 껑충껑충 뛰놀고 있었다.[鴻蒙方將拊脾雀躍而遊.]"라는 데서 비롯된 말이다.

102) 積禩 : 몇 해 동안. '禩'는 '祀'의 古字로, 음이 '이', 뜻은 '해'다.

103) 刺史 : 관직 이름. 원래는 조정에서 파견한 지방 관찰관을 뜻하지만, 이후로는 지방관을 총칭해서 자사라고 불렀다.

104) 依幕 : 임시로 거처하는 곳.

105) 雜沓 : 雜遝. 紛雜하고 번다한 모양. 南朝시대 梁나라 劉勰의 『文心雕龍』〈知音〉에는 "무릇 문학작품은 복잡다기하여 질박함과 화려함이 뒤섞여 있고, 사람들의 평가는 편향적으로 흐르기 쉬운 게 많아 사람들이 원만하게 보기 어렵다.[夫篇章雜沓, 質文交加, 知多偏好, 人莫圓該.]"라는 말이 있다. 唐나라 杜甫의 시〈麗人行〉에도 "퉁소소리 북소

리 애달파 귀신도 감동하고, 손님이 번다하게 오는데 모두가 요직에 있는 자라.[蕭管哀吟感鬼神, 賓從雜遝實要津.]"라는 구절이 있다. 두보의 〈여인행〉은 『古文眞寶』에도 실려 있다.

106) 刻期 : 한정된 날짜.

107) 職事 : 職務. 본래 이 말은 예전에 관리들이 가지고 다니던 儀仗의 일종이었다.

108) 尺疏 : 奏章. 예전에 신하가 황제께 일의 사정을 적어 올린 문서.

109) 停當 : 停償. 이체를 헤아려 좋게 처리함.

110) 誠惶誠恐, 頓首頓首 : 참으로 황공하여 머리를 조아리고 조아립니다. 신하가 황제에게 올리는 奏章에 상투적으로 쓰는 문구로, 자신을 낮춰 공경함을 드러내는 관습구다.

111) 伏 : 신하가 임금에게 주달할 때 자신을 낮추고 임금을 높이는 용어.

112) 遭逢 : 뜻밖에 임금에게 신임을 얻음. 『論衡』〈命義〉에는 "사람에게는 命과 祿이 있고, 遭遇와 幸偶가 있다. 명은 빈부와 귀천이고, 녹은 성쇠와 흥망이다. 부귀를 얻을 명을 타고난 데다 성대한 녹을 만나면, 항상 편안하여 위태롭지 않다. 빈천한 명을 타고난 데다 쇠한 녹을 만나면, 항상 고달프고 즐겁지 않다. 조는 의외의 변을 만나는 것이다. 예컨대 成湯이 夏臺에 갇히고, 文王이 羑里에서 곤란을 당한 경우다. 성인의 덕을 지니고 있으면서도 갇히거나 곤란을 당하는 변고가 있는데, 이를 조우라고 한다. 변고가 아무리 크다 해도 명이 좋고 녹이 성하면 변고는 해가 되지 않는다.[人有命, 有祿, 有遭遇, 有幸偶. 命者, 貧富貴賤也 ; 祿者, 盛衰興廢也. 以命當富貴, 遭當盛之祿, 常安不危 ; 以命當貧賤, 遇當衰之祿, 則禍殃乃至, 常苦不樂. 遭者, 遭逢非常之變, 若成湯囚夏臺, 文王厄羑里矣. 以聖明之德, 而有囚厄之變, 可謂遭矣. 變雖甚大, 命善祿盛, 變不爲害, 故稱遭逢之禍.]"

113) 籌策 : 籌筞. 이리저리 타산한 끝에 생각한 꾀. 뛰어난 작전 계획을 세우는 것을 말한다. 『史記』〈高祖本紀〉에 보면, 漢高祖가 張良을 두고 "장막 안에서 계책를 세워 천리 밖에서 승부를 결정짓는 것은 내가 장자방보다 못하다.[夫運籌策帷帳之中, 決勝於千里之外, 吾不如子房]"라고 말한 데서 나온 말이다. 『戰國策』〈魏策〉에는 "대왕이 이미 위나라의 급함을 알고서도 아직 구원병을 보내지 않았습니다. 이것은 대왕이 참모들이 임무를 제대로 하지 않았음이라.[唐且對曰 : "大王已知魏之急, 而救不至者, 是大王籌筞之臣無任矣.]"라는 말이 있다.

114) 群醜 : 떼를 지어 노는 무리나 짐승. 여기서는 오랑캐를 가리킨다. 이 말은 『詩經』〈小雅·南有嘉魚之什·吉日〉에 "저 높은 언덕에 올라 짐승 무리를 쫓으리라.[升彼大阜, 從其羣醜.]"에서 나왔다.

115) 猾夏 : 중화를 어지럽힘. 이 말은 오랑캐가 중화를 어지럽힌다는 '蠻夷猾夏'에서 나온 것이다. 『書經』〈舜典〉에는 "고요야, 오랑캐가 중화를 어지럽히고, 도적이 겁탈하고 살인하는구나. 너는 관리가 되어 다섯 가지 형벌로 죄를 받게 하라.[[皐陶, 蠻夷猾夏, 寇賊姦宄, 汝作士, 五刑有服.]"는 말이 있다.

116) 防秋 : 오랑캐를 막음. 예전에는 서북쪽의 유목 민족이 가을철에 왕왕 남침을 했던 데서 비롯된 말이다.

117) 蚊虻之負山 : 모기와 등에가 산을 짊어짐. 힘이 약한 자가 막중한 책임을 맡은 것을 비유적으로 이르는 말이다. 이 말은 본래『莊子』〈內篇·應帝王〉에 나온다. "그렇게 천하를 다스린다는 것은 바다를 걸어서 건너고, 강을 손으로 파헤치며, 모기나 등에에게 산을 짊어지도록 하는 것이다.[其於治天下也, 猶涉海鑿河, 而使蚊負山也.]"

118) 梟獍 : 梟鏡'이라고도 한다. 옛날에 '梟'는 나쁜 새로 살아서 제 어미를 잡아먹고, '獍'은 나쁜 짐승으로 살아서 제 아비를 잡아먹는다는 말이 있다. 은혜와 의리를 저버린 무리, 혹은 간악한 사람을 비유적으로 이르는 말이다.

119) 篤棐 : 충성으로 돌봄. 이 말은『書經』〈君奭〉에 "아아, 충성스럽게 돕는 자는 이 두 사람이니 내가 이로써 능히 오늘의 아름다움에 이르렀도다.[嗚呼, 篤棐時二人, 我式克至于今日休.]"에서 나왔다.

120) 天眷 : 하늘이 돌아봄. 이 말은『書經』〈大禹謨〉에 "황천이 돌보심을 명하여 온 세상을 남김없이 차지하시어 천하의 임금이 되었습니다.[皇天眷命, 奄有四海, 爲天下君.]"에서 나온 것이다.

121) 皇靈 : 황제.

122) 遠暢 : 높고 원대하며 활달함.

123) 指日 : 오래지 않은 기간. 오래지 않고 실현되는 것을 이름.

124) 邊陲 : 邊垂라고도 함. 변경.『左傳』〈成公十三年〉에는 "군주도 또한 은혜를 베풀어 우리와 맹약하지 않고 오히려 狄人의 난리를 틈타 우리의 하현을 쳐들어왔지요. 그리고 기와 고 두 고을을 불태우고, 곡식을 거두어가고 변망의 백성들을 도살하기까지 했습니다. 이에 우리 보씨가 군대를 모아 대적했지요.[君亦不惠稱盟, 利吾有狄難, 入我河縣, 焚我箕郜, 芟夷我農功, 虔劉我邊垂, 我是以有輔氏之聚.]"라는 말이 있다.

125) 淸塵 : 먼지를 털어냄. 청정한 세계가 됨을 비유적으로 이름.

126) 磐石 : 宗室.『史記』〈孝文本紀〉에는 "고제께서 자제들을 왕에 봉하심에 그들 봉국의 경계선이 천하를 뒤엉켰습니다. 이것이 이른바 반석과 같이 굳건한 종실이 되고, 천하가 그 강함에 복종하게 된다는 것입니다.[高帝封王子弟, 地犬牙相制, 此所謂磐石之宗也, 天下服其彊.]"라고 하였다.

127) 洪祚 : 융성한 국가의 운수. 큰 복.

128) 宸情 : 대궐에 머물면서 생각하는 마음인네, 여기서는 황제 폐하의 마음을 말한다. 丁若鏞의 시〈過舟橋〉에도 "선창가의 저 바위 구르지 않아, 천년동안 임금의 뜻 알리라.[艁磯石不轉, 千載識宸情.]"라는 구절이 있다.

129) 悅豫 : 기뻐함. 황제 폐하께서 기뻐할 때가 곧 '전쟁에서 승리한 직후'임을 뜻한다.

130) 四海永淸 : 사방이 영원히 맑음. 이 말은『書經』〈泰誓〉에 "그대들은 바라건대 나 한 사람을 도와 영원히 온 세상을 맑게 하라.[爾尙弼予一人, 永淸四海.]"에서 비롯되었다.

131) 太和 : 천지간에 충만한 기운.『周易』〈乾卦〉에는 "건의 도가 변하고 화합에 각기 성명을 바로하나니, 크게 화합을 보전하고 합해서 이에 이롭고 바르게 한다.[乾道變化, 各正性命, 保合太和, 乃利貞.]"는 구절이 있다.

132) 獻捷 : 예전에 전쟁에서 승리한 뒤에, 거기서 얻은 포로와 전리품을 바치는 일.

133) 私衷 : 內心. 속마음.

134) 留心澄省 : 마음을 쓰고 밝게 살핌. 『後漢書』〈竇武傳〉에 보면 "오로지 폐하께서는 마음을 쓰고 밝게 살펴주시옵소서.[惟陛下留心澄省.]"라는 말이 있는데, 이를 그대로 쓴 것이다.

135) 姬周 : 周나라 왕조. 『三國志』〈魏志·陳思王植傳〉에는 "주나라 왕실에서 나라를 세울 때 다섯 등급의 품제를 쓰지 않았다.[未若姬周之樹國, 五等之品制也.]"는 구절이 있다.

136) 四牡騤騤 : 네 필의 수말이 튼튼하다. 이 말은 『詩經』에 나온다. 〈小雅·鹿鳴之什·采薇〉에는 "저 네 필 수말 수레를 끌고 가니, 네 필 수말 강하기도 하네.[駕彼四牡, 四牡騤騤.]"라는 말이, 〈小雅·南有嘉魚之什·六月〉에는 "네 필의 수말 튼튼하고 모든 군복을 실었네.[四牡騤騤, 載是常服.]"라는 말이, 〈大雅·蕩之什·桑柔〉에는 "네 필 수말 늠름하고 깃발은 높이 나부끼네.[四牡騤騤, 旟旐有翩.]"라는 말이, 〈大雅·蕩之什·烝民〉 "네 필 수말 튼튼하게 달리며 여덟 말방울 딸랑거리네.[四牡騤騤, 八鸞喈喈.]"라는 말이 있다. 네 필의 말은 임금이 타는 車馬다.

137) 四牡騤騤 將老母而來諗 : 건장한 네 필의 수말을 타고 노모를 모시고 와 아뢴다. 이 말은 『詩經』〈小雅·南有嘉魚之什·六月〉을 해석한 것이다.

138) 歸養 : 집으로 돌아가 부모를 봉양함.

139) 草蟲喓喓 : 풀벌레가 요란하게 욺. 이 말은 『詩經』〈召南·草蟲〉에 "시끄러운 풀벌레여, 이리저리 뛰는 메뚜기라네. 그 님을 보지 못해 근심스러운 마음 뒤숭숭하네.[喓喓草蟲, 趯趯阜螽. 未見君子, 憂心忡忡.]"에서 나온 것이다.

140) 草蟲喓喓 見君子而卽夷者 : 풀벌레 요란히 울고 군자를 보면 내 마음 곧 편안해지네. 이 말은 『詩經』〈召南·草蟲〉을 전체적으로 해석한 것이다. "시끄러운 풀벌레여. 이리저리 뛰는 메뚜기라네. 그 임을 보지 못해 근심스러운 내 마음 뒤숭숭하네. 한번 만나 볼 수 있다면 내 마음 편하련만. (중략) 저 남산에 올라 고사리를 뜯노라. 그 임을 보지 못해 내 마음 슬프네. 한번 볼 수 있다면 한 번 만나볼 수 있다면 내 마음 편안하련만. [喓喓草蟲, 趯趯阜螽. 未見君子, 憂心忡忡. 亦旣見止, 亦旣覯止, 我心則降. 陟彼南山, 言采其蕨. 未見君子, 憂心惙惙. 亦旣見止, 亦旣覯止, 我心則說. 陟彼南山, 言采其薇. 未見君子, 我心傷悲. 亦旣見止, 亦旣覯止, 我心則夷.]"이 그것이다. 이는 곧 부부가 서로 그리워하는 장으로 해석한다.

141) 征婦 : 전쟁에 나간 군인의 아내.

142) 寡妻 : 정식으로 예를 갖춰 맞이한 아내. 『詩經』〈大雅·文王之什·思齊〉에는 "신령이 상심하지 않는 것은 아내를 본보기로 삼아 형제에 이르사 집안과 나라를 다스렸기 때문이라네.[神罔時恫, 刑于寡妻, 至于兄弟, 以御于家邦.]"라는 말이 있다.

143) 蕭墻 : 蕭牆. 예전에 궁실 내부에 만든 병풍처럼 만든 낮은 담장을 가리키는데, 이로써 일반적으로 규방을 범칭하는 용어로 쓰였다. 『論語』〈季氏〉에는 "나는 계손씨의 근심이 전유에 있지 않고, 담장 안에 있을까 두렵구나.[吾恐季孫之憂, 不在顓臾, 而在蕭牆之內也.]"라는 말이 있다. 『韓非子』〈用人〉에는 "담장 안에서 일어나는 환을 조심하

지 않고, 먼 국경에 견고한 성벽을 쌓으며, 가까운 곳에 있는 현인의 진언은 듣지 않고 밖으로 천리 먼 곳에 있는 만승의 나라와 교류한다.[不謹蕭牆之患, 而固金城於遠境, 不用近賢之謀, 而外結萬乘之交.]"는 말이 있다. 『논어』에서는 담장의 의미가 강하다면, 『한비자』에서는 집안 내부의 의미가 강하다.

144) 睽離 : 서로 헤어짐.

145) 叢林 : 불교에서 다수의 중의 무리가 모여 사는 곳. 곧 절.

146) 格于上下神祇 : 하늘과 땅의 신령에게 미침. '格于上下'는 『書經』〈堯傳〉에 나오는 말로, 위로는 천심을 감동시키고 아래로는 민심을 감동시키는 것을 말한다. "공손하고 밝고 의젓하고 신중하여 평온하다. 진실로 공손하고 겸양하여 빛이 사방에 비치어 위로 하늘과 아래로는 땅에 이르렀다. 지극히 높은 덕을 밝히고 구족을 친화하여, 구족이 화목하니 백성이 올바르게 다스렸다.[欽明文思, 安安, 允恭克讓, 光被四表, 格于上下. 克明俊德, 以親九族, 九族旣睦, 平章百姓.]" 神祇는 하늘과 땅의 신령을 말한다.

147) 群下 : 群臣, 혹은 官僚. 모든 신하.

148) 休祥 : 좋은 징조. 아름다운 징조. 『書經』〈泰誓中〉에는 "하늘이 내게 백성을 다스리게 하시니, 내 꿈과 내 점괘가 들어맞고 좋은 조짐이 거듭 생기는구나. 상나라를 치면 반드시 이길 것이다.[天其以予乂民, 朕夢協朕卜, 襲于休祥, 戎商必克.]"라는 구절이 있다.

149) 沉綿 : 沈綴. 오랫동안 병이 들어 낫지 않음. 당나라 杜甫의 시〈送高司直尋封閬州〉에는 "장경은 소갈증이 다시 생기고, 공간은 오랫동안 병이 낫지 않고 있지요.[長卿消渴再, 公幹沉綿屢.]"라는 구절이 있다.

150) 山廚 : 산과 들에 사는 사람들의 주방.

151) 眞元 : 사람의 元氣. 本性.

152) 耗盡 : 모두 사라져서 다함.

153) 房闥 : 閨房.

154) 邅邁 : 급히 나아감. 빨리 달림.

155) 三邊 : 변경. 원래 三邊은 시대마다 그 지칭하는 곳이 달랐다. 漢나라 때에는 匈奴·南越·朝鮮을 가리켰고, 明나라 때에는 延綏·甘肅·寧夏 세 지구를 지칭했다. 통상적으로는 東·西·北쪽 지방을 가리키기도 했다. 또한 변경 지방을 범칭해서 삼변이라고도 했다.

156) 舞干 : 이 말은 『書經』〈大禹謨〉에 나오는 것으로, "순임금이 곧 문치와 덕을 크게 펴고 방패와 깃을 들고 두 섬돌 사이에서 춤을 추니 70일에 묘족이 감화되었다.[帝乃誕敷文德, 舞干羽于兩階, 七旬, 有苗格.]"라는 데서 나온 것으로, 이후로는 '文德으로 感化되는 것'을 범칭해서 썼다.

157) 化正 : 교화가 가지런하게 다스려짐. 『漢書』〈貢禹傳〉에는 "만물을 도야하여 천하를 바르게 다스린다.[陶治萬物, 化正天下.]"는 말이 있다.

158) 戎務 : 군대와 관련된 일. 軍務

159) 休閑 : 비어 한가로움.

160) 仁覆 : 仁으로 뒤덮임. 이 말은 『孟子』〈離婁〉에 "성인이 이미 시력을 다하고서도 규구준승으로써 이었으니, 방형 원형 평평한 것 직선을 만드는 데 이루 다 쓸 수 없었다. 이미 청력을 다하고서도 또 육률로써 이었으니, 오음을 바르게 하는 데에 이루 다 쓸 수 없었다. 이미 마음을 다하고서도 차마 다른 사람에게 할 수 없는 것은 정치로써 이었으니, 인이 천하를 덮게 되었다.[聖人旣竭目力焉, 繼之以規矩準繩, 以爲方員平直, 不可勝用也, 旣竭耳力焉, 繼之以六律正五音, 不可勝用也, 旣竭心思焉, 繼之以不忍人之政, 而仁覆天下矣.]"에서 나온 것이다.

161) 無任 : 존칭어. 예전에 表狀이나 章奏, 혹은 箋啓나 書信에 주로 쓰는 상투어다.

162) 屛營 : 황공함. 방황함. 『國語』〈吳語〉에는 "영왕은 친히 홀로 떠나 황공해하며 숲속에서 방황하다가 삼일 만에 겨우 연인 주를 보았다. [王親獨行, 屛營仿偟於山林之中, 三日乃見其涓人疇.]"라는 말이 있다.

163) 鱗次 : 물고기 비늘 모양으로 차례차례 늘어선 모양.

164) 騶從 : 고대에 귀족들의 말을 모셔서 따르던 종.

165) 雲屯 : 구름처럼 모여듦. 매우 많은 것을 비유적으로 이르는 말.

166) 金輿 : 제왕이 타는 가마.

167) 貔貅 : 원래는 옛 문헌에 나오는 곰과 비슷하기도 하고 범과 비슷하게도 생긴 동물을 가리키는데, 이로써 용감한 전사를 비유적으로 쓴다. 貔는 수컷, 貅는 암컷이다. 항문이 없어서 음식을 먹어도 배설하지 않는데, 이 때문인지 중국에서는 이 동물상을 만들어 재물이 들어오고 나가지 않기를 바라기도 한다.

168) 玉節 : 임금이 관직을 제수하면서 신표로 주던 옥으로 만든 패.

169) 金鉞 : 나무로 도끼처럼 만들고 겉에는 금칠을 하여 긴 장대에 꽂은 것으로 의장용(儀仗用)으로 쓴다. 임금이 거둥할 때 御駕 뒤에 금월 두 개가 따라간다.

170) 華蓋 : 제왕이나 귀족이 수레 위에 만든 우산. 고귀한 사람들이 타는 수레를 범칭한다.

171) 飛塵 : 날아오르는 먼지, 혹은 아주 작은 사물.

172) 種德之門 : 덕을 베푼 사람의 집안.

173) 水慄陸慴 : 물과 육지에서 모두 두려워 함. 이 구절은 權韠의 〈四懷詩〉에서도 보인다. "수륙에서 모두 두려워해, 다투어 조공을 가지고 왔네.[陸慴而水慄, 玄黃爭實篚.]"가 그러하다.

174) 膠擾 : 膠膠擾擾. 어지러워 편안하지 않음. 『莊子』〈天道〉에는 "시끄럽게 요란만 피우도다. 자네는 하늘과 합치하고 있지만, 나는 사람과 합치하고 있네.[膠膠擾擾乎! 子, 天之合也. 我, 人之合也.]"라는 말이 있다.

175) 聲息 : 형세 정황. 소식.

176) 令儀 : 정숙한 威儀, 혹은 아름다운 용모. 이 말은 『詩經』〈小雅·南有嘉魚之什·湛露〉에 "오동나무 가래나무여, 그 열매가 주렁주렁해라. 즐겁고 편안한 군자에게 아름다

운 사람이 없지 않네.[其桐其椅, 其實離離. 豈弟君子, 莫不令儀.]"라는 구절에서 나온
것이다.

177) 贅客 : 다른 지방에 머물러 지내는 나그네. 戰國時代 淳于髡은 박학한데다가 골계가
있고, 말을 잘하기로 유명했는데, 제나라의 사위가 되었던 까닭에 그를 '贅客'이라 칭하
였다. 이후 사위를 '췌객'으로 쓰기도 했다.

178) 立談 : 잠깐 서서 이야기하는 것으로, 시간이 매우 짧음을 비유적으로 이야기함.『孟
子』〈離婁〉에 "(아내가) 일찍 일어나 몰래 남편 가는 곳을 쫓았는데 온 도성 안을 두로
다녀도 더불어 서서 이야기 하는 사람이 없었다.[蚤起, 施從良人之所之, 徧國中無與立
談者.]"라는 말에서 나왔다.

179) 稅駕 : 가마와 수레를 잠깐 머물게 한다는 말로, 휴식하는 것을 이른다.『史記』〈李斯
列傳〉에는 李斯가 秦나라 재상이 되어 부귀가 극에 이르러 "만물이 극에 달하면 쇠하거
늘, 나의 머물 곳을 알 수 없다.[物極則衰, 吾未知所稅駕也!]"라고 한 데서 나온 말이다.
稅駕란 곧 解駕로, 수레를 풀고 편안하게 휴식하고자 한다는 의미다. 즉 이사가 부귀가
극에 달했지만, 향후 길흉은 모른다는 의미다. 이로써 稅駕는 장래의 사태가 어떻게
될 지 모른다는 의미로 쓰인다.

180) 丘園 : 향촌. 집안의 정원.『周易』〈賁卦〉에는 "육오는 향촌에 빛남이니, 비단 묶음이
작으면 인색하나 마침내 길하리라.[六五, 賁于丘園, 束帛戔戔, 吝終吉.]"고 하였다. 이
말에 대해 王肅는 "자리를 버리고 응대함이 없이 향촌에 숨어 지내는 것이다.[失位無
應, 隱處丘園.]"라고 주석을 붙였고, 孔穎達은 "丘라는 것은 동산이고, 園은 밭이다. 초
목이 자라는 곳으로, 본성을 지키는 곳이다.[丘謂丘墟, 園謂園圃. 唯草木所生, 是質素
之所.]"라고 하였다. 나중에는 은거하는 곳을 범칭하여 '丘園'이라 하였다.

181) 櫝玉 : 상자 안에 아름다운 옥을 감춰둔 것으로, 숨겨둔 재주를 비유적으로 이른다.
이 말은『論語』〈子罕〉에 "자공이 말했다. '여기에 아름다운 옥이 있다면, 궤 안에 감추
시겠습니까, 좋은 상인을 찾아 파시겠습니까?' 공자가 말했다. '팔아야지! 팔아야지!
나는 상인을 기다리는 사람이다.'[子貢曰: '有美玉於斯, 韞匵而藏諸? 求善賈而沽諸?'
子曰: '沽之哉! 沽之哉! 我待賈者也.']"에서 나온 것이다.

182) 水鏡 : 물에 비춰보는 거울이란 말로, 지감이 매우 높음을 비유적으로 이른다.

183) 髫齡 : 어린 나이.

184) 入井孺子 : 우물에 빠지려는 어린아이. 이 말은『孟子』에 나오는 고사로, "지금 사람
들이 문득 어린아이가 우물로 들어가려는 것을 보면 모두가 두렵고 놀라며 측은한 마음
을 가진다.[今人乍見孺子將入於井, 皆有怵惕惻隱之心.]"에서 비롯되었다.

185) 惸獨 : 외롭고 고단한 사람. 이 말은『詩經』〈小雅·節南山之什·正月〉에 "부자들이야
좋겠지만, 불쌍한 것은 이 고단한 사람이로다.[哿矣富人, 哀此惸獨.]"에서 비롯되었다.

186) 甥舘 : 사위. 이 말은 본래『孟子』〈萬章下〉에 나온다. "순임금이 요임금을 뵈었는데,
요임금은 이실에 무물게 하였다.[舜尙見帝, 帝舘甥於貳室.]"가 그것이다. 처가살이하
는 사위를 일컫는 말로 주로 쓰인다.

187) 皇穹 : 皇天, 혹은 天帝.

188) 春閨 : 閨房으로, 규중에 사는 여자를 지칭함.

189) 燭遠 : 먼 데까지 빛이 비춤.

190) 恓遑 : 바쁘면서 불안한 모양. 『抱朴子』〈塞難〉에 "夫恓恓遑遑, 務在匡時, 仰悲鳳鳴, 俯嘆匏瓜, 沽之恐不售, 忼慨思執鞭."라는 데서 나온 말이다.

191) 西荒 : 서쪽 지방의 거칠고 먼 곳.

192) 九泉難作 : 九原難作. 돌아가신 분은 살릴 수 없음. 제문에 흔히 쓰이는 문구다. 正祖의 『弘齋全書』〈紹賢書院致祭文〉에도 "진실로 군자건만 죽은 사람은 살릴 수 없구나. [展也君子, 九原難作.]"라는 구절이 있다.

193) 淸酌 : 예전에 제사에 쓰이던 청주를 말한다. 『禮記』〈曲禮下〉에 "무릇 종묘에 제사하는 예법은 소는 일원대우라 이르고, 돼지는 돌비라 이르고, 양은 유모라 이르고, 닭은 한음이라 이르고, 개는 갱헌이라 이르고, 꿩은 소지라 이르고, 토끼는 명시라 이른다. 포는 윤제라 이르고, 고어는 상제라 이르고, 선어는 정제라 이른다. 물은 청척이라 이르고, 술은 청작이라 이르고, 기장[黍]은 향합이라 이르고, 기장[粱]은 향기라 이르고, 조는 명자라 이르고, 벼는 가소라 이르고, 부추는 풍본이라 이르고, 소금은 함차라 이른다. 옥은 가옥이라 이르고, 폐백은 양폐라 이른다.[凡祭宗廟之禮, 牛曰一元大武, 豕曰剛鬣, 豚曰腯肥, 羊曰柔毛, 雞曰翰音, 犬曰羹獻, 雉曰疏趾, 兎曰明視, 脯曰尹祭, 槀魚曰商祭, 鮮魚曰脡祭, 水曰淸滌, 酒曰淸酌, 黍曰薌合, 粱曰薌萁, 稷曰明粢, 稻曰嘉蔬, 韭曰豐本, 鹽曰鹹鹺, 玉曰嘉玉, 幣曰量幣.]"에서 유래한 말이다.

194) 騶卒 : 말과 수레를 주관하는 종인데, 일반적인 종을 범칭하기도 한다.

195) 幕次 : 임시로 만들어 놓은 의막.

196) 依仰 : 의지하여 모심.

197) 感佩 : 마음에 감동하여 영원히 잊지 못함.

198) 肩輿 : 轎子.

부처님을 떠나 동기가 서로 만나고,
옥 칼집을 증거로 천륜이 갖춰지다

別金仙同氣相逢　證玉鞘天倫克正

　　이보다 앞서 연경사의 대사가 새벽에 일어나 천상(天象)을[1] 살피다가 말하였다.

　　"태백성(太白星)이[2] 산문(山門)에 비쳤으니, 오늘 저물 무렵에 장 원수 행차가 이르리라."

　　절에 있던 모든 중들이 불당을 쓸고 자리를 정할 즈음, 고각(鼓角) 소리가 이미 산 아래 돌길에서부터 시끌벅적하게 들려 왔다.[3] 바야흐로 머리를 빗던 경운은 바삐 상투를 틀고 문 밖으로 나아가 일행이 도착하기를 기다렸다.

　　이윽고 수레가 내려지는데, 거기에 있던 사람은 과연 장 원수였다. 뜻밖에 상봉하니, 그 기쁨은 마치 손에 움켜쥐는 것 같았다.[4] 하물며 지난날에 이별할 때에는 일개 고단한 서생이었는데, 지금은 이처럼 모든 사람의 우두머리로서의[5] 풍채를 보이는지라. 심신이 황홀하고 눈동자가 흐릿흐릿하여 부끄러운 듯 어리석은 듯이 얼굴을 돌려 눈물을 삼킬 뿐이었다.

　　원수가 손을 잡고 상당으로 올라가 자리를 정해, 먼저 대사와 한훤

(寒暄)을6) 마치고서 경운을 어루만지며 위로하였다. 이윽고 금방(金榜)에7) 올라 옥서관(玉署官)이8) 되어서 군신(君臣) 간에 성스러운 만남을9) 갖게 된 자초지종과 서번을 토벌하고 돌아오다가 어머니와 아내를 만난 전말을 하나하나 이야기하였다. 경운은 일희일비하며 한편으로는 눈물을 흘리고, 한편으로는 축하하였다.

원수가 다시 오랜 이별의10) 회포를 이야기하려고 대사가 있는 쪽을 향해 돌아보니, 흐릿한 모양이 마치 근래에 자주 대했던 얼굴처럼 보였다. 주의하여 자세히 바라보니 얼굴 한가득 구의산(九疑山)과 같은11) 엄숙한 기품이 차분히 내려 앉아 있은 지12) 오랜 듯했다.

원수가 홀연 크게 깨닫고 생각했다.

'맑은 정신[淸神]과 마른 형체[瘦骨]는 진실로 서평관(西平關)에서 보았던 모습이요, 속세를 벗어난 말[玄談]과13) 고명한 이야기[高談]는 여남관(汝南舘)에서 들었던 목소리가 분명하니, 기이하도다! 자리에 앉은 대사가 꿈속에서 보았던 노스님이지 않은가? 꿈속의 노스님이 참으로 금산사의 화주승이지 않은가? 금산사의 부처님이 어떤 때에는 소흥(紹興)의 길에 나투시고, 어떤 때에는 꿈속 마을[黑甛鄕]에서14) 영혼과 마주하였도다. 또한 나와 함께 이 산중에서 다시 만났으니, 그 드러냄과 숨김이 갈마드는 조화와 잠깐 왔다 잠깐 사라지는 신통한 변화를 어찌 알 수 있으랴? 비록 그렇다 해도 몽사는 허황된 것일 뿐이니, 내가 그 피차(彼此)를 분별할 필요는 없으리라. 불교의 이치는 공적(空寂)일15) 뿐이니, 내가 그 같고 다름을 따질 필요도 없지. 그저 지금 자리에 앉아 있는 대사와 더불어 한바탕 청화(淸話)나16) 나눌 뿐일진저!'

이윽고 옷맵시를 정리하고 말하였다.

"지난날 이별할 때에는 '양응(揚鷹)' 구절을 그윽이 의심하였습니다. 그런데 지금 현달함이 정녕 부합하니, 과연 거북이와 시초를 이용한 점괘[龜筮]에[17] 들어맞음과 같습니다. 비로소 서방정토의 위대하신 부처님께서 인간 세상에 노닐며 어두운 처지에 놓인 궁벽한 사람을 이끌어 주셨음을 알겠습니다. 또한 저 경운이가 오랫동안 법계(法界)에 의탁하여 굶주림과 추위의 곤란함을 겪지 않게 된 것도 모두 노스님의 덕택이고, 병 없이 독서에 전념할 수 있었던 것도 모두 노스님의 은혜입니다. 주신 것이 산과 같아서 은혜를 갚고자 해도 그 길이 없습니다. 삼가 금과 은과 비단 한 수레로 부처님께 공양할 제수에 보태고자 합니다."

대사가 사례하며 말하였다.

"상공께서 불교를 숭신(崇信)하심은 모두 천성에서 나온 것이니, 오늘의 입신양명이 그 보응(報應)의 이치가 아니겠습니까? 이 절 불전(佛殿)은 해가 오래되어 퇴락하였지만,[18] 지금 성대하게 공양을 올리면서 중들이 거주할 수 있게 된 것은 상공께서 중창(重刱)하도록 시주하신 데서 비롯함이옵니다."

경운이 무릎을 꿇고 앉아 대사께 아뢰었다.

"생각건대, 고단한 아이인 제가 여섯 해 동안 편안히 몸을 보존할 수 있었던 것은 모두 대사님과의 삼생(三生) 인연이 있어서입니다. 터럭 하나와 육체와 장기[19] 하나하나가 자비의 구름[慈雲]과[20] 불법의 비[法雨]에서[21] 자라나지[22] 않은 게 없습니다. 공덕(功德)의 무량(無量)함이 항하(恆河)의 모래알처럼 많아[23] 그 많고 적음을 헤아릴 수 없습니다. 이런 까닭에 석가모니는 쌍수(雙樹)로[24] 둘러싸인 자리에[25] 육척의 고단한 몸을 의탁하여 삼보(三寶)를 닦는 도량(道場)이 백 년 동안 문전성시를 이룰 것을 기약하였습니다. 인간 세상의 번뇌가[26] 아직 사라지지 않았고 불교의 업보가 길지 아니한데 갑자기 돌아감을 아룁니다. 고단한 아이가 큰 은혜를 등지는 것은 이른바 불가(佛家)의 박행인지라, 어찌 대사님께 죄인이 됨을 면할 수 있겠습니까? 지금 인간 세계로[27] 돌아가

요행히 편안히 지낼 곳을[28] 정한 후에 다시 문서를 만들어서 남은 삶을 이어가다보면, 조만(早晚)을 기약할 수 없사오니 더욱 비창합니다."

그리고는 엎드려 부르짖으며 우니, 대사가 경운을 어루만지고 웃으며 말하였다.

"공자는 나를 모르는구나. 오랫동안 이 절에 머물게 한 것이 어찌 공자의 처지만을 특별하게 생각해서였겠느냐? 옛사람이 말하기를 '그 사람을 사랑하면 그 집 위의 까마귀도 사랑한다'고 하였지. 내가 장상공과 일찍이 인연을 맺은 일이 있으니, 공자는 곧 상공의 집 위의 까마귀인 셈이지. 그러니 내가 어떻게 공자의 사례를 받겠는가? 모름지기 나를 연연해하지 말고 인간세상으로 좋게 나아가 영화의 길을 가시게. 나 또한 이제 떠날 것이네. 뒷날 비록 나를 찾고자 해도 볼 길이 없으리라. 산에 바람이 불고 계곡에 달이 비취면 그것이 모두 내 정신이고, 꽃이 활짝 피고 새들이 노래하면 그것이 모두 나의 화사한 기운이네. 공자가 나를 기억하는 때마다 나를 만나지 않음이 없으니, 멀리 헛된 장소에서 나를 찾을 필요는 없으리라."

경운이 일어나 절하고 말하였다.

"지금 법교(法敎)를 받자오니, 속세의 인간이 비로소 그 가르침을 알겠습니다."

원수도 또한 몸을 일으켰다가 다시 무릎을 꿇고 말했다.

"황제의 사신이 되어 전쟁을 끝내서 군사를 이끌고 가니[29] 오랫동안 머물러 있을 수 없고, 어른이 길에 있으니 행역을 지체할 수가 없겠습니다. 그런 까닭에 원각(圓覺)의[30] 가르침을 오랫동안 받들지 못하고 삽시간에 주지스님[方丈]께서 머물러 계신[31] 자리를 떠나야 합니다. 이 몸은 비록 조정[北闕]으로[32] 돌아가지만, 마음은 길이길이 서천(西天)에[33] 매어 두겠습니다. 충효를 모두 다한 후를 기다렸다가 마땅히 피안

(彼岸)의[34] 하늘에 오르겠습니다."

대사가 말하였다.

"해 그림자가 이미 활짝 핀 꽃가지에[35] 낮게 드리웠으니, 사자(使者)
는[36] 급히 소나무 사이의 좁은 길로 내려가소서."

대사는 말을 마치고 천천히 계단을 내려가더니, 문득 공중으로 몸이
떠오르며 흰 구름을 향해 갔다. 원수와 경운이 바쁘게 문 밖으로 나와서
열 걸음을 가면서 아홉 번을 돌아보았지만, 그저 채색한 누각과 붉은
난간만이 맑은 바람 상서로운 안개 속에 우두커니 솟아 있을 뿐이었다.

여관으로 돌아온 경운은 비로소 누이를 보았는데, 마치 저승에서 돌
아온 사람을 만난 것과 같았다. 손을 잡고 하염없이 바라보며 울고불고
할 뿐이었다. 원수가 달래며 말리니, 두 사람은 그저 마주 보고 울음소
리만 낼 뿐이었다. 그리고 운주(雲州)를 향해 떠났다.

황제는 직접 첩서를 본 뒤로 날마다 원수가 돌아오기만을 기다렸다.
그런데 홀연 중랑장이 옥함(玉函)에 담긴 주문(奏文)을 올렸다. 황제께
서 친히 끈을 풀고 옥함을 열어 본 후, 모든 신하를 돌아보며 말하였다.

"장원수가 일찍이 부모를 잃고 홀아비로 지내는 것을 짐은 항상 안타
까워했소. 지금 들으니 원정하고 돌아오는 길에 우연히 어미와 아내를
만났다고 하니, 참으로 예전의 기록들에서도[37] 들어보지 못한 기이한
일이오. 가는 도정에 포상하여 칭찬함으로써, 한편으로는 과인의 기뻐
하는 뜻을 드러내고, 다른 한편으로는 연로(沿路)에서 구경하는 자들에
게 빛남을 보이게 하라."

이윽고 원수의 어머니 양씨를 공렬부인(恭烈夫人)으로 봉하고, 처 이
씨를 정렬부인(貞烈夫人)으로 봉하였다. 그리고 예부시랑에게 직첩을

받들도록 명한 후, 말을 내어주고 보냈다.

이때 원수의 행렬이 운주에 들어섰다.[38] 운주는 남방의 도회지 가운데서도 으뜸인 고을이다. 자사와 수령은 바람이 급히 불어오듯 물이 질주하여 흐르듯이 달려오고, 멀리 오랑캐 국가들도 산을 넘고 물을 건너와[39] 축하하지 않는 자가 없었다. 원수는 하례 받기를 마친 후, 술에 취해 탁자에 의지하고 잠깐 졸았다.

꿈에 높이 솟아 금산사 백운대 위에 이르렀는데, 한 노승이 가부좌(跏趺坐)를[40] 하고 보탑(寶塔)에[41] 앉아 원수를 보고 반갑게 맞으며 물었다.

"봄빛[春暉]이[42] 수레에 가득하고, 금슬(琴瑟)이[43] 곁에 놓여 있으니, 인간세상의 즐거움이 족하신가?"

원수가 자세히 보니, 이미 보았던 얼굴이었다. 이에 절한 후 무릎을 꿇고 대답하였다.

"요새 존사의 큰 깨우침을 입사와 뜻밖의 곳에서 어머니와 아내를 만났습니다. 이는 모두 자비로움[慈門]과[44] 어진 덕화가 머물러 있는 까닭입니다. 모름지기 언제 어느 곳에 머물며 지내든지 간에[45] 보답할 길이 없습니다. 그런데 존사께서 이르신 '인간세상의 즐거움'이라 하심은 이내 두영을 놀리시는 것인지요? 일찍이 아비를 이별한 후 눈물로 세월을[46] 보내면서, 자로(子路)가 부모를 봉양하기 위해 백리 밖에서 쌀을 져 나르거나 노래자(老萊子)가 일흔 살이 되어도 때때옷을 입고 춤을 추면서 부모를 기쁘게 한 일이[47] 평생토록 없었습니다.[48] 옥절(玉節)과 금월(金鉞)을 지녀도 모두 마음을 상하게 할진대, '즐거움'이라는 가르침은 감히 감당할 수가 없습니다. 엎드려 바라옵건대 존사께서는 외로운 아이의 지극한 아픔을 더욱 불쌍히 여기시어, 또한 아비께서 머무시는 곳을 지시해 주십시오."

노승이 웃으며 말했다.

"여래대불(如來大佛)은 금은을 좋아한 것이 아니라, 상공께서 시주를 한 그 정성을 사랑한 것입니다. 또한 재(齋)를 지내라고 공양한 것에 감격한 것이 아니라, 부처님을 향한 상공의 마음에 감격을 한 것이죠. 이미 걸림이 없는 보살[無碍菩薩]이[49] 오셔서 지척(咫尺) 사이에 존부군(尊俯君)을[50] 부르셨으니 조만간에 만날 것입니다."

말을 마치자, 문득 몸을 일으켜 탑 아래로 내려오더니, 여섯 개의 상아를 가진 하얀 코끼리[六牙白象]를[51] 타고 공중으로 올라갔다. 원수는 알고 있는 말을 다하지 않음이 몹시 한스러워 하며 우두커니 난간 위에 올라가 발돋움을 하고 바라보다가,[52] 홀연 몸이 소스라치게 놀라 깨닫고는 마음속으로 생각하였다.

'대각금선(大覺金仙)의[53] 명성이 헛되지 않도다! 부친이 만약 하반(賀班)에[54] 있지 아니하면, 반드시 길가 사람들 틈에 끼어 있을지라. 이제 잔치를 베풀고 음악을 연주하면 남녀노소 모두가 이를 것이니, 혹 찾아 물어볼 기회도 있으리라.'

이에 전령과 모든 장수들에게 소와 양을 잡아 사졸들을 잘 먹이도록 한 후, 이어서 장막을 널따랗게 마련하여 제후와 수령들을 맞이하고, 차례에 따라 자리를 정해 앉도록 했다. 또한 구경하려는 백성들은 아무도 막지 말도록 군중에 명령도 내렸다.

징 소리와 북 소리, 거문고 연주 소리와 노랫소리가 일시에 진동하고, 기생들은[55] 아름답고도 고우며, 좋은 술은 바다와 같고, 좋은 안주는 언덕만큼 쌓였다. 서로 주거니 받거니 하며 어지럽게 술잔이 돌았다. 원수가 마음속으로 가만히 생각하였다.

'시라는 것은 마음속에 있는 뜻을 말하는 것이지.[56] 성정(性情)이 나타나고, 슬픔과 즐거움이 드러나는 것이니, 대략적으로 짧은 율시를 지어 성대한 이 자리에 두루 보이리라. 그리고 그 시에 차운(次韻)을 하도록 명한 즉, 그 말을 남기고 회포를 서술하는 즈음에 혹 만남의 계기를 마련하는 데에 도움이 될 만한 실마리도 찾을 수 있겠지.'

마침내 붓을 들어 종이 위에 휘둘렀다. 그 시는 이렇다.

> 용과 호랑이 깃발이 평원을 둘렀고
> 아득한 변방에 비로소 상장군의 수레가 다녔지.
> 십년 동안 창황히 떠돌던 자식이 눈물로 지내다
> 그 몸에 붉고 푸른 관복을 입음은 성군의 은혜라오.
> 신통한 스님의 기쁜 소식도 아침에 깨야하는 꿈이니
> 백발노인은 저문 날 어느 문에 의지해 있는지.
> 억지로 옥 술잔을 잡아도 슬픔에 즐겁지 않은데
> 석양에 부질없이 울리는 북과 피리 소리만 듣노라.

> 龍旌虎帳繞平原　　絶塞初廻上將轅
> 十載蒼黃遊子淚　　一身淸紫[57]聖君恩
> 神髠喜信[58]朝惺夢　　華髮[59]何方暮倚門[60]
> 强把玉觴悄不樂　　夕陽謾聽鼓笳喧

쓰기를 마치고 좌상에 전하자, 순서대로 그 시를 돌려보며 말석에까지 이르렀다. 그러나 말의 뜻이 은미(隱微)하여 본래의 의미를 깨닫기가 어려웠다. 원수의[61] 지위가 무거워 감히 번거롭게 따져 묻지도 못했다. 그런 까닭에 좌석에 앉은 모든 사람들은 침묵한 채 흥미를 잃은 듯[62] 시흥(詩興)이 없어 붓을 내려놓고[63] 멍청하게 앉아만 있었다. 원수는 잔을 들자고[64] 권할 뿐 다른 사람의 얼굴색을 살피는 기색도 없었고, 제(題)하여 쓴 시를 눈으로만 대충 훑어볼 뿐 어떤 기미가 있다고 엿볼만한 여지도 완전히 끊어놓았다. 단지 '노승이 어찌 나를 속이겠는가?'라는 생각만 지닐 뿐이었다.

해 그림자가 점점 기울자, 마음은 더욱 불길해졌다. 원수는 찼던 칼을 손으로 어루만지며 물이 흐르듯이 눈물을 흘렸다.

이때 오른쪽 귀퉁이 윗자리에는 부남(南伯) 지방의 수령이 있었다. 무릇 그는 먼 지방의 제후로 하반(賀班)의 우두머리였지만, 원수가 있는 곳과[65] 조금 거리를 두고 앉아 있었다. 원수가 칼을 어루만지며 감정이 북돋는 것을 보고 곁으로 다가가 칼을 자세히 보았다. 눈처럼 희고 서릿발 같은 칼날이 비록 온전히 드러나진 않았지만, 옥 같은 칼집과 금 같은 칼집 장식은 일찍이 눈에 익은 것이었다. 빈번히 눈으로 흘겨보았고, 보면 볼수록 괴이하고 의심스러움도 심해졌다. 이에 몸을 단정히 하고 아뢰었다.

"원수께서 차신 패도는 필시 세상에 보기 드문 보물인 듯합니다. 그윽이 받들어 봄으로써 속세의 눈동자를 한번 씻고자 합니다. 그러나 무례함을 범할까 두려워 감히 우러러 청하지도 못하겠습니다."

원수가 패도를 풀어서 주었다.

부남 수령이 어루만지며 살펴보더니, 잠시 후 갑자기 비통해하며 두 눈에서는 끊임없이 눈물이 흘렀다. 원수가 물었다.

"영공께서 칼을 살펴보다가 애통해 함은 무엇 까닭이신지요?"

"칼을 본 것만으로야 무엇 때문에 특별히 애통해 하겠습니까? 과연 몹시 괴이한 일이 있어서 한편으로는 놀랍고, 한편으로는 슬픈 마음을 이기지 못하겠습니다. 내 집 아이가 찼던 칼이 지금 원수의 손이 있사오니, 이 무슨 까닭인지요? 부자가 오랫동안 멀리 이별하여[66] 인물(人物)이 바뀌었으니, 아지 못게라. 내 집 아이는 어느 곳에서 잃어버렸으며, 원수는 누구에게서 이 칼을 얻으셨는지요? 백 가지 감정이 마음에 가득차고, 만 가지 생각을 진정하기 어렵습니다. 어찌 그저 애통하는 데서 그치겠습니까?"

원수가 그 말을 듣고 몹시 황공하여[67] 놀랍고 두려운 얼굴색이 되어 천천히 말했다.

"원컨대 그 상세한 내용을 듣고자 합니다."

부남 수령이 길게 탄식하고 대답하였다.

"이 칼의 이름은 청평검(靑萍釖)입니다.[68] 하관(下官)의 처 할아버지인 양상서께서 사신으로 연성(燕城)에[69] 갔을 때, 연왕(燕王)이 전별할 때 선물로 준 물건이죠. 비록 십 년 동안 갈지 않아도 한 점의 녹도 슬지 않고, 상서로운 빛[寶光]과 정밀한 무늬가 두우(斗牛) 사이에 길게 비춘답니다.[70] 양상서는 그의 아들 참군(參軍)에게 그 칼을 전하였고, 참군은 아들이 없었던 까닭에 사위에게 칼을 전하였습니다. 그 사위가 곧 하관입죠. 하관은 다시 아들에게 그 칼을 전했는데, 아들은 그 때 겨우 여섯 살이었습니다. 옷의 무게를 겨우 견딜 수 있을 정도인지라,[71] 칼을 채우는 것도 쓸 데가 없었습니다. 그러던 중 하관은 황명을 받들어 남쪽 오랑캐의[72] 난리에 나아가게 되었습니다. 그보다 앞선 어느 날 술사(術士)의 말에 부자가 서로 이별한다는 참언이 있었는데, 마침 그 말과 서로 부합했던 것이지요. 그런 까닭에 이별할 때에 아이의 이름과 태어난 해를 써서 칼집 틈새에 감추고, 아이의 허리띠에 매어주었습니다. 뒷날 신빙할 수 있는 재료의 근거로 삼자는 것이었죠. 한 번 헤어지고 난 뒤, 하관을 멀리 이역 땅을 수비하느라, 처자식이 간 바를 알지 못한 지도 지금 15년째입니다. 얼굴과 목소리는 아득히 멀어져 있고, 아픔은 골수에까지 파고들었습니다. 지금 원수께서 차고계신 것은 단언컨대 그 칼입니다. 갑작스레 보게 되니 어찌 놀랍고도 괴이하며, 슬프고도 아픈 마음이 없겠습니까? 감히 여쭙건대 이 칼은 누구의 손에서 나왔고, 어느 해에 얻으셨는지요?"

원수가 듣기를 마치자 간담이 서늘해지고, 머리카락이 쭈뼛해지며, 오싹하게 소름이 돋았다. 손에 잡은 그 칼집을 열어서 살펴보니 가늘게 쓴 작은 글씨가 선명하여 가히 확인해 볼 수 있었다. 이에 벌떡 일어나 달려 나가 부남 수령의 무릎에 엎드려 창황히 부르짖었다.

"부자가 별처럼 뿔뿔이 흩어진지[73] 지금 몇 년인지요? 서로 헤어진 후 존망을 알지 못하더니, 이제 서로 만나도 얼굴조차 기억하지 못하였습니다. 예나 지금이나 인간 세상에 어찌 이런 일이 있을 수 있답니까?"

부남 수령도 원수를 껴안고 울며 말하였다.

"만약 이 칼이 아니었다면 어찌 내 아들인 줄 알았겠느냐? 여섯 살 아이에게 처음으로 방향을 가르치던 때에[74] 아무 것도 할 수 없는 시골[無何之鄕]로[75] 뿔뿔이 흩어져 지내게 되었지. 백발의 늙은이는 그저 아들이 그리워 피눈물을 쏟아내며, 하늘가 땅 끝 아득히 먼 곳[天涯地角]에서[76] 아비를 그리워 할 외로운 그림자만 불쌍히 여길 뿐이었지. 어찌 오늘에 아들은 변방을 토벌하는 대장이 되고, 아비는 승첩을 하례하는 손님이 되어 남쪽 아득히 먼 지방에서 해후할 것을 생각이나 했겠느냐?"

원수가 일어나 다시 무릎을 꿇고 말하였다.

"소자가 어렸을 때에 비록 아버님의 이부자리를 살피지 못했지만,[77] 무슨 일[78] 때문에 어디론가 가시면서 이별할 즈음에 칼을 매어주시면서 정성스레 가르치신 말씀은 항상 귀에 아련하게[79] 남아 있습니다. 아까 청평검의 내력에 대한 가르침을 들으면서, 소자의 마음은 은연중에 감동하였습니다. 또 칼집에 새겨 아이에게 채웠다는 가르침을 들으면서, 소자의 마음은 무엇인가 솟구쳐 오르듯이 갑자기 깨달았습니다. 칼집을 열어 글자를 살피는 데에 이르자, 소자의 마음은 비로소 의혹이 풀려 환해지는 게 마치 얼음이 녹는 듯하였습니다. 아아! 몇 년 동안 서로 떨어져 있는 것은 모두 소자의 불효에서 비롯되었으니, 황천(皇天)의 무거운 꾸짖음을 받을 것입니다. 오늘 요행히 이렇게 모이게 된 것은 실로 아버님의 지극한 자비로움에서 말미암음이요, 또한 선령(先靈)께서 내려와[80] 도우신 까닭입니다."

인하여 눈물을 닦고 얼굴을 고쳐 서로 위로하기를 마지아니하였다. 참석해 있던 모든 손님들은 칼집 틈새에 있던 소지(小誌)를 돌려보고는 숙연히 얼굴색을 바꾸며 '천지간에 기이하면서도 다행스러운 일'이라며 다투어 칭찬하였다. 부남 수령이 사방을 둘러보고 말하였다.

"부남 지방은 만리 밖에 새로 설치한 지역으로써 10년에 한 번만 조공하는 제도가[81] 있어 사신이 초빙되어 올 일도 없고 들리는 소식도 끊겼으니, 연래(年來)에 과방(科榜)과[82] 사적(仕籍)을[83] 한 번도 보지 못했습니다. 지금 서번을 평정하는 때에 그 위엄과 덕행이 풍편에 실려 아득히 먼 지방에도[84] 드날리니, 누가 대원수 장두영의 이름을 듣지 못했겠습니까? 그러나 세상에는 같은 이름을 가진 사람도 많은지라. 또한 말하기 어려운 지위에 있기에, 감히 아무렇지도 않은 듯이 편하게 캐물을 수도 없었습니다. 걱정과 의심이 서로 충돌하며 그저 헛되이 머뭇거리며 입만 오물오물할[85] 뿐이었죠. 요행히 이 칼을 우연찮게 한 번 만져볼 기회를 얻음으로써 인륜이 다시금 완정해지는 계기가 되었습니다. 이는 우리 집안의 막대한 경사입니다."

손님들은 모두가 한 목소리로 축하해 주었다.

부자가 함께 부인의 막차(幕次)에[86] 들어가서 손을 잡고 마주 대하니, 진정 이는 꿈에서도 생각지 못한 기이한 만남이었다. 눈물을 닦고 보니, 황홀한 것이 마치 황천에서 얼굴을 다시 본 듯하였다. 먼저 만리 밖에 각각 흩어져 지낸 회포를 말하고, 또한 한 번에 모두 만나게 된 행운을 말하는데, 슬픔과 기쁨이 어우러지는 풍경을 어떻게 말로 다

표현할 수 있겠는가? 원수는 다시금 크게 잔치를 베풀어 삼일 동안 모여 마시면서 즐기도록 했다.

이때에 예부시랑이 말을 몰아 운주관(雲州舘)에 도착하여 두 부인의 직첩(職牒)을 받들어 전달하였다. 중랑장 또한 소(疏)에 대한 비답(批答)을 받들고 함께 와서는 무릎을 꿇어 원수께 바쳤다. 원수는 두 손으로 받들어[87] 받았다. 원수가 엎드려 황제의 글을[88] 읽는데, 이는 마치 가문 날 하늘에서 큰 비가 내려 땅으로 스며드는 것과[89] 같았다. 열 줄로 된 황제의 친서에는[90] 황제의 뜻[恩旨]이[91] 몹시도 간절하고 애틋하였다. 간신히 황제의 명을 받들고 나자,[92] 감격의 눈물이 펑펑 쏟아지는 것도 깨닫지 못하였다. 마침내 향탁(香卓)을 갖춰 북쪽을 향해 네 번 절하고, 머리를 조아려 축사(祝謝)하였다. 인하여 술을 갖추고 음악을 베풀어 공경을 다해 황제의 사신을 접대하는데, 석양이 되고도 한참이나 더 지나서야 잔치를 파하였다.

다음 날 원수는 또한 황제께 올리는 척소(尺素)를[93] 써서 봉하였다. 거기에는 부자의 기이한 만남에 대한 수말(首末)을 부연하여 진술하였는데, 한 글자 한 마디마다 '성은이 하늘과 같아 상서로운 징조가[94] 아래에까지 미치며, 명령이 신하와 백성들에게 미쳐 아비는 아비답고 자식은 자식답게 되었다는,[95] 모두 그런 뜻을 담고 있었다. 공손히 경옥(瓊玉)으로 만든 함을 받들어 부장(副將)에서 부친 후, 국경 근처까지 나아가 배례하고 보냈다.

필경 특별한 예우가[96] 어떠할까? 또한 하회를 분해하여 들을지라.

1) 天象 : 해·달·별들이 운행하는 것과 같이 하늘에 펼쳐져 있는 현상. 『周易』〈繫辭上〉에 "하늘이 상을 드리워 길흉을 나타내자, 성인이 그것을 형상화하였다.[天垂象, 見吉凶, 聖人象之.]"에서 나온 말이다.

2) 太白星 : 금성.

3) 駢闐 : 소리가 사방에서 굉장하게 들리는 것을 형용한 말.

4) 可掬 : 손으로 움켜쥔다는 말로, 情狀이 분명하게 드러나는 것을 형용한다.

5) 萬夫長 : 만민의 우두머리. 『書經』〈咸有一德〉에는 "7세에 걸친 종묘제도로 왕덕을 볼 수 있고, 만민의 우두머리로 그 정치 능력을 볼 수 있습니다.[七世之廟, 可以觀德. 萬夫之長, 可以觀政.]"라는 구절이 있다.

6) 寒喧 : 날씨 등을 물으면서 일상의 생활을 묻는 인사.

7) 金榜 : 과거시험 가운데 殿試에 합격한 사람의 이름을 새벽에 걸어놓은 榜.

8) 玉署官 : 玉堂. 翰林院의 별칭.

9) 際遇 : 어진 신하와 어진 임금을 만나 서로 알아주는 것.

10) 久闊 : 오랫동안 이별해 있음.

11) 九疑 : 九疑山으로, 현재 중국 湖南省 永州市 寧遠縣에 위치해 있다. 舜임금이 붕어하여 묻힌 산으로 알려져 있는데, 蒼梧山이라고도 한다. '滿面九疑'는 李白의 시 〈笻篠謠〉를 활용한 것으로 보인다. 즉 "다른 사람들 가슴속에는, 산과 바다가 그 몇 겹인가? 친구하자고 가볍게 말하지만, 얼굴을 대하면 구의산과 같아라. 핀 꽃이 일찍 떨어지나니, 복숭아꽃 자두꽃은 소나무만 못하지. 관중과 포숙이 죽은 지 오래지만, 어느 누가 그 자취를 이을까?[他人方寸間, 山海幾千重. 輕言託朋友, 對面九疑峰. 開花必早落, 桃李不如松. 管鮑久已死, 何人繼其蹤.]"이 그것이다. 친구처럼 보던 얼굴이 갑자기 위대한 모습으로 다가온 것을 이렇게 표현한 것이다.

12) 沉潛 : 성정이 깊고 차분해서 겉으로 드러나지 아니함.

13) 玄談 : 실제를 벗어난 탈속한 이론, 혹은 불교의 의리를 천명하는 말을 이름.

14) 黑甛鄕 : 꿈속 마을. 낮잠을 즐기는 것을 형용한다.

15) 空寂 : 佛敎語로, 사물은 스스로의 본성이 없으니 본디 사라짐과 생겨남도 없다는 의미다. 『楞嚴經』에는 "저는 오랜 겁 이전부터 마음에 걸림이 없음을 얻어 이 세상에 난 것이 항하의 모래처럼 많음을 스스로 기억합니다. 애초 어머니 태 속에 있을 때부터 공적을 알았습니다.[我曠劫來, 心得無碍. 自憶受生如恒河沙, 初在母胎, 卽知空寂.]"라는 구절이 있다.

16) 淸話 : 고아하고 속세를 벗어난 맑은 이야기. 혹은 閑談을 지칭하기도 한다.

17) 龜筮 : 占卦. 예전에는 점을 칠 때에 거북이를, 점대로는 시초를 사용하여, 그 형상이나 수를 보고 길흉을 정하였던 데서 유래한 말이다. 『書經』〈大禹謨〉에서는 "짐의 뜻은 이미 정해졌다. 물어 의논하여 모두 동의한 것이니, 귀신도 이에 따랐고 거북이와 시초를 이용한 점괘도 이를 따랐다.[朕志先定, 詢謀僉同, 鬼神其依, 龜筮協從.]"고 하였다.

18) 欹側 : 기울어짐. 唐나라 杜甫의 시 〈過南嶽入洞庭湖〉에는 "欹側風帆滿, 微暝水驛孤." 라는 구절이 있다.

19) 百骸九竅 : 신체와 장기 모두. 『朱子語類』를 보면, "색이 곧 공이요, 공이 곧 색이니, 크게는 모든 일과 모든 사물, 적게는 신체와 장기 하나하나가 모두 無로 돌아간다는 것이다.[色卽是空, 空卽是色, 大而萬事萬物, 細而百骸九竅, 一齊都歸於無."라는 말이 있다.

20) 慈雲 : 佛敎語로, 자비심이 구름처럼 넓은 세상과 중생을 덮고 있는 것을 이른다.

21) 法雨 : 佛敎語로 佛法을 비유적으로 이르는 말. 불법이 비처럼 만물에 내려 윤택하게 한다는 것과 같다는 데서 비롯된 말이다.

22) 長養 : 자라도록 기르는 것. 『荀子』〈非十二子〉에는 "백성을 길러 천하를 이롭게 하소 서.[長養人民, 兼利天下.]"라는 말이 있다.

23) 恒河沙 : 恒河沙數, 또는 河沙라고도 한다. 부처님의 세계가 항하의 모래알만큼 많아 서 그 수를 헤아릴 수 없다는 의미다. 『金剛經』〈一體同觀分〉에 나온다. 이후에는 숫자 가 너무 많아서 그 수를 셀 수 없는 의미로 쓰였다. 항하는 인도의 갠지스강을 말하는 데, 인도 발음으로 '강가(Ganga)'에 가깝다. 한자로 이를 음차하여 恒河로 쓴다. 恒은 '恒'의 본자인데, '긍'으로도 읽는다.

24) 雙樹 : 娑羅雙樹의 준말로, 雙林이라고도 한다. 釋迦牟尼가 入滅한 곳이다. 석가모니 가 입멸할 때에는 동서남북에 각각 사라수가 한 쌍씩 있었다고 한다. 동쪽의 한 쌍은 常住와 無常을, 서쪽의 한 쌍은 眞我와 無我를, 남쪽의 한 쌍은 安樂과 無樂을, 북쪽의 한 쌍은 不淨과 象淨을 상징한다.

25) 法席 : 佛敎語로, 佛法을 講解하던 자리를 뜻한다.

26) 塵障 : 塵漲이라고도 한다. 바람에 날려 눈에 들어가는 작은 먼지라는 뜻으로, 인간 세상의 번뇌를 의미한다.

27) 人寰 : 인간 세계.

28) 安所 : 편안히 지내면서 안정적으로 생활함. 『史記』〈秦始皇本紀〉에는 "남자는 밭에서 농사짓기를 즐거워하고, 여자는 자기의 일에 힘썼고, 일에는 각기 그 차례가 있었다. 황제의 은혜가 모든 산업에까지 미치고, 오랫동안 서로 농사를 지으니, 편안하고 안정 적인 생활을 하지 않는 자가 없었다.[男樂其疇, 女修其業, 事各有序. 惠被諸産, 久並來 田, 莫不安所.]"라는 말이 있다.

29) 振旅 : 전쟁을 끝내고 군사를 거두는 것. 이 말은 『詩經』〈小雅·南有嘉魚之什·采芑〉 에 나온다. "북을 둥둥 울리네. 전쟁을 끝내는 북소리라네.[伐鼓淵淵, 振旅闐闐.]"

30) 圓覺 : 佛敎語로 불가에서 원만한 깨달음을 얻어 영적인 도를 깨우친 것을 지칭함.

31) 方丈 : 처음에는 절을 지칭하다가 나중에서 주지스님이 거처하는 방을 가리킴. 도를 깨우친 주지스님을 지칭하기도 한다.

32) 北闕 : 궁정, 혹은 조정의 별칭.

33) 西天 : 佛敎語로, 일반적으로 정토신앙을 가진 자가 『阿彌陀經』에서 말한 서방 극락세

계를 지칭함.

34) 彼岸 : 佛敎語. 불가에서는 삶이 있고 죽음이 있는 경계를 '此岸'이라 하고, 삶과 죽음을 초월하여 열반의 경계를 '彼岸'이라 한다.

35) 花枝 : 활짝 핀 꽃의 줄기.

36) 星軺 : 使者가 타는 수레를 말함인데, 使者를 지칭하기도 한다.

37) 往牒 : 예전의 典籍.

38) 入次 : 행렬이 들어섬.

39) 梯山航海 : 산에 오르고 물을 건넌다는 말로, 먼 거리를 떠남을 의미한다. 『宋書』〈明帝紀〉에는 "해와 달이 비추는 곳이라면 산에 오르고 물을 건너서라도 가고, 비바람이 고르게 내리는 곳이라면 옷깃을 바꾸고 띠를 매고서라도 가리라.[日月所照, 梯山航海. 風雨所均, 削衽襲帶.]"는 말이 있다. 『삼국사기』〈新羅本紀〉에도 "산을 넘고 물을 건너와 새해가 될 때마다 폐백과 공물을 바쳤다.[梯山航海, 無倦於阻脩, 獻幣貢琛.]"는 말이 있다.

40) 結跏趺坐 : 불교 신자들의 坐禪法으로, 좌우의 발등을 좌우의 허벅지 위에 올려놓고 앉는 방식이다. 가부좌를 하면 망념을 없애고 정신을 집중할 수 있다고 한다.

41) 寶塔 : 탑, 혹은 佛塔이라 한다. 보탑은 탑의 美稱이다. 최초에는 부처님의 사리를 공양하기 위한 것이었지만, 이후에는 불상을 봉양하는 데에 쓰였다. 불경이나 스님의 유체를 보존하기도 한다.

42) 春暉 : 봄날 맑은 햇빛을 말함인데, 이것이 어머니의 은혜, 혹은 어머니를 지칭한다. 본래 이 말은 唐나라 孟郊의 〈游子吟〉에 "누가 말했던가 한 치 풀의 마음이, 석 달 봄볕에 보답할 수 있다고.[誰言寸草心, 報得三春暉.]"에서 나온 것이다. 장두영이 어머니 양씨를 만난 것을 이렇게 말한 것이다.

43) 琴瑟 : 거문고와 비파를 연주한다는 말로, 이 말은 『詩經』〈周南·關雎〉에서 비롯된 것이다. "窈窕淑女, 琴瑟友之." 이후로 이 말은 부부 간에 화목한 것을 비유적으로 이른다. 부부, 혹은 배필을 가리키기도 한다. 장두영이 아내 이씨를 만난 것을 이렇게 말한 것이다. 이 말 자체는 『詩經』〈鄭風·女曰鷄鳴〉"금슬이 곁에 있으니 고요하고 아름답지 않음이 없네.[琴瑟在御, 莫不精好.]"에서 그대로 따온 것이다.

44) 慈門 : 불교에서 자비로운 마음을 내어 功德을 닦는 방편을 이름. 『華嚴經』에 나온다.

45) 千塵塵萬刹刹 : 刹刹塵塵. 있는 곳 머무르는 곳 어디든지. 우주의 헤아릴 수 없는 곳 어디든지, 혹은 사바세계든 극락세계든 모든 장소를 말한다.

46) 星霜 : 별[星]은 일년에 한 번을 돌고, 서리[霜]는 매년 추워질 때 내리는 것으로, 이로 인해 성상은 세월을 가리킨다. 唐나라 시인 白居易는 〈歲晚旅望〉이란 시에 "저녁 가고 아침 오며 성상도 바뀌고, 음이 움츠리고 양이 펴지며 계절이 이끌리거늘[朝來暮去星霜換, 陰慘陽舒氣序牽.]"이란 구절을 남겼다.

47) 路米萊衣 : 子路의 쌀과 老萊子의 때때옷. 자라고 부모를 봉양하기 위해 백리 밖에서 쌀을 져 나른 일과 春秋時代 노래자가 70세가 되어도 부모 앞에서는 채색한 때때옷을

입고 아이들처럼 놀았던 것을 가리킨다. 둘 다 효성이 지극함을 의미한다.

48) 曠絶 : 전혀 없음.

49) 無碍 : 무애는 거침이 없다는 말로, 『화엄경』에서 중요하게 언급되는 말이다. 거침이 없다는 말은 곧 세상의 모든 일을 다 해결해야만 하기에, 여기서 말하는 무애보살은 세상의 어려움을 모두 해결해주는 보살로 볼 수 있다.

50) 尊俯君 : 남의 아버지를 높여 이르는 말.

51) 六牙白象 : 『法華經』〈普賢勸發品〉을 보면 普賢菩薩이 타고 다닌다는 코끼리를 말한다. 우리나라에도 영덕 莊陸寺를 비롯한 여러 절에 육아백상을 탄 보현보살을 그린 벽화가 많이 남아 있다. 공민왕(恭愍王)도 〈童子普賢六牙白象圖〉를 그렸다고 하지만, 이 그림은 남아 있지 않다.

52) 跂望 : 발돋움하여 바라봄. 『荀子』〈勸學文〉에는 "내가 일찍이 발돋움을 하고 바라본 일이 있지만, 높은 곳에 올라 널리 바라보는 것만 못하였다.[吾嘗跂望矣, 不如登高之博見也.]"라는 구절이 있다.

53) 大覺金仙 : 송나라 휘종 때에 부처님을 부르던 호칭. 『宋史』에 보면, "선화 원년 봄 정월 (중략) 을묘일에 조서를 내려, 부처님을 대각금선이라 하였다.[宣和元年春正月, …(중략)…, 乙卯, 詔: 佛改號大覺金仙.]"는 내용이 있다. 이외, 보살은 仙人이나 大士라고 하였고, 승려는 德士라고 하였다.

54) 賀班 : 임금께 축하를 올리는 반열인데, 『금선각』에서는 장두영을 축하하는 대열 정도로 봐도 무방하다. 참고로 사신으로 가는 반열로는, 賀班 외에 候班·慰班·祭班 등이 있다. 하반은 앞서 말한 것처럼 임금께 축하를 올리는 반열이고, 후반은 임금의 問候하는 班列, 위반은 임금에게 불행한 일을 위문하는 반열, 제반은 각종 나라 제사에 祭官으로 참여하는 반열을 의미한다.

55) 吳姬越女 : 吳나라 지역의 여인과 越나라 지역의 여인. 강남에는 미인이 많은 곳으로, 오희월녀는 보통 강남의 기생을 의미한다. 이 말은 唐나라 시인 王勃의 시 〈採蓮曲〉에서 나온 것으로, "연꽃 포구를 배회하다가 밤에 만나니, 오희월녀는 어찌나 아름다운지.[裵回蓮浦夜相逢, 吳姬越女何豊茸.]"가 그것이다.

56) 詩者言志也 : '시라는 것은 마음속의 뜻을 말하는 것이다.'라는 의미로, 이 말은 『書經』〈舜傳〉에 "시는 마음속의 뜻을 나타내는 것이고, 노래는 말을 길게 뽑아 읊조리는 것이다.[詩言志, 歌永言]"에서 시작한 뒤, 유교의 중요한 문학사상으로 자리 잡았다.

57) 淸紫 : 푸르고 붉음. 중국의 고시에는 이런 대목이 있다. "젊어 부지런히 공부하면, 문장으로 입신할 수 있지. 조정에 가득한 푸르고 붉은 관복을 입은 귀한 분들도 모두 글을 읽은 사람들이라네.[少小須勤學, 文章可立身. 滿朝淸紫貴, 皆是讀書人.]

58) 喜信 : 吉하고 경사스러운 사정을 먼저 알림.

59) 華髮 : 하얗게 된 머리로, 나이가 많은 사람을 뜻함.

60) 倚門 : 문에 기대섬. 『戰國策』〈齊策〉에 실린 고사에서 비롯된 이야기다. "왕손가가 15살이 되었을 때 민왕을 섬겼는데, 왕이 달아나 간 곳을 알 수 없었다. 그러자 왕손가

의 어머니가 말하였다. '네가 아침에 나갔다가 늦게 돌아오면, 나는 항상 문에 기대서서 너를 기다린다. 네가 저녁에 나가서 돌아오지 않는다면 나는 마을 어귀까지 나가서 너를 기다린단다.'[王孫賈年十五, 事閔王, 王出走, 失王之處. 其母曰: '女朝出而晚來, 則吾倚門而望. 女暮出而不還, 則吾倚閭而望.']" 이후로 '倚門'이나 '倚閭'는 모두 부모가 자식이 돌아오기를 바라는 간절한 마음을 뜻하는 의미로 쓰였다.

61) 轅門 : 원래는 고대 제왕이 수렵을 하다가 머무는 곳에 마련한 임시적인 문을 뜻하는데, 여기서는 군사를 거느린 장수가 군영, 곧 원수 장두영을 가리킨다.

62) 索然 : 흥미를 잃은 모양.

63) 閣筆 : 붓을 내려놓음.

64) 飛觴 : 잔을 들거나 술을 권하는 행위.

65) 孔邇 : 가까이 있음. 이 말은 『詩經』〈周南·汝墳〉에 나온다. "방어 꼬리 붉고 정치는 불타는 듯 가혹하다. 비록 불타는 듯 가혹하더라도 부모가 바로 가까이에 계시는구려. [魴魚頳尾, 王室如燬. 雖則如燬, 父母孔邇.]"

66) 闊別 : 멀리 이별함. 혹은 오랫동안 이별함.

67) 惕然 : 惶恐한 모양. 걱정스러운 모양. 순간 깨달은 모양.

68) 靑萍釖 : 본디 청평검은 전국시대 越나라 왕 句踐의 寶劍인데, 여기서는 보검으로만 이해해도 무방하다.

69) 燕城 : 지금의 중국 河北省 易縣에서 남쪽으로 2km 정도 떨어진 곳. 秦나라 昭王이 이곳에 도읍을 정했다고 전해지기도 한다.

70) 斗牛 : 斗牛는 본래 29宿에 속하는 별자리로 견우성과 북두성을 말한다. '두우 사이에 길게 비춘다'는 내용은 『晉書』〈張華列傳〉에서 볼 수 있다. 즉 吳나라 때 북두성과 견우성 사이에 항상 자줏빛 기운이 있자, 張華가 豫章 사람 雷煥을 데리고 누각에 올라가서 그를 관찰한다. 뇌환이 보검이 기운이 위로 하늘에 통한다고 한다. 장화가 그 곳이 어딘가를 묻기에, 뇌환은 豐城 땅이라 답한다. 이에 장화는 곧바로 뇌환을 풍성 지방 수령으로 삼는다. 뇌환은 풍성에 도착하자마자 땅을 파서 석함을 얻는다. 그 석함에는 두 개의 보검이 있었는데, 그 검에는 각각 龍泉과 太阿이 새겨져 있었다는 고사가 그러하다.

71) 勝衣 : 아이가 조금 자라서 성인의 옷을 겨우 입을 정도가 됨. 이는 『史記』〈三王世家〉에 "이제 황자들은 하늘이 돌보사 능히 옷을 입고 폐하께 나아가 절할 수 있게 되었습니다. 그러나 지금까지도 봉위가 없고 사부관도 정해지지 않았습니다.[皇子賴天, 能胜衣趨拜, 至今无号位師傅官.]"에서 나온 말이다.

72) 雕題 : 이마에 먹물을 새긴다는 뜻으로, 남쪽 오랑캐를 의미한다. 이 말은 『禮記』〈王制〉에는 "남쪽의 오랑캐를 蠻이라 칭한다. 이마에 먹물을 넣어 새기고 양쪽 발가락을 서로 마주보게 한 양반다리를 하고 음식을 불에 익혀 먹지 않는 자도 있다.[南方曰蠻, 雕題交趾, 有不火食者矣.]"에서 나온 것이다.

73) 星散 : 새벽하늘의 별처럼 事物이 뿔뿔이 흩어짐.

74) 方名 : 동서남북의 이름. 방향을 분별하는 지식을 가리킨다. 『禮記』〈內則〉에는 "여섯 살이 되면 數와 方名을 가르치라.[六年, 教之數與方名.]"이란 말이 있다. 鄭玄은 "방명은 동서를 가리킨다.[方名, 東西.]"라고 주를 달았다. 장두영이 여섯 살 때에 이별하였기 때문에, 여기서는 이런 표현을 쓴 것이다.

75) 無何之鄉 : 無何有之鄉. 이 말은 『莊子』〈逍遙遊〉에 나오는 말인데, 본래는 아무것도 없는 허무한 고을이라는 뜻으로, 理想鄉을 의미한다. 여기서는 본래의 의미처럼 아무것도 할 수 없는 고을이라는 의미다. 옛날에 莊子가 惠子와 더불어 논변하면서 한 말이다. "지금 당신이 큰 나무를 가지고 있으면서 그것이 쓸 데가 없다고 걱정하고 있는데, 어찌하여 그대는 그 나무를 아무짝에도 쓸 데 없는 고을이나 광막한 들판에 심고서 하는 일 없이 서성이며 그 곁에서 소요하거나 그 아래에서 노닐거나 드러누워 낮잠이라도 자지 않는가? [今子有大樹, 患其無用, 何不樹之於無何有之鄉, 廣莫之野, 彷徨乎無爲其側, 逍遙乎寢臥其下?]"라는 데 그 출처를 두고 있다.

76) 天涯地角 : 하늘가와 땅 끝으로, 아득히 멀리 떨어져 있어서 외지고 먼 곳.

77) 未省父親之緣 : 부친의 잠자리를 돌보지 못함. 昏定晨省을 이른 것으로, 어버이를 정성껏 봉양하는 것. 『禮記』〈曲禮上〉에 "자식 된 자는 어버이에 대해, 겨울에는 따뜻하게 해 드리고 여름에는 시원하게 해 드리며, 저녁에는 잠자리를 보살펴 드리고 아침에는 문안 인사를 올려야 한다.[冬溫而夏清, 昏定而晨省]"에서 나온 말이다.

78) 底事 : 이 일. 혹은 무슨 일.

79) 依依 : 여기서는 아련하게라는 의미가 강하다. 이 말은 『詩經』〈小雅·採薇〉에서 변방에 오래 있다가 귀향한 병사의 심경을 읊은 "지난 날 내가 떠날 때에는 버드나무 봄바람에 하늘거렸지.[昔我往矣, 楊柳依依]'라는 데서 나왔다. 〈採薇〉에서는 고향을 떠날 때와 조금도 다름이 없음을 뜻하는 의미로 쓰인 것이니, 『금선각』에서 차용한 의미도 이 부분이다.

80) 降騭 : 내려와 임함. 『弘齋全書』 22권 〈祭文〉에는 "바라건대 내려와 임하소서. 내가 드리는 제사가 몹시 밝습니다.[冀垂降騭, 我祀孔明.]"라는 구절이 있다.

81) 十年一貢 : 10년에 한 번 조공을 바침. 예전에 중국에 조공을 바치는 제도는 나라에 따라 달랐는데, 중국과 친분이 깊은 나라나 가까운 지역일수록 조공을 자주 바쳤고, 비교적 중국과 친분이 약하거나 멀리 떨어져 있는 지역은 몇 년에 한 번씩 조공을 바치게 했다. 보통 조공은 3년에 한 번 바치는 것이 원칙이었다. 하지만 조선은 1년에 두세 차례 이상 조공을 바치고 했다. 조공을 바치면 그보다 더 많은 回賜가 있었기에 조공이 반드시 나쁜 의미를 갖는 것으로 볼 수는 없다. 참고로 琉球는 2년에 한 번, 安南(베트남)·占城(베트남 중남부)·暹羅(태국)·爪蛙(이라크)는 3년에 한 번, 日本은 10년에 한 번 조공을 바쳤다. 여기에서 부남 수령이 10년에 한 번씩 조공을 바쳤다는 것은 부남 지방이 그만큼 황제의 은혜가 미치지 못했던 곳임을 말한 것이다.

82) 科榜 : 과거에 급제한 사람의 성명을 발표하던 榜目.

83) 仕籍 : 관리의 이름 등과 같은 문서를 기록한 책.

84) 華夷 : 宋나라나 元원나라 때에 국가의 영토를 지칭하는 말. 지금은 중국과 그 주변

국가를 모두 이르는 말로 쓰인다.

85) 囁嚅 : 머뭇거리면서 말을 제대로 하지 못하고 입만 벌렸다 오므렸다 함.

86) 幕次 : 의식이나 거동 때에 임시로 장막을 쳐서, 王世子나 高官들이 잠깐 머무는 곳.

87) 雙擎 : 두 손으로 받듦. 1761년에 燕巖 朴趾源이 총석정에서 해돋이를 보고 지은 시 〈叢石亭觀日出〉에는 "만물이 모두 어제처럼 바라보나니, 어느 누가 두 손으로 받들어 한순간에 솟구쳐 오르게 했을까?[萬物咸覩如昨日, 有誰雙擎一躍騰]"라는 구절이 있다.

88) 黃麻紫泥 : 황제의 조칙을 적은 글. 黃麻紙에 쓰고, 紫泥로 봉하는 까닭에 이렇게 말한다. 黃麻는 大麻의 다른 이름으로, 예전에는 조서를 쓰는 종이로 사용되었다. 예전에 조서를 쓸 때에는 內事일 경우에는 白麻紙를, 外事일 경우에는 黃麻紙를 썼다. 紫泥는 검붉은 빛이 도는 진흙이다. 예전에는 詔書를 써서 錦囊에 넣은 다음, 이것으로 입구를 봉한 후 印章을 찍어 신하에게 보냈다.

89) 天霜淋漓 : 하늘에서 큰 비가 내려 땅으로 스며듦. 『事文類聚』 〈天道部·禱雨〉에는 이와 관련한 이야기가 실려 있다. 즉 殷나라 湯王이 夏나라 桀王을 정벌한 후 7년 동안 혹독한 가뭄이 들었는데, 太史가 점을 치고서 하는 말이 "사람을 희생으로 하여 비를 빌어야 한다."라고 하였다. 탕왕이 이에 자신이 희생이 되겠다고 자청한다. 그리고 沐浴齋戒하고, 머리카락과 손톱을 자르고, 하얀 수레와 백마를 타고, 자기의 몸에는 흰 띠풀[白茅]을 둘러 희생의 모양을 갖춘다. 그리고 桑林의 들에 가서 세 발 달린 鼎을 놓고 산山川에 기도하면서 여섯 가지 일로써 자책한다. 그런데 말이 끝나기 전에 四海에서 구름이 일어나 수천 리의 땅에 큰 비가 내렸다는 내용이 그것이다. 임금의 은혜가 자신에게 미침을 의미한다.

90) 十行絲綸 : 열 줄로 된 絲綸. 『禮記』 〈緇衣〉에는 "왕의 말이 실[絲]과 같으면, 그것이 나온 것은 굵은 실[綸]과 같다.[王言如絲, 其出如綸.]"라고 하였는데, 孔穎達은 이에 대해 "왕의 말이 처음에 나올 때에는 작고 가는 것이 실과 같은데, 그것이 밖으로 나와 행하게 되면 그 말은 점점 강해져 마치 밧줄처럼 된다.[王言初出, 微細如絲, 及其出行於外, 言更漸大, 如似綸也.]"고 설명했다. 이후로는 제왕의 詔書를 絲綸이라고 했다. 또한 황제가 직접 써서 내리는 글은 10행으로 구성되는데, 긴 내용도 가늘게 써서 10행으로 삼는다. 이후로 十行이라는 말 자체만으로도 황제가 직접 쓴 편지, 혹은 조서를 의미한다. 『後漢書』 〈循吏傳序〉에는 "그것은 光武帝가 손으로 직접 써서 바야흐로 국가에 내린 것인데, 그 글은 모두가 10행으로, 가늘게 써서 문장을 만들었다.[其以手迹, 賜方國者, 皆一札十行, 細書成文.]"

91) 恩旨 : 황제의 뜻.

92) 奉審 : 본래 奉審은 매월 음력 1일과 15일에 임금의 命을 받들어 陵[임금이나 왕비의 묘]이나 廟[祠堂]을 보살피던 일을 말하는데, 여기서는 임금의 뜻을 받듦 정도로 이해할 수 있다.

93) 尺疏 : 황제께 올리는 奏章.

94) 休祥 : 吉祥. 『書經』 〈泰誓中〉에는 "하늘이 나로 하여금 백성을 편안히 다스리게 하므로 나의 꿈이 나의 점괘와 같아 상서로운 징조에 부합하니 상나라를 치면 반드시 이기

리라.[天其以予乂民, 朕夢協朕卜, 襲于休祥, 戎商必克.]"라는 구절이 있다.

95) 父父子子 : 아비는 아비답고, 자식은 자식답다. 이 말은 『論語』〈顔淵篇〉에 나온 "공자께서 대답하시기를 '임금은 임금다워야 하고, 신하는 신하다워야 하고, 아비는 아비다워야 고, 자식은 자식다워야 한다.[孔子對曰: '君君臣臣父父子子.']"에서 유래하였다.

96) 異數 : 보통이 아닌 특별한 禮遇.

개선하여 궁으로 돌아오니 황제의 은혜가[1] 거듭되고, 황제께서 새 궁을 내리시니 내외가 모두 모이다

凱還天門恩渥荐降　御賜新宮內外團聚

원수는 곧바로 막좌(幕佐)를[2] 뽑아 이웃한 고을 목사와 원님들에게 부남의 부신(符信)을[3] 보내, 그들로 하여금 잠시 동안 부남 지방을 함께 다스리도록[兼官][4] 하였다.

이윽고 이부인과 더불어 양친을 모시고 떠나, 열흘[5] 만에 서주(徐州)에 이르렀다. 왕상서는 이미 원수가 앞뒤로 기이한 만남을 갖고 내외가 함께 온다는[6] 소식을 듣고 변경 지방에까지 나아가 맞이하였다. 정부인과 낭자는 중문 밖에서 기다리며 멀리 바라보니, 팔만의 군사[旗鼓]가[7] 수레 넷을 옹위하고 천지를 뒤흔들며 오고 있었다. 온 집안사람들도 놀랍고도 기뻐, 분주히 움직이며 어찌할 바를 몰라 했다.

원수가 모든 장수에게 명하여 구계촌 남쪽 교외에 진을 머물게 했다. 그리고 수레와 가마를 멈추고[8] 집으로 들어갔다. 한 곳에 두 집 내외가 모두 모이게 된지라, 왕씨의 문정(門庭)이 배나 더 빛났다. 원수가 당에 올라 예를 마치자, 왕상서와 정부인이 말하였다.

"만리원정에 온갖 곳을[9] 다 다니면서 흉악하고 추한 무리를 모두 쓸어냈으니, 이보다 더한 공훈의 없네![10] 또한 오는 길에 기이한 만남을 가져 부모를 평안히 모셨으니, 이보다 더한 경사가 없네!"

원수가 일어나 절하고 사례하며 대답하였다.

"이는 성주(聖主)께서 칭찬하며 이끌어주신[11] 은혜가 아님이 없고, 악장(岳丈)께서 보살펴주신[12] 은덕이 아님이 없습니다. 하나하나가 우러러 감격스럽고, 가면 갈수록 더욱 간절해집니다."

상서가 시랑에게 말하였다.

"존형(尊兄) 집안의 십 년 액운은 사람으로 하여금 비통하게 합니다. 어찌 다행히 영윤(令胤)이[13] 당세의 빼어난 인재로, 국가의 동량이 되어 특별히 황천(皇天)의[14] 그윽한 도움을 입어 다시금 부모를 영화로이 섬기는 경사를 볼 것이라고 생각했겠습니까? 아아! 액운이 가까이 오는 것은 군자도 면하기 어려운 것이지만, 충효를 겸비하면 훗날에 반드시 복록이 모이는군요. 만번 또 만번, 존형을 위해 위로하고 축하드립니다."

시랑이 추연(愀然)히 대답하였다.

"지난 일을 이야기하자면 말이 길어집니다. 존형께서 사람을 알아보는 조감(藻鑑)이 높고도 밝아 넓으신 은혜를 드리워 춥고 배고픈 아이를 구제하여[15] 자식처럼 사랑하고 길러주셨을 뿐 아니라, 혼인을[16] 맺도록 허락하시고, 푸른 하늘[17] 위에서 호흡할[18] 수 있도록 해 주셨습니다. 이 아우 집안의 오늘날 경사는 첫째도 존형에게서 말미암은 것이요, 둘째도 존형에게서 말미암은 것입니다. 그 은덕에 보답하고자 하나 산이 높고 바다가 깊은지라, 단지 바라는 것은 세세생생(世世生生)[19] 형과 아우가 되어 천지와 더불어 영원히 다함이 없고자 함입니다."

왕씨는 시부모를 뵙고 신부의 예를 극진히 하였다. 또한 이씨를 한

번 봄에, 서로 마음이 기울어 기뻐하고 사랑함이 마치 자매와 같았다.

다음날, 원수가 부친과 악장께 아뢰었다.

"천문(天門)에[20] 승첩(勝捷)을 올릴 시간이 이미 지난 것은 집안의 일 때문입니다. 보고[復命]가 몹시 늦어져 선공후사(先公後私)의 의리를 크게 어겼으니, 공이 높다는 것만 믿고 분수를 잊었다는 허물이 있을까 두렵습니다. 지금 마땅히 시간을 정해[21] 상경하겠습니다. 그러나 황성에는 가히 들어가 살 만한 사제(私第)가 없습니다. 그런 까닭에 부모님과 두 부인은 이곳에 잠시 머물러 계시면서 넓은 집이 지어지기를 기다려 주십시오. 그런 연후에 부모님을 모시고 이사하여도 두리건대 늦지 않을 듯합니다."

상서와 시랑이 모두 대답하였다.

"그리 하게."

황제가 또한 원수의 소(疏)를 보고 크게 기뻐하며 말하였다.

"장원수가 충성을 다하고 급히 돌아온다고 하니 신하의 직분이 극진하도다! 오는 길에 모두를 만났다고 하니 집안의 법도가 융성하도다! 이는 진실로 천지귀신이 밝은 사람을 돌아보심이라. 짐이 임금이 되어 어찌 홀로 그 감동된 일에 대한 은전(恩典)이 없겠느냐?"

마침내 친히 소(疏)에 대한 답장[優批]을[22] 써서 보냈다. 또한 전 부남 수령 장해를 봉하여 통렬후(通烈侯)로 삼으시고, 사관(史官)을 파견해 직첩을 받들도록 한 후 서주로 내려 보냈다. 시랑과 원수는 북쪽을 향해 네 번 절하고 천은(天恩)을 감축하였다.

원수는 그날로 등정하여 황성으로 달려갔다. 원수의 귀환 소식을 들은 황제는 황천(黃川)[23] 강변까지 어가(御駕)를 타고 나아가 맞이하였다. 비단 장막은 십리에 둘렸고, 용이 그려진 깃발[龍旗]과[24] 호랑이가 그려진 깃발[虎旌]은[25] 향기로운 바람에 흔들렸다. 왕을 호위하는 우림 군(羽林軍)들은[26] 황제의 행차 도중에 낯선 사람이 들지 못하도록 경계 하며[27] 앞장서서 길을 인도하고, 모든 벼슬아치와 관리들은 황제의 수 레[玉輅]를[28] 좇아 음악소리에 맞춰 천천히 뒤따랐다.[29]

이러할 즈음에 휘하에 있던 모든 장수들이 길을 쓸며[淸道][30] 먼저 들어오고, 이어서 둘로 나뉜 군대가 들어왔다. 단신과 한양은 각각 대병을 거느려 황제가 머물고 있는 장전(帳殿)[31] 아래 편 왼쪽에 진 (陣)을 벌이고, 양회와 위권은 각각 대병을 거느려 장전 오른쪽에 진 을 벌였다.

이윽고 백모(白旄)와 황월(黃鉞)이[32] 해와 달처럼 빛을 발하고,[33] 북 소리와 피리소리가 산천을 흔들었다. 그리고 은으로 만든 투구[銀兜]를 쓰고 금으로 만든 갑옷[金甲]을 입은 원수가 용마[龍驄]에[34] 표범 가죽 으로 만든 안장 위에 앉은 채, 말을 몰아 천천히 들어왔다. 팔만 정병은 앞뒤로 옹위하여 함께 태평승전(太平勝戰)의 노래를 부르고, 번국(蕃國) 사신과 서천(西川) 삼십육도(三十六道)의 군장(君長)들은 각각 공물로 바 칠 재물[琛贄]을[35] 받들고 그 뒤를 따랐다. 군대의 세력이 웅장하고 위 용이 늠름하여, 천자의 얼굴색도 또한 변하였다.

원수가 진 앞에 이르러 말에서 내린 후, 절도 있게[36] 나아가 주아 부(周亞夫)가[37] 갑옷을 입고 있어서 절을 하지 않았던 예에[38] 의거 하여 몸을 숙여 길게 읍만 하고 일어섰다. 황제가 몹시 기뻐하면 말 했다.

"경은 풍후(風后)와 역목(力牧)과[39] 같은 장수로, 남중(南仲)과[40] 길보 (吉甫)의[41] 업적을 계승하여 큰 공을 세웠으니, 대방(大邦)의 위엄이 절 역 밖에서도 떨쳐졌도다! 한 집안이 흩어져 떠돌다가 다행히 개선하여

돌아오는 길에 모두 모이게 되었다 하니, 짐의 마음이 아름답고도 기뻐
멀리까지 나와 맞이하노라."

원수는 머리를 조아리고 사례하였다.

황제가 궁궐로 돌아올 때에, 원수가 선봉이 되고, 모든 장수들은 대
병을 거느리고 황제의 수레를 호위하며 들어오는데, 승리의 노랫소리
[凱歌]와 천상의 음악 소리[天樂]가 장안을 진동하였다. 성 안 가득히 모
여 보는 사람들은 모두 국가의 위엄과 덕망이 예나 지금에 없었다며
서로 칭송하였다.

황제는 옥으로 장식한 병풍[玉扆]⁴²⁾ 앞에 나아가 모든 신하의 하례를
받은 다음, 장두영에게 유시(諭示)를 내려 말하였다.

"황제의 원한을 보고서 세상에 같이 할 수 없다고 여길 만큼 적을
미워하는 경의 충성은 태고⁴³⁾ 이래로 짝이 없고, 위항(衛恒)과 두예(杜
預)와⁴⁴⁾ 같은 재주는 지금 세상에 제일이라. 짐이 그대를 장수로 임명
하던⁴⁵⁾ 날에 이미 땅을 나누어 주겠다는 약속을 하였지. 왕의 말은 실
과 같으니 도중에 끊어버릴 수 없네."⁴⁶⁾

이에 대신에게 명하여 제후로 세워 땅을 봉(封)할⁴⁷⁾ 의례를 의논해
황제께 올리라⁴⁸⁾ 하니, 원수가 머리를 조아리고 사양하며 아뢰었다.

"신은 하방(遐方)의 천한 몸으로 일찍이 부모를 잃고 죽어 구렁텅이
에 버려질 환란에 처했었습니다.⁴⁹⁾ 그런데 요행히 천은(天恩)을 입사와
외람되이 장수[制閫]의⁵⁰⁾ 직임에 올라 저 오랑캐들을⁵¹⁾ 깨우치고, 조정
관원으로 있다가 급히 장군이 되어⁵²⁾ 저들을 복종케 하였습니다. 이
모두는 폐하의 성화(聖化)에서⁵³⁾ 연유한 것입니다. 동쪽에서 나와 바다
를 적시고, 서쪽에서 나와 흐르는 모래를 적시는 것처럼 교화가 사방에
미친 것일 뿐입니다.⁵⁴⁾ 나라[文軌]⁵⁵⁾ 안에서는 별들이 북두성을 중심으

로 돌고,[56] 물이 바다로 흘러드는 이치가 아닐 수 없습니다. 어찌 미신
(微臣)의 작디작은[57] 공이라고 할 수 있겠습니까? 폐하께옵서 끝내 땅
을 나누고 제후로 봉한다는 명령을 신에게 더하신다면, 신은 비록 도끼
위에[58] 머리를 내놓을지언정 결코 가르침을 받들 수 없사옵니다. 엎드
려 바라옵건대 폐하께서는 은혜로운 명령[恩命]을 급히 거두시어 미천
한 분수를 지키며 편안히 살 수 있도록 해주시옵소서."

아뢰기를 마치더니, 원수는 머리를 조아린 채 일어나지 않았다.

황제는 원수가 강하게 사양하며 받들지 않는 것을 알고, 술[宣醞]
을[59] 내려 위로하였다. 그리고 태자태사(太子太師)[60] 좌승상(左丞相)으
로[61] 삼고, 황제 앞에서도 칼을 찰 수 있게 했고, 소명(召命)할[62] 때에
도 이름을 말하지 않게 하였다.[63] 또한 통렬후 장해(張楷)를 봉하여 노
왕(魯王)으로 삼고, 전(前) 상서 왕굉렬은 남양후(南陽候)로 봉하고, 돌아
가신 통판 이윤정은 상서령(尙書令)으로[64] 삼아 추증하였다. 특별한 예
우와[65] 은혜가 한 집안에 거듭 내려졌다. 승상은 느꺼움과 두려움을
이기지 못해 감사와 축원의 말을 올렸다.

황제는 즉시 공부(工部)에 명하여 장인들을 부르고 건축 자재를 모아
궁정(宮廷)[66] 동쪽 담장 밖에서 그리 멀지 않은 곳에 장승상의 집을 짓
도록 하였다. 채색한 기둥과 날아오를 듯한 용마루는[67] 첩첩이 마주보
고, 화원과 임천(林泉)은 굽이굽이마다 빼어났다. 황제가 승상을 불러
유시를 내려 말하였다.

"경의 아내[內眷]가 아직 올라오지 아니하였으니, 청춘의 호탕한 선
비는 홀로 빈 객사에 머물러 있겠구나. 빈 창문과 외로운 병풍을 마주
하며 흥을 붙일 곳이 없으리니, 이에 초방전(椒房殿)의[68] 아리따운 여인
으로[69] 하여금 경의 시첩이[70] 되도록 했노라."

무릇 이 여인의 이름은 윤옥(潤玉)으로, 번성(樊城)[71] 무변(武弁) 한성(韓晟)의 딸이다.

한성이 일찍이 남관(南關)의[72] 장수로 있을 때에 만이(蠻夷)의[73] 난리에 내응하여 관문을 열고 적을 맞이한 일이 있었다. 그런 까닭에 황제가 진노하여 장차 극형을 시행하려 할 무렵에, 한성은 몸을 피해 멀리달아나 숨어버렸다.[74] 그리고 스스로 한쪽 눈을 멀게 함으로써 그의종적을 숨겼다. 나라에서는 천금(千金)을 주고 만호(萬戶)를 내린다는현상을 내걸고 천하를 두루 뒤지며 찾고 있었다. 또한 그의 아내와 자식도 잡아들였는데, 윤옥은 천하의 절색이어서 재산을 모두 몰수한[75]뒤 액정(掖庭)에[76] 들여보냈다. 그러다가 여기에 이르러서 장승상에게사급(賜給)된 것이다.

이후로 황화와 윤옥이 함께 이부자리를[77] 받드니, 조운모우(朝雲暮雨)의[78] 즐거움이 초양왕(楚襄王)과 무산신녀(巫山神女)의 만남보다 더하였다.

승상이 휴가를 받아 서주로 가서 양친을 모시고 출발할 때에 왕상서와 정부인, 이씨와 왕씨 두 부인도 또한 가마를 타고 함께 떠났다. 말과수레 및 따르는 시종들로[79] 이루어진 굉장한 구경거리를 보기 위해,사람들은 몸을 다투며 나와 바라보았다.[80]

성 안에 들어간 후, 노왕과 왕승상은 궐하에 나아가 공근하면서도엄숙하게[81] 황제를 뵈니,[82] 황제가 유시를 내려 말하였다.

"경등은 국가의 교목지신(喬木之臣)인데,[83] 혹자는 멀리 나아가 변경을[84] 지켰고, 혹자는 향원(鄕園)에 물러나 쉬면서 오랜 세월[85] 험한 꼴을 보게 했지만, 늘 생각하고는 있었습니다. 지금 훈신(勳臣)이 이사[搬移]로 인해 다시금 명망이 높은 어르신들을[86] 격의 없이[87] 뵈오니 짐의 마음이 몹시 기쁩니다."

인하여 궤장(几杖)을[88) 내리니, 두 신하는 감읍하여 머리를 조아려 절하고 물러났다.

승상이 이내 새로 지은 궁에 이르러 각각 거주할 곳을 정하였다. 동쪽에 있는 경희궁(慶喜宮)에는 노왕과 양부인이 머물렀다. 서쪽에 있는 경안궁(慶安宮)에는 왕상서와 정부인이 머물렀다. 경희궁 서쪽에 있는 효양당(孝養堂)에는 이부인이 머물렀다. 경안궁 동쪽에 있는 효봉당(孝奉堂)에는 왕부인이 머물렀다. 황화는 원앙각(鴛鴦閣)에 머물렀다. 원앙각 앞에는 네모진 연못[方塘]이 있어 부들[靑蒲]과[89) 지초[綠芷]가 맑은 물결 위에서 그림자처럼 흔들리는데, 한 쌍의 원앙이 날아서 오고가곤 했다. 윤옥은 애련정(愛蓮亭)에 머물렀다. 애련정 아래에는 작은 연못이 있는데, 연꽃이 활짝 피어 그 빼어난 색채가 사람의 힘으로는 어떻게 할 수 없을 만큼 자연스러워, 가히 누정 위의 있는 아리따운 사람과 더불어 그 고움을 견주게 하였다. 애련정 앞에 있는 봉황당(鳳凰堂)에는 승상이 머물렀다. 봉황당 앞에 있는 명학당(鳴鶴堂)은 손님을 맞이하는 장소로 삼았다. 당 아래에는 기화요초가 뜰에 가득하여 숲을 이루었고, 검은 학과 흰 학이 쌍쌍이 무리를 지어 놀다가 손님이 문에 이르면, 맑고 청아한 소리를 끊이지 않은 채 춤을 추고 주위를 돌면서[90) 손님이 왔음을 알렸다. 명학당 서쪽에 있는 공옥헌(攻玉軒)은 경운이가 독서하는 장소로 삼았다. 궁 사방으로는 곱게 분장한 담장과 화려한 성가퀴로[91) 둘렀다. 동서로 이십 리, 남북으로 십 리로 이어진 붉은 대문과[92) 의장대가[93) 매우 높고도 넓게 펼쳐져 있어서 황제가 거주하는 것과 조금도 차이가 없었다.

하루는 노왕이 집에서 편히 지내며[94] 한가로이 앉아 『시경(詩經)』
〈사간(斯干)〉편을[95] 읽고, 바야흐로 속으로 깊이 생각하며 세 번 반복
해[96] 읊조리고 있을 때였다. 승상이 공무를 마치고 부친을 모시기 위
해[97] 당에 올라 곁에서 돌보니, 노왕이 원림(園林)의 누각[臺榭]을[98] 돌
아보고 탄식하며 말하였다.

"아름답구나, 궁실의 높음이여! 이는 국가의 크고도 아름다운 은
혜로다. 백 척이나 되는 높은 누각과 천 칸이나 되는 큰 창고의 조성
(造成)이[99] 며칠 만에 이루어졌으니, 복을 받음이 하늘과 같구나. 어
찌하여 향연(饗宴)과 노래로 건물의 완성됨을 즐김으로써 성상께서
내려주신[100] 은덕[德意]에[101] 조금이나마 화답할 것을 생각하지 않겠
느냐?"

이에 비단 장막을[102] 설치하여 내외가 나누어 앉고, 화려한 자리
를[103] 깔아 노소의 순서대로 자리를 정하였다. 술잔[翠觴]이 서로 오가
고, 음악도 끊임없이 연주되었다.[104]

이때는 봄바람이[105] 화창하고 봄빛도[106] 밝았다.[107] 뜰 앞의 갖가지
꽃들은 향기를 내뿜으며 아름다움을 다투고, 수풀 사이의 온갖 새들은
봄을 노래하며 소리에 화답하였다. 그것은 족히 사람으로 하여금 시정
(詩情)을[108] 불러일으키고, 기이한 생각[奇思]을 용솟음치게 하여 스스
로 금할 수가 없었다. 노왕이 연거푸 술 몇 잔을 마시더니 취흥이 도도
하여 여덟 번 깍지를 꼈다가 빼는 동안에[109] 4운시(四韻詩)를 지어 소리
높여 읊었다. 그러더니 홀연 붓을 뽑고 종이를 깨끗하게 쓸어낸 다음,
자리를 내어 주며[110] 말하였다.

"왕형과 승상은 서로 이어가며 이 시에 화답하고, 어진 두 며느리는
평소에 글을 꾸미는 잗다란 기술[彫篆]이나[111] 공허한 글짓기[月露]에[112]
힘쓰지 않았음을 알지만 익숙함과 서툶을[113] 따지지 말고 뜻 가는 대로

협운(叶韻)에[114] 맞춰 요령껏 지어 좋은 풍경을 기록하고 아름다움을 전하는 재료로 삼도록 하라. 또한 두 희첩(姬妾)은 비록 적처(嫡妻)와 첩(妾)의 구분이 있지만, 시가(詩歌)로 기예를 다투는 데는 본디 존비의 분별이 없는지라. 그러니 너희 네 사람이 연구(聯句)하여[115] 한 편의 시를 이룸으로써, 혼자서 짓는 수고로움을 덜라. 애써 지은 공로에[116] 따라 부끄러움이 따를지니, 시를 짓지 못하고 백지를 낸[117] 사람은 마땅히 석 잔의 벌주를[118] 마셔야 하리라."

승상 이하 모든 사람이 머리를 숙이고 대답했다.

"삼가 명령에 따르겠습니다."

노왕의 시는 이렇다.

물총새 날고 제비 돌아오는데
좋은 날 새로 지은 궁에서 연회를 여네.
황제의 은혜로 재상이 되고
궁궐 곁에 누대도 세웠지.
느슨한 붉은활을 벽에 거니 훈신의 집이고
고운 옷 입고 당 위에 오르니 효자의 술잔이라.
무성한 소나무와 한 떨기 대나무로 악부에 오르니
봄날의 화기가 온 집안에 가득하네.

飛翠[119]翼翼[120]燕初回　　勝日[121]新宮賀宴開
恩渥自天居鼎鼐[122]　　禁苑餘地起樓臺
彤弨[123]掛壁勳臣宅　　彩服[124]躋堂[125]孝子盃
松茂竹苞[126]登樂府　　一春和氣満庭恢

왕상서가 차운하였다.

> 겨우살이 나무에 한데 얽혀 비단 숲을 돌았더니
> 그린 듯한 기둥과 비단 같은 집들이 차례로 열리네.
> 특별한 예우가 깊고 깊어 큰 집에 오르고
> 봄바람 화창하여 봄날 누대에 들어왔네.
> 하늘이 북쪽 들창을 비취니 마음은 궐에 걸리고
> 별은 남쪽 처마에 걸리어 담긴 술잔을 비취네.
> 보잘 것 없는 인척이 경사스러운 복록을 함께 누리니
> 화려한 집안에 즐거움이 크고도 크도다.

> 蔦蘿[127]同結錦林回　　畫棟綺構[128]次苐開
> 異數渠渠[129]登夏屋[130]　和風皡皡[131]入春臺[132]
> 天瞻北牖心懸闕　　　星在南簷影醮盃
> 瑣瑣姻親同慶福　　　幸叨華閣樂恢恢

승상이 손을 씻고[133] 공경스럽게 차운하였다

> 천도가 여유로워 즐거움이 돌아오니
> 아들의 화복이 두 집안을 열었구나.
> 어린아이 외로이 길거리를 떠돌더니
> 장성해서는 기린아 되어 누대에 화상이 걸렸네.
> 천리 밖에서 아버지와 어머니를 거듭 만나
> 며느리와 아들이 한 집에서 잔을 올리며 함께 즐기네.
> 높고 높은 큰 집에 봄바람 불어
> 보잘 것 없는 신하의 정원을 덮음이 크도다.

天道悠悠好斡回　　兒家禍福二門開
稚齡孤獨寰中路　　壯歲麒麟畫上臺
重會爺孃千里面　　共酣婦子一堂盃
峨峨甲第春風轉　　大庇微臣化圍恢

　이씨, 왕씨, 황화, 윤옥이 두 손을 마주 잡아 공손하게 절한 후 공경
스럽게 차운하였다.

　　금사의 기이한 만남에 옥환이 되돌아왔고
　　군자께서 규문의 숙녀를 맞이했네. [이씨]
　　나비가 호랑이 숲길 다니다가 월하의 인연을 이루고
　　파리가 천리마 꼬리에 붙어 궁중 높은 누대에 올랐도다. [왕씨]
　　칡덩굴에 있다가 새로 기림을 받는 데 오르니
　　개구리밥이나 산 흰 쑥 캐서 헌수를 드려라. [황화]
　　남국에서 내려오는 노래로 태평성대를 노래하니
　　온 집안에 음악소리가 곡조 안에서 조화로워라. [윤옥]

金沙[134]奇遇玉環回　　君子閨門淑女開　[이씨]
蝶化虎林成月姥　　蠅隨驥尾[135]上雲臺[136]　[왕씨]
已將葛藟[137]登新頌　　欲採蘋蘩[138]獻壽盃　[황화]
南國遺風[139]歌聖化　　滿宮琴瑟曲中恢　[윤옥]

　이경운이 공손히 차운하였다.

　　구름 속에 숨은 해와 달이 오랫동안 머뭇거리더니
　　상국께서 나를 위해 서재의 장막을 열어주었네.
　　이러한 때에 옥으로 만든 장식품 차고 예원을 거닐며

다시금 옥 자물쇠 끌며 영대의 주인을 부르네.
제후의 집안 한 쪽에 외로운 그림자가 따르니
선산에 술 한 잔 올릴 사람 없어라.
어린아이가 술과 시의 흥취를 어찌 알겠는가마는
억지로 높은 연회장에 올라 기쁨을 이기지 못하네.

雲山日月久低回　　相國書帷[140]爲我開
時佩瓊琚[141]游藝圃[142]　復提玉鑰[143]喚靈臺[144]
候門有地隨孤影　　先壟[145]無人奠一盃
童子何知詩酒典　　强登高宴不能恢

　윤옥이 몸을 일으켜 한 바퀴 돌아 시를 수습하여 노왕의 책상에 받들어 올렸다. 왕이 하나하나 열람한 후, 구구(句句)마다 낭음(朗吟)하고[146] 말하였다.

　"왕형의 시는 음조(音調)가[147] 맑게 일어나고 의장(意匠)이[148] 신기(神奇)하여 성당(盛唐)의[149] 기미(氣味)가 있으니, 이른바 시 문단[騷壇]에서[150] 높고도 높은[151] 숙장(宿將)이라[152] 하겠습니다. 승상의 시구법(詩句法)은 완전하여 막힘이 없으면서[153] 정명(精明)함을[154] 배치하여, 처음에는 궁핍했지만 나중에는 현달한 광경을 잘 끄집어내면서도 고진감래(苦盡甘來)의 마음을 곡진하게 그렸으니 탁월할진저! 그 재주는 가히 미칠 수 없구나. 두 어진 며느리와 두 미희(美姬)의 시를 보니 놀라움을 금할 수 없구나. 비로소 시문을 짓는[155] 재주가 규방에도 드물게 있음을 헤아릴지라. 나는 단지 옛 글에서 조금만 바꾸는 것만[156] 바랐더니 지금 보니 문장을 짓는 재주가[157] 아름답도다. 천기(天機)가[158] 활동하는 것은 비록 고상한 성품을 가지고 학문이 넓은[159] 기남자(奇男子)의 노련한 재주로도[160] 따를 수가 없을 정도구나. 또한 각각 그 회포를 서술하는 데에는 모두가 그 분수에 만족하여 『시경』 〈주남(周南)〉의[161] 아름다운 풍속이 있으니, 그 요체를 크게 얻었도다. 경운 수재(秀才)는 청춘의[162] 후배 학자로,[163] 그 시의 기상이 뛰어나 세상을 울릴 기세가 있고, 또한 절개를 지키는 중요한 공이 담겨 있으니, 바야흐로 그 나아갈 바를 가히 측량할 수 없도다. 참으로 이른바 사마상여[末至客]의[164] 짝이라 하겠구나. 그 가운데에 창연히 부모가 모두 없어[165] 세상에 버려진 듯한[166] 고단한 처지를 담은 사조(思潮)가 있으니, 이는 정에서부터 나온 것이리라. 비록 그러하나 그 음향이 슬프면서도 화창하고, 비참하면서도 통달하였구나. 조만간 눈앞에 막힘이 없이 탁 트여 있으니, 평탄하여 막힘이 없으리라. 이러한 까닭에 내가 저 사람에게 거는 기대가 참으로 크도다!"

말을 마치자, 왕상서와 자리에 앉은 모든 사람들이 왕의 조감(藻鑑)의 높고도 밝음에 모두 함복(咸服)하고, 다투어 평품(評品)의 정도(正道)를[167] 얻었다며 칭찬하였다. 인하여 다시 술과 안주를 내와 종일토록 즐겼다.

각설. 명현왕(明縣王)은 사위 고르기에 매우 급한 처지라, 드나드는 매파들이 늘 문 앞을 가득 매웠다.[168] 어떤 사람은 아름다운 얼굴과 맑은 태도는[169] 한 승상의 손자를 넘어설 자가 없다 하고, 어떤 사람은 웅건한 문장과 힘찬 필적은[170] 설 학사의 자제보다 빼어난 자가 없다고 하였다. 이렇게 누구를 취하고 누구를 버릴 것인가를 정하기가 어려웠다. 의론이 분분해지자,[171] 마침 곁에 있던 소저가 화를 내며 말하였다.

"옛 말에 하였으되, 충신을 두 임금을 섬기지 아니하고, 열녀는 두 지아비를 섬기지 아니한다 하였습니다. 일찍이 장두영과 비록 연(連)의

끈이¹⁷²⁾ 서로 이어지지 않았지만, 일찍이 쓸모없는 나무를 가공하자고¹⁷³⁾ 매파가 이미 오고갔고, 말도 이미 통했습니다. 소녀의 뜻을 버려둔 채¹⁷⁴⁾ 고쳐 새로 짝을 구한다면 차라리 공규(空閨)에서 늙어 죽는 것이 오히려 상쾌할 것입니다."

왕은 온화한 말로 달래며 말하였다.

"장두영은 애초에 이윤정의 집안과 결혼하였고, 왕굉렬의 딸과 재취하였으니, 일이 이미 그릇된지라.¹⁷⁵⁾ 너는 변통성이 없이 고집을¹⁷⁶⁾ 피우지 말라."

소저가 추연히 길게 탄식하여 말하였다.

"과연 그렇다면 그만입니다. 그만이죠! 이제 소녀는 우물에 빠져 죽은 귀신이 되지 않는다면, 장차 칼 아래 거꾸러지는 원혼이 되는 것을 면하지 못할 것입니다. 오직 바라옵건대 부왕께서는 번거로이 다른 생각을 하지 마십시오."

왕은 한참동안 번민하다가 이내 생각하였다.

'장두영의 공적이 정이(鼎彝)에 새기고¹⁷⁷⁾ 지위가 재상의 반열[台垣]에¹⁷⁸⁾ 올랐으니, 일반 선비[士]나 서민의 예법에 따라 의론하는 것은 불가한지라. 한 궁(宮)에 세 부인을 둔다 해도 또한 잘못이 아니지.'

그리고 즉시 어전에 들어가 소저가 했던 말로써 그 생각이 어떠한가를 하나하나 아뢰었다. 왕은 즉시 장두영을 불러 달래며 말하였다.

"제왕에게는 창신[新卿]의 예가 있지만, 공후(公侯)에게는 부인을 세번 맞이해도[三聘]¹⁷⁹⁾ 혐의가 되지 않는다. 이제 짐의 조카를 경에게 시집보내 경의 세 번째 부인으로 삼게 하나니, 경은 사양하지 말라."

승상은 우러러 황제의 마음을 헤아려 되돌리기 어렵고, 명분의 지엄함을 생각하니 감히 사양하며 피할 수 없었다. 이에 명령을 받들고 물러났다.

길일을 가려 예를 행하는데, 부귀의 성만(盛滿)함이 몹시 걱정스러울 정도였다. 두영은 공경하면서도 불안하여[180] 즐겁지 아니하였다.

필경 집안의 화가 어찌될까? 하회를 분해하여 들을지라.

1) 恩渥 : 帝王이 내려주는 은혜. 『後漢書』〈채옹전〉에는 "신이 황제의 은혜를 입어 여러 차례 방문해주셨습니다.[臣被蒙恩渥, 數見訪逮.]"라는 구절이 있다.

2) 幕佐 : 감사를 도와 곁에서 일하던 사람. 참모.

3) 符信 : 예전에, 나뭇조각이나 두꺼운 종잇조각에 글자를 쓰고 도장을 찍은 뒤에 그것을 두 조각으로 쪼개어, 한 조각은 상대편에게 주고 한 조각은 보관하였다가 뒷날에 그것을 서로 맞추는 것으로써 어떤 약속된 일의 증거로 삼던 일이나 그 물건을 이르던 말. 여기서는 부남 지방을 다스리는 권한을 말함.

4) 兼官 : 어떤 고을의 원이 결원일 때에 이웃 고을의 원이나 다른 사람이 임시로 그 고을의 원을 대신하는 일, 또는 그런 사람.

5) 浹旬 : 열흘. 여러 이본에는 涉旬으로도 나오는데, 이 역시 같은 의미다.

6) 幷駕 : 모두가 함께 나아옴. 이 말은 본래 幷駕齊驅에서 온 것으로, 힘이나 지위나 재능이 서로 비슷한 것을 비유적으로 쓰기도 한다. 여기서는 나란히 오는 것을 말한다.

7) 旗鼓 : 깃발과 북. 이는 병력이나 군인의 세력을 의미한다.

8) 稅駕 : 가마를 풀고 수레를 멈춤. 휴식하거나 잠을 자러 들어가는 것을 의미한다. 『史記』〈李斯列傳〉에는 "사물이 극하면 쇠하나니, 나는 멍에를 풀 바를 모르노라.[物極則衰, 吾未知所稅駕也!]"라는 말이 있다.

9) 原濕 : 마른 땅과 젖은 땅. 이 말은 『詩經』〈小雅·魚藻之什·黍苗〉에 "들판과 습지를 모두 다지고, 샘물과 강물은 맑게 되었네. 소백께서 모두 이루었으니, 왕의 마음 평안하네.[原隰旣平, 泉流旣淸. 召伯有成, 王心則寧.]"에서 나온 것이다.

10) 莫盛 : 더 성함이 없음. 『周易』〈說卦〉에는 "만물의 변화를 끝매듭 짓고 새로운 변화를 시작하는 곳으로는 간방보다 더 번성한 것이 없다.[終萬物始萬物者, 莫盛乎艮.]"라는 구절이 있다.

11) 剪拂 : 말의 털을 다듬고 먼지를 씻어 준다는 의미로 인재를 칭찬하고 붙들어 도와줌을 뜻한다. 『戰國策』〈楚策〉에는 다음과 같은 이야기가 있다. 춘추 시대 楚나라 汗明이 春申君에게 "千里馬에 대해서 들어보았습니까? 늙은 천리마가 소금 수레를 끌고 太行山을 오르는데, 발굽은 갈라지고 무릎은 꺾이고, 꼬리는 해지고 가죽은 문드러져서 온 몸에 땀을 쏟으며 산길에서 온 힘을 다하지만 올라가지 못하고 있었습니다. 이에 말을 잘 감정하는 伯樂이 이 모양을 보고 수레에서 내려 천리마를 어루만지며 통곡하고 옷을 벗어 걸쳐 주었습니다. 천리마가 이에 머리를 들고 슬프게 부르짖으니, 울음소리가 하늘을 찌르는데 마치 쇳소리와 같은 것은 어째서이겠습니까? 이는 백락이 자기를 알아주었기 때문입니다. 지금 제가 비천하게 산 지가 오래인데 주군께서 유독 저를 湔拂해 주시지 않는 것은 어째서입니까?" 하였다.[汗明曰 : "君亦聞驥乎? 夫驥之齒至矣, 服鹽車而上太行, 蹄申膝折, 尾湛胕潰, 漉汁灑地, 白汗交流, 中阪遷延, 負轅不能上. 伯樂遭之. 下車攀而哭之, 解紵衣以冪之. 驥於是俛而噴, 仰而鳴, 聲達于天, 若出金石聲者, 何也? 彼見伯樂之知己也. 今僕之不肖, 阨于州部, 堀穴窮巷, 沈洿鄙俗之日久矣. 君獨無意湔拔僕也? 使得爲君高鳴屈于梁乎?] 註에 "湔은 剪과 音義가 같다."고 하였다. 杜甫의 〈遣悶奉呈嚴公二十韻〉에도 "관용으로 나의 졸렬한 성품을 탓하지 않으셨고 전불해

주시며 나의 곤궁함을 생각해 주셨지.[寬容存性拙, 剪拂念途窮.]"라는 구절이 있다.

12) 鬐養 : 원 뜻은 가축을 기른다는 것이지만, 여기서는 보살펴주신 은혜를 뜻함.

13) 令胤 : 令息. 윗사람의 아들을 높여 이르는 말.

14) 皇天 : 하늘과 하늘의 신에 대한 존칭. 『書經』〈大禹謨〉에는 "저 높은 하늘은 너를 주시하며 너에게 봉토를 부여한다. 너는 즉시 사해 안에 있는 땅에 대한 권력을 갖고 천하의 임금이 되라.[皇天眷命, 奄有四海, 爲天下君.]"라는 구절이 있다.

15) 拯濟 : 救濟, 救助함.

16) 紅繩 : 붉은 실. 혼인을 맺는 것을 의미함. 『晉書』〈藝術傳〉에 나온 고사에서 비롯된 말이다. 당나라 貞觀 2년에 韋固라는 자가 여러 곳을 여행하다가 宋城에서 달빛 아래에서 책을 읽고 있는 노인[月下老人]을 만났다. 위고가 그 책이 무슨 책인가를 묻자, 노인이 말하기를 "이는 세상 혼사에 관한 책인데, 여기에 적힌 남녀를 자루 안에 있는 붉은 실[赤繩]로 묶어놓으면 아무리 원수지간이라도 반드시 맺어진다."고 한 데서 유래한다. 『太平廣記』 등에도 실려 있다.

17) 靑冥 : 靑天, 곧 푸른 하늘. 푸르고 아득한 곳이라는 의미로 신선의 세계를 의미하기도 하고, 높은 지위나 고위직의 지위를 비유하여 쓰기도 한다.

18) 吹噓 : 호흡함. 『隋書』〈儒林傳·王孝籍〉에는 "침으로 족히 말라죽어가는 물고기를 살릴 수 있고, 한 번의 호흡으로 족히 지친 날개를 날게 할 수 있다.[咳唾足以活枯鱗, 吹噓可用飛窮羽.]"

19) 世世生生 : 佛敎에서 몇 번이고 다시 환생함을 이름.

20) 天門 : 황제가 있는 궁궐.

21) 刻期 : 날을 정함. 剋期라고 쓰기도 한다.

22) 優批 : 신하가 올린 글에 대하여 임금이 좋은 말로 비답을 내리던 일. 또는 그 비답.

23) 黃川 : 중국 江蘇省 東海縣에 있는 천.

24) 龍旂 : 龍旗. 두 마리 용이 날아오르는 형용을 그린 旗로, 임금의 행차에 쓰이는 儀仗의 한 가지다.

25) 虎旌 : 虎旗. 호랑이 형상이 그려진 旗로, 예전 軍中에서 사용되었다.

26) 羽林軍 : 禁衛軍. 왕과 왕궁을 호위하는 군사.

27) 警蹕 : 예전에 제왕이 거둥할 때에 길가에 서서 시위하고 경계하면서, 제왕이 행차하는 도로에 사람이나 사물이 다니지 못하도록 하는 일. 『史記』〈淮南衡山列傳〉에는 "여왕은 이로써 귀국하여 더욱 방자해져 한나라의 법을 쓰지 않고 출입할 때에는 경필을 칭하고, 자신의 명을 제라 칭하며 스스로 법령을 만들어 황제처럼 행동하였다.[厲王以此歸國益驕恣, 不用漢法, 出入稱警蹕, 稱制, 自爲法令, 擬於天子.]"라는 말이 있다.

28) 玉輅 : 고대 제왕이 타는 수레. 옥으로 장식했기 때문에 이런 표현을 썼다. 『淮南子』〈俶眞訓〉에는 "이런 까닭에 눈으로는 옥과 상아로 장식한 왕의 수레를 보거나, 귀로는 師曠이 연주했다는 〈白雪〉의 청아한 소리를 들어도 그 정신이 어지러워지지 않으리

라.[是故目觀玉輅琬象之狀, 耳聽白雪淸角之聲, 不能以亂其神.]"란 표현이 있는데, 高誘는 여기에 "옥로는 왕이 타는 수레인데, 아름다운 옥과 상아로 장식을 하였다.[玉輅, 王者所乘, 有琬琰象牙之飾.]"고 주석을 붙였다.

29) 趨蹌 : 예전에는 황제를 알현할 때에는 일정한 음악과 규칙에 따라 천천히 나아가는 법칙이 있는데, 여기서는 음악 소리에 맞춰 나아가는 것을 말한다. 『詩經』〈齊風·猗嗟〉에는 "절도 있게 나아가 활을 쏘면 맞추네.[巧趨蹌兮, 射則臧兮.]"라는 구절에서 나온 말이다.

30) 淸道 : 길을 정돈하는 것. 길을 쓸고 지나가는 사람들을 모두 물리치는 일을 말한다. 예전에는 황제나 관리들이 길을 떠날 때에는 항상 행했던 일이다. 『史記』〈司馬相如列傳〉에는 "길을 정돈한 후에 행차하여 도로로 내달려도 때때로 말이 성을 내어 재갈을 벗겨내거나 굴대가 부러져 수레가 번복되는 변고를 당하기도 합니다.[且夫淸道而後行, 中路而後馳, 猶時有銜橛之變.]"라는 구절이 있다.

31) 帳殿 : 고대 제왕이 궁을 떠나 휴식을 취할 때에는 장막으로 行宮을 만들었는데, 이를 장전이라 한다.

32) 白旄黃鉞 : 白旄와 黃鉞. 백모는 군대를 지휘하는 하얀 깃발을 말하고, 황월은 금으로 장식한 도끼로, 軍權을 가리킨다. 『書經』〈牧誓〉에는 "왼쪽에 황월을 짚고, 오른쪽에는 백모를 잡고 휘두른다.[左杖黃鉞, 右秉白旄以麾.]"고 하였다. 蔡沈은 "鉞은 도끼로, 황금으로 장식한 것이다. 旄는 군중을 지휘하는 기로, 하얀색을 써서 멀리서도 볼 수 있게 했다.[鉞, 斧也, 以黃金爲飾. … 旄, 軍中指麾, 白則見遠.]"라는 주석을 붙였다.

33) 暉映 : 빛을 발함.

34) 龍驄 : 龍馬. 모양이 용 같다는 상상의 말. 중국 복희씨 때 黃河江에서 八卦를 등에 싣고 나왔다는 준마로, 매우 훌륭한 말을 뜻한다.

35) 琛賮 : 공물로 바치는 재물. 『魏書』〈匈奴劉聰等傳序〉에는 "변발한 저들은 도망가지 않으면 아부하고, 풀로 옷을 해서 입은 우두머리는 공물로 바치는 재물을 계속 들인다.[辮髮之渠, 非逃則附, 卉服之長, 琛賮繼入.]"는 말이 있다.

36) 蹌蹌 : 달리거나 걷는 모습이 절도 있는 모양.

37) 周亞夫 : ?~기원전 143년. 前漢 沛縣 사람. 중국 한나라 개국 공신 周勃의 둘째 아들로, 文帝와 景帝를 보위하였다. 문제 6년(기원전 158) 河內 태수로 있다가 아버지가 죽자, 뒤를 이어 條候로 봉해졌다. 흉노가 침범하자 細柳를 방어하기도 했다. 경제 3년(기원전 154년)에는 吳楚가 반란을 일으키자 그 난을 진압하였다. 吳王 劉濞를 죽여 승상의 자리에도 올랐다. 나중에 粟太子를 폐하는 일에 간언을 해서 경제의 심기를 건드렸다. 이후 기원전 143년에 그의 아들이 관의 기물을 훔친 사건에 연루되자, 음식을 전폐하다가 결국 굶어 죽었다.

38) 介胄不拜 : 갑옷을 입고 있으면 절을 하지 않음. 이 일은 『史記』에 나오는 고사다. 흉노와 전쟁을 벌일 때에 文帝가 친히 전쟁을 하고 있는 군사를 위문하기 위해 군중을 방문한 적이 있었다. 문제가 주아부의 군영에 이르렀지만, 병사들은 '군영에서는 장군의 명령만 따르고, 천자의 명령도 따르지 말라'는 주아부의 말을 들어 문을 열어주지

않는다. 문제는 할 수 없이 천자의 符節을 주아부에게 갖다 주라고 하여 겨우 문을 열고 들어간다. 그런데 주아부는 문제를 보자, 무릎을 꿇고 맞이하지 않고 갑옷 차림으로 읍만 한다. 그러면서 '신하가 갑옷 차림이라서 큰 예를 올리지 못합니다. 다만 군중의 예의로 인사드립니다.'라고 말을 한다. 주변 사람들은 문제가 화를 낼 것이라고 걱정하지만, 문제는 오히려 주아부를 칭찬한다. 여기서는 이 고사를 제시한 것이다.

39) 風后·力牧 : 모두 黃帝의 신하.『史記』〈五帝本紀〉에는 "황제는 하늘로부터 제위를 상징하는 보배로운 솥과 점을 치는 나뭇가지를 얻었고, 풍후·역목·상선·대홍을 등용하여 백성을 다스리게 하였다.[獲寶鼎, 迎日推筴. 擧風后·力牧·常先·大鴻, 以治民.]"이라 하였다.

40) 南仲 : 周나라 때의 대장군.『詩經』〈小雅·鹿鳴之什·出車〉에는 "왕이 남중에게 명하여 삭방 땅에 성을 쌓으로 하네. (중략) 혁혁한 남중이여, 북녘 오랑캐 험윤을 정벌하였네.[王命南仲, 往城于方. (중략) 赫赫南仲, 玁狁于襄.]"라는 구절이 있다.

41) 吉甫 : 周나라 宣王 때의 어진 신하 尹吉甫를 말함. 兮伯吉父라고도 한다. 姓은 兮, 名은 甲이고, 字는 伯吉父다. 尹은 관직 이름이다. 일찍이 군사를 거느리고 북쪽으로 玁狁에서 太原까지 정벌하였다. '兮甲盤'이라는 유물이 있다.『詩經』〈小雅·南有嘉魚之什·六月〉에는 "문무를 겸비한 길보 장군이여, 온 세상이 추앙하네.[文武吉甫, 萬邦爲獻.]"라는 구절이 있다. 훗날에는 詩文에서 황제를 모셔 보좌를 잘하는 어진 재상의 전형으로 쓰였다.

42) 玉扆 : 옥으로 장식한 병풍. 궁전에 놓인 병풍을 지칭한다. 제왕의 자리를 상징적으로 의미하기도 한다.

43) 振古 : 태고. 이는『詩經』〈周頌·閔予小子之什·載芟〉에 나온 "이 곳만 즐거운 것이 아니고, 금년만 풍년이 아니라네. 태고적부터 이러했다네.[匪且有且, 匪今斯今, 振古如玆.]"에서 나온 말이다.

44) 衛杜 : 衛恒(?~291)과 杜預(222~284)를 말함인 듯. 위항은 西晉 河東 사람으로, 衛瓘의 아들이다. 서예가로 이름이 높았다. 그의 저서『四體書勢』는 서예사 상 중요한 업적으로 꼽는다. 두예는 중국 三國시대 위나라 杜恕의 아들로, 司馬懿의 딸이자 司馬昭의 여동생인 高陸公主와 결혼하였다. 이후 진나라의 장군이 되어 오나라를 정벌하고 중국 재통일에 기여했다.『春秋』의 문장을『左傳』과 묶고 주석을 달아, 오늘날의『春秋左氏傳』의 형태를 만들었다.

45) 推轂 : 수레를 밀어 앞으로 내보낸다는 말로, 예전에 제왕이 장수를 임명할 때 예를 갖춰 융중하게 대접하는 것을 뜻한다. 이는『史記』〈張釋之馮唐列傳〉에 쓰인 "신은 상고시대엔 군왕이 장수를 출정시킴에 몸소 무릎을 꿇고 수레를 밀면서 '國門 안쪽은 과인이 다스리고, 국문 바깥쪽은 장군이 다스리시오.'라고 하였다고 들었습니다.[臣聞上古王者之遣將也, 跪而推轂, 曰閫以內者, 寡人制之, 閫以外者, 將軍制之.]"라는 말에서 비롯된 것이다. 이후 장수를 임명하는 예를 '추곡'이라 썼다.

46) 王言如絲 不可中絶 : 왕의 말은 실과 같아 도중에 끊을 수 없음. 이 말은『禮記』〈緇衣〉에 나온다. "공자께서 말씀하시기를, '왕의 말은 실과 같으면 그 나가는 것은 굵은

실과 같이 되고, 왕이 말이 굵은 실과 같으면 그 나가는 것이 굵은 밧줄과 같이 된다. 그런 까닭에 대인은 근거 없는 말에 의지하지 않는 것이다.'[子曰: '王言如絲, 其出如綸. 王言如綸, 其出如綍. 故大人不倡游言.']"

47) 封疆 : 제후에게 땅을 봉해주는 일. 『荀子』〈子道〉에는 "공자께서 말씀하시기를 '소인이로다. 너는 알지 못하는구나. 망승의 나라에 간하는 신하가 네 사람이 있다면 영토가 줄어들지 않으며, 천승에 간하는 신하가 세 사람이 있다면 사직이 위태롭지 않는다.[孔子曰: 小人哉, 賜不識也, 昔萬乘之國, 有爭臣四人, 則封疆不削, 千乘之國, 有爭臣三人, 則社稷不危.]"라는 말이 있다.

48) 議奏 : 의논하여 황제께 보고하여 그 의향을 처리하도록 하는 일.

49) 塡壑 : 구렁텅이에 시체가 쌓임을 일컫는 말로, 죽음을 좀 더 고상하게 표현한 말이다.

50) 制閫 : 한 지방의 군사를 거느리는 일로, 특히 외방에서 군사를 거느리는 장수를 이름. 『續資治通鑑』〈宋理宗宝慶元年〉에 보면 "내가 장수로 참여하지 않은 즉 그 잘못은 내게 있다.[我不參制閫, 則曲在我.]"고 하였다.

51) 戎羌 : 戎族과 羌族. 모두 서방 오랑캐를 의미하지만, 여기서는 오랑캐를 범칭한다.

52) 一麾 : 깃발의 한 면이란 의미로, 조정의 관원으로 있다가 外任을 맡아 지방으로 나가는 일을 뜻한다. 唐나라 杜牧의 〈卽事詩〉에는 "한 깃발로 동쪽으로 감을 비웃지 말라. 강 가득히 가을 물결 푸르네.[莫笑一麾東下計, 滿江秋浪碧參差.]"라는 구절이 있다.

53) 神化 : 聖化. 聖王의 教化.

54) 東漸西被 : 동쪽에서 흘러나오고 서쪽에서 흘러나와 사방을 적심. 교화가 사방에 미침을 의미한다. 이는 『書經』〈夏書·禹貢〉에는 "동쪽으로 바다에 적시고, 서쪽으로 유사에 입히고, 북쪽과 남쪽에 미쳐서 소리를 듣고 교화함이 사방의 끝에까지 이르렀다.[東漸于海, 西被于流沙, 朔南曁聲教, 訖于四海.]"라는 말을 활용한 것이다.

55) 文軌 : 문자와 수레가 다니는 길. 예전에는 문자와 수레가 다니는 길로써 국가 통일의 지표로 삼았다. 『中庸章句』에는 "지금 온 천하가 같은 수레를 타고 같은 문자를 쓰게 되었다.[今天下車同軌, 書同文.]"라는 말이 나온다.

56) 星拱 : 모든 별들이 북두성을 도는 것. 이 말은 본래 『論語』〈爲政篇〉에 나온다. "덕으로써 나라를 다스린다면, 마치 그 자리에 가만히 있는 北極星을 모든 별들이 돌며 움직이고 있는 것과 같아 온 백성이 따를 것이다.[爲政以德, 譬如北辰, 居其所, 而衆星共之.]"

57) 涓埃 : 가늘고 미세한 먼지. 아주 작은 것을 비유적으로 이른다. 唐나라 杜甫의 시 〈野望〉에는 "늙어가면서 병이 많아지는데, 임금님의 은혜에 작은 보답도 하지 못하네.[唯將遲暮供多病, 未有涓埃答聖朝.]"란 구절이 있다.

58) 斧鑕 : 고대의 刑具. 죄인의 머리를 모탕 위에 놓고 도끼로 내리찍는다.

59) 宣醞 : 임금이 신하에게 하사하는 술. 궁중의 司醞署에서 빚은 술이어서 이렇게 말한다.

60) 太子太師 : 관직 명칭. 春秋時代 楚나라에서 젊은 스승이 태자의 가르치는 일을 맡아 보던 데서 시작되었는데, 秦·漢 시대에도 있었다.

61) 左丞相 : 관직 명칭. 春秋時代 때 생겨나서 秦나라와 西漢 시대에는 三公 중에 으뜸이

었다. 황제를 보좌하는 수석 보좌관이자 조정의 영수다.

62) 召命 : 황제가 신하를 부르는 명령.

63) 佩劍上殿 召命不名 : 황제 앞에서도 칼을 차고, 소명할 때도 이름을 말하지 않음. 이런 표현은 『西漢演義』나 『東漢演義』를 비롯한 중국 연의류 소설에서 빈번하게 보인다.

64) 尙書令 : 관직 명칭. 秦나라 때 설치되었다. 문서를 주관하는 일을 맡았다. 이 글의 배경이 된 宋나라 때에는 황제를 보좌하여 국정을 의논하고 황제의 명령을 집행하는 역할 등 막중한 임무를 수행하던 관직이었다.

65) 異數 : 보통이 아닌 아주 특별한 예우.

66) 禁苑 : 제왕의 園林으로, 宮廷을 가리킨다.

67) 畫棟飛甍 : 채색하여 장식한 대들보와 높이 솟은 용마루란 말로, 몹시 풍부하고 화려한 집을 의미한다. 徐居正의 시 〈次正使翰林侍講董越登漢江樓韻〉에는 "화려한 누각 마룻대가 푸른 강에 잠기어라, 뛰어난 경관이 악양루와 쌍벽을 이뤘으니.[畫棟飛甍蘸碧江, 奇觀可與岳陽雙.]"란 구절이 있다.

68) 椒房 : 椒房殿. 황후가 거주하는 宮室, 혹은 後宮이 거주하는 곳을 말한다. 『漢書』〈公孫劉田王楊蔡陳鄭傳〉에 보면 "접때 강충이 먼저 감천궁 사람을 다스리고, 이어서 미앙전과 초방전까지 이르렀다.[曩者, 江充先治甘泉宮人, 轉至未央椒房.]"라는 구절이 있는데, 이 글에 대해 顔師古는 "초방은 전의 명칭으로, 황후가 거주하는 곳이다.[椒房, 殿名, 皇后所居也.]"라고 하였다.

69) 靑娥 : 아리따운 젊은 여자. 唐나라 白居易의 시 〈長恨歌〉에는 "이원자제의 백발이 새롭고, 초방에서 시중 들던 청아도 늙었구나.[梨園子弟白髮新, 椒房阿監靑娥老.]"라는 구절이 있다.

70) 媵侍 : 시집가는 부인을 따라가는 의미로 많이 쓰이지만, 여기서는 시종이면서 첩을 의미한다.

71) 樊城 : 중국 荊州 南郡 襄陽縣의 북쪽에 있는 도시. 예부터 중원 일대를 연결하는 전략의 요충지다. 이 곳은 삼국지의 주요 무대로 등장한 곳이기도 한데, 관우가 살해된 곳도 이 곳이고, 유비가 삼고초려한 곳도 이 곳이다.

72) 南關 : 남방의 關塞. 『史記』〈秦始皇本紀〉에는 "위로 南郡으로부터 武關을 경유하여 돌아갔다.[上自南郡, 有武關歸.]"라는 말이 있는데, 裴駰이 이를 해석하면서 "무관은 진나라 때의 남쪽 관새로 남양과 통한다.[武關, 秦南關, 通南陽.]"라고 설명하였다. 명나라 때에는 지금의 遼寧과 開原 근처로, 馬시장이 섰던 廣順關을 南關이라고 부르면서 남관은 이 곳을 지칭하기도 했다.

73) 蠻夷 : 蠻彝라고도 쓴다. 예전에 중국인들이 중국 남쪽에 있는 종족을 오랑캐로 여기고 일컫던 말.

74) 走躲亡命 : 망명하여 달아남.

75) 沒入 : 죄인의 재산을 몰수하고 그의 가족을 관청의 종으로 삼으려고 잡아들이는 일.

76) 掖庭 : 掖廷으로 쓰기도 한다. 궁중의 주변 건물로, 妃와 嬪이 거주하는 곳이다. 『漢書』

〈張湯傳〉에는 "선제는 황손으로서 액정에서 길러졌다.[宣帝以皇曾孫收養掖庭]"는 구절이 있다.

77) 衾裯 : 이부자리. 이 말은『詩經』〈召南·小星〉에 나온 "종종걸음으로 밤길을 가서 이 부자리를 안았으니, 진실로 명이 같지 않네.[肅肅宵征, 抱衾與裯, 寔命不同.]"에서 비롯된 것이다.

78) 朝雲暮雨 : 아침에는 구름, 저녁에는 비라는 뜻으로, 남녀 간의 密會나 情交를 이름. 楚나라 宋玉의 〈高唐賦〉에서 나온 고사다. 중국 楚나라 懷王이 高唐에서 노닐 때, 꿈에 巫山의 여신과 사랑을 나누었는데, 그녀가 떠나면서 "첩은 무산 남쪽 높은 봉우리에 사는데 아침에는 구름이 되고 저녁에는 비가 되어 매일 아침저녁 陽臺 아래에 있습니다.[旦爲朝雲, 暮爲行雨, 朝朝暮暮, 陽臺之下.]"라고 했다. 꿈을 깨고 나서 양대 쪽을 바라보니 과연 아침에는 안개, 저녁에는 구름이 항상 끼어 있었다고 한 고사가 그것이다. 楚懷王은 楚襄王으로 혼용되어 쓰이곤 한다.

79) 驥從 : 예전에 귀족의 말을 몰던 시종.

80) 聳人觀瞻 : 몸을 솟구쳐 뛰듯이 움직이며 구경함.

81) 祗肅 : 恭謹하면서도 嚴肅함.

82) 請對 : 예전에 관리가 황제께 아뢰거나 대면할 것을 구하는 일.

83) 喬木之臣 : 喬木은 높고 큰 나무로, 여러 세대 동안 덕을 닦은 신하가 항상 그 임금을 보필하는 것을 것을 의미한다. 喬木之臣은 그러한 신하를 말한다. 이 말은『孟子』〈梁惠王下〉에서 비롯된 것이다. "맹자께서 제선왕을 보고 말하였다. '이른바 고국이란 것은 높고 큰 나무를 일러 이름이 아니요, 공훈을 세워 대대로 이어 내려온 신하를 두고 이름입니다. 그런데 왕은 가까이에 믿을 만한 신하가 없습니다. 예전에 내려온 신하가 오늘에서는 내쳐야할 신하임을 모르십니까?[孟子見齊宣王曰: '所謂故國者, 非謂有喬木之謂也, 有世臣之謂也. 王無親臣矣, 昔者所進, 今日不知其亡也.']' 趙岐는 이에 대해 주석을 붙였다. "소위 오래된 나라라는 것은 단지 높고 큰 나무들이 있는 것만이 아니다. 몇 세대 동안 덕을 닦은 신하가 있어서 항상 곁에서 임금을 보좌하는 도리를 다하는 것이이내 오래된 나라의 준칙이다.[所謂是舊國也者, 非但見其有高大樹木也. 當有累世修德之臣, 常能輔其君以道, 乃爲舊國可法則也.]" 이후 喬木은 오래된 나라, 혹은 오래된 마을의 典實이 되었다.

84) 邊徼 : 邊境.

85) 曠歲 : 해를 지냄. 오랜 세월.

86) 耆耇 : 나이가 많고 명망이 높은 늙은이. 耆는 '나이가 많고 덕이 넉넉한 것[年高德厚]'을 의미하는데,『經國大典』〈禮典〉에는 '나이가 70세가 되면 耆, 80세가 되면 老라' 한다고 했다.

87) 晉接 : 나아가 뵘. 이 말은『周易』〈晉〉에 나온다. "진은 천자가 강후에게 여러 차례 말을 주어 늘이게 하고, 하루에 세 번씩 접근한다.[晉, 康侯用錫馬蕃庶, 晝日三接.]"에서 비롯된 것이다. 하루에 세 번이나 접근할 만큼 천자의 총애를 받는 것을 의미한다.

88) 几杖 : 국가에 공이 있는 늙은 대신에게 내려 주던 几와 지팡이.

89) 靑蒲 : 부들. 수생식물이다.

90) 蹁躚 : 빙빙 돌며 춤을 추는 모양. 蘇東坡의 〈後赤壁賦〉에는 "꿈에 한 도사가 우의를 입고 빙빙 돌며 읍고 아래로 내려가며 내게 읍을 하고 말하였다.[夢一道士羽衣蹁躚, 過臨皐之下, 揖予而言.]"는 구절이 있다.

91) 堞 : 성가퀴. 성 위에 낮게 쌓은 담.

92) 朱門 : 붉은 칠을 한 문. 귀족이나 부호의 집안을 의미한다.

93) 棨戟 : 비단으로 감싸거나 기름칠을 한 나무 창. 고대 관리들의 쓰던 의장이다. 이것을 문에 늘어놓았다.

94) 燕居 : 조정에서 물러나서 한가롭게 머무는 곳.『禮記』〈仲尼燕居〉에 보면 "공자께서 조정에서 물러나 한가롭게 머물 때에 자장과 자공과 언유 등이 모셨다.[仲尼燕居, 子張 子貢言游侍.]"라는 말이 있다.

95) 斯干 :『詩經』〈小雅〉의 篇名. 周나라 宣王이 宮室을 건축하여 落成하던 때의 축하의 노래를 실어 놓은 편으로, 후대 사람들은 '궁실을 검소하게 하'는 전형으로 삼았다. 사간은 '산골짜기의 시냇물'이란 의미다.

96) 三復 : 세 번 반복한다는 의미로, 세 번 되풀이해서 읽는 것을 말한다. 이 말은『論語』 〈先秦篇〉에 나오는 "남용이『시경』에 나오는 '백규'라는 시를 날마다 세 번 반복해서 읽기에, 공자가 그 형의 딸로서 아내를 삼게 하였다.[南容三復白圭, 孔子以其兄之子, 妻之.]"에서 비롯된 것이다.

97) 自公退食 : 마음을 다해 받드는 일. 이 말은『詩經』〈召南·羔羊〉에 나온 "의젓하고 의젓하니 공소로부터 물러나 먹도다.[委蛇委蛇, 自公退食.']"와 같은 곳의 "물러가 먹기를 공소로부터 하니 의젓하고 의젓하도다.[退食自公, 委蛇委蛇.]"에서 비롯된 말이다. 公은 公門을 뜻한다.

98) 臺榭 : 둘레를 내려다보기 위하여 크고 높게 세운 樓閣이나 亭閣.『書經』〈周書·泰誓〉에 보면 "오직 궁실과 누각과 못과 사치스러운 옷으로써 그대의 백성들을 해치고, 충성되고 훌륭한 사람들을 태워 죽이며, 아이 밴 부인의 배를 가르고 뼈를 발라 죽였소.[宮室臺榭陂池侈服, 以殘害于爾萬姓, 焚炙忠良, 刳剔孕婦.]"라는 말이 나온다.

99) 告成 : 일이 완전히 이루어짐.

100) 眷注 : 은총을 내려줌.

101) 德意 : 은덕을 내려주는 마음.『周禮』〈秋官·掌交〉에는 "道王之德意志慮, 使咸知王 之好惡."라 하였다. 일부 이본에 보이는 德音은 황제의 詔書나 명령을 말한다. 唐宋 때에는 詔敕 외에 특별히 德音을 내려 은혜를 내리거나 구휼하는 일이 있었다. 그래서 덕음 그 자체가 은혜로운 명령이라는 의미를 담고 있다.『詩經』〈邶風·谷風〉에 나오는 '좋은 말'과는 차이가 있다. 참고로『시경』에는 "좋은 이야기 변하지 않을진대 그대와 함께 죽으리라.[德音莫違, 及爾同死.]"라고 하여, 그 의미가 좋은 말임을 알 수 있다. 鄭玄은 이에 대해 "부부의 말에 서로 어긋남이 없으면 서로 오랫동안 죽을 때까지 더불

어 산다.[夫婦之言無相違者, 則可與女長相與處至死.]"고 했다.

102) 錦帷 : 錦幟. 비단 장막.

103) 綺席 : 화려한 자리. 옛 사람들은 앉거나 누울 때 까는 도구를 席이라고 했다.

104) 迭奏 : 음악을 바꿔거나 계속해서 연주하는 일. 『千字文』에 '鼓瑟吹笙'을 설명함에 "『시경』 소아 녹명편에 있는 말이다. 연회를 베풀 때에 음악을 계속해서 연주하는 것을 말한다.[詩小雅鹿鳴篇之詞, 言燕會之時, 迭奏笙簧也.]"라고 하였다.

105) 惠風 : 따뜻하게 부는 바람. 음력 3월을 의미하기도 한다.

106) 淑景 : 풍경이 아름다움. 주로 봄날의 풍경을 의미한다.

107) 宣朗 : 빛나면서 밝음.

108) 詩腸 : 詩에 대한 생각, 곧 詩情.

109) 八叉 : 두 손을 마주 잡아 깍지를 끼는 일. 唐나라 때 溫庭筠은 재주가 민첩하여 항상 시험을 볼 때에는 두 손을 마주 잡고 깍지를 끼고 생각하였는데, 여덟 번 깍지를 끼면 8운시가 지어졌다. 그래서 이 때에 사람들은 온정균을 두고 '溫八叉'라고 하였다. 이 말은 宋나라 孫光憲이 쓴 『北夢瑣言』에 나온다. 후대에는 '八叉'라는 말 자체로, 시를 짓는 재주가 민첩한 것을 비유적으로 일컬었다.

110) 遞與 : 물건 따위를 내어줌.

111) 彫篆 : 彫蟲篆刻의 줄임말. 본래는 蟲書를 새기고 刻符를 篆字로 새기는 것을 말한다. 蟲書와 刻符는 秦나라 때에는 八書에 속하는 것이다. 蟲書는 鳥蟲書라고도 하는데, 새와 벌레의 모양을 모방하여 쓰는 글씨고, 刻符는 符信에 쓰는 글씨체를 말한다. 이 글씨체가 西漢 때에는 아이들이 배웠던 것이다. 이로 인해 彫蟲篆刻은 문장을 꾸미기만 하는 보잘 것 없는 재주를 의미한다.

112) 月露 : 月露之體의 준말로, 문장을 화려하고 아름답게 꾸미면서 내용은 공허한 시문을 비유적으로 이르는 말이다. 이는 본래 『隋書』〈李諤傳〉에 나오는 말이다. "강의 왼쪽 제와 양에는 그 폐단이 더욱 심했다. (중략) 운 하나의 기이함, 글자 하나의 기교함을 다투어 여러 편과 여러 묶음의 시들이 모두 달과 이슬의 형상을 넘어서지 못하고, 책상에 가득 쌓인 것과 상자에 가득찬 시들이 모두 바람과 구름의 형상을 그려놓은 것과 같았다.[江左齊梁, 其弊彌甚. (중략) 競一韻之奇, 爭一字之巧, 連篇累牘, 不出月露之形, 積案盈箱, 唯是風雲之狀.]"

113) 巧拙 : 익숙함과 서툶.

114) 叶韻 : 어떤 음운의 글자가 때로는 다른 음운과 통용되는 일. 예컨대 易經의 '日昃之離, 不鼓缶而歌'에서 離와 歌는 원래 通韻이 아니지만 離의 韻을 歌의 韻에 통용하게 하여 歌와 운을 맞추는데, 이 경우에 離의 운은 叶韻이 된다.

115) 聯句 : 한시에서 한 사람이 한 구씩 불러 시 한 편을 이루는 것.

116) 苦索 : 애를 쓰며 찾음. 丁若鏞의 시 〈梅花〉에는 "아무리 교활해도 그 그물은 못 벗어나는데, 누린 것을 굳이 찾아 새는 주머니 채운다네. [難將狡獪逃恢綱, 苦索羶腥塞漏囊.]"라는 구절이 있다.

117) 拖白 : 曳白. 唐나라의 張奭이 아는 것이 없어 임금 앞에서 종일토록 한 줄의 글도 짓지 못하고 백지를 냈다는 고사에서 나온 말로, 시험 답안지를 백지로 내놓는 일의 비유한다.

118) 金谷酒數 : 이 말은 晉나라 石崇의 『金谷詩序』에 나온다. "마침내 시를 지어 마음속 회포를 풀었다. 간혹 그렇게 하지 못한 자는 벌주 세 말을 마셨다.[遂各賦詩, 以敍中懷, 或不能者, 罰酒三斗.]"가 그것인데, 이 고사로 말미암아 후대에는 '金谷酒數' 그 자체만으로 연회에서 석 잔의 벌주를 마시는 것을 뜻하게 되었다.

119) 飛翠 : 물총새. 몸의 길이는 17cm 정도이며, 등은 어두운 녹색을 띤 하늘색, 목은 흰색이고 배는 밤색이며 부리는 흑색, 다리는 진홍색이다. 물가에 사는 여름새로 강물 가까운 벼랑에 굴을 파고 사는데 민물고기, 개구리 따위를 잡아먹는다. 아시아, 북아프리카, 유럽 등지에 분포한다.

120) 翼翼 : 나는 모양.

121) 勝日 : 친구나 친지들이 모이거나 풍광이 아주 좋은 날.

122) 鼎鼐 : 솥과 가마솥으로, 천하를 다스리는 재상의 지위를 비유함.

123) 彤弨 : 느슨하게 묶은 붉은 활. 예전에 천자가 功業을 이룬 제후나 大臣에게 내려주던 활이다. 이 활로써 활쏘기를 연습함으로써 덕을 보이며, 자손들에게 보인다. 『書經』〈文侯之命〉에는 "그대에게 검은 기장을 넣어서 만든 울창주 술 한 통, 붉은 칠을 한 활 하나, 붉은 칠을 한 화살 백, 검은 칠을 한 활 하나, 검은 칠을 한 화살 백, 말 네 필을 하사하노라.[用賚爾秬鬯一卣, 彤弓一, 彤矢百, 盧弓一, 盧矢百, 馬四匹.]"라고 하여 황제가 하사하는 물품으로 제시되어 있다. 여기에 쓰인 말은 『詩經』의 〈小雅·南有嘉魚之什·彤弓〉에 나온 것인데, "느슨하게 풀어진 붉은 활을 받아 고이 간진해 두었다가 내 아름다운 손님이 있으면 진심으로 주리라.[彤弓弨兮, 受言藏之. 我有嘉賓, 中心貺之.]"는 것이 그것이다.

124) 彩服 : 채색한 옷으로, 효도로 부모님을 봉양하는 것을 가리킨다. 『藝文類聚』〈列女傳〉에는 "예전에 초나라의 노래자가 효도로써 부모를 모셨다. 나이가 일흔 살이 되었어도 어린 아이처럼 놀이하고, 항상 오색 색동옷을 입었다.[昔楚老萊子, 孝養二親, 行年七十, 嬰兒自娛, 常著五色斑斕衣.]"라는 고사가 있다. 이후 彩服[혹은 彩衣]은 효도로써 부모를 봉양하는 것을 의미한다.

125) 躋堂 : 이 말은 본래 周公이 일찍이 豳 땅을 農政으로 잘 다스렸던 先祖 后稷과 公劉의 風化를 서술하여 지은 『詩經』〈豳風·七月〉에 나온 "시월엔 채마밭 깨끗이 닦고, 두 항아리 가득히 술을 걸러, 염소와 양을 잡아 잔치를 열고, 저 공당에 올라가서, 무소뿔 잔을 들어 비노니, 만수무강하리로다.[十月滌場, 朋酒斯饗, 曰殺羔羊, 躋彼公堂, 稱彼兕觥, 萬壽無疆.]" 한 데서 온 말이다.

126) 松茂竹苞 : 소나무처럼 무성하고 대나무처럼 한 떨기로 자람. 이 말은 『詩經』〈小雅·鴻鴈之什·斯干〉에 나온 "대나무처럼 한 떨기서 자라고, 소나무처럼 울창하게 무성해라. 형과 아우는 서로 화목하네, 서로 꾀할 것도 없네.[如竹苞矣, 如松茂矣. 兄及弟矣, 式相好矣, 無相猶矣.]"를 활용한 것이다. 孔穎達의 疏를 보면 "대나무로 한 떨기를

말하고, 소나무로 무성함을 말한 것은 각각 하나의 비유를 취한 것이 분명하다. 대나무의 순은 무리로 자라지만, 그 근본은 하나이며, 소나무 잎은 겨울에도 시들지 않는 까닭에 이렇게 비유한 것이다.[以竹言苞, 而松言茂, 明各取一喩. 以竹筍叢生而本本槩, 松葉隆冬而不彫, 故以爲喩.]"라고 하였다. 여기에서 말한 松茂竹苞(혹은, 竹苞松茂)는 뿌리가 한데 있어 견고하며 가지와 잎이 번성한 것을 의미하는데, 이후로 이 표현은 새로운 건물을 지어 낙성연을 할 때나 사람에게 축수를 할 때에 쓰이던 頌詞로 주로 쓰였다.

127) 蔦蘿 : 겨우살이와 여라. 둘 다 나무에 기생해서 산다. 이 말은 『詩經』〈小雅·甫田之什·頍弁〉의 "겨우살이와 여라가 소나무와 잣나무에 기생하네.[蔦與女蘿, 施于松柏.]"라는 데서 나온 것이다.

128) 畫棟綺構 : 畫棟과 綺構 모두 화려한 건축물을 수식하여 쓴 말.

129) 渠渠 : 깊고 넓은 모양. 다음의 주석을 참조할 것.

130) 夏屋 : 큰 집. 이 말은 『詩經』〈秦風·權輿〉의 "나에게 크디큰 집에 살게 하더니 지금은 매양 끼니조차 잇기 어렵네.[於我乎, 夏屋渠渠, 今也每食無餘.]"에서 나온 것이다.

131) 皥皥 : 넓어서 스스로를 얻은 듯한 모양. 이 말은 『孟子』〈盡心〉에 나온다. "맹자께서 말하기를 '패자의 백성은 기뻐 날뛰는 듯하고, 왕자의 백성은 자득한 듯이 살아간다.'[孟子曰: '覇者之民驩虞如也, 王者之民皥皥如也.']" 朱熹는 '皥皥'가 "넓어서 스스로 무엇인가를 얻은 듯한 모양[廣大自得之貌]"이라고 했다.

132) 春臺 : 봄날 높은 곳에 올라가 좋은 경치를 구경하던 곳. 『老子』를 보면, " 참으로 어리석도다. 그로 인해 재앙이 그치지를 않는구나. 세상 사람들이 희희낙락하는 게 마치 아주 맛난 음식을 한껏 누리며 봄날 누대에 오른 듯하다.[荒兮! 其未央哉! 衆人熙熙如享太牢 如登春臺]"라는 구절이 있다.

133) 盥手 : 손을 씻음. 옛 사람들은 항상 손을 청결하게 하여 존경하는 의례를 표하였다.

134) 金沙 : 인도에 있는 阿耨達池. 아뇩달지는 산스크리트어 anavatapta의 음사로, 둘레가 800리가 된다는 상상의 연못이다. 이 곳에서부터 맑은 물이 흘러내려 섬부주(贍部州)를 비옥하게 한다고 하는데, 이 연못에는 금빛 모래가 가득하다고 한다. 여기서는 부처님이 계신 곳, 즉 절을 뜻한다고 봐도 무방하다.

135) 蠅隨驥尾 : 파리가 천리마의 꼬리에 붙어서 천리를 달려간다는 말로, 어진 사람이나 유능한 사람의 명성에 붙어서 성취하는 것을 이른다. 이 말은 본래 『後漢書』〈隗囂傳〉에 나온다. "파리의 날개짓은 불과 몇 걸음에 그치지만, 천리마의 꼬리에 부탁하여 무리 중에 독보적인 것을 얻었다.[蒼蠅之飛, 不過數步, 卽託驥尾, 得以絶群.]"는 내용이 있다. 李賢은 張敞의 책을 인용하여 주석을 붙였는데, "파리가 나는 것은 불과 10보에 한정되지만, 천리마의 꼬리에 붙어있으면 천리의 길을 나는 듯이 간다.[蒼蠅之飛, 不過十步. 自託騏驥之尾, 仍騰千里之路.]"라고 했다.

136) 雲臺 : 높이 솟아 구름 속에 들어간 臺閣. 漢나라 때에는 궁중의 높은 누각을 지칭했다.

137) 葛藟 : 칡덩굴. 이리저리 얽혀 곤란한 상태를 이르지만, 여기서는 『詩經』〈周南·樛木〉에 나온 "아래로 늘어진 남산의 나뭇가지, 칡덩굴이 의지하고 얽혀 있구나.[南有樛

木, 葛藟縈之.]"를 말한 것이다. 여기에의 나뭇가지는 文王의 후비를 가리키고, 칡덩굴은 후궁들을 가리킨다. 후비가 투기하지 않고 미천한 후궁들에게 두루 은혜를 베풀자, 후궁들이 그 덕에 감복하여 이렇게 노래했다고 한다. 황화는 중의적으로 이런 표현을 쓴 것이다.

138) 蘋蘩 : 『詩經』〈召南·采蘋〉과 〈召南·采蘩〉의 두 편을 말한다. 전자는 大夫의 아내가 제사를 받드는 것을 노래한 것이고, 후자는 諸侯인 남편을 받들어 제사를 돕는 것을 노래한 것으로 모두 부인의 훌륭한 행실을 읊은 것이다. 본래의 뜻은 개구리밥과 산흰 쑥. 轉하여 제사를 지내는 사람이 祭需가 변변하지 못함을 겸양하여 이르는 말이다.

139) 遺風 : 전대에서부터 내려오는 음악. 『淮南子』〈原道訓〉에는 "정나라와 위나라의 호쾌한 음악을 떨침에는 초나라의 남은 소리가 흘러들어 만들어진 것이다.[揚鄭衛之浩樂, 結激楚之遺風.]"는 구절이 있는데, 高誘는 이에 대해 "유풍이란 남겨진 음악이다.[遺風, 猶餘聲也.]"라고 주석하였다.

140) 書帷 : 書齋의 장막. 곧 書齋를 가리킨다.

141) 佩瓊琚 : 玉佩瓊琚. 곧 옥으로 만든 장식물을 말한다. 이 말은 『詩經』〈鄭風·有女同車〉에 나오는 "수레를 탄 여인 얼굴이 무궁화꽃 같아라. 사뿐사뿐 거닐 때에 옥으로 만든 장식품이 눈부셔라.[有女同車, 顔如舜華, 將翱將翔, 佩玉瓊琚.]"에서 나왔다. 이 말은 곧 詩文이 몹시 아름다운 것을 비유적으로 말하기도 한다.

142) 藝圃 : 책을 짓는 일, 혹은 서적을 모으는 곳. 곧 문학과 예술계를 지칭한다.

143) 玉鑰 : 옥 자물쇠. 宮門을 의미한다.

144) 靈臺 : 臺 이름. 주나라 文王이 세웠다고도 하고, 夏나라 桀王이나 商나라 紂王이 세웠다고 한다. 고대에는 제왕이 천문과 별자리를 관찰하여 화복을 관찰하던 건축물이기도 했다. 『詩經』〈大雅·文王之什·靈臺〉에는 "영대를 짓기 시작하여 재고 푯말을 세우니 백성들이 모두 도와 하루도 안 되어 완성되었네.[經始靈臺, 經之營之, 庶民攻之, 不日成之.]"라는 기록이 있다. 鄭氏는 "천자에게 영대라는 것이 있었는데, 하늘의 현상을 관측하여 기운의 화복을 살폈다.[天子有靈台者, 所以觀牎象, 察氣之妖祥.]"고 풀이하였다.

145) 先壟 : 先山. 先塋.

146) 朗吟 : 한시나 시조 따위에 음률을 넣어 소리 높여 읊음.

147) 音調 : 詩文에서 소리의 높낮이, 강약, 장단 따위의 어울림.

148) 意匠 : 作文이나 회화 등에서 마음을 써서 구상하는 일. 晉나라 陸機의 『文賦』에는 "글은 재주를 헤아려 기량을 나타내고, 의는 형식과의 통일을 주관하는 것을 뛰어난 것으로 삼는다.[辭程才以效伎, 意司契而爲匠.]"라고 하여, 모든 훌륭한 문장은 意에 근본하면서 얻어진 것임을 밝혔다.

149) 盛唐 : 漢詩史에서 唐나라를 四分한 그 둘째 시기의 詩風. 孟浩然(689~740), 王維(701~761), 李白(701~762), 杜甫(712~770) 등이 모두 이 시기에 활동한 시인이다.

150) 騷壇 : 詩壇, 혹은 文壇.

151) 嘐唶 : 意氣가 날아오를 듯이 높음.

152) 宿將 : 오랫동안 전쟁을 겪어 늙고 공로가 많은 장수. 또는 경험이 많아 군사 지식이 풍부한 장수.

153) 圓轉 : 文意가 순하게 通함.

154) 精明 : 밝고 깨끗함이 지극한 데 이름. 『禮記』〈祭統〉에는 "그런 까닭에 군자가 재계하는 것은 오로지 자신이 순수하고 밝은 덕으로써 제사를 지내기 위한 것이다. (중략) 재계란 몸과 마음이 순수하고 밝은 상태에 이르게 하는 것이다. 그러한 상태가 된 뒤라야 신명을 맞이할 수가 있는 것이다.[是故, 君子之齊也, 專致其精明之德也. (중략) 齊者, 精明之至也, 然後可以交於神明也.]"라고 하였다.

155) 成章 : 시문을 짓는 것.

156) 依樣 : 옛 것에 기대어 견줌. 이는 '조롱박 모양을 본떠 그려내다.[依樣畫葫蘆]'를 말한 것으로, 고치거나 새롭게 창작하는 것이 아닌, 원래의 모양을 단순하게 모방하는 것을 의미한다. 이 말은 宋나라 魏泰가 쓴 『東軒筆錄』卷1에 나오는 고사를 쓴 이다. 宋나라 太祖가 韓林學士 陶穀을 조롱하기를, "듣건대 한림학사는 制書를 초할 때 옛사람의 작품을 베껴 가며 조금씩 말만 바꾸었을 뿐이다. 이는 바로 세속에서 이른 바 '조롱박 모양만을 본떠서 그려 낸다.[此乃俗所謂依樣畫葫蘆耳]'는 것일 따름이니, 힘쓴 것이 뭐가 있다고 하겠는가." 한 것이 그것이다.

157) 藻思 : 문장을 짓는 재주.

158) 天機 : 하늘이 부여한 靈機.

159) 碩士 : 성품이 고상하고 학문이 넓은 선비.

160) 絶響 : 소리가 끊긴다는 말로, 재능이 더 이상 전하여지지 아니하게 됨을 개탄하여 이르는 말이다. 『晉書』〈嵇康傳〉을 보면 다음과 같은 이야기가 나온다. "혜강이 사형을 당하게 되자 (중략) 거문고를 찾으며 말하였다. '예전에 원자니가 일찍이 나를 좇아서 광릉산곡을 배웠지만, 나는 항상 그것을 가르쳐주는 데에 인색했지. 그래서 지금 광릉산곡이 끊어지고 말았네.[康將刑 (중략) 索琴彈之曰 : '昔袁孝尼嘗從吾學廣陵散, 吾每靳固之. 廣陵散於今絶矣.]"라는 말이 있다. 또한 『阮籍嵇康等傳論』에는 "혜강의 거문고의 소리가 끊어지자, 완적이 이었다.[嵇琴絶響, 阮氣徒存.]"는 말도 있다. 이후로는 중간에 끊어져서 전하지 않는 學術이나 技藝와 같은 것을 '絶響'이라고 하였다. 또는 학문이나 기술에서 최고의 조예를 갖춘 것을 이르기도 한다.

161) 周南 : 『詩經』〈國風〉의 한 편. 후대 사람들은 주남은 지금의 陝西·河南·湖北 지방의 민요로, 주나라의 덕화와 남쪽 지방을 기리는 노래라고 한다. 『시경』의 첫 부분이 〈關雎〉로, 후비의 덕을 이야기하고 있다. 첫 편은 다음과 같다. "끼룩끼룩 우는 물수리 물가에서 정답게 노니네. 요조숙녀는 군자의 좋은 짝이라네.[關關雎鳩, 在河之洲. 窈窕淑女, 君子好逑.]"

162) 妙齡 : 청춘 소년.

163) 晩學 : 후배 학자.

164) 末至客 : 南朝의 宋나라 謝惠連의 〈雪賦〉에서 유래한 말이다. "양왕이 기뻐하지 않고 토원에서 노닐었다. 이에 맛있는 안주와 술을 갖추어 빈객과 벗을 부르고, 추생[鄒陽]과 매수[枚乘]를 불렀다. 사마상여가 마지막에 이르러 객들의 오른쪽에 앉았다.[梁王不悅, 游於兔園. 酒置旨酒, 命賓友, 召鄒生, 延枚叟. 相如末至, 居客之右.]" 나중에서는 이로써 '末至客'으로 법도를 삼았다.

165) 孤露 : 고단하여 감싸 안아줄 사람이 없음. 부모가 모두 사망하여 없는 경우를 말한다.

166) 濩落 : 시세에 맞지 않아 세상에 버려짐. 당나라 杜甫의 시 〈自京赴奉先縣詠懷五百字〉에는 "그렁저렁 세상에 버려져, 센 머리로 가난을 달게 받네.[居然成濩落, 白首甘契闊.]"라는 구절이 있다. 李頎가 쓴 시 〈東京寄萬楚〉에도 "세상에 버려져 오랫동안 벼슬이 쓰이지 못하고, 몸을 숨긴 채 고사리만 캐며 지냈지.[濩落久無用, 隱身甘采薇.]"라는 구절이 있다.

167) 得正 : 正道를 얻음. 『禮記』〈檀弓·上〉에는 "내가 무엇을 구하겠는가? 나는 바른 것을 구하고 죽는 것, 이것뿐이다.[吾何求哉? 吾得正而斃焉, 斯已矣.]"라고 하였다.

168) 塡門 : 門戶가 막힘. 문을 드나드는 사람이 많음을 형용한 말이다.

169) 淸儀 : 맑은 모습이나 거동. 주로 상대편을 존중하여 쓰는 말로, 姜希孟의 〈請留咸陽守金君宗直書〉에 보면 "문득 청의와 더불어 멀어지니, 다시 만날 기약을 할 수 없구려.[便與淸儀阻隔, 後會難期.]"라는 구절도 있다. 그러나 여기서는 맑은 태도라는 본래의 의미로 쓰였다.

170) 雄詞健筆 : 웅건한 문장과 굳건한 필적. 唐나라 岑參의 시 〈送魏升卿〉에는 "자네 형제와 같은 사람은 천하에 드무네. 웅건한 문장과 힘찬 필적이 모두 날아오르는 듯하네.[如君兄弟天下稀, 雄詞健筆皆若飛.]"라는 구절이 있다.

171) 旁午 : 旁迕. 섞여서 어지러움.

172) 藕絲 : 연 줄기나 연 뿌리에서 뽑아낸 실. 연을 꺾으면 거기서 나오는 실이 서로 이어지는데, 이로 인해 情意가 끈끈하게 이어진 것을 藕絲에 비유한다. 藕斷絲連은 표면적으로 끊어진 것처럼 보이지만, 실제로는 서로 끈끈하게 이어진 것을 의미한다. 남녀 간에 情意가 끊어지지 않은 것을 지칭할 때 주로 쓴다. 이 말은 본래 唐나라 孟郊의 시 〈去婦〉에서 나온 것이다. "제 마음은 연 속의 실로, 비록 끊어진 듯하지만 오히려 굳건히 이어져 있네요.[妾心藕中絲, 雖斷猶牽連.]"

173) 蟠木 : 蟠木은 큰 나무지만 구부정하게 서려서 그릇을 만들기 어려운 것을 말한다. 蟠木之容은 쓸모 없는 사람이 좌우에서 잘 추천하여 쓸모 있는 사람이 되는 것을 의미한다. 이 말은 漢나라 때 鄒陽이 쓴 시 〈獄中上書自明〉에 나온 것이다. "구불구불한 나무 뿌리는 기괴하기 짝이 없는데, 만승천자의 그릇이 되는 것은 무슨 까닭인가? 그것은 좌우가 먼저 다스려서 쓸모 있게 가공한 까닭이다.[蟠木根柢, 輪囷離奇, 而爲萬乘器者, 何則? 以左右先爲之容也.]"

174) 違棄 : 버림.

175) 緯繣 : 괴리. 서로 달라 합치되지 않음. 『楚辭』〈離騷〉에는 "紛總總其離合兮, 忽緯繣其難遷."라고 하였는데, 이 말에 대해 王逸은 "위획은 괴리다.[緯繣, 乖戾也.]"라는 주

를 붙였다. 洪興祖는 이 말에 대해 "이 말은 은사가 홀연 나와 더불어 어그러져서 그 뜻을 옮기기 어렵다.[此言隱士忽與我乖刺, 其意難移也.]"고 보충 설명하였다.

176) 膠守 : 변통성이 없음.

177) 勳銘鼎彝 : 功績이 鼎彝에 새겨짐. 鼎彝는 古代의 솥과 술병을 의미하는 祭器로, 윗면에 드러낼 만한 공업을 쌓은 인물의 이름을 새겨 넣었다. 『文選』에는 南朝시대 梁나라 때 任昉이 쓴 〈王文憲輯序〉에는 "前 郡尹인 溫太眞과 劉眞長은 공이 정이에 새겨졌다.[前郡尹溫太眞劉眞長, 或功銘鼎彝.]"고 하였다. 李善은 여기에 주석을 붙였는데, "『예기』에 이르기를 '鼎에는 銘이 있으니,' 명이라는 것은 그 선조의 아름다운 덕, 영광스러운 공훈을 기려 제기로 올리는 것이다. 『좌씨전』에는 藏武仲이 말하기를 '큰 나라가 작은 나라를 쳐서 그 얻은 것으로써 술병[彝]을 만들고, 그 공업을 새겨서 자손에게 보였다.'는 말이 있다.[禮記曰: '鼎有銘,' 銘者, 論譔其先祖之德美功烈勳榮, 而酌之祭器. 左氏傳, 藏武仲曰: '大伐小, 取其所得, 以作彝器, 銘其功, 以示子孫.']"고 하였다.

178) 台垣 : 재상의 반열에 해당되는 별자리 이름으로, 三公의 직위를 의미한다. 丁若鏞이 쓴 시 〈聞默齋許相國積 復其官爵〉에는 "조정에서 임금의 명령 내리니, 정승이라 사령장 새롭고말고. 은혜 말씀 역사상 유례없던 일, 억울함을 일조에 풀어주시니, 태양은 빛 기운이 한껏 풀리고, 황천에는 귀신이 눈물 흘리네.[魏闕丹綸降, 台垣紫誥新. 恩言千古逈, 幽枉一朝伸. 白日舒光氣, 黃泉泣鬼神.]"라는 구절이 있다.

179) 三聘 : 이 말은 『孟子』〈萬章上〉에 나오는 말로, 본래는 임금이 현인을 초빙하는 예를 뜻한다. 湯 임금이 伊尹을 세 차례 초빙하러 갔다는 고사에서 나온 말이다.

180) 踧踖 : 공경하면서도 불안해하는 모양. 이 말은 『論語』〈鄕黨〉에 나오는 "임금이 계시면 공경하면서도 불안한 듯하셨지만 몸가짐은 위엄이 있는 듯하였다.[君在, 踧踖如也, 與與如也]"에서 나온 것이다.

황제의 자손과[1] 맺은 악연으로 질투하는 부인이 재앙을 만들고, 옥 같은 지조에 하자를 남긴 효부가 원통함을 호소하다

金枝惡緣妬妻煽禍　玉操瑕点孝婦呼寃

　　임금은 왕씨를 봉하여 숙렬부인(淑烈夫人)으로 삼고, 임금의 조카 조씨는 영렬부인(英烈夫人)으로 삼았다. 또한 봉황당의 오른쪽에 경순당(敬順堂)을 지어 조씨를 거주하게 하였는데, 보낸 재물이 몹시 풍성하여 금은과 비단이 산처럼 쌓여 있었다.

　　승상은 날마다 돌아가며 세 부인과 두 첩의 침실에 들었다. 매달 초하루[朔]부터 왕부인, 조부인, 황화, 윤옥의 거처에서 각각 닷새씩을 머물렀다. 이부인에게는 열흘을 머물렀다. 이로써 일상화했는데, 이는 이통판이 길러준 은혜를 추억하고, 단원사에서 어머니를 받들어 모신 정성을 기억하는 등 조강(糟糠)의 옛 의리가 다른 사람에 비해 배나 더 소중한 까닭이었다.

　　왕부인과 두 첩은 집안을 다스리는 데에 공평함을 마음 깊이 복종하였다. 그러나 유독 조부인만은 스스로 권귀(權貴)함을 믿어 부녀자의 도리를 훼상한 채 승상의 편애함을 원망하고, 이부인의 전총(專寵)을[2]을 투기하였다. 이에 한번 눈엣가시를 뽑아낼 계책을 항상 가슴속 깊이 숨겨두었다. 승상은 이미 분명히 알면서도 묵묵히 있을 뿐이었다.

이 때 변경 지역에서 봉화를 올려[3] 여진족[金狄]이[4] 국경을 침범한 상황을 다급하게 알렸다.[5] 황제가 대경하여 조정[廟堂]에 명하여 의논케 하니, 좌승상 장두영이 출반(出班)하여 아뢰었다.

"신은 나라의 은혜를 두터이 입었으면서도 한 마디의 공로조차 없음을 부끄러워하였습니다. 청컨대 이제 끓는 물과 뜨거운 불 속[湯火]에[6] 나아가 티끌만한[7] 보답이라도 할까 하옵니다."

황제는 몹시 기뻐하며 말하였다.

"승상은 국가[大厦]의[8] 기둥이요, 임금[元首]의 팔다리[股肱]니 잠시라도 떨어져 있음이 불가하도다. 그러나 적의 기세가 위태롭고도 다급한데 조정의 계책이[9] 공소(空疎)하니, 오직 경 한 사람만이 족히 북문의 자물쇠가[10] 될지라. 이에 짐은 대신이 멀리 떠나는 역(役)을 굳이 만류할 수 없구려. 불편함이 심하겠지만, 모름지기 노력하고 밥을 더하면서[11] 크게 승리한 후에 몸을 보중하여 돌아오시게."

마침내 정병 백만을 발하여 그날로 출발토록[12] 하였다.

승상이 사궁(私宮)에 이르러 집안에 있는 사람들과 이별하니, 눈물을 뿌리지 않는 사람이 없었다. 그러나 오직 조씨만은 조금도 슬프거나 근심스러운 얼굴빛이 없고, 도리어 기뻐하는 빛이 드러났다. 승상은 마음속으로 이씨에게 일대의 심각한 근심이 있을 것임을 짐작하며 떠났다.

이후 조씨가 암암리에 생각하였다.

'승상이 원정에 나섰고, 이씨는 외롭고도 연약한 사람이지. 내 계책도 반드시 펼쳐지리라.'

그리고는 오랫동안 흉계를 생각하다가 문득 스스로 깨달으며 말하
였다.

"묘하고도 묘하도다! 이씨의 목숨은 이제 내 손안에 달렸구나!"

이에 즉시 시비 난향(蘭香)을 불러 말하였다.

"이부인의 시비 중에 지아비를 둔 자가 누구더냐?"

"운양(雲陽)이가 지아비를 두었는데, 무사(武士) 공철(孔徹)이가 그입죠."

조씨는 몹시 기뻐하며 말하였다.

"아! 너 난향아,[13] 너는 곧 나의 심복이지. 네가 아니면 내가 누구와
더불어 대사를 의논하겠느냐? 승상은 이씨만 편애하고, 나를 몹시 박
대하는구나. 나는 곧 대왕의 총애를 받는 딸이며 황제의 사랑스러운
조카로, 그 존귀함이 과연 어떠하냐? 그런데 저 이씨는 여염집의 보잘
것 없는 여자로 감히 종용[慫慂]하여[14] 틈을 만들더니, 도리어 한 집안
[一宮]의 권위까지 빼앗았지. 나는 항상 그것이 분하고 한스러워 죽을
지경이더구나. 지금 승상이 없는 겨를에 반드시 풀을 뽑아버려야만[15]
그만둘 일일지라! 내게 묘한 계책이 하나 있는데, 네가 가히 그것을 행
할 수 있겠느냐?"

"소비도 항상 화가 나고 한탄스러워 했던 바지만, 감히 밖으로 드러
낼 수가 없었습니다. 지금 아가씨께서 명령만 내려주신다면, 비록 불
을 움켜잡고 물 위를 건너라고 해도 감히 꺼리지 않고 몸과 마음을 다
해 아씨의 마음을 상쾌하게 하겠습니다!"

"너는 운양과 더욱 가깝게 사귀면서 그의 언어를 익히도록 해라. 그
목소리의 청탁(淸濁)과 고저(高低)까지 조금도 차이가 없게끔 익힌 연후
에 다시 내게 와 아뢰거라."

난향이 명령을 듣고 물러나왔다.

난향은 운양과 사귀며 마치 형제처럼 지냈다. 가끔씩 비녀와 팔찌와

반지를 주고, 가끔은 비단과 베를 주기도 하니, 운양은 난향의 정에 더욱 느꺼워 밤낮으로 따르면서 마음속까지 활짝 열어 자잘한 속내까지도 모두 다 내뱉었다. 운양이 무심코 내뱉은 말도 난향은 유의하며 들었다. 부르짖는 소리와 속삭이는 소리 등 소리마다 모방하며 익혔다. 그리하여 서로 대면하고 이야기를 나누더라도 마치 한 사람의 입에서 나오는 것과 같게 되었다.

이에 난향이 조씨에게 아뢰니, 조씨가 말하였다.

"공철이가 운양이의 방에 와 머무는 날을 기다렸다가, 그날 즉시 아뢰도록 해라."

난향이 운양에게 가서 물었다.

"공순장(孔巡將)은[16] 날마다 와서 자고 가니?"

"근래는 군영[軍門]에 일이 많아 서로 본 지도 자못 오래 되었어. 그러나 오늘 저녁에는 반드시 와."

난향이 돌아와 조씨에게 고하니, 조씨가 비밀리 말하였다.

"너는 마땅히 여차여차 하거라. 나 또한 여차여차 하리라."

이에 난향은 운양의 방에 몰래 들어가 몸을 숨겨 형체가 드러나지 않게 한 후 공철이가 오기만을 기다렸다.

이 때, 조씨는 시비를 시켜 이씨에게 문후를 전달하였다.

'승상이 원정을 나가니 궁중이 적적합니다. 비록 여러 시비들이 곁에 있지만, 그들이 하는 이야기는 모두 무용한 것[芻狗]을[17] 나열한 것으로, 족히 들을 만한 것이 없습니다. 오늘 밤에는 귀중(貴中)의 시비를 빠짐없이 보내주시면 그들에게서 새로운 이야기를 들음으로써 하룻밤의 쓸쓸함을 달래는 구실로 삼고자 합니다. 저저(姐姐)의[18] 의견은 어떠하신지요?'

원래 이씨는 조씨를 사랑하면서 공경하였던 터라, 너그럽고 관대하게 생각하며[19] 조금도 의심하지 않았다. 단지 잔심부름하는 세 명의 종만 남겨두고, 즉시 시비 10여 명에게 명하여 경순당에 나아가도록 하였다. 운양도 참석하였다.

조씨는 촉을 밝히고 음식을 마련하여 모든 시비들을 성대하게 먹인 후, 투호(投壺)도 하고 호로(呼盧)도[20] 하는 등 놀이의 즐거움이 무르녹아 날이 어두워 밤이 되는 것도 미처 깨닫지 못하였다. 운양이는 마음속으로 공철이가 올 것임을 생각하여 난향에게 그의 방에 불을 밝혀줄 것을 부탁하려고 했다. 그러나 자리를 두루 둘러봐도 모든 시비들 가운데 난향이만 보이지 않았다. 이에 물었다.

"난향은 어찌하여 자리에 없지?"

모두가 말하였다.

"새벽녘에 아가씨의 명을 받들어 명현궁에 나아가서 내일이나 돌아온다는데."

운양은 마음이 몹시 초조하였지만, 물러나라는 명령이 나기 전에 어찌 감히 먼저 일어날 수 있겠는가?

이 때 난향은 운양의 방에 들어가서 이부자리를 다른 곳에 옮기고, 불[燈燭]을 끈 채 창 아래에 앉아 있었다. 한밤중이 되자, 공철이의 신발 끄는 소리가 들렸다. 난향은 급히 일어나 창을 열고 기쁘게 맞이하며 운양의 목소리로 말하였다.

"간 것이 어찌 그리 오래고, 온 것은 어찌 그리 늦었는고? 삼성(三星)이 하늘에 있고, 이 밤은 으슥하게 깊어가네. 오늘 밤은 어떤 밤이기에 이처럼 아름다운 사람과 만났는가?[21] 노왕(魯王) 어르신께서는 바야흐로 두 부인과[22] 원·한(元韓) 두 첩을 경희궁으로 불러 밤을 새우며 이야기를 나누자는 명령이 있었습니다. 이부인 아가씨께옵서 내게 효양당을 잘 지키라고 하신 까닭에, 이미 이불과 요를 그 곳으로 옮겨 놓았습니다. 우리 님은 이미 오셨고,[23] 한밤중이라 아는 사람도 없습니다. 바라건대 텅 빈 효양당에 같이 가서 자고, 종이 울리기를 기다렸다가 나간다 해도 방해될 것이 조금도 없을 것입니다."

이에 공철의 손을 이끌고 가는데, 거짓으로 사람들을 오나 안 오나를 엿보는 것처럼 발을 들어 조심조심 걸으면서 발소리를 내지 않고 몰래 이부인의 침실로 들어갔다. 아아! 저 공철이는 끝내 진짜를 분변하지 못하였구나. 난향이가 거짓 운양이 되었다는 것을 천지 귀신 말고는 어느 누가 이 흉악한 꾀와 은밀한 계략을[24] 알겠는가?

난향이가 창 밖에 공철이를 머물게 하고 말하였다.

"낭군께서는 여기에서 잠시만 기다리십시오. 제가 등불을 가지고 오겠습니다."

그러고는 몸을 돌려 경순당으로 가서 조씨를 보고 눈짓을 하였다. 조씨는 난향이가 이미 저쪽에[25] 공철이를 유인해 놓았음을 헤아리고 즉시 모든 시비들에게 말하였다.

"내가 너희들과[26] 함께 깊은 밤을 온화하게 보내니 족히 활달[疏暢]하구나. 그러나 남은 흥취를 다하지 못하고, 잠 귀신도 침범하지 않으니 내가 몸소 효양당을 찾아가서 이 저저(李姐姐)의 금옥(金玉)과 같은 말씀을[27] 들으려 하노라."

인하여 모든 시비를 거느리고 촉을 잡아 불을 밝히며[28] 왔다. 공철은 불빛을 보고 운양으로만 알고 의심치 않고 앉아서 기다렸다. 그런데 불빛의 그림자가 점점 가까워지자, 모든 시비가 한 부인을 인도하고 오는 것을 알았다. 공철은 몹시 놀라 당황하며 급히 이씨의 침실 휘장 뒤로 몸을 숨겼다.

조씨는 돌연 계단으로 올라 창을 열며 말하였다.

"저저께서는 주무시나요?"

공철은 막다른 곳에 처해 있어서 몸을 숨길 곳이 없었다. 이에 휘장을 헤치고 나와 몸을 날려 달아났다. 모든 시비들은 놀라 계단 아래로 굴러 떨어졌고, 조씨도 거짓으로 두려워하며 놀라는 척했다. 이윽고 크게 꾸짖으며 말하였다.

"대승상 부인께서 한 때의 춘정을 참지 못하여 천지간에 이런 흉악한 죄를 지었단 말이냐?"

이에 즉시 시비들에게 명하여 이씨를 결박하도록 하였다. 이씨는 깊은 잠에 빠져 달게 자며 망연히 깨닫지 못하고 있다가, 이윽고 깜짝 놀라 일어나며 물었다.

"저저, 저저! 이 무슨 연고요?"

조씨는 대답도 하지 않고 곧바로 노왕의 침실을 향해 나가버렸다.

이보다 앞서 조씨는 난향으로 하여금 몰래 중문을 지키는 문지기에게 말을 전하도록 하였다.

"야심한 후에 반드시 한 무사가 효양당에서 급히 나갈 것이니, 속히 그 놈의 머리를 베면 마땅히 중상을 내릴 것이다. 만약 실패한다면 너는 도리어 죽음에서 벗어날 수 없을 것이다."

인하여 문지기에게 은 백 냥도 주었다.

이 때, 조씨가 들어와 노왕에게 아뢰었다.

"소부(少婦)가 마침 효양당에 갔는데, 한 음흉한 남자가 휘장 사이에서 나와 도망하더이다. 밝은 불빛 아래 모든 시비들의 눈에 모두 드러났습니다. 고금천하(古今天下) 공후의 집안에서 어찌 이러한 변괴가 있을 수 있겠습니까? 부왕의 빛나는 덕업과 승상이 세상을 흔든 훈명이 홀연 한 음부의 추악한 행실로 인해 모두 사라질지니, 생각할수록 원통하고 말할수록 치욕스럽습니다. 소부는 결단코 한 궁에서 함께 살 뜻이 없사오니 먼저 세상을 떠나[29] 모르고자 하옵니다. 엎드려 바라옵건대 부왕께서는 엄히 신문하여 정황을 얻음으로써 칠거의 죄악을 명확히 밝히시옵소서."

노왕이 깜짝 놀라 몹시 화를 내며 즉시 종[宮隷]에게 명하여 이씨와 같이 잠을 잤던 세 계집종을 나포(拿捕)하여 오도록 하였다. 이씨는 혼이 막히고 맥이 빠져 엎드린 채 일어나지 못하였다. 왕이 크게 꾸짖으며 말하였다.

"어떤 음탕한 도적놈이 네 침실에 들었더냐? 너는 감히 속이려 들지 말고 바로 아뢰라!"

인하여 곤장을 치며 신문하도록 하였다.

이 사연을 들은 양부인은 신발도 제대로 신지 못한 채 버선발로 달려나와 이씨를 붙들고 울며 노왕에게 말하였다.

"이씨는 곧 내 효부입니다. 누가 그 지조를 모르며, 어떻게 이런 일이 있겠습니까? 마땅히 먼저 계집종들부터 국문하십시오."

왕이 바야흐로 세 명의 시비를 불러 엄히 신문할 즈음, 중문을 지키는 문지기가 들어와 아뢰었다.

"아까 한 무사(武士)가 효양당에서 나와 달아나기에 한 칼로 베어 그 머리를 땅에 떨어뜨렸는데, 이를 보니 효양당 시비인 운양이의 지아비 공철이었습니다."

왕이 그 소리를 듣자 더욱 화가 나서 책상을 내리치며 크게 꾸짖었다.

"드러난 것이 여기에 이르렀으니, 네가 비록 주둥아리가 세 척이라도 감히 할 말이 있겠느냐?"

또한 종에게 명령하였다.

"속히 때려 죽이라!"

그러자 양부인이 손수 그 묶인 것을 풀며 통곡하듯이 내질러 말하였다.

"바라건대 이 늙은 몸으로서 효부의 죽음을 대신하게 하십시오! 이씨가 만약 더러운 행실을 하였다면 어찌 호씨의 욕에서 몸을 온전히 할 수 있었고, 또한 어떻게 산사에서의 고통을 감당하였겠습니까? 이 늙은 몸과 더불어 몇 년 동안 함께 거처하는 동안 마음[心肝]을 분명하게 서로 비춰보았거늘, 어찌 오늘에 와서야 이런 흉악한 변괴가 있을 수 있습니까? 만약 귀신의 조롱[揶揄]이 아니라면 반드시 간사한 사람의[30] 시기에서 연유한 것입니다. 간곡히 빌건대 승상의 돌아옴을 기다렸다가 죽이든 살리든 뜻대로 하십시오."

인하여 이씨를 껴안고 마당에서 뒹굴면서 통곡하였다. 왕은 임의대로 할 수 없음을 알고, 뒷날 아침을 기다렸다가 황제께 주달하여 죄를 심리하여 처단하리라[31] 하고, 즉시 궁옥(宮獄)에 엄히 가두게 했다.

양부인은 침식(寢食)을 전폐하고 밤새도록 근심만 하였다.[32]

이 날 이씨는 궁옥에 갇혀 울음이 다하면 기운이 끊어지고, 기운이 끊어지면 다시 살아나고, 다시 살아나면 문득 또 가슴을 쥐어뜯으면서 통곡하는데, 이렇게 반복하기가 몇 번인지 몰랐다. 이윽고 자란을 돌아보고 말하였다.

"지금 세상에는 위(衛)나라의 공강(共姜)과[33] 송(宋)나라의 백희(伯姬)가[34] 없으니, 나는 누구와 더불어 회포를 말하겠느냐? 맹세코 스스로 목을 찔러 죽음으로써 저승[泉臺]에서나마 열부의 혼을 따르리라. 너는 곧바로 내 간을 내고, 내 창자를 꺼내 네 거리 길가에 내걸어 이 세상 모든 사람들의 눈에 보임으로써 천지간에 진실로 부끄러운 마음이 없었음을 보이도록 해다오."

자란이 울며 대답하였다.

"아가씨께서 임신하신지 바야흐로 칠삭입니다. 지금 찾아든 액운[橫逆]에 비록 자결함으로써 쾌함을 얻으려 할진대, 어찌하여 유독 대승상의 골육은 생각지 않으십니까? 또한 살아 있으면 치욕을 씻을 희망이 있겠지만, 죽으면 원통한 처지를 발명할 길이 없습니다. 한 때의 분통함과 울적함을 참지 못하고 공연히 만고의 원통한 넋이 되면 그것을 절개[節]라고 말하나요? 의롭다[義]고 말하나요? 마음을 알아주는 사람은 아가씨의 순정한 마음을 일러 '아홉 번 죽어도[35] 더욱 뚜렷하다.'고[36] 말할 것이고, 마음을 알아주지 못하는 사람은 무릇 누군가가 아가씨를 '옥으로 호리병에 담긴 맑은 얼음[玉壺淸氷]'이라[37] 해도 저승[三泉]의[38] 탁한 진흙탕 속에 빠졌다고만 할 것입니다. 그윽이 생각건대 노궁(魯宮)에 계신 마님의 자애로움이 평상심을 넘어서 있으니, 반드시 신을 감동시킬 이치가 있을 것입니다. 상국 어르신께서 조정으로 돌아오실 날도 멀지 않았으니 어찌 하늘을 돌릴 길이[39] 없겠습니까? 쇤네의 얕은 생각으로는 마음을 굽히고 뜻을 누르면서 결과[究竟]가 어떠한가를 지켜보는 것만 못할까 합니다."

이씨도 그렇게 생각하고는 억지로 물을 마시며 목숨을 보존하였다. 그러나 울적한 기운이 자꾸 치솟아 숨이 자주 막혔다. 자란은 지성으로 부축하며 조금도 곁을 떠나지 아니하였다.

이 때에 조씨는 노왕의 좌석 오른쪽에 있으면서 대부인이 힘써 이씨를 구하는 것을 보고 불만스러운 마음을 마음속에 담고 있자니, 얼굴빛과 말소리가 지극히 불평스러웠다.

다음날 노왕이 조정에 들어가 이씨의 일을 주달하였다. 황제는 몹시 놀라 즉시 이씨와 세 시비와 문지기를 잡아와[拿致] 전정(殿庭)에 나란히 엎드리게 했다. 이씨는 동아줄로[40] 몸을 묶이고, 머리에는 칼을,[41] 손과 발에는 차꼬를 차고 있었다.[42] 연약하면서도 곤란한 형상은 차마 보기 어려울 정도였다.

황제가 친히 국문을 하려다가 돌이켜 생각하더니, 이내 깨닫고 말하였다.

"이 사람은 정렬부인이라는 높은 품계[貞烈崇秩]에 있으면서 상국의 원비(元妃)이니, 가히 범례(凡例)에 따라 가볍게 의논할 수 없도다."

이에 옥에 보내 원정(原情)[43] 초안을 써내도록 하였다. 이씨는 심신(心身)이 떨리고, 문사(文思)가 막히고, 붓을 잡아도 글씨를 이루지 못하고, 글의 뜻도 모두 다 담아내지 못하였다. 대략적으로 짧게 진술하여 황공히 들여놓았다. 그 글은 이러하다.

'신첩(臣妾) 경파는 돌아가신 통판 이융정의 딸입니다. 어려서부터 아버님의 교훈을 받들어 심규(深閨)의[44] 의범(懿範)을[45] 많이 들었고, 항상 여사(女史)를[46] 읽으면서 열녀의 단정하면서도 장엄한 행동[端莊]에[47] 감동하며 그와 하나가 되고자 하였습니다. 이런 까닭에 지아비를 이별한 첫해에 집을 나가 욕됨을 피하였고, 시어머니를 모시고 몇 년 동안 산에 머물면서 간고(艱苦)도 머금었습니다. 참으로 춘심(春心)에 마음이 무르녹는 사람이었다면 그렇게 머리를 깎아 용모를 바꿀 필요가 없었겠지요. 만약 옥과 같은 지조와 얼음 같은 바탕을 가진[玉操氷姿] 몸이 아니라면 어찌하여 그 어깨를 지지면서까지 고통스럽게 절개를 지켰겠습니까? 오늘 만난 액운은 진실로 옛 기록에서도 듣지 못한 변괴이옵니다. 신첩과 같이 보잘 것 없는 것의 생사를 돌아보는 것은 족히 논할 가치도 없지만, 성상(聖上)의 마음[睿念]을[48] 어지럽혔다고 생각하니 걱정스럽고 민망함을 이길 수가 없습니다. 깊은 궁 안[深宮]의 더럽고 어두운 일은 누군가가 그 찰자루를 희롱함이요, 한밤중 잠을 자는 사이에 벌어진 일인지라 첩은 그 기미에 어두웠습니다. 허심탄회하게 물으시나[49] 우러러 대답할 말이 없사옵니다. 절에서 거처하던 보잘 것 없던 종적에 불과했던 사람이 갑자기 화려하게 단청[丹碧]한 궁에 올랐으니 진실로 귀신이 시기하는 게 마땅합니다. 사람들이 단사표음[簞瓢]과[50] 굶주림을 미워하는데 갑자기 고량진미를 올린 상을 받게 되었으니 참으로 복이 지나쳐 재앙이 생기는 것도 당연합니다. 그러나 황천(皇天)이 굽어보시매 부끄러워할[51] 만한 허물이 없고, 천지신명이 빽빽하게 벌려 있으매 쾌활한 기운이 있습니다. 죽어서 지하로 돌아간다 한들 조금도 유감이 없습니다. 살아 세상에 붙어 있으면서 헛되이 그 욕을 입음을 미워할 뿐입니다. 단지 바라는 것은 속히 도끼[斧鑕][52] 아래에 잔약한 몸을 던지게 하시어, 형구[桁楊]에서[53] 유약한 애간장을 태우지 않도록 해주십시오. 엎드려 생각하건대, 사람에게 슬프고 원통함이 있으면 반드시 천지부모를 부르면서 그것을 하소연한다 하였습니다. 지금 신첩은 스스로 죽음을 달게 받아들이겠다고 마음먹으면서도 슬프고 원통함을 부르짖을 수 없습니다. 그러한즉, 천지가 만물을 기른 것과 같은 황제께서[54] 다스리는 어진 세상에서 스스로 목숨을 끊는 것은 낳고 길러주신 은혜를 스스로 저버리는지라,[55] 어찌 마음속에 먹은 것을 꾹 눌러 참으면서라도[56] 침묵[含默]하며 가만히 있는 것만 하겠습니까? 출정(出征)하러 나간 지아비가 돌아오지 아니한데 먼저 원통한 부인의 그림자를 끊어버리면 임신한 뱃속에 깃든 충신의 골육도 끊어지게 되니, 신첩에게 천년의 한으로 남지 않겠습니까? 그뿐 아니라 죄 없는 두영의 한 조각 원한이 어찌 없겠습니까? 엎드려 바라옵건대 황제의 밝으심으로 옳고 그름을 판단[乾斷]하여[57] 주십시오.'

황제가 보기를 마치자, 눈썹[八彩眉]이[58] 홀연 찡그러지고 얼굴색이 잠시 싸늘해지더니 한참 후에 말하였다.

"아직 장승상이 조정에 돌아오기를 기다렸다가 그로 하여금 스스로 형구를 풀어줄 것인가 말 것인가를 판단하도록 하라."

인하여 죄수의 일을 명하여 해당 관청으로 내려 보냈다. 그러자 조씨가 들어와 주달하였다.

"이씨의 악명(惡名)이 분명하게 드러나 남음이 없거늘, 성명지세(聖明之世)에 어찌 한시라도 용서함이 마땅하겠습니까? 만약 삼가 엄격한 법령에 따라 엄히 다스리지 않은즉 반드시 음부(淫婦)와 간녀(奸女)가 잇따르며 끊이지 않을[59] 것입니다. 바라옵건대 급히 바람과 우레와 같은[60] 위엄 있는 명령을 내림으로써 백성을 권장하는 토대로 삼으십시오."

황제가 말하였다.

"내실의[61] 누명이 비록 추하다 해도, 간성(干城)의[62] 후사 또한 중하니라. 해산하기를 기다렸다가 법에 따라 형을 집행해도[63] 또한 늦지 아니할 것이다."

양부인은 그 소식을 듣고 울며 노왕에게 말하였다.

"이씨는 전생에 내 딸이었다가 지금에 내 며느리로 태어났습니다. 대왕은 한 집안의 어두운 일을 스스로 궁구하여 조사[覈實]하지 못하고, 불평한 마음에 화를 내며[64] 황제께 주달하였구려.[65] 심지어 해산한 후에 형을 집행하는 성교도 내리셨네요. 늙은 이 몸은 맹세코 이씨에게 형이 미치는 날, 함께 죽을 것입니다."

노왕 또한 몹시 조급했음을 후회하였다.

필경 이씨의 성명(性命)은 어찌 될까? 하회를 분해하여 들을지라.

1) 金枝 : 제왕의 자손을 귀하게 부르는 말.

2) 專寵 : 각별한 사랑과 귀여움을 혼자서 차지함.

3) 邊燧 : 변경의 烽燧. 변경 지역에서 전쟁이 났음을 지칭하는 말이다.

4) 金狄 : 남송 시대에 북방 여진족이 세운 금나라 왕조를 비하한 말이다.

5) 報警 : 위급한 상황을 다급하게 알리는 신호.

6) 湯火 : 끓는 물과 뜨거운 불로, 극단적으로 위험한 처지를 비유적으로 이른다.

7) 涓埃 : 가늘게 흐르는 물과 작은 먼지로, 아주 작은 것을 비유적으로 이른다.

8) 大厦 : 큰 집을 의미하는데, 여기서는 국가의 의미를 담고 있다.

9) 廟略 : 조정의 謀略. 즉 조정에서 내는 계책.

10) 北門鎖鑰 : 북문의 자물쇠란 말로, 변방을 방어하는 중책을 의미한다. 北門管鑰이라 고도 한다. 이 말은 宋나라 孔平仲의『孔氏談苑』5권에 나온다. "구래공이 북문을 수비 할 때에 오랑캐의 사신이 지나다가 묻기를 '상공께서는 명망이 높은데, 어찌하여 중서 에 있지 않고 여기에 있소?'라고 하자, 대답하기를 '임금께서 조정에 일이 없으니, 북문 의 자물쇠는 準(구래공)이 아니면 불가하다.'고 하였다.[寇萊公守北門, 虜使經由, 問 曰: '相公望重, 何以不在中書?' 答曰: '主上以朝廷無事, 北門鎖鑰非準不可.']" 이 내용 은『宋史』〈寇準傳〉에도 실려 있다. 조선시대 崔岦의 시 〈廣寧見李巡撫化龍, 退而有 述〉에도 "자물쇠 새로 잠그고서 북문을 단속하였나니, 진유의 뜻이 임금의 위엄 높이고 자 함이러라.[鎖鑰新嚴撫北門, 眞儒志欲主威尊.]"라는 구절이 나온다. 이화룡이 군사 의 요지인 요동(遼東)의 순무(巡撫)로 새로 임명된 뒤 황제의 위엄을 높이며 빛나는 업 적을 세웠다는 말이다.

11) 加餐 : 밥을 더하라는 말로 위로하는 의미를 담고 있다. 음식을 많이 내와 먹으면서 몸을 보중하라는 의미다.『後漢書』〈桓榮傳〉에는 "바라건대 그대는 병에 조심하고 음 식을 더하면서 옥체를 보중하오.[願君愼疾加餐, 重愛玉體.]"라는 말이 있다.

12) 啓行 : 여정에 오름. 이 말은『詩經』〈大雅·生民之什·公劉〉에 나온다. "말린 밥과 볶은 쌀을 전대와 자루에 넣어 싣고, 화합하여 빛나게 하시려고 활과 화살을 갖추어 방패와 창, 작은 도끼와 큰 도끼를 들고 앞장서서 길을 떠나네.[迺裹餱糧, 于橐于囊, 思輯用光, 弓矢斯張, 干戈戚揚, 爰方啓行.]"

13) 咨爾 : 이 말은『論語』〈堯曰〉에 나온다. "요 임금이 말하기를 '아! 너 순아! 하늘이 주는 제왕의 차례가 네 몸에 있으니, 진실한 마음으로 그 중용을 잡으라.[堯曰: '咨! 爾舜! 天之曆數在爾躬, 允執其中.]"이 그러하다. 邢昺의 疏에는 "자는 감탄사고, 이는 너를 뜻한다. (중략) 고로 먼저 감탄한 뒤에 명령을 내리는 것이다.[咨, 咨嗟. 爾, 女也. (중략) 故先咨嗟, 嘆而命之.]"라고 하였다. 나중에는 '咨爾'를 문장 앞에 써서 감탄하거 나 부탁하는 표시로 썼다.

14) 慫恿 : 慫慂. 곁에 있는 사람을 말로 달래어 요동치게 함.

15) 芟夷 : 풀을 벤다는 의미로, 어떤 세력을 없애는 것을 의미한다.『左傳』〈隱公六年〉에 보면 "국가를 다스리는 자가 악한 것을 보면 농부가 애써 김을 매는 것처럼 해야 한다.

농부는 잡초를 모조리 뽑아 한 쪽에 쌓아 두고, 그 뿌리까지 없애 뻗지 못하도록 한다. 그와 같이 하면 착한 것이 잘 뻗어갈 것이다.[爲國家者, 見惡, 如農夫之務去草焉, 芟夷蘊崇之, 絶其本根, 勿使能殖, 則善者信矣.]"라는 말이 있다. 杜甫의 시 〈除草〉에는 "풀을 베는 일은 빼먹을 수 없는 법, 악을 미워함이 원수를 대하듯이.[芟夷不可闕, 疾惡信如仇.]"라는 구절이 있다.

16) 巡將 : 밤에 궁궐이나 도성 안팎을 순찰하는 임무를 맡아보던 임시 벼슬아치.

17) 芻狗 : 古代 제사에서 썼던 풀을 베어 만든 개로, 후대에는 微賤하면서도 쓸모없는 사물이나 주장을 비유적으로 이른다. 『老子』5장에 보면, "천지는 은혜를 베풀지 않는다. 만물을 모두 풀 강아지로 여긴다. 성인은 은혜를 베풀지 않는다. 백성을 모두 풀 강아지로 여긴다.[天地不仁, 以萬物爲芻狗. 聖人不仁, 以百姓爲芻狗.]"라고 하였다. 魏源은 "풀을 엮어서 강아지를 만들고 그것을 제사에 사용한다. 제사를 마치면 버려서 그것을 밟는다.[結芻爲狗, 用之祭祀, 旣畢事則棄而踐之.]"고 풀었다. 『莊子』〈天運〉에는 "무릇 저 풀 강아지는 아직 제사가 차려지기 전에는 좋은 상자에 담겨 아름다운 천으로 덮어두었다가 신주가 재계를 하고 그것을 신전에 바친다네. 제사가 끝나면 버려져서 길에 지나다니는 사람들이 그 머리와 등을 밟지. 청소하는 자는 그것을 가져다가 불을 땔 뿐이지.[夫芻狗之未陳也, 盛以篋衍, 巾以文繡, 尸祝齊戒以將之. 及其已陳也, 行者踐其首脊, 蘇者取而爨之而已.]"라 하였다. 陸德明은 李頤의 말을 해석하여 "풀 강아지는 풀을 엮어 만든 개로 무당이 축원을 할 때 그것을 사용한다.[芻狗, 結芻爲狗, 巫祝用之.]"고 하였다. 나중에는 미천하면서 쓸모없게 된 사물이나 주장을 비유적으로 이르게 되었다.

18) 姐姐 : 여기서는 자기와 나이가 비슷하면서도 尊長者를 가리키는 말로 쓰였다.

19) 坦蕩 : 『論語』〈述而篇〉에 나오는 말로, 너그럽고 광대한 모양을 뜻한다. "군자는 너그럽고 넓다. 소인은 늘 걱정하고 두려워한다.[君子坦蕩蕩, 小人長戚戚.]"가 그것인데, 후대에는 '坦蕩'이 마음이 순결한 것을 형용하는 말로 쓰였다.

20) 呼盧 : 예전에 하던 도박의 하나로, 樗蒲 또는 五木이라고 한다. 나무를 깎아 다섯 개의 패를 사용한다. 각 패마다 한 면에는 검게 칠한 후 송아지를 그리고, 다른 한 면에는 희게 칠한 후 꿩을 그린다. 패를 던져서 모두 검은 면이 나오면 '盧'라고 하여 1등을 차지한다. 패를 던질 때마다 사람들이 모두 큰 소리를 지르면서 검은 면이 나오기를 기대하는 까닭에 이름을 '呼盧'라고 하였다. 李白의 시 〈少年行〉에도 "백만금을 잃어도 아깝지 않은 게 도박이고, 천리가 지척 같은 게 복수라네.[呼盧百萬終不惜, 報讎千里如咫尺.]"라는 구절이 있다.

21) 三星在天 時夜將闌 今夕何夕 見此良人 : 이 말은 『詩經』〈唐風·綢繆〉에 나온다. 본래 시경에는 "끈으로 나무단을 묶는데 삼성이 하늘에서 빛나네. 오늘 밤은 어떤 밤이기에 이 좋은 사람을 만났을까?[綢繆束薪, 三星在天. 今夕何夕, 見此良人.]"인데, 여기서는 조금 변형을 시켰다. 삼성은 28宿의 心星으로 해가 저물면 제일 먼저 동방에서 빛난다는 별이름이다. 鄭玄은 "삼성은 심성을 말한다. 심성에는 尊卑·夫婦·부자의 상이 있는데, 2월이 되면 서로 수가 합해진다. 이런 까닭에 결혼을 하는 사람들은 이로써 징후로 삼았다.[三星, 謂心星也. 心有尊卑夫婦父子之象, 又爲二月之合宿, 故嫁娶者以爲候

焉.]"고 풀이하였다.

22) 두 부인 : 이본에 따라서는 李夫人, 二夫人, 三夫人 등으로 나오기도 한다.

23) 余美旣來 : 우리 님이 이미 오셨다는 의미. 李齊賢의 樂府詩〈居士戀〉에는 "우리 님 오시는 날 멀지 않아라, 정령이 이미 일찍이 사람들에게 소식을 알려주었으니.[余美歸來應未遠, 精神早已報人知.]라는 구절이 있다.

24) 陰機 : 기교. 唐나라 韓愈의 시〈辛卯年雪〉에는 "소복소복 산마루에 두터이 쌓이고, 싸락싸락 음침한 기교를 조롱하네. 평생토록 보지 못한 이 광경 앞에, 어느 겨를에 시비를 따지겠는가?[翕翕陵厚載, 譁譁弄陰機. 生平未曾見, 何暇論是非.]라는 구절이 있다.

25) 箇邊 : 저쪽. 唐나라 杜甫의 시〈哭李尙書之芳〉에 "가을색은 봄풀을 이울게 하고, 왕손은 저쪽에 있는 듯해라.[秋色凋春草, 王孫若箇邊.]라는 구절이 있다.

26) 爾曹 : 너희들.

27) 金玉聲 : 다른 사람의 목소리나 詩文이 빼어나서 사람의 마음을 움직이는 것을 비유적으로 이르는 말이다. 唐나라 白居易의 시〈題故元少尹集後〉에는 "남긴 글 삼십 축, 축마다 금옥과 같네.[遺文三十軸, 軸軸金玉聲.]라는 구절이 있다.

28) 秉燭 : 촉을 잡고 불을 밝힘. 唐나라 孟浩然의 시〈春初漢中漾舟〉에는 "좋은 기회 두 번 다시 오지 않으리니, 해 지거든 촛불 밝히고 놀아보세.[良會難再逢, 日入須秉燭.]라는 구절이 있다.

29) 溘然 : 갑자기 세상을 떠남.

30) 姦細 : 간사한 사람. 『晉書』〈王敦傳〉에는 "바라옵건대 형은 여러 현인의 충의로운 마음을 표창하시고, 간사한 사람의 즐겁지 아니한 계책을 억제하십시오.[望兄奬群賢忠義之心, 抑姦細不逞之計.]라는 말이 있다.

31) 勘處 : 죄를 심리하여 처단함.

32) 疚懷 : 傷心. 憂慮.

33) 共姜 : 周나라 때에 衛나라 세자 共伯의 아내. 공백이 일찍이 죽자 부모는 그녀를 재가시키려 하자, 栢舟를 지어 죽음으로써 절개를 맹세했다. 『詩經』〈鄘風·柏舟〉에 나오는 말이다. "백주는 공강이 스스로 맹세한 것이다. 위나라 세자 공백이 일찍 죽자, 그의 아내는 절개를 지켰다. 부모가 그 뜻을 빼앗아 재가시키려 하니 맹세코 허락하지 않고, 일부러 이 시를 지어 그를 거절했다.[柏舟, 共姜自誓也. 衛世子共伯蚤死, 其妻守義, 父母欲奪而嫁之, 誓而弗許, 故作是詩以絶之.]는 이야기와 함께 "두둥실 뜬 저 잣나무 배, 물 위에 떠 있네. 늘어뜨린 저 더벅머리, 진실로 나의 짝이러니 죽을지언정 다른 마음은 없어라. 어머니시여, 하늘이시여. 어이하여 나를 몰라주나요.[汎彼柏舟, 在彼中河. 髧彼兩髦, 實維我儀. 之死矢靡他. 母也天只, 不諒人只.]라는 노래가 있다.

34) 伯姬 : 春秋시대 魯나라 宣公의 딸이며, 成公의 누이다. 宋나라 共公의 夫人으로, 共姬 혹은 恭伯姬라고도 불린다. 공공이 죽은 후에 수절을 했다. 魯 襄公 30년에 송나라 궁궐에 불이 나자 주변에 있던 사람들이 모두 피하라고 하자, 백희는 "부인의 도리는 보모나 부모가 와서 모시지 않으면 밤에 대청 아래로 내려갈 수가 없으니, 보모를 오기를

기다렸다가 가리라."고 하였다. 그러다가 마침내 불에 타서 죽었다. 이 내용은 『春秋穀梁傳』〈襄公三十年〉과 漢나라 劉向의 『列女傳』〈宋恭伯姬〉에 나온다.

35) 九死 : 여러 번 죽음. 이 말은 『楚辭』〈離騷〉에 나온다. "내 마음이 선함이여, 비록 아홉 번 죽어도 후회가 없어라.[亦余心之所善兮! 雖九死其有未悔.]"

36) 彌 : 더욱 뚜렷해짐. 이 말은 『楚辭』〈離騷〉에 나온다. "패물이 많아 그 장식이 화려하고, 향기가 짙어 더욱 뚜렷해라.[佩繽紛其繁飾兮, 芳菲菲其彌章.]"

37) 玉壺淸氷 : 옥으로 만든 호리병에 담긴 맑은 얼음이란 뜻으로, 품성이 맑고 깨끗함을 비유적으로 이르는 말이다. 鮑照의 〈白頭吟〉에는 "곧기는 붉은 실로 만든 거문고 줄과 같고, 맑기는 옥으로 만든 호리병 속의 얼음과 같네.[直如朱絲繩, 淸如玉壺氷.]"라는 구절이 있다.

38) 三泉 : 지하의 깊은 곳. 『史記』〈秦始皇本紀〉에는 "세 개의 지하수를 뚫고 밑으로 내려가 구리를 내리고 관을 두었다.[穿三泉, 下銅而致槨.]"는 구절이 있다.

39) 回天 : 역량이 큼을 비유적으로 이르는 말로, 좌우에서 어려운 형세나 국면을 전환하는 것을 뜻한다.

40) 徽纆 : 동아줄. 사람을 결박하거나 끌고 가기 위한 줄을 비유적으로 말한다.

41) 沒頭 : 본래는 머리를 베거나 머를 땅에 묻는 것을 의미하는데, 여기서는 머리에 쓰는 칼을 의미한다.

42) 桎梏 : 桎梏. 손과 발을 묶는 형구.

43) 原情 : 일반 백성이 원통한 일이나 억울한 사연이나 딱한 사정을 국왕이나 관청에 호소하는 문서. 이에 대한 서식은 『儒胥必知』에 잘 나타나 있다.

44) 深閨 : 예전에 여자가 거주하던 內室. 唐나라 白居易의 시 〈長恨歌〉에는 "양씨 가문에 이제 막 장성한 딸이 있었으나, 집안 깊숙한 곳에 두고 키웠기에 다른 사람들은 알지 못했다.[楊家有女初長成, 養在深閨人未識.]"는 말이 있다.

45) 懿範 : 아름다운 부녀자의 좋은 성품과 도덕.

46) 女史 : 여사의 본래 의미는 지식이 있는 부녀자를 지칭하는 말이지만, 여기서는 여자들의 修身과 행동규범에 관한 책을 의미한다.

47) 端莊 : 端正하고 莊重함. 唐나라 元稹의 〈鶯鶯傳〉에는 "이윽고 홍랑이 최씨를 부축하고 이르렀다. 도착한 최씨는 수줍음을 품은 아름다운 자태를 가지고 있지만, 기력은 자기 몸조차 가누지 못할 정도였다. 얼마 전의 단정하면서도 장중한 모습과는 전혀 달랐다.[俄而紅娘捧崔氏而至, 至則嬌羞融冶, 力不能運支体, 曩時端庄, 不夏同矣.]"라는 구절이 있다.

48) 睿念 : 임금님의 생각.

49) 淸問 : 사심 없이 살펴서 상세하게 물음. 즉 마음을 텅 비우고 겸허하게 상대방의 답변을 수용하겠다는 진정한 자세로 묻는 질문. 『書經』〈呂刑〉에는 "황제께서 백성들에게 허심탄회하게 물으시니, 홀아비와 과부들이 묘나라를 원망하였다.[皇帝淸問下民, 鰥寡有辭于苗.]"는 구절이 있다.

50) 簞瓢 : 簞食瓢飮. 한 바리의 밥과 한 그릇의 물로, 청빈한 생활을 일컬음. 이 말은 『論語』〈雍也篇〉에 나온다. "어질구나, 안회여! 한 바리의 밥과 한 그릇의 물을 마시며 누항에 있음을 사람들은 견디지 못하거늘, 회는 그 즐거움을 고치지 아니하니 어질도다, 안회여.[賢哉, 回也! 一簞食一瓢飮, 在陋巷, 人不堪其憂, 回也不改其樂, 賢哉, 回也!]" 여기서는 글자 그대로 한 바리의 밥과 한 그릇의 물 그대로 해석하는 것이 옳다.

51) 愧怍 : 몹시 부끄러움. 이 말은 『孟子』〈盡心 上〉에 나온다. "우러러 하늘에 부끄러움이 없고, 굽어보아 사람에게 부끄러움이 없다.[仰不愧於天, 俯不怍於人.]" 이 문장 역시 이 표현을 활용하였다.

52) 斧鑕 : 죄인을 죽이는 데 쓰는 도구로서 도끼와 작두처럼 생긴 形具. 형을 행할 때에는 작두 위에 사람의 머리를 올려놓고 도끼로 내리찍는다.『晏子春秋』〈問下十一〉에는 "임금이 시킨 일은 끝났습니다. 저는 부질의 죄를 지은 것이 없으니 청컨대 인사를 드리고 떠나겠습니다.[寡君之事畢矣, 嬰無斧鑕之罪, 請辭而行.]"라는 구절이 있다.

53) 桁楊 : 죄인의 발목이나 머리에 채우는 형구. 형구 전체를 범박하게 가리키기도 한다.

54) 覆載 : 하늘이 만물을 덮고 땅이 만물을 받쳐 실었다는 뜻으로, 하늘과 땅을 이른다. 또한 천지가 만물을 덮어서 기른다는 의미로, 제왕의 은덕을 비유적으로 이르기도 한다. 이는『禮記』〈中庸〉에 "하늘이 덮어주는 바와 땅이 받쳐주는 바와 해와 달이 비추는 바와 서리와 이슬이 내리는 바가 무릇 혈기가 있는 자들이 존경하고 경애하지 않음이 없다.[天之所覆, 地之所載, 日月所照, 霜露所隊, 凡有血氣者, 莫不尊親.]"에서 나온 말이다.

55) 自外 : 스스로 소외된 행동을 함.

56) 隱忍 : 마음속에 감추어 밖으로 드러내지 않고 참음. 꾹 참음

57) 乾斷 : 제왕의 裁決.

58) 八彩眉 : 여덟 가지 색채를 가진 눈썹으로, 예전에 堯임금의 눈썹이 이러하였다. 이후 성인이나 제왕의 龍顏을 지칭하는 용어로 쓰였다.

59) 接踵 : 앞사람의 발자취를 따름. 서로 끊이지 않고 따르면서 연속하여 이어지는 것을 말한다.『史記』〈仲尼弟子列傳〉에는 "저는 일찍이 제 자신의 힘을 헤아리지 않고 오나라와 싸움을 벌였다가 회계산에서 곤욕을 치렀습니다. 그때의 고통이 뼛속까지 사무쳐 밤낮으로 복수할 생각에 입술이 타들어 가고 혀는 마릅니다. 오나라 왕과 끊임없이 따르며 맞서 싸워 죽는 것이 제 바람입니다.[孤嘗不料力, 乃與吳戰, 困於會稽, 痛入於骨髓, 日夜焦脣乾舌, 徒欲與吳王接踵而死, 孤之願也.]"라는 구절이 있다.

60) 風雷 : 바람과 우레라는 말로, 맹렬하면서도 위엄 있는 형세를 비유적으로 말한다.

61) 帷箔 : 내실.『漢書』〈賈誼傳〉에 나오는 帷箔不修의 준말로 남녀 관계가 문란한 것을 의미한다. 成倪의 〈長相思〉에는 "원컨대 쌍쌍이 나는 새가 되어, 임 향한 창 앞에 서 있으려네. 원컨대 밝은 달빛 되어 임의 방문 휘장 뚫어 비춰들어가려네.[願爲雙飛鳥, 向君牕前立, 願爲明月光, 穿君帷箔入.]"라는 구절이 있다.

62) 干城 : 방패와 성이라는 의미로, 나라를 지키는 믿음직한 사람을 의미한다. 이 말은

『詩經』〈周南·兔罝〉에 나온다. "씩씩한 무사여, 제후의 방패와 성이로다.[赳赳武夫, 公
侯干城.]"

63) 正刑 : 법에 의해 죄인을 사형에 처하는 일.

64) 忿忿 : 분노하여 不平한 모양.

65) 登聞 : 황제께 주달함. 『書經』〈酒誥〉에는 "오직 덕의 향기로운 제사가 하늘에 올라
들리지 않는다.[弗惟德馨香祀, 登聞于天]"이란 구절이 있다.

왕부인이 말을 보내 소식을 알리고,
장승상은 급히 달려 황성으로 돌아오다

王夫人給馬通信　張丞相倍途還京

이 날 양부인은 울며 음식을 갖춘 후 시비를 보내 이씨를 위문하니, 이씨는 시어머니의 은혜에 깊이 감동하여 울음을 머금으며 억지로 그것을 먹었다. 왕씨 또한 시비 옥섬(玉蟾)을 시켜 옥중에 편지를 보냈다. 그 글은 이렇다.

'소매(小妹) 부용은 두 번 절하고 정렬부인 저저의 경계하는 마음에[1] 울며 아룁니다. 하늘과 땅을 다 살피고 예와 지금을 모두 펼쳐 보아도 듣지도 보지도 못한 오욕이 졸연히 아름다운 모습에[2] 더해졌으니 이것이 무슨 변괴며, 이것이 어떤 재앙입니까? 우러러 크나큰 하늘[昊天]을 쳐다보나 높고 높아 아무런 말도 없고, 고개 숙여 후토(垕土)에[3] 물어보나 아득하고 아득하여 대답이 없습니다. 원통하고 분함이 마음에 가득 차있으나 누구에게 하소연을 하겠습니까?[4] 금일 재앙의 조짐[禍機]은[5] 이미 상공께서 모든 당(堂)을 두루 돌며 거처하던 날부터 있었으니, 그 낌새가 오래된지라. 오직 저저만이 혼연히 충후(忠厚)하여 조금도 의심의 뜻[然疑]을[6] 두지 아니하고 재앙이 장차 이를 것을 살피지 않았습니다. 그런데 갑자기 여기에 이르렀으니 괴롭고도 원통합니다.

엎드려 생각건대[7] 옥 같은 성품[玉性]과 구슬 같은 마음으로 어
찌 더럽고 뜨거운 욕을 참으며, 난초 혜초와 같은 아름다운 자질[蘭
惢蕙質]로[8] 어찌 능히 검은 포승줄[縲絏]을[9] 지탱하십니까? 한 번
서로 이별하니 오장[五內]이[10] 모두 부서져서 즉시 용감하게 나아
가 함께 죽고자 하나 가히 그럴 수 없습니다. 저저의 눈앞에 닥친
변괴는 곧 제게 잇달아 닥칠 액이니, 이른바 입술이 없으면 이가 시
린 형세라[11] 하겠습니다. 비록 금과 옥으로 만든 곳에[12] 머물러 있
지만, 바늘방석 위에 있는 듯합니다. 그러니 살아생전에 다시 동서
간에[13] 회포를 풀며 이야기할 날이 있을까요?

아아! 영명하신 성군[聖主]께서 위에 계시어 어둠을 살피는[14] 현
명함이 있으시고, 존고께서 지극히 사랑하시어 함께 죽겠다는 맹세
가 있었습니다. 또한 복선화음(福善禍淫)은[15] 천지에 떳떳한 이치
니, 유독 저저에게만 원수를 갚고 치욕을 설치할 기약이 없겠습니
까? 행여 옥중에서 가벼이 몸을 상하게 하지 말고, 천금과 같은 몸
을 보중하십시오. 마음에 품은 남은 회포는 많지만 말이 짧사오니,
엎드려 생각건대 헤아려 살피십시오.'[16]

이씨가 편지를 보매, 한 글자에 한 번씩 눈물이 흘러 옷깃을 모두 적
셨다. 이에 곧바로 답장을 써서 옥섬에게 주어 보냈다. 그 글은 이렇다.

'소매 경파는 두 번 절하고 숙렬부인 저저 좌하(座下)에 삼가 답장
을 보냅니다. 귀관(鬼關)이[17] 깊고도 깊고, 쇠 자물쇠가 겹겹이어서
장구령(張九齡)의 비둘기나[18] 소무(蘇武)의 기러기라도[19] 능히 넘을
수 없거늘, 옥 편지에[20] 새겨진 구슬 같은 글자가[21] 하늘에 있는 신
선의 향기를 간직하였다가 홀연 아득한 감옥에 뒤집힌 동이[22] 위에
떨어졌으니, 참으로 무소뿔[靈犀]처럼[23] 두 마음을 서로 비춰보고
층층이 겹친 구름[層雲][24] 같은 높은 의리를 지닌 저저가 아니라면

어떻게 여기에까지 이를 수 있었겠습니까? 소매는 항상 스스로 나를 알아주는 자가 저저고, 나를 사랑하는 자가 저저라고 생각하였더니 지금에 와서 더욱 증험할 만합니다. 손을 바삐 놀려 봉한 것을 열고 눈물을 닦고 읽어보았더니, 한 줄 한 줄이 도리에 맞는 소리고 한 자 한 자에 애정이 서려 있었습니다. 비록 중산의 털[中山毫]이[25] 모두 빠져 없어지고, 흑지(墨池)의[26] 물이 모두 비어 사라진다 해도 어찌 능히 느꺼운 마음의 만분지일이나 그려낼 수 있겠습니까?

살피건대 부모님을 모시는 겨를에 기거동작과 음식은 어떠하십니까? 어머님[慈闈]의 기후(氣候)가 한밤중에 놀라 화평하지 못하고[27] 연일 걱정으로 몸을 상한 것이 모두 불효한 이내 몸에서 비롯된 것으로써, 뜻하지 않게 질병[無妄之疾]을[28] 부르게 했습니다. 일찍이 절[尼院]에 머물 때에는 오직 슬픔과 쓸쓸함이[29] 서로 의지하였더니, 지금은 감옥[圓扉]에[30] 있어서 또 다시 어머님의 걱정이 여기에까지 미치게 하였습니다. 궁색하고[31] 송구스러워 조금도 마음에서 떠나지 않습니다.

소매가 당한 이 일이 무슨 연고인가요? 전생에 선한 일을 했는지 악한 일을 했는지는 비록 알 수 없지만, 금세(今世)에서는 부끄러워할 것이 없다고 스스로 마음속으로는 상쾌하게 여겼지요. 하늘이 재앙을 내림이 어찌 그리 혹독하고, 사람이 재앙을 만듦이 어찌 그리 망극한지…. 비록 그러하나 저가 만약 나에게 원망함이 없은즉 반드시 우물에 밀어 넣지는 않을 것이고,[32] 나에게 분노함이 없은즉 마땅히 우물 아래로 돌을 떨어뜨리지 않을 것입니다.[33] 그러나 지금 하해(河海)로도 씻기 어려운 욕이 빙설처럼 흠집 없는 내 몸을 음해하였으니, 저들의 원망을 만든 자도 소매요, 저들을 분노하게 한 것도 소매입니다. 스스로 만든 과업인지라, 누구를 탓하겠습니까? 이런 까닭에 포승줄로 묶임도 달게 받고, 형구[斧鉞]로 죽임도 달게 여깁니다. 참으로 죽음이 더딘 게 오히려 한스럽지요. 다만 마음에 안고 있는 지극히 원통한 것 다섯 가지가 있을 뿐입니다.

시어머니의 은혜를 보답하지 못하고서 영원히 이별하는 것, 상공의 귀환을 보지 못하고서 먼저 인간세상을 버리는 것, 한 점 혈육이 뱃속에 있는데 함께 진토가 되어 썩어가는 것, 고단한 아우가 의지할 곳을 잃고서 또 다시 부평초가 되어 떠다니는 것, 또한 저저와 더불어 군자의 건즐(巾櫛)을 받들면서 자매의 즐거움을 다하려 생각했으나 요망한 귀신이 몰래 장난하여 하늘과 땅이 홀연히 막힌 것입니다. 이것이 지극히 원통한 바로, 마음에 안고 있는 것입니다.

오직 바라건대 저저는 한결같은 마음으로 효도하고 봉양하여 백년 동안 편안히 지내십시오. 뱃속에 있는 아기가 만약 소매가 죽기 전에 태어난즉, 저저는 친자식으로 여겨 길러주십시오. 고단한 제 동생이 행여 화를 겪은 후에도 몸을 보증하였다면, 저저는 그를 친동생으로 여겨 보살펴주십시오. 또한 지아비 상공께서 돌아오신 후에는 소매를 위해 만리 밖에서 죽어 영원히 이별하던 설움을 전해주시고, 겸하여 지하에서 다시 만나길 바란다는 말씀도 부탁합니다. 우리 자매 두 사람이 천만겁(千萬劫) 후에 여자가 되는 길에서 벗어나 영원히 같은 부모의 형제가 되어 끝없는 애정을 나누는 것, 이것이 내 살아생전의 지극한 바람이고, 죽은 후에도 비는 기원입니다.[34] 슬프고 괴로워 붓이 떨립니다. 쓸 말은 많지만 이만 줄입니다.'[35]

왕씨가 보기를 마치자, 소리를 길게 내쉬었다. 슬픈 눈물이 편지를 가득 적시며 종일토록 아무 말이 없더니, 갑자기 한 계책을 생각하고 옥섬에게 조용히 말하였다.

"너는 공옥헌에 가서 경운 공자를 청해 오되, 결코 다른 사람이 알게 해서는 안 된다."

옥섬이 가르침을 받들고 갔더니, 경운은 봉두난발에 꾀죄죄한 얼굴로 침대에 엎드린 채 부르짖으며 울고 있었다. 그러다가 옥섬이 하는 귓속말을 듣고, 즉시 일어나서 그녀를 뒤따라 왔다. 왕씨가 경운에게 일러 말하였다.

"지금 누이의 목숨은 단지 해산할 때까지만 빌려 있는 상황이오. 천의(天意)를 돌이킬 사람도 없고, 황제께서 명령을 거둘[36) 희망도 없는지라. 오직 상공께서 이럴 즈음에 조정에 돌아오신다면 반드시 연중(筵席)에[37) 들어가 주달하실 것이고, 사념이 없는 저울을 바르게 매달게 되면[38) 마른 나무에 잎도 돋지 않겠소? 마구간에 상공께서 타던 천리마가 있으니, 공자는 이 말을 타고 북방으로 달려가 나의 급한 편지를 전하고, 상공을 모시고 오는 것이 어떠하오?"

경운이 일어나 절하고 말하였다.

"부인의 권념(眷念)이[39) 이처럼 지극하시니 정리가 골육과 같사옵니다. 말씀이 마음 깊숙한 곳에서 나온 것이니 비록 돼지나 물고기와 같은 미물이라도[40) 감동하여 신복할진대,[41) 소생이 어찌 천리를 멀다고 마다하겠습니까? 다만 조정에서 내린 명령이 이미 내 누이[阿姉]가[42) 해산하는 날[誕彌]로[43) 한도를 정했고, 분만할 기약은 아침저녁에 달려 있습니다. 엄격한 법을 거행하는 것도 조만(早晩)을 알 수 없습니다. 만약 다른 지역으로 떠난 도정에서 미처 발길을 돌리지 못한 채 혈육이 죽고 그 유해를 수습하지 못한즉, 외로운 소생의 지극히 원통한 마음에 끝없이 이어진 원한이 더욱 더 쌓일까 적이 두렵습니다."

"그 일은 걱정하지 마세요. 해산하기 전에 미리 감옥을 지키는 이졸(吏卒)들에게 뇌물을 후하게 주면 누설될 걱정이 전혀 없을 것이오."

"그러면 매우 다행입니다."

왕씨는 친히 음식을 싸고, 옥섬에게는 마구간에 나아가 말고삐를 잡고 오게 했다. 이 때 경운의 나이는 열세 살로, 표연히 말 위에 올랐다. 그리고 이 날 밤 삼경을 즈음하여 북쪽을 향해 달렸다.

이 때 승상이 황막한 땅[不毛]에[44] 깊이 들어가 병사를 귀신같이 써서 북을 한 번 울림에, 여진족[金狄]이 두려워하며 모두 굴복하였다. 승상은 항복을 받고 그 경계에 들어가 백성을 달래고 어루만졌다. 머리를 풀고 옷깃을 왼쪽으로 여미던 사람들이[45] 혜소(嵇蘇)의 군사라고[46] 하지 않는 자가 없었다. 백성들은 비록 넉넉하진 않지만 바구니에 풍성하게 밥을 담고 병에 가득 술과 차를 담아[壺漿簞食] 왕의 사신을 맞이하였다.[47] 승상은 군사들에게 음식을 나누어 주고 위로한 후, 모든 장수들에게 명하여 진에 머물며 편히 쉬도록 했다. 이 때 병사를 거느린 장수의 영문[轅門]은[48] 밤이 깊어 고요하고, 야간 경계에서 위험 상황을 알리는 바라[刁斗] 소리도[49] 들리지 않아 조용하였다.

승상이 막사에서 잠을 자려고 누웠는데, 비몽사몽간에 금산사 노승이 구름을 헤치고 삭풍(朔風)을 타고 내려와 말하였다.

"상공께서는 잠을 자려 하시는가? 정렬부인의 목숨이 아침저녁에 달렸으니, 위태하고도 위태롭도다!"

인하여 석장(錫杖)으로 땅을 쳤다.[50] '탁탁(橐橐)'하는 소리에 놀라 자리에서 일어나니, 근심과 의심이 서로 넘나들며 오장이[51] 모두 불에 타는 것 같았다. 그 때 문을 지키던 병사가 홀연 소식을 알렸다.

"경운 공자께서 문 밖에 와 계십니다!"

승상이 몹시 놀라 경운을 불러들였다. 경운은 승상을 보자 참담해하며 목이 잠겨 차마 말은 못하고 그저 품속에서 왕씨의 서찰을 꺼내 건넸다. 승상이 편지를 꺼내 다 보지도 않았는데, 두렵고 놀라워 온몸에 소름이 끼쳤다. 잠시 후, 승상은 손으로 땅을 치며 말하였다.

"이는 필시 조씨의 음해렷다! 네 누이는 숙녀의 맑고 곧은 덕을 가지고 있으면서 간부에게 음흉한 욕을 입었구나. 지금 옥중에서 구차하게 목숨을 연명하는 것은 단지 뱃속에 있는 핏덩이 때문이리라."

이에 즉시 부장(副將)을 명하여 군대를 거느려 뒤따라 오도록 하고, 이 날 밤 북이 세 번 울린[三鼓][52] 뒤에 천리마를 타고 바람을 좇아 경운과 함께 성화같이 내달렸다.

소주(蘇州) 지경에 이르자 정신과 기력이 몹시 곤하고, 밤빛이 바다와 같아[53] 길가 객사에서 잠시 쉬었다. 잠깐 동안에[54] 앉은 채 잠을 들 무렵, 홀연 타고 왔던 말이 '히잉[蕭蕭]'하며 우는 소리가[55] 마구간에서 흘러나왔다. 놀라 일어나서 뛰어나가 보니, 과연 건장한 한 사내가 고삐를 잡고 번개처럼 달아났다.

승상이 한번 채찍[金鞭]을 휘둘러 그가 땅위에 거꾸러지는 것을 보고, 그를 결박해 마구간 아래에 두었다가 장차 본주(本州)로 압송하려 하였다. 이에 그 사람이 말하였다.

"이미 죽을죄를 범하였으니 어찌 살기를 바라겠습니까? 다만 상공께서 아직 남은 목숨을 연장하여 천문(天門)에[56] 주달하신즉, 반드시 천금을 얻고 상으로 만호의 고을[萬戶邑]을 받을 것입니다.[57] 나라에서 천하에 현상금을 걸고[58] 나를 사로잡도록 한 지도 퍽 오래지요."

승상이 말하였다.

"네가 남궐장(南闕將) 한성(韓晟)이 아니더냐?"

"맞소."

승상이 불을 들어 그를 보니 과연 애꾸눈이었다. 이에 즉시 묶은 것을 풀고 다시 물었다.

"당신의 모든 가속은 지금 어디에 있소?"

"모두 종[孥]으로 편입되었소. 딸자식은 자색이 있어서 액정서(掖庭署) 초방(椒房)에 뽑혔다는 말을 듣기는 했소. 하지만 그 후의 생사는 전혀 모르오."

"당신은 일찍이 창우의 무리를 따라다니지 아니하였소?"

"과연 그렇소만…."

"구계촌에서 나와 더불어 이별하던[59] 것을 기억하시오? 나는 장두영이외다! 그 후 나는 과거에 올라 청현직(淸顯職)을[60] 두루 밟았소이다. 당신의 딸은 성상의 은명(恩命)을 받들어 나의 총희(寵姬)가 되었소. 당시 한 무리의 창우들 가운데 어떤 자는 상국의 지위에 올랐고, 어떤 자는 도적의 무리에 들었으니 인생의 현달함과 몰락함이 참으로 이와 같구려."

한성은 매우 기뻐하며 일어나 절하고 말하였다.

"상공께서 조만간에 성취할 것은 이미[61] 서로 따르던 날부터, 천박한 식견으로도, 미루어 헤아릴[62] 수 있었습니다. 영웅은 움츠려 있다가 갑자기 두각을 드러내는데,[63] 예부터 그런 사람이 많았지요. 상공의 풍채[風裁]와 지략으로 장상(將相)의 자리를 취하는 것은 마치 지푸라기를 줍는 것과 같은지라, 족히 구구하게 하례를 드릴 것도 없습니다. 그러나 천식(賤息)이 상공의 건즐을 받든다 하심은 지극히 분수[微分]를 넘어선 일인지라, 참으로 감격스러우면서도 또한 두렵습니다. 아비와 자식은 한 몸뚱이인데, 한 가지에서 떨어져나간 꽃이 어떤 것은 날려서 화려한 자리 위에 오르고, 어떤 것은 날려서 뒷간에 떨어졌으니, 이것이 참으로 슬픕니다."

"북쪽 오랑캐[北虜]를 겨우 평정하였더니 집안 소식이 매우 급하기에 부장에게 병사를 총솔(總率)하여 뒤를 따라오라고 부탁하고 나 홀로 먼저 출발하였다가 당신과 다시 만났으니, 이는 또한 필연코 하늘이 지시함이라. 복명(復命)하는 날, 내가 당신을 위해 황제께 주달하여 봄에 만물이 되살아나는 은택[春生之澤]을[64] 입도록 할 터이니, 모름지기 한 때의 시간을 내서 내 집으로 찾아오시구려. 행색(行色)이 쏜 화살처럼 매우 급하여[65] 오랫동안 말을 할 수가 없구려."

그렇게 말하며 이별하였다. 밤낮으로 먼 길을 별과 바람이 달리는 것처럼,[66] 장정(長亭)과[67] 단정(短亭)을[68] 번득이는 번개처럼 한 순간에 모두 지나쳐 갔다.

필경 급박한 곤경이 어떻게 될까? 또한 하회를 분해하여 들을지라.

1) 戒心 : 경계하고 두려워하는 마음. 『孟子』〈公孫丑下〉에는 "설나라에 있을 때에 내가 경계할 마음이 있었다.[當在薛也, 予有戒心.]는 구절이 있는데, 趙岐는 거기에 注釋하기를 "계는 불우한 것에 대해 경계하는 마음이다. 당시 악인들이 맹자를 해하려 하였는데, 맹자가 이를 경계한 것이다.[戒, 有戒備不虞之心也. 時有惡人欲害孟子, 孟子戒備.]"라고 하였다.

2) 徽範 : 懿範. 아름다운 풍채, 모범이 될 만한 풍채.

3) 垕土 : 땅의 신.

4) 控極 : 극진함을 당긴다는 의미로, 매우 다급한 것을 의미한다. 正祖가 쓴 〈祈雨祭文又〉에는 "마음은 타는 듯한데, 운한은 아득하기만 하네. 밝은 신에게 아니 하고서, 누구에게 급한 사정을 고하리오.[心之灼矣, 雲漢邈邈. 不于明神, 云何控極.]"라는 구절이 있다.

5) 禍機 : 禍几으로 쓰기도 한다. 은복해 있으면서 禍患이 일어날 조짐을 의미한다.

6) 然疑 : 半信半疑. 유예하며 결정하지 못함.

7) 伏惟 : 伏維로 쓰기도 한다. 아랫사람이 윗사람에 대해 쓰는 공경의 뜻으로 쓰는 말. 편지나 상소를 할 때 주로 쓴다. 생각이 미치거나, 생각이 떠오른다는 의미로 쓴다.

8) 蘭恣蕙質 : 淑女. 여자의 아름다운 태도와 품성을 미화한 말이다.

9) 縷絏 : 예전에 죄인을 포박하는 데 사용했던 것으로, 縷는 검은 줄이며 絏은 매는 것을 의미한다. 『論語』〈公冶長〉에는 "공자께서 공야장에 대해 평하기를 '사위로 삼을 만하다. 비록 감옥에 갇혀 있으나 그의 죄가 아니다.'라고 하였다.[子謂公冶長, '可妻也. 雖在縷絏之中, 非其罪也.']"라는 말이 있다.

10) 五內 : 五臟. 속마음을 가리킨다.

11) 脣亡齒寒 : 입술이 없으면 이가 시리다는 말로, 가까운 사이에서 하나가 망하면 다른 하나도 바로 위험에 직면하게 됨을 의미한다. 『左傳』〈僖公五年〉에 나오는 고사다. "진후가 다시 우나라에 길을 빌려 괵나라를 치려고 했다. 이에 궁지기가 우공에게 말하기를 '괵나라는 우나라의 병풍입니다. 괵이 멸망하면 우나라는 반드시 그 뒤를 따를 것입니다. 진나라의 탐욕을 열게 하는 것도 불가하고, 도적이 함부로 가지고 노는 일도 불가합니다. 한 번도 이미 심한데, 어찌 두 번씩이나 그러하십니까? 세속에서 말하는 '輔車相依, 脣亡齒寒'이 우나라와 괵나라의 관계를 이름입니다.[晉侯復假道於虞以伐虢. 宮之奇諫曰: '虢, 虞之表也. 虢亡, 虞必從之. 晉不可啓, 寇不可翫. 一之謂甚, 其可再乎? 諺所謂'輔車相依, 脣亡齒寒'者, 其虞虢之謂也.']"

12) 金璧之中 : 황금과 벽옥으로 만든 곳.

13) 聯襟 : 聯衿. 동서 간에 서로 부르는 호칭.

14) 燭幽 : 昏暗한 것을 비추어 밝힘.

15) 福善禍淫 : 착한 사람에게는 복이 오고 못된 사람에게는 재앙이 온다는 의미다. 『書經』〈湯誥〉에 "하늘의 도는 선한 사람에게 복을 주고, 악한 사람에게 재앙을 내린다.[天道福善禍淫.]"는 말이 있다.

16) 伏惟亮照 : 엎드려 생각건대 헤아려 살피십시오. 보통 편지 마지막에 공경의 의미로 쓰는 말이다.

17) 鬼關 : 저승과 이승의 경계에 있는 관문으로, 삶과 죽음의 변경에 있는 것을 의미한다.

18) 張鴿 : 唐나라 때의 시인 張九齡의 비둘기. 五代 王仁裕의 『開元天寶遺事』〈傳書鴿〉에 보면, "장구령이 젊었을 때에 집에서 비둘기를 길러 항상 친지의 편지를 전하였는데, 단지 비둘기의 다리에 편지를 묶었을 뿐이었다.[張九齡, 少年時, 家養群鴿, 每與親知書信往來, 只以書繫鴿足上.]"이란 말이 있다.

19) 蘇鴈 : 蘇武의 기러기. 이는 『漢書』〈蘇武傳〉에 나오는 내용이다. 흉노에 사신으로 갔던 소무가 온갖 협박에도 굴하지 않다가 결국 북해로 유배 가서 양을 치며 고생을 한다. 그 후 漢 昭帝가 즉위하여 흉노에 사신을 보내 소무를 돌려달라고 하자, 흉노는 소무가 죽었다고 한다. 그런데 常惠라는 자가 사신을 찾아와 기러기 다리에 묶인 帛書 사연을 전한다. 이에 흉노는 소무가 살아있음을 알고 귀국시킨다. 19년 만의 일이다.

20) 瑤牋 : 瑤箋. 옥으로 만든 편지라는 말로, 편지를 미화하여 이르는 말이다. 淸나라 孫枝蔚의 〈列仙詩〉에 "東華童子가 아름다운 편지를 받들고, 파랑새가 글을 물어 지상의 신선에게 보낸다.[東華童子捧瑤箋, 靑鳥喊書送地儒.]"는 구절이 있다.

21) 玉字 : 옥에 새긴 문자라는 말로, 다른 사람이 쓴 글자를 미화하여 이르는 말이다.

22) 戴盆 : 동이가 뒤집혀 머리가 위로 향한 것으로, 원통하지만 신원할 수 없는 상황을 비유적으로 이른다.

23) 靈犀 : 무소의 뿔. 무소의 뿔 가운데에는 마치 직선처럼 뿌리에서 끝까지 통하는 하얀 무늬가 있는데, 이들이 서로 감응한다. 이로써 두 마음이 서로 통함을 비유적으로 이른다. 唐나라 李商隱의 시 〈無題〉에는 "몸에는 봉황의 날개가 없어 서로 날지 못했지만, 마음은 무소의 뿔처럼 한 점 통하였다오.[身無彩鳳雙飛翼, 心有靈犀一點通.]"라는 구절이 있다.

24) 層雲 : 지평선과 나란히 층을 이루고 땅에 가장 가깝게 이는 구름.

25) 中山毫 : 中山의 토끼털로 만든 붓으로, 이름난 붓의 대명사다.

26) 墨池 : 붓과 벼루를 씻는 연못. 書法으로 유명한 漢나라의 張芝와 晉나라의 王羲之 등이 묵지에서 붓과 벼루를 씻었다고 한데서 붙어진 이름이다. 唐나라 李白의 〈草書歌行〉에는 "먹물로 만든 연못에서 북해의 큰 물고기가 나오고, 붓끝이 닳아져서 중산의 토끼는 모두 죽을 지경이라.[墨池飛出北溟魚, 筆鋒殺盡中山兔.]"는 구절이 있다.

27) 愆和 : 조화로움을 잃음. 몸이 병들어 편안하지 못한 것을 높여 말한다.

28) 無妄之疾 : 망령된 행위를 하지 않았는데도 얻게 되는 질병. 이 말은 『周易』〈天雷無妄〉에 "구오는 망령된 행위를 하지 않았는데 얻은 질병은 약을 쓰지 않아도 치유의 기쁨이 있으리라.[九五, 無妄之疾, 勿藥有喜.]"라고 한 데서 나온 말이다.

29) 悲楚 : 슬프고 쓸쓸함.

30) 圓扉 : 감옥. 王融의 시 〈三月三日曲水詩序〉를 보면 "稀鳴桴於砥路, 鞠茂草於圓扉"라는 구절이 있는데, 呂向이 "圓扉는 감옥이다.[圓扉, 獄也]"라는 주석을 달았다.

31) 焦煎 : 곤궁하고 궁색함을 형용한 말.

32) 不必擠之於井 : 반드시 우물에 밀지 않는다는 말로, 이는 『孟子』〈公孫丑 上〉에 나오
는 "지금 사람들이 어린아이가 장차 우물에 들어가는 것을 보면, 모두가 깜짝 놀라며
측은한 마음이 든다.[今人乍見孺子將入於井, 皆有怵惕惻隱之心.]"를 활용한 것이다.

33) 不宜下之以石 : 마땅히 돌을 떨어뜨리지 않는다는 말로, 이는 唐나라 시인 韓愈가 친
구 柳宗元의 죽음을 애도하는 〈柳子厚墓誌銘〉에 나오는 내용을 활용한 것이다. "일단
작은 이해관계에 얽히게 되면 겨우 털끝처럼 여겨 서로 눈을 흘기고 미워하고 모르는
것처럼 합니다. 함정에 빠져도 손을 내밀어 구해주지 않을 뿐 아니라, 도리어 그를 밀
고, 또한 돌을 던지기까지 합니다. 모두가 이렇습니다.[一旦臨小利害, 僅如毛髮比, 反
眼若不相識, 落陷穽, 不一引手救, 反擠之, 又下石焉者, 皆是也.]" 이 글은 『古文觀之』
에 실려 널리 향유되었다.

34) 遺祝 : 遺囑. 죽은 뒤의 일을 부탁하는 것.

35) 不宣 : 아랫사람에게 보내는 한문투의 편지 끝에, 쓸 말은 많으나 다 쓰지 못하였다는
뜻으로 쓰는 상투어.

36) 還寢 : 成命을 거두는 일. 즉 이미 내린 명령을 철회하는 것.

37) 筵中 : 筵席. 임금과 신하가 모여 諮問奏答하던 자리.

38) 懸淸衡 : 邪念이 없는 저울을 매단다는 의미로, 法을 엄격하게 집행하는 것을 뜻한다.

39) 眷念 : 돌보아 생각함.

40) 豚魚 : 돼지와 물고기로, 미물을 비유적으로 이른다. 이 말은 본래 『周易』〈中孚〉에서
나온 것이다. "中孚는 柔가 안에 있고 剛이 中을 얻었다. 겸손하고 기뻐하기에 孚信이
나라를 감화시킨다. 돼지와 물고기까지 길하다 함은 믿음이 돼지와 물고기에게까지 미쳤
다는 것이다.[中孚, 柔在內而剛得中, 說而巽, 孚, 乃化邦也. 豚魚吉, 信及豚魚也.]" 이
말에 대해 王弼의 주석을 보면 "물고기라는 것은 蟲 가운데서 미미한 것이고, 돼지라는
것은 짐승 중에 가장 미천한 것이다. 경쟁의 도가 흥하지 않고, 中信의 도가 현저해지
면 비록 은미한 사물이라도 믿음이 모두 거기에 미친다.[魚者, 蟲之隱微者也. 豚者, 獸
之微賤者也. 爭競之道不興, 中信之德淳著, 則雖隱微之物, 信皆及之.]"라고 풀었다.

41) 感孚 : 사람으로 하여금 감동하여 신복하게 함.

42) 阿姊 : 언니.

43) 誕彌 : 임신하여 10달을 채운 것. 이 말은 『詩經』〈大雅·生民〉에 나온다. "달에 맞춰
첫 아이 낳기를 양처럼 쉽게 하네.[誕彌厥月, 先生如達.]" 후에는 誕彌 자체로 생일을
의미하였다.

44) 不毛 : 식물이 자라지 않는 황폐한 땅. 『春秋公羊傳』〈宣公十二年〉에는 "군왕께서 만
약 나라를 잃은 이 사람을 불쌍히 여기신다면 황폐한 땅이라도 내려주시어 늙은이 몇몇
을 데리고 와 평안히 살도록 해주십시오. 군왕의 명령을 청하옵니다.[君如矜此喪人,
錫之不毛之地, 使帥一二耋老而綏焉, 請唯君王之命.]"이란 말이 있다.

45) 被髮左衽 : 머리를 풀고 옷깃을 왼쪽으로 여민다는 의미로, 미개한 나라의 풍습을 이

른다. 고대에 중원지역 이외의 소수 민족들은 낙후하여 開化하지 못한 뜻으로 쓰였다. 이 말은 본래 『論語』〈憲問〉에 "백성이 지금에 이르기까지 그 혜택을 받았나니, 관중이 아니면 우리는 머리털을 풀어헤치고 옷깃을 좌측으로 여미는 오랑캐의 복장을 했으리라.[民到于今, 受其賜, 微管仲, 吾其被魋左衽矣.]"에서 유래한다.

46) 徯蘇 : 소식을 기대한다는 의미. 湯 임금이 葛伯으로부터 시작하여 여러 惡한 나라를 정벌하니, 그 나라 백성들이 말하기를, '우리 임금을 기다렸는데, 임금이 오니 우리가 소생된다[徯我后, 后來其蘇]'고 하였다. 그리하여 徯蘇의 軍士라 하였던 데서 유래한 말이다. 이 고사는 『書經』〈仲虺之誥〉에 나온다.

47) 簞食壺漿 : 도시락밥과 병에 담은 음료수라는 뜻으로, 보잘 것 없고 적은 음식이나마 마련하여 군대를 환영함을 이른다. 이 말은 본래 『孟子』〈梁惠王下〉에 나온다. "만승의 나라인 齊가 같은 만승의 나라인 燕를 치는데, 연나라 사람들이 도시락밥과 음료수를 가지고 와서 제나라 군사를 환영한 것이 어찌 다른 뜻이 있었겠소? 물과 불을 피하려는 것이지요.[萬乘之國伐萬乘之國, 簞食壺漿以迎王師, 豈有他哉? 避水火也.]" 이후로는 백성들이 자신들이 옹호하는 군대를 환영하거나 위로하는 의미로 이 말이 주로 쓰였다.

48) 轅門 : 병사를 거느린 장수의 營門.

49) 刁斗 : 刀斗로도 쓴다. 군대에서 夜警 하느라고 치던 바라. 모양은 징처럼 생겼고, 구리 재질이다. 낮에는 취사용 그릇으로 사용하였고, 밤에는 순찰을 돌면서 썼다. 『史記』〈李將軍列傳〉에는 "오랑캐[흉노]를 공격함에 미쳐 이광은 대오의 편성이나 진형을 갖추지 않고 물과 풀이 좋은 곳이면 주둔하여 쉬고, 사람들은 모두 자유롭게 행동하였다. 밤에는 바라를 쳐서 스스로 방비하지도 않았다.[及出擊胡, 而廣行無部伍行陳, 就善水草屯, 舍止, 人人自便, 不擊刁斗以自衛.]" 방울처럼 생겼다는 설도 있다.

50) 卓地 : 땅을 치는 것.

51) 五情 : 五臟.

52) 三鼓 : 세 번 북이 울리는 동안. 『左傳』〈莊公十年〉에 "제나라 사람이 북을 세 번 울렸다.[齊人三鼓.]"는 말이 나온다.

53) 夜色如海 : 밤빛이 바다와 같다는 말로, 사방이 암흑으로 덮인 것을 말함.

54) 一霎 : 頃刻之間. 시간이 매우 짧음을 의미함. 唐나라 孟郊의 시 〈春后雨〉에는 "지난 밤에 잠깐 비 내린 것은, 만물을 소생시키려는 하늘의 뜻이라네.[昨夜一霎雨, 天意蘇群物.]"라는 구절이 있다.

55) 蕭蕭 : 말의 울음소리를 형용한 것.

56) 天門 : 황제가 계신 궁궐.

57) 必得千金 賞萬戶邑矣 : 반드시 천금을 얻고 상으로 萬戶邑을 받을 것입니다. 이는 『史記』〈項羽本紀〉에 나오는 말을 활용한 것이다. 즉 항우가 "내 들으니 한왕은 내 머리를 천금의 상과 만호의 읍으로 구한다고 하더군. 내가 너희들을 위해 덕을 베푸마.[吾聞漢購我頭千金, 邑萬戶, 吾爲若德.]"라 하고 스스로 목을 찔러 죽은 대목을 활용한 것이다.

58) 購求 : 현상금을 걸고 사람을 사로잡도록 함. 이는 『史記』〈張耳陳餘列傳〉에 나온다.

"진나라는 위나라를 멸망시킨지 여러 해 만에 이 두 사람이 위나라의 명사가 되었다는 말을 들었다. 이에 장이는 천금을 현상금으로 내걸고, 진여는 오백금으로 현상금을 내걸고 찾았다.[秦滅魏數歲, 已聞此兩人魏之名士也, 購求有得張耳千金, 陳餘五百金.]

59) 分張 : 이별. 唐나라 李白의 〈白頭吟〉에는 "차라리 함께 만번 죽고 비단 날개를 부술지언정 차마 구름 사이에서 두 사람의 손을 나누는 것은 못하겠소.[寧同萬死碎綺翼, 不忍雲間兩分張.]"라는 구절이 있다.

60) 淸顯 : 淸顯職. 요긴하고 현달한 관직. 이른바 명예와 권력이 집중된 관직을 뜻한다.

61) 業已 : 이미. 『史記』〈司馬相如列傳〉에는 "사마상여가 간하려 하였으나 이미 그것을 세워 있어서 감히 하지 못하였다.[相如欲諫, 業已建之, 不敢.]"는 구절이 있다.

62) 蠡測 : 以蠡測海의 준말로, 표주박으로 바닷물을 측량한다는 의미다. 즉 천박한 식견으로 심원한 이치를 헤아리는 것을 비유한다. 이 말은 본래 『漢書』〈東方朔傳〉에 나오는 "피리로 하늘을 엿보고, 표주박으로 바다를 측량한다.[以筦闚天, 以蠡測海.]"에서 나온 것이다.

63) 倔起 : 갑자기 몸을 일으키는 것. 갑자기 두각을 드러내는 것.

64) 春生之澤 : 봄에 만물이 살아나는 은택. 春生은 『史記』〈太史公自序〉에 나오는 말로, "봄에 만물이 살아나고, 여름에 만물이 자라나며, 가을에 만물을 거두고, 겨울에 감춰두는 것. 이것은 천도의 가장 큰 근본이 되는 이치다.[夫春生夏長秋收冬藏, 此天道之大經也.]"를 활용하였다.

65) 如矢 : 쏜 화살처럼 매우 급함을 이른다. 『詩經』〈小雅·大東〉에는 "주나라의 길은 숫돌처럼 평평하니, 그 곧기가 화살처럼 빠르네.[周道如砥, 其直如矢.]"라는 구절이 있다.

66) 星騖風馳 : 별이 달리고 바람이 달리는 것으로, 매우 빠름을 형용한 것이다.

67) 長亭 : 옛날에 도로를 닦을 때에 매 10리마다 정자를 세워서 사람들이 쉬어갈 수 있도록 하였는데, 이를 장정이라 한다. 주로 송별을 하던 장소였다.

68) 短亭 : 옛날에 성 바깥 큰 도로 곁에 5리마다 세운 정자. 〈춘향전〉의 오리정이 유명하다. 10리마다 세운 정자는 長亭이라 한다.

황제의 명을 받들어 죄를 밝힘이 신명(神明)같고, 넓은 길에서[1] 삶과 죽음이 명쾌하게 정해지다

奉皇命讞鞫神明　臨通衢殺活快定

각설. 조씨가 난향을 불러 은 백여 냥을 뇌물로 주며 말하였다.

"너는 옥문을 지키는 이졸(吏卒)에게 이것을 나누어주어 이씨의 해산 조짐[産機]을 미리 탐지해 두었다가 내게 아뢰도록 해라."

이에 난향은 자주 옥문에 드나들며 후하게 뇌물을 주고 물으니, 옥졸이 말하였다.

"어제 아들을 낳았네. 그런데 우리들은 왕부인의 계집종에게서 은자를 받은 것이 이미 많네. 만약 내 입에서 이런 말이 나왔다는 것을 알면 반드시 저들의 노여움을 받을 것이네."

난향은 머리를 끄덕이며 물러나와, 조씨에게 가만히 그 말을 전했다. 조씨는 흔연히 명현궁으로 들어갔다. 이 때, 자란은 향탕(香湯)에 아이를 씻어 비단 포대기에 눕힌 후, 곧바로 왕씨에게 아뢰었다. 왕씨는 이미 뇌물을 주었기에 조씨가 먼저 탐문하였음은 헤아리지 못하고 그저 승상이 빨리 돌아오기만을 기원하였다.

조씨는 명현왕을 뵙고 이씨가 아들을 낳았음을 아뢰니, 왕은 어전에 들어가 주달하여 속히 처분을 내릴 것을 요청하였다. 황제가 말하였다.

"승상이 돌아올 날이 가까우니, 마땅히 승상이 스스로 처분하게 하리다."

왕이 주달하였다.

"성상께옵서는 이미 해산한 후에 정형(正刑)하겠다는[2] 명령을 내리셨습니다. 국가를 다스림에 황제의 명령은[3] 막중하옵니다. 조령석개(朝令夕改)하여[4] 신민(臣民)의 불신(不信)에 이르게 함은 불가하옵니다. 또한 황제의 정의[睿情]가 비록 공신(功臣)에 대한 지극한 은혜를 갖추겠다는 데서 나온 것이라 해도 공은 승상에게 있고, 죄는 이씨에게 있습니다. 만약 승상의 공으로 인해 조금이라도 이씨의 죄를 관대하게 처리하면 황명(皇命)의 진중함이 사라지고, 국법의 엄정함도 잃게 됩니다. 엎드려 바라옵건대 속히 정형을 명하시어 사람들의 보고 듣는[5] 것을 명쾌히 하옵소서."

황제 또한 그렇게 생각하고, 형부에 명령을 내렸다.

"죄인 이씨를 오늘 사시(巳時)에 연평(延平)의[6] 세 갈래 길[三歧]이 한데 만나는 중앙에서 사형을 집행하라!"

모든 궁(宮)과 6부(六部), 그리고 장안의 모든 백성들이 명령을 듣고 두려워 떨지 않는 자가 없었다. 왕씨와 황화와 윤옥은 넋이 나가 어찌할 바를 몰라, 시비와 여러 사람을 데리고 나가 연평 길가에 하얀 막사를 마련하여 시신을 수습할 제반 도구를 갖춰 기다릴 뿐이었다.

잠시 후, 형부 당상관이 성대하게 위의를 갖추고 나오는데, 깃발은 바람에 살랑거리고, 칼과 창은 햇빛에 반짝거렸다. 일진(一陣)의 살기는 장안 성 가운데에 가득하였다. 무사들에게 '이씨를 잡아들이라'고 명하니, 앞에서 끌고 뒤에서 미는데, 이씨는 열 걸음에 아홉 번 넘어졌다. 결박하여 수레에 실었는데, 서있는 모습이 마치 흙으로 빚어낸 소상(塑像)과도 같았다. 병사는 수레를 옹위하여 급히 몰고, 도끼와 형구를 가진 자는 앞장서서 길을 인도하였다.

시간이 거의 다 되었다. 세 갈래 길도 문득 가까워졌다. 이씨가 눈을 떠서 하늘을 우러러 외쳤다.

"창천(蒼天)이시어, 창천이시어! 내 아이는 어찌 하오리까?"

그러고 기절하여 숨이 막히니[7] 혼백[三魂六魄]이[8] 연기처럼 구름처럼 사라지면서 그녀의 몸이 바야흐로 칼산[刀山]과[9] 검수[劍樹][10] 가운데에 있는 것도 깨닫지 못하였다. 자란은 아이를 안고 통곡하며 따르는데, 그 비통한 형상은 차마 말로 할 수 없는 지경이었다.

삽시간에 수운(愁雲)이[11] 어둑어둑해지고, 검은 안개가 넓게 펼쳐졌다. 도성의 남녀들은 모두 버선발로 뛰어나와 눈물을 흘리지 않는 자가 없었다.

"가련하다! 부인이 죄 없이 죽게 되었으니, 원통한 기운이 하늘에까지 사무쳐[12] 이상한 기운[氛祲]이[13] 갑자기 일어나네. 이는 황천[皇穹]께옵서[14] 부인을 돌아보며 돕고자[15] 하기에 이러한 조짐이[16] 있는 게 아닐까?"

이 때 승상이 말에 채찍질을 더하며 날듯이 급히 오는데,[17] 멀리서 보니 연평 세 갈래 길은 기치(旗幟)와 검극(劍戟)이 추상같이 싸늘한데, 어떤 한 부인이 수레에 실려 가고 있었다. 그것을 보고 의심이[18] 마음에 가득하였다. 마음[意馬]이[19] 바빠 급히 등자(鐙子)를 차고 채찍을 휘둘렀다. 말에 앉지도 못하고 서서 말을 차며[20] 달릴 무렵, 옥섬이 막차(幕次)에서[21] 번개처럼 나와 소리를 내질렀다.

"나리, 나리! 급히 부인을 구하십시오!"

승상은 비로소 그 부인이 정렬부인임을 알고 말을 몰고 몸을 날려 순식간에 수레로 뛰어올랐다.

"부인, 부인! 승상이 왔소!"

그리고는 부인을 붙들고 아래로 내려왔다. 사방에서 구경하던 사람들은 놀랍고도 기뻐서 좋아 날뛰며[22] 말하였다.

"어찌 그리 하늘과 같고, 어찌 그리 귀신과 같은가?[23] 상공께서 이제 오셨으니 부인은 죽지 않으리라!"

승상은 왕씨가 있는 막차로 이씨를 데리고 가서 시비들에게 구호하게 하였지만, 이씨는 흐리멍덩하여 깨어나지 않았다. 눈이 있으나 보지 못하고, 입이 있으나 말하지 못하는 것이 거의 반나절이나 되었다. 급히 의원을 불러 약을 달이게 하고, 승상은 형부에 '이제 천문(天門)에 표를 올려 다시 조사할 것을 품달할 생각이니 해당 부서는 조정에서 처분이 내릴 때까지 잠시 형 집행을 멈춰 주십시오.' 운운한 첩(牒)을 보냈다. 그리고 즉시 부들자리에 엎드려 울며 표를 올렸다.[24] 그 대략적인 내용은 이러하다.

'태자태사 좌승상 겸 북정대원수(太子太師左丞相兼北征大元帥) 신 장두영은 진실로 황공하여 진실로 머리를 조아립니다. 머리를 조아리며 삼가 백 번 절하고[25] 황제 폐하께 올립니다.

삼가 생각건대 신은 외람되이 노둔한 재주로 누차 홍은[鴻私]을[26] 입었사옵니다. 근래에는 군대 장수[中權]의[27] 막중한 임무를 받들어 다행히 북벌의 자그마한 업적도 이루었습니다. 지금 입성(入城)하는 날을 당하여 폐하를 알현하는[28] 마음이 매우 급하옵니다. 그러나 불행히 신의 처가 우연찮게 뜻밖의 변고를 만나 신의 눈앞에서 황급히 처형에 드는 것이 보였습니다. 신이 때마침 그 갈림길로 말머리가 들어설 즈음이었습니다. 마치 그저 지나가듯이 한 번 보는 사이에 법률의[29] 중대함에 잘못이 있음을 짐작하고, 혼자서 불과 바람을 대조하면 가인(家人)의 마음을 쉽게 볼 수 있으리라 생각하였습니다. 일월(日月)이 높고 멀리 비추나 가려진 곳[豐蔀]은[30] 밝히지 못합니다. 오직 소신(小臣)만이 홀로 그 어찌할 수 없는 데를 알기에, 위대하신 황제께옵서 혹시라도 그 참과 거짓을[31] 밝히는 데에 실수가 있었을까 두렵습니다. 대개 일에는 크고 작고를 막론하고[32] 먼저 여쭙고 난 뒤에 행하는 것이 모든 신하[群下]가 황제를 받드는 변하지 않는 진리[經]지만,[33] 사세가 급하면 먼저 일을 처리한 후에 나중에 아뢰는 것도[34] 한 때의 변통에 대처하는 권도(權道)라 하겠습니다. 신이 지금 진리[經]를 고수하고 권도[權]를 버린 채 궁궐에 들어가 사연을 아뢰고 명을 받들어 물러나온즉, 번개가[35] 순간[36] 번쩍하며 지나가버릴 것입니다. 죽은 사람은 다시 살아날 수 없을뿐더러 만약 그 원통하게 죽은 것이 드러난다면 태평성대에서 죄인을 심의하는 정치에[37] 손상이 있을 수 있습니다. 만약 핵실(覈實)하여 옳고 그름을 밝게 하지 못한다면 미천한 몸의 외람된 죄를 기다리겠습니다. 그런 까닭에 참으로 짧은 목숨을 잠시만 늦춰 다시 조사하라는 명을 삼가 기다리옵니다. 지금 폐하께옵서는 모든 신료들 가운데 공명하고 달련(達練)된 선비를 가려시어 신과 더불어 치밀하게 조사하도록 해주십시오. 만약에 털끝만치라도 의심될 만한 흔적이 있은즉 신의 처를 죽여 사람들 앞에 보이는 것은[38] 가히 의론할 것이 없을뿐더러 신 또한 형구를 갖춘 도끼 아래에 놓이는 것을 피하지 않겠습니다. 다시금 엎드려 필부의 원통한 원한을 생각하니, 또한 천지(天地)가 만물을 낳고 기르는 융성한 덕[天地生育][39] 가운데 하나의 흠전(欠典)이[40] 되지 않을까 합니다. 그러하온즉 지금 신의 행동은 단지 집사람에 대한 사사로움 때문이 아니라, 진실로 태평스러운 세상에[41] 지극히 바름을 돕고자 하는 데서 나온 것입니다.

　엎드려 바라옵건대 황제 폐하께옵서는 세 번 생각하시어[42] 어리석은 자의 생각 하나만이라도[43] 용납해 주십시오. 신은 황공함을 이기지 못하며[無任屛螢][44] 크게 축원하옵니다.'[45]

황제가 보기를 다함에 용모를 고치고[46] 탄식해 말하였다.

"어질도다, 장승상이여! 정성을 다해 짐을 보좌함이[47] 밝고도 밝고, 군왕께 올리는 글이[48] 간절하고도 타당하도다.[49] 참으로 짐의 과실을 보정해 주는[50] 신하로다."

이에 즉시 비답을 내렸다. 그 글은 이렇다.

'상소한 내용을 보고 잘 알았다.[51] 경은 멀리 떨어진 변경에까지[52] 원정을 나가 어둡고도 흉악한 무리를[53] 쓸어내고, 노상에서 서리와 바람을 맞으며 먼 길에 몸을 보중하여 나라와 가정을 편안하게 한 큰 복은 가히 말로 다 할 수 없도. 그러나 경의 집안에 닥친 화변(禍變)은 어찌 차마 말할 수 있겠느냐. 짐은 하루에 만 가지나 되는 정사를 하다 보니[54] 사리를 밝힘에[55] 주도면밀하지 못하더니, 마침 크게 보필하던 신하와 서로 이별한 탓에 중대한 옥사를 의논하는 데에도 소홀하였도. 이에 절역에 보낸 원수로[56] 하여금 이렇게 놀라게 하였을 뿐 아니라 말을 급히 모는 노고를 짓게 하였으니, 짐의 마음이 매우 용렬하고도 부끄럽구나. 지금 형을 잠시 멈추고 다시 조사해달라는 청은 대신(大臣)이 법을 중히 여기는 본질을 깊이 얻음이요, 또한 예전에 현명한 임금은 세 번 심리하고[57] 다섯 번 상소하도록[58] 했던 정치로 과인을 인도하였구나. 참으로 가상하도다. 경은 모름지기 엄히 허와 실을 궁구하여 선악[淑慝]을[59] 명확히 구별하고, 국법을 상고하여 조정의 법률로[60] 처단하라. 사관(史官)을 파견하노라. 애쓰라.'[61]

이때에 승상이 친히 탕약을 잡아 이씨의 입에 넣어주니, 이씨가 비로소 소생하였다. 이씨는 눈을 떠서 우러러 보며 말하였다.

"승상은 죄 없는 이 사람을 살려주십시오."

이윽고 사관이 비답을 받들고 왔고, 옥당(玉堂)과[62] 조사관들도 황제의 명령을 받들어 함께 모였다. 이에 승상이 엎드려 황제의 비답을 읽더니 느꺼운 눈물을 샘처럼 솟았다.

이내 국문할 기구[器械]를 마련하고, 무사와 나졸들은 좌위로 벌려 호위하였다. 위엄은 바람을 불러일으키며 도성을 진동케 하였다. 승상이 장막 아래의 교의에 홀로 장중하게 앉으니, 옥당[玉署]의[63] 모든 관리들도 동서로 나누어 앉았다. 승상이 큰 소리로 말하였다.

"효양당과 경순당, 두 당의 비복과 문을 지키는 나졸을 모두 한꺼번에 잡아들이라!"

무사와 나졸이 일시에 크게 대답하고, 우레가 진동하는 것처럼 맹호가 짐승을 잡아채는 것처럼 무릇 70여명을 잡아들여 들 가운데에 꿇였다. 먼저 문을 지키던 나졸에게 죄를 범한 조목[問目]을 들어[64] 말하였다.

"중문을 굳게 지키는 것이 네 직분이고, 간사한 도둑놈을 베고 죽이는 일은 따로 맡은 자가 있는지라. 그런데 너는 무엄하게도 밖에서 들어오는 도적은 막지 않고, 그저 안에서 밖으로 달아나는 자를 기다린 까닭이 무엇이냐? 또한 도적을 잡았으면 따로 맡은 자에게 데려가야지, 그렇지 않고 스스로 인명을 살해한[65] 것은 어찌된 일인가? 그간의 정황[情跡]을 숨김없이 바로 아뢰라."

문을 지키던 나졸이 공초하여 말하였다.

"머리를 조아려 아룁니다. 심궁(深宮)의 백은은 난향의 어둡고 비밀스러운 데서 나온 것입니다. 중문에서 한번 칼날을 놀려 공철이의 목을 벤 것은[66] 그 이전에 어떤 모양을 한 사람이 어느 시간에 나갈 것이라고 미리 말해준 데서 비롯된 것이옵니다. 그러하온즉 이는 간비(姦婢)가 길을 내어[67] 적을 들였음이 횃불을 밝힌 것처럼 의심의 여지가 없습니다. 그리고 목을 베면 상을 주고 달아나면 죄를 줄 것이라는 말도 하였사온대, 이는 소졸(小卒)이 화를 피하고 이익을 취하려고 한 것이 명확하니 숨기기 어렵습니다. 분명히 드러난 것이 여기에까지 이르렀사오니, 황공(惶恐)해 하며 죄를 자복합니다."[68]

운양에게 죄를 범한 조목[問目]을 들어 말하였다.

"이씨는 곧 네 주인이고, 공철은 네 지아비다. 지금 이씨의 죄안(罪案)은 모두 공철이가 달아나다 죽은 데서부터 비롯된 것이다. 지아비가 칼끝에 죽었는데 아내가 어찌 그것을 모르며, 주인이 죽을 죄[重辟]에[69] 빠졌는데 종이 어찌 전혀 모를 수 있겠느냐? 또한 공철이가 숙직 근무를 마치고[70] 나온 때가 저녁인지라, 너는 응당 사실(私室)에서[71] 함께 잠을 자기로 약속을 해두었을 게다. 그런데 너는 홀로 어디에 가 있어서 끝내 그림자도 비추지 않았느냐? 또한 공철이는 무엇 때문에 효양당에서 나오다가 목숨[軀命]을 잃는 데까지 이르렀단 말이냐? 그간의 정황을 숨김없이 바로 아뢰라."

운양이 공초하여 말하였다.

"머리를 조아려 아룁니다. 이부인과 조부인은 모두 우리들의 부인이옵고, 효양당에서 시중드는 종이나 경순당에서 시중드는 종은 모두가 한 집안의 종이옵니다. 그래서 난향이 간절하게 대하는 것도 상정(常情)으로만 여겼고, 종종 비녀와 가락지를 주어도 괴이하게 생각하지 않았습니다. 아무 날에 공철이가 돌아오기로 한 날을 물어도 대수롭지 않게 수작하였을 뿐입니다. 그 날 저녁에 효양당에 있던 모든 종을 불렀을 때도 그저 '회포를 푼다'고만 하였습니다. 난향이가 거기에 없고 명현궁에 나아갔다고 하였는데, 그게 마치 무엇인가 속이려는 방책처럼 느껴졌습니다. 부인께서 홀연 일어나서 효양당으로 향하신다고 말씀하셨는데, 어느 누가 수상한 종적이 있을 것을 알았겠습니까? 건장한 장부가 몸을 빼서 달아날 때까지도 그가 누구인지도 몰랐습니다. 문을 지키는 나졸이 머리를 바친 후에서야 비로소 공철임을 분별할 수 있었습니다. 대저 공철이가 돌아오기로 약속한 날 밤에 공철이가 죽임을 당했고, 효양당의 모든 종을 부른 저녁에 효양당에서 화가 생겼습니다. 만약 난향을 신문하신다면 가히 그 근원을[72] 캐실 수 있을 것입니다. 주인이 헤아릴 수 없는 욕에 빠지면 종은 반드시 죽는 절개가 있어야 하고, 지아비가 갑작스러운 변고로 죽으면 아내는 살아서 지킬 의리가 없다고 하였습니다. 소비(小婢)는 가장 잔혹한 형구[鼎鑊]에라도[73] 달게 나아갈[74] 것이옵니다. 삼가 처분을 내리시옵소서.”

난향에게 죄를 범한 조목[問目]을 들어 말하였다.

“궁비(宮婢)가 많거늘 네가 운양에게 접근하여 가장 친밀하게 지낸 것은 그 의도가 어디에 있었느냐? 경순당에서 모여 이야기를 나누었다던 그 날 밤에 너는 종적을 숨기고 나타나지 않았다는데, 그 때 한 일이 무슨 일이었느냐? 은냥(銀兩)은 어느 곳에서 나왔고, 몰래 뇌물을 주어 어떤 사람에게서 무슨 말을 들려주었느냐? 문을 지키는 나졸에서 부쳐 속삭였다는 것은[75] 무슨 말이고, 공철이의 일정을 엿보아 모질게 죽게[76] 한 것은 누구의 사주더냐? 그간의 정황을 숨김없이 바로 아뢰라.”

난향이 공초하여 말하였다.

“머리를 조아려 아룁니다. 조부인께서는 효양당에서 총애를 독점하신 것을 원망하여 오랫동안 음해할[77] 것을 도모하다가, 마침 운양에게 지아비가 있음을 엿보아 이내 몰래 기미를 낸 것입니다. 아무 날 밤에 모든 계집종을 불러 한 당(堂)에 모두 모이게 한 것은 운양이를 지체시키려는 계교였고, 소비가 목소리를 바꾸어 어두운 방에 숨어 있었던 것은 공철이를 부부처럼 다정하게[78] 부르려는 꾀였습니다. 거짓으로 빈 당(堂)에 가서 함께 자자고 한 것은 참으로 집 중앙[中霤]에서[79] 잠시 머물러 있도록 한 것입니다. 소비가 등을 밝히고 온다 하고 잠시 몸을 숨긴 것은 부인께서 일부러 불을 밝히고 갑자기 들이닥치게 하기 위함입니다. 휘장 뒤에서 달아나는 종적을 모두가 보고 놀라게 한 것은 이내 열 사람의 눈[十目]으로[80] 목도하게 함으로써 누명을 가릴 수 없게 하기 위함입니다. 문을 지키는 나졸이 칼끝으로 벤 도적의 머리를 바친 것은 대왕께서 의심치 않고 법안을 결단토록 하고자 하기 위함입니다. 어찌 감히 부인의 지휘라고 말하겠습니까? 모두 소비가 조장한 것이 아님이 없습니다. 분명히 드러난 것이 여기에까지 이르렀으니, 황공해하며 죄를 자복합니다."

공초를 마치자 옥서관(玉署官)이 거두어 승상께 올렸다. 승상이 즉시 궁비(宮婢) 10여 명에게 명령하여 조씨를 잡아와 뜰 가운데 세웠다.[81] 그리고 모든 공초를 내보이며 말하였다.

"여기에 일치하지 않는[82] 공초 내용이 있은즉 진정으로 변명[卞白]을 해 보시오. 만약 명백한 내용이 아니라면 번거롭게 구실을 대며 변명하지[83] 마시오."

조씨는 머리를 움츠리고 두려워 떨며 엎드린 채 묵묵히 한 마디 말도 못하였다. 이에 승상이 큰 붓을 들어 판결문을 썼다. 판결문은 이렇다.

"문을 지키던 나졸은 한밤중에 주는 후한 뇌물을 달게 여겨 흉악한 기미를 귀에 붙였고, 뒷날의 두터운 상을 탐하여 무고한 사람을 죽였으니, 그 죄는 마땅히 살인과 절도의 율법을 쓸지라. 난향은 궁궐[宮闕] 세력에 기댄[84] 질투심 많은 부인과 모략을 꾸며 백 가지

괴이함과[85] 천 가지 속임으로[86] 귀신도 되었다가 여우도 되었다가
를 하면서, 여자들 가운데서도 지극히 어진 사람을 천 길 구렁텅이
에 떨어뜨렸으니, 그 죄는 살을 바르고 골수를 긁어낸다[87] 해도 오
히려 남음이 있을 것이다. 조씨의 넘치는 죄악은[88] 난향보다도 위
에 있도다. 생각하니 살이 떨리고,[89] 말하자니 뼈가 시리도다. 그러
나 그 몸이 왕실[璿派]에 매여 있으니 가볍게 의논하기가 어려우니,
삼가 조정에서 죄를 심리하여 처리하기를[90] 기다릴지라. 운양은 주
인을 욕되게 하고 지아비를 죽음에 이르게 하였으면서도 어리석어
깨닫지 못했으니, 그 죄는 만 번 죽어야 합당할 것이다. 그러나 그저
어리석고 천한 것이 질투심 많은 부인[妬婦]에게 제어를 받았고, 간
비(姦婢)에게 속았을 뿐이라. 그런데 주인을 함정에 빠트리고 지아
비를 해한 죄목에 얽혀 있은즉, 오히려 억울하게 누명을[91] 입었는지
라. 마땅히 정상을 참작하여[92] 법전을 적용하라."

운운하였더라.

판결문[判辭]이 갖춰지자, 옥서관은 모든 공초와 판결문을 갖추고 들
어가 황제께 주달하였다. 황제께서 보시기를 마치고, 가까이서 모시고
있는 신하들을 돌아보며 말하였다.

"승상이 옳았도다! 간녀(奸女) 요부(妖婦)가 어느 시대인들 없었겠는
가마는 지금 짐의 친족에게서 나올 것이라고 어찌 생각이나 했겠는가?
만약 승상의 명확한 결단이 아니었다면 거의 숙녀를 원통한 죽음에 이
르게 할 뻔했구나. 왕이 된 자는 사사로움이 없어야 하고, 법은 천하에
공평해야 한다고 했다. 금지옥엽과 같은 친족이라 할지라도 공평하
게[93] 처리하는 중차대함을 어기지 말아야 할 것이다."

이에 즉시 금오랑(金吾郞)에게[94] 명령하여 조씨를 좁고 낮은[95] 방에

가두어 스스로 곡식을 끊고 자진토록 하였다. 그리고 명현왕은 도성 문
밖으로 내쫓았다. 난향과 문을 지킨 나졸은 한가지로 목을 베어 죽이고,
운양은 죽음을 감하여 멀리 유배 보냈다. 그 나머지 궁예(宮隸)와 시비들
가운데 관련자[96] 수십 명들도 모두 형벌을 내리거나 유배를 보냈다. 장
안의 백성들은 모두 가까이 모여 앉아[97] 수군거리면서 황제의 위엄과
덕망을 우러러 보고, 승상의 귀신같은 감식력을 깊이 감복하였다.

승상은 두 부인을 위로하여 궁으로 호송해 보낸 후, 대궐 아래에 나
아가 땅에 엎드려 죄를 청하였다. 황제께서 승상을 불러 위로하고 유시
(諭示)하였다.

"경이 전후(前後)로 세운 높은 공[勳勳]은 비록 예전의 기린각(麒麟閣)
에[98] 걸린 여러 현인들일지라도 능히 미치지 못할지라. 짐은 그를 퍽
아름답게 여기노라. 경(卿) 집안의 화란(禍亂)은 모두 짐의 집안사람[刑
家]에게서[99] 비롯된 것이 아님이 없으니, 이는 짐이 나라를 다스리는
교화가 아랫사람에게까지[100] 미치지 못하여 그리 된 것이라. 부끄러움
[愧忸]이 참으로 많구나. 경의 현명한 판단으로 말미암아 삶과 죽음의
올바름을 얻어 오월에 서리가 내리는 재앙을 면했구나. 국가의 운명과
국왕의 왕도정치에[101] 천만 다행이로다."

인하여 술[宣醞] 석 잔을 내리고, 재물을 매우 융성하게 상사하였다.
승상이 또 주(奏)하여 아뢰었다.

"신이 북방에서 돌아오는 길에 우연히 죄인 한성을 만났습니다. 그
러나 집안 소식이 몹시 급하여 하루에 천리를 가야하는 까닭에 부득이
잡아오지 못했습니다. 비록 그렇지만 이미 그 종적을 알기에 궐하에
잡아들이는 일이야 특별히 어려울 것 없이 쉬운 일이옵니다. 어찌 그
딸과의 사사로움 때문에 지엄한 국가의 큰 법률[邦憲]을[102] 꾀했겠습니

까? 신은 명령을 받들어 종적을 밟아 사로잡겠습니다.[103] 감히 이로써 품달하옵니다."

"한성이 법망(法網)에서 빠져나가 여태껏 목숨을 보존하였으니 곧바로 잡아들여 형벌을 내려야 할 것이다. 그러나 이왕 지나간 일이니 말할 게 없고, 또한 그의 딸이 대승상의 희첩(姬妾)이 되었으니 너그럽게 용서[寬宥]하는 특전이 없을 수 없도다. 특별히 그 죄를 사하여 적몰한 것을 돌려주노라."

승상이 배사(拜謝)하고 돌아와 양친을 뵈니, 노왕은 부끄러움을 머금은 채 턱을 내리고 있을 뿐이었다. 양부인이 먼저 순식간에 거의 죽게 되었던 위급한 처지에서 입술이 타고 입이 바짝 말랐던 상황을 말하고, 이어서 꿈에서도 생각지 않았던 승상이 적시에 도착하는 천행을 만나 몸이 떨리고 머리칼이 바짝 섰던 일을 말하였다. 승상이 대답하여 말하였다.

"천지(天地)의 이치가 밝사옵니다. 원통함을 머금은 부인의 목숨이 죽음에 들었다가 삶으로 다시 나올 수 있었던 것은 황제와 부모님의 은혜가 무거운 데에 있었습니다. 소자의 돌아옴을 빠르지도 않고 늦지도 않게 하여, 지척 간에 위태로움에 맞닥뜨렸다가 아주 짧은 시간에 다시금 편안한 데로 이끈 것은 그 첫째가 천지요, 둘째는 황제와 부모님이십니다. 감축하는 것 말고 다시 무엇을 우러러 대답할 게 있겠습니까?"

이씨와 왕씨가 곁에 있다가 울며 말하였다.

"변방의 근심[邊憂]이 말끔하게 평정되었으니 나라의 경사가 큽니다. 집안도[104] 크게 안정[粗安]되었으니[105] 개인적으로도 몹시 다행입니다. 한 때의 횡역(橫逆)은[106] 옛날 열부(烈婦)들 또한 면하지 못하였습니다. 바라옵건대 모름지기 마음을 놓고 안정을 취하시어[107] 원정의 고단함으로 인한 기체(氣體)를 손상치 마옵소서."

승상이 대답하였다.

"양친께서 안녕하시니, 두 부인이 잘 받들고 효성[誠孝]을 다했음에 깊이 감사드리오. 그러나 정렬부인이 조난을 만난 것은 모두 두영이가 집안을 바르게 다스리지 못한 죄라. 참으로 스스로 생각해도 부끄러워[108) 차마 얼굴을[109) 들 수가 없소. 오직 바라건대 두 부인은 그를 관대하게 용서해 주시구려."

말을 채 마치기도 전에 황화와 윤옥이 나란히[110) 승상을 배알하는데, 머리를 낮춘 채 비통함에 목이 막혀[111) 차마 말을 잊지 못하였다. 대개 이 두 첩도 원래 조씨의 마음에는 적국과 한가지였다. 눈으로 이씨의 재앙이 벌어지는 형상을[112) 보고 스스로 눈을 빼고 귀를 지지는 일이 아침저녁 사이에 있을까 생각하여, 마음이 놀랍고 두려워 바야흐로 불안해하면서[113) 능히 진정치 못하고 있었다. 그러다가 승상과의 이별한 회포를 풀게 되니, 아미 간(蛾眉間)에 기쁜 빛을 없애지 못하고서 매미의 날개와 같은 머리[蟬鬢]를[114) 보이려고 온 것이다. 승상이 좌우를 돌아보니 온갖 아름답고 상큼한 자태가[115) 있었다.

인하여 승상은 두 처 및 두 첩과 함께 효양당으로 돌아가 낮[竟日]부터 밤까지 그 동안 쌓인 회포를 풀었다. 윤옥에게는 도중에 그의 아비를 만난 일과 연석에서 주달하여 사면을 받은 자초지종을 갖추어 말하였다. 윤옥은 놀랍고도 기뻐 마치 꿈속에서 말을 듣는 듯한지라, 승상의 널리 구제하는[弘濟][116) 덕에 깊이 감사하고, 국가가 삶을 중히 여기는 은택[生成之澤]을 우러러 송축하였다.

하루는 문지기가 아뢰었다.

"애꾸눈을 한 사람이 소주(蘇州)에서 왔다면서 뵈옵기를 청합니다."

　　승상은 그가 한성임을 알고 외당으로 불러들여 흔연히 서로 붙잡고 천지조화(天地造化)의 이치를 편 후, 함께 애련당으로 나아갔다. 윤옥은 그 아비를 보고 신발을 거꾸로 신고 급히 나와[117] 흐느끼며 맞이하였고, 서로 죽었다가 다시 살아온 사람들이라고 일컬었다. 예와 지금의 이야기를 서로 나누고 있자니[118] 마음[心緖]이 몹시 복잡하고 어지러웠다.[119]

　　인하여 모든 권속(眷屬)을 모아 도성[都下]에 살 곳[奠居]도 의논하였다. 승상이 자란과 옥매와 옥섬을 불러 말하였다.

　　"너희들이 주인을 사모하여 정성을 다한 것은 타고난 천성을 올곧이 지키려는 데서[120] 나온 것이다. 내가 어찌 비천한 종으로 그저 둘 수 있겠느냐?"

　　마침내 각각 집을 지은 후, 삶을 꾸릴 만큼 풍성한 재산을 주어 편히 쉴 곳으로 삼게 하였다. 또한 무부(武夫) 가운데서 아름다운 남자를 가리고 가린 후 예를 갖춰 혼사도 치러 주었다. 세 명의 계집종은 두터운 은혜에 더욱 감사해 하며 충성을 다하고 존경하기를[121] 마치 부모처럼 하였다.

　　승상이 사람을 대하는 덕이 모두 이와 같았다.

　　필경 음보(陰報)가 어떻게 될까? 또한 하회를 분해하여 들을지라.

1) 通衢 : 四通八達한 도로. 사방으로 통하여 교통이 편리한 길로, 사람들의 왕래가 빈번한 큰 거리를 의미한다.

2) 正刑 : 죄인을 사형에 처하는 형벌.

3) 誥命 : 황제의 명령.

4) 朝令夕改 : 아침에 명령을 내리고 저녁에 다시 바꾼다는 뜻으로, 法令의 改定이 너무 빈번하여 믿을 수가 없음을 이른다.

5) 瞻聆 : 여러 사람이 보고듣는 일.

6) 延平 : 중국 북중부 福建省에 있는 교통요지로, 세 개의 주요지류가 합류하는 閩江 북서쪽 기슭에 있다. 이 세 지류는 각각 남서쪽에서 흘러오는 砂河, 북동쪽에서 흘러오는 建江, 서쪽에서 흘러오는 副屯溪를 가리킨다. 『금선각』에서 연평 지역의 세 갈래 길을 제시한 것도 이런 사정을 반영한 것으로 보인다.

7) 昏窒 : 정신을 잃을 정도로 숨이 막힘.

8) 三魂六魄 : 魂魄을 총칭함. 도교에서는 사람에게는 爽靈, 胎元, 幽精 등 세 개의 魂과 尸狗, 伏矢, 雀陰, 吞賊, 非毒, 除穢, 臭肺 등 일곱 개의 魄이 있다고 한다.

9) 刀山 : 칼산. 불교어로 지옥에 있는 가혹한 형벌의 하나다. 칼이 삐죽삐죽 솟은 산이다. 『三昧海經』〈觀音心品〉에는 "옥졸인 나찰이 죄인을 몰아 칼산에 와서 산 정상에 오르도록 했다. 칼날은 발끝에서부터 심장에 이르기까지 상처를 준다.[獄卒羅刹驅蹙罪人, 令登刀山來至山頂, 刀傷足下乃至于心.]"고 하였다.

10) 劍樹 : 불교어로, 劍輪地獄 가운데의 풍경으로 『長阿含經』〈地獄品〉에 나온다. 불효의 죄를 지은 사람이 떨어지는 지옥으로, 꽃과 열매가 모두 칼로 되어 있다.

11) 愁雲 : 근심의 구름이라는 의미로, 바라보고 있으면 근심스러운 생각을 이끌어내는 구름을 뜻한다.

12) 干霄 : 높이 올라 구름 위로 들어감. 鄭澈의 시 〈新院山居寄示習齋〉에는 "용천검은 아직도 구름을 뚫을 기운이 있어 갑 속에 때때로 붉은 빛을 보이네.[龍泉尙有干霄氣, 匣裏時時見紫光.]"라는 구절이 있다.

13) 氛祲 : 이상한 기운. 唐나라 杜甫의 시 〈諸將〉에는 "고개 돌려 동쪽 국경을 바라보니, 아득한 기운이 아직도 사라지지 않았네.[回首扶桑銅柱標, 冥冥氛祲未全銷.]"라는 구절이 있다.

14) 皇穹 : 皇天, 天帝.

15) 眷佑 : 돌아보고 도움. 『書經』〈太甲中〉에는 "황천께서 상나라를 돌아보고 도우셔서 사왕으로 하여금 능히 그 덕을 마치게 하시니 참으로 만세에 무궁한 아름다움입니다. [皇天眷佑有商, 俾嗣王克終厥德, 實萬世無疆之休.]"라는 구절이 있다.

16) 垂象 : 象으로써 조짐을 드러낸다는 의미로, 어떤 자연 현상을 인간의 일에 연계시키는 것으로, 특정한 일을 보고 인간의 길흉화복을 예언하는 것을 뜻한다. 『周易』〈繫辭上〉에는 "하늘이 상을 드리워 길흉을 보이니, 성인이 이를 본뗬다.[天垂象, 見吉凶, 聖人,

象之.]”라고 하였다.

17) 飛鞚 : 말에 채찍질을 더하며 급히 말을 몲.

18) 疑狐 : 의심. 의혹.

19) 意馬 : 억제하기 어려운 마음을 비유적으로 이르는 말.

20) 騰踏 : 앉지 않고 다리를 들고 일어서서 말을 차는 행동. 『古文眞寶』에도 실려 전하는 韓愈의 시 〈符讀書城南〉에는 “학문을 이룬 비황은 뛰어 달리는데 학문을 이루지 못한 두꺼비는 돌아볼 수조차 없다네.[飛黃騰踏去, 不能顧蟾蜍.]”라는 구절이 있다.

21) 幕次 : 임시로 만든 장막.

22) 蹈舞 : 몹시 좋아서 발을 구르며 춤을 춤.

23) 胡然而天也 胡然而神也 : 어찌 그리 하늘과 같고, 어찌 그리 귀신과 같은가? 이 말은 본래 『詩經』〈鄘風·君子偕老〉에 나오는 말이다. “어찌 그리 하늘과 같고, 어찌 그리 임금과 같은가?[胡然而天也! 胡然而帝也!]” 본래는 용모와 복식이 마치 天神과 같다는 의미였지만, 후대에는 몹시 숭고하고 존귀한 의미로 쓰였다.

24) 伏蒲 : 漢나라 元帝가 태자를 廢하려 하자, 史丹이 황제가 홀로 잠을 잘 때에 곧바로 그 침실에 들어가서 푸른 부들자리를 깔고 그 위에 엎드려서 그것이 불가함을 울며 간하였다. 이로써 伏蒲는 황제의 안색을 범하면서까지 直諫을 하는 전고로 쓰였다. 이 고사는 『漢書』〈史丹傳〉에 나온다.

25) 謹百拜上言 : 삼가 백번 절하고 올립니다.

26) 鴻私 : 鴻恩.

27) 中權 : 主將의 권세.

28) 朝天 : 천자를 찾아뵘.

29) 三尺 : 법률. 고대에는 3척이나 되는 통나무 통에 법률을 기록하였는데, 여기에서부터 3척은 곧 법률을 의미하게 되었다. 『史記』〈酷吏列傳〉에 보면, “杜周가 말하기를 ‘3척의 법은 어디에서 나온 것이오? 이전의 군주가 옳다고 여겨 제정한 게 법률이 되고, 후대의 군주가 옳다고 여겨 기록한 게 법령이 되는 것이오. 당시 상황에 적합한 것이 옳은 것이어늘, 어찌하여 옛 법만 고집하는 게요.’[周曰: ‘三尺安出哉? 前主所是著爲律, 後主所是疏爲令, 當時爲是, 何古之法乎!’]”라는 구절이 있다.

30) 豐蔀 : 밝은 곳을 막는 것. 이 말은 『周易』〈豐卦〉에 나오는데, “육이는 그 덮는 것이 크다. 한낮에 북두성을 보니 나아가면 의심의 병을 얻게 된다. 정성을 두어 發心하면 吉하다.[六二, 豐其蔀, 日中見斗, 往得疑疾, 有孚發若, 吉.]”가 그것이다. 王弼은 이에 대해 “蔀는 광명을 막는 사물이다.[蔀, 覆曖障光明之物也.]”고 주석을 붙였다. 이후로 ‘豐蔀’는 빛을 막는 것을 이른다.

31) 贗眞 : 眞僞.

32) 事無巨細 : 일에는 크고 작고 할 것 없음. 이 말은 『史記』〈田儋列傳〉에 나온다. “정사는 크고 작고 할 것 없이 모두 상국이 결정하였다.[政事無巨細, 皆斷於相.]”

33) 經 : 영원한 진리. 『文心雕龍』에는 經을 "영원히 지속되는 지극한 도[恒久之至道]"라 하였다. 한마디 말도 고칠 수 없는 절대 진리를 經이라 한다.

34) 先斷後達 : 先斷後聞. 먼저 처리한 뒤에 황제께 보고함.

35) 霜電 : 서리와 번개. 엄정하고 강렬함을 비유하는데, 여기서는 형장에서 처형되는 것을 의미한다.

36) 倏爾 : 매우 빠른 모양. 시간이 아주 짧음을 의미한다.

37) 欽恤 : 죄인을 신중하게 審議함. 이 말은 본래 『書經』〈堯典〉에서 나온 것이다. "공경하고도 공경하라. 오직 형벌의 신중함을.[欽哉欽哉, 惟刑之恤哉!]" 丁若鏞의 『欽欽新書』도 이 말에서 나온 것이다.

38) 顯戮 : 顯僇으로 쓰기도 한다. 법제 의해 형을 받은 후, 그 시체를 많은 사람들 앞에서 내보이는 일. 『書經』〈泰誓下〉에 "공이 많은 자에게는 상을 후하게 줄 것이요, 나아가지 않은 자는 죽여 사람들에게 보일 것이다.[功多有厚賞, 不迪有顯戮.]"에서 나온 말이다.

39) 天地生育 : 천지가 만물을 기르는 융성한 덕. 『周易集句』에는 "천지가 만물을 생육함에 순환함이 무궁한 것은 원형리정 사덕이요, 성현이 만인을 교양함에 자연히 감화되는 것은 인의예지 사단이라.[天地生育萬物, 循環无窮者, 元亨利貞四德. 聖賢敎養萬民, 無爲而化者, 仁義禮智四端.]"라는 말이 있다.

40) 欠典 : 유감스러운 일.

41) 泰和 : 천지간에 화목한 기운이 충만한 것. 이 말은 『周易』〈地天泰〉에 "상전에 이르기를 하늘과 땅이 사귐이 태니, 후가 이로써 하늘과 땅의 도를 재단하여 이루며, 하늘과 땅의 마땅함을 도움으로써 백성을 좌우한다.[象曰, 天地交泰, 后以, 財成天地之道, 輔相天地之宜, 以左右民.]"에서 나왔다.

42) 三思 : 재삼 생각함. 『論語』〈公冶長〉에는 "계문자는 세 번 생각한 뒤에 행동하였다. 공자가 듣고 말하기를 '두 번이면 가하다.'라고 했다.[季文子三思而後行. 子聞之曰, 再, 斯可矣.]"라는 구절에서 나온 말이다.

43) 一得 : 그래도 취할 만한 한 가지. 『晏子春秋』〈雜下十八〉에는 "성인이 천 번 생각해도 반드시 하나는 잘못된 것이 있고, 어리석은 사람은 천 번 생각하면 반드시 하나는 취할 것이 있다.[聖人千慮, 必有一失. 愚人千慮, 必有一得.]"이라 하였고, 『史記』〈淮陰侯列傳〉에는 "지혜로운 사람이 천 번 생각해도 반드시 하나는 잘못이 있고, 어리석은 사람은 천 번 생각하면 반드시 하나는 취할 것이 있다.[智者千慮, 必有一失. 愚者千慮, 必有一得.]"라고 하였다. 이후는 자기의 생각이나 마음을 겸손하게 지칭하는 의미로 쓰였다. 一得之愚 역시 자기의 의견에 대한 겸사로 쓰인다.

44) 無任屛營 : 황공함을 이기지 못함. 無任은 '이길 수 없다[不勝]'는 존경의 말로, 예전 表狀이나 章奏나 箋啓나 편지 등에 주로 썼다. 屛營은 惶恐하다는 의미다.

45) 顒祝 : 크게 바람.

46) 動容 : 용모를 바르게 함. 이 말은 『孟子』〈盡心章句下〉에는 "동용과 주선이 예법에 맞는 것은 성대한 덕의 지극함이니, 죽음을 곡하여 슬퍼함이 산 자를 위함이 아니고,

떳떳한 덕을 굽히지 아니함이 녹을 얻고자 함이 아니고, 언어를 신실하게 함이 행함을 억지로 바르게 함이 아니다.[動容周旋, 中禮者, 盛德之至也, 哭死而哀, 非爲生者也, 經德不回, 非以干祿也, 言語必信, 非以正行也.]"라는 구절이 있다.

47) 啓沃 :『書經』〈說命上〉에 나오는 말이다. "내 마음을 열고 내 마음을 기름지게 하라.[啓乃心, 沃朕心.]" 이에 대해 孔穎達은 疏를 붙였는데, "마땅히 네 마음이 있는 곳을 열어서 내 마음을 기쁘게 하는 것이다. 저가 본 바로 하여금 내가 알지 못하는 것을 가르친다는 것이다.[當開汝心所有, 以灌沃我心, 欲令以彼所見, 敎己未知故也.]" 나중에는 '啓沃'로 정성을 다해 군왕을 보좌하는 의미로 쓰였다.

48) 敷奏 : 임금께 올리는 보고서.『書經』〈舜典〉에는 "제후들에게 보고서를 올려 말하게 하고 실제 그대로 행하는가를 살펴 공적을 주고 그들에게 수레와 의복을 나누어 주었다.[敷奏以言, 明試以功, 車服以庸.]"는 구절이 있다.

49) 剴切 : 간절하고 사리에 적중함.

50) 拾遺補闕 : 사람의 결점이나 과오를 보정해 줌. 司馬遷의 〈報任少卿書〉에 나오는 말이다. "스스로 생각건대, 저는 위로는 충성과 신의를 바치고 기이한 책략과 재능이 뛰어남이 있어도 현명한 군주와 결합할 수 없었으며, 다음으로는 잘못과 부족한 것을 바로 잡고 현인을 초청하고 능력 있는 이를 이끌어 내고, 은둔하는 선비를 드러낼 수 없었으며, 밖으로 군대를 거느리고 성을 공격하고 들에서 싸우며 적장의 목을 베고 기를 빼앗는 공도 세울 수 없었으며, 아래로는 오랫동안 일해 높은 관직이나 후한 봉록을 받아 친척과 붕우에게 은혜를 베풀 수 없습니다. 이 네 가지 중에 한 가지도 성취하지 못하고 남의 비위나 맞추고 영합하다보니 아무런 성과를 이루지 못한 것이 이와 같습니다.[所以自惟, 上之不能納忠效信, 有奇策才力之譽, 自結明主, 次之又不能拾遺補闕, 招賢進能, 顯嚴穴之士. 外之又不能備行伍, 攻城野戰, 有斬將搴旗之功. 下之不能積日累勞, 取尊官厚祿, 以爲宗族交遊光寵. 四者無一遂, 苟合取容 無所短長之效, 可見如此矣.]"라는 구절이 있다.

51) 省疏具悉 : 상소를 살펴 모두 알았다.

52) 荒裔 : 멀리 떨어진 변경.

53) 腥氛 : 어둡고도 흉악한 세력.

54) 一日萬幾 : 제왕이 매일 처리해야 할 정사가 많음을 의미한다. 이 말은『書經』〈皐陶謨〉에서 나왔다. "안일과 욕심으로 나라를 다스리지 마시고, 경계하고 두려워 하십시오. 하루 이틀에 정사가 만 가지나 됩니다.[無敎逸欲有邦, 兢兢業業, 一日二日萬幾.]"

55) 燭理 : 밝게 이치를 다스림.『漢書』〈元帝紀〉에는 "짐이 지존의 중대함을 이었으면서도 밝게 백성을 다스리지 못해 누차 흉년을 만나게 하였도다.[朕承至尊之重, 不能燭理百姓, 婁遭凶咎.]"라는 구절이 있다.

56) 元戎 : 군을 통수하는 主將.

57) 三覆 : 사형에 해당하는 죄인에게 억울함이 없도록 하기 위해 세 번 審理하던 일. 1차 심리를 初覆, 2차 심리를 再覆, 3차 심리를 삼복이라 한다. 宋나라 文瑩의『玉壺淸話』〈李先主傳〉에는 "이 때 천하가 어지러워 형옥이 법전을 따르지 않으니, 이러한 때에

무릇 사형을 시킴에 바야흐로 세 번 심리하고 다섯 번 주달하는 법을 사용해야 할 것입니다.[時天下罹亂, 刑獄無典, 因是凡決死刑, 方用三覆五奏之法.]"라는 구절이 있다.

58) 五奏 : 다섯 번 아뢰어 반복 조사하는 것. 『금선각』에는 '奏'로만 나오는데, 이는 아마 '五奏'를 의미하는 것으로 보인다. 통상적으로 죽을죄에 해당하는 죄인의 심리를 신중히 하기 위하여 쓰는 말로 '三覆五奏'라고 한다. 이 말은 『自治通鑑』〈唐紀十五〉에 나오는데, "또한 폐하께옵서 매번 중대한 죄수를 판결하실 때에는 반드시 세 번 조사하고 다섯 번 조사하라고 하셨으며, 집행할 때에는 소식을 하고 음악을 그치게 한 것은 인명을 중시한 까닭입니다.[且陛下每決一重囚, 必令三覆五奏, 進素膳, 止音樂者, 重人命也.]"에서 나온 말이다.

59) 淑慝 : 善惡. 이 말은 『書經』〈畢命〉에 "선악을 구별하여 그 마을에 표시하라.[旌別淑慝, 表厥宅里.]"라는 구절에서 나왔다.

60) 王章 : 王法. 조정의 법률.

61) 敦諭 : 임금이 신하에게 勉勵를 권하는 말.

62) 玉堂 : 홍문관의 부제학, 校理, 부교리, 修撰, 부수찬 따위를 통틀어 이르는 말.

63) 玉署 : 玉堂, 즉 홍문관의 별칭.

64) 問目 : 죄를 범한 것에 대한 기소 문서.

65) 殺越 : 殺人越貨의 준말. 인명을 살해하고 재물을 빼앗는 것으로, 도적의 행위를 의미한다. 이 말은 본래 『書經』〈康誥〉에 나온다. "무릇 백성이 스스로 죄를 짓고 도적질과 약탈을 일삼으며 재화 때문에 사람을 죽이고 재물을 빼앗으며 죽음을 두려워하지 않는 자를 미워하지 않을 수 없다.[凡民自得罪, 寇攘姦宄, 殺越人于貨, 暋不畏死, 罔弗憝.]"

66) 身首異處 : 몸과 목이 분리되는 것. 목이 베이는 것을 말한다. 『北齊書』〈王琳傳〉에는 "목이 베이는 것은 참으로 슬픈 것이다.[身首異處, 有足悲者.]"라는 구절이 있다.

67) 開逕 : 開徑. 지름길을 냄. 陶潛의 〈歸田園居〉에는 "내 본심이 정히 이와 같으니, 오솔길 내고 좋은 친구 오기만 바라노라.[素心正如此, 開逕望三益.]"라는 구절이 있다.

68) 惶恐遲晩 : 황공하다는 말. 遲晩은 옛날에 죄인이 自服할 때 쓰던 문서다. 法司의 推考에 대해 계속해서 세 차례 항거하거나 緘答[서면진술]을 하면 職牒을 거두어들이게 되는데, 이때 추고당하는 관원이 자기의 죄를 자복하는 것을 지만이라 한다. 겉면에는 '上狀'이라 쓴다. '지만' 본래의 뜻은 '너무 늦었다'는 것인데, '너무 오래 속여서 죄송하다'는 의미와 동시에 '죄를 자복한다'는 뜻도 담고 있다.

69) 重辟 : 극형에 처할 만큼의 무거운 죄. 重罪.

70) 下番 : 번이 갈려 교대 근무를 마치고 나옴.

71) 私室 : 개인의 침실.

72) 根株 : 식물의 뿌리와 그루터기를 말하는데, 사물의 근본이나 기초를 비유적으로 이른다. 唐나라 杜甫의 시 〈奉贈射洪李四丈〉을 보면 "나그네는 근본도 없이 띠집에 가을 풀을 더했네.[游子無根株, 茅齋付秋草.]"라는 구절이 있다.

73) 鼎鑊 : 솥과 가마로, 여기에 사람을 넣어 찌거나 삶는 잔혹한 형벌을 비유적으로 이른
다. 鼎鑊은 鼎鑊刀鋸의 준말이다. 鼎鑊刀鋸가 고대에는 형벌을 집행하는 잔혹한 네 가
지 刑具였다. 이에 따라 鼎鑊刀鋸만으로도 가장 잔혹한 형벌을 가리킨다.

74) 甘赴 : 달게 나아감.

75) 呫囁 : 소곤거림.

76) 戕害 : 잔혹하게 죽임.

77) 陰中 : 몰래 해침. 이 말은『史記』〈秦始皇本紀〉에 보면 "8월 기해일에 조고가 반란을
일으키려고 했지만 군신들이 듣지 않을까 염려되어 먼저 시험하기 위해 2세에게 사슴을
바치며 말하였다. '말입니다.' 이세는 웃으며 말하였다. '승상이 잘못이오. 사슴을 가리
켜 말이라 하시는구려.' 그리고 좌우에 물으니, 어떤 사람은 묵묵부답하고, 어떤 사람은
말이라고 하며 조고에게 아부하고, 어떤 사람은 사슴이라고 말하였다. 조고는 은밀하게
사슴이라고 말한 사람은 처벌을 받게 하였다.[八月己亥, 趙高欲爲亂, 恐群臣不聽, 乃先
設驗, 持鹿獻於二世, 曰：'馬也.' 二世笑曰：'丞相誤耶? 謂鹿爲馬.' 問左右, 左右或默,
或言馬以阿順趙高. 或言鹿者, 高因陰中諸言鹿者以法. 後群臣皆畏高.]"라는 말이 있다.

78) 卿卿 : 부부간에 서로 사랑하여 부르는 소리. 晉 나라 王安豊의 아내가 남편을 보고
늘 卿이라고 불렀던 데서 연유한 말이다. 안풍이 아내에게 "경이 어찌 나를 경이라 부르
는가." 하니, 아내가 대답하기를 "경을 친애하고 자네를 사랑하니, 경을 보고 경이라
부르지오. 제가 경을 경이라 부르지 아니하면 누가 경을 경이라 하겠습니까?[親卿愛卿
是以卿卿 我不卿卿 誰當卿卿]."라고 한 데서 유래하였다.『世說新語』〈惑溺〉에 나오는
고사다.

79) 中霤 : 집의 한가운데 있는 방.『春秋公羊傳』〈哀公 6年〉에는 "이에 역사로 하여금
큰 주머니를 들어 집 가운데에 이르게 하였다.[於是使力士擧巨囊, 而至于中霤.]"는 구
절이 나온다.

80) 十目 : 열 사람의 눈으로 보고, 열 사람의 손으로 가리킨다는 '十目所視, 十手所指'의
준말.『禮記』〈大學〉에 나오는 말이다. "열 사람의 눈으로 보고, 열 사람의 손으로 가리
키니 엄하도다.[十目所視, 十手所指, 其嚴乎!]"

81) 楸住 : 붙들어 머물게 함.

82) 相左 : 서로 다름.

83) 分疏 : 구실을 대어 변명함.

84) 席勢 : 세력에 의지함.

85) 百怪 : 여러 가지의 괴이한 것.

86) 千詭 : 아주 드물게 있는 희귀한 짓. 또한 가지각색의 괴이한 사건을 말함.

87) 槌髓 : 골수를 긁어냄. 丁若鏞의『牧民心書』에는 다음과 같은 구절이 있다. "백성들은
땅으로 농토를 삼는데 관리들은 백성들로 전답을 삼는다. 백성의 껍질을 벗기고 골수
를 긁어내는 것으로써 농사짓는 일로 여기고 머릿수를 모으고 마구 거두어들이는 것으
로써 수확하는 일을 삼는다.[民以土爲田, 吏以民爲田. 剝膚槌髓, 以爲耕耨, 頭會箕斂,

以爲刈穫.]"

88) 貫盈 : 죄악이 넘침. 이 말은 본래 『書經』〈泰誓〉에서 나온 것이다. "상의 죄는 넘쳐 흘러 하늘이 그를 벌 주었다.[商罪貫盈, 天命誅之.]" 은나라 紂임금의 악행이 한결 같았는데, 악이 가득 차자 하늘이 반드시 그를 벌했다 데서 나온 말이다.

89) 肉顫 : 肉跳心驚. 마음의 근심이 머릿속에까지 미쳐 몹시 두려워 떠는 것을 의미함.

90) 勘處 : 죄를 심리하여 처리함.

91) 冤枉 : 무고한 죄로 누명을 씀.

92) 酌處 : 정상을 참작하여 처리함.

93) 關石和鈞 : 세금을 부여함. 關은 중량을 재는 단위이고, 石은 용량을 재는 단위로, 이 둘을 합해 만들어진 關石은 세금을 부여함을 뜻한다. 일설에는 關은 세금을 부여하는 곳이고, 석은 용량을 재는 그릇이라고도 한다. 和鈞은 均坪이다. 곧 關石和鈞은 관세와 조세 등의 부과와 징수는 공평해야 함을 의미한다. 『書經』〈五子之歌〉에는 "관세(關稅)와 도량형[石]이 고르고 균등하여 왕의 창고가 넉넉하도다.[關石和鈞, 王府則有.]"라는 구절이 있다.

94) 金吾郎 : 의금부 도사의 별칭.

95) 湫隘 : 좁고 낮은 곳.

96) 干連 : 관련이 됨.

97) 聚首 : 가까이 모여 앉음.

98) 麟閣 : 麒麟閣. 前漢나라 때의 閣 이름. 未央宮 가운데에 있다. 武帝가 기린을 얻었을 때 마침 전각이 낙성되어 전각 안에 기린의 화상을 그려서 붙여두었다. 宣帝 때에는 霍光 長安世 韓增 趙充國 魏相 丙吉 杜延年 劉德 梁丘賀 蕭望之 蘇武 등 11명의 공신의 초상을 그려 각 위에 걸어둠으로써 그 공적을 찬양하였다. 예전에는 탁월한 공적을 세운 사람의 초상을 그려 기린각에 걸어두는 것을 최고의 영예로 여겼다.

99) 刑家 : 죄를 받은 사람의 가족.

100) 逮下 : 은혜가 아랫사람에게 미침.

101) 王政 : 국왕의 정치. 王道政治.

102) 邦憲 : 『詩經』〈小雅·六月〉에 나오는 말이다. "文과 武가 서로 보완되어 만국에 모범이 될지라.[文武吉甫, 萬邦爲憲]"에서 비롯된 말인데, 후대에는 '邦憲'이 국가의 큰 법을 지칭하게 되었다.

103) 跟捕 : 종적을 밟아 사로잡음.

104) 庭闈 : 안채로, 부모님이 거주하는 곳을 지칭한다. 『文選』〈束晳'補亡'詩〉에는 "남쪽 밭두둑을 따라 난초를 캐네. 부모님을 생각할 때마다 마음이 왜 이리 설레는지.[循彼南陔, 言采其蘭, 眷戀庭闈, 心不遑安.]"이라는 구절이 있다. 李善은 "정위는 부모님이 거주하는 곳이다.[庭闈, 親之所居.]"고 주석을 붙였다.

105) 粗安 : 크게 안정되어 좋아짐.

106) 橫逆 : 거꾸로 거슬러 올라감. 이치에 어그러지는 것을 말한다.

107) 靜攝 : 몸과 마음을 안정하여 휴양함.

108) 撫躬自愧 : 撫躬은 자신을 낮춰 스스로에게 묻는 것을 의미한다. 즉 스스로에게 물어도 부끄럽다는 의미다.

109) 抗顔 : 얼굴을 대함.

110) 齊眉 : 擧案齊眉. 부부가 서로 손님처럼 공경하는 것을 말한다. 고려대본을 비롯하여 몇 개의 이본에는 齊眉로 나와 있는데, 이것은 혹 '어깨를 나란히 하다'는 의미인 齊肩의 오류가 아닌가 한다.

111) 哽塞 : 비통함으로 인해 기운이 막혀 능히 말을 하지 못함.

112) 禍色 : 재앙이 벌어지는 빌미.

113) 臲卼 : 일이 어그러져서 마음이 불안함. 이 말은 『周易』〈坤卦〉에 나온다. "上六은 칡과 등나무 덩굴 때문에 곤란을 받음이니, 말하되 '행동하면 뉘우친다'고 하니, 뉘우침을 두고 가면 길하다.[上六, 困于葛藟, 于臲卼, 曰動悔有悔, 征吉.]"

114) 蟬鬢 : 고대 여인의 머리 모양의 한 종류. 양쪽 귀밑머리가 매미의 날개와 같았다고 해서 붙여진 이름이다. 崔豹의 『古今注』에 魏나라 文帝 曹丕가 사랑하던 莫瓊樹라는 宮女가 蟬鬢이라는 머리모양을 하였는데, 멀리서 보면 투명하여 마치 매미 날개와 같았다고 한 데서 유래한 말이다.

115) 芳姿 : 아름답고 상큼한 자태와 용모.

116) 弘濟 : 널리 구하여 도와줌. 『書經』〈周官〉에는 "지금 하늘이 병을 내리시어 거의 일어나거나 깨거나 하지 못할 것 같소. 바라건대 그대들은 짐의 말을 밝힘으로써 원자 쇠를 삼가 보호하고 어려움을 널리 구제해 주시오.[今天降疾, 殆弗興弗悟. 爾尙明時朕言, 用敬保元子釗, 弘濟于艱難.]"라는 구절이 있다.

117) 倒履 : 급하게 나와 맞이하느라 신발을 거꾸로 신는 줄도 모른다는 말로, 정열적으로 손님을 맞이하는 것을 형용한다.

118) 語古談今 : 說古談今. 고금의 일을 이야기한다는 말로, 話題가 아주 광범위함을 일컫는다.

119) 絲棼 : 『左傳』〈隱公四年〉에는 "신은 덕으로써 백성을 화합시킨다는 말은 들었으나, 亂으로써 백성을 화합시킨다는 말은 듣지 못했습니다. 亂으로써 백성을 화합시키려는 것은 마치 엉킨 실을 정리하려다가 더 엉키게 하는 것과 같습니다.[臣聞以德和民, 不聞以亂. 以亂, 猶治絲而棼之也.]"라는 구절이 있는데, 楊伯峻은 "棼의 음은 분으로, 분란을 의미한다.[棼, 音汾, 紛亂之意.]"고 해석하였다. 이후 '絲棼'은 그 자체로 紛繁, 혹은 紊亂을 뜻하게 되었다.

120) 秉彛 : 타고난 천성을 그대로 지킴. 이 말은 『詩經』〈大雅·蕩之什·烝民〉에 "백성이 받아 지녀야 하는 것은, 바로 이 아름다운 덕이라네[民之秉彛, 好是懿德.]"에서 나온 것이다.

121) 愛戴 : 웃어른으로 존경하며 소중하게 떠받듦.

늘그막에 무궁한 복록을 더욱 더 누리고,
온 집안 사람이 한가지로 극락세계에 오르다
暮景[1]益享無彊福　闔家[2]同躋極樂界

각설. 경운의 골격이 이미 갖춰지고, 학업도 크게 진전되었다. 하지만 승상은 많은 나랏일로 인해 혼인이 늦어짐을 몹시 걱정하였다. 그러던 중 우승상 임백규(任白圭)의 딸이 아름다운 덕과 정숙한 법도가 공경(公卿)의 집안에서 몹시 뛰어나다는 말을 들었다. 마침내 매파를[3] 보내 혼인[聯楣]의 뜻을 알리니, 임 승상도 즐겨 그를 허락하였다.

길일을 가려 예를 행하니, 참으로 이른바 요조숙녀 군자호구(窈窕淑女, 君子好逑)였다.[4] 임 승상이 경운을 보고 위로하여 말하였다.

"선부군(先府君)은 큰 덕과 높은 풍도로 당세에 크게 이름을 떨쳐 지금까지도 사람들에 의해 일컬어지는데, 지금 어진 사위를 보니 순수하여[5] 오래된 가문의 유풍이 있도다. 이 늙은이의 기쁨을 어찌 가히 측량할 수 있겠느냐?"

인하여 별장을 마련하여 두고, 어루만지며 가르치기를 친아들처럼 하였다.

정렬부인이 옥중에서 낳은 사내아이의 이름은 옥윤(玉胤)이다. 기상이 날마다 점점 장대해지고,[6] 학문과 지혜도 모두 성장하였다. 풍채의 빼어남과 마음속에 품은 생각[胸襟]의 넓음은 마치 승상이 아이 때와 흡사했다. 열아홉 살에 등과하여 관직이 한림학사에 이르렀다. 황제께서는 옥윤으로 하여금 장녀 화양공주(華陽公主)의 짝으로 삼았다.[7] 은총이 높고도 빛나고, 궁실은 크고도 넓었다. 그 부귀와 번화로움은 임금의 친척들이나[8] 다른 여러 가문 중에서도 으뜸이었다.

숙렬부인도 사내아이를 낳았는데, 이름은 효윤(孝胤)이다. 학행과 문장이 일세에 크게 떨치더니, 일찍이 갑과(甲科)로 과거에 올라 이부상서(吏部尙書)가 되었다. 원희(元姬)도 사내아이를 낳았는데, 이름은 충윤(忠胤)이다. 전중시어사(殿中侍御史)가[9] 되었다. 한희(韓姬)도 사내아이를 낳았는데, 이름은 명윤(明胤)이다. 형부시랑(刑部侍郎)이 되었다. 모두가 부형(父兄)의 풍도가 있어, 빛나고 빛나는[10] 향기로운 지란(芝蘭)이[11] 가문[門庭]에서 잇따라 향기를 내뿜고, 빛나고 빛나는 가마와 관복[軒冕]은[12] 나란히 조정[朝著]에서[13] 빛을 발하였다. 당시 사람들을 이를 두고 '장씨 집안의 네 마리 용[張氏四龍]'이라고 일컬었다.

승상이 나이 50세에 이르자, 왕상서와 정부인이 먼저 돌아가시고,[14] 노왕과 양부인도 모두 장수를 누리시고[15] 해를 이어 잇따라 사망[捐館]하였다. 상장(喪葬)의 예와 제사(祭祀)의 절차를 공후(公侯)의 형식[儀文]에 따라 행하니, 온 세상 사람들이 모두 좇아 추앙(推仰)하며 존경하였다.[16]

이경운은 일찍이 추천을[17] 받아 음관(蔭官)으로 임금을 모셨다. 황제께서는 그 세덕(世德)이 빛남을 중히 여기고 그 문장이 단아함을 사랑하여, 절차를 두지 않고 높이 추천하여 특별히 익주자사(益州刺史)를 제수하였다. 경운이 사은숙배하고 물러나와 황제의 명령을 받든 깃대[建節]를 높이 세우고[18] 서쪽으로 향해 갔다.

양주(凉州)는 곧 익주의 관하(管下)에 있는 고을이었다. 소흥(紹興) 길을 거쳐 연경사를 지나는데, 시내와 골짜기, 누각과 정자[樓觀]는[19] 옛 모습을 잃지 않았건만 젊거나 늙거나를 막론하고 중들은 모두가 새로운 얼굴들이었다. 이윽고 대사의 소식을 물으니, 여러 중들이 대답하였다.

"그 때에 한번 가시고는 다시 내려오지 않았습니다. 전해 듣기로는 지난해에 이미 열반에 들어, 금산(金山)[20] 백운대(白雲坮) 위에서 화신(化身)하여[21] 금상대불(金相大佛)이 되었다고 합니다."

자사가 지난 일을 회상[遙想]해 보니 아련히 마음이 아파왔다. 이에 진수성찬을 갖춰 크게 수륙재(水陸齋)를[22] 베풀어 모든 영혼[靈駕]을[23] 불러 그들을 위로하고, 금은 비단을 내어 모든 중에게 나누어주니, 모든 중들이 백 번 절하며 칭찬하였다.

자사가 양주에 이르러 성묘한 후 실성통곡하였다. 부모를 모시지 못함이 마치 나무는 고요하려 하나 바람이 그냥 두지 않는 비참함과[24] 서리를 밟는 아픔과[25] 같아, 천지[穹壤]간의 망극함은 처음이나 나중이나가 다르지 않았다. 곧바로 석공(石工)을 불러 신도비(神道碑)를[26] 세우고, 또한 제전(祭田)을[27] 마련하여 제사[香火]를 지내는[28] 재료로 삼게 하였다.

몸을 돌려 옛집에 가니 호씨는 나이가 많아 정신이 혼미하여 사물을 분별하지 못하였다. 어린아이[弱子]와[29] 손자들은[30] 보잘 것 없는 집안과 결혼하여, 기한이 뼈에까지 사무쳐 있었다. 자사가 이를 불쌍히 여겨 금은을 후하게 주어 여러 동생들로 하여금 산업을 일으켜 세우도록 하였다.

각설. 서양국(西洋國) 왕은 후사가 없고 또한 뒤를 이을 종친도 없었

다. 그가 훙서(薨逝)하자,[31] 대신들이 황제께 주달하였다. 황제는 장옥
윤으로 서양국 왕으로 봉하였다. 그리고 하유(下諭)하였다.

"아들이 이미 왕으로 봉해졌는데, 그 아비의 작위와 벼슬을 승상에
머물게 할 수는 없는지라. 특별히 장두영을 진왕(陳王)으로 봉하노라.
황성(皇城)과는 멀지 떨어져 있지 않은 곳에 머물게 하라. 이부인은 정
렬왕비로 봉하고, 왕부인은 숙렬왕비로 봉한다. 원희와 한희는 모두
궁빈(宮嬪)의[32] 호칭을 내리노라."

늙은이 젊은이 할 것 없이 한 궁에 있던 모든 사람들이 북쪽을 향해
백 번 절하고 황제의 은혜를 감축하였다.

서양국왕이 궁궐에 들어가 황제를 뵙고 공경함을[33] 다한 후에 땅에
엎드려 아뢰었다.

"신이 외람되이 황실과 인척이[34] 된 것에 기대어 제후[侯王]의 지위
에까지 함부로 올랐으니, 영화와 권귀(權貴)가 지극하옵니다. 마음속
깊이 느꺼운 것이 깊고도 깊습니다. 다만 엎드려 생각하건대, 옛 성인
들은 부모가 있으면 멀리 나가 놀지 말라고[35] 훈계하였습니다. 비록
한 때에 멀리 나가는 것이라 할지라도, 이는 사람의 자식이 되어 참으
로 할 수 없는 일입니다. 신의 부자(父子)가 각각 두 곳의 제후로 봉해짐
으로써[36] 길[道里]이 서로 끊기게 되었습니다. 세 노인이 당(堂)에 계신
데도 혼정신성(昏定晨省)을[37] 할 사람이 없사오니, 사람이 도리가 장차
끊어질 것입니다. 그러한즉 제후[千乘]의[38] 귀함이 무슨 상관이 있겠습
니까? 자식의 직분에 게을러진다면 만종(萬鍾)이나[39] 되는 많은 녹봉을
어디에 쓰겠습니까? 엎드려 바라옵건대 폐하께옵서는 특별히 부모와
함께 가는 은혜로운 명령을 내려주시어, 사람의 자식이 되어 연로하신
부모를 영원히 모실 수 있는[40] 사사로운 감정[私情]을 펼 수 있도록 해
주십시오."

황제는 그의 효성을 가상히 여겨, 그를 윤허하였다. 왕은 머리를 조아려 축사(祝謝)한 후, 부자가 나란히 황제께 배사하고 물러났다.

진왕이 효윤 등을 불러 뜰에 세우고 명령하였다.

"조정에 들어가 나라를 다스리는 선비는 먼저 임금을 섬기고 나중에 부모를 봉양한다고 하였다. 하물며 우리 집안은 세록지신(世祿之臣)으로,[41] 오랫동안 황제의 특별한 은총을[42] 입었느니라. 지금 만약 너희들과 함께 하루아침에 모두 물러나 성군[聖主]을 떠난즉, 위로는 국가의 넓고 큰 은혜[洪私]를 저버림이요, 아래로는 선조의 충성과 곧은 절개를[43] 더럽히는 것이니 두렵지 않겠느냐? 너희들은 부모와 이별하고 형과 헤어지는 슬픔을 마음에 품지 말고 더욱 더 선공후사(先公後私)의[44] 정성을 드리도록 하라. 참으로 황제가 계신 도성[輦轂]에[45] 머물며 조금이라도 황제의 은덕을[46] 갚은 연후에 조정에서 물러나 돌아와 부모를 받들도록 하여라. 이것이 너희들이 직분이니, 항상 힘쓰도록 하라."

모든 어머니들도 한 목소리로 위로하며 말하였다.

"비록 지금은 잠시 이별하지만[47] 끝내는 반드시 빛을 내며 함께 돌아올 것이다. 반드시 공경하고 경계하며, 부디 아버님의 명령을 어기지 않도록 해라."

효윤과 충윤과 명윤이 엎드려 울며 대답하였다.

"삼가 가르침을 듣겠사옵니다."

다음 날, 서양왕이 머물러 여러 아우들과 이별하고 세 부인[三殿]을 모시고 앞장서서 길을 떠날 새,[48] 원빈과 한빈도 또한 따라갔다.

양주를 지나게 되자, 통판의 묘에 들러 제사[奠]를 지내고 호씨의 집에 유숙하였다. 이후 몸을 돌려 여남에 이르러 단원사의 비구니 암자에 들렀다. 이 때 익주자사는 서양왕이 봉해진 나라로 나아간다는 말을 듣고 놀랍고도 기뻐 급히 행장을 차려 행차가 오는 중로(中路)에까지 나와 맞이하였다.

이 날 산중에 있던 모든 중들은 막 큰 재(齋)를 베풀어 불당 앞의 계단을[49] 깨끗이 쓸고 각종 떡과 과자를 성대하게 진설(陳設)해 놓았다. 부상 앞에 놓인 향불 연기는 짙고도 강하고,[50] 법당의 종소리는 쟁쟁하게 울렸다. 불경을 읽으면서 예축(禮祝)하는데, 하는 말이라고는 그저 '크게 시주를 하신 양부인과 이부인이 서양에 왕생하기를 기원하옵니다.'는 것에 불과할 뿐이었다.

그러던 중 홀연 수레와 가마가 절 입구로 들어오는 소리가 들렸다. 중들이[51] 분주해하며 급히 일어나 문 밖으로 나아가 이들을 맞이하였다. 정렬왕비가 가마에서 휘장을 걷고 바라보니, 예전에 같이 거주하던 비구니는 불과 서너 명이고, 그 나머지는 모두 태어나서 처음 보는 얼굴들이었다. 가마에서 내려 당에 오르는데, 비구니들은 감히 우러러보지 못하였다. 정렬왕비가 물었다.

"이 암자에서 재를 베푸는데, 그것은 누구를 위한 것인지 모르겠구려."

늙은 비구니가 말하였다.

"일찍이 두 부인이 있었는데, 불전에 시주[舍施]를 한 공덕이 무량한 까닭에 매년 이 날에는 재를 베풀어 부처님께 공양하며 시주를 하고 서양에 왕생하기를 발원한답니다."

정렬왕비가 다시 물었다.

"어떤 부인이며, 무슨 공덕이 있는가요?"

"양부인과 이부인 두 부인이죠. 그들은 곧 고부간으로, 난리를 만나 흩어졌다가 이 암자에 들어와 비구니가 되었답니다. 그 후 소년 상공께서 서번을 평정한 후 개선하고 돌아오는 길에 서로 만나 함께 돌아갔답니다. 상공이 곧 양부인의 맏아드님이자 이부인의 낭군이었죠. 빈도(貧道)와 더불어 서로 이별하던 때에 금은과 비단으로 정을 표하고 가셨는데, 그것으로써 불상을 개금(改金)하고 법전(法殿)도 중창할 수 있게 되었습니다. 넉넉히 썼는데도 또한 남음이 있기에, 이로써 재를 베풀게 되었습니다. 그래서 마침 수레와 가마가 영광스럽게도 이곳에 찾아와 주셨는데도[52] 감히 요란스럽게 맞이할 수 없었습니다. 그러니 일을 며칠 뒤로 미루어두시는 것도 또한 늦지는 않을 듯하옵니다."

정렬왕비가 말을 듣고 있자니 슬프고도 느껴웠다. 그러다가 비구니를 다시 주목해서 보니, 전날 비구니 청성(淸性)의 제자 채신(采信)이었다. 어느새 눈썹이 희고 얼굴이 푸르러진 노년의 모습[53] 되어 있었다. 이내 물었다.

"스님께서는 나를 알아보시겠소?"

"왕비[娘娘]께옵서는 궁중 깊은 곳에 거주하옵고, 천한 비구니는 산간 외진 곳에 거처하는데 어찌 감히 일찍이 뵌 적이 있었겠습니까?"

정렬왕비가 추연히 눈물을 떨어뜨리며 말하였다.

"내가 바로 지난날에 함께 거주했던 이씨랍니다."

모든 비구들이 몹시 놀라 합장[叉手]하고 다시 물었다.

"양부인 낭랑께옵서는 기후가 어떠하십니까?"

정렬왕비가 목멘 채 말하였다.

"수년 전에 갑자기[54] 세상을 떠나셨습니다. 그리워하는 회포가 이 절에 이르니 더욱 절실해집니다. 내가 늦게 귀한 아들을 두었는데, 일찍이 명성이 높은 벼슬[名宦]에 올랐습니다. 황제께옵서 특별히 서양국왕으로 봉하신 까닭에 집안 모든 권속들이 나란히 나아가고 있답니다. 생각건대 여기에 계신 스님께옵서 정성으로 봉축(奉祝)하신 것이 우리 모든 가속들이 서방 극락세계에 오르도록 하는 것이었군요. 스스로 그

당시를 생각해 보면, 무슨 공덕이 있었기에 모든 스님께서 보응(報應)하는 정성이 이처럼 한결같이 지극하신가요? 도리어 민망하고 부끄러울 따름입니다."

시녀가 급히 달려오며 말하였다.

"익주자사께서 또한 도임하셨습니다."

정렬왕비가 흔연히 맞이하여 대하는데, 남매가 깊이 그리워하던 마음과[55] 즐거워하는 얼굴빛은[56] 말할 것도 없었다.

다음날 왕과 자사는 각기 진귀한 보배를 내어 모든 비구니들에게 후하게 주니, 비구니들이 모두 나란히 서서 절하며 칭찬하였다.

수레와 가마가 산에서 내려와 백여 리를 갔다. 서양과 익주는 각각 동서로 나뉘어져 있었기에 자사는 몹시 슬퍼하며 이별을 고하고 떠났다.

왕이 서양국에 도임하니 그 경계가 광대하고 원만하며, 그 풍속은 삶과 죽음의 경지를 모두 떠나 있었다.[57] 마침내 별도의 궁전을[58] 지어 늙은 세 부모를 봉양하는 장소로 삼았다. 왕은 보화전(寶化之殿)에 올라 극락세계의 다스림을 만들었다. 기화요초는 한 나라의 춘광(春光)에 가득하고, 상서로운 들짐승과 날짐승[祥禽瑞鳥]은 하루 종일[59] 하늘의 음악[天樂]에 서로 화답하였다. 모든 관료는 투명하고 깨끗하게 정치를 베풀고, 모든 백성은 거짓 없이 가르침을 받들었다.

아아! 아름답도다![60] 이로써 세상 사람들 가운데 극락세계에 태어나기를 바라는 자들은 반드시 서양국을 운운하였다고 칭한다.

1) 暮景 : 늙음에 이르는 해.

2) 闔家 : 온 집안 사람.

3) 媒妁 : 중매를 하는 사람. 媒는 두 姓을 合하도록 꾀하는 것이고, 妁은 두 성을 斟酌하는 것이다. 일설에는 남자 쪽을 媒라 하고, 여자 쪽을 妁이라고도 한다. 『孟子』〈滕文公〉에는 "부모의 명령과 중매자의 말을 기다리지 않고 담과 벽에 구멍을 뚫고 들여다보며 담장을 넘어 서로 노닌다면 부모와 나라 사람들이 모두 그것을 천하게 여기지요.[不待父母之命 媒妁之言, 鑽穴隙相窺, 踰牆相從, 則父母國人皆賤之.]"라고 하였다.

4) 窈窕淑女 君子好逑 : '그윽하고 정숙한 숙녀는 군자의 좋은 짝이로다.'라는 말로, 『詩經』〈周南·關雎〉에 나온다. "꽉꽉 우는 물수리, 물 언덕에 있네, 그윽하고 정숙한 숙녀는 군자의 좋은 짝이로다.[關關雎鳩, 在河之洲. 窈窕淑女, 君子好逑.]"

5) 粹然 : 사람의 얼굴이나 마음이 참되고 醇厚하여 꾸밈이 없고 천진스러운 모양.

6) 魁梧 : 몸이 크고 건장해짐. 『史記』〈留侯世家〉에 보면 "나는 그 사람이 몸이 크고 건장하리라 생각했는데, 나중에 그 화상을 보았더니 생김새가 마치 부녀자와 같았다.[余以爲其人計魁梧奇偉, 至見其圖, 狀貌如婦人好女.]"라는 말이 있다. 이에 대해 裴駰은 "괴오라는 것은 장대하다는 뜻이다.[魁梧, 丘虛壯大之意.]"라는 해석을 붙였다.

7) 尙 : 배필로 삼다. 『史記』〈司馬相如列傳〉에 보면 "탁 왕손이 한숨을 내쉬며 탄식하며 스스로 딸을 사마장경에게 시집보낸 것을 잘하였다고 생각하였다. 딸에게 재물을 아들과 동등하게 후하게 나누어주었다.[卓王孫喟然而歎, 自以得使女尙司馬長卿晩, 而厚分與其女財, 與男等同.]"는 구절이 있다.

8) 戚里 : 황제의 외척이 모여 지내는 마을. 『史記』〈萬石張叔列傳〉에는 "이에 고조가 그 누이를 불러 미인[妃嬪의 칭호]으로 삼고 石奮을 中涓[청결과 위생을 담당하는 시종]에 임명하고, 아울러 서신을 황제께 바치는 일을 맡게 하였다. 또한 장안성 안에 있는 황제들이 친척들이 모여 사는 곳으로 거처를 옮기도록 하였는데, 이는 누이가 미인이 되었기 때문이다.[於是, 高祖召其姊爲美人, 以奮爲中涓, 受書謁, 徙其家長安中戚里, 以姊爲美人故也.]"라는 구절이 있다.

9) 殿中侍御史 : 관직 이름. 魏晉 때에 생겨났다. 중간에 이름이 바뀌었지만, 唐나라 이후로 이 명칭이 쓰였다. 6명을 두었고, 從七品 이하의 관직이다. 궁중에서 의식을 받들고 도성을 순찰하는 역할을 했다.

10) 燁燁 : 찬란하게 빛나는 모양.

11) 芝蘭 : 芝草와 蘭草를 말하는데, 모두 향기로운 풀이름이다. 높고 맑은 재질을 비유하여 쓰거나, 남의 집의 똑똑하고 영리한 아들을 비유하여 쓴다.

12) 軒冕 : 예전에 大夫 이상의 官員이 타던 수레와 관복. 官爵이 매우 높음을 의미한다.

13) 朝著 : 朝會에 참여하는 벼슬아치의 벌여 서는 차례를 의미하는데, 여기서는 넓은 의미로 조정을 뜻한다. 이 말은 본래 『左傳』〈昭公十一年〉에 "조정에서는 일정한 지위가 있고, 회합에는 일정한 목표가 있고, 의복에는 옷깃이 있고, 허리에는 띠를 맵니다.[朝有著定, 會有表, 衣有繪, 帶有結.]"에서 나온 것이다.

14) 零落 : 초목이 시들어 떨어지는 것으로, 죽음을 비유적으로 이른다.『管子』〈輕重己〉에는 "마땅히 수확해야 하는데 수확하지 못하고 비바람이 크게 일어나 오곡 수확이 줄어들어, 병사와 백성들이 굶어 죽는구나. 이는 때에 맞춰 수확하지 못한 데서 비롯된 해로움이다.[宜穫而不穫, 風雨將作, 五穀以削, 士兵零落. 不穫之害也.]"라는 구절이 있다.

15) 壽考 : 長壽를 하고 목숨을 마침.

16) 推重 : 推仰하여 尊重히 여김.

17) 剡薦 : 종이에 써서 추천함. 중국 剡溪 지방에서 생산된 종이에 추천을 쓴 데에서 유래된 말임.

18) 建節 : 符節을 지님. 고대에는 신하가 황제의 명령을 받들었음을 증표하는 것이 建節이었다.『史記』〈司馬相如列傳〉에는 "천자가 이내 상여에게 중랑장을 제수하시고 깃대를 높이 세우고 오도록 했다.[乃拜相如爲中郎將, 建節往使.]"라는 구절이 있다. 唐나라 때에는 節度使나 經略使에게 임무를 맡길 때에는 황제게 깃대를 주었는데, 후대에는 이로써 대장이 鎭에 나아가는 의미로 사용되기도 했다.

19) 樓觀 : 樓臺와 亭子. 높은 건축물을 비유적으로 이르기도 한다.

20) 金山 : 金山이 분명하게 어디를 가리키는 것인지 알 수 없지만, 아마도 이 소설의 배경을 고려할 때 江蘇省에 위치한 금산이 아닌가 한다. 이곳에는 金山寺가 있는데, '금산사 안에 산이 있다'고 할 만큼 산과 절이 기묘한 조화를 이루고 있다. 이 절의 이름이 거대한 금덩어리로 변한 법해(法海) 스님의 이야기에서 유래한다는 점에서 더욱 더 그 개연성을 높인다. 또한 이 절은 중국의 민간설화〈白蛇傳〉이 태동한 곳으로도 유명하다. 또한 고려시대의 고승인 大覺國師 義天이 이 절의 스님과 교유했다는 점에서 우리에게도 친숙한 곳이다.

21) 化身 : 부처의 三身의 하나로 중생을 교화하기 위해 여러 가지 형상으로 변화하는 佛身. 法身佛이 十方三世에 걸쳐 보편적으로 존재하는 완전하고 원만한 이상적인 불신인데 반해, 화신불은 특정한 시대와 장소에 따라 특정한 대상을 구제하기 위해 출현하는 역사성을 지닌 부처이다. 석가모니부처는 기원전 5세기경 인도에 출현한 화신이며, 과거의 6부처를 비롯한 많은 부처들과 미래에 출현할 미륵부처도 화신에 속한다. 즉 구체적인 부처는 모두 화신이라고 할 수 있다.

22) 水陸齋 : 불교에서 음식을 수중과 육상에 뿌려 외로운 혼령이나 아귀들에게 베풀어줌으로써 고뇌를 제거하게 한다는 법회. 수륙재는 중국 梁나라 武帝가 505년에 시행했던 것이 시초이다. 우리나라에서는 고려시대 光宗 22년(971) 수원 葛陽寺에서 처음 시행했다.

23) 靈駕 : 혼령을 태운 수레. 영혼.

24) 風樹之感 : 風樹之悲. 風木之悲. 부모가 돌아가셔서 봉양할 수 없는 비참함을 비유적으로 이른 말이다.『韓詩外傳』에 "나무는 고요하고자 하나 바람이 그치지 않는다. 자식이 효도를 하려 하나 부모는 기다려주지 않는다.[樹欲靜而風不止, 子欲養而親不待.]"는 말에서 유래한 말이다.

25) 霜露之愴 : 霜露之感. 서리와 이슬을 밟는 느낌으로 부모나 조상을 그리워하는 것을

말한다. 『禮記』〈祭儀〉에는 "서리와 이슬이 내렸을 때 군자는 밟으면서 반드시 슬픈 마음이 들지만, 그것은 그 추위를 말하는 것이 아니다.[霜露旣降, 君子履之, 必有愴愴之心, 非其寒之謂也.]"고 하였다. 이는 군자가 서리와 이슬을 밟으면서 추위 때문에 슬픈 마음이 드는 것이 아니라, 부모나 조상의 무덤에 서리가 내려앉았을까봐 슬퍼하는 것이다.

26) 神道碑 : 죽은 이의 평생 행적을 기록하여 묘 앞에 세운 비석. 神道는 묘 앞에서 입구까지 낸 길을 말한다. 중국에는 漢나라 때부터 성행했는데, 처음에는 石柱를 세우거나 간단한 題額을 써서 표시했고, 晉나라 宋나라 때에 묘비에 글자를 새기기 시작했다. 우리나라에도 삼국시대부터 묘비를 세우기 시작했지만, 조선시대에 와서 신도비를 세우는 것이 성행하였다.

27) 祭田 : 조상의 제사를 받들기 위해 마련한 位土로, 祭位田과 祭位畓이 있다.

28) 香火 : 향을 태우는 불. 향을 피운다는 뜻에서 제사를 일컫는다.

29) 弱子 : 어린 아이.

30) 荒子屛孫 : 성인이 되지 못한 자손과 방탕하고 버릇없는 후손을 일컬음.

31) 薨逝 : 임금이나 왕족 등의 죽음을 일컬음. 특히 제후의 죽음을 薨, 薨逝, 昇遐라고 한다. 죽음을 부르는 명칭은 신분에 따라 다른데, 천자는 崩, 士는 不祿, 大夫는 卒, 庶民은 死라고 쓴다.

32) 宮嬪 : 제왕의 侍妾.

33) 祇肅 : 恭謹하고 엄숙함. 『書經』〈太甲〉에는 "사직과 종묘를 공경하여 엄숙하게 하지 않음이 없음으로 하늘이 그 덕을 살피시고 大命에 나아가게 하사 만방을 어루만지셨습니다.[社稷宗廟, 罔不祇肅, 天監厥德, 用集大命, 撫綏萬方.]"라는 구절이 있다.

34) 宮禁 : 본래 이 말은 황제가 거주하는 곳이나 정치를 펴는 지방을 뜻하는데, 여기서는 제왕의 부인을 뜻한다. 장옥윤이 화양공주와 결혼한 것을 의미한다.

35) 父母在 不遠遊 : 부모가 계시면 멀리 나가지 말라. 이 말은 『論語』〈里仁〉에 나온다. "공자께서 말씀하시기를 '부모가 살아계시면 멀리 나가 놀지 않으며 놀되 반드시 가는 곳이 있어야 한다.'[子曰: 父母在, 不遠遊, 遊必有方.]"

36) 封疆 : 封畺이라고도 한다. 땅을 封해 줌. 예전에 제후들에게 땅을 나누어 봉하여 주던 것을 의미한다.

37) 昏定晨省 : 저녁에는 잠자리를 살피고, 아침에는 일찍이 문안을 드린다는 뜻으로, 부모에게 효도하는 도리를 이른다. 『禮記』〈曲禮〉에 "무릇 사람의 자식이 된 자로서 지켜야할 예는 겨울에는 부모를 따뜻하게 해 드리고 여름에는 시원하게 하며, 저녁에는 잠자리를 살펴 드리고 새벽에는 아침 문안을 드리며, 동기나 친구들과 싸우지 않는다.[凡爲人子之禮, 冬溫而夏淸, 昏定而晨省, 在醜夷不爭.]"에서 나온 말이다.

38) 千乘 : 諸侯. 乘은 수레를 세는 단위다. 周나라 때, 戰時에 천자는 萬乘을, 제후는 千乘을 내도록 되어 있었다. 보통 一乘은 甲士 3명, 步兵 72명, 人負 25명 등 100명과 전차 1대, 말 4필, 소 15필을 합한 것을 일컫는다.

39) 萬鍾 : 매우 많은 俸祿을 이름. 鍾은 예전에 부피를 재는 단위인데, 『孟子』 1종에 6斛 4斗가 들어간다고 했다. 1斛[우리말로는 휘라 한다.]은 10斗를 뜻한다.

40) 終養 : 천수를 누릴 때까지 부모를 봉양함. 대체로 조정의 관리들이 조정에서 물러나 귀가하여 늙은 부모님을 모시겠다고 할 때에 주로 쓰는 표현이다.

41) 世祿之臣 : 대대로 나라의 녹봉을 먹는 신하.

42) 殊遇 : 황제의 특별한 은총을 입고 신임을 얻음.

43) 忠貞 : 충성과 굳은 절개. 여기에서 쓴 말은 『書經』 〈君牙〉에 나오는 "네 할아버지와 아버지는 세대로 돈독하고 충정스러웠다.[惟乃祖惟乃祖乃父, 世篤忠貞.]"를 활용한 것이다.

44) 先公後私 : '개인적인 일보다 공적인 일을 앞세운다'는 뜻.

45) 輦轂 : 황제가 타는 수레로, 황제가 계신 경성을 의미한다.

46) 覆載 : 하늘이 만물을 덮고 땅이 만물을 받쳐 실었다는 의미로, 황제의 은덕을 비유적으로 이른다. 『禮記』 〈中庸〉에는 "하늘이 덮고 있는 곳과 땅이 싣고 있는 곳과 해와 달이 비추는 곳과 서리와 이슬이 내리는 곳에서 무릇 혈기가 있는 자라면 존경하고 친근하지 않을 이가 없다.[天之所覆, 地之所載, 日月所照, 霜露所隊, 凡有血氣者, 莫不尊親.]"이라 하였다.

47) 參差分張 : 잠시 이별함. 參差는 짧은 시간을, 分張은 이별하는 것을 말한다.

48) 啓行 : 앞장서서 길을 인도함. 여정에 오름.

49) 庭階 : 집 앞에 있는 계단.

50) 藹藹 : 향기가 몹시 강하고 진함.

51) 緇衣白衲 : 치의와 백납 모두 중의 복장으로, 중을 지칭함.

52) 幸臨 : 존경의 말. 영광스럽게 찾아줌.

53) 皓首蒼顔 : 눈이 내린 것처럼 머리가 희고 얼굴이 거무스름해졌다는 말로, 老年을 형용한다.

54) 奄忽 : 매우 빠름.

55) 孔懷 : 몹시 서로 그리워함. 이 말은 『詩經』 〈小雅·常棣〉에 "죽고 장사 지내는 두려움에서 형제들은 서로를 심히 그리워하네.[死喪之威, 兄弟孔懷.]"에서 나온 것이다. 이후 형제를 대신하여 말로 '孔懷'가 쓰이곤 했다.

56) 湛樂 : 즐거움에 빠짐. 이 말은 『詩經』 〈大雅·蕩之什〉에 "네가 비록 즐거움에 빠져 따르나 그 이어짐을 생각지 않으랴.[女雖湛樂從, 弗念厥紹.]"에서 나온 것이다.

57) 虛無寂滅 : 생사의 경지를 초월한 상태. 도교에서 말하는 본체는 허무하다는 노자의 사상 '虛無'와 불교에서 말하는 생사를 초월한 열반의 세계를 뜻하는 '寂滅'을 함께 이른 것이다. 생사의 세계 즉 삶과 죽음을 떠난 경지로 생사가 없는 세계를 말한다.

58) 別殿 : 本宮 외에 따로 지은 궁전.

59) 六時 : 불교에서 하루를 나누어 여섯 시로 삼은 것. 晨朝, 日中, 日沒, 初夜, 中夜, 后夜가 그것이다. 혹은 예전에 하루를 12시로 나누었는데, 낮과 밤을 구분하는 말로 六時라고 하였다. 6시는 통상적으로 낮을 의미한다.

60) 於乎休哉 : 아아, 아름답다.

金僑覺 跋文

　임인(壬寅)년 봄에 내가 행음초려(杏陰草廬)에 있을 때에 우연히 무릎과 정강이 부분에 마비 증세가 와서 평상의 거적 위에 널부러진 채 문을 단단히 닫아걸고서 사람들과 더불어 소창하지 못한 것이 한 달이 넘었다. 10여세 된 아들놈은 아비의 적막함을 위로할 양으로 밤마다 베개 옆에 앉아 고담(古談)을 전송(傳誦)해 주었다. 그것은 모두 여항의 이언(俚諺) 가운데서 나온 것인데, 사기(辭氣)가 첩급(捷給)하여 또한 족히 들을 만하였다. 안타까울사! 그 놈의 재주는 이언에는 능하지만 글을 짓는 데에는 능하지 못하니, 만일 말을 구성하는 것이 그 능한 바로 인해 그를 이끌어 그 능하지 못한 곳에 자연히 이르게 하는 것과 같이 한다면 어떠할까? 주변에서 늘 쓰는 문자를 모아서 고담(古談) 한 부를 집성하고 그로 하여금 독서하는 겨를에 가끔씩 눈주어 보게 한다면 가히 글을 짓는 문법에 밝아지며 말을 구성하는 방도도 깨칠 수 있고, 세속에 보탬이 있을 것이다. 날마다 일상의 정리를 담은 글을 쓰는 것에서 미루어 거자(擧子)의 소예(小藝)나 문장가의 대범(大範)에까지 이르게 된다면 또한 반드시 글을 짓고 말을 구성하는 것에 먼저 거치게 할 필요는 없는 것이다. 내가 이에 비로소 …공란… 마침 병으로 칩거하는데 …공란… ○고(○藁)와 이언(俚諺)은 서로 멀지 아니하다. 도리어 스스로 배를 움켜잡게 할 뿐인저! 이로써 …공란… 책 후미에 기록하노라.

　壬寅¹⁾春, 余在杏陰草廬, 偶得膝脛痿痺之病, 委頓²⁾牀簟, 緊閉戶牖, 不與人疏暢者, 月餘矣. 兒子有十餘歲者, 爲乃爺慰寂之策, 夜坐枕邊, 傳誦古談, 皆從閭巷俚諺中出, 辭氣捷給,³⁾ 亦足可聽. 惜乎! 其才能於俚諺, 不能於綴文組語, 如欲因其所能而導之, 馴致⁴⁾於其所不能處, 將何以哉? 拾取恒茶飯⁵⁾文字, 輯成古談一部, 使之往往寓目於讀書之暇, 則可以曉綴文之法, 可以解組語之方, 庶幾有補於世俗日用通情之文. 推以至於擧子之小藝, 文章之大範, 亦未必不先由於綴文組語. 吾於是, 始□최소한 11글자 분량을 공란으로 남겨둠□, 適值病蟄, □최소한 16글자 분량을 공란을 남겨둠, □藁與俚諺, 不相遠矣. 還自捧腹也已, 遂以是□2자 공란□, 記于篇尾.⁶⁾

---

1) 壬寅年 : 1782년.
2) 委頓 : 힘이 빠짐. 녹초가 됨.
3) 捷給 : 말을 썩 잘하여 막힘이 없음.
4) 馴致 : 점차로 변화함. 자연히 그렇게 됨.
5) 恒茶飯 : 늘 있어서 신통할 것이 없는 일.
6) 발문은 유재영본에만 보임.

■ 김준형

「조선조 패설문학 연구」로 박사학위를 받았다. 지금은 부산교육대학교 국어교육과에서 공부하고 있다. 지은 책으로는 『한국패설문학연구』(보고사), 『이매창 평전』(한겨레출판), 옮긴 책으로는 『조선후기 성 소화 선집』(문학동네), 『가려뽑은 재담』(현암사), 그 밖에 『이명선전집』 총4권(보고사), 『이명선 구장 춘향전』(보고사) 등이 있다.

한국한문서사번역총서 1
국역 금선각

2015년 10월 15일 초판 1쇄 펴냄

옮긴이 김준형
펴낸이 김흥국
펴낸곳 도서출판 보고사

책임편집 권송이
표지디자인 오동준

등록 1990년 12월 13일 제6-0429호
주소 경기도 파주시 회동길 337-15 보고사 2층
전화 031-955-9797(대표)
    02-922-5120~1(편집), 02-922-2246(영업)
팩스 02-922-6990
메일 kanapub3@naver.com / bogosabooks@naver.com
http://www.bogosabooks.co.kr

ISBN 979-11-5516-458-7
     979-11-5516-457-0 94810(세트)
ⓒ 김준형, 2015

정가 22,000원
사전 동의 없는 무단 전재 및 복제를 금합니다.
잘못 만들어진 책은 바꾸어 드립니다.

이 도서의 국립중앙도서관 출판시도서목록(CIP)은 서지정보유통지원시스템 홈페이지(http://seoji.nl.go.kr)와 국가자료공동목록시스템(http://www.nl.go.kr/kolisnet)에서 이용하실 수 있습니다. (CIP제어번호: CIP2015025517)